숭고의 주름

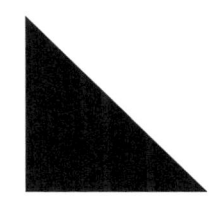

우찬제 비평집

문학과지성사

숭고의 주름

나스카의 숭고한 주름들, 그 횡단 미학의 풍경

벌새가 잉잉대며 꿀을 빨고, 원숭이가 춤을 춘다. 물고기가 먼바다로 미끄러지듯 헤엄치고, 고래가 물을 뿜는다. 왜가리가 자기 그림자와 놀고, 나무는 허공에서 시나브로 춤춘다. 이 풍경들은 너른 지상에 범상치 않은 주름들을 새기며 펼쳐진다. 페루의 나스카 지상화Nazca geoglyphs의 모습이다. 수도 리마에서 남쪽으로 400킬로미터, 서울에서 부산보다 약간 먼 나스카 일대에, 그런 거대한 그림들이 고원 분지의 표면을 따라 기묘하게 뻗어 있다. 곡선이나 기하학적 모양의 갖은 주름들 가운데 어떤 것은 300미터 길이로 황막한 고원을 가로지른다. 그 규모가 워낙 광대하여, 상공의 경비행기에서 내려다봐야 비로소 형상이 제대로 드러난다.

2011년 춘분 무렵 나는 그 풍경을 보기 위해 나스카 상공을 비행했다. 헬리콥터가 좌우로 과격하게 흔들리며 그림의 윤곽에 제대로 접근할 수 있도록 방향을 틀었다. 그야말로 놀라운 풍경이었다. 불가사의! 기원전 300년경에 그려졌다는데, 그 아득한 옛날에 누가, 왜, 어떻게 이런 지상화를 남겼는지는 여전히 베일에 싸여 있다. 고대 나스카인들이 천문 관측을 위해 만들었다는 설, 그들이 열기구를 발명해 하늘에서 지상화 제작을 감독했다는 추측, 심지어 외계인이 우주선 착륙을 위해 활주로 라인과 유사한 기호와 형상을 새겼다는 얘기까지 분분하다. 또 이런 설, 저런 설이 있다. 설은 많으나 확정적으로 말할 수 있는 것은 거의 없다. 나스카 지상화는 그 자체로 숭고의 주름을 호출하는 미지의 기호이기 때문이다.

나스카의 신비한 그림들은 우리의 시선을 끌어당기지만, 정작 시선이 닿지 못하는 잔여의 주름에 그 진실을 숨기고 있는 듯하다. 발터 벤야민이 "일체의 미를 넘어 존재하는 것"이라고 했던 숭고가, 세계의 가장자리에서 흔들리며 그 미세한 진동 속에서 낯선 광휘로 다가오는 것처럼, 나스카의 풍경 또한 그러했다. 그 주름들은 단순한 경계가 아니라, 서로 다른 차원이 접촉하는 사건의 표면이었고, 이질적 층위들이 교차하며 새로운 사건을 생성하는 감응의 동력이었다. 그러니 나스카의 대지는 그저 평평한 무대일 리 만무하다. 수많은 주름이 기이하게 얽힌 가운데 감각의 재배치를 요구하는 미세한 지형이며, 정동의 스파크가 튀는 장(場)이다. 그곳은 수천 년을 관통해 아직 언어화되지 못한 감성의 미립자들이 서로 스며들고 엉기며, 때로는 미끄러지며 끊임없이 변화하는 감성의 지형도였다. 단일한 해석으로 포섭될 수 없는 감각과 의미, 불안과 욕망, 정념과 정동이 교차 점멸하는 광학적 진동이 그 풍경의 프리즘을 더욱 다채롭게 했다. 그렇게 진동하고 미끄러지며 새로운 상상의 지평이 열리는 것은 아닐까?

롱기누스를 떠올리게 하는 숭고는 오래되어 낡은 기제처럼 보이지만, 동시대의 숭고성 혹은 숭고의 동시대성은 언제나 새로운 문제적 지평을 마련해왔다. 칸트적 맥락에 숭고를 과도하게 한정하지 않는다면, 숭고만큼 탄력적으로 세계의 윤곽과 그 내실을 조율하는 수사학적 인식 기제도 드물다. 숭고의 동시대성을 위해 나는 '숭고의 주름'이라는 관점을 주목했다. 나스카의 지상화의 그 숭고한 주름들을 가로지르며 고대 나스카인들의 정동과 욕망을 가늠해보던 경험을 바탕으로, 동시대의 문학예술에 대한 횡단 미학 비평을 수행하고자 했다. 사막의 표면에 서로 다른 형상들이 중첩되며 하나의 거대한 지상화를 이룬 것처럼, 동시대의 문학과 미술, 음악과 영화 및 철학과 예술의 담론들도 그렇다. 연결될 것 같지 않은 이미지들이 예기치 않은 횡단과 접속을 통해 감각을 재배치하고 정동의 흐름을 바꾸어놓는다. 나스카처럼 수많은 주름이 얽힌 복합 지평 속에서 우리의 감각 또한 새롭게 조율된다. 나는 그 감응의 지형을 횡단하며 심미적 감각의 틈을 살피고, 새롭게 접히고 펼쳐지는 주름들을 따라 감각의 변주와 진동 그리고 그 밀도가 어떻게 생성하는지를 추적해보고자 했다.

그 과정에서 특히 동시대의 부정적 숭고와 재난적 숭고에 각별한 눈길을 두었다. 이는 새로이 출현한 것이 아니라, 기존의 감각과 사유가 변형되어 드러난 기이한 주름이다. 인간이 자연과 세계를 향해 던져온 생각과 선택, 정동과 행위들이 서로 겹치고 접히며 다시 펼쳐지는 자리에서 생겨나는 복합적 주름이다. 고통의 심연으로 미끄러지듯 내려가는 부정적 숭고의 풍경을 1부에, 생태 위기와 맞물린 재난적 숭고의 풍경을 2부에 배치했다. 3부에서는 횡단하는 서정의 소리풍경을, 4부에서는 서사의 횡단 미학을 응시했다. 부족하나마 이 책이 독자와 더불어 새로운 사유와 상상의 주름을 열어나갈 수 있기를 바란다. 나스카의 주름이 그러하듯, 동시대의 주름 또한 결코 머무르지 않는다. 펼쳐지며 또 다른 주름을 낳고, 그 주름이 다시 접히고 펼쳐지며 지평을 옅게 혹은 깊게 전환해간다. 그 열린 변화의 역동적 자장 속에서, 나의 문장들 또한 주름의 운동 속에서 흔들리고 떠오르며 문학예술의 새로운 가능성을 예비할 수 있기를 소망한다.

여기 내 문장들이 새롭게 펼쳐질 수 있도록 성원해준 가족에게 다정한 인사를 전한다. 책을 펴내준 문학과지성사의 이광호 대표와 이근혜

주간께 깊은 감사를 드린다. 특히 문학 편집자가 누구인지, 새삼 일깨워준 윤소진 팀장께 각별한 경의를 표한다.

2026년 4월 3일
우찬제

차례

4부 디아스포라 횡단

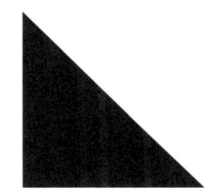

1부
횡단의 상상력

횡단의 상상력과 상상력의 횡단

횡단의 미학, 그 혼돈 속의 질서

국립현대미술관 서울관 '올해의 작가상 2023'(2023. 10. 20.~2024. 3. 31.) 전시는 최근 예술의 동향과 관련해 많은 것을 생각하게 한다. 권병준, 갈라포라스-김, 이강승, 전소정 등 네 예술가의 작품은 인류학적 투시주의와 문명사적 성찰을 통해 인간과 비인간, 인간과 자연, 존재와 타자 등 여러 다발의 관계론적 사고를 통해 존재론적 탐문의 심화를 모색하는 경향을 보인다. 그 과정에서 무엇보다 주목되는 것은 '횡단의 미학'이다. 장르와 매체를 넘나들며, 대륙의 동서(東西)를 넘나들고, 시간의 고금(古今)을 오르내린다. 그러면서 인간적인 것과 미적인 것의 접속 지점을 헤아리고, 접촉과 변화의 역동성을 탐문한다.

특히 갈라포라스-김의 작품은 기존의 인간 중심주의를 본원적으로 해체하고, 존재하는 모든 것이 스스로 존재하게 하라는, 그 존재의 역동성을 존중하는 무/생물 평등적인 사고에 기반한 수행적 텍스트로 보인다. LA와 런던을 넘나들면서 활동하는 그는 무엇보다 보는 인간의 시선이 완고하게 고집한 권위에 전면적으로 도전하고 있어 인상적이다. 시선과 응시의 변증법적 전회를 통해 보는 사람의 시선이 아니라 보이는 피사체의 응시에 관심을 보였다. 이를테면 석관이나 고인돌처럼, 죽음을 신화로 만들고 삶을 경외하기 위해 존재했던 고대의 제의적 장치들을 다루는 태도 면에서 우선 그렇다. 작가는 현대의 박물관이나 미술관이 그러한 고대의 오브제들을 전적으로 대상화하여, 현대인의 시선 저편에 두는 것에 반기를 든다. 그런 양상이야말로 본래의 자연스러운 존재 방식을 거스르는 것이라는 생각 때문이다. 고대인의 뜻과 현대인의 시선이, 시간을 가로질러, 화해할 수 있는 방식은 과연 없을까? 그의 미학적 질문은 바로 이 지점에서 움튼다. 그리하여 일방적 대상화/타자화가 아닌 상호작용, 그러니까 시선과 응시의 역동적 상호작용이 수행될 수 있도록 전시를 기획한다. 석관 안의 고대 존재자들의 시선이 작용할 수 있도록 방향을 조절하고, 그 시선을 따라 현대의 존재자도 마침내 「무덤 너머의 풍경들」(2022)을 상상하고 접속하게 된다. 이런 맥락에서 「영국 박물관의 호르(Hor)와 수티(Suty) 화강암 석비 연주회」(2022), 「만기의 순간 나타난 영원한 흔적」(2022), 「세월이 남긴 고색의 무게」(2023) 등 여러 작품이 주목에 값한다.

넘나들고 오르내리는 갈라포라스-김의 횡단의 미학은 「흐릿한 지평선을 향한 점근선 (2:00), (4:00), (6:00), (8:00), (10:00), (12:00), (14:00), (16:00), (18:00), (20:00), (22:00), (0:00)」(2021)에서도 뚜렷하게 재현된다. 이미 제목이 넉넉하게 환기하는 것처럼, 시간의 변화에 따라 수평선에 점점 가까워질 가능성에 대한 역동적 탐색을 보인다. 두 시간 거리로 달라지는 희미한 풍경의 변화는 자연과 우주의 변화 에너지를 횡단 미학의 에너지로 전환한 희귀한 사례가 아닐 수 없겠다. 이런 횡단 미학의 가능성을 더욱 역동적으로 모색한 설치 작품이 바로 「신호 예보」(2021~)이다. 독자의 이해를 돕기 위해 전시장 안내문을 직접 인용해보기로 한다.

이 작업은 설치 공간 내부의 습기와 온도를 기반으로 이미지를 만들어낸다. 함께 놓여 있는 산업용 제습기 역시 작업의 일부로, 방 안의 습기를 모아 액상 흑연에 흠뻑 젖은 천 위로 흘려보낸다. 제 습기를 통해 떨어지는 물방울은 일정 시간 동안 모인 습기의 양을 기록하는 신호가 되어 전시 기간 동안 패턴을 형성한다. 새로운 공 간에 설치될 때마다 다른 이미지가 만들어지며, 습기와 수분을 터 부시하는 전시 공간의 공기 안에 이미 물이 존재하고 있음을 일깨 워준다. (국립현대미술관 서울관 2전시실 벽면 안내문)

전시장에 보이지 않게 존재하는 물 성분을 포집하여 예술적으로 변형하는 횡단 미학적 에너지가 참으로 예사롭지 않은 작품이다. 테 크노 미학과 생태 미학이 복합적으로 얽히고설켜 있는 형상이다. 나 는 그 어떤 순간만을 포착했지만, 앞의 「흐릿한 지평선을 향한 접근 선 (2:00), (4:00), (6:00), (8:00), (10:00), (12:00), (14:00), (16:00), (18:00), (20:00), (22:00), (0:00)」(2021)의 작업처럼 시간대별로 그 변화의 움직임을 포착하여 그 패턴을 새로운 조형 작품으로 만들 수도 있을 터이다. 물론 그 '신호 예보'는 질서 정연한 것으로 구성될 수 없 을 것이다. 비계측적인 혼돈chaos 속에서 나름의 질서cosmos를 혼돈스 럽게 찾아나가는 카오스모스chaosmos 미학의 어떤 패턴을 보이지 않을 까 짐작된다. 그러니까 이런 횡단 예술은 고여 있는 것이 아니라 부단 히 움직이는 것이다. 그 움직임과 변화의 동적 에너지가 예술의 기본 적인 마티에르가 된다.

'백년 여행기'와 디아스포라 횡단의 상상력

갈라포라스-김의 횡단 미학이 상대적으로 더 인류학적이고 고고학적 계보학에 관심을 보인다면, 국립현대미술관 서울관의 5전시실에서 선보인 정연두의 경우는 횡단성의 표지가 더욱 구체적으로 형상화된 것이 특징이다. 「MMCA 현대차 시리즈 2023: 정연두―백년 여행기」 (2023. 9. 6.~2024. 2. 25.)에서 작가는 1905년 멕시코로 건너간 한인 디아스포라 서사를 주목한다. 러일전쟁에서 승리한 일본에 외교권 등 대한제국의 자주권을 박탈당한 을사늑약(1905. 11. 17.)이 체결되었던 그해 4월, 부강한 멕시코에 가서 잘살게 해주겠다는 이민 브로커의 말에 속은 천여 명의 조선인이 인천 제물포항을 떠난다. 그 배에는 황족, 퇴역군인도 있었고 고아도 있었고 무당도 있었다. 그들은 40여 일의 고통스러운 항해(배 안에서 태어난 아기도 있었다) 끝에 멕시코 유카탄 주의 주도 메리다에 도착한다. 그러나 그곳은 행복한 꿈의 공간이 아니었다. 멕시칸 드림을 꿈꾸며 기다렸던 장소가 아니었다. 에네켄 농장에서의 삶은 차라리 지옥과도 같은 노예선의 나날을 방불케 했다. 배우 장미희가 주연을 맡고 김호선 감독이 연출한 영화 「애니깽」(1997)과 김영하의 장편소설 『검은 꽃』(2003)도 바로 이런 100여 년 전의 한인 디아스포라에서 비롯한 서사였다. 김호선이나 김영하가 100여 년 전의 과거, 멕시코로 횡단하여 그때의 서사에 집중했다면, 이제 전시명 「백년 여행기」의 작가 정연두는 100년 전과 그 이후 100년의 시간을 오르내린다. 그리고 그 100년 동안의 공간적 가로지르기를 적분하여 조형한다. 물론 예술의 출발점은 100년 전 과거 역사이다. "'역사'로서의 100년 전 이주기에 대한 작가의 관심은 멕시코에서는 노팔 선인장으로 알려져 있고, 한국에서는 백년초라고 불리는 식물의 '설화'적 여행기에서 출발"했다고 한다. "멕시코에서 태평양을 건너와 제주도에 뿌리내렸다고 알려진 백년초 이동 설화에서, 작가는 한국과 멕시코를 잇는 식물 및 사람의 백년 여형기라는 소재를 떠올리게" 되었다는 것이다. 200여 년 전 멕시코에서 선인장 씨앗이 쿠로시오 난류를 타고

태평양을 횡단해 제주도 땅에 뿌리내리게 되었다는 백년초 설화와 반대 방향의 횡단과 이식이 100여 년 전 제물포항을 떠나 멕시코 유카탄의 에네켄 농장에 갔던 조선인의 디아스포라 서사다. 그래서 전시 안내문에 소개된 것처럼 "이때 백년초라는 식물의 '이식'은 뿌리가 뽑혀 다른 시공간으로 이동한 한인들의 '이주'와 접속한다. 그리고 그것의 이동 설화는 제국, 식민, 노동, 역사를 둘러싼 한인 이주 서사 이외의 제3의 이야기를 열어주는 통로가 된다."[1]

작가 정연두는 100년 전 한인 디아스포라 서사를 바탕으로 한 다원예술을 제작하기 위해 2022년부터 2023년까지 세 차례 멕시코로 건너가 유카탄의 에네켄 농장을 살피고 한인 이민 후손들과 만나 인터뷰했다고 한다. 최대한 100년 전의 역사 서사에 밀착해 들어가면서도, 이후 그 흐름은 어떻게 전개되었을까, 그 흐름 속에서 후손들은 어떤 관계망을 형성하며 이식된 땅에서 새롭게 뿌리내리거나 내리지 못하거나 했을까, 100년 전 한인 가족의 디아스포라 서사는 지금 이 땅에 들어와 있는 여러 외국인 디아스포라를 이해하는 데 어떤 영향을 주는가 등 여러 질문을 미학적으로 제출하고자 했던 것으로 보인다. 그리하여 "서사, 텍스트, 퍼포먼스, 영상, 사운드, 무대적 설치 등이 혼합되어 다원적이고 복합적인 층위로 완성되었으며 이를 통해 이주 서사와 이동 감각을 보다 우의적이고 중층적으로 불러"(p. 6)온다고 전시 안내문은 소개한다. 실제로 백년초 이주 설화를 초현실적 여행기로 다룬 음악과 퍼포먼스 무대, 마주 보는 구조로 설치된 2채널 영상을 통해 한인 2~5세대들의 삶의 생태와 의식을 역동적으로 연출하는 「세대 초상」 그리고 "멕시코에서 자라는 열대 식물인 무릎주와 에네켄, 노팔 선인장 등을 형상화한 오브제 설치에 더불어 LED단채널 영상과 3채널의

1　「MMCA 현대차 시리즈 2023: 정연두—백년 여행기」 팸플릿, p. 6.

공연 영상으로 구성된 4채널 영상 설치 작품"(p. 16)인 「백년 여행기」 등 다양한 매체와 오브제, 텍스트와 서사, 음향과 시각 효과들이 다채롭게 횡단 미학을 형성한다.

예컨대 「날의 벽」(2023)은 14미터 높이의 벽면 설치 예술이다. 표제 그대로 '칼날'로 구성된 벽인데, '마체테Machete'라 불리는 세계 도처에서 농사지을 때 사용했던 칼날을 설탕을 녹여 조형해 거대한 벽을 만들었다. 작가가 어린 시절 즐겼던 설탕 뽑기 놀이를 제작 과정에서 원용했다고 하는데, "거대한 벽 설치와 설탕으로 만들어진 마체테 오브제" 이 두 요소는 곧 디아스포라의 사회문화적이고 역사적인 의미와 연계된다. 첫째, "서기 70년경 로마에 의해 파괴된 이스라엘 예루살렘 성전의 잔해로 이후 전 세계로 흩어져야만 했던 유대인의 역사, 홀로코스트를 포함한 그들의 비극적 세월을 상징적으로 보여주는" 예루살렘 소재 '통곡의 벽'에서 착안한 크고 높은 벽은 디아스포라의 역사성과 접속한 결과로 보인다. 둘째, 설탕의 정치경제적이고 사회문화적인 의미 또한 중요하다. 100년 전 조선인들이 멕시코에 간 것은 설탕의 제국주의적 전략과 관련된다. 설탕을 생산하기 위한 에네켄 재배는 단지 맛있는 음식 요리에 필요한 설탕을 구하기 위한 농사짓기라는 자연적 범주를 넘어선 것이었다. 농사일의 결과를 본인이 온전히 누릴 수 있는 상황과는 거리가 멀었다. 철저하게 혹은 혹독하게 권력과 자본이 개입하는 공간이었다. 마체테가 기본적으로는 농기구이지만 "지주들의 억압에 대항하는 노동자들의 무기"였다는 사실은 '날'의 정치성을 날카롭게 환기한다. 그러니까 「날의 벽」은 설탕의 역설을 매우 효과적으로 형상화한 작품이다. "작가는 세계 각지에서 사용되어온 농기구(마체테)의 형상과 이와 연관된 그림을 설탕으로 제작하였는데, 설탕이 주는 달콤함과 설탕 뽑기라는 유희적인 놀이, 그리고 설탕 오브제의 시각적인 반짝임은 〔……〕 '설탕의 권력'과 상충한다. 이러한 역설의 방식은 역사를 우회하고 낯설게 함으로써 오히려 그 본질에 다가가고자 하는 작가의 의도를 내포하고 있다"(p. 20).

「상상곡」(2023)은 120여 년 전 한인 디아스포라 서사에 대한 반향의 예술이다. 한반도에서 나간 디아스포라 이야기에서 착안해 한반도로 들어온 외국인 디아스포라들이 서발턴처럼 제대로 하지 못한 그들의 말, 그러니까 '타자의 목소리'에 귀 기울이고자 한 시도이다. 국립현대미술관 서울관의 열린 공간, 서울 박스에 들어서면 "뱃고동 소리를 연상시키는 웅장한 음악 소리와 함께 열한 점의 오브제"를 접하게 된다. 열대식물의 이파리와 붉은 열매를 형상화한 이 오브제들은 천장에 매달려 있는데, 그 안에 초지향성 스피커가 들어 있어 가청 음역으로 변환된 초음파 소리가 재생된다. 이 열린 공간을 거닐다가 오브제바로 아래 이르면 마치 환청처럼 외국인의 목소리들이 들린다. 2023년 현재 한국에 사는 여러 국적의 외국인이다. "한국에서 가장 힘들었던 일, 오늘 가장 그리운 사람, 희망과 꿈에 대한 작가의 질문에 일본어, 스페인어, 아랍어, 헝가리어, 텔루구어, 인도네시아어 등으로 답하는 그들의 목소리는 현실의 소리라기보다는 마치 머릿속을 맴도는 상상의 노래처럼 들린다"(p. 8).

저마다 자기가 태어난 곳에서 뿌리 뽑혀 지금은 이 한반도에서 살아가는 젊은이들의 목소리는 그저 이방인의 목소리에 그치지 않는다. 그 디아스포라의 목소리를 통해, 120여 년 전 유카탄반도에서 고통받으면서도 제대로 말하지도 못했을 한인 디아스포라의 음성을 환청처럼 상상할 수 있는 까닭이다. 확실히 「상상곡」은 횡단의 감각으로 디아스포라 문제에 대한 트랜스내셔널한 인식과 성찰을 하게 하는 작품이다. 「상상곡」만이 아니라 앞서 언급한 「날의 벽」도 그렇고, 이번 정연두의 복합 문화 전시 「백년 여행기」는 디아스포라 횡단의 역설을 역동적으로 형상화한 것이다. 더 흥미로운 것은 작가 자신의 기획 의도와 작업,

전시가 그 자체로 완성되는 것이 아니라 전시 공간에 참여하는 관람자, 수용자의 능동적 참여로 완성되는 형성적 작품이라는 사실이다. 수용자는 「백년 여행기」를 저마다의 방식으로 다양한 맥락을 환기하고 다채로운 의미와 소통하면서 해석의 지평을 확대 심화할 수 있다. 작품 창작과 수용 사이의 거리 및 대화적 소통에서 발생하는 횡단 미학의 한 특징을 실감 있게 보여주는 사례라 할 것이다.

고통의 심연과 상상력의 횡단

정연두의 「백년 여행기」에서 보이는 횡단의 상상력의 기저에는 디아스포라 고통이란 정동이 있다. 그리하여 우리는 그 전시를 관람하는 과정에서 고통과 관련한 여러 사유의 거점들을 역동적으로 횡단하는 체험을 하게 된다. 고통이 바로 사유의 시작이라고 했던 철학자 에마뉘엘 레비나스, 예술을 '고통의 언어'라고 불렀던 테오도르 루드비히 비젠그룬트 아도르노, 예술적 쾌락원칙의 역승화는 고통스러운 현실과 그 현실원칙의 강고함에서 비롯된다고 했던 헤르베르트 마르쿠제, 이야기와 함께 경험되는 허구적 체험을 절망 속에서 하는 희망의 체험이라고 논의한 폴 리쾨르, 소포클레스의 『필록테테스』에 나타나는 상처/고통과 신궁의 기예 사이의 역설에서 예술가의 존재론을 착안하여 상처와 고통을 통한 예술적 영광을 강조했던 미국의 평론가 에드먼드 윌슨 등등의 사유와 고민들이 「백년 여행기」에 동참하면서 예술 수용의 지평을 심화하게 해준다. 다른 자리에서도 언급한 바 있지만, 어쩌면 '고통의 향유'란 가장 인간적인, 그리고 가장 고귀한 예술적 과정이 아닐까. 가장 고통스러운 순간을 응시하면서, 예술의 이름으로, 문학의 이름으로, 역설적으로 고통을 향유할 때, 예술이나 문학은 자연스럽게 치유의 지평을 알게 될 터이니 말이다.

　가령 아직 드러나지 않았던 감정을 창조했고, 인간의 깊숙한 내부에 숨겨져 있던 무의식을 표출시킨 작가 도스토옙스키도 그렇지 않은가. 그는 인간의 고통과 욕망과 열정의 극한까지 추구하며 우주의 심연을 향해 다가갔다. 도스토옙스키는 두루 알다시피 저물어가는 황혼의 잿빛 러시아의 하늘 아래서 가슴을 짓이기며 살았던 인물이다. 영혼의 상처를 휘감고 도는 어둠의 정체를 그는 언제나 직시하고자 했다. 은총과 정의가 사라진 고통스러운 연옥, 그 불행과 절망의 황무지에서 전율해야 했다. 『카라마조프가의 형제들』에서 분노에 찬 이반 카라마조프가 말하듯, 도스토옙스키의 대지는 그 심연의 핵심까지 고통의 눈물로 젖어 있는 형국이었다. 드미트리 카라마조프의 탄식에서도 세계의 고통에 대한 감각이 뚜렷하다. "어디를 가도 어디를 보아도/여신의 서글픈 눈길이 향하는 곳엔/타락의 나락 속으로 빠지고 있는/죄 많은 인간의 처참한 몰골뿐이랴!" 바로 이같이 타락하고 죄 많은 현실에서 도스토옙스키는 영혼의 구원을 갈망한다. 고통의 심연에서 고통을 초극할 수 있는 참지혜는 그 어디에 있는 것일까. 이반 카라마조프는 이렇게 말했다. "지상의 모든 사람은 고통을 통해서만 진실로 사랑할 수 있다." 어쩌면 우리는 도스토옙스키 문학 세계를 횡단하고 성찰하면서 이렇게 말할 수 있을지 모른다. "나는 괴로워한다, 고로 나는 존재한다"라고.

　2016년 풀리처상 및 2023년 부천 디아스포라 문학상 수상작인 비엣 타인 응우옌의 『동조자』 또한 독자들을 깊은 고통의 심연으로 자맥질하게 하는 텍스트이다. 읽는 내내 고통스럽게 읽으면서 우리는, 그토록 깊은 고통의 이야기를 쓰는 동안 작가는 얼마나 고통스러웠을까 생각하면서 또 더욱 고통스럽게 된다. 그런데 작가는 깊은 고통 속에서 고통을 넘어서는 예지와 상상력을 잘 알고 있는 것 같다. 흔히 고통을 넘어서기 위해 고통 속으로 진입해야 한다고 말하지만, 『동조자』처럼 그것을 아주 철저하게 수행하기란 매우 어려운 일이다. 매우 희귀한 사례가 아닐 수 없다. 『동조자』는 "두 마음과 두 얼굴을 가진 남자a man with two minds and two faces"[2]의 이야기다. 북베트남의 스파이로서 남베트남에 침투했다가, 미군에 의해 스파이로 훈련받아 이중간첩이 된 공산주의자communist double agent 주인공의 초상은 매우 문제적이다. 이미 출생과 외모부터 상상력의 횡단 여정을 효과적으로 환기한다. 복합적인 스파이 소설이고 사랑과 우정과 배신의 대서사시처럼 보이는, 이 소설에서 가장 두드러지는 것은 1975년 베트남 통일을 전후한 시기에 묘출된 고통의 풍경이다. 거기엔 식민지 지배의 경험에서 온 고통도 있고, 그로부터 민족을 해방하려 했던 공산주의 투사들의 고통도 있으며, 베트남전쟁 현장에서의 참혹한 고통도 있고, 보트피플로서의 처지나 미국에서 난민 생활을 하는 베트남인의 디아스포라 고통도 있다.

베트남인 어머니와 프랑스인 가톨릭 신부인 아버지 사이에서 태어난 주인공은 혼혈이란 이유로 어렸을 때부터 따돌림을 심하게 당한다. 그러던 중 '만'과 '본'의 도움을 받게 되는데, 이 일을 계기로 셋은 의형제를 맺는다. 공산주의에 이끌린 만을 따라 북베트남의 스파이가 된후 만과 주인공은 남베트남에서 비밀리에 북측 정보요원으로 활동한다. 두 친구의 정체를 알지 못하는 본은 남측 공수부대의 부사관이 된다. 남베트남 특수부 소속 육군 대위이자 북베트남 스파이인 주인공은 1975년 4월, 사이공이 함락되기 직전에 상관인 '장군' 가족과 함께 미국 CIA가 제공한 수송기편으로 탈출한다. 미국 로스앤젤레스로 건너간 주인공은 거기서 디아스포라 스파이로 여전히 이중생활을 계속한다. 그러다가 미국의 스파이였다는 것이 드러나게 되고, 베트남 수용소

2   Viet Thanh Nguyen, *The Sympathizer*, New York: Grove Press, 2015, p. 361. 비엣 타인 응우옌, 『동조자 2』, 김희용 옮김, 민음사, 2018, p. 270.

에서 고문당하며 지난날의 자기 죄를 고백해야 하는 매우 고통스러운 처지가 된다. 소설 전체는 수용소장에게 고백하는 이야기 형식으로 이루어져 있다. 후반부에서 주인공이 소장과 정치위원 친구로부터 혹독한 고문을 받으며 자기 존재의 심연으로 내려가는 대목이 무엇보다 인상적이다. 정치위원 친구의 권총으로 자기 삶이 마감될 것 같은 위기 상황에서, 즉 자신이 소멸해가는 순간에 역설적으로 자신을 발견하게 된다. 물론 그 발견은 매우 복합적이고 중층적이다.

> 스스로를 내려다보면서, 나는 여전히 성인 남자 안에 있는 그 아이와 그 아이 안에 있는 성인 남자를 볼 수 있었다. 나는 그때껏 늘 분열되어 있었다. 그 점에 있어서 내 잘못은 일부분일 뿐이라 해도 말이다. 비록 내가 두 개의 삶을 살며 두 마음을 가진 남자가 되기로 선택했다고는 하지만, 사람들이 언제나 어떤 식으로 나를 '잡종 새끼'라고 불렀는지를 감안할 때 그러지 않는다는 것은 힘든 일이었다. 우리나라 그 자체가 저주받고, 타락하고, 북과 남으로 분열되어 있었다. 〔……〕 나는 아무도 결코 나를 있는 그대로의 나로서 받아들이지 않으며 그저 언제나 내 두 측면 사이에서 선택하라고 윽박지를 뿐인 출산 이후의 세상으로 인도되며 날 때부터 분열이 되었다. 이것은 그저 하기 어려운 일 정도가 아니었다—그렇기는커녕, 진실로 불가능한 일이었다. 어떻게 나 자신에 맞서서 또 하나의 나를 선택할 수 있었겠나? 이제 내 친구가 나를 속 좁은 사람들, 두 마음과 두 얼굴을 가진 남자를 기형적인 존재로 취급하고 어떤 질문에 대해서든 오직 하나의 답만을 원하는 저 폭도들이 있는 이 좁은 세상에서 해방시켜 줄 터였다.[3]

3   같은 책, pp. 269~70.

어린 시절부터 '잡종 새끼'로 따돌림을 당했고, 성인이 되어서는 '두 얼굴과 두 마음'을 지닌 이중 스파이라는 '기형적 존재'로 살게 된 주인공의 고통의 육성이 실감 있게 전달되는 장면이다. 앞에서 이 소설이 수용소장에게 보내는 자술서 형식의 소설이라고 말했는데, 그것은 한 개인의 그것에서 그치지 않는다. 베트남인 전체를 위한 자술서로 확산되고, 더 나아가 20세기 세계인을 대신한 고해성사처럼 깊은 울림을 자아낸다. 무엇보다 기존의 이분법적 시선과 의식을 복합적으로 넘어선 점이 인상적이다. 베트남전쟁을 탈식민주의/식민주의 관점을 넘어서, 양쪽 모두를 포괄하면서, 남/북 베트남의 시선을 아우르고, 베트남과 미국의 시선을 통합하면서 아주 새롭게 조명하고 있다. 특히 일방적인 가해자/피해자의 이항대립을 넘어서, 피해자이면서 가해자임을 고해하는 과정이 돋보인다. 저간의 민족주의적 희생자 의식으로부터 훌쩍 비껴나 있다는 점이 가장 큰 매력이다. 작가의 시선이 어느 한쪽에만 고여 있지 않기 때문이다. 작가의 시선과 의식은 부단히 움직이고 횡단한다. 횡단의 상상력이야말로 통섭과 새로운 탈주의 주요 원천이 된다.

작가가 깊은 고통의 심연에서 엮어낸 소설의 스타일도 인상적이다. 실존과 기억, 서사의 관계를 형식적으로 잘 빚어냈다. 또 개인의 이야기를 통해 그가 속한 집단과 국가, 세계를 통합적으로 환기하고 감싸 안는 이야기의 동심원 효과 역시 탁월하다. 아울러 '아무것도 아닌 것'에 대한 존재론적 탐문은 20세기를 위한 애도의 장치처럼 보인다. 아무것도 아닌 것은 실제로 아무것도 없었던 것이 아니라 아무것도 아닌 것이 있었다는, 그 안에 뭔가 의미론적 존재값이 들어 있다는 성찰의 세목이 각별하다. 두 얼굴과 두 마음을 지닐 수밖에 없었던 이중 스파이 주인공, 누구보다 중층적이고 복합적인 삶은 살았던 그가, 결국 '아무엇도 아닌 것!'의 심연으로 한없는 자맥질을 할 수밖에 없는 풍경의 깊이가 횡단 상상력의 어떤 절정을 형성한다.『동조자』의 최종심급에서 작가가 철학적으로 탐문한 것이 바로 nothing, '아무것도 아닌 것!'의 경지였던 것으로 보인다. 현상에의 추수로는 결코 붙잡을 수 없는 진실, 역사와 현실 그리고 실존의 깊은 고통을 철저하게 체험하고 횡단하고 인식하고 상상한 사람만이 통찰할 수 있는 인생의 주제가 바로 nothing이 아니었을까 생각한다. 있는 것과 없는 것을 탄력적으로 횡단하면서, 없는 것의 있는 것과 없는 것의 있는 것의 없는 것 등으로 사유의 깊이를 더해가고 있다. 혁명이나 이데올로기보다 한 인간이 되는 것, 보이는 이데올로기가 아니라 보이지 않는 인간을 탐문하고자 한 대서사시로서 넉넉한 감동의 지평을 연다. 응우옌의 이런 횡단의 상상력은 소설에서 그치지 않는다. 돈 맥켈리와 함께 박찬욱 감독이 연출하는 HBO MAX의 오리지널 시리즈 드라마로 횡단하여 2024년 공개되었기 때문이다.

1980년대 초에『국토』의 시인 조태일은『고여있는 시와 움직이는 시』(전예원, 1980)를 펴냈다. 부단히 움직이는 서정으로 민족 현실과 인간 존재의 진리를 탐문해야 한다고 주장했던 조태일의 입론은 그 시대에 국한될 게 아니었다. 여전히 문제는 고인 물을 넘고 횡단하는, 움직이는 상상력이다. 상상력의 횡단이야말로 새로운 예술의 기적적인 탄생을 예비하는 기본 질료가 아닐까 싶다. 간략히 살펴본 갈라포라스-김, 정연두, 비엣 타인 응우옌의 작품들이 그것을 잘 보여준다.

말라가는 희망의 물방울, 마르지 않는 고통의 샘

1. 희망에 신의 물방울이 남아 있을까?

"희망에는 신의 물방울이 들어 있"을까, 과연? 김승희 시인의 아홉 번째 시집 『희망이 외롭다』[1]는 「희망에는 신의 물방울이 들어 있다」라는 시로 문을 연다. 한편으로 희망의 끈을 놓지 않으려는 시인의 간절한 소망이 들어 있는 이 시편을 읽으면서 우리는 신으로부터 소외된 것처럼 보이기도 하는 희망의 처지와 정황에 대해 이런저런 생각을 하게 된다. 그러면서 첫 문장과 같은 질문을 하게 된다. 정말 절실한 물음이 아닐 수 없다. 그도 그럴 것이, 지상에서 신이 철수한 이후에, 가망 없는 희망을 바라는 마음이 너무나도 외롭기 짝이 없기 때문이다. 희망에 기대기에는 언제 어디서나 현실적으로 불안으로 점철되는 까닭이다. 이를테면 "밥을 먹고 있어도 불안하고/약을 먹고 있어도 불안하고/일을 하고 있어도 불안하고/일이 없어 놀고 있어도 불안하고/아침에도 불안하고/저녁에도 불안하고/죄라면 열심히 일한 죄밖엔……/유능해도 불안하고/무능해도 불안하고/낮에도 불안하고 밤에도 불안하고/왜 우리는 쥐새끼처럼 늘 불안한가"(「서울의 우울 5」)라고 탄식

---

1   김승희, 『희망이 외롭다』, 문학동네, 2012.

할 수밖에 없는 현실이라면, 과연 희망에 신의 물방울이 들어 있을까, 의심할 만하지 않을까? 그래서일까? "남들은 절망이 외롭다고 말하지만/나는 희망이 더 외로운 것 같아"라고 시인은 되뇌인다. "사전에서 모든 단어가 다 날아가버린 그 밤에도" "희망이란 말은 간신히 남아" "세계의 폐허가 완성되는 것을 가로막"기는 하지만 "오히려 그 희망 때문에/무섭도록 더 외로운 순간들이 있다"는 것, "희망은 종신형"이기에 "희망이 외롭다"(「희망이 외롭다 1」)는 것이다. 외롭기 그지없지만 '그래도' 희망이란 종신형을 수락하기 위해 김승희의 시혼은 깊이 앓는다. 동시대의 현실과 더불어 앓고 절망하면서 "폐허와 절벽이 가득 차 있는 가을 풍경"(「희망의 연옥」)을 넘어 "사랑의 불을 꺼뜨리지 않는 사람들"이 "모여 사는 섬" "세상에서 가장 아름다운 섬, 그래도"를 동경한다. "그 가장 서러운 것 속에 더 타오르는 찬란한 꿈〔……〕 그래서 더 신비한 섬,/그래서 더 가꾸고 싶은 섬, 그래도/그대 가슴속의 따스한 미소와 장밋빛 체온/이글이글 사랑에 눈이 부신 영광의 함성"(「그래도라는 섬이 있다」)을 몽상한다. 그러나 시인은 단순한 몽상가가 아니다. '그래도'라는 섬의 이름이 환기하는 역설의 경지를 독자는 짐작한다. "부도가 나서 길거리로 쫓겨나고/인기 여배우가 골방에서 목을 매고/뇌출혈로 쓰러져/말 한마디 못"하는 "중환자실 환자 옆" 같은 '그래도' 이전의 고통스러운 상태 진술이 '그래도' 이후 혹은 그래도라는 섬에 대한 동경의 진실을 예비한다. 그러니 희망이 외로울 수밖에 없는 게 아닐까, 혹은 희망에 신의 물방울이 아예 들어 있지 않거나, 있었더라도 이미 휘발된 게 아닐까, 근심하는 그토록 시린 상상을 펼친다.

2. 악마와 거래하는 고통의 샘 속에서도 삶은 계속될 것인가?

만약 희망에서 신의 물방울을 더는 발견할 수 없다면 어떻게 살아야할까? 삶이 신의 물방울로 그려진 축복의 공간이라기보다, 쇼펜하우어가 고뇌한 것처럼 마르지 않는 고통의 샘이라면 어찌해야 하나? 그런상황이라면 순진한 영혼일수록 더욱 곤혹스럽게 되고 삶의 기대 지평을 마련하기 어렵게 될 수 있다. 장수진의 『순진한 삶』[2]에 "정교한 비탄과 미니멀한 묵시록들"(「전율과 휴식」)의 미시적 리듬들이 일렁거리는 것도 그 때문이 아닐까 싶다. 거기서 시적 주체들은 "지옥이 쏟아"지는 "자욱"한 "안개"(「도망쳐」) 속에서 "음악이 아닌 울음들"(「보호와교육」)을 들으며 "삶보다 죽음을 먼저 알아버린"(「개헤엄」)다. "슬픔은뒤룩뒤룩 살이 쪄서/당신은 마르고 구겨진,/뒤척이는 아이가 되"(「당신은 당신의 것」)거나, "사는 동안 한숨을/오옳지, 꿀꺽/삼키던 사람들"(「아픈 사람」), 심지어 "증오로 가득 찬 내가"(「할퀴」) 되기도 한다."밀실의 고독한 마음들"(「안타까운 헛소리」)로 넘쳐나는 무직자들은종종 악마와 거래한다. "악마야/나랑 놀자/우리는 무직이니까"라며 악마에게 제안하는 담화로 시작하는 「악마는 시를 읽는다」가 주목되는것은 그런 까닭이다.

> 다가오는 아침을 죽여줘
> 푸른 공원을 잿빛으로 만들어줘
> 비가 멈추지 않았으면 좋겠어
> 질리고 질릴 때까지
> 맑은 날이 올 거라는 믿음과 기대가

---

2   장수진, 『순진한 삶』, 문학과지성사, 2024.

마음을 조금씩 파먹어서

괴롭고

떨떨해지고

조바심이 나서 죽겠을 때까지

뉴스나 라디오를 틀어도 아무런

소식이 없어 무섭고 좋고

쫄쫄 곪어 온몸의 모든 것이

다 빠져나가

졸도해버릴 때까지

생의 기쁨과 행복이 단순히 비 때문에

완전히 무너져 내렸으면 좋겠어

중대하고 심오한 비극이

있을 리 없잖아

　　　　　　　　　　　　　　　　　　—「악마는 시를 읽는다」 부분

　시인은 "중대하고 심오한 비극이/있을 리 없잖아"라고 시치미를 떼고 있지만, 이는 속절없는 아이러니다. 이미 3연에서 "중대하고 심오한 비극"에 대해 대수롭지 않게, 어쩌면 유머처럼, 스치고 오지 않았던가. "쫄쫄 곪어 온몸의 모든 것이/다 빠져나가/졸도해버릴 때까지//생의 기쁨과 행복이 단순히 비 때문에/완전히 무너져 내렸으면 좋겠어"와 같이, 악마와 놀기에 합당한(?) 소망을 드러냈다. 1연에서 확인한 것처럼 시적 주체는 무직자다. 그는 자신의 삶의 조건이나 세계를 개선하여 긍정적으로 변화시키는 쪽으로 관심을 두지 않는 것 같다. 그런 노력이야말로 공허하고 부질없는 것으로 간주했던 쇼펜하우어를 굳이 참조할 필요도 없다. "완전히 무너져 내렸으면 좋겠"다는 이 페시미즘은 악마와 거래할 수밖에 없을 정도로 고통스러운 처지의 실존적 풍경을 추문처럼 환기한다. 이 고통의 심연에서 어떻게 희망의 두레박을 만날 수 있을까? 신자유주의의 파천황적 전개와 과격한 경쟁의 파시스트적 속도에 휘둘리는 현실은 결코 '순진한' 영혼에게 만만한 것이 아니다. 그러기에 희망의 두레박 또한 옛이야기나 동화처럼 쉽게 만나기 어렵다. 그래서 시인들은 무너져 내리는 몸과 마음, 그리고 이모저모 현실의 구체를 헤아린다. 주민현은 「다 먹은 옥수수와 말랑말랑한 마음 같은 것」[3]에서 이런 흔적들을 묘사한다.

이사 온 집에서 내려다보이는
어깨가 동그란 사람들
브뤼헐의 그림 같은 풍경 속으로

서른다섯 마흔일곱 예순의 여자들이 걸어간다
흙 대파를 사느냐 깐 대파를 사느냐

물질과 생활을 토론하면서

작고 작아져 점으로 찍힐 때까지
바라보는 여자들의 사랑과 미래

이 집엔 못 자국이 많고

---

3   주민현, 『멀리 가는 느낌이 좋아』, 창비, 2023.

있는 힘껏 매달렸던 것들의 흔적에

———「다 먹은 옥수수와 말랑말랑한 마음 같은 것」 부분

　세상에는 두 부류의 사람들이 있다. "흙 대파를 사느냐 깐 대파를 사느냐//물질과 생활을 토론"해야 하는 사람들이 한 부류라면 다른 편에 그런 토론이 필요 없는 사람들도 존재한다. 후자의 경우라면 못 자국의 흔적 따위도 문제 될 게 없다. 매달린 흔적과 아무 상관이 없는 삶을 살거나 혹여 흔적이 있었더라도 말끔하게 지우고 과감하게 재건축할 수 있는 현실적인 위력을 지녔을 터이기 때문이다. 그러나 흙 대파와 깐 대파를 놓고 고민해야 하는 이들의 깊고 날카롭게 팬 흔적은 다르다. 그 흔적은 고통의 흔적이고 패배의 기록이다. 신의 물방울이 아닌 고통의 샘에서 허우적거리는 힘겨운 몸짓이다. 그래서 시인은 질문한다. 그럼에도 삶은 계속될 수 있을 것인가? "극장과 서점이 사라진 도시가 있고//폐업, 폐쇄, 반복되는 임시 개점과 휴업/선생님, 임대료는 점점 높아지고//그럼에도 삶은 계속된다고/당신이 말하지요//조용하고도 요란스럽게/내리는 비/젖고 있는 발"(「그럼에도 삶은 계속된다」). 임대료와 같은 비용은 자꾸만 높아지는데, 삶의 실질적 가치나 존재감은 한없이 낮아진다. 그러다 보니 '휴업, 폐업, 폐쇄' 같은 말들이 닫힌 풍경을 증거한다. 이렇게 거듭 멈추고 줄곧 닫히고 있는데, 그럼에도 삶은 계속된다고 말할 수 있는가. 시인의 화두는 우리 현실과 인간 조건의 아픈 진실을 향해 저며든다.

3. 무너져 멸종된 마음에서도 과일 향기가 날까?

　안미옥의 『저는 많이 보고 있어요』[4]에는 무너져 내린 작은 사람

과 크고 오래된 나무와의 대조가 반복의 문법을 형성한다. 「하우스」 「축―하우스 2」 「론도」 「주택 수리」 등 여러 시편에서 그렇다. 시적 주체는 거주할 집을 구해야 하는데 경제적으로 여유가 없다 보니, "이 돈으로 구할 수 없는 집이에요 〔……〕 가격 대비 이런 집 못 구해요"(「축―하우스 2」)라는 말을 중개인으로부터 자주 듣게 된다. 그런 집에는 대개 "흰 곰팡이가" 피어 있거나 얼룩지고 더러워진 벽지가 눈살을 찌푸리게 하거나 문이나 창이 제대로 닫히지 않는다. 1978년에 지어진 집은 "지금은 2020년"인데 "변기 물이 내려가지 않는다"(「하우스」). 물이 새어 "수도꼭지를 고쳐야" 하고, "창틀이 찌그러져 있"고, "내려앉는 싱크대"(「주택 수리」)는 속수무책이다. 그런 집 안에서 선택을 골몰하다 보면 주체는 한없이 작아질 수밖에 없다. 창밖 큰 나무 풍경이 주체를 더욱 작아지게 한다. "마당엔 나무 한 그루가 창문 쪽에서 자라고 있었다"(「하우스」), "크고 오래된 나무가 내내 생각나는 건"(「축―하우스 2」), "키 큰 나무가 서 있는 길을 오랫동안 걸었다"(「주택 수리」) 같은 대조항은 이런 마음의 풍경들을 묘출하게 한다.

> 부서진 마음, 무너진 마음, 부족한 마음, 꽉 찬 마음, 쏟아지는 마음, 넘어지는 마음, 터진 마음, 젖은 마음, 뾰족한 마음, 여린 마음, 단단한 마음……
>
> ──「주택 수리」 부분

여기서 "꽉 찬 마음"이나 "단단한 마음"은 큰 나무의 마음을 닮았다. 다른 마음들은 대개 주체의 마음 정경들이다. 경제적 조건을 비롯한 일련의 현실 문제로 인해 마음껏 살지 못한 이들의 풍경이다. "마음

---

4 안미옥, 『저는 많이 보고 있어요』, 문학동네, 2023.

을 누르고 살다보면/없는 마음이 되기도 한다"(「주택 수리」)라는 진술에 오래 눈길이 머무는 까닭에 대해서는 굳이 부연할 필요도 없겠다.

억누르다 넘어지고 터지고 그러다 없어지면 마음의 멸종 상태에 이르는 것일까. 고선경은 "멸종된 기억"을 탐문한다. "너에게서는 멸종된 과일 향기가 난다"는 모호한 시행으로 시작하는 「샤워젤과 소다수」[5]의 화자는 "투룸 신축 빌라 보증금 이천에 월세 구십"에 주눅들어 있는 "너"를 위해, "어떻게 해야 너를 웃길 수 있을까 하는 생각"을 한다. 그러나 "두 시간 동안의 폭우"와 같은 시간 배경이 그런 생각을 어렵게 한다. 대신 멸종된 기억과 사라진 언어의 심연으로 향하게 한다. "현관에 놓인 신발의 구겨진 뒤축이 웃는 표정을 닮았어 너는 침대에 누워 있고 바람이 많이 부는 청보리밭에 가고 싶다 멸종된 기억을 가지고 싶다 너의 머리카락이 가볍게 흩날릴 때 나는 사라진 언어를 이해하게 된다"(「샤워젤과 소다수」). 왜 시인은 멸종된 기억과 사라진 언어에 골몰하는 것일까. 현실에서 수없이 거절당해 뒷걸음질 치다가 소진되고 마는 이들의 사정을 헤아리기 때문이다. 「알프스산맥에 중국집 차리기」의 화자는 수시로 "아르바이트를 잘리고 가게를 나서"면서도 오히려 "세상에는 야무지지 못한 사람도 있는 겁니다"라며 사장을 위로하는 인물이다. 그에게도 "사는 게 좋았던 적/사는 게…… 설렜던 적/있"었지만, 지금 여기서 그는 그저 소진된 인간일 따름이다. 그도 재료 소진으로 조기 마감하는 식당 주인 행세를 하고 싶었겠지만, 그에게 그런 운은 따르지 않았다.

"오늘은 재료 소진으로 일찍 마감합니다/팻말을 본 사람들이 아쉬워할 때/나는 그 가게의 주인이 되고 싶지//매일이 소진의 나날인데/나를 찾아오는 발길은 드물지//돈을 많이 벌고 싶지/사랑도 하고 싶은데

---

5   고선경, 『샤워젤과 소다수』, 문학동네, 2023.

잘하고 싶은 거지”(「돈이 많았으면 좋겠지」) 같은 부분에서 명료하게 확인할 수 있는 것처럼 ‘소진’은 양가적이다. 식당의 ‘재료 소진’은 그 주인에게 한없는 축복의 시니피앙이지만, 경제적으로 불안한 주체의 소진은 전혀 다른 시니피에를 향해 질주하는 형국이다. 그에게 “어제나 오늘”도 “충분한 게 아니”었고, “내일”에 대한 기대 또한 “과분”할 정도로 난망(難望)이다. 그 앞에 놓인 희망이란 말은 신의 물방울과는 거리가 멀다. “얼마나 정직할 수 있을까 돈과 노동과 사랑 앞에서”처럼 정직하게 노력하여 내일을 열어가고 싶어 하지만 그게 쉽지 않다. “내일이라는 약속이 필요한 거지 우리는”이라는 시구를 무심하게 넘길 수 없다.

「일요일 오전의 짜파게티」에도 세상으로부터 거절당해 풀 죽어 있는 존재의 초상이 드러난다. 대수롭지 않은 어조로 거절당한 사연을 털어놓고 있지만, 연거푸 거절당하면서 존재감은 거듭 악화일로에 접어들다가 결국 소진되기에 이른다. 짜파게티의 면발이 툭툭 끊어지듯, 화자의 존재감 또한 그렇게 툭툭 끊어지는 형국이다. 「리얼 다큐멘터리」 또한 평범한 듯 비범한 상상의 눈길을 보인다. 홍대 술집에서 한 래퍼를 만나 시인이 주고받은 이야기를 풀어놓는다. 시인이 래퍼를 알아보자 래퍼는 눈물을 흘린다. “오랫동안 기다렸어요, 누구라도 나를 알아봐주기를……”. 그런 래퍼에게 시인은 말한다. “사람들이 당신을 알아보지 못하는 이유는 간단합니다 홍대에서는 누구나 래퍼처럼 보이기 때문이지요”. 이 말에 래퍼는 엄청난 비의를 깨달은 듯 위안을 받는다. 시인은 래퍼에게 자기가 시인처럼 보이냐고 묻는데, 래퍼는 그가 시인이라기보다는 래퍼처럼 보인다고 말한다. 시인이 래퍼처럼 보이기에, 래퍼는 시인처럼 보여야 하는 게 아닐까 하면서 이제 역할 교환 놀이를 시작한다.

　　　　나는 그가 시인다워 보일 수 있도록 롤렉스를 빼앗고 발렌시아가를 벗겼다 "으슬으슬하네요" "추위를 잘 견디는 시인이 오래갑니다" "두 번 시인인 척하다가는 시신이 되겠는데요" 그는 원망이 그렁그렁한 눈으로 나를 바라보았다

—「리얼 다큐멘터리」 부분

이 시에서 시인과 래퍼는 현실에서 일용할 양식을 구하기도 어렵거니와 더욱이 그것을 조금 양보해서라도 충족하고 싶었던 인정 욕망을 실현하기도 무척 어려운 처지다. "시인인 척하다가는 시신이 되겠다"는 래퍼의 말은 여러모로 중의적이다. 그리고 래퍼에게 새로 떠올랐다는 "대부업체"라는 제목의 가사가 독자의 심금을 울린다.

"래퍼처럼 보이고 싶다고 안달하지 말아요 그건 힙합이 아니에요" 내 말에 그는 몸을 잘게 떨더니 소주잔을 바닥에 내던졌다 "나는 당신처럼 멋진 구절, 멋진 가사가 떠오르지 않아! 게다가 외롭지" "저도 마찬가지예요 하지만 오늘부터는 달라질 겁니다" "어떻게?" "우리의 만남을 생각해요" "아, 떠오른다" 그는 정말로 영감이 떠오른 듯이 자리를 박차고 일어났다 취객들은 이미 심취한 듯 고개를 끄덕거리고 있었다 끄덕끄덕…… 나는 그의 입가에 귀를 가까이 댔고 소리를 낮춰 물었다 "어떤 가사가?" "너 힘든 거 나는 다 아는데 너는 왜 내게 기대지 못하는지" "제목은?" "대부업체" 그 순간 술집 스피커에서 케이팝이 흘러나왔다 일 년째 음원 차트를 점령하고 있는 대형 신인 걸그룹의 노래였다 술집의 모든 사람이 어깨를 들썩거리거나 멜로디를 따라 흥얼거렸다 우리는 침묵을 지켰다 새벽 다섯시, 영업 마감 시간이 가까워져오는데 도무지 날 밝을 기미가 보이지 않았다

—「리얼 다큐멘터리」 부분

"너 힘든 거 나는 다 아는데 너는 왜 내게 기대지 못하는지"라는 가사를 들었을 때까지만 하더라도 독자는 어쩌면 돌봄의 서정과 관련한 연민의 정조를 기대했을 수도 있다. 그런데 "대부업체"라는 제목을 알게 되자 사정은 완연히 달라진다. 돌봄과 연민의 윤리가 가혹한 교환의 계약으로 돌변하기 때문이다. 그 순간 인기 걸그룹의 케이팝이 래퍼의 가사를 뒤덮고 말았다는 상황 설정도 인상적이다. 보들레르가 「알바트로스」에서 고뇌한 지상에 유폐되고 소외된 예술가의 탄식을 떠올리게 된다. 사정이 그렇다 보니 「스트릿 문학 파이터」에서 시인들은 "불안장애"로부터 자유롭지 못하다. 경제적 고난과 예술적 소외 상태에서 소진되면서 그들은 절망과 더불어 산다. 그래서 희망은 더욱 외롭다. 희망의 물방울은 점점 말라간다. 대신 마르지 않는 고통의 샘이 그들을 규율한다. 시인이나 예술가만이 아니다. 지금, 여기의 많은 젊음들이 외로운 희망과 함께 고통의 샘에 비친 얼굴을 대면해야 하는 경우가 많다. 에른스트 블로흐가 역설했던 것처럼, 문제는 여전히 희망이다.

고통의 심연을 비추는 노근리 북극성

2011년 11월, 멕시코 과달라하라

왜 쓰는가? 문학의 이름으로 하는 가장 근본적인 질문의 하나다. 가령 어떤 이는 단지 쓰지 않으면 못 배기니까, 그런다. 쓰지 않을 수 없어서 자연스럽게 쓴다는 것이다. 작가로서 천품을 타고난 천생 작가의 좋은 경지일 수 있다. 반면 허세에 가까운 포즈일 가능성도 없지 않다. 또 어떤 작가는 아프니까, 고통스러우니까 쓴다고 한다. 고통스러운 현실을 상상력으로 넘어서기 위해, 상상력으로 고안한 대안 세계로 고통스러운 현실을 치유하기 위해 쓴다고 말한다. 혹은 콤플렉스를 승화하기 위해 쓴다고 말하는 이도 있다. 그런가 하면 세계 현실을 재현하면서 시대정신을 탐구하기 위해서 쓴다고 말하기도 한다.

2011년 11월 말, 멕시코 과달라하라에서 열린 국제도서전에 참가했다. 스페인어권 최대의 도서전이며 특히 문학에 관심을 많이 두는 이 도서전에 마련된 한국문학 관련 행사에서 한국문학을 소개하고 한국문학 작가들을 안내하기 위해서였다. 혹시 청중이 적으면 어쩌나 고민했었는데, 의외로 많은 현지 독자들이 한국문학을 적극 환대해주었다. 20세기의 고통스러운 현실 풍경을 문학적 예지로 돌파하면서 새로운 세계문학 스타일에 접근해나간 한국문학에 대한 그들의 관심은 무척 감사한 것이었다. 물론 아직은 스페인어로 번역된 작품들이 많지 않아, 제대로 읽어보진 못했지만, 앞으로 관심을 가지고 많이 읽어보겠다고 말하는 이들이 적지 않았다.

그해 과달라하라 도서전의 하이라이트는 아무래도 2009년 노벨문학상 수상자인 루마니아 출신 독일 작가 헤르타 뮐러와 2010년 노벨문학상 수상자인 페루 작가 마리오 바르가스 요사의 특별 대담이었다. 11월 27일 열렸는데, 시작 두 시간 전부터 청중들이 줄을 서서 기다려, 한 시간 전에는 이미 천 명 이상을 수용할 수 있는 행사장을 꽉 채울 정도로 성황리에 진행되었다.

1953년 루마니아에서 태어난 뮐러는 차우셰스쿠 독재 정권 시절에 성장기를 보냈다. 아버지는 강제적으로 비밀경찰 일에 관여되었고, 어머니는 강제 노동 수용소에 끌려갔다. 그런 고통스러운 전체주의 상황 속에서 상처받은 내면 아이 뮐러는 책을 읽으며 고립적으로 자기 세계를 탐문하게 되었다고 했다. 어린 시절의 그 고통스러운 기억들은 때때로 귀환하면서 자기 안팎에서 격렬한 고통의 향유를 거쳐 문학으로 표현된다는 것이다.

바르가스 요사는 중남미에서 경험한 고통을 토로했다. 우선 그는 전제적 폭군에 가까웠던 아버지에 대한 불안과 공포 때문에 문학의 세계에 빠져들었다고 했다. 억눌린 집안 분위기와는 다른 문학을 통해서만 숨을 쉴 수 있었기 때문이다. 전제적 폭군은 사회, 정치, 역사적으로 너무나 많이 널려 있었다. 20세기의 상당 시기들을 여러 남미 국가들이 군부독재 치하에서 보내야 했거니와, 『염소의 축제』 등 그의 여러 소설에서 넉넉하게 확인할 수 있듯이 살해, 고문, 실종 등 고통스러운 폭력들은 넘쳐났다. 이런 폭력적 현실들을 증언함으로써 문학은 고통을 적극적으로 향유할 수 있는 것이라고 그는 강조했다.

두 노벨문학상 수상 작가는 각자의 방식으로 자기 얘기를 하고 있었지만, '고통의 향유'라는 지점에서 그들은 넉넉하게 만나 교감했다. 어쩌면 그들의 이야기는 고통의 심연에서 피어난 연꽃이었을까. 가장 고통스러운 순간을 외면하지 않고, 고통의 심장과 교감하며, 자기만의 스타일로 고통을 향유할 때 피어나는 서사적 리듬의 풍경이었을 터이다. 뛰어난 작가들은 대부분 역설적인 고통의 향유 방식을 통해 나름의 비극적 숭고미의 세계를 열어나갔다. 일찍이 도스토옙스키도 그렇지 않았던가. 인간의 고통과 욕망을 극한까지 열정적으로 탐구하며 존재의 비의를 밝히고자 했던 그였다. 첫 계단에 발을 들여놓은 사람이라면, 마지막 계단까지 밟아보아야 한다는『카라마조프가의 형제들』의 알료샤의 특성은 곧 작가로서 도스토옙스키의 특징이기도 하며, 그가 창조한 많은 인물이 공유하는 특질이다. 저물어가는 잿빛 러시아의 현실에서 엄청 고통스럽게 살면서도 고통의 어둠에 잠식되기를 거부했다. 어둠의 심장부를 응시하며, 은총과 정의보다는 저주와 불의가 가까운 절망적인 상황에 전율하기도 했다. 분노에 찬 이반 카라마조프가 말하듯 도스토옙스키의 대지는 그 깊은 심장부까지 고통스러운 눈물로 젖어 있는 형국이었다.

드미트리 카라마조프의 절규 또한 세계의 고통을 극화한다. "어디를 가도 어디를 보아도/여신의 서글픈 눈길이 향하는 곳엔/타락의 나락 속으로 빠지고 있는/죄 많은 인간의 처참한 몰골뿐이랴!" 바로 이같이 타락하고 죄 많은 현실에서 도스토옙스키는 영혼의 구원을 갈망한다. 하여 드미트리로 하여금 이렇게 외치게 한다. "타락의 구렁텅이 속에서도/스스로의 영혼으로 일어서려면/태곳적부터의 어머니인 대지와/영원히 하나로 결합할지니." 그렇지만 어떻게 '어머니인 대지'와 결합할 수 있을 것인가. 길은 있어도 길이 아니다. 열리지 않거나 혼돈의 미로다. 하고 보니 드미트리의 탄식이 이렇게 이어지는 것은 차라리 당연하다. "그렇지만 어떻게 내가 대지와 영원히 결합하느냐가 문제야.

나는 대지와 입 맞추지도 않고 대지의 가슴을 파헤치지도 않으니 말이다. 내가 정말 농부나 목동이 될 수 있을까? 나는 지금 이렇게 살아가면서도 내가 과연 오욕 속으로 빠져들어 가고 있는지, 아니면 광명과 환희 속으로 향하고 있는 것인지 도무지 분간을 못 하고 있거든. 바로 여기에 나의 불행이 있지. 내겐 이 세상 모두가 수수께끼니까. 나는 가장 깊숙한 방탕의 구렁텅이로 빠져들어 갈 때마다……"

고통의 심연, 혼돈의 미로에서 도스토옙스키가 구사한 영혼의 연금술은 세계의 점성술을 가늠케 한다. 인간의 단일성이나 세계의 단순성을 믿지 않았던 그였기에, 마주 선 대립쌍들을 통해 새로운 길을 모색한다. 환락과 정화, 쾌락과 고통, 천국과 지옥, 신과 악마 사이에서 말이다. 이 대립쌍의 영원한 만남을 통해 진정한 의미를 발견하기 위해서라도, 도스토옙스키는 고통으로 신음하는 인물들을 집요하게 응시한다. 드미트리나 이반, 라스콜리니코프나 소냐를 비롯한 많은 인물은 대개 고통 속에서 자기 존재를 입증하려 한다. 분열된 심리 속에서 자기 현존을 깨닫고 자기 삶을 승화시키는 인물들로 형상화된다. 또 미로 속의 혼돈 그 자체로서 운명과 대결하고 운명을 바꾸어나가려는 인물들로 그려진다.

다시 노근리와 대면해야 하는 상황에서 도스토옙스키를 떠올리며, 고통의 심연에서 고통을 초극할 수 있는 참지혜는 그 어디에 있는 것일까 질문해본다. 이반 카라마조프는 이렇게 말했다. "지상의 모든 사람은 고통을 통해서만 진실로 사랑할 수 있다." 어쩌면 우리는 도스토옙스키에 기대어 겨우 이렇게 말할 수 있을지 모른다. "나는 괴로워한다, 고로 나는 존재한다"라고.

1951년, 피카소의 「한국에서의 학살」

고통의 순간은 도처에 널려 있겠지만, 가장 비극적인 장면은 아무래도 전쟁터에서 두드러진다. 트로이전쟁을 다룬 호메로스의 『일리아드』 때부터 그렇지 않았던가. 그러기에 많은 작가, 예술가가 반전사상을 열정적으로 펼쳤다. 파블로 피카소도 그런 경우이다. 이른바 피카소의 3대 반전 작품을 보기로 하자. 그 첫번째는 1937년 작 「게르니카」이다. 조국 스페인에서 프랑코 정권과 공화당 정권 사이에서 일어난 내전을 배경으로 한 작품이다. 프랑코 정권은 나치를 사주해 작은 도시 게르니카에 폭격을 가했는데, 이로 인해 1600여 명의 민간인이 사망했다. 나치가 파리를 점령한 다음 「게르니카」를 보고 피카소에게 한 게슈타포 장교가 당신 작품이냐고 물었을 때, 그렇지 않다고, 다름 아닌 "당신들"의 작품이라고 답했다는 얘기가 전설처럼 전해지기도 하는 「게르니카」는 전쟁의 참상을 그로테스크한 다큐멘터리 필름처럼 제시한 그림이다.

흑백의 명암 사이에 여러 비극적인 스토리텔링이 가능하도록 다양한 요소들을 역동적으로 배치했다. 죽은 아이를 안고 흐느끼는 어머니가 있고 위태롭게 쓰러진 사람들의 모습이 불안을 자극한다. 건물이 불타고 놀란 황소와 말이 울부짖는 모습도 병치되어 있다. 모든 게 뒤죽박죽이고, 모든 게 불안하고, 모든 게 공포스럽다. 전쟁의 참상 가운데 인간뿐만 아니라 모든 존재가 고통에 처했음을 극적으로 환기한다. 이런 그림을 통해 피카소는 반전을 주장하는 극적인 예술-무기를 창안하고자 한 것인지도 모른다.

스페인 내전에 이어 1946년 피카소는 나치에 의해 자행된 유대인 집단학살, 그 홀로코스트의 참상을 다룬 「시체구덩이」를 내놓았다. 아우슈비츠 생존 작가 프리모 레비Primo Levi는 죽음과 유령들의 세계와도 같았던 참혹한 홀로코스트의 현장에서 "이 저주받을 망령들아, 비통할지어다!"라고 했던 단테의 『신곡』 '지옥' 편의 목소리를 떠올린다. 『신곡』의 세계를 떠올리며 가까스로 그 죽음의 세계에서 벗어날 수 있었던 그는 자신의 기록에 "이것이 인간인가"라는 깊은 탄식의 제목을 붙인 바 있다. 결코 인간일 수 없었던 홀로코스트의 현장을 피카소는 '시체구덩이'의 어둠과 고통으로 표현했다. 마구 뒤엉켜 일그러진 시체들의 그로테스크한 모습을 통해 사후 세계마저 인간의 존엄성을 지닐 수 없었던 고통의 현장을 극적으로 환기한다.

그리고 1951년 「한국에서의 학살」을 내놓았다. 이 그림은 좌우의 대조가 뚜렷하다. 오른쪽은 군인-남성의 세계다. 로봇이나 사이보그 같은 형상을 한 군인들은 낯선 투구를 쓴 채 민간 여인들을 향해 총칼을 겨누고 있다. 이상한 투구에 그들의 얼굴이 가려져 있다는 것, 심장이 있는 가슴 영역은 배경화되었고, 하체의 근육질과 총칼을 든 손 부분만 전경화되었다는 점은 여러 생각할 거리를 제공한다. 사이보그 같은 군인-남성들은 머리로 생각하거나 가슴으로 느끼지 않고 오로지 총칼에만 집중하고 있다는 설정이다. 아마도 그 군인들이 아직 식지 않은 심장을 지녔더라면 임신한 여인과 아이들을 대상으로 한 학살에 그렇게 참여할 수 없었을지도 모른다.

왼쪽은 민간인 여성과 아이들의 세계다. 두 임부의 일그러진 얼굴 표정도 그렇거니와 가운데 아이를 안은 여인의 얼굴 또한 매우 그로테스크하게 그려졌다. 왼쪽에 군인들의 총칼로부터 아이를 가리려는 임부의 팔이 안쓰럽다. 손으로 가슴을 가린 채 정면을 응시하는 소녀의 눈이 학살의 현장을 똑똑히 보라고 일러주는 듯하다. 사이보그 투구와 총칼과 벌거벗은 임부와 아이들의 대조는 너무나 참혹하다. 배경색도 오른쪽은 녹색이고 왼쪽은 적색이다. 여인과 아이들이 소망하는 평화의 녹색은 군인-남성들에 의해 빼앗긴 채 불안으로 넘쳐나는 적색 공포에 시달리고 있다. 그녀들의 적색은 곧 사색이다. 제목을 제외하고는 한국전쟁을 특정하기는 어렵다. 어쨌거나 제목에 근거하여 신천군 양민 학살 사건이나 노근리 양민 학살 사건을 제재로 한 게 아니었을까, 추정하는 논의들이 있었다. 여기서 이 그림의 배경을 구체적으로 특정하는 것은 크게 의미 없을지도 모른다. 어쨌거나 1951년 한국전쟁의 와중에 피카소는 전쟁이 민간인에게 얼마나 끔찍한 비극을 가져올 수 있는지 매우 극적으로 경고한 셈이다. 호메로스의 『일리아드』를 보면 전쟁 중 여성들은 길쌈을 하거나 음식을 하면서 나름의 일상을 영위하는 것으로 묘사된 부분들이 많다. 그 또한 고대 그리스 시절에 국한된 것이었을까. 세상의 전쟁으로 인해 여성들이 얼마나 엄청난 고통을 감당해야 했었는지 생각해보면, 피카소의 「한국에서의 학살」이 그다지 과장된 것만은 아님을 확인할 수 있다.

2024년 10월, 한국 여수

한강의 노벨문학상 수상이 결정되던 2024년 10월 10일 저녁 나는 남도 여수에 있었다. 해묵은 어깨 통증을 치료하기 위해 그쪽 병원에 잠시 입원한 상태였다. 기대도 하고 기도도 했지만, 그럼에도 생각보다 너무 빨리 받게 된 선물을 마주할 때 엉거주춤함 같은 느낌을 잠시 거쳐, 한강의 첫 소설집이 『여수의 사랑』(문학과지성사, 1995)이었다는 생각을 떠올리며 공교롭다는 생각을 이어갔다. 그리고 퇴원하여 돌아오던 12일 낮에는 우연히 여수엑스포역 앞 여수세계박람회장에서 열린 「잠들지 않는 남도의 세월展 ─ 여순 10·19와 제주 4·3 미술 교류전」을 관람하게 되었다. '탐미협과 여수민미협의 세번째 만남'으로, 여수와 순천, 제주에서 무자(戊子)년(1948년)에 무슨 일이 있었던가 증거하는 고통의 붓질이 참으로 어지간했다.

김영하의 「바다 위 희망의 빛」(2024, Acrylic on canvas, 162.2×97cm)이나 박정근의 「바다, 엇갈림02」(2023, Pigment print, 100×70cm)는 강렬한 핏빛 바다의 파동과 심연을 응시한 그림이어서 충격적으로 다가왔다. 고경화의 「존재의 시간, 어디에도 있는 어디에도 없는—종남마을」(2022, Acrylic on canvas, 162.2×130.3cm)은 무너진 돌담과 뒤편의 대나무숲을 그린 작품인데, 그냥 보면 오래된 전원 풍경 같아 보이기도 했지만, 실은 1948년 11월 계엄령으로 인해 초토화되어 복구되지 못하고 잃어버린 마을이 된 종남마을 풍경이라는 것이었다. 무너진 돌담만이 과거의 어떤 흔적처럼 남아 있는데 그곳에 살던 이들은 그 누구도 돌아오지 못했다는 안타까운 사연을 떠올리게 한다.

이런 그림들을 보며 나는 전시회 관계자들에게 이번에 노벨문학상을 받은 한강 작가의 『작별하지 않는다』도 제주 이야기라고 말해주었다. 그러면서 본문보다 제목이 더 긴 시 한 편을 떠올리기도 했다. 「이천오년 오월 삼십일, 제주의 봄바다는 햇빛이 반. 물고기 비늘 같은 바람은 소금기를 힘차게 내 몸에 끼얹으며, 이제부터 네 삶은 덤이라고」[1]라는 긴 제목의 시였는데, 직접 확인해볼 기회는 없었지만, 한강 작가 역시 화가 김영하의 핏빛 바다의 고통을 애도하기를 멈추지 않아야 한다는 생각을 한 게 아닐까, 그래서 "아직 눈물이 마르지 않았다"고 한 게 아닐까, 여수와 순천, 광주와 제주의 트라우마를 함께 앓기 위해 늘 "텅 빈 항아리가 되"는 자기 몸을 응시하고 그 안에서 울리는 "검은 물소리" "깊은 물소리"(「눈물이 찾아올 때 내 몸은 텅 빈 항아리가 되지」)[2]에 귀 기울인 게 아닐까, 그러면서 고통스러운 글쓰기를 수행한 게 아

1   한강, 『서랍에 저녁을 넣어 두었다』, 문학과지성사, 2013.
2   같은 책.

널까…… 그런 상념들을 이어갔다.

그러던 중 노근리 학살 사건을 다룬 고승욱의 「북극성」을 만나게 되었다. 다른 것들은 대개 여순 사건이나 제주 4·3을 다룬 작품들이었는데, 유일하게 노근리를 다룬 작품이 들어 있어, 오히려 더 관심을 끌었다.

「북극성」을 작업한 고승욱의 '작가의 말'은 다음과 같았다. "노근리 쌍굴에는 학살 명령과 양심 사이에서 갈등하던 미군이 쏜 오발탄으로 추정되는 탄흔이 남아 있다. 이 흔적은 이 세상 모든 학살 사건에서 학살을 명령받은 군인이 차마 사람을 쏘지 못하고 허공으로 총을 겨눈 군인의 흔들렸던 양심의 순간을 증거하고 있다. 변치 않은 빛으로 지구를 비추는 북극성처럼 노근리 쌍굴의 오발탄 흔적이 모든 인간의 양심을 비추는 별빛이 되길 기원한다."[3] 피카소가 「한국에서의 학살」에서 그렸던 오른쪽 사이보그-군인들, 그 가슴 없는 군인들과는 다른 군인도 있었을 것이라고 작가는 오발탄의 흔적을 통해 추정해보려 한다. 인간의 양심에 대한 최후의 기대를 버리고 싶지 않았을 터이다. 북극성의 빛을 통해 노근리 고통의 현장을 되새기려 한 작품이다.

1950년 7월, 영동군 황간면 노근리

고승욱의 작품 「북극성」이 응시하는 빛을 따라 1950년 7월 노근리로 가보기로 하자. "한국전쟁 발발 한 달 후인 1950년 7월 말, 충북 영동군 황간면 노근리 일대에서 4박 5일간 약 400명의 희생자가 발생

---

3   「잠들지 않는 남도의 세월展—여순 10·19와 제주 4·3 미술 교류전: 탐미협과 유수민미협의 세번째 만남」, 여수세계박람회장 국제관 B동 1층 전시실 벽면 작가의 말(2024년 10월 12일).

한"[4] 노근리 사건은 전쟁 중 적군에게 학살된 사건이 아니다. 한국을 돕기 위해 참전한 미군에 의해 민간인, 그것도 부녀자와 아이들이 많이 희생된 사건이다.[5] 피카소가 이 사건 이야기를 들었는지 확인할 수는 없지만, 그가 그린 「한국에서의 학살」을 떠올리는 것은 매우 자연스럽다. 대전에서 피난민을 가장한 인민군에게 엄청나게 당한 미군이 의심되는 피난민은 모두 죽이라는 상부의 명령에 따라 노근리에서 어처구니없이 양민을 학살한 그 사건을 우리는 고통 없이 언급할 수 없다. 이 사건을 처음으로 세상에 알린 정은용의 『그대, 우리의 아픔을 아는가』의 한 부분을 다시 읽어보기로 한다. 정은용은 노근리에서 아들(5세)과 딸(2세)을 잃고 아내는 총상을 입었던 피해자 가족으로, '노근리'라는 역사 전쟁의 선봉에 섰던 인물이다.

> 미군 병사들은 터널의 양쪽 출입구에서 약 300미터 떨어진 두 고지 위에 기관총을 설치하고 터널 출입구에 조준을 맞춘 다음 사람이 밖으로 나가기만 하면 기관총탄을 발사하곤 했다. 사람들은

---

4   정구도, 『노근리는 살아있다: 한국과 미국, 70년 역사전쟁의 생생한 기록』, (사)노근리국제평화재단, 2020, p. 6.

5   노근리국제평화재단에서 제공하는 사건 개요는 이렇다. "1950년 7월 23일 마을을 비우라는 미군의 명령을 받은 주곡리 주민들은 인근 산골마을인 임계리로 피난을 갔다. 25일 저녁 미군은 임계리에 모인 피난민 500~600명을 강제 인솔하여 남쪽으로 피난하도록 했다. 밤이 깊어지자 미군들의 감시하에 피난민들은 하가리 냇가에서 하룻밤을 지냈다. 26일 아침 4번 국도를 따라 계속 남쪽으로 피난을 갔다. 정오경 서송원리 부근을 지나던 피난민들은 미군의 지시에 따라 국도 옆 경부선 철로 위로 올랐고, 철로를 따라 남쪽으로 이동했다. 이들이 노근리 부근에 이르렀을 때, 미군은 피난민들의 몸과 짐 수색을 했고, 그 이후 철로에 앉아 잠시 쉬고 있던 이들을 향해 미군기가 공중 폭격을 가하기 시작했다. 생존피해자들의 증언에 의하면 공중 폭격으로 100여 명 이상이 죽었다. 그 후 미군들은 노근리 쌍굴다리로 피난민들을 몰아넣고 그들을 향해 29일 오전까지, 무려 3박 4일 약 70시간 동안 쌍굴다리 양쪽에서 기관총 사격을 지속하였다. 그 결과 300~400여 명의 피난민들이 사망했다"(『노근리평화기념관』, (사)노근리국제평화재단, 2020, p. 18). 이 자료에 따르면 2008년까지 집계된 노근리사건 희생자는 총 226명(사망자 150명, 행방불명 13명, 후유장애 63명), 유족 2240명이다(p. 38).

더위를 참지 못해 잠시라도 총소리가 안 들리면 바람을 쐬러 밖으로 나갔다. 그러고는 날아오는 총탄에 맞아 죽었다.

철도 위의 폭격에서 살아남은 사람들은 노근리 앞 철도 밑의 큰 쌍굴 안으로, 혹은 폭격 현장 밑의 작은 터널 안으로 숨어들었다. 그런데 미군 병사들은 이 작은 터널 안에 있는 사람들을 향해 총을 난사하면서 끌어내어 큰 쌍굴 안으로 밀어넣었다. 입추의 여지도 없이 꽉 들어선 쌍굴 안의 사람들에 대해서 미군 병사들은 7월 26일 오후 3시경부터 기관총 사격을 하기 시작했다.

학살자들은 이번에는 쌍굴 양쪽 입구로부터 약 100미터 떨어진 곳에 기관총을 설치, 사격을 계속했다. 터널 출입구 부근에 있던 사람들이 먼저 사살되었다.

밤이 되어도 미군 병사들의 사격은 그치지 않았다. 터널 안에 있는 사람들이 계속해서 죽어갔다.[6]

쌍굴의 "어둠 속으로 두려움이 광풍같이 임하고, 절망이 폭풍처럼 엄습"(p. 156)한 가운데, 독실한 기독교 신자였던 정은용의 아내도 "내가 사망의 음침한 골짜기를 다닐지라도 해를 두려워하지 않을 것은 주께서 나와 함께 하심이라. 주의 지팡이와 막대기가 나를 안위하시나이다"라는 「시편」 23편 4절의 말씀에 기대어 간구한다. 그런데 전쟁 중이었고, 민간인 학살이 진행되는 노근리에서 그런 기도와 간구가 하늘에 닿지 못한 탓일까. 한밤중에 어린 딸 구희가 몹시 울어대자 할머니가 달래려고 아이를 업은 채 잠시 터널 밖으로 나갔는데, 바로 그때 심한 총성이 울렸고, 어린 영혼을 앗아간 것이다.

6   정은용, 『그대, 우리의 아픔을 아는가』, 도서출판 다리미디어, 1994/2011, pp. 155~56. 이하
     이 작품을 인용할 경우 페이지만 표기.

아내는 기어서 터널 밖으로 나갔다. 아카시아나무 밑에 목덜미에 피를 흘리는 구희가 눕혀 있었다.

"오—, 구희야!"

아내는 딸을 안아 올렸다.

"구희야! 구희야!"

애절하게 불렀다.

"……."

그러나 대답이 없었다. 별빛에 아이의 얼굴이 백지장같이 희게 보였다. 몸이 싸늘하게 식어가고 있었다.

"오—, 하나님! 당신께서는 환난 날에 우리의 피난처가 되신다고 말씀하시지 않았습니까? 그런데 어찌하여 이 어린것에까지 이토록 비참한 죽음을 주시나이까?"

아내는 울음을 터뜨리고 말았다. (pp. 158~59)

그렇게 두 살 아이가 죽은 날 터널("바닥의 폭 7.1미터, 길이 23.7미터에 높이 10미터의 아치형 터널", p. 161) 안에서는 임부가 고통스럽게 신생아를 출산한다. 할아버지 조 노인은 "장성한 사람들도 갇혀서 꼼짝달싹 못하고 마구 죽음을 당하고 있는 판국에 저 핏덩어리가 어떻게 살아남을 것이여?"(p. 160)라고 걱정하며 터널 출입구 쪽으로 나갔다가 그만 기관총탄에 맞아 횡사하고 만다. 어린 아들을 데리고 터널에서 빠져나온 아내는 가까스로 어려운 산길을 택해 남쪽으로 내려가려 시도했지만 그만 미군의 총탄에 다섯 살 아들을 잃고 자신은 부상당한다. 그렇다면 터널에 남았던 이들은 어떻게 되었을까?

날이 밝고 또 밝아 7월 29일, 끔찍한 학살극이 시작된 지 나흘째 되는 날 이른 아침의 노근리 앞 터널. 즐비하게 누워 있는 시체들이 여명의 회색 공기 가운데에서 하나둘씩 그 모습을 드러내기 시작했다. 피비린내와 인체 썩는 냄새가 습기찬 공기에 섞여 터널 안에서 진동하고 있었다. 시체들 가운데에 드문드문 누워 있는 넋나간 생존자들은 반半식물인간처럼 희미하고 몽롱한 의식 속에서 헤매고 있었다.

생후 일 년도 채 안 되는 어린아이 하나가 죽은 제 어미의 젖퉁이 사이에다 이마를 박고 젖을 빨아대다가 칭얼거리곤 했다. 목이 너무 쉬어 바람 소리만이 그의 목구멍에서 간신히 새어나왔다. 이 어린아이는 이번에는 엉금엉금 기어서 터널 벽 밑 물가로 갔다. 그리고 엎드려서 피가 섞여 흐르는 물을 핥았다. 버려진 조남일의 갓난아이는 아직도 목숨이 붙어 있어 가끔 기성을 지르며 꿈틀대고 있었다. 그러나 어느 누구 하나 이들에게 관심조차 돌리지 않았다.

날이 환하게 밝았을 때 미군 병사 4,5명이 한쪽 터널 입구에 나타났다. 그들은 다짜고짜 터널 안에다 대고 총을 난사했다. 그때 살아남았던 몇몇 사람과 시체에 탄환이 퍽퍽 박혔다. 비명 소리가 콘크리트 벽에 부딪쳐 메아리쳤다. 놈들은 인간의 씨를 말리려는 듯 한참 동안 총질을 계속했다. (pp. 182~83)

너무나도 끔찍하고 참혹한 장면이다. 북극성마저 이 터널을 환히 비출 수 없었던 것일까. 죽은 어미의 젖을 빨다가 피가 섞인 물을 핥는 아이며, 갓 태어난 신생아가 누구의 돌봄도 받지 못하는 상태에서 꿈틀거리며 기성을 지르는 장면은 차마 상상하기조차 어렵다. 가장 고통스러운 모습이다. 그 고통은 심연으로 강림하면서 도무지 멈출 자리를 알지 못한다. 피카소의 「한국에서의 학살」에서 보았던 임부와 아이들의 실제 결과는 그림보다 더 끔찍한 것이었다. 정은용의 『그대, 우리의 아픔을 아는가』에는 「한국에서의 학살」의 우측에 자리한 군인들의 시선과 증언도 담고 있다.

로버트 캐롤Robert Carrol은 AP통신 기자에게 말했다.

"나는 우리 대대 군인들이 피난민들에게 총격하는 것을 보았
다……. 나는 어린아이를 발견하고 가까운 곳의 쌍굴로 안내했다.
이곳저곳에 상처를 입고 겁이 나서 벌벌 떨고 있는 한국인들이 있
었다. 나는 어떠한 위협도 느끼지 않았다. 첫째 날 그곳에는 북조선
군은 한 사람도 없었다. 대부분이 여자와 아이들이었고 노인도 있
었다."

패터슨Patterson은 노근리 학살사건을 "인간 도살 행위였다"고
말하고, 노먼 팅클러Norman Tinkler는 "우리는 그들(피난민)을 한
사람도 남기지 않고 해치웠다"고 쾌재를 부르짖었다. 그들은 사람
을 잡아먹는 맹수보다도 더 잔인한 인간들이었다.

델로스 플린트Delos Flint 미군 제7기병연대 2대대원은 AP통신
기자에게 말했다.

"(폭격 당시) 나는 피난민들과 함께 작은 터널 안에 있었다. 그
런데 우리 군인이라고 생각되는 병사들이 이 작은 터널을 향해서
총격을 했다. 나는 무사히 도망쳐 나올 수 있었다. 우리 군 병사 중
에는 총을 쏘지 않는 자도 있었다. 나는 터널 안에 숨어 있는 사람
에게 총을 쏘지 않았다. 그들은 살기 위해서 몸을 숨기고 있는 피
난민에 불과했던 것이다." (p. 166)

『그대, 우리의 아픔을 아는가』에서는 '두 얼굴의 미군'[7]이라는 장 제

---

7   『노근리평화기념관』 자료집에는 가해자들의 증언이 이렇게 정리되어 있다.
    조 잭먼Joe Jackman의 증언: "다 죽여! 대령이 미친 사람처럼 소리쳤습니다. 다 쏴버려. 나도
    쐈습니다. 그들이 군인인지 뭔지 몰랐습니다. 어린애들도 있었습니다. 8살이든 80살이든 눈이

목을 달고 있다. 실제로 변복을 한 인민군은 없고 모두가 피난길에 오른 양민이고, 그것도 여자와 어린아이가 대부분이라는 걸 알았으면서도 "인간 도살 행위"를 자행한 군인들의 얼굴이 있다. 그런 얼굴이 피카소의 「한국에서의 학살」 우측에 살기등등하던 사이보그 군인들의 초상으로 변주된 것이었을까. 그런가 하면 다른 얼굴도 있었다. 양심의 목소리를 들으며 총질을 하지 않거나 자제했던 군인들의 얼굴 말이다. 「북극성」을 작업한 고승욱이 관심을 두었던 얼굴들, 오로지 하나뿐인 북극성의 빛이 자기 안 내면의 빛으로도 빛날 수 있기를 소망했던 이들의 얼굴 말이다. 물론 그런 군인들도 있었다는 사실이 노근리의 비극을 조금도 줄여주지 못한다. 그럼에도 그 양심의 얼굴들을 떠올리는 것은 의미가 있다. 죽임의 세계에서 살림의 세계로, 전쟁에서 평화로 나아가기 위한 기본 전제가 그런 '깊은 연민'에 바탕을 둔 생명 감각이겠기 때문이다. 내 생명이 소중하듯, 다른 생명 역시 소중하다는 것을 존중하는 것은 매우 단순한 이치이지만, 전쟁 상황에서는 쉽지 않다. 그러기에 우리는 미국의 작가이자 생태학자인 앨도 리어폴드Aldo Leopold가 강조한 '산처럼 생각하기thinking like a mountain', 한국의 작가 박경리가 성찰한 땅의 생명 윤리 등에 대해 더 탐문해야 할 필요를 느낀다.

멀었건 다리를 절건 상관없이 마구 쏴댔습니다."
델로스 플린트Delos Flint의 증언: "보고 싶지 않습니다. 돌이켜 생각하고 싶지도 않습니다. 난 아무도 쏘고 싶지 않았습니다. 장교가 우리더러 피난민들을 쏘라고 했지만 나는 쏘지 않았습니다. 쌍굴다리 안의 사람들은 두려워했습니다"(p. 33).

1994년, 원주, 그리고 『토지』와 생명

1950년 7월 노근리에서 미군에 의해 학살된 양민들, 만약 그들이 그런 어처구니없는 일로 최후를 맞이하지 않았다면, 그들의 앞에 전쟁이 발생하지 않았더라면, 그들도 얼마 후 이런 추석 풍경을 즐길 수 있었을지 모른다. 박경리의 소설 『토지』는 땅과 더불어 사는 이들이 맞이하는 한가위의 정경을 이렇게 그렸다.

　　1897년의 한가위.

　　까치들이 울타리 안 감나무에 와서 아침 인사를 하기도 전에, 무색 옷에 댕기꼬리를 늘인 아이들은 송편을 입에 물고 마을길을 쏘다니며 기뻐서 날뛴다. 어른들은 해가 중천에서 좀 기울어질 무렵이래야, 차례를 치러야 했고 성묘를 해야 했고 이웃끼리 음식을 나누다 보면 한나절은 넘는다. 이때부터 타작마당에 사람들이 모이기 시작하고 들뜨기 시작하고—남정네 노인들보다 아낙들의 채비는 아무래도 더디어지는데 그럴 수밖에 없는 것이 식구들 시중에 음식 간수를 끝내어도 제 자신의 치장이 남아 있었으니까. 이 바람에 고개가 무거운 벼이삭이 황금빛 물결을 이루는 들판에서는, 마음놓은 새떼들이 모여들어 풍성한 향연을 벌인다. 〔……〕 추석은 마을의 남녀노유, 사람들에게뿐만 아니라 강아지나 돼지나 소나 말이나 새들에게, 시궁창을 드나드는 쥐새끼까지 포식의 날인가 보다.

　　빠른 장단의 꽹과리 소리, 느린 장단의 둔중한 여음으로 울려퍼지는 징 소리는 타작마당과 거리가 먼 최참판댁 사랑에서는 흐느낌같이 슬프게 들려온다. 농부들은 지금 꽃 달린 고깔을 흔들면서 신명을 내고 괴롭고 한스러운 일상(日常)을 잊으며 굿놀이에 열중하고 있을 것이다. 최참판댁에서 섭섭찮게 전곡(錢穀)이 나갔고,

풍년에는 미치지 못했으나 실한 평작임엔 틀림이 없을 것인즉 모처럼 허리끈을 풀어놓고 쌀밥에 식구들은 배를 두드렸을 테니 하루의 근심은 잊을 만했을 것이다.[8]

이렇게 시작되는 『토지』는 국운이 기울기 시작하던 구한말에서 해방에 이르기까지, 우리 근대사의 운명과 근대인의 영혼에 도전하고 있는 역사적인 소설이다. 『현대문학』 1969년 9월호에 첫선을 보인 『토지』는 25년이 지난 1994년 완결편이 마무리되었다. 물론 『토지』의 서사는 땅과 더불어 땅처럼 살던 이들이 그런 평화로운 삶을 살지 못하게 된 일그러진 역사를 다각적으로 펼치고 있다. 자연의 생태와 사람살이의 실상을 복합적으로 성찰한 결과물이 바로 『토지』이다. 사람살이가 결코 단순하지 않고 복잡하다는 것, 그 기기묘묘한 호모사피엔스에 대한 복합적 성찰이 참으로 어지간하다. 가령 분명한 판별안보다는 복합적인 투시안[9]으로 성찰하고자 하는 인생관을, 우리는 송관수의 발화를 통해 확인할 수 있다. 송관수는 죄인 아비와 악한 반역자 형을 둔 한복에게 이렇게 말한다.

---

8   박경리, 『토지』 1부 1권, 솔, 1993, pp. 11~12. 이하 이 작품을 인용할 경우 부와 권, 페이지만 표기.

9   작가 박경리는 전체적인 성찰을 통해 전면적 진실을 발견하기 위해 복합적인 사유와 인식 과정을 보였다고 강조한 바 있다. "전체를 바라보는 시선으로 글을 씁니다. 우주 속의 나, 그리고 나의 전후좌우를 살피는 것이지요. 생명이 그것의 핵이고, 탄생과 죽음, 긍정과 부정이 서로 부딪는 생명의 모순—한을 덩어리째 받아들이는 것이지요. 『토지』는 나의 죽음 이후에도 계속되는 얘기지요."
그러한 전체적 성찰의 맥락을 관계 생태학의 측면에서 새롭게 성찰한 논의로 이덕화 교수의 『스피노자 철학 개념, 코나투스, 능동적 공동체로 『토지』 읽기』(역락, 2023)가 주목된다. 이 책에서 저자는 "무한 속에서 영혼을 풀어 놓고 근원과의 만남을 희구하는 능동적 상태"를 지향했던 박경리의 세계관을 능동적 욕망으로서 코나투스의 역동성과 관련지어 재해석한다. 동양적 기(氣)와 자신을 보존하기 위한 역동적 에너지로서 생명의 의지라고 할 수 있는 코나투스를 횡단하면서 능동적 생명력이 어떤 탈주로를 그리는지, 탄력적인 관계 생태학을 펼치고 있어 심화된 논의를 불러일으킬 것으로 기대된다.

"사람 살아가는 기이 참으로 기기묘묘하다. 검정과 흰빛으로 구벨지을 수 없는 거이 인간사라. 길상이도 하인 신세에서 만석꾼의 바깥주인이 됐는가 싶더마는 타국 땅에서 설한풍을 맞이며 편한 사람 눈으로 볼 적에는 지랄 겉은 짓을 하고, 니는 반역자 성을 둔 덕분에 애국을 하게 됐이니 기기묘묘한 세상이지 머겠나. 옛날의 선비들은 악산(惡山)을 안 볼라꼬 부채로 얼굴을 가리믄서 지나갔다 하더라마는 그런 생각 때문에 나라가 망한 기라. 안 본다고 해서 악산이 거기 없는 거는 아닌께. 악산도 이용하기 나름이제. 〔……〕 조상과 자손과, 상놈과 양반과 부자와 빈자 그리고 또 인종들이 얽히고 설키서," (3부 3권, pp. 422~23)

무한 포용의 대지적 시선을 강조하는 장면이다. 모든 것을 포괄하고, 온갖 대조와 갈등의 편람을 끌어안으면서 얽히고설킨 현실을 성찰할 때, 삶과 인간의 올바른 빛깔을 투시할 수 있다는 것이다. 그러한 복합성의 성찰이 복합적인 사건과 줄거리를 넓고 깊게 한다. 그토록 복합적인 사건들이 파노라마처럼 얽혀 있는 『토지』의 겉그림은 한마디로 갈등의 그림이며, 정한의 그림자이고, 욕망의 풍경첩이다. 대부분 어두운 암채색 바탕 위에서 일렁이는 욕동의 궤적이며 정한과 수난과 초극의 흔적들로 불거져 있다. 이런 겉그림의 심층에서 작가는 우리 민족의 한(恨)의 속무늬를 어루만지며 동시에 한을 풀고〔解恨〕 더불어 살아가는 상생(相生)의 지평을 모색한다. 이를 위해 한없는 연민의 정서와 큰 슬픔을 포괄하는 큰 자비〔大慈大悲〕의 이념형을 제시한다.

만물이 본시 혼자인데 기쁨이란 잠시 쉬어가는 고개요 슬픔만이 끝없는 길이네. 〔……〕 부처는 대자대비라 하였고 예수는 사랑이라

하였고 공자는 인이라 했느니라. 세 가지 중에는 대자대비가 으뜸
이라. 큰 슬픔 없이 사랑도 인도 자비도 있을 수 있겠느냐? 어찌하
여 대비라 하였는고. 공이요 무이기 때문이며 모든 중생이 마음으
로 육신으로 진실로 빈자이니 쉬어갈 고개가 대자요 사랑이요 인
이라. 쉬어갈 고개도 없는 저 안일지옥의 무리들이 어찌하여 사람
이며 생명이겠는가⋯⋯ (4부 1권, p. 38, 5부 1권, pp. 154~55)

『토지』에서 김환은 '절망적 정열' 속에서 한과 맞씨름해야 했으나,
결국 신비적 해한의 방식으로 '대자대비'한 생명의 바다에 이르게 되
는 인물이다. 인생의 길 끝에서 혹은 벼랑 끝에서 발견한 한과 삶에 대
한 근원적 통찰의 결과가 바로 위의 인용문의 메시지다. 막다른 곳까
지 인식의 추진축을 밀고 나가보지 않은 이로서는 얻을 수 없는 성질
이어서, 김환의 '대자대비'론은 새삼 주목에 값한다. 이런 김환의 생각
은 소지감이나 길상에게서도 두루 확인된다. 일찍이 길상은 "천수관
음상을 조성하여 어지러운 세상, 불쌍한 중생에게 보살의 자비를 펴게
하라는"(4부 2권, p. 266) 우관선사의 뜻과 희망을 물려받은 인물이었
다. 남달리 조병수의 "내부에 숨은 청랑(淸朗)한 오성(悟性)"(1부 3권,
p. 222)을 직관할 수 있는 투시안도 지니고 있었다. 썩은 대막대기에서
쏟아져 나온 개미 떼 경험(1부 2권, p. 298)과 어미를 잃고 굶주린 꾀꼬
리 새끼에 대한 체험(2부 1권, pp. 160~64)을 소중하게 간직하고 있는
인물이기도 하다. 특히 그가 주는 모이를 받아먹기 위해 날갯짓하는
꾀꼬리의 모습에서 "온통 환희"와 "생명의 부활"(2부 1권, p. 161)을 발
견하는 정경은 그의 사람됨을 짐작하게 한다. 또 꾀꼬리 새끼를 먹여
살리기 위해 불가피하게 살생을 해야 했을 때도 그는 범상치 않은 인
식을 보인다.

한 생명에 대한 자비와 다른 생명에 대한 잔혹, 꾀꼬리새끼를 위해 여치의 목을 비틀어 죽인 일, 이 이율배반의 근원은 어디 있으며 뭐라 설명되어질 수 있을 것인가. 인간의 경우에 있어서도 약육강식의 원칙이냐? 아니다. 사랑의 이기심이냐? 아니다. 애정의 의무냐? 그것도 아니다. 그러면 선택이냐? 그것도 아니다. 그러면 무엇이냐? 이 이율배반의 자비와 잔혹은 영원한 우주의 비밀이냐? (2부 1권, pp. 167~68)

생명의 근원성과 인간사의 이율배반성에 대한 본원적 질문은 매우 소중하게 보인다. 이 질문에 답하기 위해 그는 현실과 역사에서 실천적 탐색을 계속한다. 서희가 자식들과 더불어 귀향한 이후에도 간도에 남아 독립운동을 지원하거나, 귀향 후 동학당 재건을 추진하는 등의 방식으로 역사의 물결에 몸을 실었던 그는 "사람 모두가, 역사가 극복하지 않으면 안 될 일이다. 〔……〕 강자는 극복되어야 한다. 약자의 눈물을 거두기 위하여 평등하기 위하여. 강국도 극복되어야 한다. 약소국의 참상을 씻기 위하여, 국가와 국가가 평등하기 위하여. 일본은 마땅히 극복되어야 한다"(4부 3권, p. 212)는 현실 초극의 담론을 제출하기에 이른다. 이런 초극의 담론은 지상적 평등의 이데올로기를 넘어서 우주적 용화세계의 황홀경을 지향한 것으로 풀이된다. 하지만 지상에서의 현실 초극이란 얼마나 어설프고도 고단한 일인가? 그래서 길상은 최초 우관선사의 화두로 돌아가 마지막 원력(願力)을 모아 도솔암에 관음탱화를 완성한다. 이것이 길상의 해한의 경로이자 사상이고 생명 추구의 방식인 셈이다.[10]

10 『토지』와 관련된 부분은 졸고, 「지모신의 상상력과 생명의 미학」, 『타자의 목소리: 세기말 시간의식과 타자성의 문학』, 문학동네, 1996, pp. 285~91 부분을 축약하고 개정한 것이다.

2024년 11월, 다시 노근리

박경리의 『토지』에서 길상이 원력(願力)을 모아 관음탱화를 완성했 듯이, 노근리 쌍굴다리 그 '비통의 길Road of Lamentation'을 걸으면서 살아남은 이들 또한 원력(願力)을 모은다. 사건의 진실을 북극성에 비 추어 밝히고, 기억하고, 애도하며, 평화에의 길을 모색한다.

노근리를 비추는 북극성은 고통의 심연으로 내려가게 한다. 그 끝을 헤아리기 어렵다. 고통의 심연이 깊기에 애도의 깊이 또한 그러해야 할 터이다. 아직 애도의 끝이 보이지 않는다. 그만큼 평화의 길도 아 직 멀다.[11] 지금도 여전히 우크라이나에서, 중동에서 전쟁이 계속되고 있다.

크레타섬에 있는 『그리스인 조르바』의 작가 니코스 카잔차키스의 묘비에는 '평화'를 지시하는 세계어들이 새겨져 있다. 고통과 폭력으로 얼룩진 인간 문제의 핵심을 통찰한 것 아닐까. 문제는 여전히 평화다.

---

11 관련하여 이런 대목을 염두에 두는 것도 좋겠다. 작가 서이제는 「#바보상자스타」에서, 달에 다 녀온 닐 암스트롱에게 언젠가는 인간이 달에 가서 살 수도 있다고 생각하느냐고 질문했을 때, 이렇게 답했다는 말을 전한다. "언젠가 인간이 달에서 살 수 있는 날이 오겠지만, 그보다 더 중 요한 문제는 '인류가 여기 지구에서 함께 잘 살 수 있을까'를 스스로에게 질문하는 것"이라고 말이다(서이제, 「#바보상자스타」, 『소설 보다: 여름 2021』, 문학과지성사, 2021, p. 67).

부재하는 현존, 현존하는 부재, 그 5월의 횡단

1. 절대공동체의 얼굴들

"아아 광주여 무등산이여/죽음과 죽음 사이에/피눈물을 흘리는/우리들의 영원한 청춘의 도시여//우리들의 아버지는 어디로 갔나/우리들의 어머니는 어디서 쓰러졌나/우리들의 아들은/어디에서 죽어 어디에 파묻혔나/우리들의 귀여운 딸은/또 어디에서 입을 벌린 채 누워 있나/우리들의 혼백은 또 어디에서/찢어져 산산이 조각나 버렸나"[1], 이렇게 시작되는 김준태 시인의 「아아 광주여! 우리나라의 십자가여!」가 『전남매일신문』 1980년 6월 2일 자에 게재될 때까지도 광주 밖의 사람들은 거기서 도대체 무슨 일이 일어났는지, 제대로 알 수 없었다. 온갖 유언비어들만 난무했고, 도무지 믿기지 않는 소문들로 흉흉했다. 진실에의 의지는 가망 없는 희망처럼 보였다. 진실이, 아니 최소한 사실이라도 제대로 소통될 수 있는 미디어는 없었다. 물론 신문이나 방송 매체가 없지 않았지만, 그것이 곧 진실의 소리를 전하는 책임 있는 미디어의 역할을 하고 있다고 믿기 어려운 상황이었다. 그러다 보니 광주 안에 있었던 사람들이 얼마나 간절하게 S.O.S를 요청하고 있는지,

---

1 김준태, 「아아 광주여! 우리나라의 십자가여!」, 5월문학총서간행위원회 엮음, 『5월문학총서·1 시』, 5·18기념재단, 2012, p. 18.

광주 밖의 많은 사람은 헤아리기 어려웠다. "여기는 남쪽 나라 무풍지대/조국이여, 우린 난바다 속에 갇혀 있음/바람을 기다림. 긴급 구조는 불가능한 것으로 판단됨/식량은 열흘간의 물과 건어물뿐임", 이런 상황에서 긴급구조를 요청하지만 구조는커녕 응답조차 받을 수 없는 고립무원의 상황이었다. "오, 난파당한 조국이여/아직도 우리는 애국가를 부르고 있음/바다에 빼앗기지 않은 시신을 싣고/바람의 궐기를 기다리고 있음/어떤 배도 근처를 지나지 않음"[2], 그래서일까. 당시 5월 광주 현장에 있었던 임철우는 5월 문학의 한 절정을 보인 장편 『봄날』의 앞머리에 이런 헌사를 바친다. "끝내 아무도 달려와주지 않았던 그 봄날 열흘, 저 잊혀진 도시를 위하여 이 기록을 바친다."[3] 이를테면 이런 풍경과 얼굴들이 그해 5월 남쪽의 어느 도시에 있었다는 사실을, 증언해야 한다는 소명을 임철우는 보여준다.

> 불현듯 그날 밤 광장에서의 횃불 시위의 광경이 눈앞에 떠올랐다. 연시빛 불빛에 따스하게 젖어 흔들리던 그 이름 모를 수많은 얼굴들. 어둠이 깔린 거리를 따라 흐르던 그 평화롭고 아름다운 행렬. 수천 수만의 목소리를 한데 모아 부르던 노래…… 이내 짙은 잿빛의 수면 위로, 누군가의 얼굴들이 물방울처럼 하나둘 돋아나기 시작했다. 윤상현, 무석형, 칠수, 순임이, 민태, 민호…… 친구들, 선배들, 그리고 이름 모를 수많은 사람들의 얼굴. 얼굴들. 그 하나하나는 저마다 작은 불꽃으로 변해 어느덧 작은 개울을 이루고, 강을 이루고, 마침내 바다를 향해 뜨겁게 굽이쳐 흘러가고 있었다. 명기는 조용히 두 눈을 감았다. 목 안에서 울컥 솟구치는 불덩이 하나

---

2 임동확, 「긴급 송신(SOS)」, 『매장시편』, 민음사, 1987.

3 임철우, 『봄날 1』, 문학과지성사, 1997, p. 5.

를 명기는 아프게 되삼켰다. 뜨거운 눈물이 뺨 위로 흘러내렸다.[4]

『봄날』의 에필로그에서 도망자 처지가 된 명기의 회상 장면인데, 그 얼굴들 사이에는 가공할 만한 폭력에 의해 죽임을 당한 얼굴들이 굽이쳐 흐른다.[5] 항쟁 40년이 지난 지금과는[6] 달리 명기가 회상하는 이 에필로그의 시점에서 그 얼굴들은 풍경을 지닐 수 없었다. 임철우가 "인간과 짐승들이 한데 엉켜 지냈던 그 야만의 시간들"(「관광객들」)이라고 표현했던 그 열흘을 경험한 임철우나 임동확 같은 이들에게 그 시

4   임철우, 『봄날 5』, 문학과지성사, 1998, p. 436.

5   『봄날』의 여러 곳에 그런 고통스러운 얼굴들이 제시된다. 광주 바깥에 있었던 작가 최윤은 그 얼굴을 이렇게 묘사한 바 있다. "소리 지르는 얼굴, 쓰러지는 얼굴, 위협하고 구타하는 얼굴, 피 흘리고 쓰러지는 수많은 얼굴, 발가벗겨진 채 붕어처럼 팔짝거리며 경련하는 얼굴, 헉하고 소리 지를 시간도 없이 사라져버리는 얼굴, 쫓기는 얼굴, 부릅뜬 얼굴, 팔을 내휘두르며 무언가를 외치는 얼굴, 굳어진 얼굴, 영원히 굳어진 얼굴들. 깔린 얼굴, 얼굴 없는 얼굴, 앞으로 나아가는 옆얼굴, 빛나는 아름다운 이마의 얼굴, 뒤로 나자빠지는 얼굴, 다시 깔리는 얼굴, 그녀의 이름을 부르다 말고 꺼지는 눈빛의 얼굴……"(최윤, 『저기 소리 없이 한 점 꽃잎이 지고』, 문학과지성사, 2018, pp. 216~17).

6   1980년 5월 18일부터 열흘 동안 전개되었던 이 광주항쟁에 대해서는 그동안 국내외에서 다양한 논의가 전개된 것이 사실이다. 가장 최근의 문헌에서 신기욱은 이렇게 정리하고 있다. "5·18광주민주화운동이 한국의 근현대사에서 차지하는 비중은 결코 작지 않다. 5·18에서 흘린 피와 땀이 현재 한국이 누리고 있는 민주주의의 토대가 되었음은 부인할 수 없다. 더구나 1919년의 3·1이 아시아의 반식민지·반제국주의 운동의 기폭제가 되었다면, 1980년의 5·18은 아시아 지역의 민주화의 물결을 가져오는 데 중요한 계기가 되었다. 3·1과 5·18 모두 독립과 민주화라는 눈앞의 목표를 달성하는 데는 실패하였지만 장기적으로는 한국을 넘어서 더 큰 영향을 미쳤던 것이다. 따라서 5·18을 단순히 대한민국의 역사유물로 간직하는 데 그치지 말고 그 정신을 좀더 보편화하려는 노력이 필요하다"(신기욱, 「5·18 정신의 보편화를 위하여」, 백낙청·임형택·도진순 외 지음, 백영서 엮음, 『백년의 변혁: 3·1에서 촛불까지』, 창비, 2019, p. 282). 2015년 5·18기념재단이 실시한 '5·18인식조사'(만 19세 이상 일반 국민 600명 표본 조사)에 따르면 한국의 민주화와 관련한 역사적 사건 중 가장 관심이 높은 사건을 5·18민주화운동으로 꼽았고(54.8%), 다음으로 4·19혁명(25.4%) 등을 지목했다. 5·18민주화운동의 성격에 대해서는 57.4%가 '대한민국의 민주주의와 인권 신장에 기여한 운동'이라고 답했다. 또 5·18민주화운동에 대한 인식은 민주화 기여도(68.2%), 시민의식 및 인권신장 기여도(67.0%), 민주주의 상징성(62.4%), 평화통일 기여도(26.3%), 진상규명 여부(24.1%)의 순으로 나타났다(같은 책, p. 280).

간은 가히 디스토피아의 시간이었을 게다. 제대로 얼굴을 지닐 수 없었던 그들에게 걸맞은 얼굴을 되돌려주는 데 많은 시간이 소요되었다. 그 진상을 밝히고 그 얼굴들의 명예를 회복하려는 여러 노력을 거친 후에 나온 담론 중의 하나가 이른바 '절대공동체'론이다.

정치학자 최정운은 당시 광주의 5월 공동체는 "폭력에 대한 공포와 자신에 대한 수치를 이성과 용기로 극복하고 목숨을 걸고 싸우는 시민들이 만나 서로가 진정한 인간임을, 공포를 극복한 용기와 이성(理性)있는 시민임을 인정하고 축하하고 결합한" 절대공동체였다고 그 성격을 논의한다. "시민들이 공포를 극복하고 투쟁하며 추구하던 인간의 존엄성은 이제 비로소 존엄한 인간끼리의 만남 그리고 바로 이 공동체에서 서로의 인정과 축하를 통해 객관화되었"고, 이 "절대공동체에서 시민들은 인간으로서의 정체성(正體性, identity)을 찾았고 〔……〕 다시 태어"[7]날 수 있었다는 것이다. "모든 시민들이 인간이 되기 위하여 적과 목숨을 걸고 싸우며 그들이 동료 시민들과 만나 존엄한 인간임을 확인하는 과정에서, 죽음을 넘어선 한계상황에서 성령의 계시처럼 내면적 과정으로 이루어진 것"이었으니 이 절대공동체는 "성(聖)스러운 초자연적 체험"[8]이었다고 언급한다. 인간 존엄성을 짓밟는 무차별적 폭력에 대한 분노와 생명과 인간 존엄성에 대한 사랑이 얽히고설키면서 "'대단한 인간', 인간 이상임의 느낌"[9]을 절감할 수 있었을 것이라고 말하는데, 이런 해몽의 대상은 사실상 이루 형언할 수 없을 정도의 악몽이었음에 틀림없다.

---

7 최정운, 「폭력과 사랑의 변증법: 5·18 민중항쟁과 절대공동체의 등장」, 5·18기념재단 엮음, 『5·18민중항쟁과 정치·역사·사회 3: 5·18민중항쟁의 전개과정』, 5·18기념재단, 2007, p. 264.

8 같은 글, p. 276.

9 같은 글, p. 281.

그 절대공동체를 형성했던 많은 동료들이 항쟁하다 피 흘리며 처참하게 죽어갔고, 그런 가운데 살아남은 이들도 죽음보다 더한 고통에 시달려야 했다. 뒷날 작가가 된 임철우도 그중 한 사람이다. 비록 살아남긴 했지만, 그것이 그를 더 괴롭혔다. 더할 수 없는 죄의식과 불안에 시달리게 했다. 27세에 체험했던 광주항쟁은 인간적인 측면에서건 작가의 측면에서건 임철우에게 결정적인 체험으로 작용했다. 살아남은 자의 죄책감을 덜기 위해서라도 광주의 현장과 고통을, 그 절대공동체의 얼굴들을 소설화하겠다고 결심했고, 또 그 결심을 소설로 완성했기 때문이다.[10] 그런 임철우가 아직 본격적으로 5월 광주 절대공동체의 얼굴을 소설화하기 이전에 평론가 김현은 신진 작가 임철우의 내면에서 그것을 불안·부끄러움 등으로 읽어낸다. 임철우 소설의 인물들이 보이는 자폐적 의식의 이면에서 그런 심리를 파악하면서 김현은, "불안·부끄러움 등은 폭력적 정황과 맞서 있는 개별자들의 심리적 반응"이라면서, "불안은 그 폭력이 자신의 삶을 어떻게 만들어버릴지 알 수 없다는

---

10 광주항쟁 체험과 그 트라우마 경험에 대해 임철우는 다음과 같이 밝힌 바 있다.
  "나는 한동안 제정신이 아니었다. 그게 아니라고, 당신들은 모르고 있다고, 혼자 흥분해서 입에 게거품을 물고 그때의 일을 얘기해주다가 보면 모두들 잠자코 나를 바라보고만 있었다. 호기심과 반신반의, 혹은 냉소에 찬 눈빛들. 그 한없이 차분하고 이성적인 눈빛들 앞에서 나는 숨이 막히고 가슴이 터질 것만 같았다. 술에 취하면 갑자기 목소리가 높아지고 사나워졌다. 그 냉정하고 영리한 눈빛들을 빛내며 마주 앉아 있는 그들의 모습에 나는 끝없이 절망하고 분노하고 그리고 난폭해졌다. 그때부터 눈물이 부쩍 흔해졌다. 며칠씩 잠 한숨 자지 않았다. 길을 가다가도 광주 생각만 하면 눈물이 쏟아지고, 광주사람들 생각만 하면 울음이 북받쳤다.
  그렇게 거의 보름 가까이 잠을 자지 않았더니, 낮에는 두 다리가 구름 속을 떠도는 것만 같았다. 그런 어느 날 밤, 별안간 가슴이 터지고 머리가 빠개질 듯한 극도의 압박감에 나는 방바닥에서 벌떡 일어났다. 이러다간 미치고 말겠구나. 한순간, 나는 내가 극히 위험한 수위에 도달해 있다는 사실을 깨달았다. 나도 모르게 방바닥에 엎어지자마자 엄청난 울음이 폭포처럼 터져나왔다. 마치 더이상 버티지 못할 만큼 팽창한 공기가 튜브를 찢어내며 격렬하게 터져나오듯이 그렇게. 이불을 뒤집어쓰고 그렇게 한바탕 통곡을 토해내고 나자 비로소 조금씩 숨이 쉬어졌다. 그러자 나도 모르게 입에서 이런 기도가 터져나왔다.
  "하느님. 제가 그날을 소설로 쓰겠습니다. 목숨을 바치라면 기꺼이 바치겠습니다. 저를 도와주십시오.""(임철우, 「낙서, 길에 대하여」, 『문학동네』 1998년 봄호, p. 59).

데서 생겨나는 심리적 반응이며, 부끄러움은 그 폭력에 대항하지 못하는 데서 생겨나는 심리적 반응"[11]이라고 진단한다. 불안과 부끄러움! 여러 위기사에서 그랬지만 특히 1980년 5월 광주에서 남은 자들이 보인 대표적 심리가 그렇지 않았을까. 기형도의 유고시집을 해설하면서 김현은 "죽은 사람의 육체는 부재하는 현존이며, 현존하는 부재"[12]라고 적었는데, 그해 5월 광주에서 죽은 절대공동체의 얼굴들이야말로 부재하는 현존이며, 현존하는 부재가 아니었을까. 적어도 80세대들에게는 어김없이 그렇게 다가온다. 1980년대 내내 아니 그 이후에도 줄곧 80년 5월로부터 결코 자유로울 수 없었다. 광주의 폭력과 대결하는 진실의 싸움, 그것은 가장 핵심적인 시대정신이었으며 비평정신이었다. 4·19 세대 평론가 김현이 광주 문제와 관련하여, 그 불안과 부끄러움의 심리, 폭력과 진실의 대결, 고통의 심연에서 시적 외침이 터져 나오는 자리에 대한 성찰과 그 리듬에 대한 관심, 그리고 폭력적 현실에서 문학적 욕망 등 여러 문제에 대해 어떤 비평적 궁리를 했었는지 살펴보는 것이 이 글의 과제다.

2. 남은 자들의 부끄러움과 고통의 심연

"1980년대는 광주와 죽음—죽임의 연대이다"[13]라는 문장으로 시작되는 「보이는 심연과 안 보이는 역사 전망」의 도입부는 김현이 5월

---

11   김현, 「아름다운 무서운 세계」, 임철우, 『아버지의 땅』, 문학과지성사, 1984/1996, p. 333.

12   김현 해설, 「영원히 닫힌 빈방의 체험」, 기형도, 『입 속의 검은 잎』, 문학과지성사, 1994, p. 136.

13   김현, 「보이는 심연과 안 보이는 역사 전망—꽃을 보는 두 개의 시선」, 『분석과 해석/보이는 심연과 안 보이는 역사 전망: 김현문학전집 7』, 문학과지성사, 1992, p. 294.

의 광주에 대해 비교적 일목요연한 의견을 보인 대목에 속한다. "40년대 후반의 아우슈비츠와 유대인 학살을 상기시키는, 아니 그것을 실제로 느낄 수 있었던, 불행한 연대"인 1980년대에 광주는 "처음에는 분노와 비탄과 절망, 그리고 침묵으로 점철되었"다가, 나중에는 "일종의 원죄 의식으로 변화하여, 그것에 어떤 식으로든 반응하지 않고서는 살 수 없는, 물론 육체적으로는 살 수 있겠으나, 정신적으로는 살기 힘든, 그런 장소가" 되었다고 말한다. 더욱이 "오랫동안 소외되어온 곳이어서 역사적 숙명론의 흔적" 내지 실체까지 보여준다면서, 시인들도 그 "원죄 의식"에서 자유롭지 못하다는 점, 특히 "80년대에 시작 활동을 한 거의 모든 시인들은 어떤 형태로든지 그 원죄 의식을 드러낸다"[14]는 점을 강조한다. 요컨대 첫째, 1980년 광주는 남은 자들로 하여금 원죄의식을 갖게 한다. 부끄러움과 원죄 의식이 으뜸 되는 핵심어다. 시인들 역시, 아니 더더욱 그러한데 성실하게 광주와 마주치려 하면 할수록 더 고통스럽다고 김현은 말한다. "광주 체험은 그러나 너무나 압도적이어서 그것을 시화시키는 데 시인들은 큰 고통을 겪는다. 광주를 노래하는 순간, 그 노래는 체험의 절실함을 잃고, 자꾸만 수사가 되려 한다. 성실한 시인들의 고뇌는 거기에서 나온다. 광주에 대해 눈을 감을 수는 없다. 그렇다고 절실하게 느껴지지 않는 시를 시라고 발표할 수도 없다. 그 고뇌를 예술적으로 현명하게 헤치고 나온 시인들은 불행하게도 많지 않다."[15] 이렇게 둘째로, 김현은 절실한 체험과 수사의 관계를 언급한다. 그러면서 그는 "그 고뇌를 성실하게 받아들이고 거기에서 자기 나름의 시적 공간을 확보하는 데 성공한" 시를 분석하면서 "시는 외침이 아니라 외침이 터져나오는 자리라는 것"이 밝혀지기

14 같은 곳.

15 같은 곳.

를 희망한다.[16] 그러니까 셋째는 시적 외침이 터져 나오는 자리, 그 미학적 재현 체제에 대한 김현의 도저한 관심을 분명히 한 것이라 볼 수 있다.

먼저 부끄러움 내지 원죄 의식에 대해. 이성부의 시집 『빈山 뒤에 두고』를 논의하는 자리에서 김현은 이성부의 사례에 대해 이렇게 적었다.

> 그의 고향은 광주이며, 80년 5월에 그는 서울에 있었다. 그는 고향에서 일어나고 있는 일들을, 숱한 사람들의 죽음을 멀리서 바라보고만 있었다. 고향 사람들은 죽어갔는데, 그는 비겁하게 살아 남았다. 그는 아무것도 하지 못했다. 그것이 그의 상처이다. 그 상처는 개인적 상처이면서 역사적 상처이며, 그는 거기에서 자신의 먼 데 있음, 비겁함을 확인한다. 그러나 그가 아무것도 하지 않은 것은 아니다. 그는 자신이 가까운 데 있지 않고, 먼 데 있으며, 비겁하다는 것을 반성하며, 고향 사람들의 죽음을 통해, 죽음은 바로 태어남, 새롭게 태어남이라는 것을 깨닫는다. 그 반성과 깨달음은 역사적 상처를 통해 당연히, 자연히 얻어지는 것이 아니라, 자기 자신의 상처를 뒤집어 까발림으로써 얻어지는 것이다. 그 과정의 성실성이 이성부 시의 힘의 근원이다.[17]

이성부의 비겁함이나 부끄러움이 시적 근원이 되는 것은 역사적 상처에 대면하는 자기 개인의 상처를 절실하게 현시하기 때문이다. 특히 이성부의 시 중에서 「몸」을 주목하면서 김현은 언제나 밖에 있는 몸과

---

16 같은 글, pp. 294~95.

17 김현, 「죽음과 태어남: 이성부」, 『분석과 해석/보이는 심연과 안 보이는 역사 전망: 김현문학전집 7』, p. 285.

'불타는 말' 사이의 길항과 긴장을[18] 파고든다. "피투성이가 된 몸은 불타오르는 말이다. 그것은 아름답다. 〔……〕 불타오르는 말은 살아 있어서 아름답다. 사람이 가야 하는 곳은 그 말이 있는 곳이며, 써야 하는 시는 그 말이 있는 시이다."[19] 더 풀어 보일 필요도 없이 이성부의 부끄러움에서 시적 외침에 이르는 경로를 단적으로 비평한 대목이다.

최하림도 이성부처럼 사십대에 일어난 광주의 5월을 광주 밖에서 겪었다. 일상적 사회인으로서 추체험한 최하림과 달리 임동확은 주변인으로서 현장에서 체험한다. 이미 사회에 편입되어 있던 연배인 최하림과 달리 임동확은 아직 편입되어 있지 않았기 때문에 역사적 사건에 영웅적으로 뛰어들어 자신의 몸을 바치는 경우도 있을 수 있지만, 임동확 역시 그렇지 못했다고 적으면서, 김현은 4·19 때 "자기 자신의 상처를 뒤집어 까발린"다. 그럼으로써 부끄러움과 원죄 의식의 패러다임을 조성한다.

> 그러지 못한 것이 그뿐이겠는가. 나 역시 그러했다. 60년 봄에 나는 경무대 앞까지 갔으나, 총소리가 났을 때, 내 몸은 한 가게 목판 밑에 있었다. 나는 내가 비겁한 놈이라는 자학을 하면서, 경무대 앞에서 장충단까지를 터덜터덜 걸어갔다. 햇빛은 밝게 빛나고, 날씨는 알맞게 쌀쌀했다.[20]

햇살 밝은 외면 풍경과 대조되는 어두운 내면 정경을 이런 식으로

---

18 "몸이 쓰러지며 던지는 한마디 말/아스팔트 위에 피투성이가 된 말/거짓으로 살아 있을 줄을 모르는 말/불타는 말//몸은 어제나 밖에 있다./총칼과 文字와 화려함의 문 밖에/서울의 금줄 밖에/우리들 사랑 밖에"(「몸」 2, 3연, 이성부, 『빈山 뒤에 두고』, 풀빛, 1989, p. 65).

19 김현, 같은 글, p. 291.

20 김현, 「보이는 심연과 안 보이는 역사 전망─꽃을 보는 두 개의 시선」, 앞의 책, p. 301.

드러낸 것은 김현 특유의 4·19 세대의 자의식 내지 자기반성성을 거듭 드러낸다. 부끄러움이나 원죄 의식은 진정성의 어떤 단초를 제공할 수 있다. 그러나 그것이 곧 좋은 문학을 형성할 수 있는 것은 아니다. 충분조건일 수 없다. 그러기 위해서 시인은 더욱 절실하게 고통의 심연으로 내려가야 한다. 김현이 최하림의 시를 주목한 것도 그런 맥락에서다. 「죽은 자들이여 너희는 어디 있는가」를 분석하면서 김현은 심연의 눈을 응시한다. "이 도시의 보이지 않는/눈이 나를 보고 있다"[21], 이렇게 시작되는 이 시를 놓고 평론가는 보임/보이지 않음의 대립을 극적으로 부조하는 리듬을 찾아내고, 그 리듬과 더불어 아름다운 것을 넘어 충격적인 이미지로 꽉 차 있는 이미지들을 분석하면서, 그 이미지들의 메타포에서 침묵의 외침을 감각한다. 무엇보다 "나를 보고 있는 이 도시의 보이지 않는 눈이라는 이미지"를 강조한다. "이 도시에서는 모든 것이 눈이다. 눈만으로 이뤄진 릴케의 천사와 다르게 이 도시의 눈은 침묵하는 심연의 눈이다."[22] 그런데 그 심연의 눈은 뭔가 끔찍한 사태를 경험한 침묵의 도시의 눈이기에 범상치 않다. "아무 말 없이 눈을 부릅뜨고 낯선 것들을 주시하고 있는 침묵의 도시, 그 도시에서 전율하지 않을 사람이 어디 있으랴!"[23] 그 심연의 눈이 보고 있는 꽃의 심상은 더 전율케 한다. "오오 나를 감시하는 눈들이 보는 저 꽃/하늘의 상석에 올려진 아직도/피비린내 나는/눈부시고 눈부신 꽃/살가죽이 터지고/창자가 기어나오고" 부분에서 꽃은 일반적인 미적 대상일 리 만무하다. 이 피비린내 나는 최하림의 꽃에 대해 김현은 "시인의 꽃에서는 피비린내가 난다. 그러면서도 눈부시고 눈부시다. 끔찍

---

21 최하림, 「죽은 자들이여 너희는 어디 있는가」, 『문학과사회』 1989년 겨울호, 문학과지성사, p. 1408.

22 김현, 같은 글, p. 298.

23 같은 글, p. 299.

한 꽃이다. 그 꽃은 더구나 살가죽이 터지고, 창자가 기어나온 꽃이다. 아름다운 것이 견딜 수 없을 정도로 훼손된 것이 시인의 꽃이다. 그 꽃은 또한 자신이기도 하다. 이 끔찍함이 이 시의 기본 동력 중의 하나이다"[24]라고 해석한다. 도시의 눈에 보이는 꽃이 그토록 끔찍하기에 시인은 "검은 바다에 철침 같은 비가 꽂힌다"[25]는 '검은 바다'의 '심연 속으로' 내려간다. "속이 비치는 심연 속으로/가고 있었네"처럼 "속이 보이는 심연"이라는 일종의 패러독스로 눈길을 끄는 최하림의 「심연 속에서」라는 시에서 "심연은/시간이었고 고통이었네" "심연은/시간이었고 아픔이었네"[26]로 작은 변주를 동반한 반복의 리듬을 김현은 주목한다. "심연이 시간인 것은 그 심연을 낳은 사건이 역사적 사건이기 때문이며, 그것이 고통이며, 아픔인 것은 그것은 어떤 방식으로든 치유되기 힘든 상처이기 때문이다. 관념적 사건이 아니라 역사적 사건으로 존재하며, 아직도 우리의 의식을 짓누르는 깊은 상처를 우리는 어떻게 치유해야 할 것인가?"[27] 역사적 사건에서 비롯된 깊은 상처를 응시하면서, 그 상처를 외치는 목소리가 아닌 그 상처와 고통을 성찰하고 상상하게 하는 심연의 자리를, 즉 시적 외침이 터져 나오는 자리를 분석함으로써, 심연에서의 5월 문학의 형성 가능성을 보이고 있다는 점에서 인상적이다.

최하림이 묘사한 침묵의 도시, 검은 바다, 저주받은 내면에서도 짐작할 수 있는 일이지만, 1980년 5월의 사건은 역사적 이성의 진보 가능성을 배반하고 환멸감에 빠지게 하는 치명적 상처였다. "그 공포의

---

24 같은 곳.

25 최하림, 「검은 바다」, 『문학과사회』 1989년 겨울호, p. 1409.

26 최하림, 「심연 속으로」, 같은 책, p. 1411.

27 김현, 같은 글, p. 301.

도시, 저주받은 도시에서 일어났던 일은 인간은 할 수 없는, 짐승의 짓이다. 짐승의 짓을 체험한 사람은 순진하게 역사의 진보를 그대로 믿을 수가 없다. 역사는 때로 우회한다라는 변명도, 압도적인 짐승의 시간을 체험한 사람에겐 췌사이다. 밖에서, 뒤에서, 그것을 체험한 사람은 역사의 우회적 진보에 대해 믿을 수가 없다."[28] 그럼에도 불구하고 젊은 시인 임동확이 "그럴 수가 없었음을, 그저 절망의 심연에 빠져 있지만은 않았음을" 분석한다. "그를 절망의 심연에 빠지지 못하게 하는 것은, 저주받은 도시에 대한 회상·기억과 풀꽃처럼 져간 동료들에 대한 추모의 정이다. 그는 그것 때문에 차라리 산다. 그의 시적 승리는, 공포의 도시에서, 좌절하여, 가난한 시인 지망생으로 만족하지 않고, 풀꽃처럼 져간 동료들의 뒤를 흔들림 없이 뒤따르려는 결의를 보여준 데 있다."[29] 임동확의 경우 사변적 논리가 아닌 '체험적 동지애'로, 의식적이라기보다 '전신감각적'으로 죽은 이들의 넋을 진혼하여 그 뒤를 따르려 한다는 것이다. 최하림도 그렇지만 임동확도 고통스러운 현실을 외면하지 않음은 물론이거니와 그렇다고 고통의 스펙터클이나 비명을 그대로 노정하지도 않으면서, 그 고통의 심연으로 독자들을 곡진하게 안내하는 데 성공하고 있다고 김현은 평가한다. 외침이 아니라 외침이 터져 나오는 자리를 엄정하게 조망하고 분석한 결과라 하겠다. 그 외침이 터져 나오는 자리는, 반복이 되겠지만, 고통의 심연이다.

28 같은 글, p. 303.
29 같은 글, pp. 304~305.

3. 현실의 부정성을 현시하는 문학의 리듬

김현이 거듭 '외침'이 아니라 '외침이 터져 나오는 자리'를 강조하고, 고통의 심연을 응시한 것은 고통을 넘어서기 위해서는 고통을 통해서만 가능하다는 인식에 바탕을 둔 것 같다.

> 고통스러운 세계를 부정할 수 있는 것은 그 고통스러운 세계를 통해서이다. 그 부정의 행위는 자신을 속죄양으로 만듦으로써 세계의 무의미를 부수는 행위이다. 나는 의미 없는 사람으로 살아가지 않겠다, 나는 내가 나 자신의 주체가 되도록 하겠다, 그것만이 고통의 세계에서 벗어날 수 있는 길이다, 자기 자신을 파괴하는 것은 자기 자신이 그 한 부분을 이루고 있는 부정적 세계를 부수는 것과 같다―그 도저한 자기 인식을 나는 마적이라고밖에 다른 말로 부를 길이 없다. 그 마적 정신주의는, 고통의 세계에서 모든 예수의 아들이 되어 그 차이를 잃어버리는 경향에 대항하여, 차이를 드러내고 강조한다. 차이를 강조하는 것을, 차이를 지우려는 사람들은 파괴적 폭력이라 부른다. 그러나 그 파괴적 폭력은 새 의미를 낳는 기초적 폭력이다. 차이를 강조하지 못하는 한, 억압적인 현실은 파괴되지 않는다. 내가 용서하지 않으면, 너는 용서받은 것이 아니다라는 전언은 이청준의 마성이 전하는 핵심적 전언이다. '그 가열찬 정신주의'는 정신주의의 패배를 정신주의로 극복하는 현실적 정신주의이다.[30]

중·고등학교 시절을 광주에서 보낸 까닭에 광주를 제2의 고향으

30 김현, 「떠돌아옴과 되돌아옴: 이청준」, 같은 책, pp. 155~56.

로 여겼던 이청준 역시 이성부처럼 그해 5월에 광주가 아닌 서울에 있음으로써 그 고통을 고향 사람들과 함께하지 못한 것에 대해 무척 미안해하고 원죄 의식을 느꼈던 작가다. 「비화밀교」(1985), 「벌레 이야기」(1985) 등은 그 나름대로 광주의 고통과 대면하려 한 작품이었는데, 김현은 「벌레 이야기」에서 용서할 수 있는 권리를 강조한 이청준의 '가열찬 정신주의'를 각별히 주목한다. "이제 서로서로 용서할 때가 왔다"[31]라고 했던 르네 지라르의 결론과는 달리 이청준은 종교적으로 타협하지 않고 인간 스스로 용서할 수 있는 권리를 지닌 주체가 되기를 바랐던 것인데, 종교적 계율에 의탁하지 않은 이청준의 '가열한 정신주의'를 성찰하면서 김현은, "고통스러운 세계를 부정할 수 있는 것은 그 고통스러운 세계를 통해서이다"라는 명제를 제출한다. 그러면서 희생양, 파괴적 폭력, 기초적 폭력 등을 언급한다. 광주 충격 이후 그 고통스러운 세계를 통해, 그것을 부정하기 위한 비평적 작업으로 김현이 천착한 것이 "문학의 자율성을 보장하면서 사회학적으로 그것을 설명"[32]하기 위한 『문학사회학』과 문제의식을 문화인류학적으로 확대 심화한 『르네 지라르 혹은 폭력의 구조』였는데, 「벌레 이야기」 등을 다룬 「떠남과 되돌아옴」만 보더라도 그 문제의식의 상당 부분을 확인할 수 있다. 비록 광주에 대해 직접적으로 자주 드러내지는 않았지만, 한 사람의 평론가로서 시대사적 사건을 어떻게 감당할 것인가 하는 문제에 대한 자의식과 책무감이 상당했던 것으로 보인다.

『르네 지라르 혹은 폭력의 구조』「글머리에」서 김현은 "욕망의 뿌리가 심리적이며 사회적인 것"이라는 것, 그리고 "모든 욕망은 역사적"[33]

---

31 김현, 「속죄양의 의미」, 『폭력의 구조/시칠리아의 암소: 김현문학전집 10』, 문학과지성사, 1992, p. 70.

32 같은 책, p. iii.

33 같은 책, p. 18.

이라는 것을 강조한다. 그러면서 욕망과 폭력에 대한 관심이 1980년 5월의 일과 깊이 연계되어 있음을 밝힌다. "1980년초의 폭력의 의미를 물어야 한다는 당위성"이 밑에 자리 잡고 있었으며, 지라르를 통해 던지는 "폭력은 어디까지 합리화될 수 있는가?"[34]라는 질문에는 또 다른 아픔이 배어 있음을 분명하게 환기한다. 르네 지라르를 따라 혹은 비판적으로 희생양, 폭력의 무차별적 현실, 폭력적 상호성, 상호적 폭력에서 일인에 대한 만인의 폭력으로의 이행, 폭력의 환상적 육화, 초석적 폭력, 욕망과 욕망의 욕망 등 핵심 논점을 다루었다. 무차별적 폭력 현상이 끔찍한 수준으로 전개되었던 "1980년 초의 폭력의 의미"를 탐문하기 위한 문화인류학적 성찰은 「폭력과 왜곡」 「증오와 폭력」 등의 평문에서 더 구체적인 실감을 얻게 된다. 「폭력과 왜곡: 미륵하생 신앙과 관련하여」에서 김현은 한국의 개벽 신화로 함흥에서 채록된 「창세가」와 제주도에서 채록된 「천지왕 본풀이」를 다루면서 "왜 악인이 선인을 이기는 것일까?" "권선징악의 멋있는 전통은 왜 신화에서는 발견되지 않는가?"[35]와 같은 질문을 제기하는데, 이는 1980년대 초반의 정치적 무의식에서 발원된 질문처럼 보인다. 신화의 기능 단위들을 분석하면서 그는 "폭력에 의한 질서 수립은 또 다른 폭력(속임수)을 낳고, 그 폭력은 수립된 질서가 일시적으로 기능하게 할 뿐"이라는 사실을 발견하고 질문한다. "왜 전면적 질서는 오지 않는 것일까?" 폭력에 의해 수립된 질서에서 그 답을 찾는다. "그 질서는 사랑과 양보에 의한 질서가 아니라 폭력과 억압에 의한 질서이다. 폭력과 억압이 있으면 피해자가 있게 마련이고 피해자가 있으면 원한이 있게 마련이다. 원한은 그 질서도 파괴하고 싶다는 새 욕망을 낳고, 그 욕망은 새 무질

---

34 같은 책, p. 19.

35 김현, 「폭력과 왜곡」, 『분석과 해석/보이는 심연과 안 보이는 역사 전망: 김현문학전집 7』, p. 196.

서를 낳는다."[36] 특히 악인이 승리하는 나쁜 폭력의 경우 니체적 의미에서 원한을 배태하고, "원한은 내재화되어 공격성으로 전환"되며, 공격성이 전면화될 때 "파괴 자체를 즐기려는 이상 심리"[37]가 나타날 수있고, 그 파괴 충동을 제어하기 위해 종교-문화에 도피하는 경향이 있는데, 이와 관련해 "초월 욕망에 의한 폭력의 약화"를 김현은 "종교-문화적 왜곡"[38]이라고 부른다. 이청준의 「벌레 이야기」에서 종교에 귀의하여 보복의 폭력을 약화하려 했던 주인공이 용서할 권리마저 빼앗겨버린 상황에 절망한 나머지 원한 맺힌 자살을 하는 것으로 비판적 성찰의 지평을 형성하는데, 이를 두고 김현이 '가열찬 정신주의'라 명명한 것도 이런 맥락과 관련되는 것일 터이다. 어쨌거나 폭력과 억압에 의한 질서를, 김현은 단호하게 거부한다. 물론 그런 성향이 김현만의 전유물일 수는 없다. 그러나 일찍이 『한국문학의 위상』에서 펼쳤던 김현의 핵심 문학관과 관련하여 그런 성향을 각별하게 초점화해도 좋을 것으로 생각한다. 문학은 억압하지 않으면서 억압하는 부정성을 인식하게 하고 그것을 통해 세계 개조에의 의지를 갖게 한다는 생각 말이다.[39]

'만인 대 일인의 싸움'이라는 테마로 안정효의 『갈쌈』과 전상국의 「외딴 길」을 분석한 「증오와 폭력」 또한 가해자와 피해자의 문제, 개인의 진실과 집단의 폭력 문제, 혹은 억압당하는 집단과 억압하는 독

---

36 같은 글, p. 200.

37 같은 글, p. 210.

38 같은 글, p. 197.

39 "문학은 유용한 것이 아니기 때문에 인간을 억압하지 않는다. 억압하지 않는 문학은 억압하는 모든 것이 인간에게 부정적으로 작용하는 것을 보여준다. 인간은 문학을 통하여 억압하는 것과 억압당하는 것의 정체를 파악하고, 그 부정적 힘을 인지한다. 그 부정적 힘의 인식은 인간으로 하여금 세계를 개조하지 않으면 안 된다는 당위성을 느끼게 한다"(김현, 「문학은 무엇을 할 수 있는가」, 『한국문학의 위상/문학사회학: 김현문학전집 1』, 문학과지성사, 1991, p. 50).

재자의 문제 등과 관련하여 많은 생각할 거리를 제공한 글이다. 1980년대 현실과 대결하고 성찰하면서도, 그 성찰의 범위를 넓혀 인류학적인 '성화'의 문제로 확대하면서 의미심장한 질문을 제출한다. 가령 "만인의 증오의 대상인 사람이 죽은 뒤에" "성화되는 경향"이 있다는 것을 논의한 대목을 보자. "만인의 증오의 대상이었던 인물은, 외디푸스처럼, 죽어 성화되어 마을을 지키는 사람이 된다. 과연 그럴까? 임꺽정이나 장길산의 성화를 보면, 그럴듯해 보이기도 한다. 만인의 증오의 대상이 되어 죽어간 사람은 그 사람이 대표하는 집단 때문에 성화되어 거룩하게 취급된다. 기존의 이익 집단은 그를 죽여 그에 적대적인 집단에게 위협을 가하고, 그를 성화시켜 그에 적대적인 집단을 위로한다. 누가, 어떻게 증오의 대상이 되었는가와 마찬가지로, 누가, 어떻게 성화되는가를 따져봐야 할 필요성은 거기에 있다. 나는 오늘 누구를 왜 미워하고 있는가, 나는 오늘 누구를 왜 성화하고 있는가라는 질문은 피할 수 없는 질문이다. 나는 동물이 아니라 사람이기 때문이다."[40] 특히 "나는 오늘 누구를 왜 미워하고 있는가, 나는 오늘 누구를 왜 성화하고 있는가"란 질문은 1980년대 초의 매우 심각한 시대정신과 관련되는 질문에 속한다. 이런 문제들을 다른 맥락에서 거듭 성찰하기 위해 김현은 미셸 푸코 연구에도 공을 들였다. 권력의 생산 및 작동 방식과 언어와 담론의 계보와 맥락 등을 푸코를 따라 『시칠리아의 암소』에서 성찰한 것 역시 1980년대 한국 사회의 권력과 담론의 현상에 대한 김현의 비평적 인문학적 응답이라 하겠다.

위기사에 값하는 5월 항쟁은 문학과 사회에 대한 총체적 성찰을 엄중하게 요구한 역사이기도 했다. 1960년대 논쟁이 진행되던 무렵부터 강조한 것이기는 하지만, 김현은 저간의 순수·참여 논쟁이 가짜 논

40　김현, 「증오와 폭력: 안정효·전상국」, 『분석과 해석/보이는 심연과 안 보이는 역사 전망: 김현 문학전집 7』, p. 195.

쟁이라는 것을 거듭 환기하면서 문학과 사회의 관계, 혹은 문학과 그것을 둘러싼 맥락에 대한 전체적 통찰이 어떻게 가능한 것일지 궁리한다.『문학사회학』에서 김현은 문학과 사회를 각각 비현실적 기능과 현실적 기능으로 파악하면서 프로이트의 맥락에서 쾌락원칙과 현실원칙과 관련짓는다. "문학은 사회적 갈등이나 모순을 있는 그대로 표출하여 그것의 부정적 성격을 승화시키려 하며, 사회는 그것을 제도적으로 억압하려 한다. 문학은 꿈이며 사회는 제도이다. 문학은 꿈이며 행복에의 동경이지만, 그것은 앞뒤가 어긋나지 않는 형태를 요구한다. 사회는 제도이지만, 그것 역시 앞뒤가 어긋나지 않는 형태를 요구한다. 그 두 형태가 구조적으로 동형인 것을 구조주의 인류학은 점차로 드러내고 있다."[41] 그에 따르면 사회를 문학적으로 이해한다는 것은 "인간이 질서있게 살아가기 위해 제도화시킨 것을, 쾌락 원칙에 의거해서 인간이 갖고 있는 꿈에 비추어서 재반성하는 것"[42]을 뜻하고, 문학을 사회적으로 이해한다는 것은 "문학이 어떤 형태로 제도화되었는가를 생각하고 그것의 의미를 반성하는 일"[43]이다. 그런 맥락에서 문학의 자율성과 사회적 제도화, 나아가 문학과 사회의 관계는 매우 긴밀하면서도 긴장감을 연출한다.

> 이 사회에서는 어떠한 꿈이 어떠한 형태로 제도화되어 있는가, 그 제도화는 어떠한 모순을 드러냈는가, 그 모순은 어떻게 극복될 수 있는가를 문학은 꿈·행복에 비추어 드러내는데, 문학의 특수한 점은 그 드러냄이 결핍에 의지해 있다는 점이다. 꿈을 꿈 자체로

41 김현, 「문학사회학: 서장을 대신하여」,『한국문학의 위상/문학사회학: 김현문학전집 1』, p. 199.

42 같은 곳.

43 같은 책, p. 200.

드러내는 방식을 문학은 취하지 않는다. 그것은 아마도 예언적 철학자가 할 임무이리라. 문학은 꿈에 비추어 어떤 것이 어떻게 결핍되어 있는가 하는 것을 부정적으로 드러낸다. 문학의 자율성이 획득한 최대의 성과는 현실의 부정적 드러냄이다. 그 부정적 드러냄을 통해서 사회는 어떤 것이 그 사회에 결핍되어 있으며, 어떤 것이 그 사회의 꿈인가를 역으로 인식한다.[44]

그러니까 문학은 인간의 꿈과 행복에 대한 욕망을 드러내는데 그것은 결핍의 동공에서 부정적으로 현시되는 것이다. 꿈이 그 자체의 날것으로 문학에 드러날 수 없다는 것, 다시 말해 '문학의 자율성'이 획득한 최대 성과가 '현실의 부정적 드러냄'이라는 김현의 논리는 이『문학사회학』전체의 구조 안에서 다시 논증된다. 현실을 부정적으로 드러내기 위한 시학적 재현 체계나 심미적 이성, 문학의 내용과 형식을 변별적으로 파악하는 것이 아니라 내용-형식의 전체적 통찰 문제 등을 이론적으로 정리한다. 『문학사회학』작업을 수행하면서도 그는 "문학적 형태는 문학적 꿈이 문학으로 표시되기 위한 최소한의 규제"라는 것, "어떠한 경우에도 문학은 언어적 표현이라는 궁극적 제약을 벗어날 수가 없다"[45]는 것을 기본 전제로 삼는다. 거의 당연한 말임에도 거듭 강조하는 것은, 김현이 현실의 부정성을 드러내는 문학적 언어의 리듬에 매우 민감한 평론가였기 때문이다. 생전에 출간된 마지막 평론집인 『분석과 해석』의 「책머리에」서 김현은 그 이후 오래 인구에 회자된 이런 발언을 했다. "내 육체적 나이는 늙었지만, 내 정신의 나이는 언제나 1960년의 18세에 멈춰 있었다. 나는 거의 언제나 사일구 세대

---

44 같은 책, pp. 199~200.

45 같은 책, p. 200.

로서 사유하고 분석하고 해석한다. 내 나이는 1960년 이후 한 살도 더 먹지 않았다."[46] 4·19 세대 평론가로서의 자의식을 분명히 거듭 천명한 다음에 김현은 "리듬에 대한 집착, 이미지에 대한 편향, 타인의 사유의 뿌리를 만지고 싶다는 욕망, 거친 문장에 대한 혐오…… 등은 거의 변화하지 않은 내 모습"[47]이라고 밝혔다. "진리는 숨어서 드러나지 그대로 드러나지는 않는다는 것을"[48] 언제나 예민하게 자각했던 김현은 부정적 세계를 통하여 현실의 부정성을 드러내고 진리를 환기하는 복합적인 맥락과 구조를 전면적으로 성찰하고자 했던 평론가인데, 이때 문장과 리듬에 대한 강조는 단지 언어적이거나 형식적이거나 구조적인 관심에 국한되는 것이 아니었다. 그것을 포함하여 심리적이고 사회적이고 역사적인 그리고 신화적인 것까지 포괄하는 경로가 바로 문장이고 리듬이라고 생각했던 것 같다.

4. 새로운 비평 정신과 미학의 형성

20세기 초의 과학적 변모를 과학적 '혁명'으로 파악하려 했던 토머스 쿤과 달리 바슐라르는 "새로운 정신의 형성"으로 보았다고, 김현은 1970년대 중반에 논의한 바 있다. "위기나 혁명은 과거의 생각을 완전히 무효화시켜버리지만, 새로운 정신은 과거의 것을 하나의 인식론적 방해물로 생각하면서, 그것을 폭넓게 감싼다enveloper. 그것을 또 새로운 정신이 감싸게 될 것이다. 그가 계속적인 끼워맞추기les emboîtements

---

46 김현, 「책머리에」, 『분석과 해석/보이는 심연과 안 보이는 역사 전망: 김현문학전집 7』, p. 13.

47 같은 책, p. 14.

48 김현, 『행복한 책읽기/문학 단편 모음: 김현문학전집 15』, 문학과지성사, 1993, p. 222.

succesifs라고 부르는 것이 바로 그것이다."[49] 마찬가지로 김현의 비평 역정은 계속 감싸고 끼워 넣고 성찰하고 모색하면서 새로운 정신과 미학을 형성하기 위한 탐문을 계속한 역동적 형성의 역사였다고 말해도 크게 틀리지 않을 것이다.

"방황하지 않고 열심히 주장하고 선동할 수 있는 자는 행복할진저!"[50]라고 썼던 그는 새로운 형성을 위해 무던히도 방황한 것으로 보인다. 그는 제도 안에 있으면서 제도 밖을 꿈꾸었고, 현실 안에서 현실 너머를 동경했다. 그 욕망의 뿌리는 깊은 것이었고, 욕망의 욕망에 대한 탐문 또한 도저했다. 특히 1980년 5·18을 거치면서 부재하는 현존 혹은 현존하는 부재에 대한 사회적, 역사적, 심리적, 신화적, 인류학적 관심을 넓고 깊게 했던 것 같다. 평론가 김현에게, 그리고 1980년대의 많은 이들에게 5월 광주는 물리적으로는 이미 지나간 사건이면서도 정신 현상학적으로는 여전히 문제적이며 현재진행 중인 심연의 사건이었다. 그해 5월 절대공동체의 얼굴들은 그야말로 부재하는 현존 혹은 현존하는 부재였다. 결핍이었고 욕망이었다. 광주를 감싸고 끼워 넣고 성찰했던 김현의 비평 정신을 끼워 넣고 감싸며 새로운 비평 정신과 미학을 형성할 이유는 매우 넉넉한 편이다.

49 김현, 「현대 과학이 인식론에 미친 영향」, 『행복의 시학/제강의 꿈: 김현문학전집 9』, 문학과지성사, 1991, p. 27.

50 김현, 「보이는 심연과 안 보이는 역사 전망—꽃을 보는 두 개의 시선」, 앞의 책, p. 303.

2부
숭고의 주름

숭고의 주름
― 횡단 미학 비평

1. '북극을 위한 비가'와 '죽음의 바다'

2016년 6월 17일, 떠도는 북극해 빙하 조각 사이에 그랜드피아노 무대가 꾸려졌다. 노르웨이 스발바로 제도의 한 빙하지대 78°29″121N 014°17″986E. 북극의 바람은 거세다. 빙벽은 아픈 신음처럼 갈라져 툭, 툭, 추락한다. 연주를 시작하려던 피아니스트도 순간 움찔한다. 헉, 희미한 비명이 북극의 찬 바람과 공명한다. 그의 손가락이 피아노 건반에 닿자, 북극의 찬 바람도 잠시 멈춘 채 그 선율에 몰입한다. 잔잔한 애도와 간구의 리듬이 펼쳐진다. 이탈리아 출신의 세계적인 작곡가 겸 피아니스트 루도비코 에이나우디Ludovico Einardi의 자작곡 「북극을 위한 비가Elegy for the Arctic」다. 복잡한 오케스트라가 아니라 간결한 듯 그윽한 피아노 선율이 단순한 아치형 구조로 진행된다. 루도비코 특유의 미니멀리즘이다. 간결한 화성과 반복적 패턴으로 순정적인 메시지를 전달하려 하는 듯하다. 하강하는 음계들이 빙하가 무너져 내리는 시각을 청각화한다. 그러면서 듣는 이들의 파토스에 스며들며 일깨운다. 실제로 그 하강하는 음계들에 따라 빙하가 아픈 소리를 내며 추락하는 장면들이 다발적으로 반복되며, 선율의 변주와 함께 감정의 흐름을 조성한다. 곡의 마지막 여운이 깊은 교감과 성찰의 지평으로 이끈다. 정적(靜寂). 텅 빔. 무(無). 침묵. 잃어버린 자연. 그 상실감을 위무하듯, 연주가 끝나자 두 마리 북극 새가 피아노 위를 유유히 날며 노래한다. 함께 아파하고 더불어 기도하겠다는 듯이. 새들도 호소하고 싶었던 것일까. 해마다 스위스 면적만큼 해빙(海氷)이 녹아 없어지는 북극, 네가 아프면 나도 아프다고. 그러니 북극을 구하자고. Please save the Arctic.

북동 대서양의 해양 환경보호를 위한 국제기구 오스파위원회OSPAR Commission가 스페인에서 열리고 있는 가운데, 북극을 위한 그린피스 캠페인의 일환이었다. 생태적 가치를 고려하여 북극을 보호하자는 그린피스 등 환경론자들의 입장과 달리 이 지역에서 석유, 어업, 유통업에 종사하는 이들은 보호구역 지정에 강한 반대 목소리를 내는 상황이었다. 북극 만년빙의 경외가 무너지는 빙벽들과 더불어 불안으로 전환되고, 빙벽에 이끼처럼 덧입혀진 미세먼지들이 불안기를 더하는 북극의 현실은 단지 북극에만 국한된 상실과 공포는 아닐 터이다. 지구 행성 전체에 미치는 절멸에의 공포로 이어지는 것이기에 인류의 상실감은 깊어질 수밖에 없고 무력감도 그만큼 더해지기 마련이다. 그러니까 루도비코 에이나우디의 「북극을 위한 비가」는 결코 단순한 피아노 선율일 수 없다. 기후 위기에 직면하여 대전환의 상상력을 일깨우려는 상징적 퍼포먼스였던 셈이다.

루도비코의 「북극을 위한 비가」를 들으면서 기상청 기상기후 사진전을 감상했다. 유광현의 「한옥마을 위 무지개」는 전주 한옥마을 위에 뜬 무지개를 찍은 장관이다. 자연이 선사할 수 있는 으뜸 되는 풍경 중의 하나처럼 낭만적 숭고의 미학을 고양한다. 그 무지개 따라 어디까지든 비상할 수 있을 것 같다. 이필운의 「절정」 또한 압권이다. 여름날 북한산에서 만난 일몰의 황홀경이다. 김대일의 「가을에 내린 눈」과 김범용의 「가을 속 설경」은 2023년 11월 18일 아침에 찍은 사진인데, 풍경은 아름답지만 기후변화와 관련해 여러 생각을 하게 한다. 사계의 구분이 뚜렷했던 지난 시절에는 아직 눈 내릴 시기가 아니기 때문이다. 그 부정적 숭고의 예감은 유진희의「마른 하늘의 날벼락」에서 더해진다. 번개가 몇 시간 동안 계속되는 날 서귀포시에서 찍었다는 이 사진을 보면서 그야말로 '날벼락'의 예감은 깊어진다. 극한의 가뭄으로 땅이 갈라진 모습을 담은 박경순의「갈라진 땅」, 집단적으로 폐사한 정어리 떼로 바다의 악몽을 연출한 장세창의「죽음의 바다」는 말 그대로 재난적 숭고의 미학을 떠올리게 한다.[1] 특히「죽음의 바다」를 서둘러 지나치기 어렵다. 이귀재의「파도타는 물고기」와 대조된다. 서귀포시에서 2023년 9월 23일에 찍었다는「파도타는 물고기」는 상큼한 바다의 신비와 생명의 역동성으로 충일한 풍경이다. 끊임없이 일어나고 솟구치는 파도와 더불어 갖은 물고기들이 신명 나는 춤을 자유롭게 즐긴다. 물은 물이고, 고기는 고기일진대, 물과 고기는 또한 파도와 자기의 깊은 관계 속에서 '물-고기'다. 단지 '물'이 아니고, 오로지 '고기'가 아니라, '물-고기'여서 더욱 생명력을 지피는 것 같다. 그들이 파도와 더불어 춤출 때 그걸 보는 우리 또한 함께 춤추며 마음으로 서핑을 즐긴다. 그런데 말이다.「죽음의 바다」는 다르다. 정적. 그것도 죽음과도 같은 정적이다. 해수 온도 상승으로 더는 생명을 잇지 못한 채 숨을 멈춘 정어리 떼가 집단적으로 널브러져 있다. 원래는 그들도「파도타는 물고기」처럼 그렇게 신나게 춤추며 바다의 신비를 알리는 전령이었으리라. 그런데 더는 춤추지 못한다. '물-고기'가 춤추지 않으니 고기도 죽고 물도 죽어간다. 정어리 사체들의 흰빛은 이미 검은 죽음이다. 흰빛과 대조되는 검은 바닷물이 죽음의 채도를 더욱 짙게 한다. 파도를 일으키지 못한다. 자유로운 춤도 없다. 아름다운 바다 풍경도 없다. 낭만

---

1   https://www.kma.go.kr/kma/news/photoExhibition.jsp(기상청 기상기후 사진전).

적 숭고로 고양되는 것과 재난적 숭고로 추락하는 것은, 그리 멀지 않다. 혹은 오래 걸리지 않는다. 그 파열의 파도는 보기보다 격렬하다.

2. 인류세의 거대 가속, 기후 위기, 생태 주름들

앞에서 본 「파도타는 물고기」처럼 역동적 생명력의 춤이 아니라 「죽음의 바다」와 같은 파열의 조짐 위에서, 우리는 위태롭게 흔들리고 있다. 가히 거대한 균열의 시대이고, 절멸로 치닫는 위기의 시대다. 인류세/자본세의 거대한 가속이 좀처럼 줄어들 기미를 보이지 않기 때문이다. 루도비코의 「북극을 위한 비가」를 통해서도 절감했듯이 극지에서 빙하가 무너져 내리고, 세계 도처에서 숲이 불길에 삼켜지며, 바다 또한 거친 인간 욕망을 되비추는 재난의 풍경을 「죽음의 바다」처럼 극화한다. 그 파열과 균열의 풍경 앞에서 우리는 압도당할 지경이다. 제정신을 차리기 어려울 정도로 이성이 흔들리고 감각 또한 무력해지기 일쑤다. 이런 생태로 인해 우리는 자연을 낭만적 숭고의 감각으로 바라보기 어렵게 되었다. 동시대의 숭고는 이제 칸트의 맥락에서 초월적 이성의 방향으로 이끌지 않는다. 고양되기 어렵다. 대신 인간이 집단적으로 초래한 엄청난 재난의 풍경 앞에서 느끼는 무력감, 동시에 책임의 감정이나 죄의식으로 변형됨을 우리는 「북극을 위한 비가」의 사례를 통해 거듭 실감했다.

지구 행성과 인류의 건강은 따로 분리된 것이 아니라 하나일 수밖에 없다는 '원헬스One Health'의 비전을 굳이 떠올리지 않더라도, 우리가 생태 위기의 절박성을 숙고하고 다른 지구 살림으로 대전환해야 할 이유는 매우 뚜렷하다. 특히 우리는 코로나19를 겪으면서, 그것이 지구 행성 질환의 구체적 증상을 인간이 함께 앓는 것이라는 인식을 할 수 있었다. 코로나19는 절멸의 증상이고, 기후 위기는 절멸의 표상이다. 기후 위기는 지구 전체를 구겨서 새로운 주름들folds을 만들어낸다는 니콜라 부리오Nicolas Bourriaud의 말을 더 밀고 나가면, 우리는 다양한 층위의 주름들을 가로지르며 횡단미학적 성찰을 할 새로운 가능성을 열 수 있다. 지구 행성의 주름들, 인간의 육체와 마음에 새겨진 주름들, 상황과 주체의 관계에서 형성되는 숭고의 주름들, 문학 텍스트의 주름들, 주름들의 리듬, 리듬의 주름들 등 복합적인 성찰을 모색할 수 있겠다. 그러니까 생태 위기와 재난적 숭고catastrophic sublime를 가로지르는 횡단미학 비평을 통해 동시대의 절실한 요구에 적극적으로 부응하는 공공인문학적 실천의 방안을 마련할 수도 있겠다는 말이다.

"우리 공동의 집이 불타고 있습니다. 지금은 비상 상황입니다."

이건 과장된 수사가 아니었다. 이 기후위기비상행동 선언은 과연 비상한 선언이었다. 그것을 우리는 너무나 자주 확인한다. 2025년 3월 21일부터 30일까지, 경북과 경남을 할퀴고 지나간 산불만 하더라고 그렇지 않은가. 그 열흘 동안 '우리 공동의 집'이 불타는 바람에, 30여 명이 목숨을 잃었고, 주택 4199채가 불에 타 2000여 가구, 3314명 이상의 이재민이 발생했다. 산불의 화마에 의해 천년고찰 고운사도 처참하게 전소했다. 그때까지 대한민국 단일 산불 중 가장 큰 피해라고 한다. 그 끔찍한 산불의 현장을 보면서, 우리는 누구라도 참으로 경악하지 않을 도리가 없었다. 안도감을 추스르며 가슴을 쓸어내릴 수가 없었다.

거기서 나는 재난적 숭고를 떠올렸다. 원래 '안도감delight이 수반되는 두려움delightful horror'으로 정의되었던 '숭고'의 문제를 다시 성찰하면서, 작금의 기후변화 상황에서 인류가 경험한 통제 불능과 위기감을 설명하고자 한 이는 프랑스의 저명한 미술평론가이자 큐레이터인 니콜라 부리오였다. 부리오를 참조하면서 생태 위기, 기후변화, 재난적 숭고, 생태적 주름, 숭고의 주름 등을 가로지르는 횡단미학적 비평을 수행하고자 한다. 제재적, 주제적, 상징적 횡단뿐만 아니라 그 횡단의 과정에서 문학 텍스트와 그 텍스트와 관련된 미술, 음악 등 여러 예술 텍스트에 드러난 재난의 상상력을 가로지르며 성찰의 심연으로 내려가보기로 한다.

3. 숭고한 것과 아름다운 것, 그 주름들

일찍이 에리히 프롬이 "삶과 모든 생물에 대한 격정적 사랑"을 뜻하는 "생명애biophilia"라는 개념을 고안한 바 있고, 에드워드 윌슨은 그 개념을 더 확장하여 "인간과 다른 생물들 사이의 선천적인 감정적 연대"에 대해 논의했다.[2] 윌슨을 따라가면, 생명의 다양성을 보살피고 돌보는 활동의 기반이 되는 생명애는 다른 생물종은 물론 인간 자신에게도 이로운 형질이다. 그럼에도 '생명애'가 자원을 저렴하게 이용하여 이윤을 창출하는 것과는 반비례하는 경향을 보이는 것이어서, 그런 감정적 연대 내지 합리적 감정은 극히 제한적이었던 것 같다. 특히 자본세Capitalocene가 가속 질주하는 상황에서는 더욱 그러했다.

실제로 인류는 너무나도 빠른 시간 안에 생물권의 거의 대부분 영역을 차지했고 모든 자원을 인위적으로 이끌었다. 인공적으로 조작했다. 짜내서 소진했다. "모기부터 코끼리까지, 지구에 사는 모든 것을 뜻"하는 생물권에 인류의 흔적이나 영향권은 파격적으로 확산적이었다. 인공적 정복의 흔적들이 지구 행동 도처에 웅어리진 채 병들어간 형국이었다. 인공적 "기술권technosphere의 무게"가 어느새 "생물권biosphere

---

2 디르크 슈터펜스, 프리츠 하베쿠스, 『인간의 종말: 여섯 번째 대멸종과 인류세의 위기』, 전대호 옮김, 해리북스, 2021, p. 37에서 재인용.

의 무게보다 8배 더 크다"는 진단이다. 인류가 "지구 표면에 배치한 제 작물들의 무게는 1제곱미터당 50킬로그램에 달"하고 "문명의 총 무게는 30조 톤"이다. 그럼에도 여전히 자본주의 체제 속의 인류는 석기시대처럼 파괴적 본능을 멈추지 않는다.[3] 그런 본능은 생명애와 거리가 먼 것이며, 살아 있는 지구의 생물 다양성, 생명 다양성에 적대적임은 물론이다.

탄소 예산 문제와 관련하여 우리는 '지구 생태 용량 초과의 날Earth Overshoot Day'[4]을 주목할 필요가 있다. 물, 흙, 공기 등 자원에 대한 인류의 수요가 지구의 생산 및 폐기 능력을 넘어서는 시점을 일컫는데, 한 해 동안 쓸 수 있는 생태 자원을 다 쓴 날이다. 숲과 해양이 흡수할 수 있는 양보다 많은 탄소를 배출하고, 지구가 생성할 수 있는 물보다 더 많은 물을 쓰게 되어 탄소 예산이 적자가 되면 당연히 미래 세대가 생태 부채를 지게 되는 셈이다. 1960년대까지는 지구가 복원할 수 있는 생태 자원의 3/4밖에 사용하지 않았으나, 1970년대 급속한 산업화가 진행되면서 인류의 생태 자원 소비는 자연의 복원 능력을 넘어섰다. 1987년에 12월 9일, 1995년에 11월 21일, 2000년에 11월 1일, 2005년에 10월 20일, 2008년에 9월 23일, 2012년에 8월 22일, 2019년에 7월 29일로 급격히 빨라지는 추세를 보였다. 그러다가 2020년에는 8월 22일로 미뤄졌다. 아마도 코로나19 사태로 인해 전 세계가 멈춰 섰던 영향이 아니었을까 싶다. 참으로 아이러니한 일이다. 누구라도 짐작할 수 있는 것처럼, 인류가 존재하기 이전에 형성된 석탄, 석유, 천연가스 등을 소비하면서 현재 문명의 이기를 누리고 있다. 그러면서 인류는 "지질학적 시간을 인간적인 규모의 시간으로" 바꿔놓는다. "화석연료

---

3   같은 책, p. 76.

4   지구 생태 용량 초과의 날 = 〔(지구 생태 용량)×(지구 생태발자국)×365〕(위키 백과, 이하 자료 여기서 가져온 것임).

가 형성되는 데는 몇백만 년이 걸렸지만, 우리는 그 연료를 몇백 년 만에 태워 없앤"다는 사실을 숙고할 필요가 있다. "화석연료의 채취 속도가 재생 속도를 꾸준히 능가하기 때문에, 생태 파산ecological ruin은 임박한 위험"이 아닐 수 없다. 마치 누군가가 "자신의 조부모가 상속해 준 통장에서 매일 돈을 꺼내 쓰면서 입금은 단 한 번도 하지 않는 것"과 흡사하니, 조만간 파산의 위협이 도래하지 않는다고 기대하기 어렵지 않겠는가.[5]

『인간의 종말』의 저자들은 회복력 연구자 요한 록슈트룀 연구팀이 밝힌 지구가 감당할 수 있는 부담의 한계들에 대해 논의한다. 연구팀은 한계 9개를 제시하는데, 그 한계가 모두 초과되어야 인류 문명이 소진되는 것은 아니라고 한다. 하나만 넘어도 소멸의 가능성은 충분하다는 것이다. "예컨대 담수가 부족해지면, 우리는 죽을 것이다. 나머지 8개의 한계는 오존, 바다의 산성화, 기후 변화, 대기 오염, 물의 순환과 탄소의 순환을 비롯한 생물지구화학적 순환들, 토지 소비, 플라스틱을 비롯한 새로운 물질들에 의한 토양 오염, 생물 다양성과 관련이 있다."[6]

다른 한계 지표들도 중요하지만, 전체 시스템의 맥락에서 생물 다양성과 기후변화는 특히 더 중요하다. 여타의 한계들의 종합적 귀결이 바로 그 둘이기 때문이다. 그런데 그 둘이 매우 심각한 상황이다. 생물 다양성의 상실은 "파국적catastrophic"인 수준이라는 게 전문가들의 진단이다. "예민한 자기 조절 시스템에 우리가 개입하면, 시스템은 더욱 균형을 잃는다. 더구나 균형이 워낙 심각하게 무너져서, 그 피해를 완전히 복구하기가 불가능하다. 그리하여 지구는 새로 조직되기 시작하고, 그때 우리는 전혀 배려받지 못한다. 우리는 기생충처럼 행동하고

5   같은 책, pp. 97~98.

6   같은 책, p. 99.

있으며, 우리의 숙주는 우리를 떨쳐낼 참이다."[7]

　사정이 그러하다 보니 여러 곳에서 여섯번째 대멸종 논의가 분분하다. 지질학적 관점에서 대멸종은 아주 짧은 시간 안에 전체 종의 3/4 이상이 절멸하는 사건을 지칭한다. 첫번째는 4억 4천 5백만 년 전으로 추정되는 고생대 오르도비스기 대멸종이었고, 제2대멸종은 3억 7천만 년~3억 6천만 년 전의 고생대 데본기 말에, 제3대멸종은 2억 5천 1백만 년 전 고생대 페름기 말에, 제4대멸종은 2억 5백만 년 전 중생대 트라이아스기 말에 일어났고, 다섯번째는 6천 5백만 년 전 중생대 백악기 말의 대멸종이었다. 이 다섯 번의 대멸종은 모두 인류 이전의 사건들이다. 언제부터 이 행성에 인류가 살기 시작했을까? 인류 기원설은 여전히 다양한 것이 사실이지만, 진화론의 맥락을 따르면 유인원까지 쳐서 대략 5백 년~7백만 년 전으로 추정된다. 그러니까 지구에 있었다는 다섯 번의 대멸종은 모두 인류가 경험하지 못한 이전의 사건들이다. 그 대멸종들의 원인으로는 주로 화산 활동, 기후 위기, 산소 부족, 천체의 다른 행성과 지구의 충돌 등이 지목되었다. 그런 대멸종이 일어나면 지구는 아주 오랜 시간 이후에야 어느 정도 회복된다. 다섯번째 대멸종 때 공룡이 사라졌다. 그 덕분에 포유류가 진화할 수 있었는데, 인간도 그 대멸종 사건의 산물이다. 그런데 현재 운위되는 이른 여섯번째 대멸종은 이전과는 사뭇 다른 양상으로 전개된다. 인간은 소행성이 아님에도 불구하고 아주 빠른 속도로 멸종을 촉진하고 있다. 지금까지는 단일종이 대멸종 사건을 일으킨 적은 없었는데, 이번에는 다르다. 인간이라는 단일종에 의해 매우 빠른 속도로 지구상의 동물들과 식물들이 절멸하고 있다. 그 멸종의 속도가 정녕 문제다. 유엔 세계생물다양성위원회IPBES가 추정한 자료에 따르면 "현재 진행되는 대멸종의 결

7　같은 책, p. 100.

과로 21세기 말까지 100만 종이 절멸할 위험이 있"[8]다는 것이다. 이러한 생물 다양성의 위기는 기후변화와 매우 긴밀한 관련을 지닌다. 상호 영향 속에서 가속도가 붙는다. 그 가속도로 인해 호모사피엔스 자체가 절멸의 위험에 처해 있다. "자연은 협상과 타협의 여지나 연기延期를 허용하지 않는다."[9]

IPCC 2023년 기후변화 보고서에서 기후 위기가 매우 절박하기에 매우 엄중하게 즉각적으로 대처해야 함을 분명히 밝힌 것을 우리는 잘 알고 있다. 실제로 IPCC는 그 이전부터 기후 변화와 위기를 수차례 경고했지만, 글로벌 정책 결정 과정은 늦거나 머뭇거리는 형국이었다. 2019년 5월 파리에서 발표된 유엔 세계생물다양성위원회 보고서(세계 최고의 과학자 400명에 의해 작성된)도 비슷한 입장이었다.

> 인간이 존재한 이래로 자연에게 오늘날보다 더 나빴던 때는 없다.
> 21세기 말까지 동물과 식물 199만 종이 절멸할 수 있다.
> 육지의 3/4과 바다의 2/3가 인간에 의해 심하게 변화했다.
> 도시 면적은 1992년 이후 두 배로 증가했다.
> 플라스틱 오염은 1980년 이후 10배로 증가했다.
> 인류가 당장 진로를 변경하더라도(물론 그렇게 하지 않고 있다),
> 종들의 절멸은 몇십 년 동안 계속될 것이다.[10]

지구 행성의 환경이 이토록 험악해지고 기후 위기가 가속화된 것은 인류의 책임이니, 즉각적으로 시정하지 않으면 안 된다는 것이 유엔 세

---

8 같은 책, p. 109.

9 같은 책, p. 110.

10 같은 책, p. 123에서 재인용함.

계생물다양성위원회나 정부간기후변화협의체IPCC의 입장이다. 사회생태론자 머레이 북친이 영향을 받았다고 언급한 철학자 한스 요나스는 일찍이 『책임의 원리』에서 칸트의 정언명령을 패러디하여 이렇게 말한 적이 있다. "너의 행위의 결과들이 지구상에서 진정한 인간적 삶의 영속과 양립할 수 있도록 행위하라." 현세대가 감당해야 할 미래 세대에 대한 책임과 의무를 정언명령처럼 제시한 것이다. 한스 요나스의 생태 윤리만이 아니다. 진화론자 찰스 다윈도 자연을 거스르는 어떤 것도 오래 존속하기 어렵다고 말한 적이 있다. 다윈과 요나스를 가로지르면, 자연에 반하지 않는 책임 윤리를 즉각 실천하는 것이 매우 요긴하다. 그런데 과연 그런가? 우리는 절실하게 되묻지 않을 수 없다. 우리가 재난적 숭고에 대한 논의를 통해 동시대의 생태적 주름들을 성찰하고 숙고하려고 하는 이유는 그런저런 상황이나 맥락과 관련된다.

니콜라 부리오Nicolas Bourriaud의 『플래닛 B. 기후 변화 그리고 새로운 숭고』의 '역자노트'는 우리의 관심사와 겹치는 부분이 많다. "니콜라 부리오는 기후 위기에 처한 동시대의 인간이 주목해야 할 분야로 예술을 꼽는다. 자신의 주장을 뒷받침하기 위해 에드먼드 버크Edmund Burke와 임마누엘 칸트Immanuel Kant의 이론을 언급하면서, 18세기 말 낭만주의 사조의 숭고를 기후 위기 대응에 적절한 예술 개념으로 소개하고 있다. 부리오가 보기에 숭고는 시대를 앞서나갔을 뿐만 아니라 21세기의 맥락에서도 타당성을 지녔던 것이다. 그가 생각한 숭고는 예측할 수 없는 재난적 환경에 몰입되어 혼란스러워진 인간에게 현재 상황의 특이성을 효과적으로 드러내고 절실하게 느끼도록 해주기 때문이다. 덕분에, 숭고는 동시대성을 획득할 수 있게 된다."[11] 니콜라 부

---

11 니콜라 부리오, 『플래닛 B. 기후 변화 그리고 새로운 숭고』, 김한들·노태은·안소현 옮김, 이안북스, 2023, p. 12.

리오는 원래 '안도감delight이 수반되는 두려움delightful horror'으로 정의되었던 숭고론을, 글로벌 기후 위기 상황에서 인류가 경험하고 있는 통제 불능과 위기감을 잘 설명할 수 있는 미학적 기제로 주목한 미술 평론가이다. 그는 이렇게 말한다.

> 나는 숭고의 개념을 통해 동시대의 미학에 접근할 수 있는 윤곽을 새롭게 그릴 수 있다고 확신한다. 낭만주의를 완전히 제거한 경신된 버전의 숭고가 '인류세Anthropocene'의 예술 분석에 가장 적합한 미학 개념으로 간주하는 데는 세 가지 이유가 있다.

> 숭고는 인간과 자연의 관계를 표현하고 풍경과 대기 안에서 그들의 몰입을 수반한다.
> 원래 '안도감delight이 수반되는 두려움delightful horror'으로 정의했던 숭고는 우리가 지금 기후 변화에서 경험하고 있는 통제 불능과 위기감을 잘 설명해 준다.
> 숭고는 가늠할 수 없을 정도로 규모를 벗어난out-of-scale 형식을 가리킨다.[12]

롱기누스의 숭고론 이후 에드먼드 버크의 『숭고와 아름다움의 관념의 기원에 대한 철학적 탐구』(1757)와 임마누엘 칸트의 『판단력 비판』(1790) 등의 숭고론을 재검토한 다음 동시대의 생태 환경을 십분 성찰한 다음 내세운 것이 바로 니콜라 부리오의 숭고론이다. 버크의 숭고는 공포와 위험, 무한성의 감각적 반응이었다. 칸트의 숭고는 자연의 압도적 힘 앞에서 이성이 스스로를 초월하는 순간이었다. 그러나 오늘

---

12 같은 책, pp. 17~18.

날의 숭고는 인간이 만든 재난의 압도적 규모 앞에서 발생한다. 루도비코 에이나우디가 「북극을 위한 비가」를 연주했던 북극 빙하의 붕괴는 단순한 자연 현상이 아니라, 산업과 소비의 결과다. 따라서 숭고는 이제 초월적 감정이 아니라, 내재적 생성의 운동 속에서 다시 이해되어야 한다. 숭고는 무력감과 책임의 감정으로 변형되며, 이는 주름 속에서 새로운 의미를 획득한다.

널리 알려진 것처럼 라이프니츠는 무수한 모나드로 세계가 구성된다고 보았다. 그 모나드는 외부와 직접 소통하지 않지만 전체 세계를 반영하는 내적 구조를 형성한다. 무한히 접히고 펼쳐지는 주름으로, 그 구조는 비유된다. 그러니까 각 모나드는 세계 전체를 자기 방식으로 표현하며, 주름은 이 표현의 은유라는 것이다. 들뢰즈는 『주름, 라이프니츠와 바로크』에서 라이프니츠를 계승하면서도 "정확히 주름을 따라 지나가고, 건축가, 화가, 음악가, 시인, 철학자들을 한데 모을 수 있는 바로크적인 선이 있을 것"이라며, 주름을 바로크Baroque적 은유로 확장했다.[13] 주름은 외부를 내부화하고 내부를 외부로 흘려보내며, 주체는 접힘 속에서 끊임없이 생성된다. 주름은 동일성을 보존하는 구조가 아니라, 차이를 생산하는 과정이다. 따라서 주름은 세계와 주체를 고정된 실체가 아니라, 무한히 변형되는 관계망으로 이해하게 한다. 존재의 생성과 차이의 운동으로 재해석된 들뢰즈의 주름 논의를 따라가면 잠재성과 현실화가 교차하는 가운데 부단히 변형 생성되는 존재의 역동적 측면을 숙고하게 된다. 아울러 동시대적 위기감을 자아내는 숭고의

---

13 질 들뢰즈, 『주름, 라이프니츠와 바로크』, 이찬웅 옮김, 문학과지성사, 2004, p. 67. 들뢰즈의 주름에 관한 바로크적 은유는 이런 사유의 바탕에서 전개된다. "바로크는 끊임없이 주름을 만든다. 그것은 사물을 발명하지 않는다: 동양에서 온 주름들, 그리스, 로마, 로마네스크, 고딕, 고전주의 등등의 많은 주름들이 있다. 그러나 바로크는 주름을 구부리고 또다시 구부리며, 이것을 무한히 밀고 나아가, 주름 위에 주름을, 주름을 따라 주름을 만든다. 바로크의 특질은 무한한 나아가는 주름이다"(같은 책, p. 11).

압도적 경험을, 내재적 생성의 과정에 재배치할 가능성을 가늠해볼 수도 있겠다.

들뢰즈는 주름이 단지 물질에 영향을 주는 데서 멈추지 않는다고 했다. "스케일, 속도 그리고 상이한 벡터들에 따라 표현의 물질"이 된다고 했다. 주름은 "더 나아가 「형상」을 결정하고 나타나게 하며, 이것을 표현의 형상, 게슈탈트, 발생적 요소 또는 변고의 무한한 선, 유일한 변수를 가진 곡선으로" 만든다는 것이다.[14] 루도비코 에이나우디가 「북극을 위한 비가」를 연주하는 북극의 풍경에서 우리는 세계의 주름이 뒤틀리며 새로운 주름을 생성하는 해빙이라는 재난의 조짐을 얼마든지 짐작할 수 있다. 기후 위기 시대의 숭고는 그 주름들의 틈에서 생성되는 감각적 충격에 가깝다. 동시대적 숭고는 그 주름들의 접힘과 펼침의 역동적 상호작용 속에서 미학적 탄력성을 얻는다. 숭고는 매우 낡은 용어이지만, '숭고의 주름'은 새로운 동시대성을 획득할 수 있다.[15] 우선 감각적 층위에서 압도적 경험(숭고)이 물질·공간·데이터의 접힘(주름) 속에서 다감각적 사건으로 변환된다. 윤리적 층위에서는 숭고가 촉발한 책임의 감정이 주름 속에서 관계적·공동체적 윤리로 확장된다. 정치적 층위에서는 숭고의 압박이 주름의 흐름 속에서 연대와 실천으로 이어질 수도 있겠다. 요컨대 예술적 층위에서 텍스트는 숭고와 주름을 동시에 작동시켜, 기후 위기를 감각 – 윤리 – 정치의

---

14 같은 책, p. 69.

15 『숭고에 대하여』의 서문을 쓰면서 장–뤽 낭시는 "일체의 미를 넘어 존재하는 것, 숭고"라는 발터 벤야민의 전언을 글머리에 제시하며 "우리 시대는 숭고를 새롭게 발견하는 시대, 그것의 이름과 개념, 그리고 그것에 얽힌 제반 질문들을 다시 돌아보는 시대"라고 적는다(장–뤽 낭시 외 7인, 『숭고에 대하여—경계의 미학, 미학의 경계』, 김예령 옮김, 문학과지성사, 2005, p. 7). 롱기누스 이래 미학적, 수사학적으로 도전적이었던 숭고는 그토록 오랫동안 문제적이었기에, 때로는 베케트의 한 극 중 인물의 대사처럼 '낡은 스타일'의 동의어이기도 했지만, 동시대의 숭고성은 새롭게 문제적 지평을 형성하는 것이 사실이다.

교차점으로 구성할 수 있다.

4. 낭만적 숭고와 재난적 숭고

강력한 정서가 자발적으로 넘쳐흘러야 좋은 시라는 낭만주의 선언으로 유명한 윌리엄 워즈워스William Wordsworth는 스스로 '자연의 아이A Child of Nature'라고 일컬었을 정도로, 자연의 시인이었다. 그의 시에서 아름답거나 장엄하게 묘사된 자연의 요소가 중요한 건 차라리 자연스러운 일이었다. 그가 평생에 걸쳐 쓴 『서곡The Prelude, or Growth of a Poet's Mind; An Autobiographical Poem』은 당대에 새롭게 부상하던 '성장소설Bildungsroman' 특히 '예술가소설Künstlerroman'에 상응하는 성장담시이다. 워즈워스 스스로 이 시를 가리켜 "내 마음의 성장"에 관한 시, 혹은 "나 자신의 시적 교육에 관한 시a poem on my own poetical education"라고 말한 바 있거니와,[16] 확실히 시적 영혼의 성장담을 낭만주의 자연의 분위기 속에서 유현(幽玄)하게 펼친다.

성장소설에서 성장의 이데아를 중시하듯이, 워즈워스도 『서곡』에서 시적 성장의 학교인 숭고한 자연에 대한 감응의 정서가 각별하다. "바위와 언덕, 숲,/그리고 저 멀리 스키도의 높은 봉우리가/심오한 광채 띤 구릿빛으로 물들 때는,/나 홀로 하늘 아래서 있곤 했"던 시적 주체는 "내 영혼은 아름다운 파종기를 보냈고, 나는/미와 두려움 모두에서 자양분 얻으며 자랐네"라고 말한다.[17] 자연의 아름다운 정경과 함께 장엄한 풍경이 자아내는 숭고에 의해서도 영향을 받았다는 낭만적 인식

---

16 김승희, 「윌리엄 워즈워스 필생의 대작 『서곡』」, 윌리엄 워즈워스, 『서곡』, 김승희 옮김, 문학과지성사, 2009, p. 414.

17 같은 책, p. 21.

을 보인다.

그대, 하늘과 땅에 가득한 자연의
존재들이여! 그대, 산들의 환영들이여!
고독한 장소들에 깃든 영혼들이여! 그대들이
그런 임무 수행했을 때, 그대들이 숱한 세월
그렇게 개구쟁이 시절의 나를 쫓아다니며,
동굴들과 나무들, 숲과 산들, 자연의
모든 형체들에 위험이나 갈망의 형상들을
새겨놓고, 그리하여 승리와 기쁨,
희망과 두려움 간직한 온 땅의 표면을
바다처럼 끓어오르게 했을 때,[18]

자연의 생기는 그 역동적인 주름들과 더불어 다채로운 형체를 빚어
낸다. 그 주름들은 자연의 리듬으로 율동하고, 그 리듬의 춤사위가 숭
고한 자연의 심연을 파고든다. 전반적으로 과거를 회상하는 시점으로
진술되는 가운데, 어린 시절의 추억을 더듬어가는 시적 주체는 어떻게
자연 속에서 자라나, 그 위대한 힘과 교감하며, 내면의 자유를 찾아갔
는지 생생하게 기억한다. 산과 계곡, 숲과 시냇물 등 자연의 생성적 주
름들이 자신의 시적 스승이었고, 시적 영혼에 깊은 흔적을 남겼다. 자
연 속에서 진리를 발견하고, 자연의 품 안에서 진정한 나를 찾았으니,
어린 시절의 자연 체험은 단순한 기쁨을 넘어선, 숭고하고 신성한 경
험이었다. 그 숭고한 경험에 이끌려 자기 삶의 방향이 결정되었다고
회상한다. 자기 마음은 자연의 리듬과 하나 되어, 세상의 모든 아름다

---

18 같은 책, p. 29.

움을 흡수했으니, 그것은 자신의 영혼을 풍요롭게 하는 양식이었다. 자연 안에서 인간의 유한함과 동시에 무한한 정신의 가능성을 보았고, 자연의 부드러운 속삭임 속에서 평화를 찾았으며, 그 자연의 주름들이 자기 안의 시적 리듬으로 새겨지면서 자신을 시인으로 이끌었다고 말한다. 자연 속에서 순수한 기쁨을 구가하면서도 때로는 어둠의 그림자가 짙게 드리워질 때 공포와 경외심 또한 대단했다고 전한다. 거대한 산봉우리들의 침묵 속에서, 폭풍우 몰아치는 밤하늘의 굉음 속에서, 깊은 계곡의 고독 속에서, 자연은 유년의 시인에게 아름다움뿐 아니라, 그 웅장함과 압도적인 힘을 보여주었으니, 그 앞에서 한없이 작아지는 인간 존재의 한계를 깨달았다고 술회했다. 미적 경험과 경외의 경험을 동시에 하며 시적 주체는 세상에 자연의 진리를 전하는 것이 자신의 운명이자 사명이니, 온전히 그 길에 순명하겠다는 결의를 보인다. 그는 정녕 "'모든 희망이 사라진, 낙담과 우울과 절망의 시대'에 모든 인류에게 위로와 기쁨을 가져오도록 특별히 선별된 '시인-예언자poet-proph-et'"[19]였던 것일까. 자연과의 "최초의 친화력"(p. 33)을 내세우는 워즈워스가 밀턴Milton의 『실낙원』을 패러디하여 "온 땅이 고스란히 내 앞에 펼쳐져 있도다"(p. 8)라고 노래했을 때, 그의 낭만적 숭고의 풍경은 그 충일의 경지를 예비하고 있었다고 말해도 좋으리라.

그러나 최초의 친화력을 공유하거나 교감했다고 하더라도 낭만적 숭고의 서정을 넘쳐흐르게 하는 것은 그리 쉬운 일이 아니다. 알프스의 거대한 산을 묘사하며 자연의 장엄함과 인간 이성의 한계 사이의 대조와, 인간이 숭고한 자연에서 느끼는 경외감과 두려움을 형상화한 영국의 낭만주의 시인 퍼시 비시 셸리Percy Bysshe Shelley의 「몽블랑Mont Blanc」이나 이상향의 숭고한 풍경과 그 극한의 상상력을 노래한

---

19 김승희, 같은 글, p. 416.

영국의 낭만주의 시인 새뮤얼 타일러 콜리지S. T. Coleridge의 「쿠블라 칸Kubla Khan」같이 워즈워스와 비슷한 시대의 작품들을 낭만적 숭고의 범주에서 더 논의할 수는 있다. 그러나 포스트모더니즘 이후 숭고의 정감은 더 이상 도덕적 보편성이나 미학적 보편화의 기제로 소통되기 어렵게 되었다.[20] 특히 기후 위기 시대 들어 다양한 부정적 숭고와 재난적 숭고의 풍경들이 얽히고설키고 있는 형국이라 더욱 그러하다.

가령 김이듬의 시집 『아무도 미워하지 않고 한 계절이 지나갔다』[21]는 2025년 3월 동해안의 대형 산불 피해 경험을 직접 다루고 있어서 새삼 눈길을 끈다. 짐작할 수 있고 또 더러는 경험한 것처럼, 대형 산불은 이 지구 행성에 격렬한 주름들을 생성한다. 지상에 존재하던 많은 현존재들 사이를 파고들어 생생한 주름 길을 파헤친다. 없음(없어짐)으로 더 격렬하게 살아나는 있음의 주름들은 매우 인상적이다. "대형산불이 휩쓴, 허허벌판의,/따뜻한, 그 누구의 눈에도 보이지 않는,/안타까운, 밤새워 파도 소리만 철썩대는, 간절한,/잿더미도 다 날아가 버린,/저 먼 우주까지, 아무도 없는,"(「즐거운 사람에게 봄날이 오면」) 같은 부분에서 분명하듯, 거기에 어떤 "최초의 친화력"도 존재하지 않는다. 혹은 남아 있을 수 없다. "불타는 숲/불길이 치솟는 마을 〔……〕 타죽은 사람들"(「봄날 정경」)을 도저히 잊을 수 없지만 아이러니컬하게 "나는 잊을 것이다/잊어야 한다/잊을 수 있다"라고 말한다. 그런데 "동네에서 나랑 말이 제일 잘 통했던 할머니 정갈했던 마루 미래를 내다보던 할머니는 불타는 집에서 빠져나오지 못했"는데, 어떻게 잊을 수 있단 말인가. "체험하지 않은 자들의 가소로운 엄살"이나 "아름다운 무신경"과 달리, 직접 체험한 시인은 그럴 수 없다. "내가 겪은 걸

---

20 Jean-François Lyotard, *Lessons on the Analytic of the Sublime*, tran. by Elizabeth Rottenberg, Stanford UP., 1994, p. 239.

21 김이듬, 『아무도 미워하지 않고 한 계절이 지나갔다』, 민음사, 2025.

토대로 언어의 텐트를"(「봄날 정경」) 치는 시인은 몸소 체험한 재난을 아이러니의 기제를 통해 극화한다.

> 신이 나를 사랑해서 나를 이재민으로 만들어 주고 가설 건축물에 살게도 해 주시네요 시에 쓸 얘기가 쌀처럼 떨어질까 봐 파란만장 상상 초월 상황도 주시고요 나는 요즘 사람이 사람과 어떻게 이어지며 관계를 맺는지 공부하고 있어요

> 폐사지 같은 움푹한 공터에 똑같은 열두 동의 조립식 주택 중에 맨 마지막 집이 제 집입니다 나는 이따금 땅에 누워 하늘을 보죠 별자리를 점치고 내일 날씨를 예보하는 업무를 맡은 사람처럼 큰장마가 오면 주택들이 물에 휩쓸릴지도 몰라요

> 내일 걱정으로 오늘을 그르치지는 않겠어요 동떨어진 곳에 친애하는 잔인한 신이 있나요 범우주적인 게 뭘까요 나는 하늘을 보며 절벽에 둔 집터 생각을 하고 잿더미와 폐기물로 남은 생활을 걱정합니다

> ——「오지의 건축물」 부분

대형 산불이 비춘 시적 상황은 극명하다. 산불로 집이 완전히 불타고 속절없는 이재민이 된 시적 화자는 오지의 가설 건축물에 입주해 있다. 임시 건축물은 큰물 지면 또 어떻게 위협을 받을지 불안하다. 가장 기본적인 안전의 욕구조차 충족하기 어려운 형편이다. 이 "파란만장 상상 초월 상황"에서 화자는 근심 걱정도 많고 숙고와 성찰도 많아진다. 수평적으로는 사람과 사람 사이의 관계를 공부한다고 했다. 가깝게는 동료 이재민들 사이의 관계부터 도움의 손길을 펼치는 이들 사이

의 관계, 그리고 멀게는 혹은 깊게는 인간 중심의 이기적 욕망을 추구하다가 지구온난화와 기후변화를 야기하고 이런 대형 재난을 자초하는 인간관계에 대해 이리저리 숙고하는 것이다. 아울러 수직적으로는 신 혹은 범우주적인 존재와 인간의 관계를 헤아려보기도 한다. 어쩌자고 "친애하는 잔인한 신"은 이토록 가혹한 고통을 내리는 것일까. 정말 "시에 쓸 얘기가 쌀처럼 떨어질까 봐" 그러는 것일까. 어떤 관계든 소망스러운 소통이나 아름다운 어우러짐은 가능해 보이지 않는다. 상황이 이러하다 보니 앞에서 본 워즈워스의 『서곡』에서 펼쳐 보인 낭만적 숭고의 풍경이 재현될 리 만무하다. "잿더미와 폐기물로 남은" 재난의 생활, 그 재난의 악몽에서 그런 낭만적 몽상을 하기는 어렵다. 그런 생각에 골몰하며 재난의 경험을 이어가다 보니 시 쓰기도 사치 같았다고 「생활과 시」에서 말한다.

정작 집이 불타니 언어의 집이 사치 같았다 집이 불타고 나니 속이 없어졌다 뼈대도 지붕도 사라졌다 정작 갈아입을 속옷도 없어 시야가 환했다 집이 불타고 돈이 불타고 추억이 불탔지만 고령의 사람들은 이내 담담함을 찾은 듯했다 살아남은 것으로도 감사해야지 불에 타 돌아가신 할머니의 옆집 할머니가 내 손을 잡고 말씀하셨다 어제는 봄이었다

봄이 불타니 겨울의 집이 불탔고 거실에 있던 시집도 불탔다 집에 묶이고 싶다 거실이란 무엇인가 난간과 행간이 있었던 거실에서 나는 살 만했다 타인의 자서전을 쓰고 있었지 전말을 정해 놓고 전말이란 무엇인가

친구들은 내게 말한다 힘내라고 극복할 수 있다고 하지만 친구

여 삶은 극복할 수 있는 장르가 아닌 것 같네 덮쳐오는 불길을 무
너지고 쏟아지는 흙더미를 갈라지는 자신의 복부를 마주한다면 배
부른 소리 경이로운 미학적 세계나 창조하게나

—「생활과 시」 전문

　살 만했던 집이 불타 없어진 다음 시인은 "전말이란 무엇인가" 질문
한다. 불타기 이전 거실에서 생활을 위해 했던 작업이 남의 자서전 쓰
기였다. 전말이 정해진 스토리텔링. 그런데 삶에서, 실제의 생활에서,
전말은 그렇게 일목요연하게 정해질 수 있는 게 아니라는 절실한 깨달
음을 화마(火魔)가 전해준 것일까. 전말을 헤아리며 삶의 플롯 만들기
가 대단히 어렵거나 불가능한 느낌으로 다가오기에, "힘내라고 극복할
수 있다고" 위로하는 친구들의 성원에도 불구하고, "하지만 친구여 삶
은 극복할 수 있는 장르가 아닌 것 같네"라며 묵중한 비애의 목소리를
전한다. "덮쳐오는 불길을 무너지고 쏟아지는 흙더미를 갈라지는 자신
의 복부를 마주"하는 상황에서라면 극복이라는 "배부른 소리 경이로
운 미학적 세계"를 창조하기 어려운 것 아니냐며 무겁게 푸념한다. 워
즈워스의 『서곡』에서 자연은 아름다운 영혼을 파종하고 성장을 고대하
는 미학적 성장의 학교였다. 반면 김이듬의 『아무도 미워하지 않고 한
계절이 지나갔다』에서 자연은 잔인한 신의 잿더미에 불과하다. 불은
언제 잡힐지 알 수 없고, 임시의 주거 공간 또한 불안하기만 하고, 불
안한 존재 상황의 극한으로 치닫고 있기 때문이다. 그 재난적 숭고의
풍경으로 인해 앞에서도 언급한 바 기후위기비상행동 선언을 거듭 소
환하는 시집으로 보인다. "우리 공동의 집이 불타고 있습니다. 지금은
비상 상황입니다."

5. 생태적 재난과 동시대적 숭고의 주름

상황이 상황이니만큼 생태적 재난 문제를 다룬 작품들은 퍽 여럿이다. 환경 운동가이자 생태 작가인 최성각의 「약사여래는 오지 않는다」에서 서사 안에 약사여래 설화와 관련된 불화(佛畫)가 나오는데, 그 불화의 상징적 의미와 그것의 일그러짐이 생태 환경 악화로 인한 인간과 지구의 건강 악화 문제를 성찰하게 하는 숭고의 핵심 제재가 된다. 이미 표제가 환기하는 것처럼, 병을 고쳐준다는 '약사여래'가 오지 않는, 혹은 약사여래가 떠나버린 지구상 인간들의 건강과 행복 문제를 비판적으로 성찰한 소설이다. "야밤이나 폭우를 틈타 비밀 배출구로 강을 더 치명적으로 오염시키는 공장 폐수를 버려 물고기가 떼죽음을 당하고, 먹을 것에 먹으면 안 될 것을 넣은 공장과 그걸 헐하게 사서 비싸게 파는 백화점들 따위의 어처구니없는 일들의 일상화로"[22] 지구 행성과 인간의 육체에는 공히 부정적 주름들이 생겨난다. "육신이란 철, 카드뮴, 중성 세제, 크롬, 납, 망간 등의 맹독성 중금속이 쌓이는 부드러운 그릇이거나, 막다른 골목이거나, 일찍 현실로 드러날 예고된 죽음을 향해 달리는 불행 덩어리"[23]일 뿐이기 때문이다. 이런 부정적 행태들로 인해 인간과 지구의 건강이 급속하게 악화되니, 약사여래도 어쩔 수 없는 노릇이라며 고개를 절레절레 흔들 것 같은 분위기가 이어진다. 유락산 자락에 자리한 약사전(藥師殿) 벽에 그려진 불화의 상징성이 주목되는 것도 그와 관련된다.

　　자세히 살펴보니 뜰에 과일이 주렁주렁 탐스럽게 달린 과일 나

22　최성각, 『부용산』, 솔, 1998, p. 66.

23　같은 책, pp. 47~48.

무가 서 있고 그 뒤쪽의 벼랑 너머 산에는 눈이 덮여 있는 것 같기도 했고, 벼랑에 서 있는 단풍나무로 보아 만산홍엽을 그린 것 같기도 했다. 그림 오른쪽에는 잿빛 벽돌을 쌓아올린 누대에 곱게 머리를 빗어 올린 여인이 이불을 쓰고 앓아 누워 있었다. 그런데 특이한 일은 여인의 오른쪽 손목과 뜰의 과일 나무가 가느다란 흰 실로 연결되어 있다는 점이었다. 그 그림이 하도 고요하고 그로서는 처음 보는 불화인지라 그는 한참을 뚫어져라 벽화를 살피다가 약사전의 뒷벽으로 갔다.[24]

약사여래를 모신 약사전에 그려진 불화라는 맥락을 헤아리자면, 과일나무는 생명의 우주목cosmic tree이고, 그 생명의 나무와 여인의 손목에 가느다란 흰 실로 연결되어 있었다는 것은 약사여래의 치유의 힘이 우주목을 통해 여인에게 역사함을 암시한 것으로 파악할 수 있다. 그러니까 그 흰 실은 치유의 주름을 생성하고 환기하며 낭만적 숭고의 감각을 웅숭깊게 한다. 이 불화를 보면서 주인공은 "볼수록 재미있는 그림"이라고 생각하면서도 "불현듯 아무런 영문도 없이 그는 저 하얗고 가느다란 실이 끊어지면 어떡하나" 하는 느낌에 젖어든다. "왠지 그 가느다란 실이 위태롭게 느껴졌"기에 부정적 주름이 생겨난 까닭이다.[25] 부정의 주름을 따라 불안은 깊어진다. 머지않아 그게 단순한 불안의 신호만이 아니었음을 알게 된다. 약사전 옆의 오솔길 끝에 자리잡은 광덕약수(光德藥水)를 떠다 먹던 주인공은 어느 날 그 약수가 식수로 부적합하다는 판정을 확인하게 된다. 허탈하고 안타까운 마음으로 발길을 돌리던 그는 약사전 불화를 다시 보게 되는데 처음 봤을 때

24 같은 책, p. 82.

25 같은 곳.

"그토록 팽팽하게 서로 이어져 있었던 그 실"은 "툭 끊어져 뜰 바닥에 떨어져 있었고, 여인의 손목은 힘없이 아래로 쳐져 있"[26]는 모습을 환상처럼 보게 된 것이다. 물론 실제 불화(佛畫)에서 일어난 사단은 아니었을 것이다. 약사전 벽의 불화(佛畫)와 주인공 마음의 불화(不和) 사이에서 형성된 환각이었을 가능성이 크다. 약수터를 독점하려고 이기적인 행태를 보였던 청심약수회 사람들, 약수물을 뜨려 기다리는 동안 사람들 사이의 크고 작은 다툼을 경험하면서 주인공은 내내 마음이 편치 않았다. 결국 광덕약수터가 식수로서 부적합 판정을 받게 된 것도 따지고 보면 땅과 물과 반자연적 행태를 일삼는 인간 사이의 불화 때문이 아니었을까. 그런저런 불화(不和)의 구체들이 생명과 치유를 상징하던 '낭만적 숭고'풍의 불화(佛畫)를 '재난적 숭고'풍으로 불안하게 일그러뜨린 것이 아닐까 짐작된다. 그 경계에 끊어진 실이라는 생태적 주름이 자리하고 있었다. 이전에는 약사여래의 가호 아래 치유의 주름이었는데, 이제 약사여래마저 손을 놓을 수밖에 없는 생태 환경으로 인해 질병의 주름으로 바뀌었다. 치유의 주름과 질병의 주름 사이의 대조는 곧 낭만적 숭고와 재난적 숭고를 예비한 부정적 숭고의 풍경 사이의 대조로 심화된다.[27]

26 같은 책, p. 88.

27 최성각의 「약사여래는 오지 않는다」에 대한 자세한 논의는 졸저, 『생태학적 상상력과 녹색 수사학』, 서강대학교출판부, 2025, pp. 65~68을 참조할 수 있다. 아울러 우리의 관심에 값하는 여러 작품들을 떠올려보기로 한다. 강영숙의 「폴록」에는 추상표현주의 미술의 선구적 대표자로 불리는 미국 화가 잭슨 폴록의 이야기와 그의 작품이 거론된다. 생동하는 기운이 소진되어 늘 와해된 것 같다고 말하는 K 이사의 약한 존재론과 그가 처한 생태적 상황 속에서의 처지는 재난적 숭고를 논의할 수 있는 의미 있는 거점을 제공한다. 또 2005년 허리케인 카트리나로 인해 재해 지역이 된 미국의 뉴올리언스를 배경으로 하는 강영숙의 「재해지역투어버스」에는 루이 암스트롱Louis Armstrong의 「What a Wonderful World」라는 노래가 나온다. 원래의 노래는 낭만적 숭고미를 자아내는 것이었는데, 재난적 숭고의 상황에서 그 노래가 함축하는 아이러니의 형식이 이 작품의 텍스트성을 넉넉하게 하면서 생태적 주름의 인상적인 리듬을 형성한다. 강영숙의 『리나』와 『부림지구 벙커X』「폴록」, 편혜영의 「아오이가든」과 『재와 빨강』, 장은

최성각의 「약사여래는 오지 않는다」의 경우 아직 재난적 숭고를 본격적으로 논의하기는 어려운 게 사실이다. 그러나 인간 중심의 이기적이고 물질적인 욕망을 줄이지 않거나 지구 살림의 태도를 대전환하지 않으면 재난이 멀지 않았다는 비판적 의식은 매우 뚜렷한 편이다. 최정화의 「벙커가 없는 자들」에서 일목요연하게 보여준 것처럼, 인간은 약사여래가 도저히 힘쓰지 못할 정도로 상황을 악화시켰다. 욕망의 가속도로 자연을 저렴하게 이용하면서 자본의 잉여가치를 창출하기 위해 얼마나 생명의 그물을 손상시켰는지 구체적으로 적시한다. 나무를 남벌하고 숲을 훼손했으며, 땅과 바다를 함부로 오염시켰다. 인간의 건강을 위해 곰, 돼지 등 동물들의 생명을 마음대로 빼앗는 약탈도 서슴지 않았다. 무분별한 개발로 동물들의 서식처를 훼손했고, 에어컨 등 탄소 배출을 멈추지 않았으며, 플라스틱을 비롯한 일회용 쓰레기를 양산했다. 소비를 부추기는 자본주의의 그림자는 쓰레기와 탄소 배출로 가득했고, 이런 부정적 생태 주름들이 기후 재앙을 배가한 것 아니냐는 엄중한 진단의 서사이다. 그 결과가 「벙커가 없는 자들」이 형상화한 기후 재앙의 풍경이다.

그 재난적 숭고의 풍경은 장은진의 『날짜 없음』에서도 매우 절박하게 형상화된다. 1년 내내 눈이 내리는 회색 도시가 그 배경이다. 급격하게 얼어붙은 회색 도시는 계절의 변화도 없고 날짜도 없다. 그저 악몽 같은 오늘만 계속되고 가까스로 내일이 오더라도 오늘과 그리 다르지 않다. 아니 다르긴 하다. 더 추워지고 날씨가 악화되기 때문이다. 처

진의 『날짜 없음』, 김기창의 『기후변화 시대의 사랑』, 천선란의 「레시」, 최정화의 「벙커가 없는 자들」, 공현진의 「어차피 세상은 멸망할 텐데」, 올라퍼 엘리아슨과 미닉 로싱의 설치 작품 「얼음 시계Ice Watch」(2014~2019) 프로젝트를 바탕으로 지은 나희덕의 「얼음 시계」 등등 여러 작품을 대상으로 하여 동시대의 재난적 숭고의 상상력과 그 횡단미학적 특성을 살필 수 있다. '숭고의 주름' 연작인 「11시 59분의 허세, 혹은 희망?」과 「물의 눈으로 듣는 바람의 노래」에서 이런 작품들에 대한 논의가 계속된다.

음엔 잿빛 눈이 내리다가 숯탄 같은 검은 눈이 내리더니 소설의 끝부분에서는 핏빛 눈이 내리기도 한다. 이를테면 재난에 처한 도시의 풍경은 이렇다.

> 사시사철 당당하고 도도하던 도시가 결국 암흑 앞에 무릎 꿇고 만 것이었다. 시민의 안녕을 위해 세워 둔 가로등은 '안녕' 못하는 키다리 고철 덩어리로 전락한 지 오래였고, 고층 빌딩은 한순간에 무너지거나 찌그러질 수 있는 구멍 송송 뚫린 거대한 종이 상자나 다름없었다. 아파트들은 분양이나 임대를 몇 달 앞둔 새 아파트처럼 황량하기만 했고, 상가 간판은 불을 켜지 않은 것으로 영업 중단을 알려 왔다. 밤의 회색시에서 불빛은 멸종 위기에 처한 생물체와 다름없었다. 하늘의 장막인 구름과 땅의 양탄자인 눈이 모두 까만색에 가까워서 밤의 회색시는 거대한 어둠 덩어리였다. 그래서 밤은 밤보다 더 어두웠다.[28]

서술자는 불빛을 두고 "멸종 위기에 처한 생물체"라고 특정했지만, 실은 도시의 모든 것이 멸종 위기종들이다. "거대한 어둠 덩어리"는 생명을 상실해가는 도시와 인간의 상징적 주름이다. 이러한 재난의 풍경은 일련의 청각 이미지와 겹쳐지면서 그 비극성을 증폭한다.

> 회색인이 맥없이 눈밭으로 푹푹 쓰러지는 소리와 비명 소리, 눈보라가 휘몰아치는 소리, 하늘이 깨지는 소리, 땅이 갈라지거나 주저앉을 때마다 터져 나오는 지구의 기침 소리, 사람을 바닥에 끌고 가는 폭도들의 소리, 바닥과 유리창이 어깨를 들썩이는 소리, 썰매

---

28 장은진, 『날짜 없음』, 민음사, 2016, p. 194.

끄는 소리, 습설에 건물들이 무너지는 소리. 소리와 진동은 낮보다 더 커졌다.[29]

이 회색시의 소리들은 '지구의 기침 소리', 도무지 나을 기미를 보이지 않는, 아니 쾌유의 기미는커녕 죽음으로 치닫는 기침 소리로 종합된다. 소설은 "그게 온다고 한다"라는 문장을 무한 반복한다. 독자들은 그게 무엇일까, 질문하며 읽는다. 끝내 그게 오지는 않았기에, 그토록 반복적으로 진술된 "그게"의 정체가 전경화된 것은 아니지만 배경만으로도, 혹은 그 그림자만으로도 짐작하기 그리 어렵지 않다. 대멸종에 가까운 행성의 사건 아닐까. 모호하지만 깊은 재난적 숭고의 주름을 생성하는 문장이 바로 "그게 온다고 한다"이다.

장은진의 『날짜 없음』에서 없는 것이 날짜뿐일까. 짐작할 수 있는 것처럼 거의 모든 것이 없다. 그러니까 거주 가능 조건, 생존 조건이 없어지는 재난 상황을 극적으로 상상한 서사이기 때문이다. 나무가 자랄 수 없는 수목 한계선timberline이 있듯이, 지구가 더는 생존하기 어려운 지구 위험 한계선planeltary boundaries도 있다는 논의를 주목하게 한다. 에너지, 환경, 식량, 인구, 경제, 역사, 공공정책까지 여러 학문의 경계를 넘나들며 학제적 연구를 수행해온 환경과학자이자 경제사학자인 바츨라프 스밀Vaclav Smil은 그 생물권의 한계선을 기후변화, 해양 산성화, 오존층 위기, 미세먼지, 담수 오염과 사용 문제, 토지 사용 문제, 생물 다양성 손실, 화학적 오염 등 9개의 범주로 논의한다.[30] 장은

---

29 같은 책, p. 196.

30 (1) 정확히 똑같지는 않지만 요즘은 지구온난화와 거의 동의어로 쓰이는 기후변화, (2) 탄산칼슘으로 형성된 골격을 지닌 해양 유기체에 중대한 피해를 입히는 해양 산성화, (3) 과도한 자외선 방사로부터 지구를 보호하지만 프레온가스의 방출로 위협받는 성층권 오존층, (4) 눈에 잘 보이지 않으며 폐 질환을 유발할 수 있는 오염 물질인 미세먼지(대기 에어로졸 입자), (5) 질소와 인이 담수와 연안 해역에 유입되어 생기는 두 영양소의 순환 방해, (6) 담수 사용(지하

진의 『날짜 없음』의 회색 도시는 그 지구 위험 한계선에 봉착한, 그래서 곧 거주 불능 지구가 될 그런 공간이다. 그런 끔찍함이 재난적 숭고의 비애를 더한다.

어떻게 잃어버린 날짜를 되살리고, 거주 불능 회색 도시를 거주 가능 도시로 전환시킬 수 있을 것인가. 이런 질문으로 내포 작가는 독자를 이끈다. 그 답은 결코 쉽지 않다. 러브록과 마굴리스의 가이아 가설을 재검토하여 '가이아 2.0' 논의를 펼친 티모시 M. 렌턴과 브뤼노 라투르의 다음과 같은 비유에서 우리는 그래도 답을 더듬어 찾아가야 할 어떤 예지를 확인하게 된다. "만약 눈이 어두운 사람이 눈이 어두운 다른 사람을 이끄는 정치적 상황에서라면, 희망은 그 어둠 속을 더듬을 흰 지팡이를 가장 잘 사용할 수 있는 방법을 찾아내는 데 달려 있다."[31] 그 방법을 어떻게 찾아낼 수 있을 것인가. 저자들은 "가이아의 자기-규제에 약간의 자기-인식을 추가할 수 있는 유일하게 실용적인 방법"으로 "환경의 변화와 사회의 반응 사이의 시차를 추적할 수 있는 감각 기관의 인프라를 확충하는 것"을 제안한다. 그런 "윤리적 방향"에서 그들은 "이 센서를 조작하거나 오류에 대한 반응을 늦추려는 것은, 가이아 2.0이 현재 세계보다 인간 개체군을 더 잘 지속시킬 수 있는 순환을 어떻게 완성할 수 있는지에 대해 초기 가이아로부터 배울 수 있는 기회를 위태롭게"[32] 할 것임을 강조한다. 러브록은 지구-가이아의 자기 조절 시스템을 신뢰했었다. "간단히 말해 유기체들과 물질

수와 강물 그리고 호숫물의 과도한 사용), (7) 벌채와 경작 및 도시와 산업 단지의 확장으로 인한 토지 사용의 변화, (8) 생물 다양성 손실, (9) 다양한 형태의 화학적 오염(바츨라프 스밀, 『세상은 실제로 어떻게 돌아가는가』, 강주헌 옮김, 김영사, 2023, pp. 301~302).

31 티모시 M. 렌턴, 브뤼노 라투르, 「가이아 2.0: 인간은 지구의 자기-규제에 자기-인식을 더할 수 있을까?」, 우지수 옮김, 『과학잡지 에피』 9호, 이음, 2019, p. 210.

32 같은 글, p. 211.

적 환경은 단일한 결합적 시스템으로 진화하며, 현재의 생물군이 무엇이든 그들이 거주 가능한 상태에서 기후와 화학의 지속적 자기조절이 이 시스템으로부터 창발한다."[33] 라투르 역시 "가이아에서 서로 연결되어 의존하며 살아가는 인간과 비인간 모두의 어셈블리지"[34]로 이해될 수 있는 새로운 정치적 유인자로서 지구족Terrestrial을 생태화를 위한 대안으로 논의한 바 있다. 재난적 숭고의 풍경을 다룬 여러 문학작품이 환기하는 것 또한 그와 그리 멀지 않다. 지구 생태화를 위한 녹색 계급의 감각 기관 인프라를 확충하고 심화하는 것이 좋은 생태 문학의 윤리이겠기 때문이다.

작금의 여러 작가 시인들은 재난적 숭고를 통해, 그 동시대적 숭고의 주름을 통해 거듭 고뇌하고 질문한다. 정녕 인류는 BTS의 「The Planet」처럼 전향적 의지를 보일 수 있을까. 먹구름 짙어져 하늘이 점점 어두워지는, 그래서 자꾸 아파하는 『날짜 없음』의 잿빛 도시를 넘어, 이 행성을 구할 수 있을 것인가. 약사여래를 다시 만날 수 있을 것인가. 꽃들 사이를 날아가 초록 들판 위에서 아름다운 꿈을 꿀 수 있을 것인가. 루도비코 에이나우디가 간절히 염원했던 것처럼, 북극을 지킬 수 있을 것인가. 우리가 얼마나 더 '북극을 위한 비가'를 연주해야 북극 해빙의 속도가 줄어들 수 있을 것인가. 우리가 사랑하는 이 소중한 행성, 그 '창백한 푸른 점Pale Blue Dot'을 끝내 지킬 수 있을 것인가.

---

33 J. Lovelock, "The Living Earth", *Nature*, 426, 2003, p. 769. 여기서는 김환석, 『브뤼노 라투르』, 커뮤니케이션북스, 2024, p. 99에서 재인용함.

34 같은 책, p. 113.

11시 59분의 허세, 혹은 희망?
─ 숭고의 주름·2

2005년 8월, 뉴올리언스, 성난 바다가 뿜어내는 기침

2005년 여름 북대서양 허리케인 카트리나Hurricane Katrina의 위력
은 어마어마했다. 8월 24일부터 30일까지 쿠바, 미국 남부 및 중서부
를 거쳐 캐나다 온타리오까지 영향을 미친 초대형 태풍이었다. 직경
1350킬로미터의 대형 카트리나는 최저 기압 902헥토파스칼, 최대 풍
속 1분 평균 초속 77미터의 위력으로 최소 1245명의 사망자와 135명
의 실종자, 약 1250억 달러의 재산 피해를 냈다. 그야말로 '역대급' 대
재난이었다. 루이지애나 미시시피강 삼각주와 미시시피 해안가가 속절
없이 쑥대밭으로 변했고, 앨라배마와 플로리다 해안가의 피해도 엄청
났다. 특히 뉴올리언스가 문제였다. 내가 이 카트리나 때 너무 안타까
웠던 것도 뉴올리언스 때문이었다. 한 해 전인 2004년 여름 미국 중부
아이오와에서 미시시피강을 따라 멤피스를 거쳐 뉴올리언스까지 갔었
다. 밤에는 재즈에 취했고, 낮에는 스페인과 프랑스를 거쳤던 뉴올리언
스 특유의 남부 풍경에 들떠 있었다. 굴 요리를 비롯한 해물 요리도 일
품이었거니와 카페 뒤 몽드Cafe Du Monde에서 먹었던 프랑스식 도너
츠 베네Beignets의 향기는 지금도 선연하다. 무엇보다 오래된 재즈 카
페에서 본 흑인 영성이 짙게 배어나는 재즈 공연은, 여기가 바로 'won-

derful'한 뉴올리언스라는 사실을 절감케 했다. 시카고나 멤피스의 재즈 공연과는 또 달랐다. 그 오래된 재즈 공연장은 물론 뉴올리언스의 80퍼센트가 물바다가 되었다는 뉴스를 접했을 때 아연실색하지 않을 수 없었다. 그때 거리에서 혹은 공연장에서 마주쳤던 어떤 이들도 엄청 피해를 입었을 터였다. 이재민 6만 명이 메르세데스-벤츠 슈퍼돔에서 지내야 했다는 소식도 전해졌다. 미국이 이라크 전쟁에 경제력과 정치력을 집중하다 보니 뉴올리언스 제방을 막을 여력이 없었다는 가십도 분분했다. 게다가 인종차별 문제도 불거졌다. 재난을 당한 저지대의 주민은 대개 흑인이었다. 그들 중 어떤 이들은 자동차가 없어서 탈출하지도 못했고, 재해에 속수무책이었다. 물에 잠긴 그들에겐 당장 식량이 문제였다. 그런데 간혹 백인이 물속에서 식량을 구하면 '식량 발견finding'이라고 표현했던 미국의 한 언론이, 흑인의 경우에는 '약탈looting'이라고 보도하여, 유색인종들에게 자연재해 그 이상의 분노를 일으키기도 했다.

2005년 8월 말, 뉴올리언스는 아비규환의 풍경이었다. 시간이 지나면 복구가 되고 복원도 되겠지만, 내가 갔던 그 오래된 공연장 그대로일 수는 없을 터였다. 다시 그곳을 방문하여 재즈를 뉴올리언스식으로 즐기고 싶었지만, 카트리나 이후 뉴올리언스의 상흔을 차마 보기 어려울 것 같아 차일피일 미루기만 했다. 그러다가 다시 뉴올리언스를 보게 된 것은 강영숙의 「재해지역투어버스」를 통해서였다. "봄이면 늘 황사바람이 불"고 "재해도 아닌데 늘 재해처럼 들끓고 사람들은 앓고 자살하고 분노"하는 곳, "겨울이 와도 눈이 내리지 않았고 모두들 흰 눈 따위는 까먹고 산성비를 맞으며 크리스마스를 보"[1]내는 곳에 사는 주인공은 카트리나 이후 뉴올리언스를 방문하게 된다. "평온한 풍경을

---

1 강영숙, 「재해지역투어버스」, 『아령하는 밤』, 창비, 2011, p. 107.

볼 때도 불행한 장면을 겹쳐놓는 유전자를 갖고 있는 것 같다"²라고 되뇌는 주인공의 시선에 의해 재해 지역의 풍경은 중층적으로 형상화된다.

작중 투어버스 기사의 할머니는 "이 세상에서 가장 무서운 건 성난 바다가 뿜어내는 기침"(p. 112)이라고 했다고 한다. 아마 생존해 계셨더라면 "온몸으로 허리케인의 냄새를 느꼈"을 거라고 했다. 소설은 자연재해인 허리케인 카트리나 피해 과정과 그 황폐한 기억을 상세하게 보여주면서, 단지 자연재해만이 아니라 겹겹의 인재가 중첩된 재해라는 사실을 환기한다. 도시 한복판에서 사람들이 구호품을 서로 가지겠다고 다투다가 싸움이 벌어진 다음 날 아침 무장한 주 방위군이 약탈을 막겠다는 명분으로 도시에 진입한다. 그들 중에는 이라크 전쟁으로 추정되는 "남의 나라에서 벌어지는 미친 전쟁에 참가하고 막 돌아온 병사들도"(p. 122) 있었다. "그 전쟁에 돈을 쏟아붓느라 이 도시를 복구할 비용이 없었다는"(pp. 122~23) 것, "흑인들은 재해지역에서 약탈을 일삼는 악당들로 규정되었고 다음날부터 도시는 주 방위군의 점령지가"(p. 123) 되었다는 것, 그리하여 재해 지역에 남은 이들은 자기 마음대로 할 수 있는 것이 없었고 "약탈과 죽음"의 풍문과 더불어 지옥의 풍경을 체험할 수밖에 없었다는 것, 그러다 보니 "오랫동안 억눌려온 분노가 허리케인보다 더 강렬하게 폭발"(p. 123)한 것은 차라리 자연스러웠다는 것……

---

2 그런 유전자의 성향으로 이렇게 얘기된다. "행복하고 느긋해 보이는 풍경 위로 온통 황폐한 그림들이 겹쳐졌다. 깨진 유리조각들, 씨멘트 바닥과 흰 운동화에 점점이 떨어진 피, 소금을 끼얹은 듯 따끔거리는 피부, 버둥거리며 죽어가는 소들, 암 환자의 등을 비추는 긴 거울, 불에 타죽는 사람들, 여자들의 통곡 소리, 내리는 산성비 그리고 천지사방으로 흩어지려는 내 몸뚱이. 지난여름, 몸이 사방으로 터져나갈 것처럼 아팠다. 그러나 그것도 어쩌면 나의 나쁜 습관이었던 건 아닐까. 실제로는 아프지 않으면서 아프다고 통각을 호소하고 소리를 질러대야 살아 있는 듯 느끼는 오래된 습관"(같은 책, p. 113).

이것은 내가 다시 보고 싶었던 뉴올리언스의 풍경이 아니었다. 어디나만이겠는가? 누구라도 이런 풍경을 상상이라도 하고 싶지 않았을 터이다. 그럼에도 엄연한 현실 풍경이었다. 인간사와 자연사가 따로 나뉠 수 없고, 자연과 문화가 연결된 전체로서 자연 문화를 형성하듯이, 자연재해와 전쟁 및 폭력의 정치경제학 또한 서로 긴밀하게 연결되어 있음을 작가는 때로는 은밀하게, 때로는 직정적으로 드러낸다. 요컨대 허리케인 카트리나는 단순한 자연재해가 아니었다는 것, 그러기에 교토의정서가 '무의미한 조약'이라고 탈퇴했던 미국에 일대 충격을 가한 사건이었다는 것, 미국식 자본주의와 신자유주의의 민낯을 드러낸 상징적 사건처럼 보인다는 것, 등등 깊은 성찰을 위한 의미론적 세목을 강영숙의 뉴올리언스 여정은 제공한다.

기후 재앙에 대처하기 위해 날씨를 통제한다고?

슈퍼돔과 컨벤션 센터에서 폭염과 식량 부족에 시달리며 고통받았음에도 불구하고, 그래도 카트리나가 지나간 이후 재즈 뮤지션들은 여전히 웃으며 완벽한 연주를 하고 있었다고 강영숙은 보고한다. "언제 우리 조상이 전일제도 아닌 파트타임 노예였냐는 듯이, 언제 우리가 허리케인 같은 재해를 당했느냐는 듯이" "바보처럼 웃고 노래"하는 이들, "슬프고 장중한 장례식 뒤에, 깔깔거리는 웃음이 나오는 밝은 재즈곡을 연주한다는 사람들"(p. 127)의 풍경을 우리에게 선사한다. 슬프지만 슬퍼할 수 없는 승화된 애이불비(哀而不悲)의 경지를 연상케 한다. 소설의 끝을 작가는 한 트럼펫 연주자의 사연으로 마무리한다. 어린 시절 부모의 이혼으로 소년원에 들어가 거기서 밴드를 시작한 그는 "마흔살이 되도록 자기만의 크리스마스트리를 가져본 적이 없는 사람, 모든 사람을 행복하게 해주고도 흑인 광대라는 말을 들어야 했던 사람"(p. 128)이었다. 그가 부른 노래는 다른 곡이 아니었다. 바로 「What a Wonderful World」였다. 너와 나를 위해 신록의 나무들과 붉은 장미들을 생각하니 세상은 정말로 아름답다고 생각한다는, 푸른 하늘과 하얀 구름을 보고 밝은 축복 넘치는 한낮과 신성한 어둠의 밤을 음미하니 세상은 참으로 아름답다고 생각한다는, 루이 암스트롱Louis Armstrong의 바로 그 노래 말이다. 깊은 고통을 자아내는 역설이 아닐 수 없다.

루이 암스트롱이 노래한 것처럼 그토록 아름다운 세상은 언제까지 지속 가능할 것인가. 2005년 여름 뉴올리언스의 슈퍼돔은 일시적인 이재민 피난처였지만, 김기창의 『기후변화 시대의 사랑』에서 돔은 생존을 위한 상시적 필요조건이다. 폭염, 혹한, 백화, 해빙 등 다양한 기후 제재를 바탕으로 상상한 의미 있는 서사적 기획으로 보이는 이 소설집에 수록된 「하이 피버 프로젝트」의 한 대목을 보기로 하자.

> 누구나 이렇게 될 줄 알았다. 열파 지역의 도시들은 이제 수명이 다했음을, 기존의 형태로는 더 이상 유지될 수 없음을 다들 알고 있었다. 알고 있었지만 머뭇거렸다. 거대한 변환이 필요한 일이어서 어디부터 손을 대야 할지 몰랐다. 세계는 동일한 정책에 합의를 해야 했고, 각 국가는 그에 맞춰 법을 바꿔야 했으며, 사회는 법의 실행을 감시하고, 개인은 각성과 협력을 해야 했다. 개인의 각성과 협력이 미비하면 실현 가능한 정책 마련을 위해 처음부터 다시 시작해야 했다. 어느 단위에서든 이기심을 부리는 순간, 최종 합의는 기약 없이 미뤄졌고, 기존에 합의된 정책 역시 좌초를 거듭했다. 그러는 사이 평균기온이 최고 54도까지 올랐다. 체감온도는 73도를 넘었다. 짙은 미세먼지를 품은 공기가 열기를 품은 채 오랫동안

한곳에 머무르며 사람들의 숨통을 조여 왔다.[3]

　'거대한 변환'이 필요했는데, 이를 위한 개인의 각성과 협력, 정책적 대안과 공조 등의 구조적 노력이 상당히 요구되었는데, 그렇지 못한 결과 지구는 그야말로 생명을 보장받을 수 없는 지경이 되고야 말았음을 실감 있게 형상화한다. 이 소설집을 읽으면서 우리는 사랑과 자유, 평화 등 기본적 인간 가치를 지키기 어려운 상황, 마침내 생명마저 제대로 담보하기 어려운 상황에 대한 성찰에 몰입하게 된다. 가령 「갈매기 그리고 유령과 함께한 하루」에서 요셉은 "나는 사랑에 대해 말할 자격이 없어요. 여자 친구가 추방되었을 때, 가만히 있었어요. 아무것도 안 했어요. 아무것도. 하염없이 돔시티 안을 걷기만 했어요"[4]라고 말하는 대목에서, 우리는 그에게 섣부른 눈초리를 보내기 어렵다. 기후위기로 인한 존재 근거의 박탈, 생명의 소진 위협 앞에서 진정한 사랑을 외면해야 하는 안타까운 상황에 연민을 느끼지 않을 수 없다. 「개와 고양이에 관한 진실」에서 고든이라는 인물은 '반항하는 인간'과 '반항하지 않는 인간'을 구분하는 역할을 돔시티가 하고 있다고 말한다.[5] 기후 재앙으로부터 상대적으로 보호받을 수 있는 돔시티에 거주하려면 '반항하지 않는 인간'이 되어야 하는데, 이럴 때 이전에 천부인권으로 여겨졌던 자유의 가치는 존중받기 어렵다. 소설집의 표제가 이미 환기하는 것처럼 김기창은 인간에게 가장 소중한 사랑을 제대로 나누기 위해서는 기후변화에 대한 각성과 거대한 전환을 위한 실질적 감수성과 실천력이 요구된다는 사실을 극적으로 환기한다.

3　김기창, 「하이 피버 프로젝트」, 『기후변화 시대의 사랑』, 민음사, 2021, p. 25.

4　같은 책, p. 70.

5　같은 책, p. 90.

과연 이런 상황에도 루이 암스트롱의 「What a Wonderful World」
를 웃으며 부를 수 있을까? 이런 시대, 그러니까 평범한 시대가 아니라
'재앙대(catastrophozoic, 災殃代)'라고 불러야 할지도 모를 그런 시대의
재즈 선율은 과연 어떠할까? 오랫동안 문학은 날씨나 기후 사건과 긴
밀한 관계를 맺어왔다. 제프리 파커Geoffrey Parker가 언급한 바와 같이,
존 밀턴John Milton은 이례적으로 추운 겨울 동안 『실락원Paradise Lost』
을 쓰기 시작했으며, "예측 불가능하고 무자비한 기후변화가 그 이야
기의 핵심이었다. 밀턴이 그리는 허구의 세계는 그가 살아가는 현실
세계와 마찬가지로 추위와 더위의 처분에 맡겨진 '죽음의 세계'였다"[6].

최정화의 「벙커가 없는 자들」 또한 기후 재앙으로 인한 죽음의 세계
를 극적으로 환기한 소설이다. "지구에 재앙이라고 할 만한 폭설이 퍼
붓고 있다."[7] 이런 문장으로 시작하는 소설의 현재 시점은 2029년 7월
이다.[8] 주인공의 직업은 날씨 통제사. "기상 현상을 관측하고 예보하는

---

6   Geoffrey Parker, *Global Crisis: War, Climate Change, and Catastrophe in the Seventeenth
     Century* (New Haven, CT: Yale UP., 2013), Kindle edition, loc. 17574. 여기서는 아미타브
     고시, 『대혼란의 시대』, 김홍옥 옮김, 에코리브르, 2021, pp. 41~42에서 재인용함.

7   최정화, 「벙커가 없는 자들」, 『날씨 통제사』, 창비, 2022, p. 33.

8   이 소설은 『창작과비평』 2021년 겨울호에 발표되었다. 창작 당시 불과 8년 후를 예측하며 상
     상한 소설이다. 그 상상이 공상이 아님을 여러 자료를 보면 폭넓게 확인할 수 있다. 가령 2023
     년 3월 19일 스위스 인터라켄에서 열린 제58차 기후변화에 관한 정부 간 협의체IPCC 회의
     에서 발표된 「IPCC 기후변화 2023 종합보고서」(IPCC, 2023: Summary for Policymakers.
     In: *Climate Change 2023: Synthesis Report. Contribution of Working Groups I, II and III
     to the Sixth Assessment Report of the Intergovernmental Panel on Climate Change* (Core
     Writing Team, H. Lee and J. Romero (eds.)). IPCC, Geneva, Switzerland, pp. 1–34,
     doi:10.59327/IPCC/AR6-9789291691647.001. 여기서는 기상청에서 번역하여 국문본으
     로 제작하여 기상청 기후정보포털(www.climate.go.kr)에 게시한 보고서를 활용했다)에 따르
     면, 관측된 온난화의 원인은 주로 인간의 활동 결과 배출한 온실가스이다. 이는 명백히 지구온
     난화를 유발했다. "2011~2020년에 전 지구 지표면 온도는 1850~1900년 대비 1.1°C에 달
     했다. 전 지구 온실가스 배출량은 지속 불가능한 에너지 사용, 토지이용 및 토지이용 변화, 지
     역 간, 국가 간, 국가 내, 개인 간 소비와 생산의 생활양식 및 패턴에서 과거부터 현재까지 계속
     된 불균등한 기여로 인해 지속적으로 증가해 왔다"(p. 4). 이에 따라 대기, 빙권 및 생물권에서

것이 아니라 그 흐름에 맞서 대기를 인위적으로 조정하는 일"(p. 34)을 해왔는데, 날씨 통제 센터가 대기 순환 조절 능력을 완전히 상실한 상황을 서사 문제로 제시한다. 대장과 소장, 팀장 등은 이미 비상용 소형 비행선을 타고 우주 벙커로 대피했고, 벙커가 없는 이들은 기후 재앙으로 인해 속절없이 죽음의 세계로 입사한다. 이런 기후 재앙을 전혀 예측할 수 없는 것은 아니었다는 서술자의 진술이 전경화된다. 벌써 10년 전부터 날씨가 센터의 통제를 슬슬 벗어나기 시작했고, "상황을 바꾸기 위해서 삶 전체를 바꿔야"했는데 인간들은 그렇게 하지 않거나 못했다. "날씨는 인간들이 중대한 결정을 내리기를, 자신들의 삶을 통째로 바꾸기를 아주 오랜 세월 동안 기다려 왔"(p. 37)지만, 인간은 거기에 응하지 않았고, 그 결과 더는 기다려주지 못할 정도로 상황이 악화된다. 구체적으로 다음 본문을 보기로 한다.

> 우리는 단 한 번 사용할 경기장을 짓기 위해 오백 년 된 나무들을 베어냈다. 오 분마다 햄버거나 커피 체인점을 만나기 위해서 기꺼이 숲을 파괴했다. 봉우리마다 전선을 매달고 케이블카를 설치했고. 남의 영역이니 책임질 것 없다며 국경선과 해안선 너머의 땅과 바다에 독극물을 몰래 흘려 버렸다. 건강에 좋다는 약재를 얻기 위해 곰들을 비좁은 우리 속에 가두었고, 약재의 인기가 떨어지자 그들에게 사료 대신 음식물 찌꺼기를 먹였다. 더 부드러운 살코기를 먹기 위해 삼십 년을 살 수 있는 돼지의 수명을 삼 년으로 줄였다. 인간이 바다 생물들의 주 식량인 크릴을 휩쓸어오는 바람에 굶주

광범위하고 급격한 변화가 발생했다. 인간이 초래한 기후변화는 이미 지구 전역에 많은 날씨와 극한 기후에 영향을 미치고 있다. 그런 급격한 기후변화로 인해 자연과 사람에 대한 광범위한 악영향과 이와 관련된 손실과 피해가 발생했다. 역사적으로 현재의 기후변화에 가장 적게 작용한 취약한 커뮤니티가 불균형적으로 영향을 받는다(p. 5).

린 물범이 펭귄을 잡아먹는 일까지 일어났다. 호화롭고 고급스러운 주택이 들어서면 길고양이들은 한순간에 터전을 잃어버렸다. 북극의 얼음이 녹으면서 북극곰의 거주지는 사라졌다. 그래도 인간들은 삶의 방식을 바꾸지 않았다. 우리는 계속해서 건물을 지었다가 예쁘지 않다는 이유로 허물고 다시 지었다. 날씨가 나쁘면 집에 있으면 되지. 추울 때는 난방을 했고, 더울 때는 에어컨을 돌렸다. 티브이에서는 계속 더 맛있는 음식을 먹으라고, 그걸 먹지 않으면 불행해질 것이라고 경고했다. 일회용 쓰레기를 먹고 죽은 새들의 사체를 보고도 플라스틱을 포기하는 일은 없었다. 버려진 것들이 넘치는데도 계속해서 새 옷을 만들기 위한 용도로 물을 끌어 올리느라 크기가 4분의 3이나 줄어든 해역도 있었다. 그래도 인간은 멈추지 않았다. (pp. 51~52)

인간이 자연을 저렴하게 이용하면서 이기적으로 이윤을 창출하기 위해 얼마나 생명의 그물을 손상시켰는지 일목요연하다. 나무를 남벌하고 숲을 훼손했으며, 땅과 바다를 함부로 오염시켰다. 인간의 건강을 위해 곰, 돼지 등 동물들의 생명을 마음대로 빼앗는 약탈도 서슴지 않았다. 무분별한 개발로 동물들의 서식처를 훼손했고, 에어컨 등 탄소 배출을 멈추지 않았으며, 플라스틱을 비롯한 일회용 쓰레기를 양산했다. 소비를 부추기는 자본주의의 이면은 쓰레기와 탄소 배출로 가득했고, 이런 양태들이 기후 재앙을 가속화한 것이 아니냐는 진단이다. 인용문 다음 이어지는 서술자의 주석적 진술은 이렇다. "당시의 삶을 떠올리면 지금 우리에게 닥친 재앙을 탓할 수만은 없었다"(p. 52).

김기창의 소설에서도 그랬지만 최정화의 소설에서도 역시 인간들은 멈추지 않았고, 바꾸지 않았다. 멈춘 다음 대전환을 하지 않으면, 마치 타이타닉호가 빙산에 부딪혀 침몰하듯이 인류와 지구 행성이 함께 공멸할지 모른다는 위기와 불안감에도 불구하고 멈추지 않았다고 비판적으로 보고된다. 파시스트적 가속도로 몰아붙이는 자본주의는 지구 살림을 돌보기는커녕 반대 방향으로 질주하는 형국이다. 그 결과 최정화의 서사 시간인 2029년(아주 근미래의 시간이기에 긴장감이 더욱 증폭된다) 인간들은 우주 벙커를 지닌 소수의 가진 자들을 제외하고 모두 죽음의 세계에 빠져든다. 소설에서는 추위로 동사한 시체가 육식 곤충의 숙주가 되어 끔찍한 몸의 형상이 되는 풍경을 상징적으로 보여준다. 그런 인간 몸은 더 이상 만물의 영장일 수도 없고, 더 많이 더 빨리 이윤을 창출하려는 자본주의 신체가 될 수도 없다. 그저 더럽고 불결하고 끔찍한 아브젝트Abject일 따름이다. 재난적 숭고의 악몽이다.

11시 59분에 우리는?

왜 멈추지 않았을까? 어째서 '거대한 변환'의 요구를 거슬렀을까? 아직 여유가 있고 여지가 있고 기회가 있다고 생각했던 것일까? 아니 과거형으로 말하지 말자. 현재형으로 말해야 한다. 아직 여지가 있다고 생각하는 것일까? 그것은 위장된 허세인가, 비빌 언덕이 있는 희망의 투사인가? 잠깐 이런 이야기를 참조해보자. '기후변화와 환경 문제'에 대한 좌담에서 최재천 교수는 "기후변화뿐 아니라 모든 환경 문제에 적용할 수 있는 비유적인 이야기"라고 했다.

실험용 플라스크 같은 한정된 공간에서 사는 박테리아의 이야기입니다. 이들은 1분에 한 번씩 세포분열을 통해 증식합니다. 증식을 계속하다 보면 결국 주어진 공간을 꽉 채우고 절멸하고 맙니다. 그 시각이 자정이라고 합시다. 11시 59분에 이들이 나누는 대화입니다. "상황이 심각하긴 한데 아직 절반의 공간이 남았으니 우리에 겐 시간 여유가 좀 있다." "조만간 과학자들이 기술을 개발해서 우리를 위기로부터 구해줄 것이다." "쓸데없이 종말론을 들먹이며 공포 분위기를 조장하는 환경론자들은 규탄받아 마땅하다." 등등. 종말의 시간이 불과 1분도 채 남지 않은 상황에서 하는 얘기들입니다. 저는 지금 우리가 처해 있는 기후변화 상황이 거의 이런 수준이라고 생각합니다.[9]

이 비유가 허세가 아니기를, 가능한 희망이기를 누구나 바랄 터이지만, 그게 결코 만만할 리 만무하다. 상황이 심각하기 때문이다. 기후 위기로 인해 지구에서 인류의 시간이 얼마 남지 않았다는 절박한 심정으로 2019년 유엔총회에서 기후 시계Climate Clock가 필요하다고 연설한 십대 소녀는 바로 스웨덴 출신 그레타 툰베리Greta Thunberg였다. 2020년 9월 뉴욕에 대형 기후 시계가 설치되었고, 이어 독일 베를린, 대한민국 서울 용산, 그리고 영국 글래스고까지 계속 이어졌다. 이 기후 시계 캠페인의 메시지는 분명하다. "'POINT OF NO RETURN'— 우리에겐 더 이상 낭비할 시간이 없습니다." 낭비할 시간이 없는 11시 59분의 존재들에게 허세는 어느 정도 허용될 것인가?

작가 공현진은 허세 대신 지속 가능한 희망을 지필 책임 윤리를 실천하는 것이 긴요하다고 주장하고 싶어 한다. 「어차피 세상은 멸망할 텐데」에서 그는 지구 행성의 생명 그물이 전체적으로 연결되어 있다는 것을 인식하면서, 우리 시대의 생태 윤리를 궁리한다.

해수면이 점점 높아지고 있다. 전 세계의 도시들은 점차 사라질

9   장회익, 최재천, 신범식, 박영준 특별좌담, 「기후변화와 환경 문제」, 『철학과현실』127, 2020년 겨울호, 철학문화연구소, pp. 27~28.

것이다. 당장 꿀벌이 집단적으로 사라진 것에 주목해야 한다. 국내에서 79억 마리의 꿀벌이 실종됐다. 미국에서도, 영국, 이탈리아, 스위스, 스페인, 포르투갈에서도, 중국과 남아프리카에서도 꿀벌이 사라졌다. 꿀벌이 멸종하면 인간은 더 이상 아보카도, 브로콜리, 자몽, 양파, 가지, 오이, 딸기, 아몬드, 완두콩을 먹을 수 없다. 작물이 사라지면 인간의 식탁에서 유제품과 소고기가 사라지고, 생선도 귀한 음식이 될 것이다. 식량난이 발생하여 수백 만의 사람들이 매해 죽을 것이다. 벌을 먹이로 살아가는 새도 사라질 것이다. 생태계가 파괴될 것이다.[10]

소설에서 희주와 주호는 수영 강습 기초반원들이다. 그들은 자본주의라는 경쟁의 톱니바퀴로부터 비켜나, 나와 지구가 함께 건강할 방안을 궁리하고 윤리적으로 실천하려 한다. 수영장 강습반에서조차 등수를 매기고 경쟁을 견인하는 세태에서 꿋꿋하게 하고 싶지 않은 것은 선택하지 않으려 한다. 마치 19세기 미국 작가 허먼 멜빌Herman Melville의 「필경사 바틀비Bartleby, the Scrivener」에 나오는 바틀비의 21세기 버전처럼 보이기도 한다. 두루 아는 것처럼 바틀비는 '해야 한다' '하지 않으면 안 된다' '할 수 있다' 따위의 명령이나 강제 혹은 강조가 일상이 되어버린 자본주의 사회에서 "나는 그러지 않는 편이 좋겠어요 I would prefer not to"라며 역설적으로 저항했던 인물이다. 대개 적극적인 행동을 위해서는 불가피하게 고려의 대상에서 제외되는, 말 그대로 치지도외(置之度外)하는 영역이 생길 수 있다. 그것이 폭력적인 나비효과를 일으킬 수도 있겠다. 바틀비처럼 소극적으로 저항하려는 이들은 그 덕분에 연결된 전체의 생명 그물을 성찰할 기회를 역설적으로 갖게

10 공현진, 『어차피 세상은 멸망할 텐데』, 문학과지성사, 2025, p. 42.

된다. "꿀벌이 사라지면 모든 게 하나씩 사라진다니. 모든 게 연결되어 있다니"라며 주호는 "거대한 사슬을 상상"한다. "꿀벌 무리가 지구 밖으로 힘차게 날아가면서 아보카도, 브로콜리, 양파, 딸기, 사과, 완두콩을 끌고 나가고, 소와 돼지와 사슴을 끌고 나가고, 인간들도 끌고 나간다. 꿀벌 무리와 지구의 모든 생명체가 체인처럼 고리로 연결되어 있고, 그 고리 끝에 자신이 매달려 있다. 나는 얼마나 책임이 있을까. 주호는 무슨 일이든 거기에 자신이 얼마나 엮여 있을지 생각해보게 됐다"(p. 45).

　　그들은 가능하면 경쟁 관계나 소비문화로부터 벗어나려 한다. 꼭 필요한 것만 최소한으로 소비하는 일상 습관을 통해 지구 생활자로서 책임을 다하려 한다. 일찍이 한스 요나스가 강조했던 생태 윤리를 떠올리게 한다. 그러니까 지상에서 인류의 무한한 존속을 가능하게 하는 여러 조건을 위협하지 말라, 너의 행위의 효과가 인간 생명의 미래 가능성에 대해 파괴적이지 않도록 행위하라, 라고 했던 생태적 정언명법 말이다. 그러면서 자본주의 체제가 강요하는 타율성을 넘어 '자율성'의 존재로 거듭나려 한다. 앞에서 본 김기창이나 최정화의 소설에서 강조했던 '거대한 변환'을 위한 단초를 마련하려는 조짐처럼 보이기도 한다. 오스트리아 출신의 사상가 앙드레 고르André Gorz에 따르면 자율성이란 "개개인들이 함께 공통의 목표와 공통의 필요에 대해 깊이 생각하고, 낭비를 근절하고, 자원을 절약하고, 생산자이자 소비자로서 '충분한 것의 공통 규범'을 함께 마련하기 위한 최선의 방법을 만들어낼 수 있는 능력"을 말한다. 여기서 '충분한 것의 공통 규범'은 프랑스 경제학자 자크 들로르Jacques Delors가 '검소한 풍요'라고 했던 것과 비슷한데, "더 많이 생산하고 더 많이 소비"하는 소비 자본주의 추세와 결별하여 "더 적은 것으로 더 많이, 더 잘 하기를 지향하는 삶의 모델"로 '거대한 변환'을 하기 위한 덕목의 하나로 고르가 강조하는 개념이다.[11]

이런 '충분한 것의 공통 규범'을 고민하고 성찰하면서 일상에서 실천하려는 희주와 주호들이 늘어나고 확산되면 어떨까. 그것들이 전체와 연결되고 상호작용하면서 거대한 변환의 에너지를 발전할 수 있지 않을까. 그런 생각을 하게 된다. 그러면 11시 59분의 허세는 줄어들 것이고, 가까스로 희망의 시간을 저축할 수 있지 않을까. 그레타 툰베리가 거듭 호소하는 것처럼, 우리는 모두 11시 59분의 존재들이다. 우리에겐 허세를 부리며 낭비할 시간이 전혀 없다. 어떻게 살아야, 「What a Wonderful World」를 허심탄회하게 즐길 수 있을 것인가. 문제는 지속 가능한 희망이다.

11　앙드레 고르스, 『에콜로지카』, 갈라파고스, 2015, p. 39.

물의 눈으로 듣는 바람의 노래
─ 숭고의 주름·3

1. 물방울 교향곡

속초 영랑호를 산책하다가 갑작스러운 비를 만났던 어느 가을날이었다. 호수에 비가 떨어지며 내는 물방물 무늬들이 시나브로 시벨리우스의 '물방울 교향곡'을 실어 왔다. 현악기와 관악기가 어우러지며 내적 에너지와 역동적 리듬을 자아내는 교향곡 3번처럼, 영랑호의 물방울 교향곡도 조용한 듯 강렬한 흐름으로 가슴을 적셨다. 이 물방울들이 모여 물줄기가 되고 동해로 뻗어 엄청난 파도로 일렁일 터였다. 호수의 물방울들을 물끄러미 바라보다가 돌연 깜짝 놀랐다. 저를 바라보는 나를 응시하는 듯한 물방울의 생기가 느껴졌기 때문이다. 물방울의 눈. 그 눈과 마주쳤을 때, 그 마주침의 작은 음표들이 '바이올린과 첼로를 위한 물방울' 리듬처럼 살아났다. 울산바위 쪽에서 불어오는 설악의 서풍이 물방울의 음표들에 생동의 기미를 보탰다. 영랑호의 '물방울 교향곡'에서 시벨리우스의 물방울 교향곡을 들었다는 것은 결코 과장이나 허세가 아니다. 김창열 화백의 〈물방울〉 시리즈가 물방울의 시적 순간을 떠올리게 했듯이, 영랑호의 물방울 풍경 또한 그러했다. 무엇보다 물방울들은 저마다의 눈으로 나를 바라보고 있었고 나를 비추었다. 하염없는 교감의 순간들이 영원의 이미지처럼 촉촉했다.

'물방울 교향곡'과 더불어 나희덕의 「물의 눈동자가 움직일 때」를 떠올렸다. "아타카마 사막에서 발견"된 "삼천 년 전쯤 투명한 수정 속에" 갇힌 "한 방울의 물"과 역동적으로 소통하는 상상력을 담은 시편이다. "사람이 죽으면 별이 된다고 믿었"던 "칠레 남쪽 파타고니아 원주민은/바다를 가족처럼 여기던 물의 유목민"이었는데, 그들은 사라진 지 오래되었지만, 시인은 "아타카마 사막의 수정", 그러니까 그 "물방울 화석"을 통해 "그 까마득한 역사"와 그 "물의 유목민"들과 교감하려고 물빛 대화를 시도한다. "온몸이 눈동자인 물방울이 움직이기 시작한다"는 발견은 그토록 웅숭깊은 교감의 한 축이다.[1] 여기서 3000년 전 물방울은 단지 시적 대상에 그치지 않는다. 보이는 대상이 아니라 보는 주체이고 감각하는 상호 주체이다. 그것도 "온몸"으로 움직이고 "온몸"으로 감각한다. 나희덕 시인이 새 시집의 표제를 '시와 물질'로 한 이유를 짐작하게 하는 텍스트다. 시 또한 물질인데, 그 시라는 물질은, 온갖 물질들을 상호 주체로 하여 그 복합적인 상호작용으로, 탄력적이고 역동적으로, 새로운 탄생을 알린다는 속 깊은 생각을 짐작하게 한다. 제인 베넷의 맥락에서라면 '생동하는 물질' 중의 '생동하는 물질'이다.[2] 물방울의 눈이 그렇듯이, 세상의 모든 물질이 제 눈으로 저를 대상화하고 타자화하는 인간을 바라본다는 것을 감각하거나 인지한다면, 세상은 조금 다른 풍경을 연출할 수도 있지 않을까? 영랑호의 물방울 교향곡을 들으면서 나희덕의 시집 『시와 물질』을 다시 읽게 된 사연은 그러했다.

---

1   나희덕, 『시와 물질』, 문학동네, 2025.

2   미국의 정치이론가 제인 베넷Jane Bennett은 스피노자와 라이프니츠에 대한 질 들뢰즈의 해석으로부터 생기적 유물론을 주창한 학자로, 인간 중심적 접근을 넘어서 창조적인 물질의 힘을 포착하고, 자연을 무분별하게 소비하는 인간의 태도 전환을 촉구하고자 하는 의도에서 『생동하는 물질: 사물에 대한 정치생태학』(2010)을 펴냈다. 제인 베넷, 『생동하는 물질: 사물에 대한 정치생태학』, 문성재 옮김, 현실문화, 2020, p. 335.

2. 얼음 시계

물방울 교향곡은 여러 곳에서 다채롭게 변주될 수 있다. 보라매공원에서 열린 2025년 서울국제정원박람회에 출품된 작품들 또한 인간과 자연의 관계 및 자연의 인류학이 어떻게 전개될 수 있을지 성찰하게 했다. 이탈리아 작가 알레산드로 트리벨리Alessandro Trivelli의 「Waterrooots!」 앞에서 나는 '바이올린과 첼로를 위한 물방울' 리듬에 감응했다. 옛 파타고니아 원주민들이 그랬듯, 그는 존재의 뿌리가 있는 '물'에서부터 생명과 시간 그리고 인간과 자연의 근원을 숙고한다. 커다란 강철 고리 형태의 원형 구조물이 설치되어 있는데 낮 동안에는 시간마다 5분씩 고리에서 물이 떨어진다. 그럴 때면 마치 만다라 물 커튼 같은 느낌을 준다. 원래는 얼음이 물로 녹아 흐르는 시간을 연출하려 했다는데, 비용 관계상 물 커튼으로 변주했다는 얘기가 전해진다. 물이 흐르면 그 아래 물방울 모양의 땅 위로 스며 여러 식물의 생기를 도와준다. 그럴 때 물방울 교향곡은 다시 정원 전체로 스민다. 작가에 따르면 이 물의 흐름은 단순한 장식에서 그치는 것이 아니다. "정원의 새로운 시간을 설정하는 장치"로 도약한다. "생태적 변화의 흐름을 새롭게 각인시키는 '시계'이자, 인간과 자연이 만나는 순간의 리듬"을 뜻한다는 것이다.[3]

누구든 같은 강물에 두 번 발을 담글 수 없다고 했던 고대 그리스 철학자 헤라클레이토스의 말에서 영감을 받았다는 작가는 시간의 흐름 가운데 부단히 변화하는 자연과 인간의 관계를 성찰하면서, 동시대적 화두에 대해서도 긴밀하게 숙고한 것 같다. 기후변화가 바로 그것이다. 올라퍼 엘리아슨과 미닉 로싱의 설치 작품 「얼음 시계Ice Watch」

---

3 김하현, 「끝없이 변화하는 자연의 세계에서 인간의 삶을 돌아보다」, 『환경과조경』, 2025. 6. 16. https://www.lak.co.kr/news/boardview.php?id=20395(검색일: 2026. 4. 15.).

(2014~2019)의 영향을 받았다는 얘기가 나오는 것도 자연스러워 보인다. 그린란드에서 녹아내리는 빙하 덩어리를 도시 중심부(파리, 런던, 코펜하겐 등)에 가져와 설치한「얼음 시계」는, 기후변화의 실체를 직접적으로 경험할 수 있게 했다. 엘리아슨은 기후변화에 대해 더 이상 단순하게 이야기해서는 안 된다고, 넘어서야 한다고 생각했던 예술가다. 사람들이「얼음 시계」프로젝트에 직접 참여하여, 기후 위기와 행성 위기의 현실을 절감하고 지구 행성과 자신의 관계를 재고하며 전면적인 기후 행동으로 대전환할 수 있기를 소망했던 것 같다. 그 프로젝트에 한국의 시인 나희덕도 동행한다.

> 빙하가 사라지는 모습을 보기 위해 굳이
> 극지방까지 갈 필요는 없다고
> 탄소 발자국 걱정 없이 누구나 빙하를 만질 수 있다고
> 이걸 보며 녹아내리는 북극을 생각하자고
> 작가는 제빙차에 빙하 조각들을 실어와 전시를 시작했다
> 그는 기자들 앞에서 이렇게 말했다
>
> 만오천 년 전의 공기가 당신을 만나러 파리까지 여행을 왔습니다.
> 기후 위기에 대해 직접 들려주려고 말이지요.
>
> ──「얼음 시계」부분

"만오천 년 전의 공기"를 간직한 아이슬란드 극지방의 빙하 조각들이 녹아내리는 광경을 보면서 기후변화로 녹아내리는 극지방의 현실을, 아니 지구 행성 전체의 위기 상황을 절감하고 대전환의 행동에 동참하기를 바랐던 작가의 의도와는 달리 프로젝트는 유희성 퍼포먼스에 가깝게 수용되는 상황을, 시인은 이어지는 5연에서 안타깝게 보고

한다. "눈물을 흘리거나 기도를 하는 사람은 없었"고 "손으로 두드리고 발로 차고 칼로 긁"으며, "삼삼오오 사진을 찍고 얼음을 핥아먹으며 웃었다"는 것, 굳이 이해하자면 "원산지를 밝히지 않는다면 빙하는 평범한 얼음덩어리와 다를 바 없었"기에 사람들이 그러지 않았겠느냐고 억지로 자위하는 모습을 보이기도 한다. 그럼에도 시인은 다시 문제 제기한다. "부서진 얼음 시계는 더 빠르게 녹아내렸"고, 마침내 "바늘도 눈금도 없"게 되었다고 했다. 얼음 시계가 곧 기후 시계이자 생태 시계 아닐 터인가. 지구 행성 종말을 향해 떨리듯 치닫던 그 바늘이 없어졌다고 했다. 이 사건이 무엇을 의미하는지 분명히 인지해야 했건만, 그렇지 못한 현실은 매우 안타깝기만 하다. 빙하 녹은 물로 팡테옹 "광장은 흥건해졌지만/물 위에 비친 자신의 모습을 바라보는 사람은 없었다"는 것. 그러니 시인의 메시지는 뚜렷하다. 기후 위기로 인해 녹은 빙하 물 위에 비친 자신의 얼굴을 보라. 신고전주의 건축물인 팡테옹 Panthéon de Paris에는 여러 위인의 묘지와 조각들이 있다. 사람들은 거기서 볼테르 등 위인들의 얼굴을 보며 조국과 함께 위대한 사람들에게 사의를 표한다. 그러면서 위인의 얼굴을 통해 자기 얼굴을 되비추고 새롭게 발견하려 한다. 그런데 그 앞 광장에 설치된 "아이슬란드에서 실려온 열두 개의 빙하 조각들" 혹은 "열두 명의 설인"들의 얼굴을 제대로 보지 못하고, 그 파국의 "울음소리를 듣지 못"한다. 그러니 공감도 공명도 하지 못하고 그 설인의 얼굴에 자기 얼굴을 운명적으로 겹쳐 보는 일도 하지 못한다. 파국은 점점 다가오는데 그것을 제대로 바라볼 눈이 적거나, 볼 수 있다고 하더라도 헤어나갈 방도를 찾기가 쉽지 않은 이런 상황을, 시인은 매우 안타깝고 불안하고 불길하게 받아들인다. 그러다가 여섯번째 대멸종 사건으로 치닫는 것 아닐까, 진짜 고민되기 때문이다. "38억 년 중/이제 한 줌밖에 남지 않은 시간 속에서/여섯번째 멸종이 진행중"인데, 어쩌면 "우리는 여섯번째 멸종의 취약한 목격자들" 아닐까, 서늘하게 감지한 까닭이다.

> 멸종 위기 동식물의 모습을 기록하고
> 댐이나 공항을 막으려고 싸우는 사람들이 있고
> 기후 위기를 알리려고 빙하 위에서
> 수백 명이 나체로 단체 사진을 찍기도 하고
> 얼음 속에 구멍을 내고 귀를 기울이는 사람들이 있고
> ──「여섯번째 멸종」 부분

예의 얼음 시계를 서둘러 녹게 한 요인은 무엇인가. 굳이 인류세 담론을, 혹은 자본세 논의를 참조하지 않는다고 하더라도, 인류 혹은 자본주의 인류가 '집단적 행위자'라는 사실을 우리는 대체로 받아들이지 않을 수 없는 상황이다. 그러기에 지구 행성에서의 '공적 우울'은 깊어만 가는 것이 아닌가. 시인이 우울한 까닭도 그렇다. 그렇다면 어떻게 그 깊은 우울의 늪을 건널 수 있을까. 얼음 시계를 녹아 사라지게 한 집단적 행위자로서 깊은 반성과 책임의 윤리, 인간 중심적 존재론을 넘어선 관계의 생태론에 대한 숙고에서 다시 실천하지 않으면 안 될 것으로 생각하는 것 같다. 인간과 비인간 존재의 관계를 새롭게 구성하기 위하여 시인은 신유물론적 성찰을 바탕으로 물질의 존재론을 가로지르는 시적 실천을 엄중하게 수행한다.

3. 플라스틱-인간, 혹은 얽힌 소용돌이

어쩌자고 얼음 시계는 그토록 빨리 녹고 있는 것일까? 기후 위기의 물질적 원인 중의 하나로 플라스틱을 지목하는 것은 매우 자연스럽

다. 「플라스틱 산호초」가 우리를 긴장하게 하는 것은 그런 맥락에서다. "아주 가볍고 단단하고 질기고 반짝이고 게다가 값이 싼/새로운 물질에 인류는 열광했지", 이렇게 시작하는 이 시에서 시인은 "플라스틱 중독자"를 넘어 "플라스틱-인간"의 초상을 극명하게 점묘한다.

우리는 플라스틱 중독자

앤디 워홀은 플라스틱을 사랑한다고 플라스틱이 되고 싶다고 했지

다양한 폴리머들로 온몸을 감싼 채 걸어가는
우리는 플라스틱-인간

깊은 바닷속의 산호초도 미세 플라스틱을 삼키고
창백해져가고 있어 죽어가고 있어

산호초를 애도하기 위해
누군가는 바다 쓰레기를 녹여 플라스틱 산호초를 만들고
누군가는 모여 앉아 실로 산호초를 짜고
누군가는 플라스틱 만다라를 그리지
바다에서 벌어지고 있는 어떤 죽음을 알리기 위해

어쩌면 바다를 애도하기 위해 산호초들이
흰 옷을 입고 있는지도 몰라

점점 뜨거워지는 바다 속에서
산호초는 백색 플라스틱 화합물이 되어가고

점점 뜨거워지는 대기 속에서

인간은 색색의 플라스틱 화합물이 되어가고

결국 플라스틱 지층으로 발굴될 우리의 세기, 제기랄

썩지도 않고 불멸할

—「플라스틱 산호초」 부분

근대 이후 인류가 발명한 물질 중에서 최고이자 최악이라는 평을 듣는 것이 바로 플라스틱 아닌가. 1862년 영국의 알렉산더 파크스Alexander Parkes가 세계 최초의 인조 플라스틱인 파크시인Parkesine을 발명했다. 자연의 셀룰로스를 질산과 혼합해 만든 셀룰로이드 기반 물질이었다. 플라스틱의 상업적 성공은 1869년 미국의 발명가 존 웨슬리 하얏트John Wesley Hyatt가 개발한 셀룰로이드 당구공부터라고 한다. 이후 화학공업의 발전으로 플라스틱은 그야말로 승승장구했고, 인류는 플라스틱 없는 문명을 상상할 수 없을 정도로 플라스틱과 얽히고설켜 살아왔다. 시인이 냉혹하게 진단한 것처럼, 인류는 속절없는 "플라스틱 중독자"로 살았고, 아예 "플라스틱–인간"으로 지냈다. 그런 면에서 '인류세'의 또 다른 명칭은 '플라스틱세'이기도 하다. 플라스틱이 인류 문명의 핵심적 견인차 역할을 했지만, 그 피해 역시 부메랑처럼 인간과 지구 행성으로 돌아온다. 미세 플라스틱으로 인해 바닷속의 산호초가 죽어가고, 다른 바다 생물들도 이런저런 죽음의 풍경을 연출하는 형국이다. 산호초의 죽음과 바다의 죽음을 애도하기 위해 벨기에 시각예술가 마텐 반덴 아인드가 작품 「플라스틱 산호초」(2008~2013)를 설치했었는데, 그 작업을 나희덕이 인유하여 플라스틱의 문제성을 전경화한다. "썩지도 않고 불멸할" 플라스틱이라는 물질과 여섯번째 대멸종의 위협으로 불안한 여러 생물종 사이의 대조가 존재론적 긴장을 형성한다.

표제작 「시와 물질」에는 시인이기도 했던 화학자 로알드 호프만의 이야기가 나온다. "그의 규칙을 적용한 물질에" 폭발물과 독극물도 포함되어 있었는데, "그 책임을 묻는 질문에" 이렇게 답했다고 전한다. "세상에 태어나지 말았어야 할 물질은 없습니다"라면서 "어떤 물질이 위험하다고/그것을 발견한 책임을 과학자 개인이 져야 할까요?"라고 반문하고, "우리의 발견은/물질의 새로운 연관성을 보여주었을 뿐"임과 동시에 "수십만 명의 과학자가 함께 맞추며 찾아가는/거대한 퍼즐 속의 일부일 뿐"임을 강조했다는 것이다. 그의 대화 중에 "심지어 시도 사람을 해칠 수 있어요"라는 문장에 오래 멈춰 있던 시인은 "시와 물질,/또는 시라는 물질에 대해 생각한다"라고 적는다. 이 시에서 "세상에 태어나지 말았어야 할 물질은 없"다는 전언, 그리고 그 메시지를 예리하게 빚어내는 "시라는 물질"에 생각이 오래 머문다. 저간에 인간 중심적으로 세상의 존재자들을 섣불리 판단하여 위계를 획정하고, 그 존재값을 재단하여 소유하거나 배제하거나 구축하거나 해왔던 인간과 물질의 관계에 대한 전면적 재성찰을 요청하는 메시지다. 만물의 영장으로 우쭐대던 인간 존재가 과연 비인간 존재와 얼마나 다른지, 혹은 다를 수 있는지 성찰하는 몇몇 사례도 눈길을 끈다.

가령 악어에게 잡아먹힐 뻔했던 오스트레일리아의 생태여성주의 철학자 발 플럼우드의 이야기를 전하는 「누군가의 이빨 앞에서」를 먼저 보기로 하자. "악어의 눈을 마주하고 나서야" 그녀는 "자신의 몸이 육즙 가득한 고기라는 사실을" 깨닫게 되었고, "악어에게 세 번이나 물어뜯긴 대가로" "먹이로서의 인간에 대해" 터득하며 "먹이 그 이상의 존재가 되었"다는 것이다. "누군가의 이빨 앞에서 떨고 있는 한 마리 짐승,/또는 한 덩이 고기가 되어"보고서야 "수없이 고기를 썰고 굽고 씹었지만/한 번도 생각해보지 못한 것/언제라도 다른 존재의 먹이가 될 수 있다는 것"을 생각하게 되었다는 이야기는 평범한 듯 비범한 통찰이 아닐 수 없다. 자신의 몸이 고기가 될 수 있다는 이 발견은 인간-몸-물질의 관계에 대해 근원적으로 다시 성찰하게 한다. 저간의 인간 중심적 형이상학이나 관념론에서는 부재의 심연으로 묻어두었던 부분을 깊은 곳으로부터 그물질한 결과라 할 것이다.

다리를 다쳐 전동 휠체어 신세를 지던 시절을 떠올리며 쓴 「내 가장자리는 어디일까」에서는 '나'의 존재에 대한 신유물론적 성찰을 더 밀고 나간다. "내 가장자리는 어디일까//전동 휠체어와 노트북과 컵의 가장자리까지를/나라고 부를 수도 있지 않을까//피부를 지닌 존재로서/철이나 플라스틱이나 세라믹과 연결된 이 몸을"이란 대목에서, 우리는 생명과 존재의 얽힌 소용돌이를 숙고하게 된다. 내면 자아에서 피부 자아로 확장된 자아 인식의 범주는 이제 더 넓고 깊어진다. 관계의 생태론에 입각해 내 피부와 연결된 물질들 또한 나의 확장일 수 있지 않을까, 그러면 어디까지를 나라고 부를 수 있나, 결국 나는 누구인가, 이런 생각들의 연쇄가 함축되어 있다. 「손과 손으로」에서는 더 구체적으로 연결과 복합적 변형 기계로서 '나'를 성찰한다. "실과 실이, 실과 손이, 손과 손이, 손과 머리카락이/이어지면서 태어나는 둥근 둘레들", 이런 물리적 성찰도 그렇지만 박테리아나 균류를 숙고하며 생화학적 상상력을 펼칠 때, 물질의 상상력은 더욱 탄력성을 얻는다.

「세포들」은 복합적으로 얽히고설킨 생명의 소용돌이를 응시한 시편이다. 진화의 가지런한 가지는 없다고 했던 미국의 생물학자 린 마굴리스 이야기부터 시작한다. "한 번도 질서정연한 적 없는 생명,/생명의 덩굴은 어디로 뻗어갈지 알 수 없어" "그야말로 소용돌이"일 따름이라는 것이다. "우리는 아주 오래전 별 부스러기들로 이루어졌다고/빅뱅에서 만들어진 수소와 헬륨,/그 원소들로부터 왔다고" 했던 칼 세이건의 논의도 이어진다. 그러면서 우리 몸에 "인간 세포 수보다 박테리아 수가 훨씬 많다"는 사실을 환기하고, "박테리아 덕분에 살아가는 나날"을 생각한다. "근육과 혈관 속의 세포들은/매일 조금씩 사라지거나 생겨나는 중"인 상황에서 "대체 무엇을 나라고 부를 수 있을까"(「세포들」) 질문한다. 이런 과정을 거쳐 존재론과 관련된 성찰의 세목들을 이어간다. "나는 얽혀 있다, 고로 나는 존재한다" "나는 교신한다, 고로 나는 존재한다" "나는 변화한다, 고로 나는 존재한다"(「거미불가사리」). 모든 인간 중심적 동일자의 존재론을 전면적으로 반성한 결과가 아닐 수 없다. 그럴 때 "서로를 태우고" 얽혀 상생하며, "더 이상 혼자가 아"(「닭과 나」)닌 지평을 함께 바라볼 수 있게 된다.

4. 소리풍경, 그 바람의 노래

그런 지평에서라면 소리풍경도 참 어지간할 터이다. 거기서 "자연의 음악은 어떤 식으로든 화음이 잘 맞"을 것이다. 「바람의 음악」은 "나무로 된 기다란 울림통에/세 개의 현과 튜너가 달려 있"는 "풍명금이라고도 불리는" 하프 이야기다. "바람만이 연주할 수 있는 이 하프"에서 나는 자연의 음악은 낭만적 숭고의 어떤 경지를 상상하게 한다.

이웃집에서 들려오는 피리소리나
멀리서 들려오는 기적소리,
현관에서 삽으로 눈 치우는 소리도 그에게는 음악이었다

악기의 현이든 전깃줄이든
펄럭이는 빨래든 스치는 나뭇잎이든
나부끼는 깃발이든 종잇조각이든

바람에 우는 것은 모두가 생의 음악이었다

　　　　　　　　　　　　　　　　　　　──「바람의 음악」 부분

　아이올로스가 연주하는 바람의 노래는 세상의 모든 물질에 생동감을 선사한다. 피리든, 삽이든, 악기의 현이든, 전깃줄이든, 빨래든, 깃발이든, 종잇조각이든, 또 그 어떤 물질이든 "생의 음악"을 연출하게 한다. 시인이 그 물질의 눈과 조응하며 자연의 인류애를 형성할 때 가능한 상상력의 세목이다. 요컨대 나희덕은 물방울의 눈으로 바람의 노래를 듣는 시인이다. 그런 소리풍경으로 충일한 지상의 아이올로스다. 그러기에 시인의 소리풍경은 다양하게 변형 생성된다. "눈의 대지가 들려주는 심장소리를 들었다"(「눈의 대지」)라든가 "어디선가 눈 밟는 소리 들린다"(「눈 밟는 소리」) 같은 식으로 변주될 때, 자연의 음악, 생의 음악을 갈망하는 시인의 시적 의지를 가늠하게 한다. 그러나 유감스럽게도 우리가 플라스틱-인간이기 때문일까. 물방울의 눈으로 바람의 노래를 듣는 소리풍경도 낭만적 숭고의 자장 안에만 머물기 어렵다. 예컨대 "하얗게 죽어가는 산호초 주변에서는" "자연의 노래라기보다는 비명에 가까운" 소리풍경일 터이기 때문이다.

　　　　그러나 하얗게 죽어가는 산호초 주변에서는 적막한 파도 소리만
　　들릴 뿐

　　　　자연의 노래라기보다는 비명에 가까운,
　　　　더이상 화음이라고 말할 수 없는 불협화음의 세계

　　　　그가 녹음한 소리풍경은 말해주지

우리가 무엇을 잃어버렸는지, 잃어가는지, 잃어버릴 것인지

—「소리풍경」 부분

　이쯤 되면 재난적 숭고의 다른 풍경을 확인해보지 않을 도리가 없다. 이곳에 시벨리우스의 '물방울 교향곡'은 있을 수 없다. 비명에 가까운 적막한 파도 소리, 그 불협화음의 세계는 「얼음 시계」가 빠른 속도로 녹고 있음을 거듭 환기하는 소리풍경이다. "우리가 무엇을 잃어버렸는지, 잃어가는지, 잃어버릴 것인지" 절박하게 성찰하게 한다. 끝내 '물방울 교향곡'마저 잃어버리게 될 것인가.

별거 아닌 별거

1. 기게스의 반지

베네치아공화국 출신인 마르코 폴로Marco Polo(1254~1324)는 열다섯 살 때 상인인 아버지 니콜로 폴로와 숙부인 마페로 폴로를 따라 원제국으로 여행을 떠났다. 색목인을 우대하던 쿠빌라이 칸 덕분에 관리로 일한 17년을 포함하여 24년간(1271~1295) 중국 곳곳을 주유했다. 나중에 고향으로 돌아온 그는 그 경험을 루스티첼로Rustichello에게 구술하여 『동방견문록』(원제: Divisament dou Monde)으로 남겼다. 이 책에는 중국뿐 아니라 비잔틴제국, 중동, 아프리카에 대한 서술도 있기에 '마르코 폴로의 여행기'라고 하는 것이 더 적절하겠지만, 아직 동서양의 구분이 없던 시절에 서양인의 눈에 비친 동양의 풍경이 많이 들어 있다는 점에서 관심을 끈다. 물론 마르코 폴로가 중국에서 관리를 하고 여행을 했다는 역사적 사실에 대해 논란이 있는 것은 사실이지만, 여기서 그것을 시비할 것은 아니다. 눈길을 끄는 여러 장면 중, 원나라의 지폐 제작과 유통 과정을 설명하는 대목도 무척 흥미롭다. 대칸의 조폐국을 보면서 그는 대칸이 최고의 연금술사임에 틀림없다고 말한다. 닥나무의 껍질을 벗겨내고 잘게 째서 아교를 가해 종이 모양을 만들고 지폐를 제조하는 과정을 자세히 기술한다. 그렇게 만들어진 통화가 순금이나 순은 화폐와 같은 가치로 발행되고 교환된다는 사실에 놀라면서, 대칸을 뛰어난 연금술사라고 찬양한다. 금은이 보이지 않는 지폐라는 환영illusion에 대한 마르코 폴로의 상상력을 떠올리게 한다. 금속화폐가 주종이던 베네치아공화국 출신인 마르코 폴로가 지폐를 보고 놀란 것은 어쩌면 당연하다. 지폐를 넘어 신용화폐까지 경험했음에도 비트코인이나 스테이블코인에 놀라는 동시대의 경이와 비슷하지 않을까?

시간을 더 거슬러 올라가보자. 기원전 7세기. 최초의 화폐를 주조한 것으로 전해지는 리디아(Lidia, 현 튀르키예)의 참주 기게스Gyges 시절이다. 그는 원래 왕족이 아니었다. 칸다울레스Candaules 왕의 시종 혹은 목동이었다. 헤로도토스Herodotus의 『역사』에 그는 왕이 총애하는 시종으로 나온다. 칸다울레스에게 왕비 니시아Nyssia는 세상에서 가장 아름다운 여인이었다. 그 사실을 기게스에게 여러 차례 얘기하는데, 그럼에도 그가 믿지 않는다고 생각한다. 귀보다는 눈이 중하다고, 그러니까 백문이 불여일견이라고 생각한 왕은 시종에게 적극 제안한다. 자신의 침실에 숨어 있다가 옷을 벗은 왕비를 직접 보고 확인하라고 말이다. 기게스는 여자가 옷을 벗으면 수치심이나 명예aidôs도 벗는 것이라며, 왕비의 아름다움eidos을 왕 이외의 누군가가 본다는 것은 왕비의 명예(aidôs, eidos의 동음이의어에 가까움)를 더럽히는 일이 될 거라는 생각에서 하명을 거둬주기를 청한다. 왕에게 '각자 제 것만 보라'는 고대로부터 내려오는 계율도 환기한다. 그럼에도 칸다울레스는 자기 계획대로 기게스를 침실 안으로 들이고 왕비가 옷을 벗은 다음 나가게 한다. 그러나 슬며시 빠져나오던 마지막 순간 왕비 니시아는 기게스를 보게 되고, 자신의 aidôs가 더럽혀져 수치스럽게 되었다는 것을 알게 된다. 짐짓 왕에게는 시치미를 뗀 상태에서 밤을 보낸 왕비는 이튿날 기게스를 불러 위반자(기게스)나 그러한 위반이 가능하도록 만든 자

(칸다울레스) 중 하나는 죽어야 한다며, 선택하라고 요구한다. 자신의 발가벗은 아름다움eidos과 수치심aidôs을 본 사람 중 오직 한 명만이 살 수 있으며, 그 자가 바로 왕이 되어야 한다고 했다. 칸다울레스를 죽이고 왕이 되지 않으면, 자신이 보지 않아야 될 것을 본 죄로 죽게 되기에, 기게스는 보아서는 안 되는 자가 아니라 볼 수 있는 자를 선택한다. 전에 왕의 시종으로 왕비를 보았던 그 자리에서, 이제는 왕비의 시종으로 볼 수 없는 왕을 지켜보다가 살해한다.

기게스의 칸다울레스 살해, 왕비 니시아와의 혼인, 그리고 권력의 획득은 지배적 질서와 살림의 방식을 변화시킨다. 하인이었다가 주인이 된 기게스는 참주로 군림하며, 시각 체계를 변형한다. 군림하고 권력을 행사하되, 자신은 보이지 않는 방식으로 했다. 나중에 막스 베버가 리디아의 관료제에 관심을 가지고 성찰한 것도 바로 이 시절의 이야기다. 헤로도토스의 기술에 따르면 황제는 '보이지 않는' 곳에서 자신을 '보는' 적을 징벌하기 위해 반드시 옷을 입거나 관료들 뒤에 숨어 스스로를 보이지 않게 해야 한다. 심지어 왕을 보는 행위를 금지하는 법을 만들어 정권을 위협할 가능성이 있는 릭소스를 함정에 빠뜨려 제거하는데, 이 또한 가시성과 비가시성의 문제와 관련된다.

한편 플라톤의 『국가』에는 기게스의 반지 이야기가 나온다. 기게스는 양치기였는데 천둥 번개가 치고 폭우가 내리던 어느 날 지진이 일어난 것처럼 갈라진 땅의 구멍(동굴) 속에서 신비로운 광경을 보던 중 거인의 시체에서 금반지를 빼가지고 나오게 된다. 무심코 반지의 구슬을 안쪽으로 돌리니 자기 모습이 보이지 않게 되고, 다시 구슬을 바깥쪽으로 돌리니 자기 모습이 다시 돌아왔다. 그런 반지를 지닌 기게스가 왕에게 보고하러 가는 사자의 한 사람으로 궁성으로 갔고, 거기서 왕비와 통정한 후 왕을 죽인 다음 옥좌에 올랐다는 서사이다. 여기서 거인의 상징도 그렇거니와 당시 동굴 속 혹은 땅속에서 임자 없는 귀중품이 발견되면 그것은 왕의 몫이었다. 그런데 기게스는 그렇게 하지 않았다. 헤로도토스의 『역사』에서 왕만이 볼 수 있는 왕비의 알몸을 보았던 것처럼, 이제 『국가』에서는 왕의 몫이 되어야 할 반지를 가로챈 존재가 된다. 그것도 단순한 금반지가 아니라, 신비롭게 권력 작용을 펼칠 수 있는 반지를 말이다. 착용자를 보이게도, 보이지 않게도 할 수 있는 반지를 지닌 기게스는 볼 수 있는 것과 볼 수 없게 하는 시각체계를 조작하며, 메디아의 데시오세스처럼, 관료제를 시행했다. 반지의 비가시성은 착용자를 완벽한 밀정으로 만들어준다. 보이지 않는 밀정은 유리병정처럼 투명하게 보이는 다른 이들을 늘 볼 수 있기에, 그들을 취약하게 만든다. 푸코의 파놉티콘에서도 확인할 수 있는 바이지만, 보는 자와 보이는 자의 날카로운 대립은 무척 가혹하다. 여기서 잠시 반지의 힘으로 통치했던 왕을 일컫는 앵글로색슨족의 용어 '우두머리ringleader'란 말을 떠올려도 좋겠다. 반지는 종종 권력의 포착과 관련이 있다. 반지를 지닌 기게스는 당대의 질서와 규범을 뛰어넘어, 자기가 갖고 싶은 것은 다 가지고 취한다. 경제적 정치적 법적 권력을 지닌 존재가 된다. 선량한 척하면서 올바르지 않은 권력을 행사하는 힘을 그는 지니고 있었다. 기게스의 반지는 그토록 음험하고 위험한 것이었다.

매사추세츠대University of Massachusetts 비교문학 교수 마크 셸Marc Shell은 『문학의 경제The Economy of Literature』에서 철학과 언어학, 경제학과 수사학과 문학을 가로지르며 흥미로운 경제적 성찰을 펼친 바 있다. 그에 따르면 관료제를 시행하기 위해서는 두 가지 전제 조건이 필요하다. 화폐와 문자 같은 상징체계들과, 권력자의 상대적 비가시성이 그것이다. 주화가 기게스 혹은 그의 아들이 집권하던 당시의 리디아에서 발명됐다고 주장하는 헤로도토스의 『역사』 1권을 검토하면서, 막스 베버는 화폐의 발명이 모든 관료제의 기반이라고 주장한다. 보통 화폐에 관련하여 소환되는 "보이지 않는 손"은 중요한 역할을 한다. 화폐 경제가 발달해야 공무원에게 금전상의 보상을 해줄 수 있으므로, 화폐 경제의 발달이 관료제의 불가결한 조건은 아니더라도 그 필요 근거가 된다는 것이다.

만지는 모든 것을 황금으로 바꿔버리는 이웃 미다스처럼, 기게스는 황금으로 주조한 동전으로 구매함으로써 모든 것을 황금으로 바꾸는 능력이 있었다. 미다스도 그랬지만 기게스도 신전에 황금을 바친 대표적 인물이다. 마크 셸의 논의를 더 따라가면 주화가 리디아인과 관련이 있듯이, 그리스 국가들의 형성에 중요한 만큼이나 문화사에서도 중요한 현상인 정치적 폭정 또한 그렇다고 한다. 참주(僭主)를 뜻하는 Tyrannos라는 단어부터 리디아어에서 나온 말이라는 것이다. 많은 그리스인이 기게스가 최초의 참주였다고 믿었으며, 그를 자주 폭정과 연결시켰다. 그는 참주의 전형이자 조폐자minter의 전형이었다. 마크 셸은 폭정과 조폐가 한 인간과 빈번하게 연결된다는 것은 이들이 서로를 지지하고 상호 의존적일 수 있음을 시사한다고 논의했다. 문자 또한 그렇다. 백성들이 왕을 직접 보고 민원하는 것을 허락하지 않기 위해, 즉 백성들이 왕을 보지 못하게 하려고 문자로 고시하고, 문자로 의견을 표시하게 했다는 것이다. 실물이 아닌 화폐, 간접 커뮤니케이션을 가능케 하는 문자의 비가시적 상징성은 여러모로 상동적인 구조를 지녔다고 그는 지적한다.[1]

---

1   Marc Shell, *The Economy of Literature*, The Johns Hopkins UP, 1978, pp. 15~28.

2. 가시성과 비가시성

신비한 반지를 지닌 참주 기게스가 시각 체계 교란으로 백성들을 한 없이 타자화할 때, 그들의 모습은 너무나도 투명하게 보이는 존재였다. 한국문학에서 그 뛰어난 메타포로 우리는 조세희의 '유리병정'을 떠올려도 좋지 않을까. 『난장이가 쏘아올린 작은 공』의 후속편인 「난장이 마을의 유리병정」에서 딸 영희는 아버지가 바로 '유리병정'이었다고 은유한다.

> 그렇지만 행복동에서 우리를 지키기 위해 싸운 병사가 아버지였 다는 생각 오빠는 안 들어? 아버지는 작고 투명한 유리병정이었어. 누구나 아버지 속을 환히 들여다볼 수 있었지. 약한 아버지는 무엇 하나 숨길 수도 없었어. 하루하루의 싸움에서 유리병정은 후퇴만 했어. 어느 날, 더 이상 후퇴해 디딜 땅이 없다는 걸 작고 투명한 유리병정은 알았어. 유리병정은 쓰러지고 깨어져 피를 흘렸어. 그 렇게 작고 그렇게 투명한 몸 어디에 그것이 있었을까. 큰오빠도 아 버지와 같은 유리병정이었어. 난 알아.[2]

'난장이'와 그의 큰아들 영수를 '유리병정'으로 비유한 것은 여러 생 각거리를 제공한다. 영희는 "작고 투명한 유리병정"이라고 했다. "무엇 하나 숨길 수도 없"다고 했다. 그러니까 이 유리병정은 작고, 약하고, 투명하고, 숨길 수 없고, 깨어져 피 흘리기 쉬운 존재이다. 필경 그 반 대쪽에는 크고, 강하고, 불투명하고, 숨길 수 있고, 파괴하고 피 흘리게 하는 거인이 자리할 터이다. 이 거인이란 대타자의 억압적 응시를 피

2   조세희, 「난장이 마을의 유리병정」, 『시간여행』, 문학과지성사, 1983, p. 130.

할 수 없는 '난장이'의 시선은 무력하기만 하고, 시선과 응시의 상호 교환은 평화롭게 이루어질 수 없게 된다. 대립의 축도가 지나치게 완강하기 때문이다. 이와 같은 시선과 응시의 불균등 교환이 또한 '난장이'네를 불안하게 한다. 무엇보다도 대타자/거인의 억압적 응시에 속절없는 사정이 근원적 불안감에 빠지게 한다. 만약 「은강 노동 가족의 생계비」에 제시된 바 '난장이'들만이 모여 사는 릴리푸트읍에서라면 그렇지 않았을 것이다. 차이가 차별이 되지 않는 세계에서라면, 시선과 응시가 자유롭고 허심탄회하게 교호될 수 있는 세계에서라면, '난장이'도 그토록 불안해하지 않아도 좋았을 것이다. 그러나 거인과의 차별이 너무나도 큰 세계에서 '난장이'는 불안하고 불행할 수밖에 없었다.[3]

기게스의 반지를 지닐 수 없었던 난장이는 오로지 보이는 비루한 인물이었다. 유리병정처럼 모두 보이는 그는 자기를 보는 상대를 볼 수 없었다. 그들은 비가시성의 영역이었다. 난장이만 그랬던 게 아니었다. 「칼날」에서 신애 또한 한편이라고 했다. "저희들도 난장이랍니다. 서로 몰라서 그렇지, 우리는 한편이에요."[4] 21세기 작가 김애란은 20세기 난장이를 「좋은 이웃」에서 소환한다. 신애가 서로 몰라서 그렇지 "저희들도 난장이랍니다"라며 "한편"임을 강조했던 대목을 접하여 왈칵 눈물을 쏟듯, 내면의 말을 쏟아낸다. 물론 목소리 없는 목소리다. 말해지지 않는 것들을 가까스로 재현하는 부재의 현존 방식이다. 「좋은 이웃」의 주인공 또한 어쩔 수 없이 난장이와 한편임을 절감하는 순간이다.

김애란의 신작 소설집 『안녕이라 그랬어』에 등장하는 인물들은 대개 그렇다. 두번째 소설집 『침이 고인다』에 수록된 「자오선을 지나갈

3 　졸저, 『『난장이가 쏘아올린 작은 공』의 카오스모스 수사학』, 서강대학교출판부, 2023, pp. 92~93.

4 　조세희, 『난장이가 쏘아올린 작은 공』, 이성과힘, 2000, p. 57.

때」「도도한 생활」 이후 많은 인물이 그런 유리병정이었다. 『비행운』의 「호텔 니약 따」에는 다음과 같은 시린 말을 토해내야 하는 젊은이들이 많이 등장한다. "힘든 건 불행이 아니라⋯⋯ 행복을 기다리는 게 지겨운 거였어"[5]. 그들은 대개 버림받은 사회경제적 터로 인해 고통받는다. 여전히 행복을 욕망해야 하는, 혹은 준비해야 하는 상황에 놓여 있다. 그 행복에의 욕망은 늘 미끄러지다 못해 오히려 악화일로 상황으로 치닫는다. 대학을 졸업하고도 변변한 일자리를 얻지 못하거나(「호텔 니약 따」「너의 여름은 어떠니」), 취업했다 하더라도 만족할 수 없는 수준이다(「큐티클」「서른」). 중년 하층민의 고단한 처지를 다룬 「그곳에 밤 여기의 노래」나 「하루의 축」에서는 그 핍절함이 더욱 곡진하다. 사정이 딱하다 보니 이야기 속의 인간관계는 더욱 나빠지기 일쑤이다. 「호텔 니약 따」에서 두 친구 사이는 매우 소원해지고, 「너의 여름은 어떠니」나 「서른」에서는 기대했던 옛 남자 친구로부터 어이없이 배신당한다. 나아가 「서른」에서는 남자 친구에게 배신당했던 여주인공이 자기 제자를 배신하는 것으로 그려져 충격을 더한다. 「물속 골리앗」은 악화일로 플롯의 한 절정을 보인 소설이었다.[6]

『안녕이라 그랬어』에서 인물들은 작가의 경력을 반영하듯 청년기를 넘어 중년기이거나 그 경계에 있는데 사정은 「호텔 니약 따」와 크게 다르지 않아 보인다. 아무리 애써도 사다리의 위쪽 계단으로 오를 수 없는 가시성의 존재들일 따름이다. 「홈 파티」에서 이연의 돌발적 항의 또한 그 때문이다. 사회적 사다리의 좀 위 단계에 있는 사람들의 홈 파티에 어쩌다 함께하게 된 이연은, 어느 정도는 자신을 안 보이게 할 수 있는 그들의 위선을 느낀다. 적당한 돈맛과 교양맛으로 허세 있게 분

5   김애란, 『비행운』, 문학과지성사, 2012, p. 277.

6   졸저, 『애도의 심연』, 문학과지성사, 2018, p. 211.

위기를 요리하던 그들이 고아원 출신 아이들을 금융 문맹으로 매도할 때였다. 18세가 되면 고아원을 나가야 하는데, 사회 정착 비용으로 지급되는 500만 원으로 명품 가방을 산다는 얘기를 주고받으면서 한심하다고 했다. 참던 이연은 나중에 취기를 빌려 이렇게 말한다.

> 그게 꼭 그 아이들이 철없거나 허영심이 세거나 금융 문맹이어서가 아니라요. 제 생각에는…… 밥은 남이 안 보는 데서 혼자 먹거나 거를 수 있지만 옷은 그럴 수 없으니까, 그나마 그게 가장 잘 가릴 수 있는 가난이라 그런 것 같아요. 가방으로.[7]

죽었다 깨어나도 기게스의 반지를 지닐 수 없는 가시성의 존재들, 그 유리병정을 위한 변명이 아닐 수 없다. 생텍쥐페리의 『어린 왕자』에서 여우는 중요한 것은 눈에 보이지 않는다며, 마음으로 보아야 한다고 했지만, 마음으로 보아주는 기게스는 거의 없는 까닭에 그들은 그나마 가방으로라도 가리고 위장하고 싶어 하는데, 그걸 그렇게 쉽게 매도할 수 있느냐는 의견이다. 보이고 싶지 않을 때 비가시성의 존재로 숨을 수 없어 오로지 가시성의 영역에 머물러야 하는 이들을 헤아리며, 작가는 이렇게 질문한다. "한 사람이 다른 사람의 자리에 서보는 건 얼마나 어려운 일인가?"(p. 24). 타인을 진정성 있게 이해하며 공감하는 덕성을 지닌 좋은 이웃이 되지 못하는 원인의 심층에서 작가는 돈의 문제를 성찰한다. 돈이 말하고, 돈이 앞서면 세상의 문이 저절로 열리는 그런 세상에서, 곳간에서 인심 나는 그런 현실에서, 여전히 말할 수 없는 안타까운 유리병정의 처지에 대한 작가의 애정 어린 관찰과 성찰의 시선이 웅숭깊다.

---

7   김애란, 『안녕이라 그랬어』, 문학동네, 2025, p. 40. 이하 이 작품을 인용 시 페이지만 표기.

3. 돈과 덕

「빗방울처럼」에서 지수네에 도배를 하러 온 다문화 도배공은 질문한다. "무슨 일이 있었습니까?"(p. 262). 그랬다. 지수는 전세 사기를 당했다. 이웃의 새 아파트에 당첨되어 곧 그리로 옮겨가 새 출발을 할 수 있으리라는 희망에 부풀어 있는 지수네 집에 날벼락이 떨어진다. 임대인이 전세 계약일에 임차인 몰래 은행권에서 새로운 대출을 일으켰다. 확정일자는 다음 날부터 적용되고, 대출 담보 설정은 당일부터 시행되는 틈새를 악용한 전세 사기였다. 이 때문에 당첨된 아파트도 포기하고 억지로 돈을 더 많이 부담하면서 경매로 넘어간 전세 빌라를 떠안아야 했고, 그 부채를 갚으려고 남편 수호는 일과 후 무리하게 대리 기사까지 하다가 과로로 급작스럽게 사망한다. 부동산은 보이는 것이고, 금융은 비가시성의 영역에 가깝다.『안녕이라 그랬어』에 나오는 대부분의 인물들은 눈에 보이는 비루한 부동산 때문에 고통받는다. 주식에 성공하거나 코인으로 대박을 치거나 그런 캐릭터는 당연히 없다. 눈에 보이지 않는 화폐 금융의 세계로 진입할 수 없는 상태에서 눈에 보이는 일차적인 의식주를 해결하기에 급급한 처지들이다. 그러기에 "어쩌면 저렇게 자기 삶을 조금도 의심하지 않는 얼굴로 거리를 누빌 수 있지?" 어리둥절해하거나 "어떻게 저렇게 태연하게 오늘을 믿고, 내일을 기대하며 지낼 수 있지?"(p. 279) 의심한다. 남의 눈에 보이는 집, 남의 눈에 띄는 옷 때문에 내일의 희망을 제대로 지니기 어렵다. "힘든 건 불행이 아니라…… 행복을 기다리는 게 지겨운 거였어"라고 했던 「호텔 니약 따」의 한숨이 계속되는 모양새다.

그런 지속 가운데 변화는 성찰의 깊이에서 온다. 우선 김애란의 인물들은 보이지 않는 돈의 현실적 효능에 대해 십분 인정하려는 경향을 보인다. 가령 「이물감」의 남자 직원이 "돈이 참 별거 아닌 것 같아도 별게 맞다"(p. 158)라고 말하는 대목은 그야말로 '별거 아닌 것 같아도 별거' 같은 대목이다. 돈과 관련한 인류사적 계보나 현실적 풍향을 보더라도 그렇다. 여전히 추구하되 잘 드러내지는 않으려는 생각에 가깝기 때문이다. 반지 구슬을 안쪽으로 돌려 자기를 보이지 않게 하려는 경우처럼, 돈을 추구하는 모습은 비가시성의 영역에 두려는 것이 인지 상정인데 그것을 드러내면서 성찰의 세목을 넓고 깊게 하려 한 서사적 의도를 짐작하게 한다.

또 "어차피 우리는 열심히 일해도 부모보다 못살 세대잖아요?"(p. 158)라는 말을 들으며 '부모보다 못살거나 비슷하게 사는 사람들'은 늘 있었다는 것, 집안 내에서의 약자성만 보기보다 사회적 계급성을 따져봐야 한다고 성찰의 지평도 확산한다. 아울러 훌륭한 어른은 못 돼도 산뜻한 중년은 되고 싶었던 젊은 날의 꿈, 깔끔한 옷차림에 타인과 걱정거리를 공유하며 새로운 세대를 지지하고, 주변에 무해한 존재가 되고 싶었던 젊은 날의 꿈을 떠올리며, 그저 열심히 살아왔는데도 여전히 미치지 못하는 정황을 반성한다. 적어도 김애란의 기성세대는 그렇게 성찰적 인물들이 많아 미덥다. "나이드니 마음이 넓어지는 대신 얇아져서 쉽게 찢어지더라"(p. 163). 이렇게 발화하면서 얇아지는 마음을 찢어지지 않도록 단속하고 넓히려 한다. '별거 아닌 별거'인 돈의 권능을 인정하면서도 나름대로 덕을 추구하고 올바름을 견지할 가능성을 모색한다.

돈이 무언가를 변형시키는 것으로 나타날 뿐 아니라 사실상 세계를 변형시킨다는 사실은 예전부터 숙고된 주제였다. 마르크스는 하나의 외부 이미지를 실제의 것으로 바꾸거나 실제의 것을 단지 하나의 이미지로 바꾸는 공통적인 매체와 능력으로 존재하는 돈의 전복성, 전환성을 주목했다. 돈은 인간과 자연의 현실적이고 본질적인 힘을 추상적인 표현과 불안전함, 고통스러운 망상에 지나지 않는 것으로 변형시키고 그 반대의 변형도 가능하다고 했다.[8] 「레몬케이크」에서 "'돈'과 '노후'는 선주의 머릿속에 오랜 강박관념처럼 박힌 주제였다. 시한폭탄처럼"(p. 195) 같은 대목을 보면 그 고통스러운 망상의 편린을 확인할 수 있다. 「좋은 이웃」에서도 그렇다.

> 젊은 시절, 나는 '사람'을 지키고 싶었는데 요즘은 자꾸 '재산'을 지키고 싶어집니다. 그래야 나도, 내 가족도 지킬 수 있을 것 같은 불안이 들어서요. 그런데 얄궂게도 남은 욕망은 탐욕 같고 내 것만 욕구처럼 느껴집니다. 기본욕구, 생존 욕구 할 때 그런 작은 것으로요. 그런데 그곳에 생존이란 말을 붙여도 될까, 그런 건 좀 염치없지 않나 자책하다가도, 자본주의사회에서 모두에게 떳떳한 선이란 과연 어디까지일까 반문합니다. (p. 141)

생존이란 명목으로 '사람'에서 '재산'으로 위치 이동하지 않았나 하고 고통스럽게 불안해하는 이 성찰, 이 반문이 과연 '김애란스럽다'. 그러면서 돈/재산이 아닌 사람의 '선'을 탐문하고 있기 때문이다. 여기서 한쪽만을 서둘러 편들지 않는다는 점이 중요하다. '사람'과 '재산', 덕과 돈의 공생 가능성을 탐문한다. 그러기 위해 작가는 더 깊이 반성한다. "집 우(宇), 집 주(宙). 옛사람들은 우리가 사는 이 세계를 큰 집이라 여겼다지. 그런데 어떤 존재들은 왜 영영 집으로 돌아오지 못할까. 실은 돌아왔는데, 몇 번 돌아왔었는데 문이 굳게 잠겨 있어서, 우리가 깜빡하고 닫아놓은 문만 한참 바라보다 떠난 건 아닐까?"(p. 142). "우리가 정말 상실한 건 결국 좋은 이웃이 될 수 있고, 또 될지 몰랐던 우리 자

---

8   Karl Marx, 『1884년 경제철학수고*The Economics and Philosophic Manuscripts of 1844*』, ed. Dirk J. Struik, trans. Martin Milligan, Progress Publishers, Moscow, 1959/New York, 1964, p. 69.

신이었다는 뼈아픈 자각 때문이었다"(p. 142).

돈과 덕의 상호 성찰을 통해 좋은 이웃이 될 가능성을 모색하는 작가 김애란은 욕망의 존재론desidero ergo sum을 인정하고, 예산선과 무차별곡선이 만나는 지점에서 최대의 효용이 있는 소비를 추구하는 현대인의 경제적 경험, 기쁨과 고통의 분배, 노동과 욕망, 취향의 위계, 감정과 이성, 정념과 편익 등 다각적인 사회경제적 요인들을 궁리한다. 그런 가운데 부재로부터 배우는 윤리적 지혜를 선사한다. "네가 아니라 너의 부재로부터 무언가 배웠다"(p. 253)라고 고백하는 「안녕이라 그랬어」의 은미의 발화되지 않은 발화가 주목되는 것도 그런 맥락에서다. 우리말 '안녕'의 복합적 의미를 성찰하는 대목이 예사롭지 않은 것도 그렇다. 돈과 덕 사이의 갈등에서 결코 안녕하기 어려운 현실을 거슬러 "부디 평안하라고"(p. 255) 기원하는 작가의 읊조림은 소설 속 로버트에게 국한된 정념일 수 없다. 오늘을 고통스럽게 살아가는 보이거나 보이지 않는 모든 이에게 동심원의 파문처럼 번지는 기원이고 기도이다. '별거 아닌 별거'인 돈의 권능을 성찰하면서, 어쩌면 작가는 기게스의 반지의 인문적 맥락을 재정립하고, 의미 있는 동시대의 반지-서사를 상상한 것인지도 모른다. 기게스의 반지는 결국 참주의 고통으로 귀결되었지만, 김애란의 반지는 그 고통을 추문화하면서 정녕 '안녕'한 세상을 추구하는 연금술을 펼친다.

'질풍로또' 시대의 교환 은유

1. 쌀과 쌀값

"쌀이 무엇인지 나는 아는가?/누가 그것을 아는지 내가 알게 무어람!/쌀이 무엇인지 나는 모르네./나는 그저 쌀값만 알고 있을 뿐."[1] 희곡 「조치」에 나오는 「상품의 노래」에서 브레히트는 사용가치와 결별한 채 교환가치의 세계에서 휘청거리는 자본주의 사회에 대해 매우 신랄하게 조소한다. 사용가치와 결별할 때 상품의 가치는 물론 인간의 가치 또한 현저하게 물화되는 상황과 처지에서 벗어나기 어렵다. 그래서 돈은 문제적 오브제가 된다. 동서를 막론하고 예로부터 지체 높은 귀족이나 양반의 사랑채에서는 돈 이야기를 꺼렸다지만, 그것은 어쩌면 위선이었는지도 모른다. 인간의 생활과 문화에 있어 초시대적 보편성을 갖는 것이 바로 돈이기 때문이다. 인간 생존의 필수적인 기본 조건 중 하나인 돈은 재현을 실재로, 실재를 재현으로 전환시켜주는 외적이고 우주적인 힘이기에 항상 사회적 요인이었고 문학에 있어서 주요한 주제에 값하는 것이었다. 교환 수단이자 상상력과 욕망의 대상인 돈은 인간을 분리시키고 결합시키는 사회의 전류 화학적인 수단이며, 인간

---

1   베르톨트 브레히트, 「상품의 노래」, 『살아남은 자의 슬픔』, 김광규 옮김, 한마당, 1985, p. 65.

의 욕망과 집단적 환상의 결과이다.[2] 경제적 현상의 지평으로부터 의미 있는 여러 가치 및 중요한 인간의 길을 모색해야 한다는 입장에서, 돈을 원초적 행위 동기의 초시간적인 상징으로 주목한 독일의 사회학자이자 철학자 게오르크 짐멜은, 돈을 세계의 상징과 교환이라는 현상 전체에 대한 이미지, 궁극적으로는 세계관적 지배 원리로 확장해가는 무한한 상호 관계의 이미지로 보고자 했다.[3] 그런 까닭에 특히 리얼리즘 문학에서 돈은 정치경제적, 미학적, 수사학적으로 의미 있는 기호가 된다. "돈은 우리 시대의 로맨스요 시다, 그것은 상상력을 극도로 자극시키는 것"[4]이라고 했던 브롬필드 코레이의 언급도 그리 과장된 게 아니다.

예로부터 돈 때문에 많은 일이 일어났다. 울고 웃는 세상사의 한복판에서 돈의 원인론을 찾는 것은 그리 어려운 일이 아니다. 그래서일까. 일찍이 톨스토이가 이렇게 통탄한 바 있다. "아아, 돈, 돈, 이 돈 때문에 얼마나 많은 슬픈 일들이 이 세상에 일어나고 있는 것일까." 또 새뮤얼 존슨도 말했다. "황금욕은 무정하며 잔인하다. 저속한 인간의 최후의 타락이다." 아울러 이런 말은 어떤가. "돈의 결핍은 범죄의 뿌리이다." 버나드 쇼의 말이다. 아주 옛날 옛적에도 사정은 크게 다르지 않았던 모양이다. 그리스의 비극 작가 소포클레스가 "도시를 약탈하고 사람을 가정과 고향에서 몰아내는 것은 돈이다. 돈은 천부의 순진성을 뒤틀어 타락시키며, 부정직한 습성을 키워준다"라고 말한 것을 보면 말이다. 돈이라는 악령으로부터 시달림을 당하면서 『자본론』을 집필해야 했던 마르크스는 셰익스피어의 비극 『아테네의 타이먼』을 종종 거

---

2   John Vernon, *Money and Fiction*, Ithaca: Cornell UP, 1984, pp. 18~20.

3   게오르크 짐멜, 안준섭 외 옮김, 『돈의 철학』, 한길사, 1983, p. 20.

4   John Vernon, op. cit., p. 27에서 재인용.

론했다. 방탕한 타이먼은 파산한 후 모든 사람으로부터 따돌림을 당하자 깊은 산속에 은거한다. 그러다가 산중에서 황금 덩어리를 발견하고는 황금(돈)의 위력에 대해 위악적으로 언급하는 대목이다. "검은 것도 희게, 늙은 것은 젊게, 추함을 미로, 비겁도 용기로, 악도 선으로 천함도 고귀하게 만들 수 있"는 신의 "제단에서 사제를 꾀어내고" "저주받은 자도 축복한다"고 했다. 그러면서 타이먼은 "물러가라. 저주로운 티끌이여. 보편적인 창부여. 분쟁의 단서여!"라고 황금의 저주에 대해 저항하는 저주를 퍼붓는다. 돈의 가공할 만한 위력과 그 타락상을 신랄하게 비판한 이 드라마에서도 알 수 있듯이, 셰익스피어는 모든 인간적이며 자연적인 속성을 바꾸고 사물의 일반적인 변환과 교환을 수행하고 불가능과 친교를 맺는 가시적 신성으로서의 돈을 매우 증오했던 터였다. 이와 관련하여 마르크스는 눈에 보이지 않는 신인 돈이 인간 및 자연의 속성을 그 반대물로 변화시키고, 사물을 어느 것이나 교환하고 역전시킨다고 파악했다.[5]

굳이 마르크스를 통하지 않더라도, 돈의 현실이 인간을 적잖이 슬프게 한다는 사실을 우리는 어렵지 않게 짐작할 수 있다. 앞서 언급한 톨스토이의 통탄에서 벗어나기가 결코 쉽지 않다. 깨끗한 돈이 안녕과 행복에 필요한 거의 모든 것의 상징이요, 자유 독립 해방을 뜻하는 것이라면, 더러운 돈은 구약의 계시처럼 일만악(一萬惡)의 뿌리가 아닐 수 없다. 오늘날 돈의 현실에 비추어볼 때 100여 년 전 마르크스의 진단은 전혀 과격한 것이 못 된다. "돈은 인간의 노동과 생존에 있어서 똑같이 본질이다. 이 본질은 인간을 지배하며 인간은 그것을 존경한다." 어찌 보면 현대 자본주의 체제하에서 돈은 이미 신의 권좌를 차지하고 있고, 현대인들은 그 돈의 신전 아래서 굽실거리는 배금주의적

5   *Ibid.*, pp. 21~22에서 재인용.

주물숭배의 열렬한 교도들인지도 모른다.

2. 돈의 현실과 시적 정의

　돈은 그 속성상 산문적 현실의 대표적인 기호이다. 근대 이후 소설에서 직간접적으로 돈의 문제가 많이 문제되었던 것도 그 때문이다. 자아와 세계 사이의 대결을 함축하는 기호로 돈만 한 것도 별로 없다. 이런 돈의 성격 때문에 자아와 세계 사이의 동일성을 기축으로 하는 서정시의 본령과는 어울리지 않는다. 그러나 시가 있는 현실을 날카롭게 증거하면서 시적 정의poetic justice를 추구하고자 할 때, 돈의 문제는 피해갈 수 없는 제재가 된다. 산문적 현실로 인한 파토스를 가장 실감 있게 혹은 격렬하게 형상화할 수 있는 대표적인 제재가 바로 돈이기 때문이다. 가령 다산 정약용의 「애절양(哀絶陽)」 같은 한시를 보더라도 그렇다. 18세기 말에 삼정의 문란은 매우 극심했다. 죽은 사람 몫까지 군포를 징수하는 백골징포(白骨徵布)나 갓난아이까지 군적에 올려 징수하는 황구첨정(黃口簽正) 따위로 당시 민중들의 고난은 여간 힘든 게 아니었다. 그런 상황에서 가난한 백성이 산아제한의 방법은 없고 견디다 못해 생식기 즉 남근을 자른다는 소식을 다산이 듣고 이를 슬퍼하면서 지은 시이다.

　　　　갈밭 마을 젊은 아낙네 울음소리 길어라
　　　　고을문 향해 울다가 하늘에다 부르짖네.
　　　　수자리 살러 간 지아비 못 돌아올 때는 있었으나
　　　　남정네 남근 자른 건 예부터 들어보지 못했네.
　　　　시아버지 초상으로 흰 상복 입었고 갓난애 배냇물도 마르지 않

앉는데

　　할아버지 손자 삼대 이름 군보에 올라 있다오.

　　관아에 찾아가서 잠깐이나마 호소하려 해도 문지기는 호랑이처
럼 지켜 막고

　　이정(里正)은 으르대며 외양간 소 끌어갔네.

　　칼을 갈아 방에 들어가자 삿자리에는 피가 가득

　　아들 낳아 고난 만난 것 스스로 원망스러워라.

　　무슨 죄가 있다고 거세하는 형벌을 당했나요 〔……〕

　　불간 말 불간 돼지 오히려 서럽다 이를진대

　　하물며 뒤를 이어갈 사람에 있어서랴.

　　부잣집들 일년 내내 풍류 소리 요란한데

　　낟알 한톨 비단 한치 바치는 일 없구나.[6]

　탈세와 과다세가 문제되고 있는 요즘 상황과 견주어 읽어보아도 매
우 의미심장한 비창이 아닐 수 없다. 이런 시기에 일반 백성들의 '돈에
의 꿈'은 열렬했지만, 꿈은 멀고 현실은 가혹하기만 했다. 그들에게 돈
은 오로지 비극적 악몽의 기호일 따름이었다.

　「공자의 생활난」 등 일련의 시편들을 통해 김수영은 돈의 문제와 관
련한 "생활의 고절(孤絶)이며/비애"(「생활」)[7]를 날카롭게 다루었다. "돈
을 버는 거리의 부인이여/잠시 눈살을 펴고/눈에서는 독기를 빼고/자
유로운 자세를 취하여 보아라"(「거리 2」)[8] 같은 시에서 알 수 있듯이
김수영은 생활난에 대해 서늘한 연민으로 성찰적인 면모를 보였다. 다

6　정약용 지음, 박석무·정해렴 편역, 『다산시정선 하』, 현대실학사, 2001, p. 449.

7　김수영, 『김수영 전집 1·시』(개정판 2쇄), 민음사, 2004, p. 156.

8　같은 책, p. 95.

산 정약용에서 신경림에 이르기까지 많은 시인이 그런 경제적 생활난을 형상화했으나, 대체로 돈은 간접적인 방식으로 문제되는 경우가 많았다. 그러다가 1980년대 이후의 시편들에서는 돈이 현실과 욕망과 비극의 직접적 기호로 자주 등장한다. 때로는 직정적으로, 때로는 실험적으로, 돈이 시화(詩化)되면서 현실을 날카롭게 추문화한다.

3. 교환 은유와 비극적 하강

황지우의 시 「한국생명보험주식회사 송일환씨의 어느 날」[9]을 보자. 전형적인 소시민인 송일환 씨는 "1983년 4월 20일, 맑"은 날, "토큰 5개 550원, 종이컵 커피 150원, 담배 솔 500원, 한국일보 130원, 짜장면 600원, 미스 리와 저녁식사하고 영화 한 편 8,600원, 올림픽 복권 5장 2,500원"을 썼다. 그날 하루 모두 13,030원을 지출한 그는 『한국일보』를 대충대충 훑어본다. 그러다가 대도 조세형 사건을 희화화한 네 컷짜리 안의섭의 두꺼비 만화를 본다. "대도둑을 권총으로 쏘다니… 말도 안된다—대도둑은 대포로 쏘라"는 만화다. 그러던 그는 대도 조세형이 부잣집에서 훔친 보물 목록을 아주 자세히 읽는다. "▲일화15만엔(45만원) ▲5·75캐럿물방울다이어1개(2천만원) ▲남자용파텍시계1개(1천만원) ▲황금목걸이5돈쭝1개(30만원) ▲금장로렉스시계1개(1백만원) ▲5캐럿에머럴드반지1개(5백만원) ▲비취나비형브로치2개(1천만원) ▲진주목걸이꼰것1개(3백만원) ▲라이카엠5카메라1대(1백만원) ▲청도자기3점(싯가미상) ▲현금(2백 50만원)" 부분을 말이다. 이 시에서 시인은 극단적인 두 현실을 극명하게 맞세운다. 송일환

---

9   황지우, 『새들도 세상을 뜨는구나』, 문학과지성사, 1983.

씨의 지출 목록과 부잣집 보물 목록의 대조가 바로 그것이다. 이 같은 현실적 자료의 대조 자체로 시인은 직접적으로는 아무런 메시지도 드러내지 않으면서 역설적으로 매우 의미심장한 메시지를 포괄한다. 두말할 필요도 없이 부의 불균등 현상에 대한 고발이다. 부의 불평등 현상 혹은 빈부격차 문제는 예로부터 해결된 적이 거의 없었다. 그러므로 언제나 인간적인 문제였고, 현실적인 문제였다. 늘 돈은 부자에게는 행복한 꿈이었던 데 반하여 가난한 자에게는 차라리 악몽이었다. 현실이 그러했기에 인류의 많은 지혜나 도덕은 이런 현상을 경계하는 경제 윤리 내지 경제 정의 쪽에 신경을 많이 쓸 수밖에 없었다. 상대적으로 경제 제일주의가 우선하면 그만큼 인간적 타락상이 깊어졌던 것도 사실이다. 그런 돈의 문제에 대한 황지우의 날카로운 시적 투시안이 위트 있는 스타일로 옮겨졌다.

"자본의 게임은 냉정하다/빼앗기지 않기 위해/빼앗아 오기 위해/도깨비방망이를 더 빨리 휘둘러라"(「자본주의 게임」)[10]라고 자본주의를 진단하는 시인 함민복은 황지우의 시에 나오는 송일환 씨의 처지보다 훨씬 열악한 처지에 놓인 가난한 시인을 1인칭으로 직접 제시한다. 「자본주의의 삶」이라는 시의 부분들을 눈여겨보자.

> 5번 버스에 오른다
> 250원 내 삶을 버스는 움직여 간다
> 잠시 나와 같은 량의 삶을 살고 있는 합승자들
> 나는 가방에서 詩를 꺼내 읽는다
> 이 詩는 곧 20000원 상당의 삶을 벌어줄 것이다
> 상품의 질을 위하여 최선을 다하여야 한다

10   함민복, 『자본주의의 약속』, 세계사, 1993.

그래야 나는 잘 팔리는 상품이 될 것이다

[……]

주머니에 남은 삶을 점검해 보다

전화 삶 150원

담배 삶 700원

버스 삶 250원

지하철 삶 300원

지금까지 산 삶 1400원

잉여 삶 700원

[……]

종점. 내려 주머니를 뒤적이다

놀라다

310원 삶밖에 안 남다

그렇다면……다시 뒤져보다

버스에서 남이 흘린 삶을 주워보려다

150원 내 삶을, 치명적이다

때론 이렇게 삶을 분실하기도 하는구나

300원 일용할 육개장 삶을 사들고

절로 돌아오다

아직 남은 삶은 10원

나는 오늘 2100원의 삶을 산 것이다

아니 2100원이 나를 살아버린 것이다

──「자본주의의 삶」 부분

  2만 원 상당의 시 원고를 문학 잡지사에 넘기러 가는 시인의 어느
하루를 점묘한 이 시에서 돈과 삶은 안타까울 정도로 등가이다. 삶이

곧 돈으로 교환될 뿐만 아니라, 삶을 위해 쓰는 시도 돈과 교환되니, 삶과 시와 돈은 등가의 교환 은유의 계열로 묶인다. 가난한 시인의 가계부는 송일환 씨의 그것에 비해 매우 열악하다. "미스 리와 저녁식사 하고 영화 한 편" 할 돈/삶이 없음은 물론이려니와 "올림픽 복권"을 살 엄두도 낼 수 없다. 게다가 부족한 돈을 분실하기까지 했다. 그러니 "아니 2100원이 나를 살아버린 것이다"라고 한 마지막 시구가 설득력 있게 전달된다. 어머니와의 경험을 바탕으로 한 감동적인 이야기시 「눈물은 왜 짠가」를 쓴 시인의 전기적 정보와 겹쳐 읽으면, 돈에 의해서 살아지는 시인의 실존적 처지에 무한 공감하게 된다. 자본주의 시대를 거스르며 반자본주의 방식으로 살아가는 시인이기에, 그에게 있어서는 생활도, 돈도, 또 다른 것들도, 특별한 수사학적 장치 없이도 시가 된다. 그것도 드라마틱한 시가 된다.

그래도 함민복의 시에서 시적 화자는 종종 영혼의 꿈을 꿀 수 있는 시인으로 등장한다. 영혼의 꿈마저 거세된 노동자들의 경우 돈의 문제는 더욱 심각할 수밖에 없다. 가령 김명수의 「동전 한 닢」[11]에서 버스 안내양의 추락사는 그런 점에서 매우 비극적이다. 낮에 버스 정류장에서 버스에서 떨어져 차바퀴에 깔린 동전 하나, "누구 하나 허리 굽혀/줍지도 않던/테두리에 녹이 슨 동전 한 닢"을 본다. 그리고 저녁 석간에서 "버스 안내양의 조그만 기사"를 보게 된다. "만원버스에 시달리던 그 소녀가/승강대에서 떨어져서 숨졌다는 소식"을 말이다. 시인은 버스 안내양과 동전 한 닢을 동일한 하강적 이미지로 날카롭게 병치하면서 현실의 비극성을 극화한다. 두말할 필요도 없이 이 시에서 동전한 닢은 버스 안내양의 인생과 등가로 교환되는 은유이다. 동전 한 닢의 처지에 지나지 않는 버스 안내양의 삶과 죽음에 대한 안타까운 성

---

11 김명수, 『피뢰침과 심장』, 창작사, 1986.

찰이 복합적인 연민의 자장을 형성한다. 그도 그럴 것이 자본주의의 불평등한 분배 구조로 인해 어처구니없는 삶을 살아야 하는 사람들이 많기 때문이다. 그 지점을 『노동의 새벽』[12]의 시인 박노해는 시리게 파고든다.

> 하루 14시간
> 손발이 퉁퉁 붓도록
> 유명 브랜드 비싼 옷을 만들어도
> 고급 오디오 조립을 해도
> 우리 몫은 없어,
> 우리 손으로 만들고도 엄두도 못 내
> 가리봉시장으로 몰려와
> 하청공장에서 막 뽑아낸 싸구려 상품을
> 눈부시게 구경하며
> 이번 달엔 큰맘먹고 물색 원피스나
> 한 벌 사야겠다고 다짐을 한다
>
> ──「가리봉시장」 부분

자신들의 노동으로부터 소외된 공단의 노동자들은 합당한 자신들의 "몫", 아니 최소한의 "몫"이 없어 힘겹다. 그러니 "싸구려 상품"에만 눈길을 줄 따름이다. "2,800원짜리/이쁜 샌달 하나 보아 둔" "정이"의 처지도 그렇고, "천오백 원짜리 티샤쓰 색깔만 고우면/친구들은 환한 내 얼굴이 귀티난다고 한다"며 자위하는 시적 화자도 그렇고, 값싼 가리봉 시장에서 "떡볶이 500원어치" "300원어치 순대 한 접시로 허기

12　박노해, 『노동의 새벽』, 해냄, 1997.

를 달래"는 그들의 처지는 한결같이 고단할 수밖에 없다. 황지우가 옮겨놓은 부잣집 보물 목록에서 소시민 송일환 씨의 가계부, 그리고 가난한 시인 함민복 시에 그려진 가계부를 거쳐, 박노해가 보고한 공단 노동자들의 가계부까지 일목요연하게 분석하면, 우리는 현실의 불평등 문제를 적나라하게 확인하게 된다. 도처에서 문제는 돈이다.

4. '보이지 않는 손'과 보이는 병

돈의 문제는 결코 단순하지 않다. 그러기에 시인들은 종종 자본주의 체제를 분석적으로 해부하는 상상력을 보이기도 한다. 현대 자본주의 사회와 문명은 점차로 자동화되어간다. 그 자동화의 여러 시퀀스에는 돈의 논리가 개입되게 마련이다. 문명비평적 성찰의 시를 쓴 최승호는 「자동판매기」[13]에서 그런 현실의 문제성을 날카롭게 묘파한다.

> 돈만 넣으면 눈에 불을 켜고 작동하는
> 자동판매기를
> 賣春婦라 불러도 되겠다
> 黃金교회라 불러도 되겠다
> 이 자동판매기의 돈을 긁는 포주는 누구일까 만약
> 그대가 돈의 權能을 이미 알고 있다면
> 그대는 돈만 넣으면 된다
> 그러면 賣淫의 자동판매기가
> 한 컵의 사카린 같은 쾌락을 주고

---

13   최승호, 『고슴도치의 마을』, 문학과지성사, 1985.

十字架를 세운 자동판매기는

神의 오렌지 주스를 줄 것인가

──「자동판매기」 부분

　시인은 현대 문명의 비극적 증후를 자동판매기를 통해 통찰한다. 자동판매기와 인간 행위의 관계는 오직 돈을 매개로 성립된다. 인간은 없고 돈으로 중개되는 자동화의 과정만 있을 따름이다. 인간의 숨결이 느껴지지 않는 자동화된 비정한 삶의 실체를 시인은 두 가지 모티프를 빌려 얘기한다. 매춘부와 황금교회가 그것이다. 인간의 타락과 신의 타락을 동시에 꼬집는다. 돈을 받아먹고 자동판매기가 한 잔의 커피를 내주듯, 매춘부도 돈을 받아먹고 한 순간의 쾌락을 내준다. 이렇듯 자동화된 돈의 회로에서 시인은 비인간성의 극치인 '포주'의 이미지를 떠올린다. 포주는 돈을 긁는 자다. 그는 인간 착취와 성적 착취의 대표적인 상징인 매춘 조직을 통해 자동적으로 돈을 긁어모은다. 교회도 마찬가지 형상으로 시인에게 비춰진다. 타락한 황금교회는 이제 더 이상 "가난한 자에게 복"을 주려 하지 않는다. 십자가 달린 자동판매기도 오직 돈 있는 자에게만 "신의 오렌지 주스"를 주려 할 뿐이다. 따라서 "賣淫의 자동판매기"이긴 마찬가지다.

　이것이 최승호가 본 비극적인 현실이다. 자동판매기는 분명 문명의 이기이지만, 타락하고 소외된 인간관계의 온상이자 상징이기도 하다. 인간이 진정성을 잃고 자동인간화되어갈 때, 혹은 흐르는 것은 오직 돈뿐이고 인간은 고인 채 썩어갈 때의 비극적 정황을 응축하여 환기하는 메타포이다. 그러나 시인은 마지막 시구인 "十字架를 세운 자동판매기는/神의 오렌지 주스를 줄 것인가"에서 의문형의 여운을 남기는 것으로써, 이런 타락한 상황에 대한 역설적인 부정과 비판의 어조를 보여주고 있다. "아니다, 그렇지 않다!"고 외치고 싶기도 하겠지만, 돈의 권능(權能)으로 구축된 세계는 이미 서정의 공간에서조차 그 같은 희망사항마저 앗아갔기 때문에 결국 비판적 성찰에서 머뭇거릴 수밖에 없었던 것이다.

『국부론』의 저자 애덤 스미스는 '보이지 않는 손the invisible hand'의 작용에 의해 개개인의 모든 이해와 선택이 궁극적, 자연적으로 조화와 균형을 이룰 수 있을 것으로 생각했다. 자유경쟁 시장에서의 균형과 자본주의 체제의 자율성을 옹호하기 위해 구사한 이 개념에 대해 스미스는 『국부론』 이전에 많은 고민을 했던 것 같다. 초기에 그가 주피터의 '보이지 않는 손'에 대해 언급했을 때는 부정적이었다. 신은 보이지 않는 손으로 자연적 규칙적 운행을 교란시킬 수도 있음을 암시했다. 그러다가 『도덕감정론』에서 스미스는 사랑으로 전능한 신의 보이지 않는 손은 개개인의 이익 추구를 전체의 보편적 이익에 조화를 이룰 수 있게 한다고 생각했고, 이것이 『국부론』으로 이어졌다. 결과적으로 스미스는 고민할 만했다. 김승희의 「신자유주의」[14]와 이장근의 「배고픔의 뒷면」[15]은 '보이지 않는 손'과 '보이는 병'의 역설을 극화한다.

> 돈 속에 아버지의 뼈가 보인다
> 돈 속에 어머니의 손톱이 보인다
> 돈 속에서 육친의 신체 일부를 보는 눈은
> 막막하다
>
> 돈 속에 아버지의 쓰러진 논두렁이 보인다
> 돈 속에 어머니의 파란 하지정맥류가 보인다

14 김승희, 『냄비는 둥둥』, 창비, 2006.
15 이장근, 『꾄투』, 삶이보이는창, 2011.

돈 속에서 육친의 질병을 보는 눈은
먹먹하다

자석이 자석을 끌어당기듯이
돈이 돈을 끌어당긴다
부유가 부유를 끌어당기고
병이 병을 끌어당긴다

——「신자유주의」 부분

약육강식의 세계
동물의 왕국
그들에게는 약자보호 시스템이 있다
배부르면 사냥하지 않는 것
내일의 배고픔을 걱정하지 않는 그들은
저축에 투자하지 않는다
오직 배고픔에 투자할 뿐
〔……〕
배고픔의 뒷면, 배부름이 살려놓은
약자들이 약자를 낳고 기르는
동물의 왕국에는
강자퇴출 시스템이 있다
약자의 수를 초과할 수 없는 강자의 개체 수
빈익빈 부익부가 존재하지 않는다
배부름이 배고픔을
앞지르지 않는다

——「배고픔의 뒷면」 부분

이장근이 그린 '동물의 왕국'은 그런대로 선한 신의 보이지 않는 손이 기능을 발휘하는 곳이다. "배부름이 배고픔을/앞지르지 않"고 "빈익빈 부익부가 존재하지 않"기 때문이다. 거기에 신의 보이지 않는 손이 개입하고 있는지에 대해서는 논증하기 어렵지만, 자연 상태에서 지속 가능한 생태 유지를 위해 동물들은 본능적으로 그렇게 행동한다. 이장근이 동물의 왕국 이야기를 한 것은 그와는 대조적으로 인간의 사회에서는 그렇지 못하기 때문일 것이다. 그런 사태를 김승희는 「신자유주의」에서 인상적으로 환기한다. 마치 자석처럼 병이 병을 끌어당기고, 돈이 돈을 끌어당기는 "병익병(病益病) 부익부(富益富)" 혹은 "빈익빈 부익부"의 현실에서라면, 사랑으로 충만한 신의 보이지 않는 손을 보기 어렵다. 보이는 것은 오직 병이고, 돈일 따름이다. 표제에서 적시한대로 동시대의 '신자유주의'의 병적인 추세에 대한 서정적 항의의 수사학이라 할 수 있다.

5. 욕망과 소비의 기호

어쩌면 보이지 않는 손을 주관할 신도 현란한 소비사회의 광휘에 미혹되었는지 모른다. 소비가 미덕으로 추앙되는 소비사회를 상징하는 핵심적인 공간으로 주목받은 1990년대의 '압구정동' 풍경은 가히 그러했다. 데카르트의 '나는 생각한다, 고로 존재한다'는 명제를 패러디하여, 김승희가 「나는 쇼핑한다, 고로 나는 존재한다」[16]는 제목의 시를 쓸 무렵, 유하는 집중적으로 압구정동 시편에 매달렸다. 그가 보기

---

16   김승희, 『어떻게 밖으로 나갈까』, 세계사, 1991.

에 압구정동은 소비사회가 꿈꿀 수 있는 최대치의 욕망을 생짜배기로 발현시키고 꿈틀대고 이글거리는 초세속 도시이다. 시집『바람부는 날이면 압구정동에 가야 한다』[17]에서 '압구정동' 시리즈는 한 마디로 "욕망의 언체인드 멜로디"(「시인 유보氏의 하루 2」)이다. 유하는 압구정동을 "체제가 만들어낸 욕망의 통조림 공장"(「바람부는 날이면 압구정동에 가야 한다 2」)이라고 부른다. 그 공장에서 찍어낸 소비 행각으로 인해 그곳은 "욕망의 평등 사회"를 구가한다. 적어도 외형적으로 보기에 막힘없이 소비가 이루어지는 욕망의 파천황적 공간이다. 그래서 "세속 도시의 즐거움에 동참하고 싶은 자들 압구정동의 좁은 문으로 들어가길 힘쓰는구나"라고 쓰는 시인은 압구정동 거리를 걸으면서 오관으로 "욕망과 유혹의 삼투압"을 감지하고, "왕성하게 숨막히게 숨가쁘게/그러나 갈수록 쎅시하게" 욕망을 소비하는 풍경과 마주 선다. 그 마주 선 자리에 바람이 분다. 일찍이 배밭 사이를 살랑이며 불던 압구정동 바람은 이제 "욕망의 통조림 공장" 주위를 돌며 "숨가쁘게" "쎅시하게" 분다. 바람이 불어 풍경은 흔들리는데, 시인은 그 바람 속에서 "대량학살당한 배나무를 위한 진혼곡"(「바람부는 날이면 압구정동에 가야 한다 3」)을 듣는다.

> 영하의 보도 블록 밑 우우우 무수한 배나무 뿌리들의 신음 소리를
> 쩝쩝대는 파리크라상, 흥청대는 현대백화점, 느끼한 면발 만다린
> 영계들의 애마 스쿠프, 꼬망딸레부 앙드레 곤드레 만드레 부띠끄
> 무지개표 콘돔 평화이발소, 이랏샤이마세 구정 가라, 오케
> 온갖 젖과 꿀과 분비물 넘쳐 질펀대는 그 약속의 땅 밑에서
> 고문받는 몸으로, 고문받는 목숨으로, 허리 잘린

---

17   유하, 『바람부는 날이면 압구정동에 가야 한다』, 문학과지성사, 1991.

한강철교 자세로 이게 아닌데 이게 아닌데 이게 아닌데
　　틀어막힌 입으로 외마디 비명 지르는 겨울나무의 혼들, 혼의 뿌리들

　　　　　　　　　　　　　　——「바람부는 날이면 압구정동에 가야 한다 3」 부분

　　"욕망과 유혹의 삼투압"으로 흥청거리는 소비의 거리 압구정동에서 혼의 뿌리의 신음 소리를 듣는 시인의 태도에서 우리는 아연 긴장한다. 시인이 예사롭지 않게 뿌리의 신음 소리를 듣는 것은 돈으로 이루어진 소비사회의 현장에서 원향(原鄕) 지향 의식을 견지할 때 가능한 것이다. 압구정동 거리에서 "이게 아닌데 이게 아닌데"라는 혼의 뿌리들의 소리는 강한 현실 부정과 반성적 사유를 동반하지 않으면 들을 수 없는 허리 잘린 비명이다. 그런데 그는 그 소리를 듣는다. 아파하기 때문이다. 고향 '하나대'의 정서를 지니고 있는 시인이기에 욕망의 무릉도원인 압구정동에서 아주 고독하게 스스로를 소외자로 인식하고 있기에 그 소리를 들을 수 있는 것이다.

　　그러므로 그가 포착한 '배앓이' 증후군은 의미심장하다. 「바람부는 날이면 압구정동에 가야 한다 1」에서 배앓이는 중의적이다. 예전에 압구정동에 뿌리내렸던 배나무들이 뿌리 뽑혔으므로 그 배들이 앓이를 할 수밖에 없다. 또 다른 하나는 소비의 거리 압구정동에서 많이 먹어서 생기는 신체적 배앓이 증상이다. "더부룩한…… 싸늘한 배앓이"라고 했다. 이전에 있던 많은 배들을 순식간에 먹어치우고 또 욕망으로 부풀린 "단단한 배포"로 많은 소비적 유혹들을 먹어치운 압구정동은, 그리하여, '배앓이'에 시달리고 있다는 것이 시인의 사회 임상학적 진단이다. 온갖 식욕과 성욕의 성찬으로 부릅떴던 압구정동의 불빛이 이제 그 '배앓이'로 하여 '풍전등화(風前燈火)'의 위기에 봉착했으니, 온통 "바람 바람 바람"(「바람의 계보학, 이지연론」)인 것이다. 이러한 유

하의 '배앓이' 증후군은 사상누각처럼 급조된 우리 사회의 불건강한 그리고 뿌리 잃은 소비사회적 증후나 소비문화 행태에 대한 비판의 소산이요, 그 안에서의 위기의식의 소산이라 하겠다. 그의 세속적인 소비도시 체험은 기실 이 불길한 '배앓이' 증후군의 원인과 현상 규명을 위해서였다고 해도 크게 잘못이 없을 것이다. 그가 체험한 카페, 백화점, 술집, 무협지, 영화, 비디오, 포르노, 만화, 프로레슬링, 스포츠 신문 따위는 그의 일상의 일부였으나, '배앓이' 증후군이 잠복돼 있는 친숙하면서도 음험한 일상이었던 것이다. 나아가 그 체험은 그 자체로서 욕망의 발현 방식이자 생산 양식이었으며, 불길한, 그토록 불길한 욕망의 노래를 부르게 하는 발생론적 기제였던 것이다. 이어 유하는『천일馬화』[18]에서 경마장의 마권(馬券)을 직접적으로 형상화하며 돈을 매개로 달리는 말〔馬〕들의 타락한 풍경에 대해 말〔言〕한다. 풍자한다. "욕망아 입을 열어라/이제 나는 거기에 똥을 누겠다"(「천일馬화―경마장의 함성」).

6. '질풍로또' 시대의 서정적 감수성의 고리대금

유하의 경마장 마권이 최금진에게는 로또로 전이되었다.『황금을 찾아서』[19]에서 최금진은, 지금 우리가 "질풍로또의 시기"(「소년들을 위한 충고」)를 속절없이 견디고 있음을 아프게 환기한다. "평생 황금만 생각하며 눈 깜박이는 미라들"(「다단계 피라미드 사업을 추천합니다」)이거나 "돈밖에, 집밖에, 먹고사는 것밖에 모르는 이 착한 짐승"(「범우주

---

18   유하,『천일馬화』, 문학과지성사, 2000.
19   최금진,『황금을 찾아서』, 창비, 2011.

적으로 쓸쓸하다」)이거나 간에 질풍처럼 로또에 집착할 수밖에 없는 처지다. 그러나 대개는 "질풍은 사그라지고, 로또만 남은 사내"(「소년들을 위한 충고」)이기 십상이다. 그럼에도 또 로또를 살 수밖에 없는 처지여서 정녕 문제적이다. 시인은 "로또가 얼마나 끔찍한 악몽인지/로또방에서 만나는 사람들은 서로 눈을 마주치지 않는다"(「로또를 안 사는건 나쁘다」)고 적는다. "왜 사느냐" 혹은 "왜 또 사느냐"는 질문을 쉽게할 수 없다. 특히 "또" 부분이 아프기 때문이다. 종종 "왜 사느냐,를 묻지 않아도 되"는 "로또를 사지 않는 10%의 고소득층"을 떠올린다. 그러다가 "왜 또 사느냐"고 자문해야 하는 자신의 처지에 대한 울분과 그것을 묻지 않아도 되는 사람들에 대한 적의를 드러낸다. 그러면서 "두툼한 돈뭉치" 대신 "감당할 수 있을 만큼의 절망을 배당받는" 사람들의 처지를 공감하고 위무하려 한다.

> 금반지 한 돈 물려받지 못한 처지를 비관으로 몰고 가지 않으려면
> 어쩔 수 없이 다시 파보는 누리끼리 낡고 오래된 금에 대한 몽상
> 나에게도 금광이 있으면 좋겠다
> 금지옥엽 길러서 금의환향하는 자식 생각과
> 적어도 금전 걱정은 없어야겠다는 새해의 새로운 각오를 파묻어둘
> 토요일마다 로또방을 기웃거리지 않아도 좋을
> [……]
> 벽에다 똥칠을 해놓고, 이게 다 금이다, 넋을 놓아버린
> 할머니는 행복한 연금술사
> [……]
> 내일은 토요일, 복권은 여덟시까지 팔고, 일주일은 그렇게 그냥
> 가고

저녁별들은 황금빛을 쩔렁거리며 빛난다

──「황금을 찾아서」 부분

길게 설명할 필요도 없이 '금'과 '똥'의 대조가 뚜렷한 이 시에서 로또방을 기웃거리는 사람들은 '황금빛'과 거리가 멀다. 그런 면에서 "할머니는 행복한 연금술사"라고 한 아이러니컬한 진술이 깊은 슬픔과 연민을 자아낸다. 시인이 소망하기로는 할머니가 행복한 연금술사보다는 행복한 사람이었으면 더 좋았을 것이다. 이런 아이러니컬한 "행복한 연금술사" 혹은 "토요일마다 로또방을 기웃거리"며 "금에 대한 몽상"에 빠질 수밖에 없는 군상들에 대한 연민과 그런 사회 분위기와 제도와 체제에 대한 비판의 정조를 바탕으로, 시인은 시적 정의에 입각해 진정한 행복을 추구하는 연금술사가 되고 싶어 한다.

그러나 「광기의 재개발」[20]로 소란한 현실에서, 시의 연금술이 점점 변두리로 밀려나고, 시가 있던 자리에 현란한 대중문화들이 재개발되어 그 자태를 뽐내는 문화 현실에서, 돈의 교환가치가 시의 진정한 가치를 억압하는 분위기 속에서, 시인의 운명이란 얼마나 불편한가. 진은영의 「나의 아름다운 세탁소」[21]의 시적 화자는 여고 졸업 후 공무원 생활을 하다가 그만두고 시인이 되었다. 시인의 아버지는 돈벌이를 제대로 하지 못하는 딸이 못내 못마땅하다. ""그거 안 그만뒀으면 벌써 네가 몇 호봉이냐" 아직도 뱃속에서 죽은 자식 나이 세듯/세어보시는 아버지, 얼마나 좋으냐, 시인 선생 그 짓 그만 하고 돈 벌어 우리도 분당 가면, 여전히 아이처럼 조"른다. 가난한 아버지의 돈에의 몽상과 딸의 시적 몽상은 좀처럼 화해하기 어렵다. 그럼에도 진은영은 "형이상학적

---

20   서효인, 『소년 파르티잔 행동 지침』, 민음사, 2010.

21   진은영, 『훔쳐가는 노래』, 창비, 2012.

감정의 고리대금"(「공정한 물물교환」) 혹은 서정적 감수성의 고리대금을 계속 지불하려 한다. "평생 동안의 월급과 술병 더미들/단 하나의 녹색 태양, 연애의 비밀들과 양쪽 폐를 팔아서"라도 "상점 주인이 종종 문학이라고 부르는" 그것에 자신의 운명을 걸고자 한다. 허황한 돈에의 꿈들이 넘쳐나는 세상에서 시는 한갓 "이상한 물건"일 수밖에 없음을 잘 알지만, 그래도 시인은, 시인이기에, 오늘도 "질풍로또"의 시대를 거스르며 서정적 감수성의 고리대금을 지불하려는 것이다. 그 덕분에 병든 돈의 세상도 가까스로 치유의 가능성을 응시하게 될지도 모르겠다.

3부
횡단하는 소리풍경

'시·시·비·비'를 넘어서
― 정현종의 『어디선가 눈물은 발원하여』

1. 시를 기화(氣化)하기

"지금부터 쓰는 시는/시집도 내지 말고/다 그냥/공기 중에 날려버리든지/하여간 다 잊어버릴란다./그럴란다./(아이구 시원해)"(「지금부터 쓰는 시는」)[1]. 2008년에 간행된 『광휘의 속삭임』에 수록된 이 시를 접하면서 나는 무릎을 쳤다. 그렇지! 과연! 잇대어 추임새가 넘실거렸다. 바야흐로 시인이 시와 더불어 날빛의 날개를 다는구나. "공기 중에 날려버"린다고 하지 않는가. 단지 자유를 추구하는 것을 훌쩍 넘어, 허허로운 자유 그 자체인 상태로 비상해버린 형국처럼 보였다. 시원하게 시와 관련한 세속의 제도를 벗어나는 일, 그것은 어쩌면 시도 시인도 공기처럼 가볍게 기화하는 놀라운 신비체험에 대한 몽상과 통하는 것이리라. 꿈이 기억이 되고, 기억이 다시 꿈으로 일렁이는 그 역동적 몽상은 과연 어디서 비롯되었을까? 혹 시인은 이미 '무한 바깥' 체험을 통해 그 너머를 여기에 데리고 살며 남다른 감각의 실존을 하고 있는 것일까? 시인은 숲으로 나가 듣는 "새 소리와 날개 소리는 얼마나 좋으냐!"라고 경탄하면서, 그 놀라움의 이유를 시적 리듬으로 감흥하는데,

---

1 정현종, 『광휘의 속삭임』, 문학과지성사, 2008.

이를테면 이런 식이다. "저것들과 한 공기를 마시니/속속들이 한 몸이요/저것들과 한 터에서 움직이니/그 파동 서로 만나/만물의 물결,/무한 바깥을 이루니……"(「무한 바깥」). 요컨대 새들과 한 공기를 마시며 한 몸을 이루고, 서로의 파동을 교감하면서 더불어 무한 바깥을 형성하는 몽상, 바로 이런 꿈으로부터 시인은 현묘한 시적 비전을 자연스럽게 길어 올린다. 베네치아에 가서 시인이 느낀 것은 조물주 또한 만물을 창조할 때 그랬을 것이라는 점이다. "새를 창조할 때는/새와 함께 날고/개를 만들 때는/개와 함께 뛰었으며/물고기를 창조할 때는/물고기와 함께 헤엄쳤다"(「창조―베네치아 시편 2」). 조물주가 동물을 창조할 때는 없었던 드론이나 메타버스 환경을 일찌감치 예감한 시인은 태초에 조물주가 했던 '함께'를 위해, 천지간 온갖 존재와 형상에 시인의 심장을 내어준다. "내 심장들이여/석양-심장/하늘-심장/구름-심장이여"(「내 심장들이여」). 이 대목이 범상치 않다. 내가 교감하고자 하는 대상에 이미 주체의 심장이 들어 있으므로, 세상의 모든 존재와 형상은 대체로 시인이 설정한 심장의 네트워크 안에서 물결치고 조율된다. 석양도, 구름도, 하늘도, 단지 보이는 대상이 아니다. 시선의 대상만이 아니다. 시선의 당당한 주체가 된다. 왜냐하면 시인의 심장을 나눠 지닌 채 적극적으로 마음 작용을 펼치면서 미의지(美意志)를 상호주관적으로 펼쳐 보이기 때문이다. 흔히 정현종 시를 읽으면서 우리는 시인의 경탄하는 (무)의식이나, 우주 만물과 교감하고 상응하는 상상력을 주목하곤 하는데, 그것 또한 이런 '심장들'의 네트워크 분석 내지 통찰을 통해 새롭게 해명할 수 있을 터이다.

다시 '시를 기화(氣化)하기' 전언을 주목해보자. 애초에 내가 이 대목에 남달리 이끌렸던 것은 '견딜 수 없는 존재의 무거움' 탓이었다. 가령 백척간두에서 진일보하기 화두 같은 것도 그렇다. "백척 장대 끝에서 움직이지 않는 사람은 경지에 오르긴 했어도 참 경지는 못 되네. 백척 장대 끝에서 한 걸음 더 나아가 시방세계와 한 몸이 되어야 하거늘(百尺竿頭不動人 雖然得入未爲眞 百尺竿頭進一步 十方世界是全身)". 당대(唐代) 초현대사(招賢大師)의 게송(偈頌)이다. 백척간두에서 진일보해야 삶과 죽음을 넘어서고, 나에 가려졌던 다른 것들을 보게 되는 '돈오(頓悟)'의 경지에 이를 수 있다는 얘기다. 헤아리기 어려운 화두다. 일단 백척간두에 오르기도 쉽지 않거니와, 어렵사리 올랐다 하더라도 거기서 어떻게 삶과 죽음을 초월해 허허로이 한 발 내디딜 수 있겠는가. 그렇기에 정현종은 그토록 날개를 달거나 기화하기를 욕망한 것 아닐까. 그 선행 조건이 무거움을 줄여 한없이 가벼워지는 것이다. 몸이 가벼워지고 또 가벼워져서 마침내 숨결로 남으면 그때가 기화 체험의 심연이된다. 그렇다면 왜 기화하고 날개를 달고 싶어 하는가? 여러 이유 중에서 우선 시선의 가능성과 깊이가 떠오른다. 몸에 온갖 탐욕과 집착을지니고 있으면 견딜 수 없을 정도로 무거울 수밖에 없다. 그것을 허허로이 버리고 비워야 높이 오를 수 있고 새로운 세대를 위한 위버멘슈의 가능성도 열 수 있다. 일찍이 니체의 차라투스트라는 이렇게 말했다. "이제 나는 가볍다. 나 날고 있으며 나 자신을 내려다보고 있다. 이제야 어떤 신이 나로 인해 춤을 추고 있구나"[2]. "무거운 것 모두가 가볍게 되고, 신체 모두가 춤추는 자가 되며, 정신 모두가 새가 되는 것"이야말로 "내게 알파이자 오메가"(p. 384)라며, 빛 속 깊이 유영하며놀던 그에게 깃든 새의 지혜는 이렇게 말한다. "보라, 위도 없고, 아래도 없다! 몸을 던져보아라, 사방으로, 밖으로, 뒤로, 너 몸이 가벼운 자여! 노래하라! 말은 더 이상 하지 말고!"(p. 385). 이런 새의 지혜로 노래하며 백척간두에서 춤추듯 진일보한다면, 그럴 수 있다면 어떨까? 이런 차라투스트라의 질문과 정현종의 시적 몽상은 심연으로 향하는

2   프리드리히 니체, 『차라투스트라는 이렇게 말했다』(개정2판 6쇄), 정동호 옮김, 책세상, 2011, p. 65.

자유를 꿈꾸게 한다는 점에서 비슷한 점이 많다.

2. 시선과 실감

백척간두, 그 고소(高所)에서의 감각적 실존은 시선의 탄력성 및 시선과 연결된 "마음 안팎 사물의 실감" 문제를 성찰하게 한다. 『그림자에 불타다』에 수록되어 있는 「시선을 기리는 노래」는 대상과 나를 현상학적으로 연결하는 시선의 문제를 존재와 시의 본질적 근거의 하나로 숙고하게 하는 시편이다. "멀리 있는 것이 없다면 우리가 어떻게 가까이 있는 것과 살 수 있겠는가.//바라보는 저 너머가 없다면 우리가 어떻게 여기서 살 수 있겠는가". 멀리 있는 것과 가까이 있는 것, 저 너머와 여기는 단순한 반대가 아니다. 서로를 존재케 하는 반(反)의 동력이다. 어쩌면 저편에 있는 반려 존재인지도 모른다. 서로 연결될 것같지 않게 멀리 떨어져 있는 사물이거나 존재일지라도 그것이 현묘한 풍경으로 부각되기 위해서는 시선을 통하지 않고는 곤란하다. 3연에서 시인은 "멀리서 우리의 시선을 끌어당기는 공간이여"라며 먼 공간을 호명하는 듯 보이지만 이내 그 공간을 끌어당기는 '시선'에 시적 관심을 집중한다. "시선에는 실은 끝이 없으며,/시선은 항상 무한 속에 있는 것이거니." 시선 속에 무한이 들어 있고, 무한 속에 시선이 들어 있다는 이 전언은 범상한 집합의 논리를 넘어서는 시선에 관한 성찰에 속한다. 여기서의 시선에는 끝이 없다는 체험과 인식은 상대적으로 고소로부터의 관찰 결과에 가깝다. 낮은 장소에서는 시선이 툭 끊기는 일이 자주 나타나기 때문이다. 현대의 세속 도시에서는 시선이 빌딩 숲의 유리창에 차단되거나 지하철 차창에 갇혀버리기 일쑤 아닌가. 그러기에 더더욱 시선의 확보가 존재감과 관련해 매우 중요해진다.

"먼 공간의 시원함"을 느끼고 새의 눈으로 '조감'할 수 있을 때 시선에는 그 끝이 없으며 무한으로 치닫고 있다는 느낌은 생생한 날개를 단다. 아울러 "여기 있으면서 항상 다른 데에도 있을 수 있게"(4연) 하며, "움직이지 않지만 항상 떠날 수 있게"(5연)[3] 하는 시선의 작용 역시 차라투스트라의 새의 지혜가 일러준 것처럼 높은 곳일 때 훨씬 유리한 편이다.

시선은 기본적으로 공간적이지만 그것을 넘어서 시간적으로 작용하기도 한다. 아니, 시적 시선은 공간적·시간적인 것을 포함해 모든 감각적 요소들을 망라하는 것이기에 무한한 것이라고 할 수 있지 않을까. 시인의 시선은 석양 노을의 풍경을 (시각적으로) 보면서 "그 우주적 숨결의 가락"과 "오래된 시간의 속삭임"을 (청각적으로) 듣는다. 속삭이는 "깊은 눈동자"와 교감하면서 "오래된 시간의 육체가 느끼는/마음 안팎 사물의 실감"에 다가서며, "보는 일이 광활하여 아득하고/듣는 일이 또한 심연이면은/그 실감에 닿을 수도 있으리"라고 노래한다.[4] 그런 실감에 충만하면 「장소에 대하여」에서 보듯 온몸에 싹이 트고 봄바람처럼 신명을 지피는 생생한 장소, 「시간의 그늘」이나 「이게 무슨 시간입니까」에서 형상화한바, 꽃송이가 막 피어나려고 하는 순간의 열기 같은 생생한 시간, 그리고 「나날이 생생한 몸을」 같은 시에서 보이는 것처럼 "나날이 뜨거운 가슴/나날이 생생한 몸을" 그야말로 생생하게 길어 올릴 수 있게 된다. 그러니 정현종의 시에서 "마음 안팎 사물의 실감"이란 시적 탄생과 조형의 웅숭깊은 샘물이라고 말해도 좋으리라. 시인이 시집도 내지 말고 공기 중에 날려버리겠다고 노래했으면서도 계속 시 창작을 이어가는 이유는 "마음 안팎 사물의 실감"이 여

---

3   정현종, 「시선을 기리는 노래」, 『그림자에 불타다』, 문학과지성사, 2015.
4   정현종, 「꿈결과 같이」, 『어디선가 눈물은 발원하여』, 문학과지성사, 2022.

전히 현재진행형일 뿐만 아니라, 그의 시 창작 교실의 핵심 장소인 그의 '책상'이 경이롭게 살아 있기 때문이다. "오, 인간은 꿈꿀 때 신이며, 생각할 때는 거지이다"라는 횔덜린의 말을 앞에 걸어놓고 시작하는 시 「책상은 살아 있다」는 정현종의 시가 여전히 새롭게 탄생하는 풍경을 웅숭깊게 보여준다. "책상이 둥지인 듯/부화(孵化) 중인 꿈이며,/또한 좋지 않은가/때로 정신은 경이에 꽂혀/풍부함에 겨워 날아오르기도 하느니,/경이에 꽂혀 그 풍부함으로 날아오르기도 하느니……".[5] 『그림자에 불타다』 이후 7년 만에 상자된 신작 『어디선가 눈물은 발원하여』는 그의 시적 원천과 경과를 헤아리게 하는 성찰적 시편들이 많다. 그의 신작 시편을 읽으면서 우리는 백척간두에서 진일보한 "마음 안팎 사물의 실감"을 얻는 기쁨을 누리게 된다. 여기서 시인의 시선은 시적 탄생의 문제적 순간에 몰입하면서도 "때가 때이니만큼" 그것을 거리화하기도 하는 '시(時)', 있는 시들로부터 자유롭게 벗어나면서도 새로운 시를 찾아 나서는 탄력적인 '시(詩)', 세상의 부정적인 현상들을 부정하면서도 고소로부터의 관찰을 통해 부정을 다시 부정하는 '비(非)', 아니[非]라고 부정하는 마음이 슬픔[悲]의 심연으로 향하며 타자에 녹아들고 '본래 마음'에 접근하는 '비(悲)'의 문제에 관심을 깊고 넓게 한다. 그리고 그 '시·시·비·비'를 자유로운 심장으로 넘어서려 가져간다.

3. 태초라는 시적 시간

시(時). 그러니까 때가 있다. 시인의 고희쯤에 나온 『광휘의 속삭임』 이후 시집들을 보면 시간에 관한 시편들이 자주 다가온다. 자연스러

---

5   정현종, 「책상은 살아 있다」, 『그림자에 불타다』.

운 일이다. 가령 「아, 시간」에서 시인이 순간에서 영혼의 원천으로 거슬러 올라가고, 태초의 폭발이 항상 현재진행형임을 인식한 것은 정현종의 시간 의식의 중핵에 속한다. 특히 시가 탄생하는 순간에 대한 성찰에 핵심적인 단서를 제공하는 것이라 하겠다. "모든 순간들은/깊은 산에 숨어 있는/샘물,/그/마르지 않는 신비는/그걸 듣고/보고/온몸으로 느끼는 영혼을/한없이 조용히 솟는/힘으로/또 다른/상승의 원천으로 만드는/신비."[6] 시인은 시간소인 순간들을 공간소인 '샘물'에 빗대어 그 마르지 않는 신비, 영혼의 원천을 형상화한다. 샘은 정현종 시의 핵심 원천인데, 그렇다는 것은 「샘을 기리는 노래」에서 일목요연하다. 거기서 시인은 "어린 시절/뒷산 기슭에서/소리 없이 솟아나던 샘물"이 "지금도 기억 속에서,/내 동공 속에서,/솟아나고 있"는 그 샘을 기린다. "지상의 모든 숨어 있는 샘들을/계시한/그 신비의 샘은/또한 마음을 샘솟게 하는/신비"이자 "마음이 샘솟는 원천!"[7]이기 때문이다. 그러니까 모든 순간들이 마음이 샘솟는 원천으로서 샘물이라는 이 발상은 나날의 범속한 삶의 심연 혹은 그 이면에서 신비의 원천을 보아내는 마음의 실감이 구체화된 결과라 하겠다. 그런 실감이 작동할 때 매 순간 "첫사랑 두근두근 팽창하는"[8] 가슴을 지닐 수 있다. 「여행의 마약」에서 시인은 여행을 갈 때마다 "그 모든 처음의 마약에 취해" "나는 사라졌느니"라고 고백한다. "얼마나 많은 나는/그 첫사랑 속으로/사라졌느냐."[9] 그렇게 '처음의 마약'에 거듭 취하는 것은 태초의 폭발이 현재진행형이기 때문이라고 「아, 시간」 5연에서 강세를 부여한다.

---

6   정현종, 「아, 시간」, 같은 책.

7   같은 책.

8   정현종, 「세상의 나무들」, 『세상의 나무들』, 문학과지성사, 1995.

9   정현종, 『그림자에 불타다』.

태초에 폭발이 있었던 게 아니다.

모든 태초가 폭발이다.

태초는 단 한 번 있었던 게 아니며

과거가 아니다

태초는 무수히 많으며

항상 현재진행형이다.

한 걸음 한 걸음이

태초이다.

숨 쉴 때마다

태초가 숨 쉰다.[10]

"시적 시간은 항상 태초"[11]라고 강조하는 시인에게 그 태초는 꽃 한 송이 피어나는 순간이기도 하다. "이게 무슨 시간입니까./마악 피어나려고 하는/꽃송이,/그 위에 앉아 있는 지금,/공기 중에 열이 가득합니다,/마악 피어나려는 시간의/열,/꽃송이 한가운데,/이게 무슨 시간입니까"(「이게 무슨 시간입니까」).[12] 공기와 꽃과 시간, 그리고 시선이 열과 기로, 그 열기로 서로 긴밀하게 교감하는 시간, 이 시간에 몰입하며 황홀경 속에서 시인은 즐거운 상상의 기운을 열어나간다.

「시간은 간다」「이른 봄」「타이밍」「숨 고르기」「산책」「천지를 다 기울여 매화가」 등 신작 시집 도처에서 시간에 대한 성찰이 '숨 고르기'

<hr>

10 같은 책.

11 "상상력의 역동 속에서 태어나는 노래에 따르면 세계는 창이고 지구는 알이며 시간은 푸르른 여명의 파동입니다. 시적 상상 활동 속에서 시간과 공간은 무한에 이어집니다. 시적 시간은 항상 태초입니다"(정현종, 「시를 찾아서」(산문), 『어디선가 눈물은 발원하여』, pp. 104~105).

12 정현종, 『그림자에 불타다』.

를 한다. 「이른 봄」이 되면 겨울과 다른 새들의 날갯짓으로 "그 공기의
파동은/생글거리고 파릇파릇"하게 된다. 그런 공기의 파동으로 말미암
아 "겨우내 차갑던 돌은/스멀거리는 것들과 함께/다시 자라며 노래한
다"는 것은 확실히 관음의 경지에 가깝다. 순환하는 생기의 황홀경은
「이슬」 시절부터 정현종 시의 핵심 감흥에 속하거니와 새의 날갯짓-
공기-돌의 노래로 이어지는 이 우주적 둥근 원은 생명과 그 감흥의 순
환 고리다. 봄이 온다고 어찌 겨우내 차갑던 돌이 함부로 자라며 노래
할 수 있겠는가. 그럴 수 있는 것은 그 순환 고리에서 각각의 존재들이
"천지를 다 기울"이기 때문이라고 전한다.

> 삼월 하순
> 매화나무에 온통 작은 꽃 몽우리!
> 그런데 거기 두 송이가 먼저 피어 있다!
> 그럴 때 그 두 송이는
> 무슨 강력한,
> 무슨 소리 높게 은밀한 전언을 하고 있다,
> 천지를 다 기울여 말하고 있다,
>
> ──「천지를 다 기울여 매화가」 부분

매화나무의 꽃 몽우리 중 두 송이가 먼저 피어나는데 그걸 시인은
천지를 다 기울여 피어나며 뭔가 "은밀한 전언"을 하고 있다고 직관한
다. 거기에 시인 역시 "천지를 다 기울여" 노래로 화답한다. 천지를 다
기울여 먼저 피어난 매화 두 송이는 한반도의 우울한 상황에 대해 반
성을 촉구하는 은밀한 메시지를 보내는 것만 같다. 생명의 순환 고리
에 걸맞게 행동하지 않는 사람들의 무겁고 욕심 사나운 마음에 천지를
다 기울여보라고 권면하는 게 아니겠느냐는 시인의 발상은 삶에 대한

전면적 성찰의 결과에 값한다. 꽃 피는 순간에 몰입하여 거기에만 심취하는 것이 아니라 그 순간의 전언으로 인간 삶의 반성적 척도를 마련하려 하기 때문이다. 그러기 위해서 시인은 일상에서 부단히 숨 고르기를 수행하며 산책에 나선다. 산책하는 시간은 "이 세상의 시간이 아니고" 그 공간은 "고해(苦海)를 벗어나" 있다. 거기서 시인은 푸른 하늘까지 이어진 시선을 즐기고 대기와 숨결로 무한 교감하며 "그렇게 가없는 몸"이 된다. 그런데 그 산책이 정말 중요한 것은 이런 시간이기 때문이다. "아직 아무것도 시작되지 않은 듯한 시간이라니!"(「산책」). 「아, 시간」에서 보았던 '태초'의 현재진행형도 실은 산책 길에서 마련된 것일 터이다. 아직 아무것도 시작되지 않은 듯한 시간이기에, 그 시간의 동공은 곧 시적 원천처럼, 상상력의 샘물처럼 "어디선가 눈물"이 발원할 것 같은 느낌을 준다. 하여 시간이 흘러도, 너무 빨리 지나가도 슬퍼하거나 목메지 말고 "노래하고 노래할 것"(「벌써 삼월이고」)이라고 시인은 노래한다. 정현종의 시간은 "아직 아무것도 시작되지 않은 듯한 시간"이고 "노래"하는 시간이다.

4. 시(詩), 그 씨앗의 노래

시(詩). 시는 씨앗에서 태어난다. 아직 아무것도 시작되지 않은 듯한 시간, 아직 아무것도 없는 것 같은 공간에서 싹이 트고, 꽃이 피어나고, 나무가 우거지고, "공기의 정령"[13]인 새들이 지저귀며 비상하면, 그 '시(時)'의, 그 날갯짓의 '시(翅)'가 '시(詩)'로 태초의 폭발을 단행한다. 천지를 다 기울이듯 온 우주의 에너지가 거기에 응집되는 순간이

---

13 정현종, 「허공의 속알을 손에 쥐다」, 같은 책.

다. "무슨 시 같은 게 태어나려는/기운,/산기(産氣)./늘 그렇듯이/온 우주의 에너지가/씨앗 하나에 모인다./물질, 반물질/감각, 기억/빛과 어둠.//그 모든 동력들이/고요히 고요히/응축하면서/폭발을 기다리고 있다"(「한 씨앗」). 그러니까 시인은 '한 씨앗'이다. 우주의 온 에너지, 그 기를 응축하여 시를 낳는 산모다. 우주의 온 에너지를 모아 산기를 느끼므로 시인은 곧 온 우주의 영매자(靈媒者)다. 그러기에 "세계의 무한에 맛들이게" 하는 "마음의 본래"를 향해 천지를 다 기울이고, 그 결과 그 "본래 마음의 머나먼 메아리"[14]를 꿈길처럼 반향케 한다.

그런 반향을 준비하기 위해 시인은 때때로 고독한 시적 수행을 감당해야 한다. 시인은 「고독」에서 "내가 제일 풍부하게 가진 건/고독"이고 "나를 풍부하게 만드는/그 고요한 열(熱)은/태초의 움직임"이라고 노래한다. 그 태초의 움직임은 "일일이 태양과 같"다는 절창으로 이어진다. 움직임 하나하나에서 빛을 보고 빛의 언어를 길어내기 때문이다. 태초의 움직임에 빛이 투사될 때 "심연을 떠도는 공기"는 "씨앗들의 집"이 되고 "씨앗들의 대기(大氣)"가 된다. 시인이 보기에 고요는 씨앗이다. "건드리면 열리는 씨앗처럼/세상의 모든 처음을 수런대면서"(「고요는 씨앗이니」) 고요가 붐빌 때, 시인은 "노래하는 수밖에"(「나날이 생생한 몸을」) 없어진다. 그러니까 시는 씨앗의 노래다. 그 씨앗의 노래는 돌도 꿈꾸듯 꽃피며 노래하게 한다. 참으로 행복한 동행이다.

미켈란젤로가
카라라에서 대리석을 고를 때
그의 눈길이 닿으면 돌은
꿈꾸기 시작했고

14 정현종, 「그 마음 그립습니다」, 같은 책.

그의 손길이 닿으면 돌은

꽃피기 시작했다.

돌은

또 한 번의 천지창조에 화답하여,

아, 어둠 속에서 빛을 꺼내는

손에 화답하여

자연보다 더 놀라운

자연으로 태어났다!

　　　　　　　　　　　　　　　　——「미켈란젤로」부분

　여기서 나는 불현듯 주어 '미켈란젤로' 자리에 시인의 이름을 넣어보고 싶은 생각이 든다. 「이른 봄」에서 새봄 돌의 노래를 들으며 "자연보다 더 놀라운 자연"의 탄생을 생생하게 전해준 시인 아닌가. 미켈란젤로의 손길처럼, 정현종의 눈길이 가닿으면 사물은 꿈꾸고, 꽃피고, 노래하기 시작한다. 온 우주의 에너지를 모아 시를 낳는 영매자로서 샤먼 시인의 면모를 짐작하게 한다. 그렇게 해서 그의 시집은 다채로운 꿈과 행복한 몽상의 우주 사전이 된다.

단어들은 성좌이며, 그리하여

천체뿐만 아니라

성간星間 무한을 몽땅

보는 사람에게 넘긴다

이제 우주유영宇宙遊泳이다.

마음대로 놀고

꿈꾸고

돌아다닌다.

가도 가도 끝이 없다.

──「단어들」부분

정현종의 시 또한 독자들에게 그렇다. 그의 시를 읽는 독자들은 그
의 시어들이 안내하는 우주유영의 행복한 동참자가 된다. 빛에 날개를
달고, 날개에 빛을 더하게 하는 그는 아주 유쾌한 가이드다. 별과 별
사이에 흐르고 번지는 음악들을 현묘한 리듬으로 전해준다. 씨앗의 노
래가 수놓는 소리풍경은 "가도 가도 끝이 없다". 이 시집의 뒤에 붙은
산문 「시를 찾아서」에서 시인은 시적 언어를 '빛-언어' '깃 언어'라고
강조하고 있는데, 이런 시적 경험을 통해 니체가 지향한 위버멘슈의
꿈에 동참할 수 있다는 것이다.[15] 이는 또한 앞에서 언급한 백척간두에
서 진일보하기 화두와도 통한다.

5. 한숨과 한심 사이에서 비(非)

비(非). 아니다. 그렇지 않다. 이런 부정으로부터 '빛-언어' '깃 언어'
가 발원하는 것이 아닐까. 첫 시집 『사물의 꿈』(민음사, 1972) 시절부
터 정현종은 존재의 심연을 예민하게 탐문하는 노래를 지어왔거니와,
그렇지 못한 시적 포즈를 경계하고 부정했다. 가령 이런 식이다. "시를
쓴다는 사람이/오로지 저 자신에게만 관심이 있고,/일견 그럴듯해 보

---

15 "인류의 뛰어난 정신들이 한 이야기─예술이 우리를 짓누르는 지상의 짐에서 해방한다든지,
삶을 견디게 해준다든지 하는 이야기는 더 쉽게 말하면 예술을 통해서 우리는 기분이 좋아지고
따라서 마음이 가벼워지며 힘을 얻는다는 것입니다. 그러한 상태나 움직임을 "공기의 혁명"이
라든지 "수직적 축"이라고 하였고, 니체는 그러한 무거움을 정복하는 자를 '위버멘슈'('초인'이
라는 번역은 완전치 못합니다)라고 했습니다"(정현종, 「시를 찾아서」(산문), 『어디선가 눈물은
발원하여』, p. 106).

이는 작품이 대부분,/거기 들어 있는 감정이며/알량한 앎이며가 대부분/실은 자기 과시에 지나지 않는(!)/그런 시인은 시인이 아니다"(「한 비전」).[16] 이런 단호한 부정 정신은 존재를 무겁게 하는 온갖 요인이나 사태를 거부하고 멀리하고자 하는 마음에서 비롯되어, '빛-언어'와 '깃-언어'로 생명의 황홀경을 응시하는 쪽으로 상상력의 행로를 잡게 한다. 그러니까 정현종의 상상력 이면에 실은 이와 같은 부정과 비판 정신이 자리 잡고 있다고 보아야 한다. 그러니까 세상의 근심 걱정에서 벗어나 단독자로 도피한 단순한 몽상가가 아니라는 것이다. 「한 비전」에서 분명히 한 것처럼 시인이 "오로지 저 자신에게만 관심이" 있어서는 안 된다. 자기애를 넘어서 자기 함몰에 이르면, 나아가 자기 광신에 이르면, 세상의 진실을 외면하게 되는 사태에 이르기 때문이다. 그런 면에서 「공부」라는 시가 각별한 주목에 값한다. 전 지구적으로 횡행하고 있는 "광신이라는 몽매"의 풍경을 비판적으로 다룬 시편이다. "한숨과 한심 사이에서 진행"되는 광신의 몽매 현상은 전 지구적 차원에서도 그렇고, 지역적 규모에서도 그렇고, 집단이나 개인의 차원에서도 그렇다고 지적한 다음 5연에서는 특히 개인적 차원에서 무반성적 자기 광신 현상에 대해 집중적으로 조명한다.

> 우리는 실은
> 스스로에 대해서 다소간 광신도이기 쉽다.
> (그걸 이기주의라고도 하고
> 자기도취라고도 한다)
> 쥐꼬리로 사물을 재려 하고
> 뭘 알기도 전에 재판관이고자 한다.

---

16 정현종, 『그림자에 불타다』. 또 이런 시구도 있다. "시를 쓰련다는 야심은/그것만으로/시를 죽이기에 충분하다는/앙리 미쇼의 말씀!"(「시 죽이기」, 『광휘의 속삭임』).

스스로 채운 족쇄에서 벗어나지 못하고

오류로 낙인을 찍으며

자기가 무지의 빛인 양

평생 길잡이로 삼는다.

——「공부」 부분

이렇게 시인은 현 단계 지구촌 인류의 존재 방식에 대해 반성적 성찰을 준열하게 요청한다. 자기 자신에 대한 무반성적인 광신이나 맹신 경향이야말로 이른바 주권 민주주의 위기의 근본적 단초일 수 있겠거니와, 시인 정현종이 그저 허허실실하는 게 아니라는 사실을 이 시는 분명히 한다. 한심한 세상에 대한 가없는 한숨을 역설적으로 승화하기 위한 시적 수고로움을 통해 마음의 기미들끼리 은밀하게 소통하면서 반성적 성찰의 지평을 어떻게 형성할 수 있는가, 그 가능성을 모색해본 성찰적 시편이 바로 「공부」다. "온갖 삐뚤어지고 혼탁한 심리적 찌꺼기"라고 볼 수 있는 "구김살"을 덜어내기 위한 공부의 하나가 바로 시 쓰기라고 시인이 말한 적이 있거니와,[17] 구김살을 덜어내고 존재의 무거움을 줄이기 위해서라도 시 쓰기라는 공부는 계속되어야 한다. 때때로 '어휴' '에이'와 같은 강세를 시적 언어로 부리는 것도 그런 '비(非)'의 시적 전략의 일환이다. 표제작 「어디선가 눈물은 발원하여」는 아침마다 신문이 배달되면 어김없이 그런 강세를 부릴 수밖에 없는 사정을 정황으로 하고 있다. "우리가 사는 이 터전"에 "말도 안 되는 일이 하도 많아/강세 '어휴'가 오고,/아침이 오고,/강세 '에이'가 오고," 그렇게 "하루가 멀다 하고 눈물은/어디선가 발원하여/강을 이루고……" 그런다는 것이다. 이를테면 "지상의 어떤 나라/폭격으로 무너

---

17 정현종, 「세상의 영예로운 것으로의 변용」(산문), 『그림자에 불타다』, p. 111.

진 건물 밑에서/피범벅이 된/다섯 살 아이 옴란 다크니시가 오고,/구역질이 오고,/한숨이 이 행성을 덮고,/눈물이 어디선가 발원하여/강을 이루고,"한다는 것인데, 구김살을 짓게 하고 구역질이 나게 하는 세상의 온갖 '피범벅-소음'들을 부정하며 경계하고 안타까워하는 시인의 강세 '어휴'와 '에이'가 우리로 하여금 긴장과 공감의 자장에 돌입하게 만든다. '에이', 아니다. 그래서는 안 된다, '어휴'.

6. 슬픔〔悲〕의 심연으로 녹아들 때

비(悲). 아니〔非〕라고 부정하는 마음이 슬픔〔悲〕의 심연으로 향할 때 위버멘슈의 가능성이 신비 체험처럼 열릴 수 있을지도 모른다. 그러기 위해서는 타자에게 녹아들고, 세계에 스며드는 본래 마음이 중하다고 시인은 성찰한다. "녹아들지 않으면/그럴듯하지 않고/즐겁지도 않다./마음은 특히 그렇다"(「녹아들다」). 정현종의 초기 시부터 녹아들고 스며들고 교감하는 '사물의 꿈'이 얼마나 긴장감 넘쳤는지를 우리는 기억한다. 예컨대 '나무의 꿈'이라는 부제가 붙은 「사물의 꿈 1―나무의 꿈」은 이랬다. "그 잎 위에 흘러내리는 햇빛과 입맞추며/나무는 그의 힘을 꿈꾸고/그 위에 내리는 비와 뺨 비비며 나무는/소리내어 그의 피를 꿈꾸고/가지에 부는 바람의 푸른 힘으로 나무는/자기의 生이 흔들리는 소리를 듣는다."[18] 햇빛과 비와 바람과 온몸으로 교감하며 자기 꿈을 꾸고 자기 생이 흔들리는 소리를 듣는 나무의 꿈에 녹아들 때 시적 언어의 꿈 또한 자기 생이 흔들리는 소리를 듣는 것이다. 대상에 스며들 때 대상 또한 주체 안으로 스며들 기미를 보이는 것 아닌가. 그런

---

18 정현종, 『고통의 축제』, 민음사, 1974/1984.

데 그런 마음이 없으면 나무는 단지 나무이고, 나 또한 나무와 무관한 단독자로서의 나일 따름이다. 꿈꾸게 하고 몽상하게 하는 마음의 부재는 부정적 비(非)의 질료다. 그래서 시인은 "지금의 세계는/마음이 만드는 세계가 아니거니와"라는 부정적 진단을 도돌이표처럼 반복한다. 안타까워하는 마음이 절절하다. "마음이 녹아들지 않으면" "세계는 잿더미요/삶은 쓰레기 더미"(「녹아들다」)일 수밖에 없는데 좀처럼 마음이 녹아들 기미가 없을 때, 나날의 삶에서도 슬픔은 하염없는 도돌이표가 되고 만다. "걸음걸음마다 슬픔이" 도사리고 있을 때 도대체 어쩌란 말인가.

> 이 걸음에는 무지의 슬픔
> 무지무지한 무지의 슬픔,
> 이 걸음에는 머리에 쓴
> 모자의 슬픔,
> 이 걸음에는 골목들의 슬픔,
> 모든 떠남과 돌아옴의 슬픔,
> 기억과 망각
> 피로와 체념의 슬픔,
> 질기고 질긴 욕망의 슬픔!
>
> ──「걸음걸음마다 슬픔이」 부분

걸음마다 슬픔이 차고 넘친다. 슬픔의 기억은 발걸음을 더 무겁게 하고 "피로와 체념의 슬픔"이라는 늪으로 이끌기도 한다. 그 슬픔의 심연에서 시인은 "질기고 질긴 욕망의 슬픔"을 응시한다. 그 응시의 시선이 더욱 슬픔의 심연으로 내려가게 한다. 슬픔의 침강은 하염없이 깊어진다. 슬픔의 그림자가 그림자를 낳고 또 그림자를 낳는 까닭일까.

그런 면에서 2연은 독자들로 하여금 아연 긴장케 한다. "저 마음의 음영/저 그림자들의 그림자에/수묵(水墨) 번지는……" 수묵처럼 번지면서 깊어지는 슬픔과 시인은 종종 대면한다. 슬픔은 걸음마다 스며 있고 갈피마다 들어 있다. 「너 슬픔이여」에서 "갈피마다 들어 있는 슬픔"은 "만고 지층을 꿰뚫는/지축"이기도 하다. 수묵처럼 번진다고 해서 그 강도를 섣불리 생각해서는 안 된다는 것이다. "모든 움직임은 우수의 그림자"(「고비」)여서일까. 슬픔의 지축은 하염없이 심연으로 녹아든다. 그 심연의 슬픔과 시인은 깊이 교감한다.

> 잔설을 밟았는데
> 그랬을 뿐인데
> 왜 이렇게 슬픈가.
>
> ──「잔설(殘雪)을 밟았는데」 전문

3행으로 이루어진 꾸밈 없는 짧은 시지만, 그 울림은 길고 깊다. 슬픔의 깊이 덕분이다. 잔설. 내린 눈이 이미 많이 녹고 마지막 남은 눈을 밟은 시인은 사라지는 존재들에 대한 가없는 연민에 젖어든다. 우주적 연민에 다가선다. 시인의 발은 슬픔의 심연을 감각하는 예민한 시선이다. 정현종 시에서 슬픔의 품격은 깊되 눅진하지 않다는 점에서 발원한다. 우주적 연민의 경지이되 무겁지 않은 깃의 언어로 조형되어 있다는 얘기다. 그것은 시인이 슬픔과 놀아줄 수 있는 품 넓은 마음을 지녔기 때문이다. "괴로움을 견디느라 괴로움과 놀고/슬픔을 견디느라 슬픔과 놀고/그러다가/노는 것도 싫어지면/싫증하고 놀고……"(「놀다」). 슬픔을 성찰하고 슬픔과 놀다가 시인은 슬픔을 치유하고 줄일 수 있는 '포옹'의 시학을 포용하자고 제안한다. 서로 갈라지고 다투고 헐뜯고 외면하며, 마음이 녹아들 기미가 별로 없는 세태에서 노시인의 웅숭깊은 비전의 하나다. 그에 따르면 녹아들기 위한 좋은 방편이 바로 포옹이다.

모든 게 싹튼다
포옹 속에서.
부화하고
태어난다
포옹 속에서.
피어나고
날고
흐른다
포옹 속에서.
(포옹 이외에 이념이 없고
포옹 이외에 종교가 없다)
그리하여
지구는 꽃핀다
포옹 속에서.

———「포옹」전문

포옹 이외에 달리 이념이 없고 종교가 있을 수 없다고 시인은 강세를 부린다. 추락하고 떨어지고 죽어가는 현실에서, 비상하고 피어나고 꽃피우기 위해서는 포옹밖에는 없다는 것이다. 이런 「포옹」은 따스한 세상을 만들기 위해 허그 운동을 하는 세계 시민들의 교과서처럼 보인다. 이 교과서는 정현종이 오랜 세월 더불어 놀며 교감하고 스며들고 녹아들어 길어 올린 '빛-언어' '깃-언어'의 승화된 형태다. 이 무거운 세계에 바치는 시인의 간절한 비전이다. 가볍게 비상하기 위해, 백척간

'시·시·비·비'를 넘어서　　191

두에서 진일보하기 위해, 무엇을 먼저 해야 하는가. 깊은 슬픔의 심연에 녹아들어본 적이 있는 사람들만 아는 진실이다. 「포옹」은 가장 인문적이면서도 생태적이고 우주적인 비전으로 날갯짓을 한다.

그게 시다. 세상의 이런저런 시시비비(是是非非)를 넘어서는 시(時)·시(詩)·비(非)·비(悲)······ 다시 그 시(時)·시(詩)·비(非)·비(悲)를 넘어서는 포괄의 시적 비전을, 시인 정현종은 여전히 우리에게 광원(光源)처럼 선사한다. 더 이상 시집을 내지 않았더라면 퍽 서운했겠다.

'무적'의 심연으로 내려가는 바람의 노래
── 최하림의『우리들을 위하여』다시 읽기

"서릿발같이 차가운 세계"에서 바람의 시인은?

1991년에 간행된 최하림의『속이 보이는 심연으로』[1]에 수록된「아침 햇살처럼」에는 이런 소망이 담겨 있다. "길과 길이 이어지고 산과 산이 모여서 하나가 되는/저 무등과 백두처럼 우리는 서로가 서로의/어깨이며 등이게 하소서/이 세상 우리는 모두/바람이고 나무이며 모래와 달빛이고/우리 모두 반향하고 표상하는 존재들이니ㅡ". 새해 새 아침의 소망을 담은 이 시에서 시인은 존재하는 모든 것이 유기적으로 연결된 전체이고 서로 "반향하고 표상하는 존재들"이라고 했다. 그런데 실상 시인은 줄곧 이런 소망이 좌절되고 배반당하는 부정의 현실을 살아오지 않으면 안 되었다. 그런 산문적 현실을 시인은 "서릿발같이 차가운 세계"(「詩」)라는 압축적인 표현으로 형상화하면서 "이제 네 앞에 서서 얼굴을 비춰보고 싶지 않다"라고 했다. 이를테면 "애인들은 처음의/맹세를 거두고 서로 다른 길을 가고/어둠 잠긴 참혹한 많은 시간들이/그들을 할퀴고"(「우리들이 걸었던 길의 고통의 시간 속에서」) 가거나, "우리가 만났던 시간들이 비렁뱅이 모습으로 사라져"(「우리가 만났

---

1   최하림,『속이 보이는 심연으로』, 문학과지성사, 1991.

던 시간들」)가기 때문일까?

"서릿발같이 차가운 세계"만 탓하고 부정한 것은 아니다. 『최하림 시전집』[2]을 보면 「시」 1편, 「詩」 5편, 「詩는 어디에」 「詩를 태우며」 「詩에게」 등 시와 관련한 표제어를 달고 있는 시편들이 많이 있거니와 이런 시편들과 「말에게」 「내 시는 시의 그림자뿐이네」 「달밤의 어릿광대」 등의 시들을 살피면, 최하림이야말로 시의 세계와 자신의 시에 대한 부정 정신이 상당했던 시인이었음을 짐작하게 된다. "시인이/몇 줄의 시를 남기고 간다 해도/그것은 불임의 언어일 뿐/새처럼 소리 내며 날아가지 못한다"(「마음의 그림자」)라는 시적 진술이나, "나는 시의 진실이라든가, 근원적인 존재의 모습을 드러내는 형식으로서의 시라는 말을 믿지 않는다. 시의 가장 큰 특징은 오히려 배반성에 있는 것 같다. 가슴에 차오르는 말들을 백지에 옮기려 할 적마다 〈가슴의 말〉들은 달아나 버린다"(『작은 마을에서』, 문학과지성사, 1982, 뒤표지 글)라는 산문적 진술 등도, 그런 시적 태도를 뒷받침한다. 늘 "탄탈로스의 심연처럼 다시 차"오르는 고통과 한을 끌어안고, "인간의 불완전을 인식하지 않을 수 없는 〈간극〉을" 의식하면서, 현실을 인식하고 시를 탐문한다. "만약에 하나의 신, 하나의 시만이 있다고 하면 세상은 얼마나 쓸쓸할 것인가"라면서, 하나를 넘어 진실한 가능성의 세계를 향해 부단히 움직인다. 그것을 시인은 "고통을 행복으로 만드는 사람의 가련한 애씀" 곧 "고통의 행복"이라고 했다.

확실히 최하림은 "서릿발같이 차가운 세계"와 고통스럽게 대결한 시인이다. 그런 세계에서 살아가는 일과 시 쓰기는 그에게 가없는 고통이었다. 인간적 절망감이나 언어의 배반성, 상실감의 체험은 앞에서 거론한 시나 시 쓰기를 대상화한 일련의 시편들에 두루 편재한다. 고통

2 　최하림, 『최하림 시전집』, 문학과지성사, 2010.

스러운 삶을 넘어서기 위해, 고통을 행복으로 치유할 수 있는 서정의 비밀을 발견하기 위해 시인은 젊은 시절부터 고단한 몸을 이끌고 움직이고자 했다. 「부랑자의 노래」 등에서 형상화한 것처럼, 시인은 길 위의 부랑자 형상이기 일쑤였다. 세계의 현실과 시(인)의 현실, 그 양면의 진실을 유랑하는 길 위에서 감싸안기를 소망했다. 끊임없이 기갈에 시달려야 했던 탄탈로스처럼, 최하림도 하염없이 도착이 미끄러지는 시적 진실의 세계에 가닿기 위해 고통스러운 시적 수행을 감당하지 않으면 안 되었다.

1964년 「貧弱한 올페의 회상」으로 『조선일보』 신춘문예에 당선된 이후, 7권의 시집(및 5권의 시선집, 1권의 시 전집)과 8권의 산문집 그리고 1권의 시론집을 펴낸 최하림은 여러 면에서 움직이는 예술가였다. 1962년 김승옥·김치수·김현 등과 함께 동인지 『산문시대』를 통해 4·19 세대의 새로운 문학장을 여는 데 기여했으며, 현실(역사)적인 것과 시적인 것을 동시에 부정하고 지양하여 새로운 서정의 지평을 열고자 했다. 순수와 참여라는 가짜 대립을 넘어서 문학적 진정성을 모색했고, 이데올로기와 감정 사이의 회통을 시도했다. 그 소통과 균형 감각을 위해 그는 심연에서의 성찰을 게을리하지 않았다. 40여 년에 걸친 최하림의 시적 모색과 성찰은 한국 현대시사의 의미심장한 광맥을 형성하기에 이르렀다. 『우리들을 위하여』(1976)는 그의 첫 시집이다. 1980년 5월을 전후하여 그의 시 세계에 의미 있는 변화가 있었음을 밝힌 논의들이 있었는데, 이 첫 시집을 그 심연에서 성찰해보면 그런 변화의 가능성까지 함축하고 있는 것 같다. 「설야(雪夜) 1」에 "수많은 노두(露頭)를 건너서"라는 구절이 나오는데, 여기서 노두(露頭)는 사전적으로 "광맥(鑛脈), 암석이나 지층, 석탄층 따위가 지표(地表)에 드러난 부분"으로 "광석을 찾는 데에 중요한 실마리"가 된다고 한다. 『우리들을 위하여』는 그런 맥락에서 최하림 시의 상상력과 그 가능성의 광맥을 두루 내포하고 있는 노두(露頭)와 같은 시집이라고 말해도 좋겠다.

무적(霧笛)과 더불어 무적(霧滴)의 심연으로 내려가는 무적(無籍)의 시인

　시인은 1963년에 "이슬/방울/속의/말간/세계"에 "들어가/봤으면"(「이슬방울」) 했었다. 하지만 그런 말간 세계는 없었던 모양이다. 온통 안개뿐인 첩첩 무적(霧滴) 세상이었기에 최하림은 역설적으로 심연으로, 심연으로, 내려가고자 했던 게 아닐까. 첫 시집의 '가을의 말' 연작은 무적(霧滴) 자욱한 세상에서 정처 없는 무적(無籍)의 부랑자가 부르는 비가처럼 들린다. 마치 안개가 잔뜩 끼어 앞을 분간할 수 없을 때 바다에서 선박이 충돌하는 것을 막기 위해 등대나 배에서 울리는 고동처럼, 막막한 현실에서 앞길을 찾을 수 없는 이들에게 무적(霧笛)의 메시지를 전하려고 한 것 같다. "지난여름은 참으로 위대했습니다"(「가을날」)라고 했던 라이너 마리아 릴케Rainer Maria Rilke의 가을 노래와는 사뭇 다르다. 「가을의 말 1」(1963)에서 "죽음의 차거운 공기가 누워 있"는 가운데 "나는 기다릴 아무것도 없다"로 압축될 시적 상황은 그야말로 막막하기만 하다. 감사할 것도 기대할 것도 없이 온통 절망의 오리무중이다. "무적은 잠자는 하늘을 울"지만, "어두운 아이들의 미래"는 죽어간다. 그럼에도 인간은 "버리지 못한 버릇을" 계속한다. 그러기에 "겨울의 바람 속에는 희망이 없"다. "바람은 점점 멀어가고"(「가을의 말 4」, 1968) 가는 길의 밤도 멀고 기다림은 아득하기만 하다. 유신체제로 제4공화국이 시작된 1972년에 씌어진 「가을의 말 5」에 이르면 그 절망의 감각은 더욱 깊어진다. "인식의 바깥에서" "파닥거리"는 "떨어져야 할" "잔명(殘命)의 것들"을 응시하는 "무상"한 시선이 웅숭깊다. 보이지 않는 무적(霧滴)의 심연으로 내려가기 위해서는 깊이 응시해야 하는 까닭이다.

1970년 「오적(五賊)」을 발표한 김지하가, 1975년 「겨울 공화국」을 발표한 양성우가 필화를 입는 등 1970년대 한반도는 사계절이 뚜렷하지 않았다. 대체로 '겨울 공화국'이었고, 여러 시인이 겨울 서정으로 고통받았다. 「가을의 말 5」에서 보았던 것처럼 최하림 역시 그랬다. 서릿발같이 차가운 겨울을 어떻게 초극하여 화창한 새봄 풍경을 만날 수 있을 것인가, 죽음과도 같은 겨울의 시간을 건너 생명의 봄 축제를 생성할 가능성에 어떻게 동참할 수 있을 것인가. 이런 질문과 함께 시인은 눈 내리는 겨울밤의 어둠을 응시한다. 목포 출신인 시인은 1960년대 전반기에는 주로 남해안 바다에서 무적(霧滴) 자욱한 가을 풍경을 상호 생성했었다. 안개 낀 풍경 속으로 시인이 들어가거나, 시인 내면으로 안개를 받아들이면서 무적의 역동성을 연출했다. 물, 불, 공기, 바람 등 물질의 네 요소 중 불을 밀어낸 물과 바람을 막은 공기가 혼합되어 형성되는 것이 안개이다. 자욱한 안개 속은 혼란과 착오를 일으킬수 있는 암흑으로 비유되거니와, 이를 초극하기 위해서는 불과 바람의 에너지가 소용된다. 그러나 아직 (촛)불이 어둠이 밀어내기 어려운 상황이고, (자유에의) 바람이 (독재의) 공기에 막힌 탓일까. 안개 속의 어둠과 혼란은 줄어들 줄 모른다. 최하림의 바닷가 안개 풍경은 눈 내리는 숲속의 어두운 풍경이나 강가의 안개 풍경 등으로 변주되면서 당분간 계속된다. 1970년대에는 서울 수유동에서 눈 내리는 겨울 풍경과 마주한다.

> 눈이 내린다 서울에서도 그중 순결한 눈을 맞으며 수유리 숲길을 오르면 우리들 정신은 눈이 되어 허공에서 내려와 허공으로 돌아간다 평평 내리는 눈이여 우리들이 밟고 가는 눈이여 거부로 들끓는 한 사나이는 피 어린 언어를 토해내지만 칼끝을 걸어가는 아

품을 가지지 못한 언어는 칼끝에 결코 미치지 못한다 언어는 칼일
수 없다 녹아서 지심 깊숙이 스며들어 사물의 뿌리를 축이는 눈이
여 너희는 우리의 정신을 순결하게 세척해주지만 거부로 끓는 우
리는 거부로써 씻어지지 않는다

—「눈」 전문

  1974년 작인 이 시에서 무엇보다 눈과 언어 사이의 선명한 대조가
주목된다. "녹아서 지심 깊숙이 스며들어 사물의 뿌리를 축이는 눈"과
"칼끝에 결코 미치지 못"하는 "아픔을 가지지 못한 언어" 사이의 대
조 말이다. 눈은 깊숙이 스며들며 인간 정신을 치유해주지만 들끓는
인간의 언어는 그렇지 못하다는 반성의 진정성이 전경화된다. 알다시
피 그곳은 4·19민주묘지가 있는 장소이다. 거기서 시인은 겨울 눈을
맞으며, 무적과도 같은 암흑 속으로 들어가 자유와 민주, 부정과 사랑
등 4·19정신을 깊이 반추하고자 한 게 아닐까. 안개의 어둠, 그 혼란과
불명료한 착오 상태를 초극하고 영혼의 광휘를 생성하기 위해서 시인
은 무엇을 어떻게 해야 할 것인가, 절박하게 질문한다. "그대여 그대여
어떻게 저 먼 밤을 뚫고 가겠는가"(「시인에게」). "우리들의 어둠은 끝
없고 끝이 없"기에, 아니 "우리들의 어둠은 끝없고 끝이 없"을지라도,
"어둠 속으로 들어가 어둠이" 되고, "어둠의 빛이"(「어둠의 노래」) 되
어 어둠에 스며들며 동화되거나 내면화해야 한다고 생각하는 것 같다.
  눈은 중의적이다. 흰빛으로 어둠을 밝히는가 하면, 거꾸로 흰빛으로
흰빛을 막아 어둠을 생성하기도 한다. 세상의 모든 형태를 없애고 경
계를 무화하는가 하면, 반대로 세상의 형상을 더욱 극적으로 드러내기
도 한다. 세상의 모든 길을 덮고 막는가 하면, 새로운 세상의 길을 내
기도 한다. 어쨌든 눈 내리는 밤, 시인의 기본 질문이 "그대여 그대여
어떻게 저 먼 밤을 뚫고 가겠는가"였음을 상기해보자. 이 질문은 먼 밤

을 뚫고 가는 동성(動性)이 두드러지지만 지향처와 관련된 향성(向性)이 괄호쳐져 있다. 「설야(雪夜) 1」에서 그 향성은 '자유'와 '사랑'으로 의미화된다.

> 그이는 수많은 노두(露頭)를 건너서
> 바람과 눈보라를 헤치고
> 무사히 자유에 발 디뎠을까
> 〔……〕
> 음산한 지방을 물들이면서 말을 버리고
> 내리는
> 눈 눈 눈
> 눈이여
> 오만가지 죄의 모습과 인욕을 썻고
> 가는 이의 사랑을 따라나서는 길을 마련하라
>
> ——「설야(雪夜) 1」 부분

두루 아는 것처럼 자유와 사랑은 4·19 세대 문학의 대표적인 이념형이다. 여기서 자유는 그냥 얻어지거나 누릴 수 있는 게 아니다. 바람과 눈보라를 헤치고 나아가야 간신히 열리는 지평이다. 사랑의 세상도 그렇다. 죄와 인욕을 썻어야 하고 '노예 언어' 같은 말을 버려야 사랑으로 가는 길을 열 수 있다. 그것을 「백설부(白雪賦) 1」에서는 '사리(事理)'의 윤리학으로 궁리한다. "근육이 튼튼한 사내들이 밤거리를 헤매는/척박한 식민지 밤"이 바탕이 되는 시적 상황이다. 어둠 속에서 헤매고 있는 형국이기에 "어느 강가에서 어느 벌판에서/우리들의 유랑은 끝날 것인가/눈뜨지 못하는 넋들이 한마음으로 모여들어/어느 강물이 되고 바람이 되고 폭설이 되어/가지도 지붕도 없이 넘어뜨릴 것인가" 헤아리기 어렵다. 그렇게 엄혹한 상황에서도, 빚어내는 "가난한 사람들의 마음의/사리(事理)를" 주목한다.

> 눈에 보이는 사물들은 모두
> 제 나름의 소리를 하고
> 소리들이 모여들어 산을 울리고
> 가난한 사람들의 마음의
> 사리(事理)를 만든다
>
> ──「백설부(白雪賦) 1」부분

　물론 시인은 그 사리를 일면적으로 성찰하지 않는다. 소박하지만 지혜로운 성격의 사리와 "어리석은 사리" 양면을 모두 지닌 복합성으로 투시한다. 그런 복합성이 '사리'라는 말을 갱신한다. "이런 밤엔 새로운 기억과 말을 가지고/평원(平原)으로 가 밤눈 소리를 들어야 한다"는 시적 진술을 시적 주체가 스스로 선체험하고 미리 수행하는 형국이다. 새로운 기억과 말을 생성하려 하고 있기 때문이다. 그 생성은 '고난의 희망'을 향한 새로운 향성(向性)과 동성(動性)을 역동적으로 묘출한다. "모든 죽어간 사람들의 얼굴을 그리고/그들의 마지막 표정에 새겨지던 고난의 희망을/생각해야 한다".

　이 시집의 표제는 '우리들을 위하여'이다. "저편 산 너머로 구름이 밀려가 쌓이"기만 하는 "막막한 시대를"(「두 손을 들고서」) 살아가는 '우리들'이다. 또 "수많은 채찍 아래 누워 있는 우리들은/어둠 속으로 달려간다 더욱 빨리/어둠 속에 어둠처럼 숨는다"(「강가에서」). 아울러 우리들은 "서로 다르나/알아들을 수 있는 사투리로 말하고/끌어 잡지 못하나 그 손으로 일하면서/고난의 시대를 함께 사"(「우리나라의 1975년」)는 공동체이다. 그런 우리들의 역사를 시인은 또한 복합성의 시학으로 형상화한다.

> 오오 위대한 힘이여 아름다움이여 덕성이여
> 모든 창조를 가능케 한 자유여
> 거짓과 공포의 사슬을 끊어라
> 봉건의 관습을 깨뜨려라 열렬하게 사랑을,
> 사랑을 포용하라 사랑은
> 우리들의 우리이며 세계이다
>
> ——「우리들의 역사」 부분

　자유와 사랑의 이념이 두드러지는 4·19 세대의 정체성을 압축적으로 드러내며 그런 '우리들의' 세계와 역사를 말한다. 무엇보다 거짓으로 점철된 기존의 사슬을 단호하게 끊어내고 봉건적 관습을 깨뜨린 바탕 위에서, 새로운 자유의 지평을 열고 열렬한 사랑의 세상을 만들자는 에너지가 넘쳐난다. 그렇다고 해서 낭만적인 질풍노도를 닮은 것은 아니다. 낭만적으로 동경하되, 현실적으로 인식하고 부정하고 있기 때문이다. 이를테면 "사랑은 사실 싸움이 아니었던가/버림받은 어머니의 리어카 소리가/새벽마다 우리들의 잠을 깨우고/우리들의 의식을 털털털 밀고 가/한 하늘과 한 세상의 목마름을/나누어 지니면서 벌거벗은/몸뚱이를 끌어안던,/원한의 모습이 아니었던가"라면서 현실의 세부를 인식하고 그 구체성의 바탕 위에서 새로운 생성을 집요하게 모색하는 형국이기 때문이다. 역사의 시간이 허투루 구성되는 것이 아님을 직관한 4·19 세대다운 인식론으로 보인다.

"사랑의 아름다움을 알고 바라던 밤"

　시인이 탐문한 '우리들의 역사'는 자유와 사랑이라는 향성을 지닌 것이지만, 역사적 현재에 진행되는 풍경은 억눌린 몸뚱이가 드러내는 원한의 모습인 경우가 많았다. 「풍경」에서라면 '실의(失意)' 가득한 세상 풍경이다. "장다리꽃들이 흔들리고/장다리꽃 너머 연옥으로 끌려간 사나이/사나이 사나이들이 노곤한 실의(失意) 속으로/잠겨 들어가는 것을 보아라/보아라 이제는 실의만이 봄 하늘에 가득 찼노니". '노곤한 실의(失意)'에 빠진 '우리들'이 구성하는 실의 가득한 봄 풍경이다. 그러면 봄이 왔어도 봄은 아닌 것이다.

　실의 가득한 세상 풍경은 다채롭게 펼쳐진다. "썰물의 여광(餘光) 위에 몸을 굽"혀 보노라면 "수면에 나타나는 자의 예감의 슬픔을, 원성(怨聲)을 키"(「밤의 의자」)우기만 하는 형국이고, "이제는 나도 눈먼 소년과 같이/어둠을 밟고"(「마른 가지를 흔들며」) 갈 수밖에 없는데, 과연 "어느 누가 고통 없이 나날을 살 수 있겠는가". 아무리 걸어도 길이 끝날 것 같지 않은 상황에서 "무거운 발을 끌고 어둠 속을 가는/울한의 사람아 우리들의 사람아"(「부랑자들의 노래」)라는 호곡과, "우리가 걸어온 길의/바람과 억새풀과 심연의 울음소리"(「밤 강가에서」), "자욱한 무적 속" "웃음소리"(「웃음소리」), 그리고 "내일을 저만치 밀어버리고 내일의 부정스런 심연으로 빠져들어"가는 가운데 "내일의 아이들"(「농부의 아내」)의 울음소리 같은 소리풍경들이 그 고통의 심연으로 우리를 강림하게 한다. 그러니 실의 가득한 세상은 여전히 겨울이다. 사랑도 '겨울의 사랑'만이 허용되는 것일까? "겨울의 뒤를 따라 밤이 오고 눈이 온다고/바람은 우리에게 일러주었다"라는 시구로 시작하는 「겨울의 사랑」에서 시인은 새벽 행상들이나 광산촌 노동자, 굶주린 골목의 아이들 등 질곡에 빠진 이들의 삶과 사랑법을 구체적인 감각으로 풀어 보인다. "처음 우리는 이 말이 무엇을 뜻하는지/알지 못했으나 반복의 강도 속에서/원한일 것이라고 여기게 되었다/원한은 되풀이 되풀이 되풀이하게 하는 것이다"라면 「우리들의 역사」에서도 강조한 사랑-원한의 짝을 반복적으로 드러낸다. 이 짝은 왜 그리 중요하고, 왜 그리 반복될 수밖에 없는가? 원한의 구체가 고통의 심연으로 내려가게 하는 원동력이기 때문이다. 반복되는 원한의 풍경들, 혹은 고통의 노두(露頭)나 징후는, 최하림의 경우 막막한 무적 속에 있다. 안개는 시의 원천이고, 소리풍경의 원상이다. 때문에 "어두운/안개 속으로 들어갔다 말들이 안개 속에 있었다"(「웃음소리」) 같은 부분에서 보듯이, 시인은 종종 안개 속에서 시적 언어를 자맥질한다. 안개 속의 어둠과 고통과 상처를 넘어서 자유와 사랑의 저편으로 탈주하기 위해서는 바람과 불이 필요하다. 물과 공기만으로는 어렵다. 그래서 '바람의 시인'을 호명하며, 스스로 바람의 시인이 되고자 욕망한다.

> 아아 짓밟힌 풀포기 밑에서도 일어나는 바람의 시인이여
> 어쩌다 우리는 괴로운 무리로 이 땅에 태어나게 되었나
> 어쩌다 또다시 칼날 앞에 머리를 내밀고
> 벌거벗은 여인이 사랑을 말하려고 할 때
> 잠자리에 들려고 할 때
> 사랑이 그들의 머리칼을 창대같이 꼿꼿하게 하고
> 불더미 속에서도 죽지 않는 영생으로 단련하는 것같이
> 단단하고 매몰차게 세상을 살아야 한단 말인가
> 아아 바람의 시인이여 이제야 우리는 알겠다
> 그들의 골수 깊은 원한이 사랑을 가지게 한다는 것을
> 쇠붙이는 불길 속에서 단련되어진다는 것을
> 바람은 그것을 밤이 오고 눈이 온다고

말하여주고 있는 것이다 그렇게 겨울의

견고한 사랑을 말하여주고 있는 것이다

――「겨울의 사랑」 부분

　이처럼 깊은 원한에서 견고한 사랑을 이끌어낸다. 울울한 무적에 틈을 내고 새로운 동성과 향성의 가능성을 묘출할 바람〔風〕의 바람〔願〕, 그 기미들이 자연스럽다. 그러나 소망의 바람은 원하는 방향과 크기로 불지 않는다. 그러기가 쉽지 않다. 그보다는 어둠, 칠흑 같은 암흑을 더욱 어둡게 할 거센 비바람이 불기 일쑤이다. 그러니 「비가(悲歌)」가 그치기 어렵다. 이 시는 거친 비바람 불고 파도 소리 거세게 울부짖는 밤에 "한 줌의 희망도 없이" 갇힌 채 "마음이 심하게 흔들리"며 눈물 흘리는 시적 자아의 슬픈 노래이다. 이런 시적 상황은 단지 외적인 자연환경과의 관계에서만 형성되는 게 아니다. 여러 시편에서 반복되는 칼의 이미지가 시적 자아를 파고들기 때문이다. 시인의 펜과 반복적으로 대조되는 칼은 밤마저 지배하여 잠의 시간 또한 편안할 수 없는 형편이다. 그럴 때 시인은 "나일 수" 없다고 생각하는 것 같다. 그러기에 "칼 아래 잠든 밤"에게 시인은 "사랑의 아름다움을 알고 바라던 밤"이었음을 환기한다. "나일 수" 있을 때를 떠올리게 한다. 그러면서 미래의 시간을 예비하려 한다. "그때를/위하여 슬픔을 버리고 헛된 눈물을 버리고/흐느끼는 듯한 진실을 만들어야겠다"라고 다짐한다. 또 바다로 가서 "일대를 조용하게 할 질문을 들어야겠다"라면서 칼이 부딪히며 내는 거센 파도 소리를 조용하게 할 지평을 응시하면서 나의 심연을 성찰한다. 그러면서 이렇게 거듭 읊조린다. "내가 나일 수 있다면……/나일 수……/있다면……".

　이런 소망이나 "도대체 우리는 무엇 하려고 사는가"(「독백」) 같은 "슬픈 질문"은 종종 "불치의 환자처럼 누워 있"게 할 수 있기에 위험할 수 있다. 그렇지만 바람의 시인은 위험한 질문을 하지 않을 수 없다. 그러나 위험한 질문을 한다고 해서 질문의 답을, 새로운 세계의 가능성을, 바로 찾을 수는 없는 노릇이다. "타오르는 촛불을 바라보며/어느 동서(東西)로도 남북(南北)으로도 가지 못하는//나는 어찌 타올라야 하는가/촛불이여 촛불이여"(「제야(除夜)」)라고 고뇌하며 토로해야 하는 무적(無籍)의 부랑자 형상일 때, 바람의 시인은 어찌해야 하는가? 결국 소망의 형식일 수밖에 없지 않을까? 바람[風]의 바람[願]에 기대게 하는 '바람의 노래'가 주목되는 것은 그런 까닭이다. 바람이 어두운 밤을 전율케 하고, 바람의 노래가 들을 적시고, 들을 생생하게 할 수 있다면, 시가 그럴 수 있다면, 하는 소망으로 최하림은 오랜 시적 수행을 해왔다. 다시 들어도, 다시 읽어도, 그의 바람의 노래는 참으로 웅숭깊다.

> 우리들의 들에서 흐르는 바람이여
> 노래하고 노래하라 노래가 더욱 하늘을 넓히고
> 벌거벗은 힘이 흐르는 밤을 전율하게 할 때까지
> 노래하고 노래하라 어두운 바람이여
> 저녁마을의 어스름같이
> 노래는 넘쳐흘러 들을 적시고
> 들을 생생하게 하고 〔……〕
>
> ──「풍요」 부분

강원도 파우스트
— 김주연의 『강원도의 눈』

1. 빛과 어둠을 조율하는 11월의 원근법

독일 베를린이나 프랑크푸르트, 혹은 프라이부르크 어딘가에 '카페 플라츠PLATZ'가 있는지 나는 알지 못한다. 인터넷으로 검색해보지도 않았다. 다만 용인 수지구 상현동에 그런 이름의 카페가 있다는 것을 김주연의 시를 보고 인터넷에 검색해본 결과 알게 되었다. 갓 구운 빵의 향기로 넉넉한 이 카페를 이른바 '최애'의 공간 그러니까 토포필리아Topophilia의 장소로 여기는 이들이 많은 모양이다. 이 시집의 마지막에 실린 「카페 플라츠」를 읽으면서 김주연 역시 그렇지 않을까, 나는 짐작한다. 그 장소에 앉아 차를 마시는 원로 평론가-시인의 초상을 그려본다. 병원에 가야 하거나 나왔을 때 잠시 들러 숨을 고르기도 하고, 다른 만남을 위해 갈 수도 있겠다. 병원행과 관련하여 "카페 플라츠"는 "우선 숨결의 건강에 감사하는 시간"을 보내는 장소이다. 노년의 건강 및 몸과 마음이 잘 어우러진 리듬에 감사하고 또 기원하는 공간이 될 수 있다. 또 "시간의 회전의자"라는 시구를 통해 역동적 시간성을 성찰하는 장소일 수도 있겠다는 추측을 하게 한다. 지금-여기의 풍경이나 관심에 집중하기보다 이제껏 살아온 모든 시간 단위, 그 순간들에 접속하는 장소이기도 할 터이다. 공간적으로는 플라츠가 독일어이니 그

206

가 유학하거나 방문했던 독일 프라이부르크나 뒤셀도르프, 베를린 등 여러 곳을 횡단한다. 그런가 하면 원적인 "강원도 이천군 이천면 탑리" 이거나 어린 시절 초등학교를 다녔던 강릉의 경포대며 선교장, 바다 수영을 하다가 기사회생한 강릉 바닷가, 교통사고로 생애 최초로 신문 지상에 이름을 올렸던 구절양장의 강원도 산길이며 해안 길, 예전에는 감히 범접하기도 어려웠던 대관령…… 이런 강원도 풍경들이 "엊그제 까지 살던 고향처럼 다정"하게 시인을 초대한다. 그런 초대에 응하면 서 가로지르는 지점마다 거기에 있던 시간과 기억들이 때로는 희미하 게 때로는 생생한 풍경처럼 뒤따른다. 그런데 그 시간의 풍경들은 선 형적으로 떠오르지 않는다. 카오스처럼 방사형으로 떠오를 수 있기에 "시간의 회전의자"라고 하지 않았을까.

어쨌든 이 시집의 주체는 그런 시간의 회전의자에 앉아 있다. 한여 름 무성했던 잎들을 모두 떨군 나목(裸木)들이 선들바람에 떠는 동짓 달이다. 그런 나목에서 생명의 심연을 헤아리는 눈길이 예사롭지 않 다. "잎새를 다 떨군/겨울나무의/벌거벗은 증언이 준엄하다"(「겨울나 무」)라고 한 다음 '나목의 준엄' 혹은 '나무의 존엄'을 예감하는 까닭을 성찰한다. "잎새 없는 겨울나무가/푸르른 잎새를 불러"올 것을 예감하 기에, "나무의 존엄을" 숙고하면서 동시에 "벌거벗은 너 앞에서/벌거 벗은 나를 본다". 벌거벗기는 마찬가지여도 겨울나무와 인생의 겨울은 대조될 수밖에 없는 것이 대자연의 순리이다. "헐벗은 인생의 겨울은/ 추억과 회한만을 품고 있지만/늘씬한 나목(裸木)의 겨울은/근육의 비 밀을 숨긴 채/싱싱한 새순을 품고 있다"(「겨울나무」). 푸르른 새순을 속으로 품은 나목과는 달리 단독자로서의 개인은 그런 새순을 기대하 기 어렵기에 엄연한 한계를 느끼지 않을 수 없다. 생동하는 자연과는 다른 인간 몸의 한계를 눈으로, 의식으로 초극할 수 있을 것인지, 그 시간의 회전의자에 앉아 궁리한다. 자연과 인간을, 영혼과 육체를, 지상과 천상을, 인성과 신성을 가로지르며 전면적 진실 내지 생의 구경(究竟)적 진리를 탐문할 수 있을지 숙고한다. "인간은 노력하는 한 방황하는 법Es irrt der Mensch, solange'er strebt"[1]이라고 했던 『파우스트』의 핵심 구절을 떠올리게 한다.

시집 『강원도의 눈』을 읽으면서 나는 자연스럽게 '강원도 파우스트'의 초상을 떠올리곤 했다. 원적이 강원도이며 독문학을 전공한 평론가 김주연이 "카페 플라츠"에서 "시간의 회전의자"에 앉아 "11월의 원근법"을 응시하며 서정의 리듬을 조율하는 정경이 마치 파우스트를 닮은 것처럼 느꼈기 때문이다. '자서(自序)'에서도 "먼 것들이 가깝게 다가온다"라고 했거니와 그런 "먼 가까움"이 "11월의 원근법"을 해체적으로 형성한다.

> 어제오늘 본 얼굴들은
> 잿빛처럼 희미해지고
> 반세기 너머 먼 얼굴들이
> 가깝게 떠오르는
> 원근법의 뒤바뀜 안에서
> 세월도 뒤바뀌는
> 11월
>
> ——「11월의 원근법」 부분

단기 기억은 희미해지고 장기 기억은 선명한 만년의 기억 생리를 원근법의 뒤바뀜으로 포착하면서, 시간적으로 아득한 과거나 공간적으로 먼 장소를 가깝게 조망한다. 강원도 원적지에 다가서는 것도, 유년

---

1   요한 볼프강 폰 괴테, 『파우스트 1』, 정서웅 옮김, 민음사, 1997, p. 28.

의 경험이 녹아 있는 강원도에 거듭 눈길을 주게 되는 것도, 다 이런 「11월의 원근법」과 관련된다. 그런데 그것이 한갓 과거로 퇴행하는 이른바 '라떼 화법'과 다른 것은 '원근' 사이의 긴장과 조율 덕분이다. 그러니까 그것은 단지 시간적 '원근'으로 단절된 문제일 수 없다. 먼 것과 가까운 것, 그 사이에서 시적 긴장과 새로운 인식의 계기를 마련하는 방법적 성찰의 도정이다. 먼 과거의 경험을 반추하며 현재의 의식을 재정비하고, 오늘의 눈으로 과거 풍경을 다시 조율한다.

아울러 「11월의 원근법」은 빛과 어둠의 중첩과 횡단, 대결과 조화를 깊이 응시하게 한다. 미리 말하건대 이 지점에서 우리는 김주연 시의 중핵적 개성을 헤아리게 될 것이다. 가령 빛과 어둠의 조율을 통해 파우스트적 이중 자아 테마를 숙고하게 하는 「밝은 빛―파우스트 1」을 보자. 오전 10시 반, 빛이 밝아지면 어둠의 그림자가 더 분명해진다. 그 "빛과/어둠의 만남"의 풍경을 보면서 "서로 싸우지 않으면 좋겠다"라고 생각한다. 실제로 빛과 어둠은 서로 밀고 당기면서 동쪽에서 서쪽으로 춤을 춘다. "어둠 속에서/점점 밝아오는 빛"을 응시하며 화자는 "빛은 너무 착하다"라는 목소리를 "좀더 빛을!"이라고 했던 괴테의 절규에 보탠다. 그런데 여기서 왜 착하다고 했을까? 빛은 그 자체로 단독자인 것 같지 않다. 어둠의 저편에서 홀로 빛나는 것 같지만 실제로 그렇지 않다. 어둠에서 나왔고, 어둠을 변화시키고, 또 어둠으로 돌아가기도 하는 게 빛이다. 어둠이라는 반(反)의 동력까지 함축하고 있는, 그러면서 전면적 진실을 향해 방황하고 노력하는 존재가 바로 빛이다. 그러기에 빛은 착하다. 괴테의 『파우스트』에서 진리를 추구하는 파우스트와 악마 메피스토펠레스와 거래하는 파우스트는 다른 존재가 아니고 한 존재 안의 이중 자아이다. 강원도-파우스트도 그 점을 분명히 한다. "파우스트와 메피스토는 처음부터/한 몸이었던 것을!"(「창세기 서곡―파우스트 2」). 마찬가지로 빛과 어둠 또한 그러하다. 그런데 시적 화자의 눈에 들어온 빛은 어둠과 다른 존재가 아니지만, 어둠을 안고 넘어서려 방황하고 노력하는 모습을 보인다. 그것은 「가을 기도」에서 매우 원숙한 경지를 펼친다.

> 햇빛은 바로 어둠이 되고, 마침내 둘은 한 몸이 되네
> 선한 어둠으로 거듭 태어나
> 자신을 모두 내어주는 밝은 어둠
> 어둠이 비춰주는 밝은 부재의 그늘 속에서
> 문명의 모습을 자랑하는 과잉의 욕망은
> 누추한 옷을 벗고 피를 흘린다
> 상심한 자 위로받고 감사하네
> 모자 벗고 몸을 받는 햇빛
>
> ——「가을 기도」 부분

여기서 빛과 어둠은 마침내 지양(止揚)의 경지를 안내한다. 지양이 왜 그리 중요한가? 21세기 들어 환경 생태 위기와 함께 정치적 극한 대립의 문제는 한국뿐만 아니라 세계적인 핵심 과제임에 틀림 없을 텐데, 특히 정치적 대립의 문제는 대화를 통한 변증법적 지양의 방법을 피차 외면한 데서 비롯된 것일 터이기 때문이다. 앞에서 본 「밝은 빛—파우스트 1」에서 우정 "서로 싸우지 않으면 좋겠다"라는 생각을 전경화한 것도 그런 사정에서 비롯된 것이 아닐까 싶다. 여러 시편에서 빛과 어둠을 사려 깊게 조율하는 이유도 그렇다. 지양된 빛과 어둠은 때로 감사의 풍경을 견인한다. 「카페 플라츠」에서는 그렇게 감사의 기도를 드리는 시간이기도 하다. 감사는 인간의 과잉 욕망을 반성할 때, 어둠이 비춰주는 밝은 부재의 그늘을 성찰할 때 깊어진다. '카페 플라츠'에서 이루어지는 빛과 어둠의 조율은 밖의 풍경을 관찰하는 행위에서 그치

는 것이 아니다. 그보다는 내면의 빛과 어둠을 성찰하고 조율하는 인식 의지가 더 깊어 보인다.

2. 감기(感氣)의 상상력과 간헐적 파행

내면은 몸과 떨어져 있지 않다. 몸을 통해 내면으로 향하는 것은 아주 자연스럽다. 파우스트도 메피스토펠레스와 거래하면서 온갖 몸의 파행(跛行)을 거쳤던 것을 우리는 잘 알고 있다. 이십대의 몸이 되어 그레트헨과 파행적 연애 행각을 펼쳤고, 고대 그리스의 고전적 미녀 헬레나를 찾기 위해 '어머니들의 나라'로 들어가기도 했다. 그럴 때마다 파우스트의 몸과 마음은 탈이 났다. 파행이 "부실한 내 몸에 붙은/친밀한 동료였"음을 깨닫는 과정을 그린 「간헐적 파행」에서 화자는 "친한 건 아프고/아프면 친해진다"는 "반(半) 진리에 이르는 데/80여 년 걸렸"음을 헤아리며 "진리는 아프면서 친해진다"라는 명제를 제출하기에 이른다. 「감기」에서 시인은 자기 몸을 더 느끼며 몸이 빚어내는 서정의 향방을 가늠한다. '감기(感氣)'란 곧 몸의 기(氣)를 감각하도록 안내하는 몸의 신호가 아닐 것인가. 코로나19 이후 누구라도 신열이 나고 목이 아프면 걱정이 앞선다. 병원에 가면 의사는 대개 "그저 미열입니다" 그저 "노이로제다"라고 말하는데, 체질적으로 예방접종을 하지 못하는 시인의 경우 감기는 아주 힘들게 하는 증상으로 다가오기 마련이다. 하여 감기 기운이 있을 때마다 병과 건강에 대한 실존적 성찰을 하는 것은 차라리 자연스럽다. "병이 건강이고/건강이 병이라고 말한/독일 소설가도 있지만/그의 아이러니를 따라가기엔/현실의 병이 무섭다". 현실의 병이 무서운 것은 틀림없지만, 그럼에도 불구하고 시인은 병의 은유를 통해 새로운 성찰을 거듭한다. 「허리가 아프다」에서 척추관 협착증을 보는 눈을 주목하자. "척추관만 좁아졌을까/시야도 좁아지고/보폭도 좁아지고/가슴도 좁아지고/그렇군, 마음도 좁아지지 않았을까". 이런 성찰을 거쳐 "아픔은 이원론을 뚫고 지나간다"라는 인식 지평에 이른다. 몸과 마음은 따로일 수 없고 공생하는 법. 그러니까 이런 식이다. "마음이 가슴을 조이고/가슴은 불안 초조를 만들고/불안의 실존은 다리를 휘청거리게 하며/주저앉은 다리는 허리를 아프게 한다/허리가 아프다 가슴이 아프다".

이렇게 몸과 마음의 기를 감각하는 '감기'의 상상력은 「중독」에서처럼 "스마트한 중독" 그 "주이상스 욕망"을 반성하게 하기도 한다. "새로운 기계는 끊임없이/중독을 재생산하고/재생산된 시간은/욕망으로 가득하다/잠깐의 멈춤도 낄 시간이 없다". 이런 사회문화적 증후(症候)는 물론 전체적으로 생명의 조화를 이루고자 생동하는 기운을 주고받는 자연과는 달리, 도무지 대화와 지양을 알지 못하는 정치적 행태에 대한 비판의 감각으로, 감기의 상상력은 확산된다. 민주주의의 부정적 양상과 민주주의 구현의 곤혹스러움을 살핀 「민주주의」를 먼저 보자. 선거 때마다 지지자를 확보하기 위해 이전투구를 마다하지 않는 정치인의 모습이 비판된다. "어깨에 띠를 두르고/나는 이렇게 잘났다고 외친다/길 건너편 너는/이렇게 못났다고 흉을 본다/자기 스스로 추켜올리고/너를 욕하고 깎아내리는 민주주의", 이런 식이다. 표를 얻기 위해서다. 자신을 위한 온갖 포지티브와 경쟁자를 깎아내리기 위한 네거티브들이 선거판을 혼탁하게 하고 있다는 사실을 이렇게 직시한 것이다. 선거판만 문제인 게 아니다. 선거 전후로 달라지는 정치인들의 행태 또한 부정적이다. "굽실거리고 악수하던 너/며칠 뒤 안하무인의 구둣발이 요란하다/복지와 봉사를 약속하던 너/돈도 땅도 아파트도 모조리 제 주머니에 쓸어 넣는다/가렴주구(苛斂誅求)와 옥반가효(玉盤佳肴)가/민주주의로 이름이 바뀌었구나, 불쌍한 민주주의야". 이런 귀납의 과정을 거쳐 민주주의 제도에 대한 비판적 성찰의 메시지를 분명히 한다.

> 내 환부를 드러내고
> 네 치부를 보여주는
> 공공연한 제도
> 더러운 욕망의 화신
> 버릴 수도 없는
> 낫지 않는 몸살, 민주주의
>
> ──「민주주의」 부분

　고대 그리스 시절 이후 민주주의의 '몸살'은 인간 사회의 핵심 화두 중 하나였다. 어느 나라든 민주를 표방하지만, 그 제도의 진정한 취지를 구현하기는 참 어렵기만 하다. '만인 대 만인의 이리' 상태를 넘어서고자 사회적 계약을 수행하고 민주주의라는 제도를 정비하곤 했지만, 과연 얼마나 야만적 상태를 넘어섰는지 쉽게 말하기 어렵다. 여기서 잠깐 김주연이 이른바 4·19 세대를 대표하는 문학가였다는 사실을 환기하자. 자유와 민주를 위한 노도와도 같은 혁명의 대오와 함께 대학 생활을 시작했고, 그 기운과 그 정신으로 정치와 사회와 문화를 혁신하고자 했던 세대 아닌가. 그랬던 4·19 이후 60년이 넘는 세월 동안 물론 개선된 점도 많이 있기는 하지만, 아직도 민주주의의 몸살은 좀처럼 나을 기미를 보이지 않는다. 하염없이 작은 존재, 작은 인간인 탓일까.

　「비도 오고 날씨도 흐린데」와 「열(熱)」은 김주연의 문제의식을 종합적으로 보여준 시편들이다. 「비도 오고 날씨도 흐린데」는 흐린 날씨 속에서도 피어나는 벚꽃과 인간군상을 대조적으로 형상화하면서, 자연의 이치는 물론 세상의 상식에도 미치지 못하는 인간 행태를 비판한다.

화자는 아파트에서 내려와 인파가 많은 벚꽃 가로수 길까지 걸어오면서 벚꽃이 점층적으로 활짝 피어났음을 관찰한다. "맨숭맨숭하게 보였던 벚나무가/조금 더 내려오자 자줏빛 꽃망울을 달고 있더니/길거리 평지에 이르자/풍성한 꽃다발들을 가득가득 이고 있구나". 고도에 따른 기온이나 일조량과 벚꽃의 개화 정도가 상관있을 것 같은데, 시인은 그것을 인간을 대하는 벚꽃의 마음으로 고쳐 읽는다. "자연이 푸른 높은 언덕에선/얼굴을 인색하게 보여주더니/사람 많은 거리에선 활짝 모두 피는구나/벚꽃, 봄 벚꽃, 흐린 날씨 속의 벚꽃/탁하고 어두운 미세먼지 속 사람들을 보듬고 싶었더냐" 황사와 미세먼지가 많은 봄날에 벚꽃이 활짝 피어나지 않는다면 그 봄 풍경은 제법 삭막할 수도 있다. 그런 점을 고려하면서 시인은 "미세먼지 속 사람들을 보듬고 싶"은 벚꽃의 아름다운 욕망을 헤아린다. 그런데 벚꽃이 보듬어주고 싶은 사람들의 풍경은 어떠한가. 마침 총선 정국이어서 그런지 온갖 폭력적인 말들, 파탄과 파국을 조장하는 막말들이 너무 난무하고 있다. 그런 살풍경에 그만 아연실색하고 만다. 하여 이런 질타의 목소리를 낸다. "아, 꽃을 잡아먹는 인간들이라니!" "미세먼지 속 사람들을 보듬고 싶"은 벚꽃의 아름다운 욕망과 "꽃을 잡아먹는 인간들"의 행태는 이렇듯 대조적이다. 이 대조가 시인을 고통스럽게 한다. 그 고통의 심연에서 새로운 성찰의 지평을 연다. 작은 인간, 그토록 작은 사람의 마음 무늬, 그 인문적인 것의 한계, 신성이나 영성에 대한 관심 혹은 자연과 인성과 신성 그 모든 것을 종합적으로 성찰하려는 파우스트적 인식 의지를 열어 보인다.

「열(熱)」은 시인의 사유와 상상, 비판과 성찰의 지양 과정을 현묘하게 보여주며, 독자에게 많은 생각할 거리를 제공하는 시편이다. "뭐 화끈한 일 없어요?/그가 묻는다/역사에 뜨겁게 참여하시죠/그녀가 채근한다/뎁니다/나는 대답한다". 1연의 이런 에피소드부터 그렇다. 열렬하고 화끈한 것을 강조하는 그녀/그의 요구에 "뎁니다"라고 대답하는 화자는 2연에서 "열이 나는 것 같아 병원에" 갔는데 단골 동네 의사는 대수롭지 않다는 투로 "가벼운 열감"이라고 말한다. 1연의 그녀/그처럼 2연의 의사 역시 "화끈한" "열"이 아니어서 못마땅했던 것일까. 현실에서의 이런 체험을 거쳐 시인은 3연에서 다음과 같은 인식의 지평을 연다. "미열을,/서늘한 것을/중간쯤 앉아 있는 것을/도무지 못마땅해한다/중용과 지양은 없다". 당연히 키워드는 중용과 지양이다. 중국의 『중용』, 아리스토텔레스의 『니코마코스 윤리학』, 헤겔의 변증법, 독일의 교양소설이나 인문주의가 강조했던 핵심 덕목 말이다. 4연에서는 확연히 편 가르고 갈라치고 도무지 대화를 모르고 그러니까 물론 지양을 통한 방법론적인 성찰을 하지 못하고 중용의 미덕에 다가설 수 없는 현실 정치인들 혹은 정치적인 사람들의 태도로 인해 "열받는다". 서로가 서로에게 열을 부추기고 열받게 하는 세상이어서일까. 그것이 인간계에만 영향을 미치는 것에서 그치는 게 아니라는 심화된 인식을 밀고 나간다. 5연에서 지구온난화와 연결한다. "뜨거워야 사는 세상/뜨거워지는 지구"의 대조적 인접이 그렇다. 사람은 '열'에 들떠 뜨겁기를 바란다. 그 열기와 파장이 지구 전체로 확산 심화될 때 지구 역시 뜨거워질 수밖에 없는 것일까. 마지막 행에서 화자는 현묘한 아이러니를 구사한다. "차갑게 식어버리지 않을까". 3연에서 중용과 지양을 비판적으로 내세웠던 터였다. 그런 가치의 지평에서라면 뜨거운 세상, 열내는 세상이 아닐 수도 있다. 그러면 지구가 부분적으로 온난화 정도를 줄이는 게 아니라, 마치 예전의 대멸종 사건 때처럼 차갑게 식어버리지 않을까 걱정하는 어조는, 영락없는 반어다. 그 효과는 물론 거꾸로이다. 찬 것과 뜨거운 것, 서늘한 것과 열한 것 사이의 지양과 중용을 시인이 깊이 응시하며 그리워하기 때문이다. "오는 것 가는 것이 모두 그리움이구나"(「벚꽃 무덤」).

3. 강원도의 눈, 생명의 소리

그 그리움은 근원적이다. 강원도의 눈길에 이끌리는 것도, 강원도에 눈길을 주는 것도 그런 그리움에서 비롯된다. 알다시피 강원도에는 눈이 많이 내린다. 1992년 1월 대관령의 일일 적설량이 92센티미터에 달했고, 1989년 2월에는 누적 적설량인 최심 적설량이 189센티미터를 기록한 적도 있다. 눈이 내려 쌓일 때 지상에 존재하는 모든 것은 고르게 덮인다. 하얀 설국은 모든 길을 지우고 새로운 길을 예비한다. 설국의 심연에서 어떤 이들은 눈〔雪〕 속의 눈〔眼〕을 보기도 한다. 눈은 이전의 풍경을 혁명적으로 바꾼다. 그러기에 눈〔雪〕이 내리면 이전에 보이던 것은 보이지 않고, 보이지 않던 새로운 풍경을 마주하게 된다. 그 풍경은 물론 온통 새하얀 설국의 외면 풍경만이 아니다. 눈〔雪〕의 내면을 투시하면서 심연에서 생명의 소리를 관음하는 눈〔眼〕의 내면 정경도 깊어진다. 눈 속에 덮인 흙은 새로운 씨앗을 품고자 대지의 에너지를 온축할 것이고, 거기서 씨앗은 새봄 새 생명의 눈을 틔우기를 예비할 것이다. 땅속의 풀뿌리도 그렇고, 헐벗은 채 눈꽃으로 빛나는 나무들도 그럴 터이다. 바위도 눈〔雪〕과 교감하며 곧 반짝일 제 눈〔眼〕을 잠시 덮어두겠다. 그렇게 눈〔雪〕 속의 눈〔眼〕과 마주칠 수 있고 상호작용할 수 있는 눈〔眼〕은, 적어도 강원도에서라면 모든 것을 달리 보며 생명의 에너지를 넘치게 감각한다.

「강원도의 풀―강원도 3」에서 '풀'에 대한 재성찰을 통해 강원도의 심연을 이채롭게 투시하는 눈도 그런 눈이다. 우선 '강원도의 눈'은 이런 강원도 풀들과 마주친다. 그 풀들의 초대에 기꺼이 교감하는 풍경이다. "돌마타리 돌부채 돌양지꽃 바위구절초 바위떡풀 바위솜나물 산솜다리 돌가시나무 돌꽃 돌나물 돌단풍 돌매화 돌담고사리 바위돌꽃 바위손 바위솔 바위수국 산솜다리 한라솜다리 당양지꽃 동강할미꽃

벌깨풀 산조팝나무……"(p. 44), 이런 열거 이후 "돌 이름도 바위 이름도 아니"라 "돌과 바위를 거느리고 있는 이름"이며 "그들의 주인은 풀"이라고 친절하게 알려준다. 그러면서 강원도 풀의 특성을 헤아린다.

강원도의 풀은 풀이 아니다
돌이며 바위다
돌 이상이며 바위 이상이다
풀 없는 돌과 바위는 돌도 바위도 아니다
풀 아래에서 돌도 바위도 숨을 쉰다

풀 옆에서 사람도 숨을 쉰다
풀은 사람이 되고
사람도 풀이 된다
강원도의 풀이 온 누리를 덮고
지구의 들숨 날숨을 지켜준다

——「강원도의 풀」 부분

강원도의 풀이 연결된 전체 속에서 새롭게 눈길을 끄는 것은 지구의 들숨 날숨을 지켜주는 원동력으로 작용하는 까닭이다. 풀 덕분에 사람도 돌도 바위도 숨을 쉴 수 있게 된다. 그런 생명의 풀이 아니라면 머잖아 사막화될 것이 아닌가. 그런 눈길을 지닌 시인이어서일까. 종종 "내가 나 밖의/나로 나갔다가/돌아오듯이"(「나 밖의 나—강원도 5」), "사물들은 서로서로 붙잡아주면서" "서늘한 생명"(「가을 여자」)을 확인하는 모습을 직관하기도 한다. 그리고 "늦은 나이의 여행길에서"라는 부제가 붙어 있는 「강원도」에서는 온몸이 그런 생명을 감각하는 눈〔眼〕이 된다.

자네 말대로

난 강원도 사람일세

암하노불(岩下老佛)의 촌스러운 의젓함

옥수수와 감자로 야유받곤 하는

어수룩한 식재료들

나하고는 무관한 듯 짐짓

세련된 도시남인 척 생각해왔다면

유황 냄새로 도배된 이 흙 장판의

편안함은 무엇일까

편안함이 주는 평안

그 원류의 힘은 강원도 아닐까

강원도 방에 누워서 처음으로 생명을 느낀다

——「강원도—늦은 나이의 여행길에서」 부분

굳이 신토불이(身土不二)를 언급하지 않더라도, 생명을 낳은 흙과 몸은 떨어질 수 있는 게 아니다. 흙의 생명은 몸의 평화와 긴밀하게 호응한다. 그런 순간이라면 "지상의 쾌락을 모조리 누리겠다는 욕망"(「창세기 서곡—파우스트 2」)도 그만 꼬리를 내리고 만다. 생명의 평화 가운데 편안하게 자고 일어나면 세속의 쾌락과는 다른 자연의 상쾌함을 느끼게 된다. 「울림」은 그런 상쾌함에서 출발하지만, 새삼 반성적 지평을 이어가는 짧지만 웅숭깊은 텍스트다. 표층에 울림이 있다. 아침부터 "참 상쾌한 날이야!"라고 그가 외쳤는데, 그 외침은 메아리를 품지 못한다. 상쾌한 날이라는 메아리가 아니라, 죄의 냄새가 메아리처럼 스밀 따름이다. 이어지는 진술이 문제적이다. 돌연한 인식 덕분이다. "메아리 없는 그 울림이/평생을 따라다닌다/죄의 냄새를 달고". 이렇게 표층의 울림에서 들리지 않는 "죄의 냄새"를 감각한 시인은 더 깊은 심연으로 내려가 "숨겨진 울림"을 듣고자 한다. 심층에서 들은 울림은 다른 것이 아니었다. "분명한 것은,/생명/흐르는 소리"였던 것이다. 「바람」에서도 마찬가지다. "먼, 아득한 바람에/생명의 소리/들린다". 그 생명의 소리를 들으며 화자는 "신비의 로뎀나무"(「로뎀나무」) 그늘을 그리워하기도 한다. "하루하루의 삶을 따라가는 생존"을 초극할 수 있는 시적 예지는 그런 근원적 동경의 형식과 관련되는 것처럼 보인다.

강원도의 눈으로 생명의 소리를 들을 수 있을 때, 그 관음의 경지에 서라면, 나 자신에 대한 성찰의 깊이도 달라진다. "나는 나무 속에 있는 나를 본다"(「나무 속으로」)라는 시구를 주목해보자. 보는 눈의 주어이자 눈에 보이는 목적어가 같은 '나'라는 기표이다. 화자의 눈에 나무는 그저 대상화된 식물이 아니다. 세계의 모든 것이 연결된 전체 속에서 숨 쉰다는 게 가이아의 이치다. 그래서 앞에서 본 것처럼 "지구의 들숨 날숨"(「강원도의 풀―강원도 3」)이다. 「나무 속으로」에서 나는 날숨으로 나무 안으로 들어간다. 나무는 들숨으로 나를 맞아들인다. 그러니 이런 풍경은 그야말로 '자연'스럽다. "나무 속에 있는 나는 살아 있다/나무는 빈 속으로 나를 맞아준다/죄로 가득 찬 나는 비로소 숨을 쉬고". 이렇게 나를 환대한 나무를 볼 수 있는 눈, 나무 안의 나를 직관할 수 있는 눈이 중요하다. 이 시집 전편에 걸쳐 그런 눈길의 상호작용은 다채롭게 펼쳐진다. '강원도 파우스트'의 눈길은 그토록 웅숭깊다. 그런데 누구나 그런 '강원도의 눈'으로 나무 안의 나를 볼 수 있는 것은 아니다. 그러기에 사람들은 나무를 마구 베어버린다. 나무 안에 깃든 나를 보지 못하거나 외면하기에 그런 남벌(濫伐)이 이루어진다. 근대 이후 인공 문명으로 질주하고자 하는 파시스트적 욕망은 나무 안의 나를 보지 못한다. 그러니 이런 진술은 얼마나 준엄한가. "나무는 사람을 살리고/사람은 나무를 죽인다". 사람과 나무의 생명이 엇갈리는 데서 그치지 않는다. 나무 안의 나를 보지 못하고, 나무를 죽이는 것은 곧 나를 죽이는 것으로 이어질 수 있기 때문이다. 나무를 죽이는 것은 나무 속의 나를 함께 죽이는 것이 된다. 또 "구원의 대속물이 된 그 사람 그 나무"(「나무 십자가」)를 죽이는 것으로 복낙원의 가능성을 차단하는 것이 된다. "수많은 생명의 소리 울려퍼지"(『파우스트』)는 숲을 훼손하는 일이 되고, 그러면 생명의 광휘가 예감의 빛을 거두게 될 것이며, 마침내 지구 행성을 근본적으로 위태롭게 하는 계기로 작용할 터이다. 김주연이 세계적인 기후 위기 현상이나 인류세 문제에 기민하게 반응하는 것도 그런 예감 때문이다.

4. 인류세, 혹은 디아스포라의 창백한 이마

괴테의 『파우스트』 제2부 제2막에 인조인간 호문쿨루스Homu-munklus가 등장한다. 파우스트의 조수였던 바그너가 만든 호문쿨루스는 요즘식으로 말하자면 AI로 빚어낸 포스트휴먼 혹은 포스트 사피엔스에 값한다. "호문쿨루스,/2백여 년 앞서 태어난/인류의 새 조상/AI를 능가하고/파우스트와 오늘 데이트를 즐긴다"(「호문쿨루스—파우스트 3」). 호문쿨루스만이 아니다. 자연의 생명과는 다른 움직임들이 포스트휴먼을 향해 빠른 속도로 질주해왔던 것을 우리는 잘 알고 있다. 그런 급격한 변화를 「오두방정」은 시니컬하게 조망한다. "수공이 기계로 바뀌고/겉모습이 요상해지고/안 모습이 편해지고/요컨대 더 잘 보이고 더 잘 들리는/감각의 개발/더 잘 팔리는 욕망의 개발/타자를 평계 삼은 욕망의 무한 질주/모든 주체는 마침내 타자가 된다/하, 자본주의의 오두방정이라니!"「민주주의」에서 민주주의를 비판했던 시인은 이제 「오두방정」에서는 자본주의를 반성적으로 성찰한다. 많이 알려진 것처럼, 『생명의 그물 속 자본주의』에서 제이슨 W. 무어는 지구 생태 위기의 주범으로 인류가 아닌 자본주의를 지목한 바 있다. 기후 위기, 식량 위기, 식수 위기, 금융 위기, 일자리 위기 등 21세기 위기들은 모두 연결되어 있는데, 그 공통 원인은 바로 인간 자연을 비롯한 "자연을 조직하는 방법으로서의 자본주의"에 있다는 것이 그의 입장이다. 신생대 4기의 마지막 시대를 일컫는 홀로세Holocene나 인류가 자행한 환경 파괴로 인해 지구 생태계가 급격히 변화한 시기를 말하는 인류세Anthropocene가 아닌 자본세Capitalocene를 주장하는 무어의 입장에 너무 가까운 것은 아니지만, 김주연 역시 "욕망의 무한 질주"를 반복적으로 생성하는 자본주의에 대한 비판의 눈길을 멈추지 않는다.

체제나 제도에 대한 성찰과 그것을 구성하는 인간에 대한 성찰을 아우른 입장을 견지하는 시인이기에 환경 문제와 관련하여 인류세에 각별한 관심을 보이는 것도 이상하지 않다. "인류세라니, 무슨 세금 종류인가 했다/사람으로 사는 값, 사람세라니/설마 했는데 사실이었다"(「인류세(人類世)」). "인류의 교만으로 초래된 지구의 환경 악화 이름"인 "인류세(人類世)는 인류세(人類稅)"라는 인식은 사태의 본질을 꿰뚫는 안목을 짐작하게 한다. 제이슨 W. 무어식으로라면 자연을 저렴하게 이용하느라 부담하지 않은 비용이 참으로 많은데, 그에 대한 비상 청구서가 바로 환경 위기이기 때문이다. "지구온난화의 말세 징후"를 조금이라도 늦추기 위해 "이제는 사람이라는 사실만으로 세금을 내야 한다". 조금 더 면밀한 논의가 필요하겠지만, "인류세(人類世)는 인류세(人類稅)"라는 이 촌철살인의 직관은 작금의 인류세론과 자본세론을 통합적으로 인식한 결과가 아닐까 싶다.

이와 관련하여 주목되는 시가 「시베리아」이다. 화자는 동토였던 시베리아에서 "얼음 풀린 눈물"을 본다. 그 "시베리아의 눈물"은 물론 기후 변화로 인한 지구온난화 탓이다. 시베리아 동토나 북극의 빙산이 녹아내릴 때 생길 수 있는 기후 환경 위기에 대해 여기서 자세히 적을 필요는 없겠다. 여기서 주목되는 것은 시베리아의 눈물을 보면서 구사하는 아이러니이다. "따뜻하고 부드러워진 시베리아의 미소/그 미소, 따뜻한 생명의 미소일까". 물론 따뜻하고 부드러운 생명의 미소일 리 만무하다. 「열(熱)」에서도 비판적으로 다루어진 바 있지만, "화끈한 것 좋아하는 격정의 정/지구 온실 덥혀가더니/마침내/기후 악당이 되었구나" 같은 진술에 이르면 그 아이러니 효과는 분명해진다.

카페 플라츠에서 보낸 이런저런 성찰의 시간은 이런 식으로 이어졌을 것으로 짐작된다. 고향 강원도에 대한 그리움의 정에서부터 민주주의, 자본주의, 생태 환경 문제에 이르기까지, 또 지면 관계상 다루지 못했지만 동시대의 젠더 문제, 죄와 구원의 문제 등 4·19 세대 문학가로서 김주연이 그동안 다양하게 성찰했던 인문적 마음 무늬들이 때로는 명시적으로 때로는 암시적으로 서정의 리듬에 실려 있다. 그 여러 문제를 성찰할 때 줄곧 동행하는 질문은 바로 이런 것이 아니었을까? "그런데 나는 어디에 있는 걸까/챗GPT에 물어보아야 하나/벌써 그 속에?//나는 어디에"(「나는 어디에」). "내가 나 밖의/나로 나갔다가/돌아오듯이"(「나 밖의 나―강원도 5」) 결국 "나는 어디에"라는 질문으로 돌아온다. 가장 실존적이자 우주적이고 종교적인 질문이 아닐 수 없다. 관련하여 「디아스포라」가 눈길을 끈다. 자기 땅으로부터 버림받은 이들을 일컫는 디아스포라를 시제로 하여, 화자는 조센진, 고려인, 조선족, 재독 광부와 간호사, 하와이 사탕수수밭 일꾼, 멕시코의 애니깽, 열사의 땅 중동의 노동자 등 "밖으로 나가 있는 이름만이 아니"라 지금 우리 곁에 친숙하면서도 낯설게 다가오는 이름들 "베트남과 우즈베크의 여인들/필리핀과 네팔에서 온 손님들"을 진심으로 호명한다. 그리고 "모두가 한 모습"이라는 사실을 엄숙하게 성찰한다.

디아스포라

더 이상 팔레스타인 바깥에서 유랑하는

유대인만도 아니고

만주 벌판을 헤매는

헐벗은 우리 조상의 역사만도 아니다

옛 고향집의 객사(客舍)에 드리운

남모르는 그림자의 창백한 이마

아, 모두가 한 모습의 디아스포라인 것을

——「디아스포라」 부분

　　"모두가 한 모습의 디아스포라인 것을" 공감하는 "옛 고향집의 객사(客舍)에 드리운/남모르는 그림자의 창백한 이마"가 매우 인상적이다. "산과 물을 이어주는 생명의 배다리"(「나 밖의 나—강원도 5」)가 끊어져 뿌리 뽑힌 모든 이들에게 보내는 가없는 연민의 정조이다. "창백한 이마"를 향한 그런 우주적 연민cosmic pity이야말로 문학하는 마음의 본령 아닌가. 그런 마음의 무늬가 인식과 성찰의 평론가 김주연에게 서정의 리듬을 제공한 것이 아닐까 싶다. 그래서 "위대한 모순의 균형"을 형성하는 "두 힘이 모두 자연 속에 있다"(「시인 3」)라는 것을 숙고하며 "생명의 소리"(「바람」)를 관음하는 "그 자연의 이름, 시인"(「시인 2」)으로 거듭나려 한 것이 아닐까 짐작한다. "카페 플라츠"는 결국 모든 생각들을 펼치고 또 생각들을 접게 하는 공간인 것 같다. 그 "시간의 회전의자"에 앉은 '강원도 파우스트'가 마침내 무념무상의 경지로 내려갈 때 우주의 주름 밖, 자연의 시간과 허허롭게 동행하게 된다. 그러면서 다시 질문한다. "아, 나는 어디에 있을까요?" 물론 그만의 질문에서 그칠 리 만무하다. 우리 모두의 절실한 물음이다. 「시인 1」을 읽으면 "카페 플라츠"에서 도대체 무슨 감각적 사건이 벌어졌는지, 우리의 궁금증이 조금은 해소될 수 있다. 약동하는 자연과 들숨 날숨으로 교감하고 횡단하며 새로운 생성의 지평을 여는 '시인의 탄생'을 헤아리게 된다. 그 생명의 소리, 생명의 바람과 함께 『강원도의 눈』은 우리를 응시하며 독자의 밝은 눈을 기다리고 있다. 역시 인간은 노력하는 한 방황하기 마련일 터인가.

생각이 없습니다

바람과 함께 펄럭이지요

꽃 따라서 피어납니다

풀처럼 눕기도 하고 일어나기도 하죠

푸른 나무를 바라보면서 내 키가 크기도 합니다

비가 오면 나도 적셔 내리고

폭풍우 치면 내 얼굴도 험상궂어지고

거센 파도의 높이는 내 심장의 높이이기도 합니다

눈보라 속에서 물론 나는 눈사람이지요

아, 나는 어디에 있을까요?

*

이 모든 우주의 주름 밖으로

자연의 시간을 슬며시 손 놓아본다

——「시인 1」 전문

정겨운 유목민, 혹은 낙타의 소리풍경
― 이재무의 『정다운 무관심』

1. 잘 익은 그리움 하나, 잘 익은 서정시 하나

이재무는 그리움의 시인이다. 그립고 그리운 것이 너무 많아 하염없이 걷거나 물끄러미 바라본다. 「빈집 4―대추나무」에서 시인은 "빛깔고운" 대추 열매를 보며 "잘 익은 그리움 하나" 걸어놓는다. 대추나무는 다른 유실수들에 비해 목질이 매우 단단한 편이다. 단단하고 결이고운 나무이기에, 그 열매의 과육 향도 좋고 튼실하다. 대추가 절정으로 붉게 물들었을 때 참으로 장관이다. 대추가 떨어질라치면 대추나무가 몸 비트는 사정도 "잘 익은 그리움"으로 단단하게 매달려 있던 고운 열매이기 때문이다. 7행의 짧은 서정시임에도 불구하고, 더할 것도 덜할 것도 없이, 대추나무 풍경을 참 잘 그렸다. 해마다 가을 추석 무렵이면 잘 익은 대추 열매를 보면서 이런저런 그리움에 사무치는 이가 이재무 시인만은 아닐 터이다. 집단무의식에 가까울 그리움의 정서를 통해 시인은 잘 익은 서정시 한 편을 소리하듯 빚어냈다.

널리 논의된 것처럼 그는 농경 정서를 바탕으로 생태적인 서정을 잘 형상화해온 시인이다. 그의 시들을 읽다 보면 이제는 사라져간 옛것들, 그 아스라한 추억의 풍경들을 접하게 된다. 새집 후비기, 멱 감기, 소 먹이기, 나무하기, 참외 서리나 수박 서리 등등 옛 농촌 마을에서 정겹던 풍속들을 재현한다. 거기엔 유년기의 꿈이 서려 있고, 또 그 유년기의 꿈을 되풀이 꿀 수 없는 안타까운 연민이 어려 있다. 도시적인 체험을 다루는 시편이라고 하더라도, 이재무는 농경적 진실을 바탕으로 사태를 관찰하고 판단한다. 어리숙한 진실 속에서 급변하는 현실의 각박함을 견디는 예지를 발견하려고 생각하며 상상하는 시인이다.

『어우야담』에 들어 있는 「독서법」 야담 중에 서애(西厓) 유성룡(柳成龍)의 이야기가 나온다. 거기서 서애는 생각 '사(思)'의 상형을 고려하여, 생각이란 밭과 마음이니 독서는 밭 가는 사람이 조금씩 땅을 일구는 것처럼 마음으로 해야 하는 것이라고 말한다. 그 생각을 더 밀고 나가보자. 서애는 밭〔田〕과 마음〔心〕이라고 했지만, '사(思)'의 상형 그대로 밭 아래의 마음, 그러니까 땅 밑의 마음까지 헤아리는 것이 생각 아닐까? 그렇다면 "잘 익은 그리움 하나"는 필경 대추나무 뿌리 깊은 땅속으로부터 발원된 것이 아닐까? 어쨌든 이재무는 땅 아래와 위를 오르내리고 교감하면서 "잘 익은 그리움 하나" 같은 '잘 익은 서정시'를 빚어내는 시인인 것 같다.

가령 「벌초」만 하더라도 그렇다. "새끼 꼬듯 살다"(「시」, 『얼굴』, 천년의시작, 2018) 일찍 돌아가신 어머니의 산소를 찾아 벌초하는 장면을 마치 몸단장해드리는 것으로 묘사했다. 정성스럽게 어머니의 손톱 발톱을 깎아드리니, 어머니 역시 무덤 옆의 갈참나무와 서산 노을을 시켜 아들에게 화답하는 것 같은 감응을 형상화했다. 평범한 시어들로 벌초하는 아들의 내면 정경과 외면 풍경을 매우 그럴싸하게 그렸다. 이 시가 아름다운 것은 벌초하는 아들과 땅 아래 망자 사이의 교감과 감응의 리듬 덕분이다. 벌초하면서 아들은 어머니를 새롭게 만나고 어머니의 정을 거듭 확인하고 인정받는 기쁨과 감사를 느낀다.

어머니나 가족, 친구 등 사람은 물론 고향의 오래된 팽나무, 함께 밭 갈던 소 등 시인 곁의 실존적, 시적 대상을 그저 대상의 자리에만 두지 않는다는 점이, 이재무 시학의 특성이기도 하다. 그 시적 대상은 시인과 긴밀히 감응하고 소통하면서 시를 형성하는 상호 주체의 지위를 확보한다. 시인이 대상을 그저 바라보거나 관찰하는 것이 아니라 온몸으로 감각하기 때문이다. 시적 대상들은 횡단-신체성trans-corporeality을 통해 시인의 몸이 되고 상상의 육체가 된다.

「푸성귀를 많이 먹고 잔 날은」 같은 시편이 눈길을 끄는 것은 그런 맥락에서다. "푸성귀를 많이 먹고 잔 날은/꿈속에서 풋것이 되어 들판 덮는다/몸속으로는 푸른 피가 흐르고/양팔에서 푸른 줄기가 돋아 쭉쭉 뻗는다"라고 했다. 들판의 푸성귀에 음식으로 내 몸 안으로 들어와 내 몸이 풋것이 되었다는 설정이다. 풋것이 되어 몸 안에 푸른 피가 흐르고 몸 밖으로 푸른 줄기가 쭉쭉 뻗는다는 상상력은 횡단-신체성의 벼리를 알게 한다. 그것은 대지적 횡단성에서 그치지 않는다. "푸성귀를 많이 먹고 잔 날은/잠도 잘 오고 그래서 꿈도 더 많이 꾸는데/토라져 소식 없는 친구도 만나고/먼 나라에 계신 엄니도 찾아오셔서/풋것이 된 내 몸에 물을 주신다"(「푸성귀를 많이 먹고 잔 날은」, 『얼굴』)라는 부분에서 확인할 수 있듯이, 영혼의 접속, 그 영매(靈媒)의 우주적 횡단으로까지 이어지는 것이다. "철들어 품은 기다림 그리움은/멀고 아득하기만 해서/마음의 심지에 타오르는 희망의 등잔불"은 "바람 앞에 언제나 서럽고 위태로웠"(「서울 오는 길」, 『얼굴』)는데, 그 서러움을 넘어 그리움으로 가는 서정의 회로는 횡단-신체성을 통해 새로운 경지를 획득한 것처럼 보인다. 그것은 사람뿐 아니라 비인간 존재에게도 마찬가지로 스며드는 서정이다.

소가 눈 들어 앞산을 바라보니

앞산이 호수에 잠긴다

228

눈 들어 하늘을 바라보니

구름이 잠긴다

소가 끔벅, 하고 눈을 감았다 뜨니

산이 눈을 빠져나오고

소가 또 끔벅, 하고 눈을 감았다 뜨니

구름이 빠져나온다

소는 느리게 걸어 다니는 호수를 가지고 있다

　　　　　　　　　　　　——「걸어 다니는 호수」 부분

　커다란 눈망울을 지닌 소의 눈이 마치 호수처럼 반영의 거울이 되고 있다는 점에서 발상된 시로 보이는데, 이 시를 명편으로 부각시킨 다른 요인으로 역동적 깊이를 지닌 눈의 횡단-신체성을 꼽을 수 있겠다. 소의 눈은 그야말로 호수 같은 넓이와 깊이, 그런 체적, 그런 몸을 지닌 것으로 묘사된다. 그러니 앞산을 잠기게 할 수 있고, 구름이 잠겼다 빠져나오게도 한다. 앞산과 구름이 소의 눈에 들어갔다 나왔다 한다는 것, 그 상호 대사 작용을 웅숭깊게 표현했다. 시인의 상상력은 사람이나 소 같은 동물에서 그치지 않는다. 세상의 모든 식물도 끌어안는다. 「팽나무가 쓰러, 지셨다」에서 시인은 "우리 마을의 제일 오래된 어른 쓰러지셨다/고집스럽게 생가 지켜주던 이 입적하셨다"라며 애도한다. 마을마다 큰 당나무가 있었고, 그 나무 그늘은 마을의 광장이었음을 떠올리게 한다. 이재무의 고향 마을도 필경 그랬을 터이다. 그 나무 아래서 하모니카를 불었고 "이웃 마을 숙이를 기다렸다"라고 했다. '아이스께끼장수'며 '방물장수'도 그 그늘 안으로 들어 쉬다 가곤 했던 나무였다. 이렇게 마을 사람들뿐 아니라 외지 손님들까지 제 몸으로 품었다 떠나보낸 팽나무는 세월 따라 몸을 비우곤 했는데, 그 "내부의 텅 빈 몸으로" "잘 늙는 일이 결국 비우는 일이라는 것을"(「팽나무가 쓰러, 지셨다」, 『얼굴』) 보여주신 큰 어른이었다고 시인은 회상한다. 이처럼 이재무의 생각(思)과 상상력은 횡단-신체성의 현묘한 경지를 보인 각별한 사례였다. 『정다운 무관심』에서 그것은 또 다른 횡단 미학으로 연접된다.

2. 우주 도서관에서 다시 태어나는 독-저자

「우는 이에게」에서 시인은 스피노자를 통해 "우리는 영원한 전체의 일부"라며, "고통과 슬픔이 해일처럼 밀려온다면/당장에 닥친 감정을 멀리서 보라"고 제안한다. 이 도저한 인식론적 거리가 새롭게 시적 거리를 형성한다. 오랜 세월 길 위에서 횡단-신체성을 빚어낸 시인이었던 그가 새롭게 승화하는 시적 계기를 마련하고 있는 것이 아닐까? 하여 그는 '우주 도서관'에 심미적으로 참여한다.

막막하고 캄캄한 우주의 바다에는
지성을 품은 별들이 저마다
개성적인 필체로 쓴 책들 반짝인다.
밤의 산책길에서 나는 하늘 우러러

때로 투명하고 때로 깊고 때로 우뚝하고

때로 난해한 문장들 우거진

푸른 고전들과 분홍 신간들 벅차게 읽는다.

우주는 거대한 서점이자 도서관이다.

———「우주 도서관」전문

　　우선은 애독자로서 우주 도서관에 동참한다. 예전에도 시인은 "한때 구름을 애모한 적이 있"었다고 했다. "하늘 정원에서 장엄한 몽상이 감미롭던/황금의 시간대에는 지상의 가난이 슬프지 않았지/나 한때 구름의 신자로 산 적이 있지"(「클라우드」, 『얼굴』). 길을 넘어 구름을 타고 하늘 정원에 올랐던 경험은 우주 도서관에서 그야말로 '우주적인' 상상력을 빚어내기에 이른다. 「스테디셀러」에서 시인은 "별들은 만고의 스테디셀러"라면서 "어젯밤 잠자기 전 마당에 서서/하늘을 우러러 이곳저곳 뒤적여/읽다가 새벽에 일어나 다시 읽는다". 그런데 "비의의 휘장으로/영혼을 감싸는 책들"의 "금빛 문장들은" "도무지 깊이를 가늠할 수 없"다. "눈으로 보고/가슴으로 들어야" 하는데, 그러기에 별들의 문장은 시인을 겸손으로 이끈다. "저마다 외롭게 반짝이는 불별의 어휘들"이 어우러져 금빛 문장이 되고 은하 도서로 엮였는데, "평생을 바쳤으나 나는/아직 한 문장을 다 읽지 못하였다"는 것이다.

　　우주 도서관의 독자는 왜 그토록 겸손하지 않으면 안 되는가? 우주에서 보면 지구도 한갓 '창백한 푸른 점'에 불과하거니와, 그 지구의 한 구석 마포 한강변을 걷고 있는 이는 얼마나 작은 존재일 터인가? 그렇지만, 비록 사람은 작지만, 시인의 눈은 그렇지 않다. 별들의 금빛 문장을 읽으면서, 그것을 빛나게 하고, 문장이게 하는 어둠까지 읽어내는 혜안을 지닌 덕분이다. "창공의 별을 빛나게 하는 어둠/별과 별 사이 빼곡하게 들어찬 어둠"(「창공의 별들」)에 오래 눈길을 주며 그 깊고 숭고한 의미를 밝히고, 어둠처럼 "누군가의 배경으로 살다간 이들"을 성찰하는 심안을 시인이 지녔기 때문이다. 어둠의 미학적 실존은 거기서 그치지 않는다. 「작은 배」에서 시인은 어둠에 침잠한다. 어둠의 심연에서 감각의 혁신을 거듭하고 있음을 환기한다. 이 또한 우주의 스테디셀러를 공들여 탐독하는 애독자에게 주어진 선물일 수도 있겠다.

> 밤이 와서 어둠이 밀물처럼 마을에 가득 차면
> 농막은 망망대해에 떠 있는 한 척의 배가 된다.
> 나는 선실에 누워 바깥 소리를 듣는다.
> 별들이 켜는 우주 음에 귀가 열린다.
> 바다는 순한 아기처럼 잔잔하고 배는 순항 중이다.
>
> ——「작은 배」 전문

강화도에 있는 농막에서 밤을 보내면서 쓴 시로 추정되는데, 이 시에서 우주 도서관의 독자는 단지 읽은 데서 그치지 않는다. 저자로 전환될 환상적 심미성을 인상적으로 묘출한다. 우주 도서관의 독자는 우선 밀물처럼 어둠이 차오르면 땅 위의 농막에서 망망대해에 떠 있는 한 척의 배의 형상을 상상처럼 읽어낸다. 그리고 선실에서 바깥소리를 듣는데, 이 또한 우주 도서관에서의 탐독 행위의 일환이다. 몰입의 황홀경처럼 "별들이 켜는 우주 음에 귀가 열"리는 체험을 한다. 그 순간이 되면 단지 독자에 머물지 않는다. 귀가 열렸기에 "별들이 켜는 우주 음"을, 그 우주적 소리풍경soundscape을, 번뜩 깨달음을 얻는 에피파니처럼 형상화하는 시인으로 거듭난다. 우주 도서관에서의 독-저자는 그렇게 새로 탄생된다.

세상의 좋은 스테디셀러가 그러하듯 우주의 스테디셀러 역시 저 혼자만 빛나는 게 아니다. 「작은 배」에서 본 것처럼, 독자를 변화시켜 새로운 승화의 경지를 알게 한다. 「관측」에서 별들과 교감하고 상호작용하며 "다시 태어나/한 생을 얻는" 풍경도 그런 경우이다. 「작은 배」가 시적 현현의 순간을 응축적으로 빚어냈다면, 「관측」은 그 과정을 더 구체적으로 형상화하여, 독-저자의 탄생 동력을 탄력적으로 점묘한다. 화자는 한밤중 마당에 서서 하늘을 우러러본다. "뭇별들, 저마다의 간절한 표정으로 반짝이"며 "무슨 신호를 보내"온다. 우주 독자로서 그 별들의 간절한 신호를 수신하는 화자의 마음은 수시로 흔들린다. "어느 때는 태어난 별과 성장하는 별과/죽은 별과 소멸하는 별들이/한데 어우러져 장엄하게 합주하는 것이어서/우주의 일원인 나도 까닭 없이 거룩해진다." 그러기에 별들의 오케스트라를 감상하고 몰입하다 보면 다시 태어나게 된다. "다시 태어나/한 생을 얻는 일이고/뚜벅뚜벅 경계를 넘나드는 일이어서/영혼이 무한대로 커지는 것을 느낄 수 있다." 그렇게 영혼이 무한대로 심화 확장되는 경험을 바탕으로 우주 독자는 우주 독-저자가 된다.

3. 길 위의 시인과 영혼의 집 짓기

뭇별들의 신호를 교신한 우주 저자는 마침내 '영혼의 집'을 건축하고자 한다.

>   이 가을에 나는
>   집 한 채 지으려 하네.
>   길 위의 인생이었네.
>   참나무 향을 싣고 와
>   방 안에 쏟아붓는 바람

한밤중 잠든 사이

지붕 위 몰래 내려와

초롱초롱 반짝이는 별빛들

열린 창으로 들어와

바람벽에 묵화 치는 달빛

먼 산에서 달려온 울음소리

벗어놓은 신발에 고이는

고독의 슬하에서

영혼의 키가 자라는

집 한 채 지으려 하네.

──「영혼의 집」 전문

　이쯤 되면 그 설계도가 참으로 현묘하지 않은가? 별빛, 달빛, 바람, 먼 산의 울음소리 등이 그야말로 공감각적으로 융섭(融攝)되어 영혼의 집을 위한 건축 자재가 된다. 아니 부분적인 자재에 머물지 않고, 그것들이 서로 스미고 짜이면서 현묘한 오의(奧義)를 연출하는 가운데 전체를 이룬다. 그야말로 우주적 융복합의 감각으로 지은 집이라 할 것이다. 사실 이재무는 감각으로 집 짓기를 좋아하는 시인이다. "길 위의 인생"은 길 위의 노마드를 즐기기도 하지만, 길이 멈춘 자리에 놓일 집을 끊임없이 몽상하게 마련이다. 『슬픔은 어깨로 운다』 시절에는 "소리 속에 집 한 채를 지을까 궁리"(「비 울음」)했었다. 그런 궁리를 할 수 있었던 것은 시인이 남다른 귀를 지닌 까닭이 크다. 우주 도서관의 독-저자로서 "별들이 켜는 우주 음에 귀가 열"(「작은 배」)린 시인 아니던가. "기실 빗소리는 땅이 비를 빌려 우는 소리"(「비 울음」)라는 진술은 오로지 시인의 좋은 귀 덕분에 빚어진 탁월한 감각이 아닐 수 없다. 그런데 귀만으로는 감각이 충만하지 않을 수도 있다. 좋은 귀에 좋은 눈이 보태지면 사정이 달라진다. 「비 오기 전」에서 비의 전령사들을 구체적으로 실감 있게 보아내고, 마침내 "비의 줄탁"을 헤아리는 눈은 「비 울음」의 귀와 협업하고 있는 것 같지 않은가. 청각과 시각의 도저한 어울림이, 그러니까 귀와 눈의 '줄탁'이, "비의 줄탁" 그 이상을 보고 들으며 우주적 감각의 음표들을 역동적으로 생성하는 게 아닐까 싶다. 그렇게 '귀에 걸린 눈'으로 보면 고향집 「화단」에 "삐뚤빼뚤 제 멋대로" 피었던 "채송화 봉숭아 분꽃 깨꽃 앵두꽃" 등 꽃들이 "하나님이 장난 삼아 쓴 글씨" 같기도 하고, "세상에서 제일 이쁜 글씨들"이어서 "아무리 읽어도 물리지 않"는다. 꽃들과 더불어 동심도 활짝 피어난다. "저건 깨꽃, 요건 분꽃,/소리 내어 읽기도" 하는 동심의 오케스트라는 다시 눈을 거쳐 귀까지 즐겁게 한다.

청각과 시각에다 촉각까지 어우러진다. 「버릇」에서 시인은 "눈으로 사물들을 만지는 버릇이 생겼다"라고 고백한다. "별과 달과 구름을 만지고, 나무를 만지고, 꽃향기를 만지고, 새소리와 강물 소리와 노래를 만지고", 이런 식으로 공감각의 연상을 이어간다. 그러면서 "아이의 천진한 눈으로 만지는 사물들. 눈으로 만지는 세계와 사물들은 평화롭고 고요하다. 눈으로 만지는 사물들은 영혼을 맑게 정화시킨다"라고 말한다. 그런 복합 감각으로 영혼의 집을 짓는다. 그런데 여기서 우리는 이재무가 길 위의 시인임을 잊으면 안 될 것 같다. 그가 감각으로 짓는 집은 거기에 배타적으로 머물기 위함이 아니다. 정주나 안주 본능과는 거리가 멀다. 집 안의 정원과 집 밖 정자의 차이를 잠깐 생각해보자. 자연에 존재했던 돌이나 나무, 꽃 등을 울타리 안으로 끌어들여 인공적으로 조작하여 배타적으로 즐기려는 기획이 가정의 정원이라면, 자연 상태 그대로를 존중하면서 최소한의 인공적 장치를 하여 길손 누구라도 쉬어갈 수 있도록 한 공간이 공공의 정자이다. 길 위의 시인이 짓는 영혼의 집은 그런 정자의 기획과 닮았다. 열린 정자라야 창공의 뭇

별들과 별들을 밝게 하는 어둠을 비롯한 우주 도서관의 여러 책을 읽고 감응하기에 더 적합할 것이기에 그렇다. 그래야 "영혼의 키가 자라는" 감각의 경험을 깊이 있게 수행할 것이기 때문이다.

4. 물끄러미 바라보는 정겨운 유목민, 혹은 낙타의 소리풍경

자연과 세상을 대하는 시인의 태도도 조금 달라진 것 같다. "물끄러미 바라보는 일 많아졌다"라고 술회하는 「멀거니」가 주목되는 것은 그런 사정과 관련된다. "길 걷다가 우두커니 서서/강물 물끄러미 바라보고/길가 키 작은 꽃들/앉아서 멀거니 내려다보고/공중을 나는 새의 날갯짓/손차양하고 안 보일 때까지/물끄러미 쳐다보고" 하는 모습들은 시인이 수행하는 "몰입의 황홀"(「정의에 대하여」)경이다. 물끄러미 바라보게 되면서 시인은 일종의 인식론적 전회를 시도하기도 한다. 세상의 어려운 처지를 슬퍼하고 불의한 사태에 절망하고 괴로워하던 이전의 모습과 다르게 감각하고 노래할 수 있기를 소망한다. 「기쁨에 대하여」에서 시인은 "이제 나는 기쁜 일에 대하여도 노래하련다"라고 선언하는 것이다. "눈으로, 입으로, 어깨로 울면서 과장되게 나를 드러내"며 "너무 오래 고통과 절망을 읽고 슬픔과 괴로움을 기록해 왔"던 것과는 다르게 살고 싶은 것이다. 우주 도서관에서의 '우주적' 독서 덕분일까? "금으로 타는 태양, 살갗에 와 닿는 달콤한 바람의 입술, 곡선의 선율로 흐르는 강물, 새들의 경쾌한 스타카토, 지붕과 마당과 간판과 도로에 떨어져 타악기를 연주하는 사선의 빗방울들, 공중의 바다를 유영하는 나뭇잎들, 하늘 정원에 핀 별꽃들, 두 팔을 흔들며 음악이 되어 걸어가는 사람들" 같은 "비의의 휘장으로/영혼을 감싸는 책들"(「스테디셀러」)을 흔흔하게 찬양하고 싶다고 노래한다. "긍정을, 웃음을 노래하련다"(「기쁨에 대하여」)라고 말이다.

그러다 보니 감각의 소리풍경도 더욱 장쾌해진다. "나무에서 매미들 비잉비잉/무논에서 개구리들 와글와글/처마 밑 제비 새끼들 쩍쩍/숲속 늘어난 새 식구들/짖고 까부느라 야단인데/천둥 번개와 함께 불쑥,/쳐들어오는 소낙비가 소란스럽다./불어난 강물 소리 우렁우렁,/뙤약볕에 타는 냇가의 돌들/밤하늘 서로의 광도를 시샘하는/무리 진 별들 요란스레 반짝이고/절벽을 뛰어내리는/폭포 소리 장쾌하다"(「7월은 시끄러운 달」). 그렇게 생동하는 리듬으로 어우러진 소리풍경과 교감하다 보니 여름의 저녁을 좋아하게 되는 것도 자연스럽다. "밤이 푸르게 익어 가면/공기는 딱딱해지고 하늘의/휘장 젖히고 별들이 앙증맞게 반짝,/반짝 얼굴 내밀어 밤의 상점을 여는,/수박 냄새 풍기며 저벅저벅/걸어오는 저녁을 나는 사랑한다"(「여름 저녁」). 아울러 "한밤중 우리가 깊이 잠든 사이"에 "산들 나무들과 바위들과 산짐승들"(「사람들은 모른다」)이 어떤 생명의 약동을 펼치는지 물끄러미 헤아려보기도 한다.

> 조석으로 한강 변에서 만나는
> 도열한 잡목들, 철 따라 피는
> 형형색색의 꽃들, 장단 완급으로
> 굽이치는 강물, 공중을 나는 새들은
> 사람에게 무관심하나 얼마나 정다운가.
>
> ──「정다운 무관심」 부분

산책길에서 만나는 비인간 존재들과의 소통과 교감 방식을 잘 드러낸 시편이다. 시인은 "형형색색의 꽃들"이며 "장단 완급으로/굽이치는 강물" 그리고 "공중을 나는 새들"을 물끄러미 바라보면서 정겨운 감흥에 젖는다. 자연적으로 존재하는 잡목들이며, 꽃들이며, 강물과 새들은 어쩌면 인간에서 무관심한 채 저들만의 자연스러운 방식으로 존재하는지 모른다. 그런데 시인은 그 비인간 존재들의 약동하는 리듬에서 '정다운 무관심'을 정서적으로 읽어낸다. 아니 무관심하지만 정다운 비인간 존재들을, 자기 몸으로, 자기 시 텍스트의 육체 안으로, 정답게 끌어들인다. 앞에서도 논의한 바 횡단-신체성의 수사학이다. 무관심한 듯 보이는 저들이 시인과 시의 몸 안으로 스미고 짜일 때 어떤 일이 발생하는가? 시인의 답은 이렇다. "인간에게 넘어져 다친 상처/사물을 쬐고 바르면/볕에 닿은 눈처럼 감쪽같이 사라진다네." 생태 수사학의 한 전범에 속하는 상상력이 아닐 수 없다.

무릇 생태학적 상상력은 고여 있는 것이 아니다. 늘 생동하고 생기(生起)한다. 「나는 유목이다」에서 다음과 같은 시적 표현은 생태학적 상상력의 중핵을 형성하기에 족하다. "지금 흐르는 강물이 어제의 강물이 아니듯, 나는 어제의 내가 아니다. 나는 매일 죽고 매일 다시 태어난다." 세상의 모든 물질과 사물, 존재들이 역동적 생성의 도정 위에 있듯이, 시인 또한 부단히 다시 태어나기를 꿈꾼다. "정신의 변화 즉 삶의 질적 상승"이라는 맥락에서 노마드이기를 소망하고 추구한다. "인간은 누구나 자유의지로 태어날 수 없지만 살면서 크고 작은 선택지 앞에 놓일 수밖에 없다. 날마다의 선택과 행동의 결과가 현재의 나를 만들었고 또 미래의 나를 만들어 갈 것이다." 자유의지에 입각한 선택을 통해 자유로운 노마드로서의 자기를 일구어나가겠다는 다부진 다짐이다. 그가 편안한 정주민이기를 마다하고 생동하는 유목민이기를 소망하는 것은, 오로지 시인이기 때문이다. 새로운 시적 사유와 상상력을 유목민의 길에서 길어 올리기 위해서다. "다른 장소에서 다른 시간대를 경험하다가 혹 반짝이는 사유를 건져 올지 모를 일이다."

이 시에서도 이재무만의 원초적 비유가 숨어 있다. "기왕 결정했으니, 쟁기가 다녀간 밭처럼 주름이 진 마음을 숯불 다리미 다녀간 광목처럼 펴도록 하자"는 진술에서, 쟁기질한 다음의 밭의 주름 형상이나 잘 구겨지는 광목을 펴는 숯불 다리미 같은 소재에 대한 감칠맛 나는 시적 표현은 그동안 이재무 시학의 저변을 형성해왔던 유년기적 요소이다. 현실에서는 고단했으되 마음으로는 황금기였던 유년기 고향에서의 경험은 언제 어디서나 구성지게 소환된다. 이어지는 "피할 수 없으면 즐기는 거다" 역시 이재무 스타일이다. 그리고 이재무 스타일의 화룡점정으로 치닫는다. "나는 선택이다(장 폴 사르트르). 나는 자유다(니코스 카잔차키스). 나는 유목이다(이재무)." 그렇다. 필경 그럴 것이다. 이재무는 정겨운 유목민 시인이다. 정겨운 유목민으로서 "한바탕 농담"(「농담」)에서 "불편했던 마음"(「인연」)을 거쳐 "측은지심"(「사람이 미워지면」)에 이르기까지 정다운 소리를 다양한 빛깔로 빚어내면서 시인의 넉넉한 품격을 보여준다.

「나의 길」에서 시인은 "모든 살아있는 것들"에 "저마다의 길"을 내어준다. "나무는 나무의 길로 자라고/꽃은 꽃의 길에서 꽃을 피우고/새는 새의 길을 열며 날고/물고기는 물고기의 길 속으로/헤엄치고, 동물은 동물의 길을 따라/다니고, 흐르는 물은/물의 길을 찾아 걷는다." 그런 생태적 전체 속에서 시인은 "나의 길을/나의 속도로 걷는다"라고 했다. 「맨 처음 고백」에서 고백하고 있는 것처럼 때로는 흔들리기도 했으나, 이재무는 시인으로서 자신의 길을 자기 속도로 걸어온 시인인 것 같다. 정겨운 유목민 시인의 초상을 가장 웅숭깊게 보여주는 시가 바로 「낙타」이다. 일찍이 신경림의 감동적인 시 「낙타」가 사막을 걷고 있었다. 거기서 시인은 낙타를 타고 저승길을 갔다가, 누군가 다시 세상에 나가라고 하면 "낙타가 되어 가겠다"라고 했다. "별과 달과 해와/모래만 보고 살다가,/돌아올 때는 세상에서 가장/어리석은 사람 하나 등에 업고 오겠노라고", 그리고 "가장 가엾은 사람 하나 골라/길동무 되어서"(신경림,『낙타』, 창비, 2008) 오겠다고 했다. 이 시를 이재무가 극진하게 오마주했다. 예전에 살바도르 달리가 밀레를 오마주했듯이, 이재무도 시풍의 계보학적 스승인 신경림을 오마주하며 그에 대한 그리움을 극화하고 시인의 초상을 재정립하고자 한다. "세상에서 가장 어리석은 사람 하나/등에 업고/세상에서 가장 가엾은 사람/길동무되어/슬픔도 아픔도 까맣게 잊고/별과 달과 해와 모래밖에 없는/사막을 걷고 있"(「낙타」)는 먼 사막의 낙타의 초상에서, 나는 신경림 시인과 이재무의 '등'을 본다. 그런 낙타의 소리풍경이 바로 이재무의 생동하는 시편들이겠기 때문이다. "등은 자존을 지키는 최후의 성벽"(「등」)이라고 이재무가 적은 바 있거니와, 낙타와도 같은 시인 신경림과 이재무의 등은 오랜 시간 한국시사의 자존을 지키는 소리풍경의 한 축을 넉넉하게 감당해왔다. "세상에서 가장 어리석은 사람 하나/등에 업고/세상에서 가장 가엾은 사람/길동무 되어" 사막을 걷고 있는 낙타를 다시 응시해보자. 앙투안 드 생텍쥐페리의『어린 왕자』에서 사막이 아름다운 것은 어딘가에 우물을 숨기고 있기 때문이라고 했다. 만약 어린 왕자가 신경림과 이재무의「낙타」를 읽었다면 사막이 아름다운 이유를 하나 더 추가할지도 모르겠다. 사막이 아름다운 것은 "세상에서 가장 어리석은 사람 하나/등에 업고/세상에서 가장 가엾은 사람/길동무 되어" 걷는 낙타가 있기 때문이라고 말이다.

'사람 사막'에서 비를 비는 시혼
― 이승하

1. 뭉크의 절규, 이승하의 비명

'불안은 영혼을 잠식한다'고 했던가. 라이너 베르너 파스빈더 감독의 영화 제목처럼 불안은 인간 영혼을 잠식하고 인간의 기대 지평을 현저하게 좁히게 마련이다. 그런데 파스빈더 감독처럼 불안을 예술적으로 승화시켜 역설적 감동의 지평을 선사한 이들도 많다. 노르웨이 출신 표현주의 화가 에드바르트 뭉크Edvard Munch도 그렇다. 불행했던 성장 환경과 관련되는 생명과 죽음, 공포와 불안, 고통의 정서는 뭉크의 미술 세계를 관류하는 심미 철학이다. 노르웨이 명문가 출신의 의사인 아버지는 실은 성격 이상자였다. 어머니는 뭉크가 다섯 살 때 결핵으로 세상을 떠났고, 10년 뒤 누나도 같은 병으로 사망했으며, 누이동생은 정신이상 증세를 보였다. 머잖아 아버지와 남동생마저 지상에서 육신을 거두었다. 이런 환경에서 애도 작업마저 제대로 할 수 없었던 사별 가족이 바로 뭉크였고, 이런 어린 시절의 경험이 그의 그림 작업에 짙은 심연을 형성했다. 너무나도 잘 알려진 그의 「절규」는 공포와 불안 심리를 극적으로 형상화한 작품이다. 길을 가다가 갑자기 세계가 자신에게 말도 안 되는 폭력적 방식으로 공포와 불안을 조장할 때, 주체는 속수무책으로 절규할 수밖에 없다. 「절규」와 관련해 뭉크는 이런 사연을 얘기한 적이 있다. 해 질 무렵 두 친구와 산책하는데 일순 슬픈 기운이 들며 우울해졌다. 기분 탓인지 갑자기 하늘이 핏빛으로 물들기 시작했다. 너무 불안하고 공포스러웠다. 걸음을 멈추고 난간에 기댈 수밖에 없었다. 두 친구는 저만치 앞서가고 있는데 뭉크만 홀로 공포와 불안에 사로잡혀 있었다. 그렇게 붙박인 채 대자연을 휘젓는 강력하고 무한한 절규를 들었다는 것이다. 대자연을 관통하는 절규라고 했다. 그 절규로 인해 그림 속의 주 인물은 불안과 공포에 질린 상태에서 손으로 귀를 틀어막는다. 그러면서 그 또한 절규한다. 절규하는 인물의 뒤쪽 풍경이 전율처럼 강렬하다. 핏빛 색채들의 비명이 천지를 뒤흔든다. 그럴수록 인물의 심리는 공포와 불안의 극한으로 치닫는다. 그림 속의 주인공만 그런 게 아니다. 「절규」를 보면서 그 비명을 듣는 관람자 또한 절규를 전율처럼 관음(觀音)할 수밖에 없게 된다.

그 절실한 관람자 중에 한국의 시인 이승하도 속한다. 「병든 아이— 에르바르트 뭉크의 그림 1」이나 「면회」 「10대」 등 여러 시편은 물론 시인의 산문과 대담에서 확인할 수 있는 것처럼, 이승하의 시적 텃밭 또한 그의 네번째 시집 제목처럼 "폭력과 광기의 나날"이었다. 폭력적인 아버지와 그것을 방조할 수밖에 없었던 어머니, 그런 환경에서 시인 지망생이었다가 정신이상자가 된 여동생, 거기에 반발해 고등학교 때 가출할 수밖에 없었던 사연 등의 가족사도 그렇거니와 청소년기였던 1970년대와 1980년대의 폭력적인 정치 현실 또한 자연스럽게 뭉크에 이끌리게 했던 것 같다. 1984년 『중앙일보』 신춘문예 등단작 「畫家 뭉크와 함께」도 벌써 그렇거니와, 앞서 언급한 「병든 아이—에르바르트 뭉크의 그림 1」 「불안—에르바르트 뭉크의 그림 2」 등 뭉크와 관련한 작품들이 여럿이다. 「절규」의 강렬한 인상에 이끌리고, 시대와 존재의 고통을 함께 앓으며 자신만의 개성적인 예술 세계를 열어나간 뭉크라는 인간에 다가서면서, 이승하는 절규의 주체가 어디 뭉크뿐이겠는가 직관한다. 베트남전쟁 후 보트피플의 비극과 '한(恨)반도'(「너와 나의 거리」)인 한국의 군사정권하에서 펼쳐진 폭력적 고문 정국에 대한 저항 의지를 담은 등단작을 비롯하여 뭉크를 오마주한 여러 시편은 대개 이승하 나름의 시적 비명이었다고 해도 크게 틀리지 않을 터이다. 그것은 시인 정현종의 인상적인 시집 제목처럼 '고통의 축제'였다. 뭉크에게도, 이승하에게도 그랬다. 등단작도 인상적이지만 『중앙일보』 1984년 1월 1일 자에 같이 발표된 당선 소감 또한 각별한 시인의 탄생을 알게 했다. 마침 이번 시집에 수록된 시 「문학평론가 김윤식」편에 삽입되어 있다. 소감에서 청년 이승하는 '세 가지 자문'을 제기하며 자신의 문자 행위의 출발점을 분명히 한다. "나는 무엇인가/나는 무엇을 할 수 있는가/나는 지금 무엇을 하고 있는가". 이런 자문에 답을 구하기 위해 그는 시적 여정을 출발한다. "보다 깊은 우물의 의미와/열려진 세계의 끝을 찾으려는 노력./명암에 대한 성찰에의 길을/이제 떠나야 한다./언어로 성취할 수 있는 것이 아무것도 없을지라도/내 정신은 늘 부활을 꿈꿀 것이다./고통마저 사랑하기 위하여/이 땅 이 시대의 당신들을 벗 삼기 위하여."

이런 다부진 출발을 한 지 어느덧 40년이다. 누구보다도 시에 들려 그만의 시의 성채를 치열하게 구축했다. 15권의 시집과 2권의 시선집을 비롯해 4권의 평전과 1권의 소설집, 그리고 다수의 평론집과 산문집을 출간했다. 속절없이 폭력적인 현실, 그 '폭력과 광기의 나날', 어쩔 수 없는 '욥의 슬픔'이 그치지 않는 상황, 하늘의 별마저 '뼈아픈 별'일 수밖에 없는 현실, '우리들의 유토피아'는 너무 먼 곳으로 밀려나 있기에 시인이 서정적으로 추구하는 '사랑의 탐구'마저 절규 혹은 비명의 형식에서 예외가 될 수 없는 시절이었기에, 그의 시력 40년은 어쩌면 그의 시선집 제목처럼 '공포와 전율의 나날'에 가까운 것이었는지 모른다. 이런 40년의 시적 열정은 출발점에서의 다짐과 자문에 대한 자답을 얻기 위한 시적 의지였다. '지상의 길'에서 '천상의 바람'을 희원한 순수 시혼이었다. 그의 시적 의지와 열정은 40년이 지난 지금도 여전한 것 같다. 40년 전의 당선 소감을 호출한 다음 이어지는 현재의 시적 진술에서 거듭 확인된다.

> 내 비명에 내 고막이 터질 정도로
> 광야에서 외치리라 일천 편의 시를
> 내 응시가 내 안구를 파열시킬 정도로
> 산정에서 쏘아보리라 백일白日의 태양을
>
> 병 깊은 동시대인이여
> 귀 멀지 않고 눈 멀지 않은 내가
> 종생토록 시를 쓸 수 있다면
> 노예선에서 생을 마친들 뭐이 어쩌랴
>
> ──「문학평론가 김윤식」 부분

"내 비명에 내 고막이 터질 정도로/광야에서 외치리라"고 했다. "노예선의 벤허처럼 눈에 불을 켜야만 나는 사는 것"이라고 1962년 8월 『현대문학』 천료 소감을 밝혔던 평론가 김윤식으로부터 배운 것이 "내가 나를 포기하지 말아야 한다는 것/내가 내 눈에 불을 질러야 한다는 것"이었는데, 여전히 병이 깊은 동시대를 위해 노예선의 벤허처럼 그렇게 종생토록 시를 쓰겠다는 의지는 여전하다. 40년의 세월이 느껴지지 않을 정도로 그 의지의 열도(熱度)는 도저하다.

그런 시적 의지로 열여섯번째 시집 『사람 사막』을 상자한다. '사하라 사막'이 아니고 '사람 사막'이다. 왜 '사람 사막'인가? 이 질문부터 독자들을 긴장의 지평으로 이끈다. 이 시집에 수록된 모든 시에 사람의 실명이 나온다. 우선 그 이름들을 먼저 일별해보기로 하자. 시인으로 김소월, 김동환, 이상, 백석과 자야 김영한, 임화, 윤동주, 나혜석, 서정주, 구상, 한하운, 박인환, 김수영, 천상병, 신동엽과 그의 부인 인병선, 박재삼, 박희진, 정진규, 윤상규/윤후명, 박정만, 송석증, 마광수, 김영승, 기형도, 박형희, 이영훈 등이, 소설가로 이광수, 김유정, 이상, 지하련, 김승옥, 송상옥, 윤후명, 방현석 등이 초대된다. 두보(杜甫)나 이하(李賀) 같은 중국 시인들은 물론, 아르튀르 랭보, 샤를 보들레르, 폴 베를렌 같은 프랑스 시인, 러시아 작가 도스토옙스키 등도 이승하의 '사람 사막'의 거주민이다. 화가 고흐와 그 동생 테오도 보이고, 무용가 최승희와 그의 남편인 평론가 안막, 평론가 김윤식도 호명된다. 사상가 마르크스, 영국의 군인이자 고고학자 토머스 에드워드 로렌스 역시 '사람 사막'에 흔들리는 번지수를 지닌다. 또 한국인 최초의 천주교 신부였던 김대건 성인, 구한말 의병장 최익현, 김덕령, 이순신, 설봉, 명성황후, 고종, 봉오동전투와 청산리전투로 빛나는 만주 대한독립군 총사령관 홍범도, 이승만에서 문재인에 이르기까지 역대 대통령, 화가 최북, 아나키스트 가네코 후미코와 박열, 조만식과 전선애, 안중근, 가미카제 특공대로 자폭한 17세의 박동훈, 은율탈춤을 복원한 인간문화재 장용수, 영화배우 이영호, 가수 김현식, 2007년 61명의 사상자를 낸 미국 조지아텍 총기 난사범 조승희, 2017년 라스베이거스에서 사망자 59명, 부상자 527명을 낸 총기 난사범 스티븐 패덕, 1997년 6월 24일 일본 고베시에서 엽기적인 연쇄살인 행각을 벌인 중학생, 아프가니스탄에서 선교 활동을 하다가 2007년 8월 무장 세력 탈레반에 의해 피랍 살해된 목사 배형규, 일본의 3D 버추얼 캐릭터 사야 등 다양한 사람들이 '사람 사막'의 광장에서 색다른 교향악을 연주한다. 그리고 가족이 있다. 아버지, 어머니, 누이, 아내, 아들이 등장한다. 다양한 사람들을 초점화하고 대상화하고 거리를 조정하면서 인간 그 자체에 대한 탐문의 심연으로 내려간다. "나는 무엇인가"라는 질문으로 시작했던 이승하는 이제 나를 포함한 "인간은 무엇인가"라는 질문으로 확대 심화하고 있는 것이다. 그것도 사막에서……

2. 마그리트의 사람-비, 이승하의 비-사람

르네 마그리트René Magritte의 1953년 작 「골콩드Golconde」 혹은 「겨울비」라 불리는 초현실주의 그림을 우리는 잘 알고 있다. 골콩드는 한때 다이아몬드 광석으로 유명했던 인도 도시이다. 14세기 중반부터 17세기 말까지 왕국의 수도이기도 했던 골콩드는 현재 유네스코 문화유산으로 지정된 곳이다. 그런데 그림의 풍경과 골콩드는 별로 관련이 없어 보인다. 파이프를 그려놓고 '이것은 파이프가 아니다'라는 제목을 붙였던 마그리트답다. 제목은 해석을 위한 게 아니며, 그림이 제목을 풀이하는 삽화가 아니라는 생각을 견지했던 화가였다. 그는 종종 그림을 그린 다음 친구들을 초대해 제목을 짓게 했다는데, 문제작 '골콩드'는 시인 스퀴트네르Louis Scuternaire가 붙인 것으로 전해진다. 캔버스 중앙에서 화면 밖을 응시하는 인물이 바로 그 시인이다. 어쨌든 비처럼 사람들이 강림하는 풍경이 캔버스를 압도한다. 제목을 지은 시인 스퀴트네르를 포함해 모든 캐릭터는 한결같이 중절모에 코트 차림이다. 캐릭터의 표정이나 자세, 시선의 방향은 모두 다르다. 저마다 개성적인 몸짓을 보이는 빗방울들이다. 지붕 아래쪽 캐릭터들은 그림자가 있는데 하늘의 인물들은 그림자가 없다. 그림의 특성상 정지된 것처럼 보이지만, 전반적으로 하늘에서 지상으로 내리는 사람-비의 이미지로 보인다. 그렇게 사람-비, 그러니까 실제의 비가 아니라 사람-비가 내려 지상을 차곡차곡, 이런 시선과 저런 욕망을 지닌 사람들로 채우게 되면 어느 순간 사람-사막이 될 수도 있지 않을까. 마그리트가 중절모와 코트라는 외적 공통점을 살리면서 다양한 사람-비를 변형 생성했듯이, 이승하도 다양한 사람들의 이야기를 통해 인간은 무엇인가와 관련된 질문에 응답하고자 한다.

먼저 폭력과 광기라는 주제와 관련한 극단적인 인물군이 격렬한 모래바람을 일으키는 사막이 있다. 1997년 6월 24일 일본 고베시에서 엽기적인 연쇄살인 행각을 벌인 중학생, 2007년 사망자 32명과 부상자 29명을 낸 미국 조지아텍 총기 난사범 조승희, 2017년 라스베이거스에서 조승희의 기록을 깨겠다며 사망자 59명과 부상자 527명을 낸 총기 난사범 스티븐 패덕 등이 그 사막을 더욱 뜨겁게 달군다. 랩처럼 경쾌하게 전개되는 주인공의 넋두리는 일단 이런 배경에서 전개된다. "여기는 사막에 세워진 도박의 도시" "여기선 살인 축제를 언제라도 즐길 수 있지 자동화기를 아무나 살 수 있지". 아비는 은행 강도였고, 자신의 취미는 총을 사 모으는 것이었다는 스티븐 패덕, "도박에 미치고 음악에 취한 인간들이 2만 2,000명이나 모"인 엄청난 인파야말로 "총의 성능을 실험할 수 있는 좋은 기회"이자 "신이 있는지 없는지 실험해볼 멋진 기회"라며 "마약을 하지 않"은 "제정신으로" 당겼다는 시대의 살인마, 더욱이 "내 이름을 오래 기억해줘 스티븐 패덕 가장 많은 사람을 죽인 살인마로 기억해주길 바라"(「스티븐 패덕의 넋두리」)라고 말하는 사람, 이런 사람이 모인 사막에도 숨은 우물이 과연 존재할 것인가? 「Big News」도 그런 극한 사막의 풍경이다. "고베시의 다이바타케 초등학교 6년생인 하세준(11)을 지난달 24일 살해해 톱으로 머리와 동체를 절단한 뒤, 도모가오케 중학교의 정문 앞에 그의 머리를 방치한 이 중학교 3년생"의 이야기다. 시인은 1997년 6월 30일 자 신문 기사를 20년 동안 서랍 속에 두었다가 세월호의 비극 속에서 다시 꺼내게 되었다고 했다. 시에선 기사 및 기사의 서사와 관련한 인물의 의식을 상상적으로 재현한 부분이 교차 서술된다. "까만 일개미들을 죽이는 재미/하얀 개미 알들을 터뜨리는 재미/매미의 목을 비트는 재미/잠자리의 날개를 자르는 재미" 이렇게 폭력적 가학성을 열거한 다음 "재미없는 세상에서 재미있는 유일한 일은/살인…… 쇠파이프와 나이프로"라는 독설을 퍼붓는다. 중학교 3학년생의 의식이라고 보기에는 너무나도 끔찍한 발언들은 더욱 가속 페달을 밟는다. 사람을 톱으로 잔혹하게 죽여 그 머리를 학교 앞에 방치한 이유는, 죽음의 뉴스가 널린 세상에서 "진정한 news가 될 수 있"게 하려고 그랬다는 것, "반항하지 못할 세상의 약한 것들을" 때려죽이고 싶었던 것은 그 죽음에 슬퍼할 "이 망할 세상의 어른들"에게 복수하고 싶어서 그랬다는 것, 그러면서 자신의 이 잔악한 폭력 행위는 모두 세상과 어른들에게 배운 것이고 따라 한 것일 뿐이라고 말한다.

> 폭력 영화의 폭력 장면을 생각해보십시오.
> 걸프 전쟁의 폭격 장면을 생각해보십시오.
> 미국 학내의 살인 현장을 생각해보십시오.
> 엽기적인 살인?
> 학교 꼰대들의 폭언 장면을 직접 보십시오.
> 엽기적인 살인은 누구나 저지를 수 있는 것이며
> 누구나 당할 수 있는 것이죠.
> 저는 단지 그것을 보여주고 싶었을 따름입니다.
> ──「Big News」 부분

신문 기사는 어린 중학생의 엽기적인 살인 행각을 건조하게 드러낸 것이었다. 그런 기사를 바탕으로 시인은 다시 질문한다. 도대체 왜? 그러면서 그 중학생에게만 돌을 던질 게 아니라 세상의 어른들 모두 함께 속죄하고 대속해야 된다는 마음을 이끌어낸다. 죄를 지은 이에 대한 분노와 적의, 비판과 적개심에 앞서 왜?라고 질문하는 시인의 이런 시적 수행은 시적 정의를 지향할 단초를 마련하는 작업에 속한다. 버지니아텍 총기 난사범 조승희의 사건과 IS(이슬람 국가) 폭탄 테러를 함께 다룬 「이런 기적이」에서는 "모든 탄생은 기적"인데 그 기적이 일어나는 데서 멀지 않은 곳에서 벌어지는 죽임의 사건, 혹은 기적을 회수하는 사건을 병치하면서 왜?라고 질문한다. "왜 인간은 서로 사랑하지 않고"(「이런 기적이」). 몸도 마음도 온통 극한 사막의 표상일 수밖에 없었던 스티븐 패덕, 조승희, 그리고 일본의 중학생의 사례에서 시인은 사랑의 우물이 마른 사막의 살풍경을 읽어낸다. 그러면서 그보다 먼저 사랑이 결핍된 사람 사막에 사랑의 우물을 전하려던 이들의 희원을 비장하게 떠올린다. 김대건 성인과 배형규 목사 관련 시편들이 그 경우에 속한다. 말하자면 조승희나 스티븐 패덕 등이 비를 필요로 하는 비-사람이었다면, 김대건 성인과 배형규 목사 등은 그들에게 비를 내려주고자 한 비-사람이다.

한국인 최초의 가톨릭 사제인 김대건 안드레아(1821~1846) 성인의 평전을 쓴 적이 있는 시인이어서 그런지 그에 관한 두 시편이 무척 인상적이다. 「국경을 넘는 김대건 안드레아」는 1845년 중국 상하이에서 사제품을 받은 김대건 신부가 귀국선 라파엘호를 타고 항해하는 과정을 극화한 시다. 페레올 주교와 다블뤼 신부를 모시고 귀국하는 중차대한 임무를 수행하기 위해 김대건 신부는 길이 13.5미터, 폭 4.8미터, 선체 높이 2.1미터 크기의 목선에 여행자의 수호천사인 라파엘의 가호를 구하기 위해 라파엘호라 이름 붙이고 항해를 시작한다. "국경을 넘는다는 것/인간을 향한 길에서 벗어나/신을 향한 길로 나선다는 것/풍랑을 헤치고 온갖 핍박을 피해" 이 목선은 애초에 먼바다를 항해하기에는 역부족이었으나 오로지 그리스도가 선사한 사랑의 우물을 전하

기 위한 소명으로 도전한다. 과연 항해 중에 거친 파도의 시험은 엄청
난 것이었다.

> 맹수 같은 이빨로 폭풍우가
> 태산 같은 높이로 파도가
> 우지끈 뚝딱 키가 부러지고
> 기를 찢으며 울부짖는 바람
>
> 돛대를 버리자! 최후의 수단으로
> 도끼를 내려쳐 자른 돛대
> 모두 기절한 상태가 되어
> 쓰러져 있을 때, 고요해진 바다
>
> 별이 빛나고 있는 것이었다
> 바닷물이 육지와 부딪히는 소리
> 조선으로 가는 길이 험하였다 그만큼
> 주를 만나러 가는 길이 지독했다 그렇게
>
> ──「국경을 넘는 김대건」부분

　　최후의 수단으로 돛대까지 버렸다. 그렇다는 것은 자신과 배 위의
모든 목숨을 주님께 바치겠다는 허허로운 순교 의지와 통한다. 다행히
은총에 힘입어 기적처럼 귀국하게 된다. 그런데 "고요해진 바다"에 빛
나던 별이 언제나 김대건 신부의 편은 아니었던 모양이다. 머잖아 '슬
픈 별'이 된다. 귀국한 지 얼마 안 되어 천주교를 박해하는 당국에 체
포되어 마침내 효수형에 처해지기 때문이다. 「새남터 망나니」는 1846
년 9월 16일 서울 새남터에서 '피의 순교' 길을 안내한 망나니의 시점

과 어조로 그린 김대건 신부 최후의 풍경이다. 자기 업무를 수행하기 위해 백사장에 나온 망나니는 칼끝이 향한 대상을 응시한다. "저 젊은 이 머리 이제 곧 백사장에 나뒹굴 것이다 나이 고작 스물여섯이란다 망나니 생활 삼십 년에 저런 홍안은 처음이네 어쩜 저렇게 태연할 수가"(「새남터 망나니」). "망나니 생활 삼십 년에 저런 홍안은 처음"이라는 망나니는 "고작 스물여섯"의 "홍안"이 "저렇게 태연할 수" 있다는 것에 놀라움과 안타까움을 표한다. "빨리 목을 베자 조금이라도 덜 아프게 말야 장가도 못 갔다는군 애비와 작은할배는 효수형으로 증조할 배는 옥사로 그만"이라고 읊조리는 대목에서 그 민연(憫然)함은 더욱 깊어만 간다. "지금도 잊히지 않는 것은 그 의연한 표정과 그 말이다 그만 도시오 어지럽소 빨리 내 목을 치시오 나는 준비가 다 되었으니 어서 내 목을 자르시오". 처형되는 이의 '의연'과 처형하는 자의 '민연' 사이에서 이루어지는 '독백'은 '폭력과 광기의 나날'을 초극할 수 있는 어떤 서정의 힘을 감각하게 하면서 독자의 대화 지평을 형성한다. 그 지평을 통해 시인과 독자는 함께 그분을 영접하게 된다. 또 "수선탁덕 首先鐸德"이라 불리었던 이를 순교의 세계로 인도한 망나니가 다른 때와 달리 근본적인 질문을 하는 모습도 주목에 값한다. "임금을 안 믿고 하늘나라의 임금을 믿는 것은 죽을죄인데 왜 그런 죄를 지었던 것일까 죄를 지었으면 용서해 달라 빌어야 하는데 곧 죽어도 저렇게 꼿꼿하게". 도무지 알 수 없었던 게다. 그리고 죽음을 앞에 두고도 의연하고 당당했던 모습도 인상적인 질문거리였다고 전한다. 이런저런 질문 때문에 그날 밤 망나니는 일을 마치면 으레 마시곤 했던 술도 못 마셨다고 전한다. 혹시 그 홍안의 수선탁덕이 내려준 사랑의 빗물에 가슴을 적셨기 때문이었을까. 빗물이 필요한 사람과 빗물을 나누는 사람 사이의 말 없는 교감 같은 것이었을까. 그런 복잡한 질문의 지평이 거듭 열린다.

「끌려간 목사―배형규 목사의 부음 앞에서」도 같은 맥락에서 읽힌다. 2007년 7월 아프가니스탄에 선교 활동을 하러 갔다가 무장 세력 탈레반에 의해 피랍, 살해된 배형규 목사의 부음을 접한 시인의 조시(弔詩)다. 그 1연은 이렇다. "그 사막에 말씀을 전하러 갔는가/귀담아 들으려 하지 않는 무장단체/총을 든 그들의 손에다 성경을?/말이 통하지 않아서/손짓과 발짓으로 말했는가/예수가 이 땅에 오신 뜻을/십자가에 매달린 뜻을". 특히 첫 행이 인상적이다. '사막'과 '말씀'의 대조가 이미 많은 것을 함축하며 긴장감을 자아낸다. '사막'은 "귀담아 들으려 하지 않는 무장단체"의 "총"의 상관물이며, 사막에선 "환한 대낮인데 깜깜한 시간"만 지속될 뿐이다. 거기서 생명은 "죽을지 모른다는 공포감 속에서/가위눌린"다. 그런 '사막'의 처지에 생명의 빗물과도 같은 '말씀'을 전하려 갔지만, 전하지 못한 채, 마지막 기도도 채 끝나기 전에 사막의 죽음을 맞이한다. "귀뚜라미 한 마리/죽은 그대 옆에 와서 울고 있다"라는 마무리가 비극적 죽음에 대한 애도의 파토스에 깊이를 보탠다.

이런 사막의 현실이 계속된다면 인간 세상은 어떻게 되는가. 빈센트 반 고흐가 동생 테오에게 전하는 서간체 스타일의 시편 「슬픔은 끝이 없다」의 제목처럼 그렇게 될 수밖에 없지 않을까. 세상을 사랑했고, 멀쩡한 정신으로 그리고 싶었지만 고흐는 사막과도 같은 현실에서 철저하게 절망할 수밖에 없었음을 토로한다. "아프기만 아프고 슬프기만 슬프고 〔……〕 아아 슬픔은 끝이 없단다." 그렇게 슬픔이 많은 사막의 현실에서라면 사람들은 근심 걱정이 많고 그래서 뭔가 다른 경지를 위해 절대자에게 하염없이 빌게 되는 사태가 벌어진다. 명산대찰은 물론 도처에 발원하는 돌탑이 바벨탑처럼 위로 올라가고 있음을 우리는 늘 보고 있다. 「빈다」는 그런 현실을 인상적으로 점묘한다. "사타구니 위에도 발 밑에도 돌이 쌓여 있다/근심이 쌓여 있다 이 근심에서 헤어

나고자/우리는 오늘도 건투를 빈다 행운을 빈다". 「윤회와 부활」이 주
목되는 것도 비슷한 사정에서이다. "붓다가 인간으로 다시 태어나고/
예수가 부활하여 만나는 일이 있다면/손 맞잡고 울기부터 하리/두 사
람 울음이 하늘 부들부들 떨게 해/우레가 되고 40일의 홍수가 되고".
이런 가정법의 세계에는 사람 사막의 현실에 대한 시인의 도저한 절망
이 깃들어 있다. "인도 2500년이 지나도 이스라엘 2000년이 지나도/
사고 팔고, 지지고 볶고, 죽이고 살리고" 하는 현실은 조금도 개선되지
않았으며, 아니 더 악화일로의 상황이 되고 말았으니, 결코 윤회하지
말고 부활하지 말았으면 좋겠다고 역설한다.

> 예나 지금이나
> 때리는 사람과 맞는 사람
> 욕하는 사람과 욕먹는 사람
> 배부른 사람과 배고픈 사람
> 살려는 사람과 죽이려는 사람
>
> 한참 울고 헤어질 때 천지를 뒤흔드는 소리
> 원자력발전소가 폭발하고 핵폭탄이 터지고
> 산이 무너지고 도시가 사라지고
> 핵우산 아래서 미세먼지를 들이마시고 있는
> 붓다와 예수여
> 다시는 윤회하지 말지니 부활하지 말지니
>
> ──「윤회와 부활」 부분

특히 「윤회와 부활」의 4연은 여섯번째 종말을 향해 치닫는 사람 사
막의 풍경을 극적으로 환기한다. 어쩌다 이렇게 되었을까. 일찍이 붓다

가 설파했던 큰 슬픔과 큰 자비, 예수가 강조했던 사랑과 긍휼의 마음이 사막화되었기 때문이 아닐까, 시인은 고뇌한다. 빈센트 반 고흐가 그랬고, 랭보가 그랬던 것처럼, 이승하도 그런 큰 슬픔의 심연으로 내려가 사막의 우물물을 예비하고자 한다. 우선 자신과 타인, 세상을 위해 진심으로 눈물을 흘릴 수 있어야 한다. 눈물들이 모여 우물이 되게 해야 한다. 「꿈꾸는 작은 돌멩이」에서 "처진 자의 두려움/길 잃은 자의 목마름/위로받지 못한 자의 절망감으로 흘리는 눈물"을 전경화하며 "눈물로 정화되는 당신의 어린 아들"을 주목하는 것은 그런 까닭이다. 그것은 시인 자신을 향한 응시이자 뭇 타인들을 향한 시선의 복합적 상호작용을 암시한다. 사막에서 새로운 생명의 가능성은 눈물에서 말미암을 수 있음을 발견한다. 「밤의 계단—한빛맹아학교 졸업식장에서」 시인은 "마음의 눈으로 세상을 보기로 했다"라는 시각장애 아동의 답사를 들으면서 아연 긴장하고 반성한다. 일단 가까운 가족사에서 그 심안을 통한 교감과 소통의 지평을 마련하려 한다. "이 캄캄한 세상에 내보낸/어머니를 한때는 원망했겠지만/지상에 크나큰 슬픔을 짐 지고 오신/당신 반평생의 침묵을/이제는 조금 알게도 되었을 것이다". 이렇게 어머니에 대한 이해와 연민의 정서를 심화하면서 이 순간에도 "생명이 자라고 있음을" 절감하는 서정으로 확산한다. "죽은 줄 알았던 나무에서 싹 돋고/죽은 줄 알았던 나무에서 꽃 피는/봄이 올 것을 아는/세상의 뭇 생명체여". 그 깨달음을 아들에게도 전하고 싶어 한다. "아들아/우주의 크기보다 더 큰 슬픔의 땅에서/살다가 죽은 사람이 거름이 된단다/저 나무들을 키우고/나무는 피 흘리듯 꽃을 피운단다"(「꽃과 피—경기도 양평 중미산천문대에서, 아들에게」).

그러나 "큰 슬픔의 땅"에서 "마음의 눈으로" 세상을 본다는 것은, 더욱이 살아간다는 것은 결코 쉬운 일은 아니다. 「어둠 끝에 서다—영화배우 이영호 님께」 같은 시편을 보면 "약을 잘못 먹어 잠시 실명

했을 때/이 세상이 낭떠러지 끝"이었다며 "그곳의 지독한 안개 더 지독한 침묵"을 떠올리며 앞을 보지 못하게 된 한 영화배우의 처지에 그윽한 연민과 교감의 정조를 보인다. "아침 하늘을 수놓는 새 떼의 일제 비상"도, "그리 좋아했던 영화"도, "그 영화 여주인공의 묘한 미소"도 보지 못하게 된, 그래서 "사물은 차갑고, 사람은 더 차갑"게 느껴질 수 있을 그의 처지를 구체적으로 상상하며 온정을 보낸다. 이 시에서 구체성은 곧 연민과 교감의 정도를 입증하는 것이다. 사람 사막에서의 아픔, 슬픔에 대한 시인의 탐문은 다양하게 변주된다. "맨정신으로 어찌 살아가겠소"(「나 소월이오」)라고 겨워했던 소월의 전언이, "세상이 나로부터 등 돌린 것을 알았을 때/내가 할 수 있었던 유일한 것은/세상으로부터 등 돌려버리는 것〔……〕 가고 싶은 지금 즉시 가지 않는다면/너희들은 산 주검이 아니면 죽은 목숨인 것을/나는 이제껏 지옥에서 사계절을 났으나/지글지글 들끓는 내 마음 같은 적도의 태양"(「천국의 랭보―여행에의 권유」) 같은 랭보의 절규, "전율을 찾아서/기대를 배반하는 새로운 충격을 느껴보려/이 집에서의 모든 기억을 버리기로 마음먹는다"(「행려병자의 노래―나혜석」)라고 했던 나혜석의 비창에 시인은 슬픔의 강세를 부여한다.

아픔과 슬픔을 예술로 승화시켰던 이들에게 관심을 가지는 것도 큰 슬픔의 가치를 탐문하는 작업의 일환이다. 두보 초당에 가서 시인은 "도토리 줍고 마를 캐어 먹여 살린 식구/거적 지붕 낡은 배 한 척이 집이었던" 두보, "약초를 캐면서도, 내다 팔면서도 시 생각하고/동정호에 가서도, 악양루에 가서도 시를 썼던" 두보를 떠올린다. 그러면서 두보의 시가 온갖 현실적 아픔을 딛고 일어선 승화의 경지임을 확인하며 자신도 그 지평에 동참하고 싶어 한다. "오래 아파서 아름다웠던 이여/영광은 언제나 고난 뒤에 오는 것/나 돌아가 많이 아파보아야 한다"(「오래 아프면 아름다울 수 있다―두보초당에서」). "그대/아프지 말라/나처럼/아프지 말라"(「구름을 보며 노래하다─한하운이 R에게」)라고 했던 한하운의 메시지를 옮기며, 나는 아프되 남은 아프지 않기를 바라는 예술가의 진정성을 떠올린다. 한하운 같은 동료가 있었다면 형장으로 끌려가는 동안 도스토옙스키가 그토록 무섭지 않아도 좋았을 터이다. "죽음에 대한 공포보다/무서웠으리/사채업자에게 진 노름빚보다/무서웠으리/내가 죽어도/울어줄 사람이 없다는 사실이"(「도스토옙스키, 형장으로 끌려가는 동안」). 또 윤동주의 「참회록」의 기원을 성찰하며 시인의 욕된 슬픔을 헤아리려 한 시편도 인상적이다. "일본 본토에 가 공부한다는 것이 그다지 욕된 일이었을까/성씨를 고쳐 신고한 날 1942년 1월 29일/그 닷새 전에 시를 썼지 「참회록」을/여백에 낙서할 때의 기분이 어땠을까"(「잃어버린 성을 찾아서」). 윤동주는 1942년 1월 24일에 쓴 시 「참회록」 아래에 이런 낙서를 해놓았다고 한다. "시인의 고백, 도항증명, 힘, 생존, 생명, 문학, 시란? 不知道, 古鏡, 비애 금물". 물론 그런 낙서로도 다 풀리지 않는다. 어쨌든 한없는 염결성을 지녔던 선배 시인의 슬픈 고백을 접하면서 후배 시인 이승하는 비애의 심연으로 내려간다. 앞에서 본 두보 시편이나 윤동주 시편에서도 그랬지만 "귀천 한 편만으로도/불멸의 시인이 된 천상병/울음이 타는 가을강 한 편만으로도/불멸의 시인이 된 박재삼"(「천상병과 박재삼」) 같은 경우처럼 앞선 시적 경지에 대한 찬가 형식의 시편들이 있는가 하면, 비판의 세목을 예각적으로 드러낸 경우도 적지 않다. 가령 「인간 수영」 같은 시편에서 이승하는 현대시사의 큰 광맥에 해당하는 시인 김수영의 인간적인 면모에 대해 비판적 접근을 과감히 수행한다. 이 시의 1~4연까지 김수영 시인의 행적과 관련한 인간적 불만을 열거한다. 그런 다음 5연을 이렇게 마무리한다.

시로는 사랑의 변주곡을 들려주었고

256

바람이 되어 풀을 눕혔고 스스로 거대한 뿌리였지만

겁많은, 옹졸한, 비겁한, 파렴치한……

아니, 인간적인, 너무나도 인간적인……

——「인간 수영」부분

    이 5연이 주목되는 것은 반전의 반전을 거듭하는 시적 긴장 때문이다. 앞의 두 행에서 시인은 김수영의 시적 성취를 일목요연하게 풀어 보였다. 그러나 3연에서는 인간적으로는 불만이 많을 수밖에 없다는, 그래서 앞의 1~4연까지 그렇게 제시한 것이라고 분명히 한다. 반전이다. 예술적 성취에 반하는 인간적 불만을 극적으로 대조한다. 그러나 4행에서 다시 반전의 반전을 시도한다. 니체의 구절을 패러디하여 "인간적인, 너무나도 인간적인……"이라고 했다. 그렇다고 해서 인간적으로 이해하고 수용한다는 쪽으로 마무리된 것 같지 않다. 거듭 인간 혹은 인간적인 것에 대한 복합적 질문을 던지고 있다고 보는 편이 더 온당할 것이다. 이 5연의 앞 두 행에서도 확인할 수 있고, 「천상병과 박재삼」도 그렇거니와, 인유의 수사학적 장기를 보인 신동엽 시인이 아내 인병선 여사에게 보낸 시편에서 이승하는 재치 있는 인유로 수사학적 효과를 제고한다. "풀잎으로 묶어준 갈래머리/그대 생각하며 시를 썼더라면/이야기하는 쟁기꾼의 대지처럼/끈질기게 짚과 풀을 키워냈더라면"(「지푸라기처럼—인병선 여사에게」). 여기서 다룬 시인들은 대부분 세상에 절망하고 부끄러워 눈물 흘리면서도 타인의 아픔을 위해 눈물 흘리며 시적 성취를 이룬 사람들이다. 그런 시인들을 시화하면서 이승하는 시인으로서 반성적 자의식을 보이기도 한다. "이상이 이하보다 1년 더 살았다/그들보다 갑절을 더 산/나/삶의 두께 켜켜이 저며 넣은/시 한 편 쓰지 않았다/뜨거운 피의 시, 그 이상 같은 시를/차가운 술의 시, 그 이하 같은 시를"(「그 이상, 그 이하」).

3. 생텍쥐페리의 우물과 이승하의 선인장

잠시 『어린 왕자』의 사막 풍경을 에둘러가기로 하자. 비행기 기관 고장으로 사막에 불시착한 지 여드레째 되는 날, 물이 떨어진 작가는 어린 왕자와 함께 사막에서 물을 찾는다. 어린 왕자가 말한다. "사막이 아름다운 건 어딘가에 우물이 숨어 있어서 그래." 바람의 노래를 들으며 고운 모래들이 천태만상을 형성하는 사막은 필경 모래와 바람과 하늘의 오케스트라일 터인데, 어린 왕자는 그 심연에서 대뜸 우물을 지목한다. 읽고 또 읽어도 놀라운 대목이다. 보이는 사막에서 보이지 않는 우물을 바라보는 영혼의 눈 덕분이었을까. 그들은 마침내 우물을 발견하게 된다.

그런데 그 우물은 사하라 사막에 있는 샘 같지 않다. 사하라 사막의 샘은 고작 모래 속에 뚫린 구멍일 뿐인데, 그들이 발견한 샘은 마을에 있는 우물 같았다. 도르래도, 물통도, 끈도 다 준비되어 있다. 어린 왕자가 도르래를 돌리려 하자, 오랜 침묵을 깨고 삐걱거린다. 그 소리를 들으며 어린 왕자는 환호한다. "우리가 이 우물을 깨우니까 노래하는 거야……" 도르래의 노래를 들으며 둘이 물을 마신다. 그 물은 결코 단순한 물일 수 없다. 특별한 천상의 선물에 가까운 어떤 것으로 축제처럼 달콤하다.[1]

그러나 생텍쥐페리의 환상은 현실의 상상에서 종종 거절된다. 이승하의 사막에서도 그렇다. "낙타를 타지 않고는/금방 쓰러져 사막이 되"는 공간, "농부도 유목민도 살 수 없"는 "모래의 무덤"에서 "낙오되면 낙타와 함께 주검이 될 뿐"(「사막을 건너는 법—영화 〈아라비아의 로렌스〉를 보다」)인 사막에서 오아시스를 발견하는 것도 쉽지 않고, 그러기

1 　졸저, 『책의 질문』, 열림원, 2023, pp. 83~84.

에 사막을 건너는 것은 한없이 지난하다. 시인이 관찰한 '말의 사막' 또한 형세가 비슷하다. 아니 더 지독하다. "필화와 설화가 사람을 죽음으로 몰아간다/모함의 감옥에 가둬 손가락질하고/구설의 도마에 올려 난도질하고/죄가 없어도 처형되는 경우가 있다 (……) 세객이여 유세객이여/세 치에 불과한 혀로/선업을 쌓아도 고작 10년 내지 20년인 것을/그러니 그대 고요하라/말의 사막에는 오아시스가 없다"(「말의 사막에는 오아시스가 없다」). 정치의 광장에서 자주 형성되는 말의 사막에 비판적으로 접근한 시편이다. 인터넷과 SNS 시대를 맞아 이른바 가짜 뉴스를 비롯한 세계 도처의 정치 현실에서 볼 수 있는 이런 말의 사막이야말로 실제의 사막보다 더 사막 같은 사람 사막의 불모지 형상이라는 것이 시인의 엄중한 진단이다. 그런 이유 때문에라도 인간 세계는 더욱 사막화된다. 말의 사막을 조장하고 형성하고 넓히는 "세객"들에게도 앞에서 성찰한 큰 슬픔이나 큰 아픔의 정조가 있을까. 그들의 가슴에서 물기가 있을까. 그들의 눈에도 눈물이 남아 있을까. '말의 사막'에 대해 아직은 비관적이다. "우리 가슴에서 물기가 사라지고 있습니다"(「데스 밸리 사막의 밤―송석중 시인에게」). 그런 까닭에 사막은 도시를 더욱 삭막하게 한다. 사람 사막의 풍경은 이렇게 비유된다. "사막이 점점 넓어져 도시를 뒤덮고/바다가 보이는 언덕의 무덤들을/차례로 덮을 것입니다/이곳은 모래의 출생지 모래의 무덤". 물기가 사라지면서 "푸르렀던 지구"는 "노랗게 변하"며 삭막한 사막화에 속도를 낸다. 이런 사람 사막의 시대에 시인은 무엇인가. 이승하는 시인을 이렇게 호명한다. "도시의 선인장이 된 시인이여"(「데스 밸리 사막의 밤―송석중 시인에게」). 어떻게 도시의 선인장인가. 아마도 시인은 여전히 가슴에 물기를 지니고 눈에 눈물을 지닌 존재이기 때문에 선인장을 길러낼 수 있는 존재라고 본 것이 아닐까. 이승하가 보기에 적어도 시인은 사람 사막을 건너는 법을 구하고 헤아리는 존재라야 한다.

'사람 사막'에서 비를 비는 시혼   259

하늘과 땅, 태양과 바람, 대자연과 일체가 되어 나를 잊고
홀로 있게 된다 삶도 꿈도 목숨도 여생도 여기에서는 오직 하나
찾는 자에게만 열리는 길, 사막의 길은 구하는 자에게만 보일 뿐
이다
　　──「사막을 건너는 법─영화 〈아라비아의 로렌스〉를 보다」 부분

　진정한 시인은 "말을 버리게" 되고 "시간을 잊게" 되는 사막에서,
"사막의 길"을 새롭게 찾으며 다시 말을 되찾고 시간을 되돌리는 연금
술사이다. 그는 '텅 빈 충만'의 가슴에 물기를 가득 담은 채 "큰 붓"으
로 "온몸으로" 선인장 같은 말을 짓는 존재들이다. "율려律呂가 무엇인
가 본색本色이 무엇인가/짓는 것이다 큰 붓을 들고 온몸으로/쓰는 것
이다 다른 세상에 가도 붓을 들고/노는 것이다 비어 있음의 충만을 위
하여"(「80년 동안 잘 놀았다─정진규 시인 장지에서」). 그렇게 사람 사
막에서 선인장을 기적처럼 자라게 하며, 생텍쥐페리처럼 우물 도르래
의 노래를 길어 올리는 자이다.

　다시, 문제는 물기다. 사막에서 오아시스의 가능성은 우물이다. 사람
사막의 도시에서 선인장의 근원 또한 물기다. 비의 기운이다. 옛날에
는 천문을 읽는 일이 쉽지 않았다. 언제 비가 올지 날이 맑을지 예측하
는 일이 쉽지 않았다. 『삼국지』에서 제갈공명의 이름이 높은 이유 중의
하나는 그가 천문을 잘 헤아리고 그에 따라 전쟁의 흐름을 바꾸는 신
기를 보였기 때문이다. 가령 적벽대전 같은 경우가 대표적이다. 그 옛
날 군주들은 누구나 공명 같은 천관을 두고 싶어 했을 것이다. 고대 중
국의 우(禹) 임금이 그랬듯이 치수(治水)는 군주의 으뜸 되는 덕목 중
의 하나였다. 그래서 비가 오지 않으면 천관이 정한 길일을 택해 기우

제를 지냈다. 민간에서도 다양한 기우(祈雨) 풍속이 있었다. 가뭄이 심하면 병에 물을 담고 소나무나 버드나무 가지로 마개를 한 다음 추녀 밑에 거꾸로 매달았다. 그러면 병 속의 물이 가지와 잎을 따라 땅에 방울방울 떨어지게 된다. 그런 풍경처럼 부디 하늘에서도 비가 내리기를 집집마다 빌었다. 이른바 현병기우(懸瓶祈雨)가 그것이다.『사람 사막』에 실린 이승하의 시 역시 헌병기우처럼 물을 담은 병이 아닐까. 그런 맥락에서 물을 담은 병들의 시를 일종의 기우시(祈雨詩)라고 불러보면 어떨까. 점점 더 사막화의 악화일로 경향을 보이는 인간의 대지에 비를 비는 간절한 시혼(詩魂)으로 쓴 간곡한 기우시(祈雨詩)이자 기후시(氣候詩)이다. 사막화는 다방면으로 진행된다. 기후 위기로 인한 지구의 사막화 경향에 대해서는 이미 여섯번째 종말론에 이르기까지 다양한 담론들이 제출된 바 있다. 이승하 역시 그런 환경 문제에 대응하기 위해「생명체에 관하여」를 비롯한 여러 시편을 창작한 바 있다. 그것을 외적 사막화라 한다면, 이번 시집에서 더 집중한 것은 내적 사막화 경향이다. 어쩌면 지구의 사막화 속도보다 더 심각하게 인간 내면이나 영혼의 사막화 경향이 가속화되는 것 아닌가 하는 우려와 긴장감으로 쓰인 시편들로 보인다. 사물의 본질이나 본바탕, 혹은 사물이나 일 따위의 기본이 되는 것이라는 뜻에서 기우(基宇)도 터무니없이 일그러진 경우가 많다. 또 그가 착목한 사람 사막에서는 기개와 도량을 아울러 이르는 기우(氣宇)라는 말도 제대로 쓰기 어려운 실정이다. 이런 사람 사막의 풍경에서 시인은 자신의 비관이나 우려가 한갓 기우(杞憂)이기를 바라지만, 소망과는 달리 폭력과 광기로 넘쳐나는 현실은 매우 엄중하다. 독자들 또한 마찬가지다. 이 시집을 읽으면서 우리는 사막으로 치닫는 악화일로의 폭력과 광기들이 예외적인 기이한 인연으로 만난, 즉 기우(奇遇)였으면 좋겠다는 생각을 하게 되지만 꼭 그렇지 않다. 사막화, 폭력화, 불모화는 이제 상수(常數)에 값한다. 그러기에 이승하의 기우시/기후시는 더욱 간절할 수밖에 없다. 『어린 왕자』에서 그랬던 것처럼 사막 깊은 곳에, 사람 사막의 깊은 곳에 숨어 있는 우물을 깨우기 위한 절절한 노래다.

사람-풍경의 고현학
── 곽효환의 『소리 없이 울다 간 사람』

1. '시대의 정거장'에서

　여로의 시인들이 있다. 길을 나서 정처 없이 배회하거나, 예기치 않게 목적지를 잃거나, 혹은 가까스로 탐색지에 도달하거나, 어쨌든 그 길 위에서 만난 사람들, 접한 풍경들, 시린 사연들, 슬픈 감상들이 시의 중핵적인 원형질이 되는 시인들이 있다. 길을 떠나지 않았을 때는 평범한 시민처럼 보였던 이들이 길 떠난 여정에서 비범한 시인이 되는 사례를 우리는 적잖이 발견한다. 먼먼 옛날에 목마 전술로 트로이에 승리할 때까지 오디세우스의 길은 전쟁 영웅의 길이었지만, 그 후 고향 이타카로 돌아가기 위해 겪어야 했던 온갖 고난과 그 고난 풀이의 여정은 서사시적 영웅의 길에 가깝다. 물론 영웅서사시의 시절은 이미 오래전에 종언했고, 특히 근대 이후 시적 여정은 매우 비루하고 한없이 낮은 자리에서 가까스로 수행되는 경향이 짙은 게 사실이다. 곽효환도 그런 길의 수행성으로 시적 창안의 에피파니를 발견하고 시적 지속의 에너지를 저작하는 시인에 속한다. 2010년에 출간된 제2시집 『지도에 없는 집』 뒤표지 글에서 그는 자신의 시적 원천으로 길 위에서 만난 사람들, 그 "서사의 풍경"을 언급한 바 있다. 임시정부 수립 60주년을 맞아 그 길을 되짚어 "상해에서부터 가흥, 항주, 무한, 남경을 거

쳐 중경에 이르기까지 '청년 백범'과 임시정부의 흔적을 좇는" 여정에
서 "참 많이 울었다"라고 했다. "고통의 연속인 칠흑 같은 길을 선택한
용기도 놀라웠지만 내일을 기약할 수 없는 쫓기는 피난길에서도 사랑
을 하고, 아이를 낳고, 토굴에 웅크려 떨면서도 누군가를 기다리고, 편
지를 쓰고, 일기를 남긴 앞서 간 사람들. 그 슬픈 그늘을 보며 어느새
중년이 된 나이도 잊은 채 어른거리며 흘러내리는 눈물을 훔치기 바빴
다. 엉엉 울고 싶었고 때론 울기도 했다. 나는 그들이, 그 삶들이 시라
고 믿는다."

　그래서일까. 그는 종종 아니 자주 '시대의 정거장'에서 서성거리며
시름에 젖거나 그 풍경을 가슴에 새긴다. 가령 스탈린의 강제 이주 정
책에 따라 1937년 9월부터 12월 사이에 연해주에 거주하던 고려인 약
18만 명이 중앙아시아로 쫓겨 가야 했던 시린 역사가 있었는데, 1937
년 9월 10일 저녁 8시 15분 고려인을 실은 첫 열차가 출발한 것으로
알려진 남우수리스크 라즈돌노예역에 간 시인의 초상은 이렇다. "기적
소리 어둠 속에 아득히 멀어진다/가난하고 슬프고 시름 많은 삶을/억
척스럽지만 어질게 산 사람들은/그렇게 가고 그 잔상도 마침내 사라진
다/희미하게 비껴들던 붉은빛 스러진/빈 역사 바람벽에 기대어 나는/
홀로 우두커니 서 있다"(「라즈돌노예역에서」). 이 장면은 곽효환 시가
탄생하는 원형적 풍경에 속한다. "홀로 우두커니 서 있다"라고 했다.
"빈 역사 바람벽"에 기대어 기적 소리 아득히 멀어진 잔상을 음미하며,
그 역사를 들고 난 "가난하고 슬프고 시름 많은 삶을" 기억하고 반추
한다. 1937년 9월 라즈돌노예역의 크로노토프는 21세기 라즈돌노예역
이라는 오늘의 크로노토프와 대화하면서 옛 사연을 더욱 곡진하게 환
기하고 돌올하게 부각한다. "홀로 우두커니" 서서 성찰한 결과다. 이런
모습을 우리는 여러 시편에서 확인한다. "늦은 마음으로 당신 없는 빈
집에 들"어 "불빛 죽이고 창가를 서성"(「마음의 궁기」)이는가 하면, "우

체국과 성당을 오가며 나는/날이 저물도록 누군가를 기다렸을/때론 노랗고 때론 붉었을 사람을 생각"(「우체국과 성당」)하기도 한다. 그렇게 홀로 우두커니 서서, 서성이며, 생각하는, 시인은 열린 마음으로 이렇게 다짐한다.

> 그 어느 길목에 지친 다리를 부리고 숨 고르다
> 금강산 기슭에서 발원하여
> 휴전선 품은 화천 어디에서 마침내
> 북한강이 된다는 금강천 줄기 찾아
> 두고 온 그의 옛사람들 안부 물어야겠다
> 무청 도려낸 무들 촘촘히 박혀 있는 겨울 들판과
> 시래기 주렁주렁 매단 지붕 낮은 집 처마 밑으로
> 무수히 들고 난 바람이 실어 온 말들과
> 들풀처럼 무성한 소문 또한 전해주어야겠다
> 수많은 내와 천과 강의 지류들
> 흐르고 합수하고 다시 흘러
> 마침내 큰 강이 되는 물머리에서
> 실어 온 이야기들에 귀 기울여야겠다
>
> ──「양구에서」 부분

양구에 가서 시인은 그 지역의 풍경과 사연을 복합적으로 성찰한다. 눈에 보이는 물결에서 보이지 않는 물줄기와 그 원천을 헤아리고, 귀에 들리는 겨울 들판의 바람 소리에서 들리지 않는 사연과 사정을 속귀에 담는다. 그러니까 시인에게 풍경은 공간적 평면이 아니라 시간적 입체이다. 그 공간에서 과거 현재 미래의 사람들이 어떻게 살았고 풍경이 어떻게 달라졌으며, 그것이 그 공간의 역사성을 어떻게 구성하는

지 성찰한다. 그러기에 공간 풍경은 곧 풍경의 이야기가 된다. 이렇게 풍경이 이야기가 되는 과정을 우리는 이 시에서 확인하게 된다. 시에 제시된 순서를 조금 바꾸어 "이야기들에 귀 기울여야겠다" "옛사람들 안부 물어야겠다" "바람이 실어 온 말들과/들풀처럼 무성한 소문 또한 전해주어야겠다"라는 세 구절의 수행적 의지를 주목해보자. 먼저 타인과 세상이 내 안으로 깊이 들어올 수 있도록 마음을 열고 허심탄회하게 귀 기울이는 환대와 수용이 있다. 내 기준으로 재단하지 않고, 내 틀로 차단하지 않으며, 겸손하게 받아들인다. 물머리에서 발원하여 흐르다가 다른 물들과 합수하고 다시 흘러온 소리 내력들에 귀 기울인다고 하지 않았던가. 귀 기울이기 위해 시인의 발걸음이 찾아 나선 곳의 동선도 무척 역동적이다. 멀리는 만주와 시베리아를 넘는 북방 공간이나 베트남 등 남방 공간까지, 가까이는 그의 오랜 근무처 인근이었던 광화문이나 청계천까지 오감을 열어놓은 시인의 발걸음은 넓고 깊게 파노라마처럼 펼쳐진다. 걷다가 때때로 '시대의 정거장'이나 '시대의 강가'에 머물며 서성거리고 귀 기울인다. 그렇게 귀 기울이다 보면 그 찻길과 물길의 내력에 관련되었던 사람들의 안부가 궁금해지는 것은 차라리 자연스럽다. 그래서 시인은 안부를 물어야겠다고 말한다. 소극적 수용 단계를 넘어서 적극적 회통과 그것을 위한 다가서기의 의지적 발화다. 그러다 보면 사연 많은 말들을 채록하게 되고 이런저런 소문들을 접하게 되는데, 그것들을 가로지르면 사람살이의 다채로운 풍경첩을 마련하게 된다. 그렇게 마련한 '사람-풍경'을 독자에게 전해주어야겠다는 것, 이것이 바로 시인 곽효환의 시적 의지이고, 그 결실이 바로 이 시집이다.

2. 시베리아 횡단열차와 북방의 서사

먼저 '시대의 정거장'에서 시베리아 횡단열차를 타기로 한다. 블라디보스토크에서 하바롭스크, 울란우데, 이르쿠츠크, 카잔을 거쳐 모스크바까지 9288킬로미터에 달하는 시베리아 횡단열차에 시인이 탑승한 것은 이미 『슬픔의 뼈대』(문학과지성사, 2014) 시절부터다. 바이칼호로 가는 열차의 차창에서 시인은 "아득한 시절"의 자신을 비추어본다. "북방의 산과 강과 짐승과 나무와 친구 들이 붙들던/그 말들을 그 아쉬움을 그 울음을 뒤로하고/먼 앞대로 더 먼 앞대로 내려온/아득한 옛 하늘 옛날의 나를 찾아가는 길"(「시베리아 횡단열차 1」) 같은 대목에서 일목요연하듯, 시베리아 횡단열차에서 시인은 자기 발견과 성찰의 여정을 우선 수행한다. 「시베리아 횡단열차 2」에서는 관심을 원심력적으로 확산한다. "하늘 아래 가장 광활한 평원 시베리아/녹슨 철로에 몸을 실은 사람들"에 관심을 갖는다. "이 강을 이 산을 이 황야를 그리고 이 길을/얼마나 많은 사람들이 건너고 넘었을까" 같은 질문을 넘어 "징용이었을까 독립이었을까 혹은 혁명이었을까" 탐문한다. 횡단열차 차창 너머의 풍경이 아니라 열차를 탄 사람들의 사연과 행적, 그러니까 사람의 풍경에 더 관심을 보인다. 다시 이어지는 『소리 없이 울다 간 사라』(문학과지성사, 2023)의 시베리아 횡단열차 여정에서 시인은, 그 관심을 더욱 구체화하면서 그 사람들의 운명을 더 사려 깊게 헤아린다. "기구한 삶을 이어나가기 위해/가족을 위해 더러는/독립과 민족과 자유를 위해/강을 건너고 산을 넘어/다시 더 멀고 더 깊은 대륙 저편으로/갔다가 돌아온 혹은 끝내 돌아오지 못한/그을린 붉은 얼굴들"(「시베리아 횡단열차 3」)을, 그 속사정을, 시간여행과 우주여행을 통해 살피고자 한다. 그러면서 그 사람-풍경의 이면에서 "검은 그림자들"을 투시한다. 어쩔 수 없이 열차를 탔건, 뭔가 욕망해서 탑승했건, 많은 이들이 그 뜻을 제대로 이루지 못한 채 천형처럼 붉은 벌판에서 사라졌을지도 모를 그 운명을 아파한다. 한없는 연민으로 인해 시인은 "먹먹한 슬픔과 울음으로 삼키는 잠들지 못하는 밤"을 보낼 수밖에 없다. 잠 못 이루는 횡단열차의 밤 풍경에는 종종 "엇갈리고 갈라지는 운명의 그림자가 어른거린다"(「시베리아 횡단열차 4」). 검은 운명의 그림자는 오랜 시간의 적층을 두고 긴 여정에 걸쳐 "검붉은 파노라마"(「시베리아 횡단열차 3」)처럼 형성된다.

> 우랄산맥을 지나 예니세이강을 건너
> 마침내 얼지 않는 항구까지
> 먼 서쪽에서부터 원동을
> 유령처럼 오고 가는
> 시베리아 횡단열차의 궤도는
> 과거와 현재와 미래의 꼬리를 물고 있다
>
> ——「시베리아 횡단열차 4」 부분

"과거와 현재와 미래의 꼬리를 물고 있다"는 시행에 머물러보자. 시베리아 횡단열차는 지구 둘레의 1/4에 해당하는 공간 이동 경로이기도 하지만, 시차가 일곱 번이나 바뀌는 시간 여로이기도 하다. 단순히 시차의 문제만이 아니라 언제 어디서 어떤 사람이 탑승했느냐에 따라 열차와 풍경과 운명은 달라질 수밖에 없다. 그러니까 시간의 깊이가 환기하는 곡진한 사연들을 열차는 꼬리에 꼬리를 물며 연출한다. 곽효환의 시에서 이야기성이 강한 것도 이런 사정과 관련된다. 시베리아 횡단열차의 크로노토프는 각별한 이야기들을 묘출하기 좋은 특성을 함축한다. 굳이 횡단열차가 아니더라도 곽효환이 이제껏 점묘했던 북방의 풍경들은 대개 이야기로 독자에게 전달되는 경우가 많았다. 「만선

268

열차」역시 북방의 서사를 탐문하는 곽효환 시인의 핵심적 특성을 함축하고 있는 시편이다.

옛사람을 찾아가는 북방의 길
긴긴 여름날도 기울어
안개 같은 어둠에 싸인 장춘역
먼 곳으로부터 왔을 밤 기차는
만주에서 더 깊은 만주로 혹은
어느 먼 변방으로 천천히 흘러간다
창밖으로 끝없이 펼쳐진 벌판
하나둘 불 밝히기 시작한
지붕 낮은 집들의 그림자 흐려지고
오래전 싸늘한 만선열차에 올라
철도가 닿는 만주 어디쯤 머물거나 살았을
어린 송아지의 눈을 가진 사람들을 생각한다
북으로 북만으로 다시 북새(北塞)로
거기서 다시 북동이나 북서로
더러는 더 멀리 흩어진 붉은 길에
허기처럼 밀려오는 이름들을 차례로 불러본다
염상섭 안수길 이육사 백석 윤동주 송몽규
그리고 순이 혹은 월이라고 부른
그리운 무명의 사람들

늘 봄이고자 했던 북만의 도시
그러나 끝내 봄이 아니었던
지워지지 않는 그늘과 슬픔이 차창에 맺혀

북만을 가르는 열차에 실려간다

──「만선열차」 전문

만선열차를 타고 "옛사람을 찾아가는 북방의 길"에서 시인은 "허기처럼 밀려오는 이름들을 차례로 불러본다". 이를테면 "염상섭 안수길 이육사 백석 윤동주 송몽규" 등 알려진 이름들도 불러보고, "어린 송아지의 눈을 가진 사람들" "순이 혹은 월이라고" 불리었거나 아예 변변한 이름을 지닐 수 없었던 "무명의 사람들"을 떠올린다. 어떤 장소에 가든 거기서 풍경을 형성했던 사람들을 호출하는 것은 곽효환의 시적 발상의 어떤 특징이다. 「여기서부터 만주다」에서도 "오늘 밤 나는/대륙을 경계 지으며 사행하는 강줄기를 타고 놀다/앞서 이 강과 벌판을 건넌 사람들을 차례로 불러낼 것"이라고 했다. 그런데 시인은 가능하면 한없이 낮은 숨결로 작은 사람들을 불러낸다. 이름 높은 사람들은 시인의 서정으로 호출하기에 그리 마땅한 편이 아니다. 시인은 대개 「만선열차」에서 그런 것처럼, "늘 봄이고자 했"지만 "끝내 봄이 아니었던" "북만의 도시"에서 불러보는 이름들, 특히 "무명의 사람들"을 불러내어 하염없이 추념한다. 끝내 봄이 아니었기에 그늘이 짙고 슬픔도 첩첩하다. 그런 그늘과 슬픔이 맺힌 만선열차의 차창은 곧 서사적 서정의 원천이 된다. 왜 "어린 송아지의 눈을 가진 사람들"은 끝내 봄을 맞을 수 없었던 것일까, 왜 그들은 그토록 외롭고 쓸쓸하게 살아야만 했을까, 그런 질문을 거듭한다. 영국 노스요크셔주 버러브리지 홀 Boroubridge Hall 출신의 지리학자이자 여행 작가인 이저벨라 버드 비숍Isabella Bird Bishop(1832~1904)에 대한 시인의 관심 또한 그런 질문의 공통점 때문일 터이다. 『조선과 그 이웃 나라들』(1898), 『양자강을 가로질러 중국을 보다』(1899) 등에서 비숍은 "비루하지만 어마어마한 삶을/기이하고 지루하지만 아름다운 풍경을/단단한 흑백의 투명함으로 담아"냈다고 시인은 생각한다. 그런 "그녀가 거슬러 올라간 그 물길을" 시인 또한 함께 가고자 욕망한다. "소박하지만 아득히 먼 기원,/탁하고 유장하지만 거침없이 굽이치는 물줄기,/장강에서 당신과 함께 혹은 당신을 찾아/나는 다시 격류할 것"(「장강에서 버드 비숍을 만나다」)이라며, 여로에서 사람-풍경의 서사를 일군 비숍의 길과 동행하려는 시적 의지를 보인다. 비숍뿐만 아니라 곽효환 시의 북방 의식에 원천을 제공한 이용악이나 김동환, 백석 등을 인유하면서 북방 서사의 넓이와 깊이를 확보하려는 수사학적 고려 또한 관심의 대상이다.

3. 사람-풍경과 슬픈 그림자

「지신허(地信墟) 마을에서 최운보(崔運寶)를 만나다」는 북방 서사의 사람-풍경을 재현하기 위해 시인이 얼마나 성실하게 애쓰는가를 보여준 단적인 사례다. 1863년 12월 함경북도 무산 출신 최운보와 경흥 출신 양응범(梁應範)이 열세 가구의 농민과 더불어 연해주 포시예트 구역에 지신허 마을을 개척하고 조선인으로서는 처음으로 영구 정착한 이야기를 재현한 시편이다. 시적 화자의 묘사 부분과 시적 대상인 최운보의 직접 발화 부분이 교차 반복되는 가운데 최운보의 목소리를 생생하게 재현하기 위해 시인은 함경도 육진 지역 방언을 사려 깊게 참조하여 리듬감 있게 형상화했다. 시베리아 횡단열차나 만선열차에서 불러보고자 했던 "어린 송아지의 눈을 가진 사람들"의 이야기에 해당한다.

> 나는 조선에서 건너온 첫번째 아라사 먹킹이요. 굶주림과 호위를 피해 두만갠을 건넜지만 나와 아바이와 큰아바이의 고향은 북

관이고 내 가슴엔 여전히 고된 조선의 피가 뜨겁게 흐르오만 목숨
을 걸고 다시 뿌리내린 이곳이 나의 새로운 고향이오. 이제 내가
살던 집과 마랑은 사라지고 그 흔적마저 아슴쿠레하지만 나는 떠
날 수 없소. 수없이 울고 슬퍼하고 좌절하면서도 더러는 웃고 지뻐
하고 또 실오래기 같은 희망을 찾아 떠난 이곳을 들고 나고 거처
간 먹킹이들의 아프고 슬픈 력사를, 그 기억을 지키기 위해.

　　　　　　　—「지신허 마을에서 최운보를 만나다」 부분

　　허기와 굶주림을 피해 19세기에 북방으로 간 "슬픈 력사"가 그 무
렵에 마무리되었으면 얼마나 좋았을까? 21세기에도 여전히 이어지는
"슬픈 력사"에 시인은 심각한 애도의 정념을 보인다. 가령 「죽음을 건
너 죽음으로」는 "굶주림을 피해 사선을 넘은 지 10년 만에 쌀이 남아
도는 나라의 수도 변두리 아파트에서" 아사한 탈북 모자의 사연을 곡
진하게 담은 텍스트다. "북에서는 굶어 죽을 뻔하고/남에서는 끝내 굶
어 죽은/극심한 생활고와 외로움과 고립감에 시달리며/누구의 관심도
받지 못했던 그녀와 아이"의 죽음을 애도하는 "탈북민들만이 지키는/
아사 탈북 모자 추모 분향소"에서 시인은 생각한다. "그녀가 두려움에
떨며 강을 건넜을 북쪽의 그 밤을/아이와 무서움 속에 울며 보냈을 남
쪽의 마지막 밤을".

　　「아무르강의 붉은 꽃」과 「김알렉산드라 소전」은 조선인 최초의 볼셰
비키로 1910년대 원동 시베리아에서 활동했던 여성 혁명가 김알렉산
드라 페트로브나, 그 "강인해서 아름다운 북관의 여인"(「아무르강의 붉
은 꽃」)의 34년 짧은 생애를 압축적으로 제시한 시편이다. 그녀가 넘
어서고자 한 불평등의 질곡을 여전히 해소하지 못한 까닭일까. 김알렉
산드라 이후 오랜 시간이 지났건만, 여전히 사람들이 죽어나가고, 그
러기에 애도의 주제는 좀처럼 그칠 줄 모른다. "세월이 흘러도 대통령

이 바뀌어도/OECD 가입국이 되고 국민소득 3만 달러를 넘었어도/멈출 줄 모르는 죽음의 행렬 앞에/죽음의 그늘로 어두워져가는 텅 빈 광장에서"(「날마다 사람이 죽는다」) 시인은 그만 길을 잃고 만다. 「아무도 쓰지 않는 부고」 「위로할 수 없는 슬픔」 등 동시대를 배경으로 한 여러 시편이 애도의 주제로 착색된 것은 그만큼 시인의 비극적 현실 인식이 곡진하다는 사실을 환기한다. 사람만 죽어가는 게 아니다. 나무가 죽어가고 다른 생명 있는 것들도 죽어가고 있음을 시인은 안타까워한다. "푸르다 못해 검푸르게 더 검푸르게/사철 하늘을 떠받치던 바늘잎나무들이/쓰러지고 꺾이고 주저앉아 있다/깊고 단단하게 뿌리 내리지 못한/그늘 깊은 슬픈 그림자/어른거리며 점점 더 몰려든다"(「나무가 죽어간다」). "살아온 기적도 살아갈 기적도 없이/그렇게 죽"(「8분 46초」)어가는 살풍경이 여전한 가운데 시인은, "슬픔에 감염되고 슬픔을 통해 연대"(「우리는 다시 만날 것이다」)하면서 "제 몸에서 토해낸 슬픔이 다 마른 날"(「바람을 견디는 힘」)을 기다린다.

버드 비숍의 관심과 동행하면서 창작한 것으로 보이는 「잔교(棧橋)」 「작은 배에서 사는 사람들」 「호아(虎牙) 협곡」 「강의 견부들 1」 「강의 견부들 2」 등에서 보이는 사람-풍경도 어지간하다. "하늘 가장 가까운 까마득한 절벽 위 잔교"를 축성한 "그을린 검은 얼굴들"(「잔교(棧橋)」), "늙고 병든 몸을 외로운 조각배에 의지해 표박하다/끝내 몸 들일 작은 집 한 칸 마련 못 한/쓸쓸하고 외롭고 불우했던 물 위의 삶"(「작은 배에서 사는 사람들」)의 풍경, 이제는 책이나 박물관에 흑백사진으로만 남아 있지만 불과 한 세기 전까지만 하더라도 "석탄과 면화와 양털과 사향 등 수많은 물자와 문명을 대륙 가장 깊은 곳에서부터 드넓은 하구에 이르기까지 실어 나른 붉은 황색 강 곳곳"(「강의 견부들 2」)의 견부들의 이야기 역시 풍경을 조성하는 것은 사람의 사연과 숨결 혹은 사람과 사람 사이의 교감이나 신호임을 암시한다.

「넘버 스리」는 1969년 7월 20일 인류 최초로 달 탐사에 성공한 아폴로 11호에 탑승했던 세 사람 중 선장 닐 암스트롱과 탐사선 조종사 버즈 올드린이 달의 표면을 밟는 동안 사령선에 남아 지구와 교신을 맡았던 조종사 마이클 콜린스의 서사다. 동행했던 둘과는 달리 끝내 달을 밟지 못한 그가 홀로 사령선에 남아 달의 궤도를 돌아야 했던 21시간 39분 동안의 이야기를 초점화한다.

> 그날 그 시간 그곳엔 나와 신만이 있었어요
> 무선통신마저 끊어진 암흑 속 48분 동안
> 무슨 일이 있었는지 또한 나와 신만의 비밀이에요
> (……)
> 나는 지구에서는 볼 수 없는 달의 뒤편을 맨 처음 홀로 보았어요
> 우주선 창을 가득 채운 초록 별을 가슴에 온전히 담았어요
> 그리고 달과 지구 사이에서 두 별을 나 혼자 바라볼 수 있었지요
> ──「넘버 스리」부분

21시간 39분은 우주적 고독의 고통을 홀로 감당하기에는 결코 짧지 않은 시간이다. 게다가 그중 48분은 통신마저 두절된 상태였다. 오로지 "나와 신만이 있"는 그런 시간에 처해야 했던 사람의 내면 풍경에 시인은 몰입한다. 그 절대 고독의 순간에 역설적으로 그는 지구에서는 볼 수 없는 달의 뒤편을 홀로 볼 수 있었고, 달과 지구 사이에서 두 별을 혼자 바라볼 수 있었다는 승화된 감각 전환의 풍경이 인상적이다.

제40대 우루과이 대통령 호세 무히카(「그라시아스 페페」), 인도차이나의 작고 왜소한 식민지 청년에서 민족 독립과 해방의 전사로 성장한 호찌민(「아무것도 갖지 않음으로써 모든 것을 얻은 사람」), 1963년 6월 독재 정권의 종교 탄압에 항거하여 사이공 시내에서 소신공양하여 옹

오딘지엠 독재 정권을 무너뜨리는 데 기여한 베트남 승려 틱꽝득(「영원한 심장」)의 이야기에서도 사람-풍경에 관심을 집중하는 시인의 개성을 넉넉하게 확인할 수 있다. 비극적 현실 인식을 바탕으로 한없이 낮은 자리로 강림할 때 죽음의 풍경은 심원한 애도의 주제를 묘출한다. 반면 죽임의 현실을 거슬러 살림의 생기를 지향할 때 사람은 꽃으로 해맑게 피어날 수도 있다. 「정글 마을에 핀 꽃」이 그런 예다. 소나기가 지나간 정글 마을을 방문한 시인은 "맑은 눈동자, 천진한 표정, 호기심 가득한 얼굴들"이 무리 지어 꽃으로 활짝 피어나는 풍경을 보게 된다. 이렇게 꽃으로 피어난 사람-풍경은 더 나아가 공생의 풍경으로 확산된다. 사람과 물고기, 곤충과 산호초, 악어와 새와 원숭이 등 모든 존재하는 생명들이 함께 어울려 사는 "숲의 기적" 혹은 그 "기적을 넘어선 생명의 요람"의 풍경에 시인은 한없이 이끌린다. 죽음과 애도의 주제가 그 슬픈 그림자에서 벗어나 승화된 살림과 생명의 풍경이기 때문이다.

<blockquote>
폭탄과 고엽제가 무수히 쏟아졌던

매콩강 하구 껀저섬,

단지 숨을 쉬기 위해 땅 밖으로 뻗은

나무들의 호흡뿌리 사이사이에

어느 날 지의류가 움트더니

방게 바위게 꽃게 무리가 모습을 드러냈다

수많은 조개류가 들고 언제부터인가

민물과 해수 물고기들 산란하고

치어들이 자라기 시작했다

곤충과 산호초와 악어가 들고 마침내

새와 원숭이와 사람들이 함께 사는
</blockquote>

숲의 기적
죽음과 폐허의 참혹한 그림자를 거둬내고
앙상하지만 단단한 나무들이 이룬
기적을 넘어선 생명의 요람을 본다

―「호흡뿌리」 부분

4. 검은 그림자, 누구를 기다리는 것일까?

그러나 안타깝게도 "기적을 넘어선 생명의 요람"의 풍경보다는 "사철 시들지 않는 슬픔" "절정에서 시작되는 슬픔" 그런 "슬픔이 풍경이 되는 화첩"(「시들지 않는 꽃」)이 아직은 우세종이다. 소망하는 미륵은 "아직 오지 않"았고 "어쩌면 끝내 오지 않을" 수도 있다. 여전히 미륵을 기다리는 "뭇사람들의 그림자"(「미륵을 기다리며」)만 깊게 드리워져 있을 따름이다. 어두운 그림자는, 그래서 더욱 간절하게 기다린다. "다시 누군가를 기다리"(「옛 우체국 앞 자전거」)는 사람, "나 다시 너에게로 갈 것이라고"(「달을 낳다」) 말하는 사람, "가장 외진 곳으로" 나아가 "이 길 끝에서 다시 그를 만날 수 있을까/다시 그에게 손 내밀 수 있을까/어느 먼 날 그도 내게 손 내밀까"(「내 마음의 오지」) 조바심하는 사람의 그림자는 아직 검다. 미륵하생의 그날이 아직 멀기만 한 까닭일까? 이런 간절한 기다림의 소망, 혹은 존재와 욕망 사이의 거리를 극적으로 환기하는 작품으로 「입석(立石)」이 주목된다.

궁성도 전각도 없는 들판
무심히 흐르는 작은 물길을 사이에 두고
이쪽에는 당신을 닮은 내가

저 너머에는 날 닮은 당신이 있습니다

눈 오고

바람 불고

비 내려도

서로를 닮은 우리는 그렇게 바라만 보다

눈물처럼 뚝뚝 떨어지는

꽃잎을 실은 물줄기가

우리 사이를 적시고 흐르는

달빛 사무치는 어느 봄밤

나는 물길 건너 당신에게 가고

당신은 들길을 지나 내게 옵니다

그렇게 다시 우리는 마주보고

서로를 그리워합니다

우리는 그랬습니다

표정도 미동도 없이 그저 서 있을 수밖에 없는

눈과 코와 귀와 입이 닳고 해어진 어느 날

지쳐 쓰러져 흙더미에 파묻힌 당신과 나를

다시 일으켜 세울 이는 어디에 계신가요

—「입석(立石)」 부분

  3연으로 이루어진 「입석(立石)」에서 1행으로 짜인 2연은 1연과 3연의 대조를 위한 반사거울 같은 역할을 하고 있다. 1연에서 마주 서 있는 입석은 서로 마주 보며 그리워했던 사이다. 서로를 닮았고 서로를 그리워하고 이끌리지만 가까이 갈 수 없기에 그 그리움은 더욱 더해졌을 것이다. 다가가고 싶지만 다가설 수 없는 이 불가능성의 현존, 결여의 욕망은 물길을 사이에 두고 그리움의 심연을 더하게 하는 요인이었으리라. 1연이 현재 시제로 진술되다가 돌연 2연에서 과거 시제로 전환되면서 1연 전체가 현재에서 과거로 뒷걸음질한다. 바로 지금이 아닌 과거의 현재 시점에서 서로 마주 보고 서 있었다는 것인데, 이런 시제 변화 혹은 시차(時差)의 수사학적 전략에 의해 시적 긴장은 고조된다. 과연 3연을 보면 시적 현재에는 입석(立石)이 아닌 와석(臥石)의 상태다. 2연으로 인해 과거가 된 1연에서는 비록 다가설 수는 없었지만 그래도 마주 바라보며 교감하고 그리워했던 터였는데, 3연의 현재에서는 마주 바라볼 수도 없는 상황이 된 것이다. 그러니 "다시 일으켜 세울 이는 어디에 계신가요"라는 물음은 무척 절실할 수밖에 없다. 이 점에서 「미륵을 기다리며」 속 검은 그림자의 절박함과 비슷하다. 이런 절실함, 절박함이 시인으로 하여금 죽음과 애도의 주제를 더 깊이 탐문하게 한다. 미륵을 기다리게 한다. 미륵하생이 끊임없이 차연되는 가운데 소망의 풍경은 다만 먼 풍경일 따름이다. 앞에서 본 「호흡뿌리」처럼 "가지마다 초록이 오르고 꽃이 만개하고/물길 닿는 곳마다 생명이 움트는/나무와 강이 품고 빚어내는" "아름다운" 풍경을 시인은 "먼 풍경"(「먼 풍경」)으로 그리고 있는데, 동시대의 살풍경에 대한 비극적 인식이 이런 거리화를 조성한 것이리라. 미륵하생의 먼 풍경이 미끄러지는 가운데, 그럼에도 사람은 살아야 하고 "다음 도착하여야 할 시대의 정거장"(「중국조선족애국시인 윤동주」)을 지향하지 않을 수 없다. 어떻게 기다리며 그리로 나아가야 할까? '먼 풍경'과 달리 '가까운 풍경'은 "수척한 빈산 노거수 그늘" 같은 결여의 풍경이다. 거기에 들어 "소리 없이 울다 간 사람"의 "비어 있으나 차 있는 혹은/차고 비고 또 차고 비는"(「소리 없이 울다 간 사람」) 내면을 떠올리고, 그에 공감하며, 우주적 연민으로 심화되기를 소망하는 윤리 감각이 그 일환이 될 것이다. 시인 곽효환은 그런 내면 윤리를 견지하며 소망스러운 사람-풍경의 지평을 응시한다. 그 지평에서 지금, 여기의 문제에 대한 발견적 질문들로 구성된 여로의 텍스트들이 복합적으로 변형 생성된다.

함께 횡단하는 아트라베시아모의 서정
― 한경옥의 『바람은 홀로 걷지 않는다』

1. 초대받은 시인, 세계를 씻는 서정

자연으로부터, 세계로부터, 초대받은 감각은 얼마나 복될 것인가. 축복처럼 뮤즈가 기꺼이 환대한다면 그 얼마나 좋을까. 한경옥 시인에게 시적 대상은 목적격의 대상이라기보다 차라리 주격의 시적 주체에 버금가는 경우가 많다. 시인이 시적 주체로서 대상을 관찰하고 느끼고 인식하고 거기에 동화되거나 감정을 이입하여 서정적으로 형상화하는 것이 보통이다. 그런데 뮤즈의 축복처럼 대상이 시인을 적극적으로 초대하는 경우, 시적 주체와 대상은 서로 긴밀하게 스미고 짜인다. 말하자면 시적 '상호 주체'가 된다. 서로 긴밀하게 호응하며 서정의 물레질을 수행한다.

가령 「그 날」에서 시인은 달의 기운에 안긴 채 고향으로 간다. 계획했거나 의도했던 고향행이 아니었다. 불현듯 차를 몰았고 고속도로를 헤매다가 달빛이 이끄는 데로 가다 보니 고향이었다는 것이다. 달은 "버석거리는 도랑을 씻기고/찰랑찰랑 우물을 채우고" "미루나무까지 씻긴" 다음 "나를 감싸 안고는/가만, 가만히 씻어"준다. 이 시에서 달은 지상에 존재하는 모든 것을 조용히 씻어준다. 달은 단지 배경 요소가 아니다. 예전에 파울 첼란은 「언젠가」에서 "보이지 않게, 밤새도록/

정말로" "세계를 씻고 있"는 "그의 기적을 들은 적이 있다"라고 했었다. "파괴된 하나와 무한이" 연결되고 빛과 구원으로 이어지는 그런 기척을 말이다. 시인 한경옥을 초대하고 또 가만히 씻어주는 달의 기적 또한 그런 것 아닐까. 이런 기적, 기미로부터 초대된 감각이 바로 한경옥 시의 심연을 형성한다. 시적 대상의 초대에 시인의 감각은 깊은 환대로 응답한다. 초대하는 대상의 섭리에 스며들며 그 대상 안에서 혹은 대상들 사이에서 또는 대상과 주체 사이에서 넉넉한 감각적 대화의 지평을 형성한다. 그 감각의 대화들이 순박한 듯 각별한 세계 발견과 성찰의 계기들을 빚어낸다. 함께 씻고, 서로 씻어주며, 교감하듯 새롭게 열리는 감각의 우편번호는 독자들에게 진실한 서정의 기척을 들을 수 있게 한다. 초대된 감각이 깊은 환대의 정서로 새로운 상상력을 빚어내는 서정이 바로 한경옥의 시이다. 닮은 듯 다른 달을 빚어내고(「그날」), 별처럼 빛나는 꽃을 새로이 피게 하거나 별에 꽃의 향기를 더해준다(「별은 꽃이라더라」). 세계를 씻는다. 그러면서 시인은 말을 씻는다. 시는 그렇게 빚어진다.

그러나 세계로부터 초대받는 일은 결코 쉬운 일이 아니다. 자주 초대받기도 어렵다. 하여 초대받을 수 있는 감각적 준비나 도야 과정이 필요할지도 모른다. 동서고금을 막론하고 타고난 시인은 그리 많지 않았다. 「일기」라는 시가 주목되는 것은 이 지점에서다. 두 연으로 이루어진 이 시는 범상한 듯 비범한 발견과 성찰을 보인다. 첫 연은 입양 후 매일 한글로 일기를 적었다는 한 입양아의 에피소드다. "어릴 적 고국을 떠난 해외 입양아가 날마다 한글로 일기를 썼단다. 우리말을 잊으면 친부모를 찾았을 때 사랑한다는 말을 할 수 없을까봐" 매일 한글로 일기를 쓰는 '양태'와 그 '이유' 대기의 구조로 되어 있다. 한국어를 잊으면 나중에 친부모를 찾았을 때 "사랑한다는 말을 할 수 없을까봐"가 그 이유이다. 둘째 연은 '이유+양태+욕망'의 구조로 진술된다. "절간 처마 끝에 매달린 목어도 헤엄치는 법을 잊을까 봐 바람이 불 때마다 이리저리 몸을 흔들어보는 것이다. 바다로 돌아갈 날을 꿈꾸며". 목어는 헤엄치는 법을 잊을까 봐(이유), 바람이 불 때마다 몸을 흔들면서(양태), 바다로의 회귀를 꿈꾼다(욕망). 아마도 1연의 해외 입양아 사연을 접한 시인이 뭉클한 느낌에 젖어들며, 바람에 흔들리는 목어를 연상했을 것이고, 원초적 회귀 본능의 간절함을 떠올렸을 터이다.

2연에 형상화된 목어에 대한 발견과 진술은 한경옥의 바람의 현상학 중에서도 아주 뛰어난 편에 속한다. 바람이 불어올 때 호젓한 산사의 목어는 풍경소리와 어울리며 근원적으로 응답한다. 목어는 소리를 내지 않지만 이미 바람결에 먼바다를 그리는 간절한 노래를 부른다. 바람에 흔들리는 온몸의 몸짓이 곡진한 풍경을 환기하고, 시각적 풍경은 곧 청각적 노래를 불러온다. 1연의 해외 입양아의 일기장 사연까지 품어 안은 채 목어의 노래는 공기를 따라 해원의 심연으로 내달린다. 제자리를 떠나온 디아스포라의 곡진한 서정을 환기하는 이 시는, 어쩌면 모든 존재의 심층적 진실을 새롭게 성찰하게 한다. 누군들 자기 자리에 굳건히 뿌리내린 채 안전하고 행복한 삶을 살고 있다고 느낄 수 있으랴. 대개 떠나온 자들이고, 잃어버린 존재들 아니겠는가. 하여 돌아가고픈 자리를 욕망하는 것, 그런 욕망의 욕망이야말로 삶의 근원적 진실에 값하는 것 아니겠는가.

두 연으로 이루어진 간략한 시편이지만 쓰인 것보다 쓰이지 않은 여백이 너무 많은 텍스트다. 그만큼 넓고 깊은 상상력을 웅숭깊게 보여준다. 이 시를 '시인의 말'과 겹쳐 읽으면서 어떤 독자는 비어 있는 3연을 떠올릴지도 모른다. 한경옥은 시가 그 주변에서 맴돌던 시인의 발자국마저 지워버린 채 "매몰차게 돌아"설까 봐, 매일 시를 달래고 어룬다. 그러면서 시가 "활짝 웃으며 달려와/와락!/안길 날을 꿈꾼다". 이렇게 한경옥의 시는 홀로 쓰이지 않는다. 세계와 자연으로부터 감각의 초대를 받은 시인이, 거기에 걸맞은 언어를 고르면, 세상의 빛과 바람이며 물결이 그 말들을 다듬어준다. 그리고 최종적으로 독자가 새로 쓰며 시가 거듭 탄생한다. 그런 한 시절의 결과물이 시집 『바람은 홀로 걷지 않는다』이다. 그러므로 이 시집 읽기는 이런 질문들과 동행하는 여정이 될 것으로 보인다. '바람은 홀로 걷지 않는다'는 인식은 어디서 빚어진 것이며, 그 인식의 효과는 무엇인가? '홀로'의 중뿔난 생존을 넘어서 연결된 전체를 감각하고 성찰하는 '정겨운 동행'의 상상력은 어떤 시대 정신과 호응하는가? '나' 중심주의를 넘어서 '남'을 환대하고, 타자의 초대에 응대하며, 더 적극적으로 '반(反)'의 동력으로 지양(止揚)의 계기를 마련하려는 삶의 지혜는 왜 중요하며, 그것의 서정적 탐문 방식은 어떠한가? 요컨대 한경옥 시는 왜 홀로 쓰이지 않았다는 말인가?

2. 지상의 욕심을 넘어서

세계를 씻는 시인의 기척은 우선 지상의 욕심을 넘어서려는 반성적 성찰의 지평에서 감지된다. 지구 생태 전체 그리고 지구 행성이 속한 은하계 우주까지 포괄하여 생각하면 인간이란 그 얼마나 작은 존재인가. 1990년 2월 14일 보이저 1호가 찍은 지구 사진을, 우리는 '창백한 푸른 점Pale Blue Dot'이라고 부른다. 천체 우주의 맥락에서 보면 지구는 단지 한 점에 불과하고, 그 지구 위의 인간은 창백한 푸른 점보다 더 작고 창백한 힉스Higgs 입자에 불과하지 않을까. 같은 이름의 저서에서 칼 세이건이 겸손의 미덕과 서로에 대한 배려와 상생 의지를 강조한 것도, 그 창백한 푸른 점에 대한 책임의 윤리에 기반한 것이었을 터이다. 그런데 어쩌면 인간은 겸손하기 쉽지 않은 존재인지도 모른다.

저마다 '나' 중심주의에 사로잡혀, 나와 자기 편의 욕심을 채우기 위해 상대나 지구를 저렴하게 이용하려 드는 경우가 많다.

「하늘 아래」는 기도하는 모습을 아이러니컬한 어조로 그린 시이다. 오로지 "사람만이/물 한 그릇 떠 놓고도/기도를 한다"라고 했다. 돌멩이에게도 별똥별에게도 "오롯한 마음으로" 기도한다고 했다. 그러면서 "별도 돌멩이도 물도/인간에게 고개 숙여 빌지 않는다"라는 대조의 거울을 마주 세웠다. 여기서 독자는 일차적으로 유심한 인간과 무심한 자연의 대조를 읽어낸다. 기도하는 인간의 겸손함을 읽을 수도 있다. 그러나 아이러니는 이면의 진실을 환기한다. 겸손하게 기도하는 유심한 인간은 왜 자연에 비는가? 뭔가를 욕망하기 때문이다. 유심은 곧 욕심으로 이어진다. 뭔가를 이루거나 갖게 해달라고 비는 것 아니겠는가? 그 욕심의 구체가 「재벌」에 제시된다. "통장에 찍힌 숫자가 얼마면/집이 몇 평이면/목에 건 루비가 몇 캐럿이면,//서울에서/땅끝마을까지의 주인이 되면/더 바라는 것이 없을까?" 오래전 톨스토이가 「사람에게는 땅이 얼마나 필요한가」[1]에서 했던 근원적 질문을 동시대의 감각으로 새롭게 던지고 있는 형국이다. 잠시 톨스토이의 이야기를 에둘러가기로 하자.

톨스토이의 이야기에서 소작인 파홈은 자기 땅에서 농사를 짓고 싶었다. 남의 땅을 빌려 농사짓는 처지다 보니 소작료를 내고 나면 남는 게 별로 없었기 때문이다. 꿈을 이루기 위해 그는 열심히 일했다. 조금씩 땅을 늘려갔다. 땅이 늘어날 때마다 즐거웠지만, 기갈 들린 사람처럼 그는 마냥 부족함을 느끼며 아쉬워했다. 그 갈증을 시원하게 해소할 수 있을 만큼의 넓은 땅이 마련된다면 정말 행복할 것 같았다. "만일 땅을 영원히 자기 것으로 만들어 농장을 지을 수 있다면 얼마나 좋

---

1 톨스토이, 이종진 옮김, 『사람은 무엇으로 사는가』, 창비, 2015. 이하 이 작품을 인용 시 페이지만 표기.

을까. 그렇게 되면 이 마을에서 부러울 것이 없을 텐데"(p. 170). 그러던 어느 날 그는 한 상인으로부터 바시키르 사람들이 사는 마을에 가면 좋은 기회를 얻을 수 있다는 말을 듣는다. 아주 싼값에 비옥하고 넓은 땅을 마련할 수 있다는 것이었다. 마음이 들뜨기 시작했다. 하여 파흠은 그들과의 거래를 위한 선물을 마련하여 바시키르 마을로 간다. 마을 이장은 하루치에 1000루블이라고 했다. "하루에 걷는 만큼 그 땅이 당신 것이 되는 것입니다. 그러나 하루 땅값은 1,000루블이랍니다"(p. 178). 이장의 제안은 환상적이었다. 일출에서 일몰 때까지 그가 걸어서 밟은 땅이 그의 몫이 된다고 했다. 다만 해지기 전까지 돌아오지 못하면 땅을 한 평도 받지 못하고 돈만 잃게 된다는 것이었다. 이튿날 동이 트자마자 파흠은 자기 땅을 확보하기 위해 내달리기 시작한다. 내딛는 걸음마다 신바람이 났다. 더욱이 가면 갈수록 비옥한 땅이 널려 있었다. 멈출 수 없었다. 그렇게 욕심을 내다 가까스로 해가 떨어질 무렵 도착했다. "정말 장하십니다! 이제 많은 땅을 가지게 되셨네요"(p. 190). 그렇게 이장이 외쳤지만 그 말을 파흠이 들었는지 알 수 없다. 도착하자마자 쓰러진 파흠은 그만 피를 토하고 죽고 말았기 때문이다. 파흠의 욕심과 죽음을 애석해하는 바시키르 사람들에 의해, 가엾은 파흠은 고작 제 몸 하나 뉘일 만한 좁은 땅속으로 돌아간다. 그에게 필요한 땅은 정녕 그만큼에 불과한 것이었을까? 「사람에게는 땅이 얼마나 필요한가」는 그런 이야기다. 인간 욕망의 어두운 곳에 성찰의 빛을 던지려 했던 톨스토이의 의도가 뚜렷한 작품이다. 「사람은 무엇으로 사는가」와 겹쳐 읽으면 파흠의 욕망과 운명에 대해 더 깊은 생각을 하게 된다. 여기서 톨스토이는 사람의 마음속에는 '사랑'이 있으며, 사람에게 주어지지 않는 것은 정작 자기 몸에 필요한 것이 무엇인지 알 수 있는 '힘'이고, 그러므로 사람은 '걱정'이나 욕망이 아니라 '사랑'으로 산다는 메시지를 분명하게 전하지 않았던가. 파흠이 그것을 잘 몰랐던 것일까. 사람은 사랑으로 살아야 하는데, 자기 마음속의 사랑을 헤아리지 못한 채, 땅과 돈에 대한 욕심과 걱정으로 살다 보니, 그 욕심 때문에 자기 삶 전체를 파국으로 몰고 가는 결과를 낳았다.

그러니까 '사람에게는 땅이 얼마나 필요한가'라는 표제에서, 우리는 '얼마나' 부분을 재삼 주목해야 하리라. 정도의 문제. 곧 정도(定度)의 정도(正道)를 어떻게 추구할 수 있을까, 하는 문제 앞에서 우리는 오래 숙고해야 한다. 쉬운 것 같지만 그토록 막연하고 어려운 문제가 또 어디 있으랴. 서양의 아리스토텔레스나 동양의 공·맹자 등이 흔히 중용과 절제의 미덕을 강조했지만, 그것이 동서고금을 막론하고 그토록 지속적으로 윤리의 주제가 된 것은 그만큼 실천하기 어려운 주제이기 때문이 아니었을까. 멈추면 그제야 비로소 보이는 것들에 대해 수많은 선사가 이야기한 것도 같은 맥락이었을 터이다. 멈추면 보이는데 멈추지 못해서 보지 못하는 것들이 참으로 많다. 생의 진실을 보지 못할 뿐만 아니라, 아예 생 전체를 잃게 된 파흠과 같은 사례를 우리는 아쉽게도 수없이 경험한다는 점을, 한경옥의 「재벌」은 암시적으로 환기한다. 그 지상의 욕심을 넘어서기 위한 지향점을 톨스토이는 성서의 사랑에서 찾았지만, 한경옥은 자연에서 발견한다. 대자연의 이치를 숙고하는 중용이나 겸손의 미덕에서 찾는다. 예컨대 "서두르지 마라"라는 시행으로 시작하는 「욕심」이라는 시에서 일목요연하다.

일찍 핀 꽃은
다른 꽃이 피기도 전에 진다.
불꽃은 활활 타오를수록
더 빨리 사그라진다.
올라간 만큼
박살나는 능금을 보아라.

가을 들판에

고만고만하게

키를 맞춘 벼들은

태풍 앞에서도 의연하다.

──「욕심」부분

　　1연 "서두르지 마라"에서 펼친 연역적 주장의 근거를 이렇게 2연에
서 구체적으로 펼친다. 일찍 핀 꽃, 일찍 타오른 불꽃, 조숙한 능금은
욕심으로 서두른 사례이다. 그에 반해 "고만고만하게/키를 맞춘 벼들
은" 그 반례이다. 이 대조를 거쳐 "너무 앞서 나가지 마라"라며 1연의
주장을 반복적으로 확인해준다. 「아하!」도 그렇다. 하늘을 보며 걷다가
그만 넘어졌는데, 누가 볼세라 서둘러 일어나려다 다시 엎어진다. 그런
데 "아장아장 걷던 어린아이가 손을 내민다". 이렇게 어린아이가 손을
내미는 것, 그것이 앞에서 말한 초대된 감각의 구체적 모양새이기도
하다. 내 밖에서 남이 나를 적극적으로 초대하는 순간, 나는 겸허하게
반성적 지평을 연다. "아하!/그동안 너무 건방졌구나./어린아이 앞에
서도 무릎을 꿇으라는 말씀이구나." 걷다가 넘어져 멈춘 자리에서 이
런 성찰을 보이는 이라면, 어디든 길일 것 같고 어디에도 길이 없는 사
막에 처하게 된다면 더 겸손해야 할 이유를 더 자연스럽게 터득할 수
있을지도 모르겠다. 「한 번이면」에서 그랬다. "사막에선/누구도 잘난
척 하지 않는"데 그 이유는 "꽃을 활짝 피운 선인장도/오아시스도/세
찬 바람 한 번이면/흔적조차 없이 사라질 수 있기" 때문이다. 그렇다
고 해서 사막에서 하염없이 주눅들 필요도 없다고 말한다. "깊숙이 묻
혀버린 대추야자 나무도/세찬 바람 한 번이면/다시/태양 아래로 올라
설 수 있기에" 그렇다는 것이다. 여기서 주목되는 것은 인간이 잘난 척
하지 않거나 주눅들지 않는 것은 인간의 단독적인 윤리나 홀로의 의지

에 의한 것이 결코 아니라는 사실이다. 사막을 통해 현시되는 자연의 비의(秘意)에 가까운 어떤 것 아닐까. 사막에서 잘난 척하거나 주눅들지 않을 때, 인간은 지상의 욕심으로부터 겸손하게 넘어설 수 있는 작은 계기를 마련하게 되지 않을까, 시인은 짐작한다. 하여 허공을 향한 허허로운 상상을 펼치게 된다.

3. 허공의 상상력과 반(反)의 동력

허공은 사이에서 생겨난다. 허공은 말 그대로 텅 '빈' 공간이지만, 또한 공기로 꽉 '찬' 공간이기도 하다. 빈 기운으로 꽉 찬, 그 텅 빈 충만이라는 우주적 비의를, 허공은 부재하는 현존으로 일깨운다. 빈 것과 찬 것, 없는 것과 있는 것이 서로 밀고 당기며 우주의 리듬을 조율하는 공간이 바로 허공이다. 그런 허공이 시인을 초대한다. 「유성」에서 시인은 이렇게 응한다. "가로등 불빛에 눌려/수척해진 어둠이 흠칫/뒷걸음질"치고 "멀리/고층아파트 옥상에서/달빛과 별빛을 삼킨 네온이/나온 배를 한껏 더 내"민다는 허공에서의 교감으로 말이다. 어둠과 빛의 조율 양상을 시인은 허공에서 내밀하게 감각한다. 상대적인 반(反)의 동력에 의해 그 율동은 상당히 긴밀하다. 더해지거나 덜해지는 기미를 민감하게 느낀다.

『노자의 목소리로 듣는 도덕경』에서 최진석은 "노자가 보기에 이 세상은 모든 것이 반대편을 향해 열려 있고, 반대편과의 관계 속에서 존재"한다는 것, "자신의 존재 근거가 자신 안에 있지 않고, 상대편과의 관계 속에 있"다는 것, "모든 사물은 이런 원리를 바탕으로 반대편을 향하여 부단히 변화한다"는 것, "이 세계에 있는 모든 것은 그 반대편 것과의 관계 속에서 비로소 그것이 된다"는 점을 강조한다. 노자의 도

(道)도 그런 맥락에서 분명해진다는 것이다.

> 노자는 이 세계를 반대되는 것들이 꼬여서 이루어진 것으로 본다. 즉 이 세계는 대립쌍들(유有/무無, 고高/저低, 장長/단短, 상上/하下)이 서로 꼬여서 이루어져 있는데, 이것이 이 우주의 존재 원칙[恒]이자 법칙[常]이고, 이런 존재 형식 내지는 원칙에 도라는 기호를 붙인 것이다. 다시 말하면 이 세계는 반대되는 것들이 서로 꼬여서 이루어져 있는데, 반대되는 것들이 서로 꼬여서 이 세계를 이룬다는 이런 원칙을 '도'라고 부르는 것이다. 〔……〕 이 세계가 반대되는 범주들의 꼬임으로 이루어졌다면 그런 꼬임을 이루는 힘 즉 운동력은 무엇인가. 노자는 그것을 『도덕경』 제40장에서 "반대편으로 나아가려는 경향이 도의 운동력이다"(反者道之動)라고 표현했다. 반대편으로 나아가려는 경향을 운동력으로 해서 반대되는 것들이 서로 관계를 맺는다는 뜻이다. 그럼 이 운동력은 어디서 오는가. 그것은 바로 자연이 본래적으로 갖추고 있다.
> ──최진석, 『노자의 목소리로 듣는 도덕경』, 소나무, 2001, pp. 40~41.

이와 같이 반(反)의 동력이 도(道)의 운동력이고, 그것은 자연이 본래 갖추고 있는 것이라는 도가의 기본적 맥락에서 보면, 한경옥의 「별빛 한 줄기가 내게 오기까지」는 그야말로 주목에 값한다.

> 나무가 가지를 뻗을 때마다
> 그만큼 자리를 내주는 허공
>
> 뿌리가 커갈 때마다

그만큼 틈을 내주는 흙

별빛 한 줄기가 내게 오기까지
어둠은 또 얼마나 몸을 움츠리며
길을 터주는 걸까.

내주기만 할 뿐
빼앗을 줄은 모르는
허공과 흙, 그리고
어둠

—「별빛 한 줄기가 내게 오기까지」 전문

나무와 허공, 뿌리와 흙, 별빛과 어둠이라는 대립 쌍들이 서로 밀고 당기며 호응하고 조율하는 모습의 자연스러운 풍경을 형상화한 것인데, 자연의 이치를 웅숭깊게 보여주고 있어 인상적이다. 허공이 그만큼 자리를 내주지 않는다면 뻗으려는 나뭇가지는 그 얼마나 난감하랴. 흙이 틈을 내주지 않는다면 뿌리는 어찌 커갈 수 있겠는가. 그러니까 나뭇가지가 홀로 뻗어나갈 수 없다는 것, 뿌리가 저 혼자 커갈 수 없다는 것, 마찬가지로 별빛 또한 어둠과의 조율 없이 저 홀로 빛날 수 없다는 것, 그 모든 조율과 교감과 어우러짐이 허공에서 자연스럽게 이루어진다는 사실을 시인은 직관한다. 그런 반(反)의 동력을 헤아리면 현존재의 처지가 불우하다고 해서 너무 좌절할 필요도 없고, 지금 처지가 좋다고 해서 우쭐댈 일도 아니다. 「혼자라는 건」에서 시인이 "길이 없다는 건/어디로든 걸을 수 있다는 것//빈손이라는 건/무엇이든 잡을 수 있다는 것//혼자라는 건/누구와도 함께 할 수 있다는 것"이라며 홀로 어려운 처지에 있는 이들에게 푸른 희망의 지렛대를 마련하고 "꽉 채

윘다는 건/더 담을 수 없다는 것"이라며 꽉 찬 욕심과 그 실현을 경계하는 것은, 그런 이치를 떠올리게 한다. 요컨대 "초승달은 차오를 수만/만조는 빠질 수만 있"는 자연의 이치 앞에 겸손할 때, 그 반(反)의 동력에 따라 도(道)의 운동력에 허허롭게 제 마음과 몸을 맡길 수 있을 때, 인간은 지상의 욕심을 넘어 허공의 상상력으로 승화할 수 있겠다는 상념을, 시인은 부드럽게 보여준다. 벼랑에 올라 하늘을 바라보고 벼랑 아래의 모래 한 알을 눈여겨본 사람만이 "벼랑에 핀 꽃"(「꽃을 본 사람만이」)을 볼 수 있다는 시인의 진술을 빌리자면, 한경옥은 벼랑의 모래 한 알에서 피어나는 허공의 푸른 꽃과도 같은 시를 피우기를 소망하는 허공의 시인이 아닐까 싶다.

4. 생명 다양성과 아트라베시아모attraversiamo

허공의 시인은 리처드 파워스Richard Powers의 『오버스토리Overstory』처럼 허공에서 세계의 삼라만상을 조망할 수 있는 눈 그물을 지닐 준비가 되어 있다. 그런 눈 그물을 지닌 시인의 '오버스토리', 그 조감도에 따르면 '창백한 푸른 점'의 뭇 존재들은 서로 연결되어 있다. 홀로 존재하지 않고 다양한 생명이 전체적으로 어울려 존재하며 가이아 지구를 형성한다. 그런데 인류가 지구 지질이나 생태계에 현저하게 영향을 미친 이후 새로 제안된 지질 시대인 이른바 '인류세'(人類世, Anthropocene) 시대에 가이아 지구가 상처받다 못해 점차로 거주 불능 지역이 늘어나고 있음을 우려하기도 한다. 가령 「터널을 지날 때면」에서 시인이 "콘크리트 안 쪽 깊숙이 묻혀버린/민들레, 쑥부쟁이, 엉겅퀴 씨앗들의" "통곡소리가 들리는 것 같"거나 "집을 잃고 떠도는/멧돼지, 고라니, 도마뱀들의" 불안한 "발자국소리가 들리는 것 같"고, "언제쯤 허리를 펼지 눈치를 살피는/소나무, 떡갈나무, 굴참나무들"이 하염없는 근심으로 "속삭이는 소리가 들리는 것 같다"라고 시리게 적는 이유는 그런 까닭에서일 터이다. 문명의 이기를 도모하기 위해 백두대간에 얼마나 많은 터널이 뚫렸는지 우리는 잘 안다. 자연 상태가 아닌 인공 문명의 질주로인 터널이 늘어날수록 산의 나무며 숲의 동물들이 위태롭게 된다. 그야말로 절름발이 생태로 추락하고 있기에 그런 지역에서는 바람마저 절름발이가 된다고 시인은 날카롭게 보고한다. "터널을 지날 때면/절름발이 바람이 소리를 안고/절름절름 따라온다." 이렇게 자연에 평화롭게 거주하던 민들레나 떡갈나무, 도마뱀들이 절름발이 신세가 된 것은 인간의 무분별한 개발 욕심 탓이다. 철저한 인간 중심주의에 입각해 비인간 존재를 속절없이 타자화했기 때문이다.

이런 태도를 전본질적으로 반성하고 생태적인 패러다임으로 전환하지 않으면 안 된다는 인식을, 허공의 시인이 보이는 것은 차라리 자연스럽다. 「들꽃」에게 시인은 "너 혼자 피었다고 으스대지 마라"는 말을 건넨다. 흔들어 깨워준 바람, 아침마다 기지개를 켤 수 있도록 보듬어준 이슬, 활짝 피어날 수 있도록 젖을 물려준 햇살, 늘 따뜻하게 안아준 흙이 없었다면, 피어날 수 없었음을 잊으면 안 된다는 말이다. 모든 것이 연결된 전체라는 생태학적 인식에서 볼 때 당연한 말이지만, 이런 언술이 전경화되는 것은 당연한 것이 무시되는 반생태적 환경 탓이다. 들꽃에게 전하는 목소리이지만 실은 인류세의 주역인 인간들에게 바치는 간곡한 호소에 가깝다. 「까치」에서도 그렇다. "첫눈 내린 아침/설원雪原에 첫 발자국 찍는다고/설레지 마라. 이미/바람과 입 맞추고 햇살과 몸 섞었다." 이렇게 나 중심주의로부터 벗어나 대전환의 상상력을 펼칠 때 모든 게 달리 보이고 다르게 발명될 수 있다. 가령 「암자」에서는 "길가에 나뒹구는/구두 한 짝"에 우주적 생명을 지피고 있는 형국이 웅숭깊게 제시된다. "달빛이 가부좌 틀고 앉아/참선하다 가고//바람이 빙글빙글/탑돌이 하다 가고//갈잎이 바스락바스락/염불하다 가고//개미들이 떼로 몰려/참배하고 가는" 암자로 거듭나게 하는 상상력이 이채롭다. 길가에 버려진 구두 한 짝은 이제 단지 버려진 허접한 쓰레기가 아니다. 달빛과 바람, 갈잎과 개미들이 더불어 협업하며 자연의 새로운 생태적 존재로 부활하게 되었다. 존재론적 대전환이다. 이런 대전환의 상상력이 돌올하게 두드러진다. 시인 스스로 제안한 전환의 길을 곡진하게 서정적으로 실천하는 모습이기 때문이다. 허공의 시인은 연결된 전체의 풍경을 현묘하게 조감하는 데 장기를 보인다. 이제 표제작 「바람은 홀로 걷지 않는다」를 보자.

> 바람은 가는 길을 감추지 않는다.
> 소슬바람에도 흔들리는
> 나뭇잎을 보면 알 수 있다.
>
> 바람은 홀로 걷지 않는다.
> 봄바람에 물보라처럼 흩어지는
> 벚꽃을 보면 알 수 있다.
>
> 바람은 제 발자국을 숨기지 않는다.
> 태풍이 지나간 후 바닥에 나뒹구는
> 능금을 보면 알 수 있다.
>
> ──「바람은 홀로 걷지 않는다」 부분

　바람은 역동적인 오브제다. 바람은 한 방향으로만 작동하지 않는다. 양방향의 상호수행이 바람의 생명력이자 그 이치이기도 하다. 바람이 불면 나뭇잎이 흔들리고, 나뭇잎이 흔들리면 바람에 에너지가 보태진다. 바람이 불면 벚꽃이 떨어져 물보라처럼 흩어지는데, 그렇게 흩어진 벚꽃잎들이 새롭게 바람을 일으킬 수도 있다. 그 상호수행의 역동성을 직관하면서 시인은 "바람은 홀로 걷지 않는다"라고 했다. 물론 연결된 전체가 서로에게 양(陽)의 방향으로만 작동하는 것은 아니다. 태풍에 나뒹구는 능금의 이미지는 음(陰)의 방향을 함축한다. 그것도 자연이다. 그것까지 포함해서 연결된 전체를, 허공의 시인은 관찰하며 바람의 길을 내고 시의 길을 연다. 그 과정에서 한경옥은 '정겨운 동행'에의 의지를 내비친다. 「함께 가야 할」에서 그런 의지가 분명하다. 흔히 담쟁이와 벽의 관계에서 벽을 담쟁이가 "타고 넘어가야 할 적으로" 여기는 경우가 많은데, 그런 인식적 관습에 이의를 제기한다. "벽은/담쟁이의 길을 막은 적이 없다./오히려/타고 오르도록 온 몸을 내주었다./하늘과 달과 별,/햇살과 바람과 빗물도 포기했다./혹시라도/제 무게를 못 이겨 쳐질세라,/이파리 하나라도 떨어질세라/기지개 한 번 켜지 않고/받쳐 주고 있는데" 어떻게 벽이 담쟁이의 적이 될 수 있겠느냐고 온몸으로 묻는다. 나의 길, 자기 진영의 길을 위해 다른 어떤 존재도 타자화하는 시대의 부정적 징후들에 대한 비판적 성찰이 담긴 시편이다. 대개는 연결된 전체에 대한 성찰의 결여에서 비롯된 것들이다. 어찌 담 없이 담쟁이 혼자 생명의 길을 낼 수 있겠는가.

한경옥의 시에서 바람도 홀로 걷지 않고, 담쟁이와 담/벽도 다정한 동행을 하며 연결된 전체를 지향한다. 우리가 그것을 아트라베시아모 attraversiamo의 서정이라고 부르면 어떨까. 엘리자베스 길버트Elizabeth Gilbert의 여행 에세이를 각색한 줄리아 로버츠 주연의 영화 「먹고 기도하고 사랑하라Eat Pray Love」에서 명대사로 꼽히는 말이 '함께 건너가자'라는 뜻의 이탈리아어 아트라베시아모attraversiamo였다. 진정한 욕망과 영성 그리고 사랑을 찾아 낯선 세계로 떠난 한 여성의 이야기인 이 영화에서 주인공은 자기를 찾기 위해 자기 안으로 몰입하는 과정에서 타인과 함께하는 연결 회로를 놓친 부분이 있었다. 마지막에 자기의 주제어라며 아트라베시아모를 이야기하는데, 그것이 감동적인 이유는 나 중심의 자기 탐색에서 전체와 연결된 자기 탐문으로 전환하는 상징적 계기로 작동하는 순간이기 때문이다. 한경옥의 담쟁이와 벽, 바람과 벚꽃, 버려진 구두와 갈잎도 그렇다. 서로가 서로에게 '아트라베시아모'라고 정성스럽게 눈짓하는 정경을 시인은 정겹게 보여준다. 함께 가기 위해서는 내가 느끼고 내가 생각하는 대로 말하기보다는 동행하는 타자의 기척을 잘 들을 준비가 무엇보다 중요하다. 그래야 타자의 초대에 기꺼이 응할 수 있겠기 때문이다. 시인이 "봄에는 사르락사르락/여름에는 우르릉쾅쾅 쏴아/가을에는 추적추적/겨울에는 차르륵차르륵//계절 따라/다르게 내는 소리"(「네가 오는 소리」)를 잘 들으려고 정성을 기울이는 모습을 눈여겨보자. 그렇게 '네가 오는 소리'를 잘 들을 수 있는 다정한 귀와 열린 마음을 지닌 시인이기에 자연으로부터 초대받을 수 있었던 것이 아닐까. 허공의 시인은 바람과 정겹게 동행하면서 '바람'의 '바람'을 잘 들어주며 '아트라베시아모'의 상상력을 함께 펼친다. 연결된 모든 것들이 함께 어울려 시를 빚어낸다. 이래저래 『바람은 홀로 걷지 않는다』에는 '아트라베시아모'의 정겨운 바람이 인다.

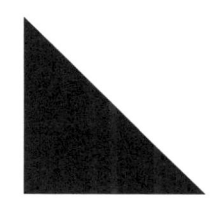

4부
디아스포라 횡단

분단 상황의 초극을 위한 '문화형' 문학의 발명
― 최인훈

1. 글 위에서의 삶과 죽음

 "동무는 훌륭한 작가가 될 거요."[1] 이 전율에 가까운 감동적인 축복의 예언이 20세기 한국문학사의 어떤 원천이었다. 고등학교 1학년 때였고, 작문 시간이었다. 조명희의 「낙동강」을 읽고 그 주인공 박성운을 이상적 자아의 모델로 승인하면서 감상문을 제출했던 터였다. 최선을 다한 글이었지만 선생님으로부터 상찬받으리라 크게 기대하지 않았다. 중학생 시절 '강철의 혁명전사'답지 못하다며 "사회의 공적"(2:84)으로 혹독하게 비판받지 않았던가. 그 자아비판회 사건의 상처가 채 아물지 않은 소년에게 치유의 빛이 깃드는 순간이었다. 작문 교사는 다들 훌륭한 평론가들처럼 잘 썼지만, 특히 "동무의 작문은" "그 잘 쓴 방식"이 남다르다고 했다. "이것은 작문이 아니라 소설입니다"(2:90). 그러면서 앞에서 언급한 치명적 예언을 했던 것이다. 소년의 문학의 뿌리를 웅숭깊게 읽어낸 그 선생님의 선언에 힘입어 소년의 문학의 뿌리는 더욱 깊게 뿌리내리면서 문학의 거목으로 성장하게 된다. 자전적 소설

---

1 최인훈, 『화두 2』, 문학과지성사, 2008, p. 91(『화두』는 1994년 '민음사'에서 처음 발간되었다가 2002년 '문이재'본을 거쳐 2008년 '문학과지성사' 개정판 전집에 합류하였다. 앞으로 『화두』의 인용은 이 전집본으로 하고 본문에 직접 그 번호와 쪽수만을 괄호 안에 적기로 한다).

『화두』에 나오는 삽화의 이런 안목, 이런 축복 그대로 소년은 '훌륭한 작가'가 되었다. 20세기 한국문학사를 빛낸 작가 최인훈은 그렇게 탄생했다.

최인훈의 문학적 역정은 20세기와의 지난한 대결로 요약된다. 『화두』에서 이렇게 되뇌었다. "우리는 20세기를 살았는가. 나는 20세기를 살았는가. 우리는 20세기에 동원되었다고 말해야 옳은가, 나는 20세기에 동원되었다고 해야 하는가"(2:481). 그는 격동의 20세기 작가였다. 일제강점기에 두만강 변의 국경도시인 회령에서 태어나, 해방 후 소련군이 진주했던 북한에서 학교를 다니다가, 한국전쟁 때 월남했다. 그러니까 일제 식민지, 해방 후 공산주의 체험, 전쟁 체험, 남한의 자본주의 체험을 두루 한 독특한 이력을 바탕으로 소설 작업을 펼친 작가였는데, 그렇다는 것은 20세기 북한 출신 한국 작가가 아니었으면 할 수 없었던 경험과 사유를 바탕으로 독특한 문학의 성을 구축할 수 있었다는 것을 의미한다.

일찍이 평론가 김우창이 최인훈의 연작 『소설가 구보씨의 일일』을 일컬어 '남북조 시대의 예술가의 초상'[2]이라 명명한 바 있거니와, 그의 문학은 대부분 분단/'남북조' 시대의 소설이라는 성격을 지닌다. 평판작인 『광장』을 비롯하여 『회색인』 『서유기』 『총독의 소리』 『태풍』 등 여러 작품에서 그는 분단된 남북조 시대의 삶의 본질을 성찰하고 있을 뿐만 아니라, 여러 가지 이유로 왜곡된 근대인의 삶을 작가 나름의 기억의 계보학적 탐문을 통해 심층적으로 조망해 보인다. 소설뿐만 아니라 「옛날 옛적에 훠어이 훠이」 「달아 달아 밝은 달아」 「둥둥 낙랑(樂浪)둥」 「어디서 무엇이 되어 다시 만나랴」 등의 희곡들 및 「문학 활동은 현실 비판이다」 「길에 관한 명상」을 비롯한 다수의 에세이와 문학

---

2   김우창, 「남북조 시대의 예술가의 초상」, 최인훈, 『소설가 구보씨의 일일』, 문학과지성사, 1976/2009, p. 401.

론을 개진하면서 두루 최인훈 특유의 발상법과 스타일로 인지의 충격을 가져왔다. 1994년 발표한 장편 『화두』를 보면 최인훈의 작가적 면모의 많은 것을 알게 된다. 남북조 시대의 작가에서 미국과 러시아 경험을 바탕으로 세계 체제 및 이데올로기와 전면적으로 대결하고 20세기라는 역사적 시간 전체와 맞씨름하려는 관념적 상상적 수고를 총체적으로 보였다. 말하자면 분단 시대 한국 작가가 세계에 보내는 도저한 문학 신호였던 셈이다.

한국의 분단 상황과 세계 체제에 대한 관념적 성찰을 바탕으로 새로운 제3의 길을 모색해보려 했다는 점, 주로 경험적 이야기 중심의 예전 소설 작법에서 벗어나 관념적 성찰을 바탕으로 한 논리적, 이성적 소설 작법의 새로운 가능성을 모색하고 실천했다는 점, 한국인의 근대적 삶의 가능성, 혹은 근대적 개인의 탄생 가능성을 본격적으로 모색하면서 말할 수 없는 것을 말하기 위한 문학적 실험을 도저하게 펼친 작가라는 점 등 여러 면에서 최인훈의 문학사적 자리는 깊고 넉넉하다. 실제로 경험한 이야기 혹은 경험했을 것 같은 이야기를 넘어서 관념적 추론으로 이성적 서사가 형성될 수 있는 가능성을 확인하기 위한 다양한 창작 방법을 구안했다는 것이 특징적이다. 리얼리즘과 반리얼리즘, 현실주의와 초현실주의, 현실과 환상, 현실과 신화 사이를 넘나들며, 다채로운 실험 정신을 펼쳐 보였다. 관념의 구도 아래 경험의 핍진성을 다채롭게 채우려 했고, 그 관념의 플롯은 결국 지금, 여기의 현실을 서사적으로 설명하고 새롭게 풀어보려 한 값진 시도였다. 그러니까 최인훈의 문학적 역정은 "'문학'을 내 손으로 '발명'하려고 들었던"(1: 120) 나날의 연속이었다.

『회색인』에서 작가의 분신 격인 독고준은 강조했다. "너의 이름으로 하라." 최인훈은 오로지 자기 이름으로 서명할 수 있는 글만 쓰다가 "글 위에서 죽"은 큰 작가였다. 마지막 작품인 「바다의 편지」에서 "죽어라. 단 한 사람도 글 위에서 죽으려 하지 않으니"[3]라고 탄식한 바 있는데, 그는 스스로 자기 주문을 정직하게 수행한 필경 작가였다. 20세기 한반도와 세계 현실을 문명사적 관점에서 해체 재구성하면서 사고 실험으로서의 문학을 통해 새로운 문명 DNA의 가능성을 탐문했던 작가, 문학의 이름으로 살고, 문학의 이름으로 죽은 작가, 문학에 대한 거의 모든 것을 새롭게 질문하면서 새로운 길을 열어 보이려 한 작가, 그런 작가가 바로 최인훈이었다.[4]

2. 푸른 광장의 진실 혹은 제3의 길을 찾아서

1955년 시 「수정」을 『새벽』지에 발표한 바 있던 최인훈은, 군복무 중이었던 1959년 단편 「GREY 구락부 전말기」「라울전」으로 안수길의 추천을 받아 『자유문학』을 통해 등단한다. 등단 이듬해 일어난 4·19혁명의 기운과 더불어 평판작 『광장』을 발표한다. 『광장』의 주인공 이명준은 분단 시대를 대표하는 캐릭터다. 1960년 중편 형태로 발표된 이래 모두 네 차례에 걸쳐 개작된 작품이 『광장』이지만 그 기본 구조는 흔들리지 않았다. 바로 '광장'과 '밀실'로 상징되는 대립상의 해소를 통한, 다시 말해 '광장-밀실'의 변증법적 지양을 통한 제3의 공간 내지 제3의 길을 발견하고자 한 희망의 원리와 그 현실적 좌절이 기본 골격을 이룬다. 많은 논자들이 지적했다시피, 이 작품에서 광장이 집단적 삶, 사회적 삶을 상징한다면, 그 반대편에서 개인적 삶, 실존적 삶을

---

3   최인훈, 『바다의 편지』, 삼인, 2012, p. 523.

4   1장은 최인훈 선생 타계 직후 한 일간지에 기고한 추도문(졸고, 「분단시대 한국 작가가 세계에 보낸 도저한 문학 신호: 소설가 최인훈 선생 영전에 부쳐」, 『국민일보』, 2018년 7월 24일 자) 을 가다듬은 것이다.

상징하는 것이 곧 밀실이다. 타락한 밀실 위주의 남한 사회와 타락한 광장 위주의 북한 사회에서 공히 실망하고 절망한 이명준이 제3국으로 가는 배 위에서 바다로 투신자살하는 이야기가 이 소설의 중심이다.

1948년경 주인공 이명준은 남한에서 살았다. 철저한 공산주의자 이형도의 아들인 그는, 어머니는 죽고 아버지가 박헌영을 따라 월북하자 홀로 서울에 남아 아버지의 친구 집에서 기식하면서 대학 철학과를 다닌다. 그가 보기에 남한은 광장은 없고 밀실만 존재하는 공간이다. 그렇다고 밀실 또한 온전히 존재하는 게 아니다. 그는 없는 광장을 수긍하고 진정한 밀실의 삶을 추구하고자 했었다. 밀실에서 자기 사유를 저작하고 또 이데올로기에 무관심한 윤애와 사랑을 나눌 수 있기를 바랐다. 하지만 밀실에의 소망마저 그에게 허락되지 않았다. 아버지가 대남방송에 나왔다는 이유로 치안 당국자들에게 고문받는 것을 계기로 그의 밀실은 철저하게 훼손된다. 게다가 밀실의 삶에 대한 마지막 소망이었던 윤애와의 사랑마저 실패로 돌아간다.

광장 없는 밀실에서의 상처를 안고 이명준은 단신 월북한다. 거기서 그는 개인의 밀실 없는 광장의 현실을 보게 된다. 개인적인 삶의 공간인 밀실은 아주 닫혀 있을 뿐만 아니라, 광장 또한 당의 독재 아래 타락해 있는 현실을 보고 그는 더더욱 상처받는다. 개인적 삶은 물론 사회적 삶도 당이 빼앗아버린 상태였던 것이다. 그 절망의 끝에서 상처를 추스를 수 있는 계기를 만난다. 북에서 만난 애인 은혜에게서 그는 은총처럼 '광장-밀실'이 어우러진 희망의 새로운 지대를 발견하게 된 것이다. 폭격과 아비규환으로 얼룩진 전선의 한 동굴에서 은혜와 아름다운 사랑을 나눌 때까지 그 희망의 지렛대는 가동되지만, 유엔군의 폭격으로 은혜가 죽자, 그 역시 지독한 상처로 남는다. 결국 이명준은 포로가 되고, 석방 무렵엔 남도 북도 거절한 채 제3국을 택한다. 어느 한쪽만을 강요하는 이데올로기의 상황을 견뎌낼 수 없었던 까닭이다.

현실의 모순을 성찰하고 그 때문에 상처받았던 이명준은 일단 수평적 공간 이동을 통해 새로운 소망을 일구어보고자 했던 인물이다. 광장을 없애고 밀실로 스며든 남쪽의 삶, 그러나 밀실마저 온전하지 못한 남쪽의 삶에 실망한 나머지 북쪽으로 수평 이동을 단행한다. 하지만 개인의 밀실을 폐쇄한 채 집단적인 광장만을 강요하는 북쪽의 삶, 그러나 광장마저 철저하게 타락해버린 북쪽의 삶에 실망했을 때, 그는 갑자기 갈 길을 잃게 된다. 남과 북 양쪽에서 뿌리 뽑힌 문제적 주인공 이명준에게 달리 열린 길은 없었다. 어디로 갈 것인가. 일단 제3의 길을 택했지만, 그것은 추상일 뿐 현실일 수 없었다. 다시 말해 당시 지구상에 자본주의와 공산주의라는 양대 이데올로기를 넘어설 수 있는 제3의 이데올로기는 아직 예비되지 않았던 것이다. 그렇다고 약관 이십대 중반의 철학도 출신 포로가 제3의 이데올로기를 당장 제출할 수도 없는 노릇이었다. 결국 이명준은 이데올로기라는 암초에 걸려 꼼짝도 못 하게 된 형국이었던 셈이다.

이데올로기는 암초였다. 이데올로기의 길은 닫혀 있었다. 그렇다면 다른 길은 없는가. 이 지점에서 작가 최인훈은 사랑의 길을 발견한다. 주인공 이명준이 그토록 소망하던 '광장-밀실'이 어우러진 삶의 소망스러운 지평을 은혜에게서 발견하는 장면에서 그것은 뚜렷하다. 그러나 이데올로기에 의해 훼손된 현실에서의 사랑이란 또한 상처뿐인 것이었던가. '광장-밀실'이란 소망스러운 삶의 상태는 불가능한 것이었던가. 전쟁 도중 은혜의 죽음으로 말미암아 그 소망은 추락하고 말았다.

추락하는 것에도 날개가 있는가. 오직 환각이나 메타포 속에서만 가능한 것. 이명준은 제3국행 배 위에서 바다 위를 나는 두 마리의 갈매기를 보게 된다. 은혜와 배 속의 아이였을까. 은혜는 이데올로기의 포화 속에서 사랑을 상실한 채 추락했으되, 환각처럼 날개를 달고 갈매기로 수직 상승한 셈이었다. 그렇다. 현실적인 수평 이동에서 의미 있는 새로운 공간을 발견할 수 없을 때는 불가피하게 수직 이동을 꿈꾸는 것이다. 일찍이 스스로 미로를 만들었던 장본인 다이달로스가 그랬고, 이상의 「날개」의 주인공 역시 날개 달기를 소망했던 것은 수평 이동이 불가능했기 때문이었다. 수직 상승 이동은 신화의 세계에서나 가능하다. 이명준이 하늘의 갈매기를 보았을 때, 눈 아래 바다는 문득 잃어버린 광장처럼 다가왔다. 크레파스보다 진한 푸른 바다로 그가 뛰어든 것은 신화적 수직 상승 이동과 현실적 수평 이동의 불가능성을 결정적으로 증거한다. 사랑 또한 이데올로기에 의해 훼손되었을 때 어쩔 수 없는 암초였을까.

더불어 사랑하며 '광장-밀실'의 조화로운 삶을 꿈꾸던 은혜는 죽어 갈매기가 되어, 이명준의 수직 이동 경로를 알려주었다. 그에 따라 수직 하강 이동한 이명준은 죽어 무엇이 되었던가. 그 역시 은혜를 따라 갈매기가 되었을까. 아니다. 센티멘털한 새가 되기보다는 차라리 매우 이지적인 소설 한 편으로 그는 거듭났다. 이데올로기와 사랑이 더 이상 암초가 아닌 상태, 서로 교감하며 조화를 이뤄 새로운 삶의 지렛대를 형성해나가는 상태, 그리하여 인간 삶의 진정성을 추구하고 누릴 수 있는 상태, 그 제3의 길에 대한 성찰과 모색이 절실히 요구된다는 소설 『광장』의 핵심 메시지를 죽음으로써 살려낸 게 아닐까. 소설 『광장』 이후 많은 지혜와 상상력들이 운명적 인물인 '이명준 이후'에 대해 그토록 고뇌했던 까닭도 바로 거기에 있지 않을까? 훗날 작가는 『서유기』에서 "운명이란, 의무의 끝장까지 가본 사람에게만 나타나는 신비한 얼굴이다"[5]라고 적었는데, 그 끝장에서 비로소 운명의 얼굴로 현현한 캐릭터, 그가 바로 이명준이기 때문이다.

---

5 최인훈, 『서유기』, 문학과지성사, 1997/2008, p. 15.

3. 이명준, 독고준, 새로운 문화형

이명준의 운명은 영락없이 엄혹한 분단 시대의 초상이었다. 체제가 다른 상황을 가로지르며 끊임없이 '나는 누구인가' '나는 무엇을 어떻게 할 수 있는가' 탐문했던 인물이었다. 그는 나름대로 엄정하게 현실을 성찰하고자 했지만 끝내 '길'을 발견할 수 없었던 비극적 운명에 포획되고 말았다. 그래서일까. 작가 최인훈은 자전적 소설 『화두』에서 『광장』을 쓸 당시만 해도 비교적 투명하다고 생각했던 것들이 달라 보이기 시작했다고, 그래서 글쓰기 스타일을 달리할 수밖에 없었다고 적는다. "투명한 것이 다시 흐려 보이고 곧아 보이는 길에서 휘어나간 길에 빠져들고, 보이는 것이 믿어지지 않고 보이는 것은 믿지 못할 일이고 진실은 어딘가 숨어 있는 것 아닐까 하는 심정이 표현된 것이 이후의 나의 글쓰기의 일반적 경향이었다"(1:378).[6] 이명준을 죽음으로 몰고 간 객관적 분단 상황은 물론 그의 운명을 추적한 주관의 내면 또한 투명하게 바로 보이는 것이 아니라고 재성찰하면서 사실주의 규칙으로부터 벗어나는 것만이 사실적이라고 생각했다는 것이다. 전통적 창작 방법에 비교적 충실했던 관습에서 탈주하여 환상적이고 부조리한 현실을 역동적으로 담을 수 있는 문학의 새로운 내용과 형식을 탐문한다.[7]

---

6   최인훈의 후배 작가인 이청준은 4·19혁명 때의 가능성과 이듬해 5·16쿠데타에 다른 환멸을 경험하면서 독특한 내면 감각을 형성하게 되었다고 말한 적이 있는데, 『광장』 이후 진실이 잘 보이지 않았다는 최인훈의 언급 또한 5·16과도 관련 있는 것으로 보이는데, 이에 대해서는 더 면밀한 고증이 필요할 것이다.

7   이 무렵 작가의 생각은 『화두』에 이렇게 기록된다. "사실주의의 규칙을 벗어버리고 혼돈과 당혹감만이 두드러지게 그려져 있다. 그것은 환상도 아니고 비사실주의도 아니었다. 내게는 작품 속에서 강조된 그 풍경의 느낌이야말로, 그 환상성과 부조리야말로, 현실의 가장 사실주의적이고 조리 있는 반영이었다. 이 현실에 대해서 사실주의적으로 그려낸다는 것은 진실로부터의 도피이기 쉽고 밤을 흰 물감으로 묘사하려는 태도처럼 느꼈다. 사실주의를 거부하는 것이 예술가

『광장』이후『서유기』라는 새로운 문학의 발명은『회색인』을 경유할 때만이 가능한 형식이었다. 『회색인』『서유기』에 내리 등장하는 독고준이라는 캐릭터의 발명, 이렇다 할 극적 행동도 인상적 사건도 연출하지 않는 것 같은데, 그럼에도 혹은 그럴수록 그 캐릭터의 성격이 깊어지고 인상적인 인물이 바로 독고준이다. 분단된 남북조 시대의 상황으로 인하여 '독고(獨孤)' 상태에 처한 단독자의 초상인 독고준은 그야말로 고독한 자유인이다. 그는 기존의 경계를 허물고 현존 영토를 넘어서 새로운 사유와 인식으로 진정한 삶의 지평을 열기를 간절히 소망하고 갈구하는 인물이다. 그 자신이 결여로 인해 매우 불완전한 존재임을 승인하는 인물이기에 결여를 넘어서기 위한 허심탄회한 보헤미안의 방랑을 서슴지 않는다. 물론 그에게 방랑이란 관념의 방랑이다. 거기서 끊임없이 새로운 길을 내고 지운다. 관계없는 것들을 짝짓기도 하고 관계 있는 것들을 과감히 해체하기도 한다. 그렇게 해서 독고준은 1960년대 소설사에서 매우 독특한 인물로 호명되기에 이른다. 우리는 독고준을 이렇게 부른다. 남북조 시대를 가로지르며 잃어버린 자기를 찾아서, 혹은 정립된 적이 없는 자기를 찾아서, 열정적으로 자기 성찰과 세계 인식의 도정을 보인 존재의 연금술사라고 말이다. 그의 존재와 그의 탐문은 비단『회색인』의 성공에서 그치지 않고『서유기』를 거치고『소설가 구보씨의 일일』을 경유하고『태풍』을 지나『화두』에 이르는 최인훈 소설의 핵심적 자양분이 아닐 수 없다. 아마도『회색인』에서 보인 독고준의 관념적 성찰이란 오래된 자양분이 없었던들, 20세기의 운명과 20세기인들의 지적 자산과 20세기 한국인들의 집단 무의식과 20세기 한국인의 성찰을 집약적으로 다룬『화두』는 탄생되기 어려

로서는 이 세계에 대한 육체적 저항에 맞먹는 본질적 저항처럼 느꼈다. 세상도 아닌 것을 세상처럼 그려서는 안 되지 않는가. 예술의 마지막 메시지는 그 형식이다. 괴기한 사물을 단아하게 그리는 방법을 나의 감정이 허락지 않았다"(1:379).

웠을 것이다.[8]

무엇보다 독고준은 성찰의 주인공, 인식의 주인공이다. 수많은 자기 안에서 인식의 창, 자기 소통의 창을 내는 게 중요하다고 여기는 캐릭터다.

> 유리에 얼굴이 비쳐 있었다. 그는 찬찬히 들여다보았다. 유리 속의 남자의 눈도 그를 지켜보고 있었다. 그 남자는 그에게 묻고 있었다. 나는 누구냐 너는 그것을 나에게 말해주어야 한다. 나는 모른다 그런 말은 통하지 않는다 나는 너에게서 대답을 들을 때까지 너의 곁에서 떠나지 않는다 무엇 때문에 너를 사랑하기 때문에 사랑하면 이러긴가 나는 그런 사랑을 원치 않는다 네가 원하지 않아도 할 수 없다 네가 가는 곳이 어디든지 그곳에 나는 있다 나를 잊어버리면 안 된다 네가 가장 열중한 순간에도 너의 등 뒤에는 내가 있다 너는 없다 너는 나의 그림자다 그렇지 않은 줄 번연히 알면서 앙탈하지 말라 모든 것이 사랑 때문이다 그것만이 사실이다 당장 대답하라는 것도 아니지 시간은 있다 다만 그 시간들을 허비하면 안 돼 우리는 타협할 수도 있지 않은가 우리만 입을 다물면 아무도 모른다 그렇지 않은가 나도 그 말은 이해할 수 있다 그러나 전례가 있지 않은가 그건 번번이 실패하지 않았는가.[9]

이런 자기 대화를 통해 분열된 자기를 초극하고 나름의 자기 정체성을 발견해나가려 한다. 『화두』에 "어쩌다 이 사슬에서 풀려 자기 있던 자리를 바라보게 된 노예가 나였다"며 "노예철학자의 '앎'"(1:413)에의

---

8   졸고, 「모나드의 창과 불안의 철학시」, 『프로테우스의 탈주』, 문학과지성사, 2010, pp. 306~307.

9   최인훈, 『회색인』, 문학과지성사, 1997/2008, p. 280.

의지가 강조되는 대목이 나오고 또 "몸은 노예일망정 정신까지 노예일 필요는 없었다"(2:294)는 서술이 보이는데, 독고준이 바로 그런 노예 철학자의 앎에의 의지를 통해 자기-되기, 자기 형성의 실마리를 마련해나가려 진력한 인상적 인물이다. "그가 받아들인 체계의 노예가 아니라 그 체계의 주인이 될 수 있는 경지에 접근해갈 수 있는"(2:77) 경로를 마련하기 위해 『회색인』의 독고준은 부단한 책 읽기를 통해 인식과 성찰의 지평을 넓고 깊게 한다.

많은 작가들이 도서관에서 탄생하지만, 어떤 면에서 최인훈이야말로 본격적인 도서관-작가의 탄생을 알리는 신호탄이 아니었을까. 두루 아는 것처럼, 최인훈은 분단 상황으로 인해 어쩔 수 없이 그의 고향에서 뿌리 뽑힌 경우였다. 월남하기 이전 북한에서의 기억은 늘 극적으로 소환된다. "그곳에서 지낸 생활은 자동적으로 망각을 뿌리치고 되풀이해서 나타나면서 그 의미가 규정되기를 요구하는 그런 기억으로 나를 지배해왔다. 내가 나이를 먹으면 먹을수록, 나에게 사후에 얻은 지식이 늘어나면 날수록, 북한 생활의 기억은 더 구조화되고, 더 극劇化된 모습으로 나타난다. 이에 비하면, 해방―6·25 사이의 남한의 이미지는, 그야말로 처음부터 이미지이며, 지식이다. 이것은 어찌할 수 없는 한계다"(2:80~81). 유소년 시절 실제로 경험했던 북한 생활은 망각 없이 극적으로 기억되는데, 체험하지 않은 남한의 풍경은 단지 이미지이고 지식이었다는 작가의 진술을 더 밀고 나가면, 월남한 이후는 경험에 입각한 기억보다는 이미지나 지식이 자신과 자기 문학을 형성하는 주요인이었다는 것으로 추론 가능하다. 물론 그는 북한 시절부터 책 읽기를 즐겼다. "도서관에서 나는 무엇인가가 되기 위해서 태어나가고 있었다"(1:62)라는 문장에서 명료하듯, 도서관은 그에게 '되기'라는 형성의 개념을 가능케 하는 기본 텃밭이다. "책-도서관-우주선-지구기지-아기집〔胎〕. 이들은 모두 같은 것들이다"(1:62). 그에게 책은 현실의 재현 결과가 아니라 그 자체가 살아 있는 현실이었다. 책 속에 있는 사람들을 "책 바깥 사람들에 못지 않은 권리를 가지고 살아 있는 사람으로 알고 싶어 한 '책환상'"(1: 67)을 지녔다고 말하기도 하며, 심지어는 책 밖의 현실을 보면서 "그들의 생활을 내가 책 속에서 읽은 현실의 불완전한 모사처럼 생각"(1:140)하기도 할 정도였다. 책 환상. 그 책 속에서의 열락은 어쩌면 고향에서 어쩔 수 없이 뿌리 뽑힌 자가 새롭게 구성한 고고학적 고향의 모습이 아니었을까. 어쨌거나 북한에서의 기억과 책 환상이 중층적으로 스미고 짜이는 가운데 자기 성찰에 매진한 『회색인』의 독고준은 마침내 자기 이름으로 서명할 수 있는 작품, 삶을 쓰기를 다짐한다.

> 그렇다. 내가 신神이 되는 것. 그 길이 있을 뿐이다. 그러나. 그것은 번역극이 아닌가? 거짓말이다. 유다나 드라큘라의 이름이 아니고 너의 이름으로 하라. 파우스트를 끌어대지 말고 너 독고준의 이름으로 서명하라. 너의 이름을 회피하고 가명을 쓰려는 것, 그것이 네가 겁보인 증거다. 남의 이름으로는 계약하지 않겠다는 깨끗한 체하는 수작은 모험을 회피하자는 심보다.[10]

다른 사람, 다른 존재가 아니라 자기 자신의 이름으로 서명하겠다는 것, 이 근대 작가 선언의 마당이 바로 『회색인』이다. 이 선언을 『서유기』에서 더욱 실험적으로 밀고 나간다. "문학 작품을 쓴다는 것은 작가의 의식과 언어와의 싸움이라는 형식을 통하여 작가가 자기가 살고 있는 사회에 대하여 비평을 행하는 것"[11]이라는 생각을 견지했던 최인훈

---

10 같은 책, p. 382.

11 최인훈, 「문학과 현실」, 『문학과 이데올로기』, 문학과지성사, 1980/2009, p. 37.

은 『서유기』에서 환상을 통해 현실을 중층적으로 성찰하고 비평하는 창작 방법을 발명한다. 알다시피 『서유기』는 『회색인』의 끝 부분과 연계되어 시작한다. 독고준이 이유정의 방을 나와 자기 방에 이르기 위해 계단을 오르는 그 짧은 시간만이 현실이고, 나머지는 그 시간 안에 일어난 환상의 여정으로 구성된다. 훗날 한 에세이에서 "환상 없는 삶은 인간의 삶이라 불릴 수 없다. 환상 있는 곳에 길이 있다. 현실이여 비켜서라. 환상이 지나간다. 너는 현실에 지나지 않는다"[12]라고 적은 바 있는데, 이런 진술 가능성의 여러 원인 중 하나는 『서유기』의 환상적 성공이었으리라. 『서유기』에서 작가는 "운명을 만나지 않은 인간은 인간이 아니"[13]라며 운명을 탐색하는 실험적 방법을 고안한다. "그에게 새로 주어진 이 희망. 그러나 그곳으로 가는 방법이 없다는 사실이 그를 미치게 했다"(p. 17), "선장실로 이르는 길이 없다는 것이 그들에게는 더욱 신비스럽고 믿음직스러워 보였다"(p. 59), "배는 아무도 그가는 곳을 모르는 뱃길을 이어갔다"(p. 59), "'그림찾기'구나. 그림 속에다가 그림을 숨겨두고 찾아내는 놀이. 둘레의 그림들의 윤곽 속에 어울려 붙어 있는 또 하나의 그림. 그것을 찾아내는 어려움, 헷갈림, 그런 느낌이다"(p. 119) 같은 부분에서 확인할 수 있듯이 길 없는 길을 향한, 길에서의 명상과 환상이 절묘한 소설 분위기를 연출한다. 아울러 절치부심하여 식민지 회복을 열망하는 총독의 목소리, 그 저편의 상해임시

12　최인훈, 「아메리카」, 『바다의 편지』, p. 239.

13　"운명을 만나지 않은 인간은 인간이 아니다. 그는 물건일 뿐이다. 그의 윤리는 물건들의 저 인색한 법칙만을 따른다. 운명을 만나본 사람은 그렇지 않다. 그는 절망 속에서 희망을 본다. 없는 속에서 푸짐함을 본다. 그의 생애는 이제 저 바닷가 모래펄 속에 파묻혀도 그의 눈에는 대뜸 알아볼 수 있다. 그의 생애가 비록 모래 한 알처럼 미미한 것이라 하더라도, 나의 운명을 만난 날, 폭음의 여름, 저 강철의 새들이 잔인한 계절의 장막을 열고 도시의 하늘에 날아온 그날을. 오, 나는 얼마나 사랑하는가, 나의 생애의 자북磁北을 알리던 그 바늘의 와들거림을 나는 생각한다"(최인훈, 『서유기』, p. 15).

정부의 목소리, 인민과 혁명을 강조하는 북한 노동당의 목소리, 과학과 이성을 지향하는 이성병원의 목소리, 대한불교관음종의 목소리들이 충돌하듯 대화하면서 빚어내는 탐문의 환상적 밀도 또한 어지간하다.

환상의 실험도 실험이지만, 『서유기』에서 작가가 제안한 "문화형文化型"이란 개념이 주목에 값한다. 『서유기』에서 죄수는 독고준에게 "민족성이라는 실체實體의 존재를 부정하고 싶다"면서 "생물학적 차원으로부터 문화사적 차원으로" 민족성에 대한 논의를 옮기고 싶다고 말한다. 인간은 단순한 "생물의 종자"가 아니라 "문화의 주체"라는 것이다. 그러면서 '생각하는 방식'으로서 "문화형文化型"이란 개념을 제안한다. "차라리 문화형文化型이라는 말로 바꾸는 것이 훨씬 이치에 맞습니다. 본인은 오랜 연구를 통하여 민족성이라는 개념이, 아무것도 풀이하지 못하는 불모의 개념이며 요화이며 신기루에 불과하다는 것을 발견하였습니다. 그러한 방황 끝에 문화형이라는 개념에 도달했을 때 본인은 비로소 현실의 지평선을 발견하였습니다. 모든 것은 생각하는 형식 여하에 달려 있습니다. 본인이 말하는 문화형이란 이 '생각하는 방식'을 뜻하는 것입니다. 만일 어떤 국민이 실패를 하였다면 그것은 그들에게 뛰어난 '생각하는 방식'이 없었기 때문입니다"(pp. 130~31). 이 '생각하는 방식'으로서 '문화형'은 최인훈 창작 방법론의 핵심에 육박한다. 기본적으로 인식과 성찰의 후진성을 면치 못했던 당대의 인식 지평을 새롭게 환기한 것이 돋보인다. "사람은 관념의 세계 시민은 될 수 있어도 그와 마찬가지로 현실의 세계 시민은 될 수 없다"는 『화두』의 진술은 최인훈이 '문화형'의 방법론에 입각한 성찰과 창작을 계속한 덕분이 아닐까 싶다. 또 그것은 생물학적 존재, 현실적 존재를 초극할 수 있게 하는 방법론이며, 그 일환이 『회색인』『서유기』『화두』등에 지속된 기억의 현상학이다. 또 그것은 현실에서의 수인(囚人) 의식, 노예 의식을 초극할 수 있는 문화적 방법론이기도 하다. 희곡「한스와 그레텔」에서 한스는 정치범으로 갇혀 30년 동안 렌즈 만드는 일을 한다. 그는 "사람이란 참으로 아무것도 아니다. 잊어버리면 아무것도 아니다"라고 말하는데, 아무것도 아닌 존재가 되지 않기 위해서는 기억을 할 수 있어야 하고, 기억을 통해 문화형의 계보와 질서를 헤아릴 수 있어야 한다는 것이다. 아울러 문화형의 방법론은 패러디를 통해 구체적 형상과 비전을 획득하기도 한다. 고전 작품을 패러디한 「금오신화」 「열하일기」 「놀부뎐」 「춘향뎐」 「옹고집뎐」 등이나 낙랑설화를 바탕으로 한 「둥둥 낙랑(樂浪)둥」, 온달 설화로 「어디서 무엇이 되어 다시 만나랴」, 『심청전』을 패러디한 「달아 달아 밝은 달아」 등의 희곡들, 박태원의 소설 「소설가 구보 씨의 일일」을 패러디한 동일명의 연작소설 등이 문화형의 방법론으로 역사와 문화를 재전유하면서 새로운 시대정신을 실험적으로 탐문한 작품들이다.

4. 대화의 형식, 혹은 말할 수 없는 것을 말하기 위하여

『소설가 구보씨의 일일』 연작에서 소설가 주인공의 관념적 성찰을 통해 문학과 현실을 에세이 형식으로 성찰하던 최인훈은 인간의 마음과 육체의 불일치에 대한 의식을 형성해나간다. 다시 『화두』를 참조해보자. "다른 자기의 기억이 지워지지 않고 몸의 일부인 마음에 새겨져 있다는 것. 그런데 그 몸은 지금 다른 마음을 섬기고 있기 때문에 예전의 마음을 섬길 수 없다는 것. 짐승들이 모르는 사정이다. 그것이 차츰 형성된 나의 생각이었다"(1:152). 이렇게 차츰 형성된 생각으로 인해, 희곡과 연극으로 기울어지게 되었다고 술회한다. "소설을 쓸 때 등장인물들의 마음과 육체의 불일치는 잘 눈에 띄지 않는다. 그런 일이 있어도 서술자가 잘 삭여서 독자가 탈 없이 받아들이게 돌봐준다"(1:152). 서술자의 중개성에 의해 혹시 발생할 수도 있는 왜곡을 피하고 몸의 행동을 통해 관객이 직접 느끼게 하는 방식을 통해 새로운 대화의 형식을 마련하고자, 최인훈은 희곡의 세계로 건너간다.

> 남과 나와 세계가 대화할 수 있는 형식을 찾아내고 싶었다. 현실에서도 어려웠고 소설에서도 어려웠던 일이 연극에서는 분명히 이루어지는 것을 몸으로 느낀다. 굳이 연극이 아니라, 희곡에서도 나는 충분히 그런 느낌을 가진다. 연극일 때 기억은 짐을 던다. 마음 혼자 바쁘던 일이 연출자며, 배우며, 무대며 이런 것들이 품앗이를 해준다. 그러면서도 그것들은 '내 마음'의 기호들이기도 하다. 마음은 '밸브 모두 열어!'로 달린다. (1:161)

대화의 극적 형식을 위해 최인훈은 「어디서 무엇이 되어 다시 만나랴」 「옛날 옛적에 훠어이 훠이」 「봄이 오면 산에 들에」 「둥둥 낙랑둥」 「달아 달아 밝은 달아」 「첫째야 자장자장 둘째야 자장자장」 「한스와 그레텔」 등 여러 희곡을 1970년대에 창작한다. 지면 관계상 이 중 「옛날 옛적에 훠어이 훠이」의 세계만을 보고 넘어가기로 한다. '작가의 말'에서 최인훈은 이 작품의 성격을 상당 부분 시사한다. 평안북도에서 전승해온 전설을 바탕으로 했으며, 이 전설의 "상징 구조는 예수의 생애—절대자의 내세, 난세에서의 짧은 생활, 순교, 승천의 그것과 같으며, 구약성서 출애굽기의 과월절의 유래와도 동형"으로 "인간의 보편적 비극"으로 읽힐 수 있다고 했다. 특히 연출을 위한 지시까지 덧붙이고 있음이 주목된다. "스스로의 운명을 따지고 고쳐나갈 힘이 없는 사람들의 무겁고 어두운 이야기로 표현되어야" 한다며, "대사·움직임이 모두 느리게, 그러면서 더듬거리는 분위기가 나오도록 하는 것이 좋"다고 했다.[14] 첫째마당의 지문에서 바로 그 구체적인 분위기를 확인할 수 있다.

> 모든 인물들의 말은 보통보다 훨씬 느리다. 띄엄띄엄, 생각난
> 듯이
> 남편은 심한 말더듬이
> 모든 사람의 말의 주고받음이 답답하게, 그러나 당자들은 그것
> 이 자연스럽게, 한 사람의 말이 끝나고, 받는 말이 시작되기까지의
> 사이도 보통보다 지독히 굼뜨게
> 아무것도 아닌 말을 그렇게, 어렵게 한다. (p. 104)

가야트리 차크라보르티 스피박은 저 유명한 「서발턴은 말할 수 있
는가?」에서, 끊임없이 타자화되고 억압당하는 주변부 사람들, "말 없
는, 침묵당한 중심이라고도 할 수 있는" 주변부 사람들에게 인식론적
폭력이 계속되는 그런 상황에서 "서발턴은 과연 말할 수 있는가?"라고
질문한 바 있다.[15] 체제 유지를 위한 각종 이데올로기 장치들은 끊임
없이 인식론적 폭력을 다각적으로 수행해온 것이 사실이다. 이 희곡의
모태인 아기장수 설화 또한 그런 폭력의 희생양을 시사한다. 체제 전
복을 획책할지도 모를 새로운 힘을 지배 이데올로기는 적극적으로 억
압해야 했기에 아기장수의 탄생은 금기에 다름 아니다. 반면 피지배자
의 입장에서는 자신들의 희망을 반영할 아기장수의 출현을 간절히 기
다린다. 이 욕망과 억압 사이에서 "인간의 보편적 비극"은 늘 있어왔
고, 역사는 종종 그것에 침묵했다. 그런 역사의 침묵을 새로운 방식으
로 읽고, 드러내면서 지우고 지우면서 드러내는 방식으로 창작한 희곡

---

14 최인훈, 『옛날 옛적에 훠어이 훠이』, 문학과지성사, 1976/2009, p. 100.

15 가야트리 차크라보르티 스피박 외 지음, 『서발턴은 말할 수 있는가?: 서발턴 개념의 역사에 관
한 성찰들』, 태혜숙 옮김, 그린비, 2013, pp. 78~79.

이 바로 「옛날 옛적에 훠어이 훠이」다. "우, 우리네 사, 사는 게, 어, 어, 언제는 다, 달랐나, 따, 따, 땅벌레 자, 자, 자식이면, 따, 따, 따, 따 땅벌레지. 하, 하늘이 저, 정한 일을"(p. 111)이라고 말하는 남편의 대사에서도 충분히 알 수 있듯이 이 부부는 처한 숙명 앞에서 속수무책인 변두리 사람들이다. 무엇보다 이 희곡에서 남편을 "아무것도 아닌 말을 그렇게, 어렵게" 하는 심한 말더듬이로 형상화한 것이 전경화된다. 말할 수 없는 존재, 그 서발턴은 어떻게 말할 수 있는가, 하는 문제에 작가의 관심이 있었던 까닭이다. 그런 말더듬이 남편은 서발턴의 내용과 형식 양면을 함께 갖춘 캐릭터다. 말할 수 없는 그들의 말을 대신 하기 위해 태어났다는 듯이 아기는 "못 참겠다"(p. 134)는 말을 "메아리처럼" 되풀이한다. 그것도 확성기 효과를 통해 극적 분위기를 고조한다. "못 참겠다"에 이어 "배고파"(p. 145)라고 말하기도 하는 아기는 이내 "벌떡 일어서서 문고리를 흔드는 애기의 그림자/문고리 흔들리는 소리/밤의 고요함 속에서/우레처럼 우렁차게"(p. 147) "내 말!"(p. 149)이라고 느낌표를 부리며 말한다. 그러나 결국 아기장수의 존재를 말할 수 없는 상황에 처했던 아기의 부모는 참담한 마음으로 아기를 자루에 담는다. "자루에 눌린 작은 사람의 그림자" 되어 아기는 "엄마!"라고 "메아리처럼"(p. 149) 울부짖는다. 요컨대 최인훈은 아기장수 설화를 재전유하여 말할 수 없는 서발턴들에게 말할 수 있는 가능성을 가늠해보면서도, 그 말할 수 없는 현실의 비극을 넓고 깊게 환기하기 위해 비극으로 마무리할 수밖에 없었던 것으로 보인다.

『화두』에서 작가는 아기장수 설화를 희곡으로 써본 다음에야 '전설'이라는 것을 몸으로 알게 되었다고 서술한다. "희곡으로 써보고서야 비로소 '이야기'의 깊이를 알았다고 하면 틀리지 않는다. 〔……〕 전설은 생물학적으로 이해할 주어진 기능이 아니라, 인간이 짐승에서 '인간'이 되기 위해서 창조한 '제2의 감각'"이라는 것, "배우지 않으면 '없고', 배워야만 '있게 되는' 인간의 인공기능"이라는 것, 그러기에 "'전승(傳承)'된다는 것은 그 '배움'의 과정을 되풀이해야 한다"(1:176~77)는 것이다. 이런 인공 기능과 앞서 본 문화형의 방법론, 그리고 기억의 현상학 등을 오래 숙성하면서 최인훈은 마침내 『화두』의 바다에 이르게 된다.

5. 마침내 『화두』의 바다로

짧지 않은 은둔의 바다를 건너 1994년 상자한 『화두』에서 최인훈은 표제인 '화두'라는 열쇠 말을 통해, 20세기 세계 역사와 세계인의 의식을 심층적으로 탐문한다. 한반도 내부에서는 북한과 남한 체험, 세계적으로는 자본주의의 상징인 미국과 공산주의의 핵심인 러시아 체험을 통해, 20세기 존재론을 넓고 깊게 탐문한 소설이 『화두』다. 즉 분단국 작가의 세계 체험을 통해, 분단국 작가만이 시도할 수 있는 20세기의 '화두 풀이' 소설에 값한다.

최인훈의 화두 풀이는 두 가지 원초적 기억의 대조에 의해 진행된다. 해방 후의 북한에서 겪은 중학교 시절의 '자아비판회' 사건과 고등학교 시절의 '작문' 시간에 관한 기억이 그 두 가지이다. 자아비판회에서 어린 주인공은 혁명의 이데올로기에 의해 단죄되고 그의 자아는 모조리 부정된다. "강철의 혁명전사"답지 못하다며 비판받은 이 사건을 주인공은 오랫동안 잊지 못한다. '작문' 시간은 긍정적인 사건이다. 사회주의적 운동을 추구하는 내용의 소설인 조명희의 「낙동강」에 대한 감상문을 주인공이 썼는데, 작문 교사는 주인공에서 큰 축복을 내린다. 이미 서두에서 언급한 대로 작문 교사는 단순한 감상문을 넘어선 소설이라면서 장차 훌륭한 작가가 될 거라는 "치명적인 예언"을 한다. 여기서 주인공은 승화된 혁명 이데올로기 형태인 심미적 이성에 의해 축복받고, 그의 자아는 승인받게 된다. 이것이 원초적 형태의 두 가지 기억이다. 주인공은 비슷한 생각에서 벽보를 쓰고, 작문을 했는데, 한쪽에서는 단죄되고 다른 쪽에서는 축복을 받았다. 이 대조적 기억이 그로 하여금 양항 대립 속에서 변증법적인 추론을 계속하게 한다. 『광장』에서 선명하게 보여주었던 그리스도교/볼셰비즘, 남한/북한의 대립 항도 여기서 변형 생성된 것으로 보이며, 『화두』에서는 『광장』에서의 그것을 감싸안으면서 북간도/양간도, 러시아/미국, 공산주의/자본주의라는 체제론적 시각으로 확대한다.

자전적 소설이기에 우리는 『화두』를 통해 최인훈의 삶과 문학의 상당 부분을 재구성할 수 있다. 1950년 한국전쟁 당시 월남한 주인공은 4·19, 5·16, 10월 유신, 광주항쟁 등 민족사적 격랑과 스페인 내전, 중국 공산화, 미·중공 간 국교 수립에서 최근의 독일 통일이나 동구 몰락, 소련 해체 등 세계사적 지각 변동을 직간접으로 체험한다. 이런 체험을 '북한―남한―미국―남한―미국―남한―러시아―남한' 등의 공간 경로에 실어 형상화한다. 공간이 확대될수록 주인공의 의식 지평도 넓어지고 깊어진다. 『광장』이 남한과 북한이라는 한반도의 양쪽 공간에 대한 탐색을 중심으로 한 소설이었다면, 『화두』는 『광장』의 공간 의식을 감싸 안으면서 미국과 러시아라는 세계의 양대 공간으로 확대된 인식론적 탐색의 행장기라는 성격을 갖는다. 각각의 여로에서 주인공은 독특한 인식과 성찰의 여정을 보이는데 그중 특히 러시아 여정이 인상적이다. 그중 특히 조명희와 레닌에 대한 새로운 체험이 전경화된다. 러시아 여로에서 주인공은 조명희의 최후의 문건과 레닌의 최후에 관한 에피소드를 확인한다.

조명희는 「낙동강」의 주인공 박성운처럼 자기의 현실적 자아와 이상적 자아를 일체화해 운명을 현실에서 열어가고자 했던 선배 문인이다. 현실의 "야만한 어둠"을 뚫고 "사회혁명"을 일으키고자 했던 인물이었다. "마침내 화두의 매듭을 사회혁명에서 찾고, 그 철저한 실천을 위해 세계혁명의 요새로 찾아간 것이었다"(2:287). 「낙동강」에 대한 감상문을 쓰던 고등학교 때처럼, 조명희의 궤적을 탐문하는 러시아 여행길에서 주인공은, 그를 "상징적으로 투명한 저항의 궤적을 그려줄 운명을 맡은 사람"(2:280)으로 거듭 소환한다. 그런데 그 운명을 맡은 사람은 고향으로 돌아오지 못하고, 즉 맡은 바 운명을 다하지 못한 채, 1938년 소련의 당내 투쟁의 와중에서 반역자로 몰려 처형되었다. 이 식민지 출신의 혁명 전사는, 경제적 차원에서 먹이사슬을 혁파하기 위해 발생한 혁명의 권력에서 나온 정치적 먹이사슬에 의해, 억울한 희생자가 된 것이다. 그럼에도 그 희생자는 마지막 순간까지 자기 운명에 당당했던 것을 확인한다. 사회주의 혁명의 미래를 신뢰하고 그 과정에서 당의 선택의 불가피성을 역설하며 최후를 마친 포석과 관련한 마지막 문건을 보면서, 주인공은 "슬픈 육체를 가진 짐승이 별들이 토론하는 소리를 낼 수 있다니"(2:552)라며 감탄한다. "이 세기의 새벽 무렵에 저 성안에서 인간의 운명을 놓고 신들과 언쟁하고 신들에 상관없이 할 일을 시작한"(2:552) 곡절을 체감한다. 이 소설에서 주인공의 러시아 여행은 자기 문학의 시원이었던 조명희의 행적을 쫓는 의미가 강했다. 그의 마지막 문건의 의미를 저작하면서 주인공은 환상 속에서 희생자 조명희와 대화한다. 자기도 속이고 남도 속이다가 결국 망한 것 아니냐고 따지고 싶어 한다. 환상 속의 조명희가 대답한다. "자기를 빼앗기지 마라. 너 자신의 주인이 돼라. 자기를 빼앗기면 지금 이 도시처럼 이렇게 된다네"(2:564). 여기서 고등학교 문학 시간의 한 단원에 대한 완전 학습이 이루어진다. 조명희의 운명의 끝을 응시해보지 않고는 「낙동강」의, 박성운의 운명의 정답을 알아차릴 수 없다는 것이다. 「낙동강」의 조명희도, 『자본론』의 마르크스도 역사에서, 현실에서 그 자신의 주인이 되지 못했다는 것이 인생 학습의 골자이다. "역사가 갈 데까지 가기 전에는 정답이 나오지 않는 것이 내가 산 세월의 문학 시간이었다. 「낙동강」이란 '명문'만 있었을 뿐, 『자본론』이란 '명문'만 있었을 뿐, 그에 걸맞은 현실은 비슷한 것도 지구의 그 부분에는 없었다는 결론인가?"(2:295).

주인공은 『모스끄바 뉴스』를 통해 레닌과 새롭게 만난다. 「신의 죽음」이라는 제하에, 레닌이 1922년 뇌일혈로 쓰러진 후부터 사망하기까지의 마지막 나날을 기록한 기사였다. 비참한 언어장애 속에서 고작 '어머니' '간다' 등 몇 개의 단어만을 말할 수 있었던 레닌과 『제국주의론』의 저자 레닌의 차이에서 주인공은 '레닌 구성체'의 붕괴를 목도한다. 극심한 언어장애의 상태에서 레닌은 이미 『제국주의론』의 저자 레닌일 수 없다. 『제국주의론』의 기억을 모조리 망실한 상태이기 때문이다. 결국 '레닌 구성체'란 곧 기억의 구성체였던 것이며, 또한 레닌으로 하여금 자기 자신의 주인일 수 있게 한 온당한 실체였던 것이다. 이에 최인훈도 조급해진다. '최인훈 구성체'가, 그 기억의 구성체가 레닌처럼 망실되기 전에, 그리고 조명희의 화두처럼 자기 자신의 주인일 수 있을 때 세계의 '옳은 맥락'을 찾아내서 기록해둬야겠다는 결심을 하게 된다.

> 나 자신의 주인일 수 있을 때 써둬야지. 아니 주인이 되기 위해 써야 한다. 기억의 밀림 속에 옳은 맥락을 찾아내어 그 맥락이 기억들 사이에 옳은 연대를 만들어내게 함으로써만 나는 나 자신의 주인이 될 수 있겠다. 그 맥락, 그것이 '나'다. 주인이 된 나다. (2:586)

요컨대 조명희와 레닌에 관한 두 가지 기억과 인식이 소설 『화두』

발생의 근원 상황이다. 이 근원 상황에서 작가 최인훈은 자기 기억의 구성체를 구성해낸다. 그 과정의 실타래는 중학교와 고등학교 시절의 원초적 두 기억에서 풀리기 시작한다.[16] 그렇게 풀리면서 구성된 최인훈의 기억 구성체는 20세기의 맥락을 찾아내고 문명비평적 인식안을 확보한다. 화두 풀이로 심화된다. 그 결정적 계기를 최인훈은 1992년 가을, 러시아 여로에서 마련할 수 있었던 것으로 보인다. 다시 말해 러시아 여정에서 절감한 조명희와 레닌의 최후에 관한 이야기를 계기로 작가는 '뒤돌아보는 것'[17], 그 기억의 현상학 혹은 기억의 리얼리즘이라는 새로운 '문화형' 문학의 가능성을 발명하고 형상화하게 되었다는 것이다. "트로이 성은 트로이 성에만 있지 않다. 그것은 우리 기억 속에 있다"(2:574)면서, "개미들의 행렬처럼 이어진 나, 나, 나, 나, 나, 나⋯⋯"(1:225)들에 관한 기억과 그 발생의 의식 현상을 면밀하게 응시하면서, 자기 삶과 문학 전체, 그리고 자기 시대 전체를 감싸안는 화두 풀이를 수행한 결과가 바로 소설 『화두』다. 그것은 실로 "놀라운 기억 재생장치"[18]였다.

16　『화두』에 대한 논의는 졸고, 「현실의 유형인·인식의 세계인, 그 가역반응」, 『상처와 상징』, 민음사, 1994), pp. 15~38에서 다루었던 것을 일부 축약하고 다시 쓴 것임을 밝힌다.

17　"'뒤돌아보는 것'만이 이 암흑에서 그가 의지할 수 있는 힘의 근원이다. 그 뒤돌아봄이 그의 이성의 방식이다"(2:573).

18　최인훈, 「바다의 편지」, 『바다의 편지』, p. 524.

내 생각대로 살 수 있을까?
─ 홍성원의 『주말여행』 다시 읽기

1. 가망 없는 희망, 그 늪에서의 환멸과 우수

홍성원의 '주말여행'은 유감스럽게도(?) '늪'을 건너는 코스에서 출발한다. 사노라면 어느 순간 느닷없이 늪에 빠질 수 있지만, 어떤 삶에는 항상적인 늪에서 허우적거려야 하는 경우도 있다. 작가 홍성원의 이삼십대는 어쩌면 후자에 속할지 모른다. 일제강점기인 1937년 경남 합천에서 태어났지만 부친의 직장을 따라 강원도 금화와 고성에서 살다가 해방을 맞았고, 소련군의 진주를 목격했고, 가까스로 38선을 넘어 월남한 작가 홍성원. 월남 후 수원에서 성장했지만 대학에 입학하던 해인 1956년 부친의 몰락으로 집안이 영락해 가정교사 생활을 하며 열 식구를 먹여 살려야 했고, 결국 대학을 마치지 못한 작가. 최전방 백골부대에서 혹독한 군대 생활을 해야 했고, 1964년 「빙점지대」로 『한국일보』 신춘문예에 당선된 이후 줄곧 전업 작가로 원고지 밥을 벌어야 했던 작가 홍성원. 그의 전기적 사실과 그가 태어난 1930년대부터 이 책이 나온 1976년까지의 시대 상황을 고려해볼 때, 그의 '주말여행'이 '늪'에서 출발하는 것은 차라리 자연스럽다.[1]

---

1   이 『주말여행』에는 1965년에서 1974년 사이에 발표한 중단편 7편이 들어 있다. 독자들의 이해를 돕기 위해 처음 발표 지면을 소개한다. 「프로방스의 이발사」(『사상계』, 1965년 9월호);

과연 「늪」에는 미래 시간을 희망적으로 기대할 수 없는 청년 세대의 환멸과 우수가 안개처럼 자욱하다. 같은 집에서 과외 교사로 일하는 남녀 대학생이 어느 날 일터에서 나오다 술자리를 같이하며 대화를 나누는 것이 소설의 경개이다. 정도의 차이는 있지만, 이 1960년대 후반의 청년 세대는 "내 것임을 증명하기"(p. 27) 어려운 시절을 살고 있다는 것, 그리고 이전에 지녔던 기대는 가망 없는 희망처럼 뒷걸음치고 아주 소시민적이거나 그보다도 더 못하게 살게 될 것이라는 것, 그러니까 희망을 지닐 수 없다는 것…… 그런 얘기를 주고받으면서 술을 마신다.

> "전 다만 생선장수가 갓 잡은 생선에 소금을 뿌리듯이 제 집과
> 회사 사이에서 일생을 샛노랗게 절여가며 살 것 같습니다."
> "그건 틀림없는 우리들의 비극이죠?"
> "예, 그런데 우리들이 우리들의 장래를 예견할 수 있다는 게, 그
> 비극보다 더 비극입니다."
> "아아, 그래요. 우리들은 지금 미래를 예견할 수 있는 위대한 시
> 대에 살고 있어요."(p. 25)

희망 없을 것이 뻔한 미래를 예측하는 것, 비극보다 더 비극적인 예견을 할 수 있는 위대한 시대에 살고 있다는 얘기는 가혹한 역설이자 지독한 반어에 속한다. 일찍이 슈펭글러가 『서구의 몰락』에서 '세계 불안Weltangst'이라는 개념으로 세계사를 도식화했던 장면을 떠올리게 하

「무전여행」(『68문학』, 1968년); 「늪」(『월간중앙』, 1969년 8월호); 「주말여행」(『세대』, 1969년 8월호); 「즐거운 지옥」(『현대문학』, 1970년 5월호); 「사공과 뱀」(『여성동아』, 1973년); 「괴질」(『현대문학』, 1974년). 이 글에서 소설 본문 인용은 홍성원, 『주말 여행』, 문학과지성사, 2020에 근거하여 괄호 안에 그 페이지만 표기한다.

는 대목이다. 이런 '세계 불안'의 세계사를 '희망'의 세계사로 돌려놓기 위한 탐문을 1938년부터 1947년까지 10년에 걸쳐 수행한 희망의 철학자가 있었는데 바로 『희망의 원리』를 쓴 에른스트 블로흐다. 그는 어둡고 고통스러운 현실에서, 그 부정적인 현실 자체에서 긍정적인 계기를 마련하여 아직 도래하지 않은 희망의 가능성을 구체적으로 탐구하고자 했다. "우리는 누구인가? 어디에서 와서, 어디로 향해 가는가? 우리는 무엇을 기대하며, 무엇이 우리를 맞이할 것인가?" 이런 근본적인 질문으로 시작하는 『희망의 원리』를 통해 블로흐는 "문제는 희망을 배우는 일"이라고 강조한다.[2] 두려움이나 체념의 수동성과 달리 희망은, 스스로를 편협하게 가두지 않고 고유한 자신을 되찾으면서 스스로 변모시키는 능동성을 지닌 정서이자 행위이다. 예로부터 사람들은 희망을 통해 더 나은 삶에 대한 가능성을 꿈꾸고 실현해왔다. 가령 원시인을 떠올려보자. 블로흐가 예거하는 것처럼 원시인의 주먹으로는 늑대한 마리도 때려눕히기 어려웠을 것이다. 그러나 아직 발명되지 않았던 도구를 스스로 만들고 불을 활용할 줄 알게 되면서 사정은 달라졌다. 이후 인류사의 발명들은 대개 아직 아닌 가능태를 현실태로 전환하기 위한 갈망에 힘입은 바 컸다. 이런 꿈꿀 권리를 지닌 존재가 바로 인간이며, 그 심연의 원리가 바로 희망이다. 블로흐는 말한다. "기존하는 나쁜 현실에 만족하지 않고, 우리를 체념하게 하지 않는다. 바로 이 다른 부분이야말로 희망의 핵심이다."[3]

그런데 애석하게도 홍성원의 청년 세대는 자기 자신을 증명하기도 어렵고, 기존의 나쁜 현실을 넘어서 새로운 가능성을 추구하는 것을 너무나 빨리 포기해버린 '세계 불안'의 세대에 속한다. 그들에게 희망

---

2   에른스트 블로흐, 『희망의 원리』, 박설호 옮김, 열린책들, 2004, p. 15.

3   같은 책, p. 16.

의 지식은 아득하고, 가능성의 나라는 너무 멀리 있다. 의식적인 희망을 지향하기에 그들은 너무 지쳤고 환멸스럽기에 그 어떤 희망의 설계도도 그려보기 어려운 처지다. 희망의 실질적 차원과 결별해버린 1960년대 후반의 청년 세대, 그들은 이런 늪의 풍경에서 그저 견뎌야 할 뿐 다른 도리를 알지 못한다. 이 늪은 서울이라는 외면 풍경에도 있고 거기에서 나날이 희망을 소진하며 사는 청년들의 내면에서도 어지럽게 아우성치는 정경이다.

> 비탈길 밑 큰길 쪽에서 사이렌 소리가 가늘게 들려온다. 나는 그 사이렌 소리가 문득 도시의 비명 같다고 생각한다. 서울은 지금 뚜껑이 닫힌, 한창 부패 중인 오만 잡고기의 내장이 담긴 것 통이다. 한데 뒤섞인 채 통 안에 갇힌 내장들은 저마다 고유한 색깔로 열심히 부패하고 있다. 한데 그 것 통을 지구라는 수레가 땀을 뻘뻘 흘리며 열심히 굴리고 있어서, 부패 중인 내장들은 메스껍고 어지러워서 저렇게 한목소리로 째지는 듯한 비명을 내지른다. 바빠서 아무도 듣고 싶지 않은데 저렇게 들어달라고 아우성을 치는 것이다. (p. 37)

「무전여행」의 청년들 역시 「늪」과 비슷한 처지다. "우리 나이 또래가 자랑할 수 있는 것은 대개 한정된 종류의 퍽 초라한 것들뿐이다. [……] 우리 모두에게는 별다른 자랑이 없기 때문"(p. 48)이라는 등등 "고약한 상실감"(p. 48)에 사로잡힌 그들은 "누구 탓을 따질 때가 아니야. 우리는 항상 재수가 없어"(p. 82)라며 우수에 젖어들며, "재수 없는 스물세 살. 얼른 서른 살쯤 되었으면."(p. 83)이라며 자신과 세월을 방기하기도 한다. 군 입대를 앞두고 무전여행에 나선 주인공에게 여행지에서의 새로운 발견이나 희망의 풍경 혹은 낭만적 마주침 같은 것들은 허락되지 않는다. 의혹과 무시, 냉담과 경원시의 대상으로 전락한다. 그러니 여행지에서의 설렘, 새로운 풍경에의 동경 따위는 이들에게 너무나 먼 풍경이다. 현실은 가혹했다. "고향들은 왜 화보에서만 아름다워 보이는 것일까?"(p. 51)는 '여행지의 풍경은 왜 화보에서만 아름다워 보이는 것일까?'라는 내용까지 함축하는 것인지도 모른다. 적어도 이들에게는 그랬다. 돈을 벌 수 있다는 말에 먼바다의 침몰선까지 처음 만난 사람을 따라갔다가 결국 낭패를 당하고 만다. 과업은 실패로 돌아가고 귀환의 가능성마저 쉽지 않은 상황이다. 결말 부분의 이런 정황 묘사가 이 청년 세대의 막막하고 우울한 초상을 웅숭깊게 조명한다.

> 아무리 둘러보아도 망망한 바다뿐, 배 같은 것은 보이지 않았다. 우리는 다시 고개를 떨구고 배 안을 가득 채운 시체 쪽을 멍하니 굽어본다. 닻줄이 풀린 배는 방향도 없이 어딘가로 한없이 흘러가고 있다. 그 많던 갈매기가 모두 떠나고 이제는 겨우 두세 마리가 배 주위를 맴돌 뿐이다.
>
> 해가 지기까지는 아직 서너 시간 남았으며 그 서너 시간이 다 가기 전에 우리는 꼭 뭍으로 가야 한다. 그러나 뭍은 너무 멀고 우리는 지금 형편없이 지쳐 있다. 서울에서 지쳐 있듯이 바다 위에서도 지친 것이다. (p. 83)

2. 불안한 실존의 우의

만약 「무전여행」의 주인공이 최소한이라도 금전적 보급이 가능한 상황이었더라면, 같은 무전여행을 한다 하더라도 그토록 궁색하지 않아도 좋았을 것이다. 「늪」의 청년 세대처럼, 아니 그보다 더 곤혹스럽게 「무전여행」의 주인공은 속절없이 '늪'에 빠지고 만다. 확실히 경제적 질곡은 심리적 실존적 기대 구조를 현저하게 좁히게 마련이다. 그래서일까? 「프로방스의 이발사」의 주인공은 "가난은 죄악입니다. 인간을 동물로 추락시키기 때문이죠"(p. 87)라고 일갈한다. 주인공─서술자의 독백으로 일관된 이 소설은 작가 홍성원의 거침없는 입담이 어느 정도인지를 가늠하게 하는 작품이다. 독백이되 그 안에서 대화적인 방식을 활용한 결과 다성적인 목소리가 소설 전편에서 수사학적 긴장을 자아낸다. 이른바 '묻지마' 연쇄살인이라고 해도 좋을 사건에 대해 프로방스의 이발사가 손님인 기욤 씨에게 매우 능란하고 능청스럽게 얘기한다. 연쇄살인범은 아무런 이유 없이 알파벳 A로 시작하는 인물부터 죽이기 시작해 F까지 단행했고, 이제 G로 시작하는 사람 차례다. 이런 사건을 얘기하는 서술자가 능란하다는 것은 이발을 하는 과정에서 손님의 반응을 보아가며 때로는 흥미롭게 때로는 매우 진지하게 이런저런 담화를 이끌고 있기 때문이며, 능청스럽다는 것은 실은 자신이 그 연쇄살인의 주범이면서도 객관화하며 딴청을 부리고 있는 까닭이다. 일종의 유체이탈 화법에 가깝다. 면도하는 마지막 단계에 이른 결미에서 G로 시작되는 기욤 씨, 바로 지금까지 줄곧 이발사의 이야기를 듣고 있던 이 수신자가, 이야기 세계 안의 피해자 자리로 전이될 수 있음을 시사하는 것으로 소설은 끝난다. 편안하게 면도 서비스를 받다가 느닷없이 그 면도날에 목숨을 내놓아야 하는 폭압적 상황, 그것은 현대적 실존의 극단적 불안 풍경이요, 실존적 불안의 우의라 할 만하다. 작중 이발사의 표현대로라면 나날의 삶에서 갑작스럽게 들이닥치는 "공포와 불안! 도처에 산재한 예측불허의 위험과 불안"(p. 102)의 문제를 극적으로 환기한다.

　이 소설의 기본 줄거리와는 별개로 사이코패스에 가까울 정도의 일

탈 의식과 행동을 보이는 이 이발사의 이야기에서, 적어도 그는 한때 나마 자기 존재 증명을 위해 애썼던 인물이라는 점, 그렇지만 그것은 결코 쉬운 일이 아니었다는 점이 눈길을 끈다. 그는 이발업을 하기 전에 아주 크고 괜찮은 방직 공장에서 일했다고 했다. 비교적 안락한 직공 생활이었지만 매우 불안했는데, 자신이 언제라도 대체 가능한 존재였기 때문이라고 말한다. "A가 하는 일을 B가 대신해도 되고 B가 하는 일을 C가 대신해도" 되는 상황, "그러니까 노동자 개인 사이에 서로 작업을 교체하더라도 그 작업 내용 자체에는 하등 변화가 없는 거죠. 이러니 어째 우리 노동자가 불안하지 않겠습니까? 내가 없더라도 언제든지 타인이 내 일을 대신 할 수 있다, 나 하나쯤 없어져도 공장이 당장 문을 닫는 건 아니다……"(p. 88). 이렇게 언제라도 대체 가능한 부속품으로서의 존재가 아니라 오로지 자기만이 그 자리에서 그 일을 수행할 수 있는 존재가 될 때 자기 존재를 증명할 수 있을 것 같았다는 생각이다. 그러나 자기 존재를 증명하기란 그리 쉬운 일이 아니다. 언제든지 대체 가능한 현장에서 일하는 노동자만 자기 존재를 증명하기 어려워하고 그 때문에 불안해하는 게 아니다. 다른 직종의 사람들 또한 어슷비슷하게 자기 존재를 증명하기 어려워 불안에 빠지기 일쑤다. 「늪」이나 「무전여행」에서도 그랬고, 1970년대 정치적 상황의 알레고리로 읽히는 「괴질」에서는 더욱 그렇다.

「괴질」에서 보건성 방역국 관리인 P는 괴질이 돌고 있다는 보고를 받고 진상 조사를 위해 읍으로 내려왔는데, 보건소를 문의하는 과정에서 노인을 만나게 된다. 검은 안경을 쓴 시각장애인 노인의 요청으로 게시판의 공고문을 읽어주는데, 이미 양민 10여 명의 목숨을 앗은 괴한이 다시 나타났다는 내용이다. '괴질'을 조사하러 온 처지인데 느닷없이 '괴한' 소동에 휘말리고 만다. 보건소에 도착해 소장을 찾지만 벌써 보름째 보이지 않는다며 "돌아가셨다는 소문도 있고 출장을 가셨다는 소문도 있”(p. 194)다는 ‘소문’처럼 모호한 말만 듣게 된다. 소장을 대신할 책임자를 만나기 위해 오가던 길에 그는 달구지에 묶여 있던 유인원의 간청에 못 이겨 풀어준다. 그의 선의는 즉각 배반으로 다가온다. “당신은 날 풀어줬기 때문에 무서운 보복을 당하게 될 겝니다. 난 자유를 얻었지만 당신은 이 시각부터 자유를 잃었습니다”(p. 197). 어처구니없는 상황에서 조금 전에는 청소부라고 했던 이가 실은 소장이라는 것을 알게 되고, 그에게 급성 후두염이 만연하고 있다는 괴질의 실상에 대해 탐문하지만 결코 괴질은 없다는 말만 듣게 된다. 증거가 전혀 없으니 허위라는 것이다. 보건소에서 나와 다시 맹인을 만나 그로부터 사람 같은 유인원 이야기를 듣게 되고, 그 원숭이를 풀어주었다는 사실을 자수하라는 권유를 받는다. 순간 기괴한 지각변동이 일어나면서 분화구 속에서 뜻밖에도 “그 ‘사람 같은 원숭이’ 혹은 ‘원숭이 같은 사람’”(p. 211)이 솟아오른다. 그는 방금 들은 맹인의 말이 모두 거짓임을 강조하면서 “바로 손님 옆에 있는 사람이 손님에겐 가장 위험한 사람”(p. 212)이라고 경고한다. 그는 살인 사건은 단 한 건도 없었으며, 주민들은 누군가로부터 속고 있다고, 속는 것을 거부하려는 사람만 고통받는다고 말한다. 도착 직후에 만난 맹인도 실은 시각장애를 가장해 P를 감시하는 이 고을 수사관의 밀정이라고 지적한다. 그러면서 P도 관찰한 딸꾹질에 대해 언급한다. 소장은 단호하게 부정했던 것이지만, 그는 딸꾹질이야말로 이 고을에서는 “죽음의 전주(前奏)”라고 “탄광에서 피어오르는 맹독성 가스가 처음엔 딸꾹질로 나타난 후 후두염으로 발전하여 급기야는 죽음을”(p. 213) 부른다고 말한다. 일종의 공해라는 것이다.

  “이유가 있습니다. 관리들은 그 사실이 외부에 알려지면 탄광이 곧 폐쇄될 것을 알고 있습니다. 이 고을에서의 탄광 폐쇄는 바로 그들의 자멸을 뜻합니다. 따라서 그들은 그 비밀의 유출을 막기 위해 살인 사건의 조작이 필요했고, 주민들의 출입 통제가 필요하게 된 것입니다."

"한데 당신은 사람과 원숭이 중 어느 쪽에 가깝습니까?"

"손님은 저를 어느 쪽에 가깝다고 생각하십니까?"

"사람, 아니 원숭이 쪽입니다."

"바로 그것이 손님의 답입니다. 전 사람들의 생각하기에 따라 거울과 같이 반사할 뿐입니다."(p. 213)

P는 자신이 이 고을을 방문한 당초 목적인 괴질에 대해서도, 또 도착해 느닷없이 봉착한 괴한 소동에 대해서도 도무지 진실을 알 수 없어 어지럽기만 하다. 이 고을에 들어온 이래 "줄곧 알 수 없는 일들에만 부닥쳐왔"으며 "모든 사물이 뒤죽박죽"이라는 점 때문에 그는 현기증을 느낀다. 괴질도 괴한도 괴이할 따름이다. 그의 현기증이나 불안 증상에 대해 유인원 같은 사람 혹은 사람 같은 유인원은 이렇게 말한다. "손님께서 가장 두려워하는 것은, 저도 살인 사건도 아닙니다. 이고을에 자욱이 미만(彌滿)해 있는 이 고을이 조작해낸 온갖 풍물과 낭설입니다"(p. 214). 그런 말을 던지고 떠나려 하는 순간, 맹인이 나타나 그를 죽인 다음 P를 살인범으로 현장 체포한다. 진실을 밝히고자 하는 P를 체포하기 위해 자기가 유인원 같은 사람을 죽였다고 말하면서 그 살인죄를 P에게 덮어씌운다. "예정된 수순이다. 누군가가 꾸며놓은 예정된 수순에 그는 지금 피할 수 없이 한 걸음 두 걸음 끌려가고 있을 뿐이다"(p. 215). 속수무책으로 예정된 올가미에 걸려든 P의 운명은 매우 가혹하기만 하다.

"폭력적인 세계와 그에 대응하는 인간들의 자세 문제를 다양한 각도에서 깊이 숙고하기 시작"[4]한 시기의 작품이라는 작가 자신의 얘기도 있었거니와, 강력한 군부독재 리더십을 바탕으로 산업화를 추진하던 1970년대의 어두운 그림자를 작가는 날카롭게 해부하고 있다. 장밋빛 미래 목표를 위해 현재의 행복을 유예하고 끊임없이 고통을 지불하기를 강요받던 시절, 과정의 진실도 절차의 공정도 무시되기 일쑤였고, 특히 정보의 비대칭성 혹은 불균형성이 현저하던 때였다. 진실의 소재는 오리무중이기 십상이었고, 진실을 알고자 하는 이들에게는 자주 위험이 뒤따랐다. 「괴질」에서 P의 잘못도 바로 그것이었다. 그가 조작된 살인범으로 현장 체포된 까닭도 바로 거기 있었다. 그는 출장지의 현황을 짐작하지 못한 상황에서 오로지 진실 그 자체를 밝히고자 했었다. 괴질의 진상이 무엇인지를 파악하고 그것을 명명백백하게 보고할 의무가 있었고 또 그럴 의지가 있었다. 그 진실 탐문에의 의지가 그의 죄목이었다. 평론가 오생근은 현실의 "절망적 측면을 비참한 절망의 언어로 기록하지도 않고 그와 반대로 터무니없는 낙관론을 내보이지도 않은 채, 냉정하게 그러나 정열을 갖고 그 현실에 부딪히려는 적극적 의지에서"[5] 홍성원의 작가적 개성이 뚜렷이 드러난다고 지적한 바 있다. 그런 열정과 의지는, 그러나 결코 손쉬운 일이 아니었음은 물론이다. 「괴질」의 P처럼 때때로 목숨을 담보로 해야 하는 경우까지 생기니 말이다. 그럼에도 그런 적극적 의지로 일관할 수 있었던 것은 홍성원이야말로 자기 문학의 출발점을 배반하지 않은 작가이기 때문이다. "사람을 사람답게 지키는 일이 내 문학의 출발점"이라는 홍성원은 생전 이렇게 자기 문학관을 피력한 바 있다. "세상은 우리 사람들에게 끊임없이 사람답지 않은 일을 강요하고, 사람답지 않게 살기를 강요하고, 사람으로서는 견딜 수 없는 일을 강요하고, 끝내는 사람이 아니기를

4   홍정선 엮음, 『홍성원 깊이 읽기』, 문학과지성사, 1997, p. 336.

5   오생근, 「긴장과 대결의 미학」, 같은 책, p. 101.

강요합니다. 온갖 억압적인 장치들, 예를 들면 폭력·기만·권위·독선·제도·이기주의·권력 따위들이 우리 사람들을 사람이 아니게 사람답지 않게 만들거나 강요하는데, 이 부당한 억압 장치와 기제들로부터 사람을 지키는 것이 문학의 소임이 아닌가 하는 것입니다."[6] 그러니까 「괴질」은 폭력이나 기만, 이기주의나 독선적 권력 같은 억압적인 장치들이 얼마나 개인들을 비인간적으로 만드는가, 혹은 사람답게 살기를 소망하는 개인들의 진실한 의지를 어떻게 배반하는가를 우의적으로 탐문하면서 사람답게 사는 가능성을 지향한 소설이라 하겠다.

3. 영도(零度)의 척도

"사람을 사람답게 지키는 일"을 위해 홍성원이 무척 공들였던 것 중의 하나가 줏대 있게 살면서 자기 존재를 증명하는 일이 아니었을까. 「늪」이나 「무전여행」의 인물들이 늪에 빠진 것도, 「괴질」이나 「프로방스의 이발사」에서 그토록 불안한 실존에 시달리는 것도 바로 자기 존재를 증명하기 위한 자기 척도, 그 순도 높은 영도(零度)의 척도를 지닐 수 있는 정황이 아니었기 때문이었으리라. 현대의 일상생활이라는 게 그렇다. 제 척도에 바탕을 두고 소망스럽게 할 수 있는 게 그리 많지 않다. 강제된 시간과 억압적 과업들이 늘 쳇바퀴처럼 돌고 있기 때문이다. 그런 상황들이 반복되면 제 나름의 인생 척도가 있었다는 사실조차 막막하게 되고, 때로는 권태롭거나 때로는 우울하거나, 혹은 불안에 시달리기 쉽다. 나날의 삶에서 지친 영혼을 달래고자 사람들은 일상 공간을 벗어나 여행을 통해 삶의 에너지를 재충전하고 싶어 한다.

---

6   「자신과 세상을 향해 던지는 '그러나'라는 질문」(홍성원/홍정선 대담), 같은 책, p. 32.

홍성원의 인물들도 그렇다. 「사공과 뱀」에서 주인공은 여행지에서의 야생적 일탈을 통해 자신만의 영도의 척도를 발견하고 해방의 기쁨을 누린다. "두 번 다시 나의 미래를 임대한 남의 삶처럼 거짓으로 살지는 않을 것이다. 바다와 땅이 만나는 이 한가한 해변에서 나는 오늘에야 나만의 자〔尺〕로 세상을 재〔測〕는 진정한 해방감을 내 손으로 잡은 것이다"(p. 138).

표제작 「주말여행」은 홍성원의 여행 서사의 의미 있는 국면들을 활달하게 펼쳐 보인다. 서른두 살 동갑내기 다섯 명이 주말에 G군으로 여행을 떠나 밤의 유흥을 보내고 일요일에 개를 잡아 천렵을 하려 했는데 마지막 순간에 개가 악을 쓰며 탈출하는 바람에 개 이빨에 물린 상처만 입게 되고 어처구니없게 소풍이 마감된다는 이야기다. 요절한 작가 김소진의 소설에 나오는 개흘레꾼에 비해서는 솜씨가 없었던 모양인데, 개를 잡는 일에 실패하고 개가 탈주하는 결말을 그렸다고 해서 개고기를 먹는 생태에 대한 비판 혹은 동물보호의 서사로 기획된 소설은 아닌 것 같다. 그보다는 왜 일상의 공간을 벗어난 여행을 떠나는가 하는 이유 대기와 관련한 의미 있는 성찰의 세목들이 더 눈길을 끈다. 첫째, 현실이 너무 빠른 속도로 변화하고 있어, 개인은 조금이라도 긴장을 늦추면 금방 시대에 뒤떨어지게 된다. 무지(無知)가 급증하고 유행에 뒤처지기 쉽다.[7] 그런 스피드의 시대를 사는 사람들은 스트

---

7 가령 이런 본문을 보기로 하자. "우리는 유감스럽게도 사람이 달로 날아가는 시대에 살고 있다. 우리는 뜨거운 여름철에도 얼음을 마음대로 먹을 수 있는 시대에 살고 있고, 소파에 비스듬히 누워 아프리카의 사자 사냥도 구경할 수 있고, 어느 나라 대통령이 잠깐만 실수하면 몇백만의 사람들이 무더기로 죽을 수 있는 끔찍한 시대에 살고 있다. 어디를 보나 범위를 알 수 없는 새로운 발명들이 범람하는 시대, 우리는 바로 이런 시대에 부지런히 배우고 익히면서 영원히 유행에 뒤처진 촌놈으로 살아가고 있다. 그리고 이렇게 핑핑 돌아가는 스피드 시대에서 우리는 차츰 할 일이 없어진다. 할 일 없는 몸은 게을러질 수밖에 없고, 마음도 몸 따라 게을러질 수밖에 없다. 전에는 싫건 좋건 반의무적으로 신문을 대충 읽을 수 있었는데 요즘은 신문에도 모르는 기사가 너무 많다"(pp. 226~27).

레스를 받기 쉽다. 그러므로 사람들에게 줄곧 빠르게 질주하는 현대의 시계 시간에서 벗어나고 싶어 한다. 그런 욕망이 차오르는 것은 어쩌면 당연하다. 둘째, 일상에서는 총체적 상상보다는 말초적 감각을 흔히 사용하면서 영혼의 고갈 위기를 맞을 수도 있기에, 나날의 삶에서 벗어나 여행을 떠날 필요가 있다는 생각도 있다. "우리들의 상상이 요즘 끊임없이 수정되거나 번복되거나 용도 파기되"는 경우가 많기 때문에 "최근에 와서 될수록 상상 같은 것은 하지 않기로" 한다고 말한다. "어설픈 상상보다 구체적인 감각, 즉 퇴근 후의 산뜻한 맥주 맛이라든가, 포커에서 풀 하우스를 쥐고 수북이 쌓인 판돈을 내려다볼 때의 스릴" 따위를 더 좋아하는데, 때로 "지독한 환멸"을 줄지라도 그것에는 분명 "마약 같은 매력"이 있고, 그 위험이 클수록 매력은 점증되는 경향이 있다는 것이다(p. 225). 이런 현상을 성찰하면서 주인공은 "인생을 말초적인 감각 대신 전신으로 살아가지 못하는가 하고 개탄하거나 안타까워"(p. 226)하기도 한다. 루카치가 동경했던 황금시대, 그러니까 별의 지도를 보고 자기 길을 찾아 나설 수 있던 행복했던 시절처럼은 아니더라도, 삶의 전면적 진실 내지 사태를 파악하며 살 수 있어야 제법 인간답다고 할 수 있을 터인데 말초적인 감각만 탐닉하며 파편화된 부분적 삶 혹은 소외된 삶에 대한 성찰의 세목이 엿보인다. 셋째, 어딘가로 빠져버린 것 같은 내 알맹이를 찾기 위한 기획이 바로 홍성원식 여행이다. 내 알맹이를 찾는다는 것은 곧 나의 척도, 그 순도 높은 영도의 척도를 발견하는 것과 한가지다.

뭔가 나라는 사람 대신 내 껍데기가 살고 있는 기분이다. 알맹이는 어딘가로 빠져버리고 내 양복만이 내 이름을 달고 나를 대신하여 휘젓고 다니는 기분이다. 나는 그래서 누가 뭐래도 내 생각대로 내 기분껏 살기로 작정하고 있다. 내 인생 내 대신 남이 살아줄 수 없을 바에야 내 하고 싶은 대로 〔……〕 어쩌면 나는 지금 그런 어수선한 방황 속에서 잃어버린 내 알맹이를 찾고 있는지도 알 수 없다. 내가 나를 확인할 수 있는 방법이 바로 그런 오리무중의 미궁 속에 숨어 있을 것 같기 때문이다. (p. 250)

이런 생각으로 여행을 떠나고 여행지에서 새로운 경험과 발견, 성찰과 반성을 통해 잃어버린 자기 알맹이를 되찾으려는 도정(途程)의 노력이야말로 홍성원 서사의 핵심 부분이다. 물론 옛 신화에서처럼 황금 양털을 찾아 당당하게 귀환한다거나 할 수는 없다. 길 위에서 인물들은 나날의 삶에서와는 다른 방식으로 또 새로운 고난의 구조를 접하게 되고 통과제의를 거쳐야 한다. 그러나 고통에 깊을수록 길 위에서의 방황이 거셀수록 산문적 성찰의 심연은 깊어진다. 사회와 현실의 부정적 허울들이 비판적으로 조망되고, 일상에서는 바라볼 수 없었던 자신의 내면에 대한 그윽한 돌봄도 시도되면서 영도의 척도에 근접하게 된다. 관찰과 발견, 반성과 성찰이 깊을수록 소설은 문제적 현실과 웅숭깊은 대결을 벌일 수 있다.[8] 특히 "내 생각대로 내 기분껏 살기로 작정"한다는 다짐이 눈길을 끈다. 프랑스 작가 폴 부르제Paul Bourget가 『정오의 악마』(1914)에서 언급한 "생각대로 살지 않으면 사는 대로 생각하게 된다"는 말을 떠올리게 하는 대목인데, 홍성원 세대의 실존적

---

8   이와 관련한 홍성원 소설의 특징에 대해 오랜 문우인 평론가 김병익의 사려 깊은 성찰은 좋은 참조의 틀을 제공한다. "도식의 허울을 벗기고 그 속을 뒤집어 진짜 진상을 폭로할 때, 작가의 언성은 더욱 뜨거워지고 이 패러독스를 읽은 이들을 섬뜩하게 만들며, 진실이란 이렇게 겉보기와 다른 모습으로 숨어 있는 것이구나 하는 고통스런 인식에 신음 소리를 내며 다다르게 마련이다. 그 진실의 모습들은 사람과 사람, 사람과 집단간의 갈등과 그 갈등이 키워낸 긴장된 대결이며, 그런 모습을 감추고 훼손하는 허위와 그것의 진실을 밝히려는 진리와의 싸움으로 한없이 번지고 있는 것들이다. 그 밝힘의 태도는 까다롭고 진지하며 고통스럽고, 밖에서 주어진 선입관을 부정하여 백지 상태로 새로이 그 스스로 검증하고 확인하는 용기와 사유를 요구한다"(김병익, 「진실의 발견과 장인 정신」, 『홍성원 깊이 읽기』, p. 79).

내 생각대로 살 수 있을까?   335

자의식을 잘 헤아릴 수 있게 하는 생각의 편린이다. 일제 식민지와 전쟁, 그리고 보릿고개를 거치며, 그야말로 늪으로 점철된 험로를 걸어온 작가와 그 세대는 자기 생각대로 기분껏 살기 어려운 때가 더 많았다. 먹고 싶은 것 제대로 먹지 못하고, 입고 싶은 것 제대로 입지 못한 것은 물론, 내가 하고 싶은 일보다 하기 싫은 일을 억지로 해야 되는 경우도 많았다. 생각대로 사는 것은 자주 사치처럼 받아들여졌다. 오죽하면 「즐거운 지옥」의 주 인물이 왜 하필이면 "잘살게 된 때에 태어나지 못하고, 잘살아보려고 아우성을 치는 이런 고약한 시대에 태어났는가"(p. 144) 하는 불만을 토로하겠는가. 어린아이도 아닌 성인이 이런 생각을 드러낸다는 것은 그만큼 핍절한 시대였다는 사실을 시사한다. 그런 세대이니만큼 가혹하고 억압적인 현실을 넘어서 주체 중심의 성찰을 하는 일, 브레히트식으로라면 자기 척추를 올곧게 세우는 일이 무엇보다 요긴했다. 홍성원이 형상화한 많은 인물이 주체로서 나를 정립하기 위해 애쓰는 것도 그런 까닭이다. 근대에 대한 반성적 성찰을 수행한 포스트모더니즘 담론에서 주체 중심주의를 넘어서 타자 지향의 논의를 많이 했는데, 그런 관점에서 홍성원의 인물들을 함부로 재단하기는 어렵다. 해체적 사고나 타자 지향의 담론은 주체 정립을 위한 시기를 충분히 경험한 이후에나 가능한 것이었고, 홍성원의 인물들이 살았던 시대에는 우선 나를 세우는 일이 급선무였기 때문이다. 그런 실존적 문제와 홍성원은 긴장하며 맞대결했다. 그러면서 자신만의 척도를 세우고자 했다. 그의 소설은 그 영도의 척도를 세우는 과정의 이정표에 가깝다.

4. "그러나 나는 쓴다. 그러므로 나는 있다"

김치수는 홍성원의 소설이 "그와 동시대를 살아온 사람들에게는 지난 세월의 잊혀졌던 앨범을 보는 것 같은 친밀감을" 느끼게 하는데, 1960년대와 1970년대에 쓰인 그의 작품들은 단지 풍속적 앨범이 아니라 "유효한 현실 인식"[9]을 보여주고 있음을 지적했다. 「괴질」에 상징적으로 압축 구성된 군부독재 상황도 그렇거니와 「늪」「무전여행」「주말여행」「즐거운 지옥」 등 여러 소설에서 공통적으로 나타나는 지식인이나 샐러리맨의 우울이나 절망감 같은 것들도 현실 반영의 아픈 징후들이다. 「즐거운 지옥」은 작가 홍성원과 그의 문인 동료들을 연상케 하는 소설인데, 지상의 척도를 제대로 세우기 어려운 시절에 문학의 의미가 무엇인지, 글을 쓴다는 것이 과연 어떤 것인지에 대한 작가의 속 깊은 자의식을 보여준다. 오랜만에 문인 동료들을 만나 저녁과 술을 먹고 통금 전에 가까스로 버스를 탄 H는, 차창 유리에 비친 자기 얼굴을 보면서 회한에 빠진다. "재미없는 얼굴"과 집안일을 떠올리며 갑자기 "목이 졸리는 듯한 괴로움", 그러니까 "웅크리고 앉은 가난, 소설의 어려움 따위들이 한데 뭉친 괴로움"을 절감한다. 너무 괴롭다 못해 "취직을 할까? 취직을 해서 아늑하고 안전한 달팽이 껍데기 속으로 기어들어갈까?"(p. 181) 생각해보기도 한다. 전업 작가로서의 고단함과 가족에 대한 미안함, 그리고 세속적인 성취를 하고 있는 다른 집단 사람들과의 비교에 따른 속상함 같은 것들이 얽히고설키면서 그의 마음을 심란하게 한다. 현실의 고단함을 넘어서 오로지 자기 글만으로 세상과 대결하겠다는 작가로서의 다부진 결의가 뒷걸음질치기도 한다. 계속 긴장하는 가운데 불안하게 살 것이 아니라 편안하게 살고 싶은 생각이

9　김치수, 「남성 문학의 세계」, 같은 책, p. 91.

들기도 한다. 그러다가 다시 숙고한다.

> 넌 아마 지금의 상태를 지옥이라고 생각하는 모양이다. 그래 그
> 건 지옥인지 모른다. 아니 분명히 지긋지긋한 지옥이다. 그곳에는
> 리더도 없고, 길잡이도 없고, 명령하는 사람도 없고, 오직 순도 백
> 프로 이상의 완전무결한 자유가 있을 뿐이다. 그건 지옥 같은 자유
> 다. 사막 같은 자유다. 길도 없고 의무도 없고 오직 성실만이 대뚝
> 하게 남아 있는 자유다.
> ─그러나……
> ─그러나?
> ─그래 그러나!
> ─그러나 뭐냐?
> ─그건 즐거운 지옥이다. 눈 뜬 지옥이다, 알아들어? (pp.
> 181~82)

결국 홍성원은 자유 지성으로서 작가의 길에 '즐거운 지옥'이라는 역
설적 이름을 부여한다. 현실적으로 고단하고 힘겨운 상황에 처해야 하
기에 지옥에 가깝지만, "그러나" 그 누구보다도 자유롭게 자기 길을 스
스로 열고 성실하게 나아간다면 때로 '대뚝하게', 기우뚱하거나 흔들릴
수는 있지만 그래도 즐거울 수 있는 지옥이라는 얘기다. 이에 대해서
는 일찍이 김주연이 적절한 맥락과 해석을 부여한 바 있다. 「즐거운 지
옥」을 지탱하는 "두 개의 튼튼한 기둥"으로 "현실의 모순을 꿰뚫어보
는 튼튼한 상황 인식"과 "그러한 기반 위에서 문학이 무엇을 할 것인
가를 깊이깊이 생각하는 튼튼한 문화 인식"을 주목하고, "'지옥'이 앞
의 인식에서 쓰여졌다면 '즐거운'은 그 뒤의 인식에 의해 메워진 것"이
라고 했다.[10] 문학의 길, 글쓰기의 길과 관련한 이런 역설적 인식은 세

기를 달리 한 지금도, 그리고 앞으로도 당분간은 여전히 통할 수 있는 '오래된 미래'에 값하는 것이라 하겠다. 이와 관련하여 홍성원 소설의 특성을 인상적으로 정리한 김인환의 논의가 눈길을 끈다.

> 홍성원은 뿌리내릴 장소가 없기 때문에 뿌리내릴 장소를 가지려고 하지 않는다. 〔……〕 이제 그만 됐다고 쓰기를 멈추게 해줄 수 있는 은신의 순간은 어디에도 없다. 그것은 아무리 걸어도 끝이 보이지 않는 길, 길 없는 사막의 길이다. 홍성원에게는 쓰기와 살기가 하나이다. 홍성원의 존재는 홍성원의 창작과 뗄 수 없이 얽혀 있다. 〔……〕 "나는 쓴다. 그러므로 나는 있다"고 홍성원은 말한다. "나는 내가 쓴 글이다. 글 이외로는 나를 판단하지 말라"고도 홍성원은 말한다. 멈춰설 수도 없고 되돌아갈 수도 없는 글쓰기는 즐거운 방황이고 선택한 지옥이다. 영역을 제한하지 않는 이 방황이 홍성원의 소설에 광대한 세계를 펼쳐놓는다.[11]

무엇보다도 "나는 쓴다. 그러므로 나는 있다"는 데카르트식 정언명제를 도출한 것이 종요롭다. 많은 작가가 이런 명제를 내세우고 싶어 하지만 실상 거기에 부합하기는 지난한 일이다. 그 어려운 명제에 도전한 홍성원의 서사 역정은 과연 오로지 쓰는 것으로 자기 삶을 입증한 '즐거운 지옥'의 구체적 징표들이다. 「즐거운 지옥」에서도 그렇고 훗날 장편 『그러나』에서 더욱 총체적으로 형상화한 "그러나"의 사상이 주목되는 것도 자연스럽다. 현실은 작가와 동시대의 문제적 인물들에게 늘 엄혹하게 다가왔지만, 홍성원은 언제나 "그러나"의 정신으로

---

10 김주연, 『문학과 정신의 힘』, 문학과지성사, 1990, p. 323.
11 김인환, 「도전의 미학」, 『홍성원 깊이 읽기』, p. 128.

치열하게 현실과 대결하며 긴장감 넘치는 서사 세계를 일구어냈다. 그러니 이렇게 바꾸어도 좋으리라. "그러나 나는 쓴다, 그러므로 나는 있다." 그런 생각대로 썼고, 그런 생각대로 살았다. 작가 홍성원의 소설과 삶은 과연 그러했다. 생각대로 산다는 것과 관련한 인상적 성찰의 지평을 열었다.

연처럼, 새처럼

― 김원일의 소설 시대와 분단 문학의 매트릭스

1. 연

    바람 불어 좋은 날, 산골 마을에서 연을 날리다 보면 어느덧 하늘의 연처럼 저 멀리 날아가버리고 싶다는 생각이 들 때가 있다. 연줄을 툭 끊어버리면 연은 바람 따라 저 산 너머로 훌쩍 비상해버리는데, 그걸 따라 산 넘고 물 건너 새로운 세상을 구경하고 싶은 욕망이 용솟음치게 마련이다. 예전에는 그런 날이면 산골에서 집을 나가는 아이들이 더러 생기곤 했다. 이청준의 「빗새 이야기」나 「새와 나무」에서도 그렇고, 김원일의 「연」에서도 그렇다. 「연」에서 서술자의 아버지는 필경 떠돌이 역마살을 타고난 인물처럼 보이는데, 그 도화선이 연을 따라나선 경험이었다. "마실 밖을 몬 나가본 나는 첨으로, 세상이란 이렇게 넓구나 하고 탄복했지러. 아부지가 타지에서 집으로 돌아와 다른 마실 이바구를 해줄 적엔, 그저 그렇겠구나 했는데 실제 내 눈으로 사방 천지를 내리다보이까 그만 집으로 돌아갈 맘이 안나는 기라. 그래서 인자 내가 연이 돼서 그 딴 세상으로 훨훨 내려갔제"(p. 122). 연을 쫓아 높은 산을 오르고 또 올라 높은 곳에서 아래를 내려다보니 이전에 보지 못했던 세상이 보이더라는 얘기다. 그래서 스스로 연이 되어 "딴 세상"으로 훨훨 날아갔다는 것이다. 이렇게 '밖'의 "딴 세상"을 경험하면 이

전처럼 '안'에서의 평화를 구하기 어렵다. '안'에서만 만족하기 어렵다. 그러니 연처럼, 바람만 불면 비상하려 한다. 떠나려 몸부림친다. 「연」의 아버지가 바로 그런 인물이었다. 연처럼 바람결에 떠돌다 바람이 잦아들면 잠시 집을 찾아들지만, 끝내 정주를 알지 못한 채, 마치 바람의 기운을 잃은 연이 추락하는 것처럼, 객지에서 떠돌이 삶을 마감한다.

「연」의 이야기는 세 가지 점에서 김원일 소설의 핵심적 특징을 가늠해보게 한다. 첫째, "딴 세상"을 경험한 이는 집에 머물지 못한다는 것. 김원일 소설에서 이 역할의 담당자는 주로 아버지인데, 아버지가 경험한 "딴 세상"은 좌익 이데올로기다. 그것 때문에 아버지는 집에서 없는 존재가 되고, 이로써 남은 가족은 고통스럽다. 아버지는 문제적인 것들에 두루 걸쳐진 부재하는 원인이다. 둘째, 없는 아버지로 인해 당하는 가족의 고통은 주로 어머니와 장자에게 주어지는 것으로 전경화된다. 어머니는 아비 없는 자식들을 키우느라, 이상적인 아버지와는 달리 매우 현실적인 캐릭터가 될 수밖에 없다. 또 어머니는 장자에게 서둘러 가장의 역할을 맡아야 한다는 점을 주입하는데, 이것이 장자에게는 더할 나위 없는 억압이 된다. 셋째, 이런 문제적 상황이기에 아들은 아버지처럼 연을 날리지도, 연처럼 날아가면서 딴 세상을 보고 싶어 할 엄두도 내지 못한다. 대신 그 아들은 왜 자신은 아버지처럼, 아버지의 연처럼, 살 수 없었는가, 하는 것을 이야기로 풀어낸다. 작가로 성장하는 것이다. 분단 시대의 대표적인 작가 김원일은 그렇게 탄생한다.

잘 알려져 있다시피 김원일은 분단과 전쟁 체험을 인상적으로 소설화한 작가다. 분단 시대 한국문학의 드라마틱한 별자리다. 1942년 경남 진영에서 출생하여 한국전쟁의 와중에 아버지와 생이별하고 편모슬하의 장남으로 대구에서 성장한 김원일은, 「어둠의 혼」『노을』『불의 제전』『겨울 짜기』『마당 깊은 집』『푸른 혼』『전갈』등 현대사와 분단 상황에 관한 굵직한 이야기 산맥을 쌓아 올렸다. 선우휘·오상원·하근 찬 등 성년의 몸과 의식으로 전쟁을 직접 체험한 세대와는 달리 어린 시절의 전쟁 체험을 바탕으로 분단 문학 2세대를 형성하며, 분단 상황 에 대한 서사적 상황의 넓이와 깊이를 달리했다. 가령 분단 주제와 생 태 정의 문제를 가로지른 「도요새에 관한 명상」, 분단 문제와 사회적 정의 문제를 강렬하게 환기한 「마음의 감옥」 같은 소설을 보면, 김원 일은 오로지 분단 시대 한국 작가만이 쓸 수 있는 특징적인 소설을 매 우 인상적인 방식으로 형상화한 작가라는 사실을 절감하게 된다. 이데 올로기라는 "딴 세상"을 좇아 떠난 아버지, 그에 따른 가족의 고난과 어머니의 간난, 편모슬하의 장자 의식 등으로 인해 개인 김원일의 초 년 운은 상당히 불우했다. 그러나 불우한 삶에서 비롯된 그의 소설은 불후한 명작으로 빛나게 되었다. 그가 빚어낸 그의 소설 시대는 한국 문학의 웅숭깊은 절정이며, 분단 시대 한국 작가가 세계문학에 발신한 뜨거운 상징이다.

2. 가족

김원일 소설에서 아버지는 이데올로기의 표지이자 욕망하는 대문자 로 형상화된다. 그는 자기 욕망에 따라 이데올로기를 좇을 수 있는 존 재다. 이런 아버지의 욕망에 따라 어머니나 장자는 주로 결핍의 기호 로 나타난다. 자전적 장편소설인 『마당 깊은 집』에서 아버지는 마산 상 업학교에서 수학한 다음 진영읍 금융조합의 서기를 지내다가 서울 수 복 직전 가족과 헤어진 것으로 되어 있다. 아버지가 등장하는 여러 가 족 서사에서 아버지의 이력은 그런 범주 안에서 다소간의 변주를 보이 며 반복된다. 실제로 작가의 아버지는 남로당의 주요 인물이었다고 하는데, 이데올로기라는 "딴 세상"을 좇아 월북한 아버지에 대해 가장 사무친 이는 물론 어머니였을 것이다. 어머니는 "사상에 미쳐 처자식 놔두고 이북 간 애비는 미친 놈이다"[1]란 옹이 진 넋두리를 자식들 앞에서 거듭했던 것으로 김원일의 자전적 에세이는 전한다. 남편에 대한 원망과 자식들과 더불어 살아남아야 한다는 절박한 강박감이 어머니를 무척 고통스럽게 했을 터이다. 그런 까닭에 어머니는 「미망」「깨끗한 몸」『마당 깊은 집』 등에서 분명하게 드러난 것처럼, 철저한 현실주의자가 되지 않을 수 없었으리라. 아들 또한 없는 아버지나 있는 어머니나 할 것 없이 모든 가족 상황이 원망스럽고, 잘못 태어났다는 환상으로부터 벗어나기 어려웠을 것이다.

그래서일까. 김원일의 소설 시대 초기의 인상적인 단편인 「어둠의 혼」(1973)에서 작가는 아버지의 존재를 아예 소거한다. 소년 '갑해'의 시선을 통해 한국전쟁 직전의 이데올로기적 혼란상과 그로 인한 가족의 곤경과 상흔을 극적으로 점묘한 소설이다. 어린 갑해에게 이데올로기는 매우 불확실하고 불가해한 어떤 것이었다. 차라리 굶주림은 구체적이고 확실한 육체적 고통과 두려움으로 절실하게 다가왔다. 가족을 이렇게 허기와 불안의 고통에 빠지게 한 원인으로 아버지를 지목한 갑해는 아버지를 미워하게 된다. 이런 갑해의 증후는 보라색 혐오증으로 전경화된다.

> 대추나무 뒤편 하늘은 벌써 짙은 보라색이다. 나는 보라색을 싫어한다. 손톱에 들이는 봉숭아물도, 닭벼슬 같은 맨드라미꽃도, 코스모스의 보라색 꽃도 다 싫다. 어머니의 젖꼭지 빛깔까지도 싫다. 보라색은 어쩐지 아버지의 하는 일을 떠올리게 해주고 어머니의

---

1 김원일, 「젊은 시절의 괴로움」, 『사랑하는 자는 괴로움을 안다』, 문이당, 1991, p. 98.

피멍 든 얼굴을 생각나게 한다. 보라색은 또 말라붙은 피와 같고 캄캄해질 징조를 보이는 빛깔이다. 옅은 보라에서 짙은 보라로, 그래서 야금야금 어둠이 모든 것을 잡아먹다가 끝내 캄캄한 밤이 온다는 것은 참으로 무섭다. 이 세상에 밤이 없는 곳이 있다면 나는 늘 그곳에서 살고 싶다. 나는 빛 속에 함께 끼여 놀고 싶고, 또 빛 속에서 자고 싶다. 그러나 아버지는 어둠 속에서 총살당할 것이다. (pp. 15~16)

보라색은 갑해에게 아버지 하는 일을 떠올리게 하고 어머니의 피멍 든 얼굴을 생각나게 한다. 그래서 불안하고 싫다. 좌익 활동가인 아버지를 색출하기 위해 경찰이 늘 집을 감시하고 밤마다 수색을 한다. 아버지를 찾지 못한 경찰은 종종 어머니를 지서로 연행해 폭행을 가하는 등 분풀이를 한다. 이런 상황이어서 갑해에게 집은 편안한 실존의 둥지일 수 없다. 불안과 고통의 플랫폼이다. 특히 아버지나 경찰이 집에 오는 시간이 주로 밤이기에 보랏빛 어둠은 특히 불안의 기호가 된다. 아버지가 하는 일은 불안의 대상이자 원인이다. 아버지가 밤에 집을 찾아왔을 때, "날 쥑이고 가, 쥑이고 가란 말이다. 이 미친 사내야, 자슥 새끼들하고 날 쥑이고 내배"라고 외치는 어머니의 목소리에도 불안에 떨고, 밖을 나가 도망치는 아버지를 뒤쫓는 "쥑이라, 쥑여! 갈겨 버려!"(p. 33)라고 고함치는 순경들의 목소리에도 불안에 떨 수밖에 없다. 불안 때문에 소년은 후들후들 떨며 소변을 보고 소리 내어 운다. 잘못 태어났다는 환상과 더불어 아버지를 상실할지도 모른다는 불안에 포획된다. 보랏빛 혐오증, 보랏빛 불안은 보랏빛 어둠 속에서 아버지가 총살을 당할지도 모른다는 것으로 수렴되었는데, 결국 아버지는 체포되어 지서 뒷마당에서 총살당하고 만다. 자신이 가장 싫어하는 보랏빛을 아버지의 시체에서 본 소년은 아버지의 죽음을 애도하는 가운데 더 큰 불안에 빠진다. 그렇게 더 큰 고통의 세계로 입사하면서도 소년은 "이제 집안을 떠맡을 기둥으로서 힘차게 버티어 나가지 않으면 안 된다"(p. 38)는 생각을 한다. 이 다짐은 주인공의 성장의 계기를 나타내는 징표다. 분단 상흔으로 인해 너무나도 이른 나이에 어른이 될 수밖에 없었던 역설적 성장의 이야기다.

「어둠의 혼」에서 아버지의 죽음을 절정의 서사 단위로 배치한 것은 부재하는 것으로 늘 집 안에 영향을 미치는 집 밖의 아버지에 대한 불안 때문이었을 터이다. 그토록 불길한 불안에 대한 대항기제였는지 모른다. 부재하는 원인을 아예 소거함으로써 남은 가족만으로 새롭게 꾸려나가는 가족 서사를 소망한 결과일 수도 있겠다. 그러나 소망은 차연되고, 부재하는 원인은 계속 미끄러지며 이후의 가족 이야기에도 여전히 작동한다. 그러니까 김원일의 가족 서사에서 아버지의 자리는 공집합Φ이자, 역설적으로 무한히 잠재된 가능태로서 무한대∞에 가깝다. 『마당 깊은 집』이나 그 직전 이야기인 「깨끗한 몸」은 부재하는 아버지로 인해 아버지나 아들이 얼마나 애면글면하게 살아야 했는가를 보여준다. 어머니는 늘 마음 단단히 먹고 "열심히 공부해서 훌륭한 사람이"(p. 246) 되라고 했다. 「깨끗한 몸」의 결말에 간략히 시사된 어머니의 교시는 『마당 깊은 집』에서는 더욱 분명한 교육으로 반복된다.

> "〔……〕 너는 이제 애비 없는 이 집안의 장자다. 가난하다는 기 무슨 죈지 그 하나 이유로 이 세상이 그런 사람한테 얼매나 야박한지 니도 알제? 난리를 겪으며 배를 철철 굶을 때, 니가 아무리 어렸기로서니 두 눈으로 가난 설움이 어떤 긴 줄 똑똑히 봤을 끼다. 오직 성한 몸뚱이 뿐인 사람이 이 세상 파도를 이기고 살라 카모 남보다 갑절은 노력을 해야 겨우 입에 풀칠을 한다. 〔……〕 지금부터라도 악심을 묵어야 하는 기라. 내가 보건대 우리 처지에서 니 장

래는 두 가지 길밖에 없다. 한 가지는, 공부를 열심히 해서 배운 바 실력이 남보다 월등하여 훌륭한 사람이 되는 길이다. 〔……〕 또 한 가지 니가 이 세상 파도를 이기는 길은, 세상살이를 몸으로 겪어 경험을 많이 쌓는 길이다."[2]

「어둠의 혼」에서 스스로 결의에 찬 다짐을 했음에도 불구하고 어머니가 이렇게 다잡을 때마다 아들은 억압을 느끼며 저항하고 싶어 한다. 『마당 깊은 집』에는 어머니의 억압으로 인해 아들이 얼마나 고통스러웠고, 또 얼마나 어머니를 미워했던가, 상세히 드러난다. 그런 아들이 이제 성인이 되고, 어머니를 이해하고 모시는 시기를 배경으로, 어머니와 할머니의 고부간 갈등의 이야기를 다룬 「미망」에서도 여전히 부재하는 원인인 아버지가 갈등의 중심에 자리한다. 우람한 여장부 스타일인 어머니는 폭식주의자에 가깝다. 입이 걸어 아무 음식이나 잘 드신다. 반면 아담한 할머니는 소식주의자다. 음식을 잘 드시지 못한다. 둘 사이의 고부 갈등은 「어둠의 혼」 시절로 거슬러 올라간다. 아버지를 찾으러 경찰이 밤마다 출몰할 때 젊은 새댁이었던 어머니는 무서워 시어머니가 와서 그 보랏빛 밤을 함께 지내주었으면 했다. 그런데 딸네 집에 가 있던 할머니는 그러지 못했다. 그게 원한이 되었다. 할머니는 할머니대로 며느리에 대한 서운함과 빨갱이 아들을 둔 미안함이 겹쳐 며느리에게 마음을 열지 못했다. 할머니가 타계하기 직전 마지막 며칠 동안 그 사연을 곡진하게 풀어놓은 소설이 바로 잊을 수 없는 「미망」이다. 아들의 혼사를 앞두고 갑작스레 남편을 잃은 할머니, 이데올로기로 인한 생이별로 졸지에 청상이 된 어머니, 이 두 '미망(未亡)'인 사이의 갈등 원인은 '미망(迷妄)'했던 시절의 혼란 탓이기도 했다. 그 시절

2   김원일, 『마당 깊은 집』, 문학과지성사, pp. 31~33.

에 한 미망인의 아들이자 한 여인의 남편으로서 아버지가 그렇게 "딴 세상"으로 훌쩍 떠나버리지 않았더라면, 이 가족의 고부 갈등 양상은 없거나 달라졌을지도 모른다. 그러나 가족적으로는 불행한 이야기지만 민족사적으로는 넓게 조망해보아야 할 '미망(彌望)'의 시기의 위기사를 함축하고 있음에 틀림없다. 요컨대 이 집안에서는 결코 잊을 수 없는 '미망(未忘)'의 이야기를 통해 김원일은 안타까운 민족사의 단면을 곡진하게 풀어 보이고 있는 셈이다.

Φ이자 ∞에 가까운 아버지는 오랫동안 이 집안의 불안과 불화를 야기하는 부재하는 원인이었다. 그럼에도 어머니는 물론 아들도 북으로 간 아버지를 어찌 그리워하지 않을 수 있었으랴. 「비단길」에 이르면 마침내 이 가족들이 잠깐이나마 만나게 된다. 금강산에서 있었던 남북 이산가족 상봉 행사에서 극적으로 아버지를 만나는 이야기가 이 소설의 줄거리다. 아버지가 월북하기 전 신혼 초에 읍내 장에서 사다 주었다는 옥비녀 하나에 의지해 60년을 청상으로 지낸 어머니가 보이는 일련의 심리적·신체적 반응과 그 변화들도 인상적이지만, 아들에 의한 아버지 찾기 모티프의 극적 환기가 웅숭깊다. 어렸을 적 집을 나간 아버지였기에 이렇다 할 속정도 없는 아버지지만 그럼에도 한없는 그리움의 대상이기도 했는데, 막상 상봉한 아버지의 모습을 본 아들의 심사는 매우 복합적이다. 상상계와 실재계 사이에 어마어마한 사막이 가로놓여 있었던 까닭일까? "상상 속의 아버지가 맞는 것 같기도 하고, 길거리에서 흔히 볼 수 있는, 앞으로 살아 있을 날이 그리 길지 않은 연세에 이른 평범한 노인의 모습이기도"(p. 454) 한 아버지. "좁고 구부정한 어깨에, 온갖 고초를 이겨내며 그 나이에 이르렀다는 듯 뺨에까지 잡힌 굵은 주름, 동테 안경 안쪽의 침침해 뵈는 눈, 뭉그러진 콧날, 덤덤한 듯 보이지만 지금은 멍청해 보이는 표정이, 마치 허수아비가 서 있는 자태 같아서 여태 내가 상상해온 아버지와는 영 다른 모

습"(pp. 454~55) 앞에서 아들은, "이분이 내가 평생 그리워해온 아버지의 참모습일까 싶자 실망감이 설핏 마음에 그늘을 지우는데, 곧이어 그런 아버지의 모습에서 참을 수 없는 연민이 가슴을 채우며 밀려왔다"(p. 455)고 토로한다. 실망과 연민의 복합 감정 속에서 아들은 아버지에게 오랜 세월 그토록 묻고 싶었던 질문을 차마 입밖에 내지 못한다.

> 그때 왜 아버지가 가족을 남겨둔 채 단신 북한으로 가셨느냐고, 그 길 이외 다른 방법은 정말 없었느냐고 묻고 싶었다. 그렇지만 지금 물어서 언어낼 수 있는 답이 무엇일까? 아버지도 60년 전 그때 일을 두고 딱 부러진 답을 말하지 못한 채 어물거리거나 위대한 어버이 수령 동지님이 찾아서 월북했다는 판박이 말이나 앵무새처럼 읊을 게 뻔했고, 아버지가 그 어떤 대답을 하더라도, "그 말씀 한번 속 시원합니다"라고 할 만한 진심 어린 고백을 들을 수 없을 것이다. 아니, 그런 질문부터가 깨진 사기그릇을 붙이려는 헛된 시도여, 엎질러진 물을 다시 담으려는 안간힘에 다름없었다. (p. 470)

비록 부자간의 실질적인 문답 풀이는 이루어지지 않았지만, 아들에 의한 아비 찾기는 어느 정도 이루어진 것처럼 보인다. 당연하게도 아주 오래전 신화에서 유리 태자가 아버지 고주몽을 찾았을 때처럼 드라마틱한 광휘는 재현되지 않았다. 아니 결코 그럴 수 있는 상황이 아니었다. 만날 수 없어 의식적으로 Φ 처리를 했던 아버지, 그럼에도 무의식적으로 끊임없이 소환되었던 ∞ 아버지, 비록 그 아버지가 선택한 이데올로기의 현실적 성취 여부를 떠나, 아들은 Φ와 ∞ 사이의 복합적 카오스 속에서 아버지를 찾고 또 이제껏 아버지를 찾아왔던 자신을 새롭게 성찰하게 되는 것이다. 이전에 「미망」 「깨끗한 몸」 『마당 깊은 집』등에서 어머니 찾기를 통한 자기 성찰을 시도했던 것처럼 말이다. 그러니까 김원일의 가족 서사는 아버지/어머니 찾기를 통한 아들의 자기 정체성 찾기를 모색하는 도정의 이야기라고 해도 좋을 것이다. 그러나 이미 말한 것처럼 그것이 단지 개인사나 가족사의 이야기에서 그치는 것이 아니라 민족사의 문제적 핵심으로 육박해 들어가는 서사적 동력이 있는 것이어서 그 소설사적 의미는 매우 뚜렷하다.

3. 새

김원일 소설은 한반도 분단 상황에 대한 선이 굵은 탐색의 서사이면서, 사회 생태적인 문제의식으로 확산 심화하는 경향을 보였다. 그중 「마음의 감옥」은 도시 빈민 문제를, 「도요새에 관한 명상」은 환경 생태 문제를 심원하게 천착한 소설이다. 「마음의 감옥」에서 주인공 윤구의 아버지는 평안북도 희천에서 개척교회를 열었던 목사로 월남했다가 전쟁 중에 사망했다. 이 소설의 초점 인물인 현구는 유복자로 태어난 동생이다. 전쟁 통에 허망하게 남편을 보내고 얻은 아들이어서 어머니에게는 무척 각별한 자식이었다. 어머니는 "서로 몸뚱이는 다르지만 저 막내만은 자나깨나 지아비와 함께 내 몸속에 있다"(p. 259)는 말버릇을 계속했거니와, 언제나 자기 마음속에 막내의 자리를 마련해두고 있었던 것이다. 현구는 대학 시절 기독교학생연맹에서 활동하며 민중 해방신학을 접한 이후 "가난한 자를 위한 사랑의 실천운동"(p. 302)을 소명처럼 받아들였다. 줄곧 빈민 운동을 가열차게 전개하던 그는 철거반원들의 부당한 처사에 맞서 싸우다가 감옥에 갇히는 몸이 된다. 그러던 중 건강이 악화되어 병원으로 이송된다. 봉사, 헌신, 사랑으로 빈민들과 함께했던 현구를 위해 빈민들과 운동권 동료들이 병원으로 몰려들어 즉각 석방을 요구하는 연좌 시위를 벌인다. 물론 당국은 거부한다. 간경화가 간암으로 발전했다는 얘기를 들은 가족들이 운동권 동료들과 함께 당국자들의 눈을 피해 현구를 빼돌려 집으로 탈주하는 장면으로 소설은 끝난다. "이제 현구는 우리 모두의 마음에 자신이 들어앉아 살아 숨 쉴 감옥 한 칸을 짓기 시작했다는 깨달음"으로 말미암아 "현구를 거주제한구역 안에서 운명하게 해서는 안 된다는 결론"(p. 323)을 내렸기 때문이다. 이 「마음의 감옥」에서 아버지 박 목사는 분단 상황의 속절없는 피해자였고, 그 유복자 현구는 빈민들 속에 부활한 예수님처럼 헌신했지만 끝내 현실에서 소망의 지평을 열지 못한다. 다만 사회경제적 정의 문제에 관한 분명한 문제 제기와 그 실천의 중요성을 깊게 환기한다. 그 문제 제기의 요체와 실천 방향이 매우 의미심장하다. 가난한 이들의 실질적인 살림살이를 보살핌으로써 인간의 사회 생태를 정녕 자연스럽고 인간답게 조성하여, 살 만한 세상을 만들기 위한 실질적인 노력이기 때문이다. 「마음의 감옥」에서 지향한 이 사회생태론이 소중한 것은, 이데올로기라는 연을 좇아 "딴 세상"으로 넘어간 아버지가 일찍이 구상했던 정의로운 세상의 어떤 단면을 환기하는 까닭이다. 소설 안에서라면 아버지 박 목사가 미처 이루지 못한 소명이었다. 다시, 김원일 서사에서 아버지는 Φ이자 ∞이다.

낙동강 하구 도요새 도래지를 배경으로 한 생태 소설이자 분단 소설인 「도요새에 관한 명상」에는 북한에서 월남한 아버지가 생존해 있는 상태다. 아버지는 휴전 후 "동진읍에 정착했던 그해 가을, 전쟁 나기 전 고향 땅에서 본 도요새 무리를 동진강 삼각주에서 보았을 때" "헤어진 부모와 동기간과 약혼녀를 만난 듯 반가"워하며, "너들이 휴전선 위쪽 통천을 거쳐 여기로 날아왔구나" 이렇게 "대답 없는 물음을 던지"며 "울컥 사무치는 향수"를 달래곤 했던 인물이다. "철새나 나그네새는 휴전선 넘어 자유로이 내왕하건만"(p. 90) 자신은 새처럼 그곳에

갈 수 없는 현실이 안타까웠다. "언젠가는 통일의 날이 올 것이고 그렇게 되면 고향 통천으로 갈 수 있으려니 하는 희망"(p. 89)으로 살지만, 시간이 지날수록 가망 없는 희망처럼 미끄러지기만 할 뿐이어서 이마에 주름살만 깊어진다. 이처럼 이 소설에서 실향민인 아버지에게 새는 분단 모순을 환기하는 상관물이다. 두 아들 병국과 병식에게는 다르다. 미리 당겨 말하자면 병국에게는 인간과 더불어 살아야 하는 소중한 생물종(種)이라면, 병식에게 새는 단지 돈벌이 수단으로 얼마든지 남획되어도 좋은 대상일 따름이다.

이 소설에서 김원일은 남달리 생태 환경 문제에 대한 구체적인 탐문의 세목을 펼쳐 보인다. 경제개발이 가열차게 진행되던 시절에 작가는 "개발이나 공해로 자연환경이 파손되면 그곳에 살고 있던 생물은 생존치 못한다"(p. 53)는 문제를 준열하게 제출한다. 생태 환경을 연구하는 생물학 교수 정배와 학생운동을 하다가 낙향하여 환경운동을 전개하는 첫째 아들 병국의 탐문을 통해 귀납적으로 그 문제의 진상을 뚜렷하게 밝히고자 했다. 먼저 공장에서 배출되는 오폐수와 거기에 섞여 있는 유독 물질의 폐해로 인해 자연 정화수가 상실되어가고 강의 상태가 악화일로에 접어들고 있다고 보고한다. 강의 물이 오염됨에 따라 보호조나 희귀조의 생태 서식지가 훼손되어 점차로 그런 새들을 볼 수 없게 되었음을 관찰한다.

이런 절기쯤이면 동진강 하구의 삼각주에는 여러 종류의 나그네새와 철새를 볼 수 있었다. 천둥오리·바다오리·황오리·왜가리·고니·기러기·꼬마물떼새·흰목물떼새·중부리도요·민물도요·원앙이·농병아리 등, 수십 종의 철새와 나그네새가 먹이를 쫓아 싸대는 수다스런 행동거지가 볼 만했다. 각양각색의 목청으로 우짖는 소리와 날개 치는 소리가 강변 갈대밭을 덮었다. 동남만 일대가 공업화의 도전을 받자 새의 종류와 수가 줄어들었다. 근년에 그 현상은 더 현저해져 공해에 강한 새들만 동진만을 찾아들 뿐, 천연기념물로 지정된 새나 보호조는 날아들지 않는 종류까지 생겼다. (p. 60)

공업화, 산업화에 따른 폐해가 철새들에게만 국한되는 것은 물론 아니다. 인간 생태에도 현저하게 영향을 끼친다. 그 대표적 사례로 작가는 미나마타병을 들어 문제의 심각성을 환기한다.[3] 갈대와 풀이 죄 말라버리고 "벌레는 물론이고 지렁이류의 환형동물조차 살 수 없는 버려진 땅"(p. 78)이 되어버리고, 점점 인간도 병들어가는데도 사람들은 인간 중심적 물질문명의 방향을 되돌릴 생각을 하지 않는다. 그런 형편을 성찰하던 중 병국은 환청처럼 이런 도요새의 재잘거림을 듣는다.

내 유전자 속에는 조상새로부터 물려받은 선험적인 길눈이 따로 있다. 우리는 각각 떨어진 개체지만 나는 속도가 일정하고, 행로가 분명하기에 낙오되거나 헤어지지 않는다. 5백만 년 전 신생대부터 조상새는 고통의 긴 여행을 터득해왔기 때문이다. 인간이 감히 상상할 수 없는 바다와 하늘이 맞물려 있는 무공천지에 길을 열어 봄 가을로 두 차례 대이동을 한다. 오직 생활환경에 적응하기 위해서라고 치부한다면 인간도 거기에 예외일 수 없다. 오히려 인간은 환경에 적응한다는 핑계로 사악해지고, 탐욕스럽고, 음란하고, 권력욕에 차 있다. 자연의 환경을 파괴하고 끝내 너희들을 파멸의 길로

---

3   "미나마타병은 일본 구마모토 현 미나마타 시에 있는 신니치 질소 비료공장이 아세트알데히드를 제조하는 과정에서 부산물로 나온 메틸수은이 함유된 폐수를 미나마타 강에 그대로 배출함으로써 야기된 공해병이었다. 메틸수은에 오염된 어패류를 장기간 섭취한 현지 주민이 그 병에 걸리자, 앓는 환자가 1천육백여 명, 사망한 환자가 280십여 명이나 되었다. 미나마타병은 지각장애, 청각장애, 혀의 경화 등을 일으키며, 임산부의 경우에는 태아가 그 수은을 흡수하면 태아성 미나마타병에 걸려 출생 후부터 일생을 식물인간으로 살아야 하는 무서운 공해병이었다."

사악한 탐욕이 끝내 파멸의 길로 이끌 것이라는 도요새의 준열한 경
고를, 그러나 사람들은 아직 제대로 들을 준비가 되어 있지 않다고, 작
가는 생각한 것 같다. 동생 병식은 용돈이나 벌겠다고 희귀조를 독살
하여 박제상에게 파는 몰상식한 거래에 아무런 거리낌없이 동참하고
있는데, 그런 동생에게 형 병국이 일침을 가한다. "희귀조가 멸종되고
있다는 건 너도 알지? 인간이 새를 창조할 순 없어"(p. 109). 새를 창
조할 수 없기에 겸손해져야 한다고, 인간 마음대로 죽여서는 안 된다
고, 그래야 인간도 살 수 있다고 생각하는 형의 메시지를, 그러나 동생
은 제대로 헤아리지 못한다. 아니 그럴 생각도, 마음도, 없는 듯 보인
다. 사정이 그러하기에 형 병국의 명상 속에서는 자꾸 "도요새가 당하
는 피해만 환상으로"(p. 114) 떠오른다.[4]

김원일은 조세희 등과 더불어 산업화 시대에 비교적 일찌감치 생태
문제를 소설화한 작가에 속한다. 「따뜻한 돌」 『히로시마의 불꽃』 등에
서도 생태 문제를 예각적으로 다루었다. 「도요새에 관한 명상」은 분단
주제와 생태 주제를 절묘하게 결합한 뛰어난 소설이다. 오로지 분단
한국의 작가만이 쓸 수 있는 생태 소설을 김원일은 치밀하면서도 원숙
하게 지었다. 이런 사회 생태론적 고뇌는 분단 해소와 지구 생태 살림
을 동시에 지향한다는 점에서 의미심장하다. 오랜 시간 동안 사회 생
태론의 교본으로 널리 읽힐 것으로 생각한다.

---

4 「도요새에 관한 명상」에 대한 논의는 졸고, 「다시 일상으로 돌아갈 수 있을까?」(『삶』 11, 2020
   하권, 문학실험실)의 관련 부분을 일부 수정한 것이다.

4. 나

김원일의 소설은 분단 주제를 위시로 하여 주로 선이 굵은 서사로 이루어져 있다. 그런데 연작소설『슬픈 시간의 기억』은 촘촘한 미시 묘사로 빛나는 이채로운 노년 소설의 진경을 보여준다.[5] '한맥기로원'이라는 사설 양로원을 무대로 하여 고희를 넘긴 노인들을 주 인물들로 내세워 인생의 마지막 나날들의 풍경을 매우 주밀하게 묘사한 소설이다. 치매 혹은 알츠하이머병에 걸린 노인들, 육체적으로 기력이 쇠진한 노인, 말기암으로 고통받는 노인의 생태를 웅숭깊게 형상화함으로써 노년 소설의 새로운 경지를 알게 했다. 그렇다는 것은 기억의 존재론과 관련한 탐문을 통해 결국 존재 자체에 대한 근원적인 질문, 그러니까 "나는 누구인가?"라는 질문을 던지고 있다는 점과도 관련된다. 식민지와 분단, 전쟁과 보릿고개를 혹독하게 경험한 20세기 한국인이라는 역사적 맥락과 존재론적 근원 맥락을 동시에 파고들어, 그 질문의 깊이가 상당하다. 그중「나는 누구인가」는 치매 걸린 한 여사의 기억과 재현, 의식과 무의식을 넘나들며 개인의 미시적 존재론과 그녀가 관통해온 고통스러운 20세기 시대사를 중첩해놓은 소설이다. 여기서 한 여사는 결코 돌아가고 싶지 않은 슬픈 시간의 기억을 많이 지닌 인물이다. 그녀의 이름 한점아가, 게이코, 한안나, 한경자 등으로 바뀌었다는 사실이 우선 주목된다. 이렇다 할 이름을 지닐 수 없었던 비루한 어린 시절, 일제 때 종군 위안부로 전전했던 시절, 전쟁 후 양공주 생활을 했던 시절, 그 고단한 나날들마다 이름이 바뀌었던 것이다. 미국인 장교 사이에서 낳았던 아기는 미국에 입양시켜 자식마저 없다. 한 여사는 척박하고 신산한 여성적 삶을 대변한다. 그녀만이 아니다. 그녀의

---

5   이 연작소설 전체에 대해서는 졸저, 『고독한 공생』, 문학과지성사, 2003, pp. 170~181 부분을 참조하기를 바란다.

아버지는 북해도 탄광으로 돈 벌러 떠난 뒤 소식이 없고, 어머니는 물난리에 돌아가셨고, 남동생은 해방 직후 호열자로 죽고, 둘째는 보도연맹에 연루되어 전쟁 난 해에 총살당하고, 그에 놀라 자원입대한 셋째는 석 달 만에 전사했다. 그야말로 비운의 가족사가 아닐 수 없다. 이런 인물의 성격을 드러내고 20세기 시대사를 함축한 개인사를 구축하는 데 탄력적인 기능을 담당하는 게, 바로 김원일의 역동적 미시 묘사다. 고정된 한 장면을 묘사할 때보다 시간의 퇴적층을 자유롭게 오르내리며 복합적인 묘사를 수행할 때, 김원일의 미시 묘사는 더욱 웅숭깊어진다. 다음은 한 여사가 치매 상태에서 무의식과 의식, 현대와 과거를 마구 넘나들면서 보이는 몸짓 및 말짓과 이를 보는 주위 사람들의 행태를 교차해가면서 복합적으로 묘사한 부분이다.

보퉁이 하나 껴안고 군함을 타자, 한경자는 눈물이 쏟아져 앞을 가렸다. 〔……〕 한여사가 갑자기 온몸을 떨더니 눈 부릅뜨고 외친다. 날, 제발, 거기로, 보내지, 마. 난, 아, 안, 갈 테야! 그때만도 한경자는 자신의 처지가 그렇게 될 줄 몰랐다. 한여사의 다리가 경련을 일으킨다. 초정댁이 그네의 두 다리를 누르며, 안 가겠다고? 죽음에는 순서가 없어! 하고 윽박지른다. 다 죽어가며 웬힘이 이렇게 세. 초정댁이 정강이뼈가 부러지라고 그네의 다리를 꾹꾹 누른다. 한여사가 나동으로 가기 싫은가 봐. 임자보고 나동으로 가라면 가겠어? 허긴 그래. 남향이긴 하지만 나동은 송장 대기소니깐. 그러나 어쩔 수 없이 가게 될 날이 오겠지. 가는 세월을 누가 막아. 둘러선 늙은이들이 탄식한다. 죽는다는 게 얼마나 무섭고 골수에 사무쳤으면 저럴까. 누군 가고 싶어 가나, 하고 한 늙은이가 말한다. 난, 안 가. 그, 지옥에는, 안, 갈 테야, 하는 한여사의 외침이 잦아진다. 이젠 향기가 그녀의 콧속으로 스며들지 않는다. 온몸에 찢어질 것 같은 통증이 엄습한다. 난, 차라리, 홍씨가 탄, 유령선을, 탈, 거야. 지옥에 가더라도, 군함은, 안, 탈 테야! 한여사가 안간힘 쓰듯 다시 외친다. 아닌 밤중에 홍두깨라더니, 무슨 배를 탄다구? 홍이 누구야? 혹시 아파트에 사는 노망난 노인이 홍씨 아냐? 주위의 늙은이들이 말한다. 부웅부웅. 뱃고동이 울었다. 군함이 미끄러지듯 바다 가운데로 나가자 용두산공원과 부둣거리가 차츰 멀어졌다. (pp. 377~78)

긴 설명이 필요 없는 역동적 묘사다. 물론 한 여사로 지칭되는 문장은 현재이고, 한경자로 지시되는 부분은 과거다. 이런 식의 역동적 미시 묘사를 통해서 작가 김원일은 대상 인물의 삶 전체 구조에 육박해 들어가는 서사 전략을 구현하고자 했다. 이런 역동적인 미시 묘사를 통해 작가는 현묘한 재현의 아레테를 펼쳐 보였다. 김원일이 평생 절차탁마한 묘사 신공의 모든 것이 이 연작에 다채롭게 담겨 있다.

연작 『슬픈 시간의 기억』에서 작가는 인생의 황혼에 이른 노년 캐릭터들을 초점화하여 "나는 누구인가"라는 근원적인 질문을 던졌다. 그것은 곧 작가 자신을 향한 질문이자 우리 모두에게 수렴되는 질문에 값한다. 보편적인 질문이면서도 20세기 한국사와 구체적으로 관련을 맺는 질문이어서, 그 질문의 심연이 깊은 편이다. 연처럼 "딴 세상"으로 벗어나간 아버지, 그 Φ이자 ∞인 아버지를 찾아 나선 이야기, 남편 떠난 집안에서 살아남기 위해 몸부림친 어머니를 이해하기 위한 이야기, 그런 아버지/어머니를 찾아가면서 그런 집안의 장남이란 어떤 존재였던가를 탐문하는 이야기, 또 새처럼 자유롭게 휴전선을 넘나들 수 없음을 안타까워하는 이야기, 무분별한 개발과 생태 파괴로 인해 새들과 인간을 포함한 지구상의 많은 생명들을 위태롭게 하는 인류세 시대의 생태 환경을 걱정하는 이야기 등은 김원일이 평생 공들여온 분단 문학의 매트릭스를 다채롭게 형성하는 세목들이다. 결국 작가 김원일은 누구인가? 20세기 한국 분단 소설을 대표하는 작가다. 개인사와 가족사, 민족사와 시대사를 가로지르며, 분단 한국과 한국인의 운명을 웅숭깊은 재현의 아레테를 통해 탐문한 소설들로, 그만의 소설 시대를 넓고 깊게 열어나갈 수 있었던 탁월한 연금술사다.

권력의 바깥, 상상의 비상
── 이승우의『미궁에 대한 추측』

1. 미로의 진실, 진실의 미로

"여기에 길고 복잡한 미로가 있습니다. 그 길은 누가, 왜, 누구를 위해 만든 것입니까?"(p. 26). 이승우의 소설「선고」는 이런 질문을 우리 앞에 부려놓는다. 결코 단순한 질문이 아니다. "황당한 수수께끼처럼" 펼쳐진 "난해한 미로"(p. 28) 앞에서 우리는 실존적 숙고의 시간을 갖는다. 나날의 삶을 미분하여 생각하면 온갖 난해한 미로 앞에서 고뇌하고 방황하고 좌절하고 상처받는 생의 어떤 속성을 떠올리게 마련이다. 잘 포장된 반듯한 길을 사뿐히 지르밟으며 경쾌하게 살고 싶지만, 그렇지 않은 경우가 대부분인 까닭이다. 작가 이승우는 1980년대와 90년대에 걸쳐 그 복잡하고 난해한 미로를 만든 형성인(形成因)의 하나로 '권력'을 주목하고, 다양한 방식으로 권력의 문제성을 파고들었다. 사회학적 정치학적 국면뿐만 아니라 종교적 인류학적 성찰에 이르기까지 이승우의 권력 탐색은 매우 집요하고 탁월한 상상력의 으뜸에 육박하는 경지를 보였다. 타락한 권력이 타락한 힘을 행사할 때 인간의 진실과 정의는 제자리를 알지 못한 채 속절없는 미로에서 불안과 두려움의 나날을 보낼 수밖에 없다는 이승우의 문학적 메시지는 당대의 산문정신의 중핵에 값하는 것이었다. 가령 1991년에 발표한『가시나무 그늘』은 이른바 1980년 봄을 시대적 배경으로 하여 왜 문제는 권력인가, 권력의 작동 방식으로부터 인간이 자유와 진실을 획득할 수 있는 가능성은 정녕 희박한 것인가의 문제를 매우 정치하게 형상화한 장편이었다. "힘은 그 힘이 나타내는 가치 때문이 아니라, 바로 그것이 힘이라는 이유 때문에 매혹시킨다"는 에리히 프롬의 전언을 모두에 내세우면서 시작하는 이 소설은 권력의 속성, 지배 권력의 문제성, 복종할 수밖에 없는 상황의 모멸감 등을 복합적으로 다룬다. 예컨대 이런 대목을 보자.

> 시간조차도 힘의 법칙 아래 지배받는다는 것이 진리일 것이다. 힘이 있는 자의 시간은 길고 공격적이며 착취적이다. 반면에 힘이 없는 사람의 시간은 짧고 굴욕적이며 자기희생적이다. 그처럼 힘은 사람들의 시간에도 개입하고 간섭한다. 그리하여 힘을 가진 자는 힘이 없는 사람의 시간까지도 점령지로 삼으려 한다. 내게 아무리 풍부한 시간이 주어졌다고 하더라도 그곳에서의 나의 시간은 이미 껍데기에 불과했다. 나의 시간은 나의 심문관에게 벌써 점령당한 다음이었다. 나의 시간은, 나의 공간이 그러한 것처럼, 그자의 점령지일 뿐이었다. (『가시나무 그늘』, 중앙일보사, 1991, p. 45)

시간조차도 권력의 지배를 받는다고 했다. 그렇다는 것은 공간을 포함한 물리적 국면뿐만 아니라 그 시간과 공간에서 인간의 육체와 영혼 모두를 권력이 통제하거나 지배할 수 있다는 것으로 확산될 수 있다. 실제로 이 소설에서 주인공은 그런 촘촘한 권력의 그물망에 포획되어 불안한 생을 겨우 살아간다. 사람들을 지배하기 위해 권력이란 대타자는 줄기차게 미로를 만든다. 아니 지배받을 힘없는 자들로 하여금 미로를 만들게 부역시키고 그 미로 안에 갇혀 삶의 전면적 진실을 파악하지 못하게 한다. 소설「선고」의 관심은 바로 이 지점에 있다. 주인공 F는 나날의 삶에서 거짓 평화를 견디지 못해 하는 인물이다. "세상은 막막하고 적막했다. 세상의 모든 사물들이 출렁이는 햇빛들에 녹아 없어진 것 같았다. 그 숨 막히는 한낮은 역설적으로 평화로웠다. F는 언제나 이 거짓 평화를 못 견뎌 했다. 그는 그 세상의 적막한 평화 뒤에 몸을 숨기고 있는 깜깜한 절벽을 보았다"(p. 11) 같은 본문에서 볼 수 있는 것처럼, 거짓 평화 이면의 절벽을 보아낸 까닭에 고통스러워한다. 하여 그런 세상이 받아들일 수 없는 "반(反)세상적인 욕망"(p. 11), 이를테면 "감춰져 있는 핵폭탄이라도 터져서 이 위선으로 가득 찬 세계의 안일한 평화를 깨뜨려주기를 강렬하게 소망하"지만 세상은 그에 대해 당연히 "노골적인 무관심"(p. 16)으로 일관하고 있어 좀처럼 견딜 수 없는 형편이다. 그러던 중 환각처럼 초대를 받게 되고 새로운 "길과 문"을 발견하는 "광대한 섭리의 그물"(p. 17)에 포섭되고 만다. 처음엔 이 세상이 아닌 곳으로 향한 동경 때문에 새로운 문을 열게 된 것이지만, 그 문 안의 세계에서 그는 속절없는 이계(異界) 체험을 하게 된다. 우선 들어가는 문에서부터 사정이 예사롭지 않다. "저 문은 들여보내야 할 사람과 들여보내지 않아야 할 사람을 잘 알고 있습니다. 문은 사람을 차별합니다. 열리기도 하고 닫히기도 합니다. 열려 있기만 하는 것은 문이 아니지요. 문이 세워져 있는 것은 들어갈 사람이 있고 들어가지 않아야 할 사람이 있기 때문입니다. 그렇지 않다면 무엇 때문에 문이 세워져 있겠습니까?"(pp. 18~19).

이런 문지기의 담론은 프란츠 카프카를 떠올리게 한다. 그의 짧은 소설「법 앞에서」(1915)로 발표되었다가, 미완성 장편『소송』의 9장에 편입된 시골 남자 이야기 말이다. 한 시골 남자가 '법' 안으로 들어가려 한다. 문지기가 입장을 가로막는다. 시골 남자는 나중에는 들어갈 수 있느냐고 묻는다. 문지기는 나중에는 가능한 일이지만, 지금은 안 된다고 말한다. 자신의 '금지'를 어겨서 들어간다 하더라도 그 안에는 더 위력적인 문지기들이 지키고 있기 때문에 안 된다고 위협한다. 시골 남자는 문지기의 말을 곧이듣고 어떻게든 그를 달래려 한다. 시골에서 가져온 물품을 뇌물로 주기도 하며 다각적인 시도를 하지만 문지기의 금지를 풀지 못한다. 오랜 시간이 흘러도 그는 법 안으로 들어가지 못한다. 마침내 쇠약해진 그는 최후의 순간에 "법의 문으로부터 꺼질 줄 모르고 흘러나오는 광채를" 알아보게 된다. 그는 문지기에게 왜 이 문을 통해 법으로의 입장을 요청한 다른 사람들이 없었느냐고 묻는다. 문지기는 이 입구는 오로지 당신만을 위해 정해진 곳이었을 따름이라며 문을 닫는다. 짧지만 매우 복합적인 의미망을 함축한다. 시골 남자가 왜 법 안으로 들어가고 싶어 했는지는 드러나 있지 않다. 오직 그는 법으로 들어가길 욕망했고, 문지기는 금지했다는 사실만 드러난다. 문지기의 금지는 법과 관련한 권력을 최대한 이용하는 타락한 관료주의나 전체주의적 속성의 단면을 환기한다. 오직 그를 위한 입구임에도 지금은 안 되고 나중에는 가능하다며 끝내 허용하지 않은 부조리함의 알레고리가 어지간하다. 최후의 순간까지 허용받지 못한 시골 남자는 법으로부터 보호받지 못하고 부당하게 외면당한 자의 슬픈 상징이다.

카프카의 문지기처럼 이승우가 형상화한 문지기의 담론 역시 권력의 깊은 속성을 함축한다. 선택과 배제, 금지와 허용과 같은 분별 혹은 차별은 누가, 왜, 누구를 위해서 하는 것인가? 카프카의 시골 남자는 끝내 문 안으로 들어가지 못했지만 이승우의 남자는 문 안으로 들어가긴 한다. 문 안에 입장했다고 해서 현실의 절벽 너머 욕망하는 신천지를 볼 수 있었을까? 카프카의 시골 남자보다 덜 슬플 수 있었을까? 가까스로 입장하긴 했는데, 들어가보니 이제는 미로를 뚫고 지나가야 하는 과업이 앞을 가로막는다. 길고 복잡한 미로를 뚫고 나가는 것은 일종의 부조리한 수수께끼 풀기 같은 것이었다. 어쨌거나 그렇게 입장한 그곳에서 두 가지 이색적인 일을 체험한다. 왜 만들어야 하는지도 모르면서 하염없이 미로를 만드는 노역에 동원되어야 한다는 것이 하나라면, 매일 왕을 선출하는 행사에 참여하는 것이 둘이다. 매일 선출되는 왕은 "천 개의 권리"를 가지게 되지만, 그 대가로 "바로 죽을 의무"(p. 39) 하나를 져야 한다. 왜 왕은 매일 선출되고, 다음 날 새로운 왕이 선출되면 바로 사형 선고를 받아야 할까? 단순히 절대 권력에 대한 경계의 의미로 받아들일 수 있는 것도 아니다. 그렇다면? 미로에서 벗어날 수 있는 비극적 가능성의 문제와 관련되는 것이 아닐까? 이런 발화를 주목해보자. "우리는 미로를 만들지만 미로를 알지는 못합니다. 아, 물론 당신은 자유입니다. 그러나 그 자유는 죽음의 한계 안에서의 자유입니다. 그 한계를 벗어나 바깥 세계로 이주하려는 욕망은, 물론 그 역시 자유롭게 시도할 수야 있는 일이지만, 실현될 수 있는 건 아닙니다"(p. 45). 이어지는 본문은 "자기가 만든 미로 속에 갇혀서 길을 찾지 못해 죽는"(pp. 45~46) 것만이 "유일하게 명쾌한 진리"라고 적는다. "힘써서 미로를 만들다 죽는다. 그 미로는 다른 사람이 아니라 바로 자기 자신을 가두기 위한 미로이다. 그것이 인생이다"(p. 46). 결국 미로의 바깥은 없는 것일까? 신화 시절 테세우스처럼 아리아드네의 실타래를 지녀 가질 수는 없는 것일까? 미로의 진실을 탐문하고자 하는 이승우의 서사적 질문은 이처럼 도저하다.

2. 권력의 탄생과 불평등의 기원

「해는 어떻게 뜨는가―망구스족 이야기」와 「수상은 죽지 않는다」에서 권력 탐색은 본격화된다. 전자가 통시적으로 권력이 탄생하는 과정의 이야기라면, 후자는 공시적으로 권력 작용이 어떻게 인간을 억압하는가의 문제를 다룬다. 「해는 어떻게 뜨는가—망구스족 이야기」에서 망구스족은 해가 주술적 염력에 의해 뜬다고 여기는 부족이다. "'태양의 신전'에서 그들의 왕인 주술사가 부싯돌을 부딪치며 주문을 외면 해가 그 둥글고 잘생긴 얼굴을 동쪽 바닷속에서 서서히 들어 올린다고. 주술사의 부싯돌에서 불꽃이 나와 잠자고 있던 해를 깨우는 것이라고"(p. 85) 믿는 망구스족 마을에 "머지않아 해가 뜨지 않을 것"(p. 86)이라는 풍문이 떠돈다. 그들에게 해가 뜨고 지는 것은 우주의 법칙이자 자연의 섭리였기에 해가 뜨지 않을 것이라는 풍문은 엄청난 재앙으로 받아들여진다. 풍문의 소용돌이 가운데 기존 장로를 밀치고 이방인이 권력을 잡기 시작한다. 그는 자기 주술로 뜨지 않을 예정이던 해를 다시 뜨게 하겠다고 큰소리치며 약속한다. 맹목과 맹신은 그렇게 탄생한다. 실제 어떻게 주술을 행하는지 부족들은 알 수 없지만, 그의 수사(修辭)에 마냥 이끌리고 만다. 그러다 보니 망구스족은 어느 순간부터 해를 경배하는 것이 아니라 이방인 주술사를 맹목적으로 따르게 된다. 부족의 맹목을 이방인은 노회하게 이용하면서 권력을 확대해간다. 자신의 권력을 과시하기 위해 부족들을 동원하여 거대한 '태양의 신전'을 새로 짓고, 거기서 왕으로 행세한다. 이전에는 없던 '왕'이라는 명칭으로 부르며 부족들은 더 복종하게 된다. "말의 사용에 대한 그와 같은 구별과 제한과 통제를 통해 또렷하게 형성되어가는 권력이라고 하는 것의 실체"를 주목하는 사람은 없었다. 수사가인 이방인이 "해가 뜨지 않을지도 모른다는 사람들의 맹목적인 근심과 불안을 없애고 그 대신 달콤한 밤잠을 돌려주었"(p. 96)기 때문이다. 맹목적인 근심과 불안이 맹목적인 복종을 낳은 것이다. 이런 성찰 없는 맹목으로 인해 이방인의 권력은 하염없이 커지고, 그에 따라 불평등이 생겨나고 가속화된다. 어떤 면에서 망구스족 이야기는 권력에 따른 불평등의 기원에 관한 탐색담이기도 하다.

이전에 부족의 구성원들은 평등했었다. 같이 먹었고, 같이 입었고, 같이 일했다. 그들은 같이 살았다. 그러나 이제는 달라졌다. 한 사람의 예외자가 생겨났다. 그는 다른 사람들과 어울려 살 수 있는 존재가 아니었다. 그는 가장 높은 곳에서 일도 하지 않으면서 호화스러운 생활을 하며 살았다. 그것은 순전히 그가 다른 사람이 갖고 있지 않은 능력—해를 뜨게 할 수 있다는—을 갖고 있기 때문이었다. 〔……〕오래지 않아서 주술사가 살고 있는 '태양의 신전'을 출입하는 데도 제한이 생겨났다. 주술사는 자신의 허락을 받지 않은 사람의 출입을 금했다. 그렇게 하여 신전은 한층 특별한 지역이 되었다. 그것이 끝은 아니었다. 생활과 관련된 이런저런 제한과 통제와 금기가 자꾸만 늘어났다. (p. 98)

더불어 일하고 더불어 먹으며 더불어 살았던 평등한 부족에 명백한 불평등이 생겨났다. 이방인이 왕으로 군림하면서 정치경제적 사유화를 시도했기 때문이다. 1755년 발표된 장 자크 루소의 『인간불평등기원론』을 떠올리게 한다. 이 소설은 예의 불평등기원론에 대한 인류학적 성찰에 값한다. 불평등은 다양한 "제한과 통제와 금기"를 통해 더욱 심해진다. 권력에 중독되면 도파민이 과도하게 분비되는데, 권력을 구가하면 할수록 도파민이 코마인같이 뇌에 쾌감을 준다는 이안 로버트슨의 지적이 있는데, 왕이 된 이방인도 그랬던 것일까. 그렇게 권력을 즐기면서도 이 수사가-권력가는 모든 게 부족의 안녕과 행복을 지키기 위해 필요한 것들이라고 둘러댄다. 그러나 실제로는 자신의 권력을 살찌우기만 한다. 그의 권력은 철저하게 독백적이다. 대화는 없다. 권력은 급기야 성화(聖化)된다. 모든 것은 해 뜨는 것과 관련한 이방인의 사특한 권력에서 야기되었고, 그 결과는 참혹했다. "법을 제정한 것은 백성들이 아니었다. 백성들에게는 복종할 의무만이 지워졌다. 사람들은 의심 없이 복종했다. 사람들은 천부적인 자유를 반납하고 기꺼이 통제와 관리의 대상이 되었다. 해는 떠야 했고, 해의 뜨고 뜨지 않음은 주술사의 뜻 속에 있었다"(pp. 98~99). 이 텍스트에서 작가는 시적 정의의 기제로 이 타락한 권력가를 처단한다. 우연적 주술에 기대는 우화적인 방식으로 해결하는 수밖에 없었지만, 그만큼 타락한 권력, 진실하지 않은 권력, 불평등을 심화하는 권력에 대한 작가의 비판적 의도를 가늠하게 하는 대목이다.

우화적인 해결은, 그러나, 실제로는 그리 쉬운 일이 아니다. 세계 혁명사가 증거하는 바이기도 하다. 「수상은 죽지 않는다」는 억압적 권력의 작동 방식을 극명하게 보여준다. 작중 소설가 KMS는 "희망 없는 정치에 대한 혐오감"(p. 159)을 지닌 인물이다. 현실의 이면에 집요하게 관심을 보여 종종 "환각적 리얼리즘이라든지 비현실적인 진지성의 탐구"라는 등의 평을 받은 그의 소설은 대개 "백일몽의 산물"(p. 163)로 보인다고 얘기되는 작가다. 의식적인 작업의 결과가 아니라 자유분방하고 기묘한 무의식의 소산이 그의 소설로 보이기에 "백일몽의 보이지 않는 손이 없으면 한 편의 소설도 쓰지 못"(p. 164)하는 그는 어느 날 수상이 허상이라는 백일몽에 사로잡힌다. 여러 차례 수상의 유고 소식이 있었음에도 그때마다 드라마틱하게 건재를 과시하던 수상이었다. 그런데 작가는 이미 수상은 죽었고 다만 대역을 통해 연기하면서 그 이면에서 특정 권력들이 통치하고 있다는 백일몽 같은 소설을 쓰게 되는데, 이로 인해 처형되기에 이른다. 호영송의 「파하의 안개」에서는 추방되었는데, 여기서는 아예 처형되는 것으로 설정한 것을 보면 "희망 없는 정치" 혹은 타락한 권력에 대한 작가의 비판 의지의 심연을 짐작하게 된다.

3. 막막한 꿈의 우울

왕이나 수상 같은 큰 권력만이 문제 되는 것은 아니다. 『가시나무 그늘』에서도 주인공이 다니는 직장의 사장은 제왕처럼 군림하며 사원들을 억압했다. 이승우의 다른 소설에서도 그런 경우가 많은데, 이 소설집의 「홍콩 박」에서도 사정이 다르지 않다. 군 고급장교 출신인 잡지사 사장은 군대식으로 군림하며 운영한다. 이에 사원들은 오래 버티지 못하고 떠나기 일쑤다. 그런 가운데 예외적인 인물이 있었는데, 바로 표제 인물인 '홍콩 박'이다. 그는 비겁할 정도로 사장에게 복종하며 오랜 기간 동안 잡지사에 붙어 있었는데, 그럴 수 있었던 것은 홍콩에서 배만 들어오면 자기도 이렇게 살지 않을 것이라는 허구적 꿈, 혹은 난망에 가까운 희망을 무지개처럼 좇았기 때문이다. 홍콩 배에 대한 기다림, 그 "만들어낸 허구의 체계" 내지 "실체가 없는 기다림"(p. 249)으로 버티던 그는 어느 날 돌연 사장을 거부하고 떠나버린다. 그러면서 남아 있는 동료들에게 조금만 기다리라고, 홍콩에서 배만 들어오면 다 불러주겠다고 약속한다. 물론 그 약속을 믿은 것은 아니지만 남은 사람들은 그것이 허구인 줄 알면서도, 또는 비웃고 야유하면서도, 한편으로는 그를 미화하기도 한다. "그를 위해서가 아니라 우리를 위해서. 그래서 우리는 그렇게도 이 사람의 실체와 마주치는 걸 회피해온 것이 아닌가. 그러는 편이, 그에게가 아니라, 우리에게 유리했으니까. 따라서 그는 우리 앞에 나타날 필요가 없었던 것이다"(p. 254). 비루하고 남루한 실체를 확인하고 싶지 않은 것, 그것은 홍콩 박의 처지와 자신들의 입장이 그리 다르지 않다고 생각했기 때문이다. 그러기에 그것이 거짓이라 할지라도 함께 홍콩 배를 기다려주고 싶은 마음이 없지 않은 것이다. 홍콩 박을 위해서가 아니라 자신들을 위해서 말이다. 이 소설에서 홍콩 박은 "무엇을 하기 위해서가 아니라 무엇을 하지 않기 위해서"(p. 260) 끊임없이 자기 안에서 무언가를 가공해내는 사람으로 그려진다. 그는 지금, 여기 현실에 사는 것이 아니라 미래의 홍콩이라는 가상을 사는 인물이다. "그가 붙잡고 있는 줄은 현실 밖의 줄이고, 자기가 만든 줄이다. 어째서 그는 한사코 허상에 자기 몸을 의지하려고 하는 것일까. 그는 왜 엄연히 존재하는 현실을 신뢰하고 거기에 의지하는 대신 보이지 않는, 또는 오지 않는, 또는 아예 볼 수도 없고 올 수도 없는 가상에 집착하는 것일까……" 이런 질문에 서술자는 서글픈 답을 내놓는다. "우리의 현실이 우리에게 이곳이 아닌 다른 세계를 꿈꾸게 한 까닭이었다"(p. 265). 현실 안에서 홍콩 박은 비루하고 비겁한 편집사원이었고, 정치 사기꾼, 밀무역꾼에 지나지 않는다. 끝부분 동생의 발화에서 확인할 수 있지만, 가족이 기대했던 그는 그런 인물이 아니었다. 그 자신의 소망 또한 그랬을 것이다. 그렇게 살고 싶지는 않았을 것이다. 그런데 현실에서 꿈은 스러지고, 막막한 존재의 우울은 견디기 어려웠을 터이다. 그러니 현실 밖에 자기가 가공한 줄, 혹은 망상과도 같은 가상현실에 집착할 수밖에 없지 않았겠는가. 이청준의 「조만득씨」에서 지독하게 가난한 이발사 조만득 씨가 광기에 사로잡히게 되어 거부 행세를 하는 정신증에 걸려 병원에 입원하는데, 그를 치료하는 과정에서 의사와 간호사는 의견이 엇갈린다. 민 박사는 당연히 치료하여 제정신이 들게 해야 한다고 생각하지만, 윤 간호사는 그 참담한 현실로 되돌아가게 하는 것이 정녕 진실한 것인지, 그를 행복하게 하는 것인지 회의한다. 막막한 꿈, 혹은 가망 없는 희망 때문에 우울한 이들의 현실 이야기는 대개 비극적이다. 굳이 확인해 즐거울 게 별로 없다. 조만득 씨는 퇴원 후 노모와 아우를 목 졸라 죽이고 자기도 자살하려 했다. 홍콩 박은 금지된 밀무역을 하다가 발각되어 경찰에 체포된다. 그 장면을 확인하는 순간 홍콩 배와 관련한 가상의 희망은 모두로부터 휘발되고 만다. 타락한 권력에 의해 불평등이 심화되고 그에 따라 보통 사람들의 희망이 아득하게 소실되고 마는 현실이 아니었더라면 그들은 그렇게 살지 않아도 좋았을 것이다.

「선고」에서도 그랬지만 「하얀 길」 역시 낯선 장소로 입사하면서 사건이 발단된다. 주인공은 우연히 다다른 장소에서 "이상할 정도의 고요와 평화"(p. 51)를 느끼며 그냥 그곳에 정착하겠다는 생각을 하게 된다. 풍경에 반해 그런 것인데, 그렇게 서두르는 주인공에게 그 마을 통나무집 '버들'의 주인은 이렇게 말한다. "중요한 것은 사람이에요. 자연이나 풍경이 아니에요. 사람이 좋게도 만들고 나쁘게도 만들어요. 사람 때문에 좋은 곳이 나빠지기도 하고 나쁜 곳이 좋아지기도 해요"(p. 79). 장소가 아니라 사람이 중요하다는 것, 이 메시지를 주인공은 절감하게 되는데, 그 마을에서 아주 화목한 가족으로 보였던 사람들이 실은 아이들을 앵벌이 시키는 폭력적인 이들이었다는 사실이 드러나는 대목에서다. 아이들을 살뜰하게 보살피는 부모 같았지만 실은 억압적으로 앵벌이를 시키는 조직원들이었으며, 아이들 역시 개나리 같은 순수 영혼일 줄 알았는데 그런 분위기 속에서 거칠게 상처받은 황량한 내면의 존재들이었다는 사실을 확인하며 주인공은 참담한 마음을 가누기 어려워한다. 「홍콩 박」처럼 가상의 꿈마저 지녀 가질 수 없는 아이들처럼 보였기 때문이다. 그 막막한 우울이 참으로 아득하다.

4. 신화·역사·예술

앞에서 본 「선고」는 미로에 대한 질문을 통해 미로의 바깥은 없다는 무서운 진실에 대해 탐문한 소설이었다. 표제작 「미궁에 대한 추측」은 비슷한 질문을 거듭하면서 신화와 역사를 반성적으로 성찰하며 새로운 스토리텔링의 가능성을 보여준다. 장 텔뢰의 소설 『미궁에 대한 추측』에 대한 번역자 발문 형식을 취하고 있는 이 텍스트에서 서술자는 이런 질문을 던져놓고 풀어나간다. "도대체 왜 미궁이어야 했는가. 누가 이런 미궁을 무엇 때문에 필요로 했는가"(p. 122). 두루 아는 것처럼 크레타섬의 미궁은 그리스 신화에서 괴물 미노타우로스를 가두기 위해 미노스 왕의 명령을 받은 다이달로스가 조성한 것으로 이야기된다. 왕권을 보장해준 포세이돈과의 약속을 미노스가 지키지 않자 포세이돈이 복수 차원에서 미노스의 아내 파시파에로 하여금 황소를 사랑하게 하여 괴물 미노타우로스를 낳기에 이른다. 위험한 괴물을 가두기 위해 미궁을 만들고 아테네의 미소년과 미소녀들을 조공 받아 미노타우로스에게 인신 공양으로 제공한다. 아테네 왕자 테세우스는 그 일원으로 자진 참여하여 미노스의 공주 아리아드네의 도움을 받아 괴물을 물리치고 살아서 미궁을 빠져나오게 된다. 이런 신화의 이야기를 해체하고 비신화화하면서 새로운 이야기를 대화적으로 만든 소설이 바로 작중 서술자의 번역 대상인 『미궁에 대한 추측』이다. 이 소설에는 법률가, 종교학자, 건축가, 연극 배우 등 네 명의 인물이 등장한다. 각자의 상상력에 의해 도대체 누가 왜 미궁을 만들었을까 추리하면서 토론한다. 법률가는 흉악범이나 전쟁 포로 등 사회로부터 격리시킬 필요가 있는 죄수들을 수감하기 위해 만든 감옥이었을 것으로 추측한다. 종교학자는 전쟁으로 강성해진 나라의 백성들을 통합할 모종의 상징체계를 구축하기 위해 일종의 신전으로 만든 것이라고 추리한다. 신성한 것은 두려운 대상이므로 괴물의 형상으로 그로테스크하게 만들어 신적 숭배 대상으로 경외하게 했을 것이라는 얘기다. 건축가는 실용성과는 상관없이 예술가 다이달로스가 비범한 예술 작품으로 만들었고, 자기 작품을 신화적으로 완성하기 위해 "스스로 자신의 최고의 작품 속으로 들어가 그 작품의 일부가 되었다"(p. 135)고 상상한다. 그런가 하면 연극 배우는 다이달로스를 주인공으로 설정하고 왕비 파시파에와

공주 아리아드네 사이의 삼각관계, 그 사련의 이야기를 드라마틱하게 꾸며낸다. 이렇게 네 사람에 의한 네 가지 추측을 전달하면서 그 모두가 나름의 진실을 담고 있다고 말한다. "하나의 사실을 둘러싸고 있는 네 개의 각기 다른 진실. 이것은 개수의 문제가 아니라, 객관적 사실과 주관적 진실 사이의 문제다. 사실은 딱딱하고 고정되어 있지만, 진실은 부드럽고 유연하다. 진실이 넷인 것은 네 명의 인물, 네 개의 정황이 있기 때문이다"(p. 141). 4천 년 전 크레타섬에서 있었던 역사적 사실에 대해서 아무도 정확하게 말할 수 있는 입장이 아니라면, 최소한의 역사적 사실에 근거하여 신화의 이야기를 비틀고, 나름대로 정황을 조성하고 인물을 등장시켜 사건을 전개해나가는 새로운 상상력의 여행을 하는 것은 얼마든지 가능한 것이라는 메시지다. 딱딱한 고체로 역사나 신화를 수용할 것이 아니라 부드러운 액체로 받아들여 거기에 이색적이고 낯선 상상력이라는 촉매를 투여한다면 다른 차원의 정신의 고양이 가능할 것이라는, 상상력의 가치를 강조한 소설이요, 소설 쓰기 내지 스토리텔링과 관련한 흥미로운 텍스트라 하겠다.

「미궁에 대한 추측」에서 역설한 스토리텔링의 새로운 가능성을 「동굴」은 더욱 의미심장하게 보여준다. H.M. 호프의 소설 『예술가』이야기와 작중 작가의 이야기를 교차하고 있는 「동굴」은 신화와 역사를 가로질러 어떻게 새로운 예술이 혹은 스토리텔링이 가능한가를 유현하게 보여준다. 아프리카 출신 소설가 호프의 『예술가』는 알타미라동굴 벽화보다 앞서거나 최소한 비슷한 시기의 벽화로 추정되는 「운명」의 연기 설화다. '무덤들의 계곡'에서 발견된 이 벽화가 어떻게 탄생했을까를 추리하며 이야기를 전개한다. 1만 5천 년 전 주술사-예술가는 주술적 그림으로 공동체의 안녕과 평화를 축원하는 존재였으나 차츰 권력화된 추장의 억압으로 주술적이지도 예술적이지도 않은 그림을 강요당한다. 처음에는 힘없는 처지에 어쩔 수 없이 응하기도 했으나, 부족민 가운데 추장의 전횡과 강압에 저항하는 일부 젊은 저항 세력을 저주하는 그림을 그리라는 요구가 있자 단호하게 거절하고 동굴에 갇히는 신세가 된다. 이 과정에서 타락한 권력과 예술가의 자유 주제가 돌올하게 부각된다.

> 그는 한때 자신이 사랑하는 여자의 그림을 거의 무의식적으로 그렸다는 걸 기억해냈다. 그리고 그때 자신의 마음속이 거의 처음 느껴보는 색다른 충만감에 휩싸였다는 걸 기억해냈다. 그 색다른 충만감은 어디서 기인했을까. 그것은 그에게 주어진 것을 그리는 것이 아니라 그가 그리고 싶은 것을 그렸기 때문이었다. 그는 자신을 살아 있게 하는 것의 정체를 보았다. 그것은 자유였다. 그는 그림을 그리기로 했다. (p. 330)

자신이 그리고 싶은 그림을 자유롭게 그렸을 때 색다른 충만감을 느꼈던 그는 마침내 자기 생의 최종적인 그림을 온몸으로 그린다.

> 그는 충동적으로 일어나 벼락처럼 동굴 벽에 매달렸다. 그의 몸속에서 근원을 알 수 없는 무서운 힘이 꿈틀거리는 걸 느꼈다. 그는 자기 몸의 피를 조금씩 빼내어 동굴 벽에 그림을 그리기 시작했다. 사방이 어둠으로 뒤덮여 있는데, 그가 그림을 그릴 동굴 벽만이 환하게 밝았다. 그는 혼신의 힘을 다하여 그 동굴 벽에 매달렸다. 날개를 그렸다. 그의 붉은 피로 그렸다. 날개가 달렸지만, 날개는 퍼덕이지만, 몸이 나무처럼 땅에 박혀 하늘을 날지 못하는, 얼굴이 유난히 긴, 남자인지 여자인지 잘 분간되지 않는 인물을 그렸다. 그림은 그의 몸에서 피가 다 빠져나오는 순간에 완성되었다. 아니, 그 반대인지 모른다. 그의 피는 그림이 완성되는 순간 더 이상 빠져나

오지 않았다. 그의 피는 한 방울도 남지 않고 모조리 그의 몸 밖으로 빠져나와 그림이 되었던 것이다. 그러자 그의 몸은 날개처럼 가벼워졌다. 그의 날개처럼 가벼운 몸은 공중으로 둥둥 떠서 동굴 밖으로 날아갔다. (p. 347)

자기 몸의 피를 생생한 마티에르로 삼아 그린 벽화, 날개가 달렸지만 몸이 나무처럼 땅에 박혀 하늘을 날지 못하는 그림 「운명」은 그렇게 완성된다. 알바트로스처럼 창천을 비상할 예술가의 자유로운 예술혼을 억압당한 자기 평생의 내력과 이루지 못한 소망을 형상화한 것이 아닐까. 비록 그림에서는 날지 못하는 존재였지만 역설적으로 예술가는 죽음을 통해 가볍게 비상하게 된다.

이런 예술가 소설을 번역하는 과정에서 주인공은 고등학교 동창 김기홍과 권력관계에 놓인다. 고등학교 때 웅변가였던 그의 입을 위해 어쩔 수 없이 글을 대필했던 처지가 성인이 된 현재 시점에서 도돌이표처럼 되풀이되는 형국이다. 처음에는 선거에 출마하려는데 자신을 홍보할 수 있는 책을 써달라는 주문을 받고 마지못해 일종의 고용관계를 유지하다가, 경쟁자인 조찬구를 비방하는 흑색선전용 글을 써달라는 저주에 가까운 요구를 받고는 그 관계를 끊어낸다. 조찬구는 고등학교 때 학생회장 당선이 유력했던 친구였는데, 김기홍과 주인공이 공모한 흑색선전 때문에 자진사퇴할 수밖에 없었던, 그래서 회장을 김기홍에게 빼앗겨야 했던 인물이다. 호프의 『예술가』에서 주술사가 저주하는 주술 그림을 거부한 것처럼, 주인공 역시 저주하는 글을 거절하고 자신만의 동굴로 스스로 들어간다. 이처럼 「동굴」은 진정한 예술가, 진정한 작가의 윤리와 예술적 자유를 인상적으로 형상화한 소설이다. 그 어떤 교환 가치나 권력 가치와도 거래하지 않고 오로지 자기 예술혼이 움직이는 대로 자유롭게 자기 예술을 하겠다는 당당한 선언에 값한다. 작가 이승우 자신의 오랜 신념처럼 보이기도 한다.

1994년에 처음 출간된 『미궁에 대한 추측』은 아직 민주화가 제대로 진행되기 이전 시절의 정황을 바탕으로 상상된 이야기들이다. 작가가 청소년기를 보낸 1970년대, 등단 후 소설가로서 고뇌하던 1980년대는 혹독한 권력의 시대였다. 그 시절 권력의 바깥은 없었다. 포악한 권력이 매설해놓은 미로, 미궁에 갇혀 헤매는 미몽의 나날이었다. 그런 시절을 통과하면서 이승우는 누가, 무엇을 위해 미로나 미궁을 만들었는지 예리하게 질문한다. 그러면서 절대 권력을 해체하고 권력 바깥으로의 상상을 동경한다. 권력은 가장 진실한 작가마저도 처단할 수 있지만, 가장 진실한 상상력과 문학의 비상까지 막을 수는 없다는 작가의 소신이 편편에 담겨 있다. 물론 이승우가 형상화한 권력 이야기가 오로지 그 시절에만 국한된 것일 수 없다. 신화와 역사를 넘나들며 넓고 깊게 성찰한 까닭에 특정 시기의 권력 담론에 국한되지 않는다. 원시 시대부터 권력의 바깥은 없었다고, 고뇌하고 있지 않은가. 『미궁에 대한 추측』은 여러 면에서 현재진행형의 이야기다. 그렇다. 미로 같은 현실에서 권력의 바깥은 없다. 그러나 그 미로의 안팎에서 시적 정의를 추구하는 상상력은 새로운 날개를 단다.

해운대의 상상력, 혹은 영도의 글쓰기
─ 함정임의 『사랑을 사랑하는 것』

1. 「광장으로 가는 길」에서 「영도」까지, 중독 30년

시간이 지날수록 더욱 오롯하게 밝아오는 게 있다. 아주 오래전 일이지만 막 경험한 것처럼 만져질 듯 생생한 느낌을 주는 것들이 있다. 세상의 여러 '첫'들이 그럴 수 있으리라. 이를테면 '첫'사랑이 그렇고 '첫' 작품이 그렇겠다. 한국문학 독자에게 작가 H의 '첫' 역시 대단히 인상적이었다. "당신을 만든 당신 어머니의 첫 젖 같은 것./그런 성분으로 만들어진 당신의 첫"[1]이라고 했던 김혜순의 시구를 떠올리게 하는 H의 그 '첫', 그 「광장으로 가는 길」을 우리는 오늘처럼 생생하게 기억한다. 그런데, 놀라워라. 어느덧 30년이라니 도저히 믿기지 않는다. "어느 날, 나는 평소와 다름없이 그곳을 지났다"[2]는 문장으로 시작하는 그 '첫'을 H가 우리에게 선사한 해가 1990년이었다. 30년 전이다. 그 30년 동안 H는 『이야기, 떨어지는 가면』(1992), 『밤은 말한다』(1996), 『동행』(1998), 『당신의 물고기』(2000), 『버스, 지나가다』(2002), 『네 마음의 푸른 눈』(2006), 『곡두』(2009), 『저녁 식사가 끝난

---

1   김혜순, 「첫」, 『당신의 첫』, 문학과지성사, 2008.

2   함정임, 『이야기, 떨어지는 가면』, 세계사, 1992, p. 118.

뒤』(2015), 『사랑을 사랑하는 것』(2020) 등 9권의 소설집, 중편 『아주 사소한 중독』(2001), 그리고 『행복』(1998), 『춘하추동』(2004), 『꿈의 폴라로이드』(2007), 『내 남자의 책』(2011) 등 4권의 장편을 썼다. 그뿐 아니다. 『하찮음에 관하여』(2002), 『인생의 사용』(2003), 『그리고 나는 베네치아로 갔다』(2003), 『나를 사로잡은 그녀, 그녀들』(2004), 『지금 살아있다는 것은』(2005), 『나를 미치게 하는 것들』(2007), 『소설가의 여행법』(2012), 『그림에게 나를 맡기다』(2013), 『파티의 기술』(2014), 『먹다, 사랑하다, 떠나다』(2014), 『무엇보다 소설을』(2017) 등 여러 산문집과 동화 『내 이름은 나폴레옹』(2003) 및 몇몇 번역서에 이르기까지, 참으로 대단한 분량이다.

30년을 거의 글쓰기로 이어온 게 아닐까 싶을 정도로 부지런히 써온 셈인데, H의 글쓰기는 오래된 농경적 상상력을 훌쩍 넘어서서 유목민적 상상력의 다채로운 산포도를 보인다는 점에서 더욱 이채롭다. 등단작 「광장으로 가는 길」부터 H의 글쓰기는 길 위에서 수행되는 듯 보였다. 앞에서 정리한 산문집 제목들이 환기하는 것처럼 H의 산문들은 주로 여행지에서 쓰인 것들이 많으며, 소설 또한 그러하다. 작가 윤성희가 "함정임 소설을 읽을 때면, 비행기 창에 이마를 맞대고는 몇 시간째 창밖을 보고 있는 아이의 뒷모습이 그려진다"(『네 마음의 푸른 눈』, 문학동네, 2006, 추천사)고 말했는데, 썩 그럴듯한 관찰이다. 쓰기 위해 여행하고, 여행하기 위해 쓰는 호모 비아토르Homo Viator의 초상을 H로부터 떠올리는 것은 차라리 자연스럽다. "소설가란 결국 정처 없는 여행을 하는 사람"이란 메시지를 분명히 천명한 산문집에서 H는 이렇게 적었다. "나의 소설에 관한 한, 동시에 여행에 관한 한, 눈을 뜨고 감을 때까지, 아니 죽을 때까지 중독자의 삶을 살아갈 것이다"(『소설가의 여행법』, 예담, 2012, p. 6). 함정임 소설의 30년은 곧 소설 쓰기와 여행하기, 혹은 여행하며 소설 쓰기와 소설 쓰며 여행하기에 중독되었던 세월의 음표들이다.

첫 작품 「광장으로 가는 길」은 그런 30년의 풍경을 예감케 할 여러 요소들을 담고 있는 문제작이었다. 첫째, 떠도는 호모 비아토르의 운명 수락하기, 혹은 길 위에서의 감각적 실존 경향. 이른바 1987년 체제를 배경으로 하고 있는 「광장으로 가는 길」에서 주인공은 길 위의 풍경과 조우하거나 교감하면서 자기 운명의 자리를 응시한다. 가령 "나는 끊임없이 새어나가는 빛들, 잎들, 바람들, 발들을 느끼고 있었다. 모든 길 위에서 움직이는 것들. 떠나는 것들. 그것들을 당장 눈앞에 보이지 않더라도 육감처럼, 당연히 있어야 할 건물이 거기, 그 자리에 일 년 내내 아니 허물어지기 전까지는 하나의 표적, 하나의 풍경을 이루고 있는 것처럼, 이 도시에서 저 도시로, 이 길에서 저 길로, 이 세상에서 저 세상으로 쉴새없이 흘러가고 밀려들어올 것이다"(p. 121) 같은 대목에서 인상적으로 가늠할 수 있는 것처럼 말이다. 이 호모 비아토르는 결코 하나의 목표 지점으로 직진하지 않는다. 이리저리 흘러가고 밀려들면서 계속 갈라지는 길에서 분열적인 그러나 새로운 발견과 인지의 충격으로 이어지는 여러 속의 존재가 된다. 일원적인 도그마와는 거리가 멀고 다원적인 현상, 그 풍경의 스펙트럼을 응시한다. 거대 서사의 뒤안에서 미소(微少) 이야기의 심연을 탐문한다.

둘째, 길 위에서의 역동적 관계 성찰과 우정 지향 의식. "나의 육신과 영혼이 나의 존재와 나 밖의 무수한 대상들과 연결되어 있다"(p. 119)고 생각하는 주인공은 "길 위에 서면 어느새 나는 만인의 애인이 된 듯, 나 이외의 모든 길 위에 나선 사람들에게 사랑스러운 마음, 일종의 우정을 품게 된다"(p. 121)고 했다. 길 위에서 타인들을 만나고 타자들을 발견하고 소통하면서, 그 연결 속에서 나를 찾아나가는 모습이다. 물론 나를 찾는 것은 쉽지 않다. 그러므로 끊임없이 길 위에서 무수한 타인들과 넉넉하게 만나고 소통해야 함을 H의 인물들은 잘 알고 있다.

그리하여 셋째, 자기 탐색을 위한 호모 비아토르의 진정성 있는 여로. 「광장으로 가는 길」의 주인공이 "도대체 나는 어디로 흘러가고 있는 것일까" 혹은 "내가 지금 어디에 이르렀는가"(p. 119)라고 질문하거나, "'우정'이라는 표현을 빌려 하려는 말은 단지 내 속에서 자리잡고 있는 낯익은 형상들에게 부끄럽지 않게 올바른 이름을 붙여주고 싶어서"(p. 122)라고 말하는 대목들을 가로지르면, 나에게 올바른 이름을 붙여주기 위한, 리어왕이 그토록 절규했던 것처럼 내가 누구인지 말할 수 있기 위한 진정한 자기 이해와 성찰의 경로, 그것이 곧 길 떠나기고 소설 쓰기라는 점이 추론 가능하다. 나중에 H는 더 분명한 목소리로 "그 누군가가 자기가 누구인지 찾기 위해 길을 떠나는 이야기"(『내 남자의 책』, 뿔, 2011)가 바로 소설이라고 말하게 된다. 그 또한 길 위에서 터득한 메시지다.

넷째, 검은 어둠에 대한 근원적 관심과 푸른빛에 대한 비의적 탐문. 이십대 후반 젊은 인물임에도 그녀는 '죽음'은 "나와 상관없는 먼 곳의 일이 아니"(「광장으로 가는 길」, p. 124)라고 생각하며 "살아 숨쉬는 죽음들. 딱정벌레 같은 죽음들"(p. 125)을 응시한다. 이 죽음들은 당시의 정치적 맥락에서만 그치는 것이 아니었다. 죽음을 통해 삶과 삶에 대한 사랑을 근본적으로 숙고하는 H의 상상력의 어떤 원형이며, 그런 경향은 「영도」에 이르기까지 반복된 문법이었다. 검은 어둠 혹은 잿빛 혼돈의 시절을 넘어서 푸른빛의 비의를 탐문하려는 노발리스나 카프카적인 발상을 H 또한 나눠 지니고 있다. 「광장으로 가는 길」에서 "왜 파란불이 켜지지 않는 것일까. 파란불만 켜지면…… 그래 파란불이 곧 켜질 거야"(p. 123)라며 단초를 보였던 푸른빛 지향은 『네 마음의 푸른 눈』 시절의 작품들에서 더욱 인상적으로 묘출된다.

다섯째, 고정적인 것들을 넘어서기 위한 열린 스타일 혹은 열린 텍스트. 첫 소설의 주 인물은 "왼쪽 끝과 오른쪽 끝 사이, 중간과 한쪽 끝 사이. 모든 사이사이를 줄타기 하며, 출렁거리고, 휘청거리고, 한시도 멈추어 서 있지 않는"(pp. 128~29) 자기를 말하면서, 너울너울 뻗어나가는 "환상의 가지들" 혹은 "제멋대로 자란 환상 속에서 나는 왈츠 스텝으로 기꺼이 앞으로 걸어나가겠지"(p. 129)라는 의식의 흐름을 보인다. 또 최루탄이 난무하는 시위 현장을 보면서 "잠깐잠깐 뭉실뭉실 피어 오르는 연기들이 어떤 환영을 불러일으켜, 마치 투명한 막이 가로 놓인 채로 꿈을 꾸고 있거나, 초현실 세계에 와 있는 듯"(p. 140)한 환각에 젖기도 한다. 19세기 초에 요절한 영국의 낭만파 시인 존 키츠가 예술가들에게 필요하다고 강조했던 이른바 열린 수용 능력Negative Capability, 즉 "사실이나 이성에 얽매이지 않으면서 불확실성, 신비, 회의 속에서 편안하게 있을 수 있는 능력"[3]을 떠올리게 한다. 훗날 소설집 『곡두』 시절의 상상적 화두도 그렇지만, 딱딱하게 굳어버린 고정관념을 넘어서려는Beyond Conformity 열린 태도는 처음부터 어지간했던 것 같다. 현실과 초현실, 실상과 환영, 직접 체험과 문화적 체험을 가로지르며 상상력의 신개지를 열어나가려는 H 나름의 소설 스타일이 이미 「광장 가는 길」에 스며들어 있었던 것이다. 온갖 문학작품이나 음악, 미술, 영화 등 일련의 문화 예술 체험과 길 위에서의 직접 체험을 가로지르며 이야기를 풍성하게 하고 플롯의 유기적 전개 가능성을 탐문하는 문화 형성 소설 스타일 또한 첫 소설부터 「영도」에 이르기까지 30년 동안 지속되어온 문법이다. 가령 첫 소설집에 수록된 「오래된 항아리」의 이런 대목을 보자. "나는 전쟁을 책으로 배우고 영화로 보아왔기 때문에 전쟁마저도 환상에 불과했다. 나는 이오네스코나 베케트가 그리고자 했던 것, '세계의 괴물성'과 '표현할 수 없음'에 대해 고민하고

---

3   문요한, 『여행하는 인간』, 해냄, 2016, p. 235에서 재인용함.

싶었다"(pp. 22~23). 부쳐지지 않은 편지 부분인데, '환상' '세계의 괴물성' '표현할 수 없음' 같은 핵심어들만 눈여겨보면, 긴 설명의 필요도 없이, 작가 H의 문학적 기질을 가늠할 수 있는 어떤 핵심에 다가서는 느낌이 드는 게 사실이다. 이와 관련하여 H의 이런 '작가의 말'도 주목에 값한다. "때로 소설이 삶을 앞서 이끌기도 한다. 〔……〕 앤드루 버킨의 영화 「Salt on Our Skin」, 에드워드 호퍼의 그림 「주유소」, 서용의 둔황 벽화, 송정 앞바다, 기장 어시장, 그리고 부산의 청사포…… 소설 곳곳에 미지의 인연들이 살아 숨쉰다. 시공을 초월해, 종족과 장르를 넘나들며 그들은 나에게 화살을 던져주었다"(『네 마음의 푸른 눈』, pp. 301~302).

2. 부끄러움·애도·환대

비록 거대 서사에 회의를 보인다 하더라도, 광장에서 함께하지 못한 '아싸'들이 모종의 부끄러움이나 미안함마저 거절할 수는 없었다. 적어도 1987년 체제에서는 그랬다. 「광장으로 가는 길」의 주인공인 광장의 '인싸'인 '한 선배'(들)에게 느끼는 심리 또한 그러하다. 홀로코스트 이후는 물론 1980년 광주 이후, 1987년 이후, 사정의 농도가 다르긴 하지만, 살아남은 자의 슬픔이나 부끄러움은 여전했다. 1987년 체제로 좁혀 말하더라도 광장에서 함께 실천하지 못한 것에 대한 죄의식 내지 부끄러움은 그 당시의 핵심적인 정치적 무의식이었다. H의 경우, '아싸'로서 또 다른 '아싸'들을 다양하게 만나는 방식, 그런 과정에서 타인을 새롭게 발견하고 환대하는 이야기를 빚어왔다. 여러 면에서 H의 소설은 타자 지향적이다.

그렇다는 것은 H가 좋은 귀를 지닌 작가라는 점을 떠올리게 한다.

「순간, 순간들」에서 시어른으로부터 "이야기를 들어주는 귀가 따로 있"(p. 21)는 것 같다는 칭찬을 받는 대목이 시사하는 것도 그와 관련된다. 좋은 귀를 가진 작가는 남들은 흘려듣는 작은 사연들까지 챙겨듣고 공감하여 환상을 발전시키고 상상력을 가동한다. 「순간, 순간들」이나 「순정의 영역」에서 월남민들, 「디트로이트」에서 전쟁 이전에 도미한 여길남 할머니, 베트남에서 할아버지의 나라를 찾아 한국으로 온 「해운대」의 호아 등 작은 사람들의 작은 이야기들을 H는 곡진하게 엮어낸다. 그들의 사연을 전할 때 H는 실감을 보태기 위해 나름의 공간적 상상력을 효과적으로 발휘한다. 특히 이번 작품집의 경우 용인, 스페인, 해운대, 디트로이트, 몽소로, 영도, 이런 식으로 특정 장소를 지시하는 제목들이 많음을 알 수 있다. 물론 그 공간성은 시간성과 직조되면서 곡진한 사연들을 빚어낸다. 예컨대 황해도 해주에서 월남한 희순 씨의 사연을 풀어내기 위해 H는 이런 문장으로 전체적인 윤곽과 분위기를 빚어낸다. 골목길을 돌아보니 "황해도 해주에서 경기도 양주로, 양주에서 의정부로, 의정부에서 서울 수유리의 이 파란 대문 앞에 서기까지, 사십 년이 넘는 아득한 순간들이 주마등처럼 스쳐갔다"(「순간, 순간들」, p. 12)는 문장 말이다. 이 압축 제시를 바탕으로 월남 세대의 애잔한 이야기를 풀어낸다. 여기서 공간의 대화는 곧 시간의 대화이기도 하고, 사람살이의 사연이 소통되는 과정이기도 하다. 수유리의 파란 대문집과 해주 고향집 사이의 대화, 또는 둘째 아들 형서가 유학했던 파리와의 대화 등으로 소설의 세목들이 넉넉해진다. 형서가 파리 유학 시절 아버지에게 보낸 편지에 생라자르역 광장 시계탑에 '모두의 시간'이라는 제목이 붙어 있다는 이야기가 나온다. 공간성이 시간성으로 접맥되는 구체적인 표지라 하겠다. 이전 세대의 이야기가 주축을 이루는 「순간, 순간들」이나 「순정의 영역」에 비해, H 세대의 이야기가 중심인 「스페인 여행」「해운대」「영도」 등에서는 공간의 스펙트럼이 더 역동적이고, 왜 H가 호모 비아토르 작가인가, 왜 여행과 소설에 중독된 작가인가를 짐작하게 하는 요소들을 많이 보여준다. 많은 경우 H의 소설에서 현재의 장소는 여행지로 추동케 하는 지렛대거나 여행지를 반추하거나 반성하게 하는 구리거울 같은 공간이다. 현재의 장소에서 일어나는 행동이나 사건보다는 여행지에서의 느닷없는 해프닝이나 예기치 못한 에피소드들이 소설의 플롯에 역동적인 구실을 한다. 여행지의 특성상 예기치 않음, 불확정성, 가변성 등을 효과적으로 드러낼 수도 있겠거니와, 그러면서 이전의 완고한 관습이나 무거운 가짜-진실들을 해체해나간다. 그러면서 새롭게 세계의 진실을 탐문해나가고, 동시에 자기 자신을 반성하거나 심화한다. 여행기의 기록과 소설의 발견이 다르다는 것을 H는 늘 의식하는 편인 것 같다.

「스페인 여행」만 하더라도 그렇다. 표제만 보았을 때는 바르셀로나의 성가족교회나 구엘공원, 혹은 피카소미술관, 그라나다의 알함브라궁전, 산티아고 순례길 언저리 어딘가로 가지 않을까 했었는데, H의 스페인 여행에는 스페인이 없었다. 파리에 머물며 스페인 여행을 기획했지만 끝내 가지 못했다는 이야기다. 스페인 여행 대신 귀국하여 어머니를 보내드려야 했기 때문이다. 결국 여행 이야기가 아니라 애도의 이야기가 된 셈이다. 첫 소설집 『이야기, 떨어지는 가면』에는 '작가의 말' 대신 "나의 어머니께 바칩니다"라는 헌사가 실려 있다. 모두에서 인용한 김혜순의 시구처럼 "당신을 만든 당신 어머니의 첫 젖 같은 것./그런 성분으로 만들어진 당신의 첫"을 어머니께 바쳤던 것이다. 이제 「스페인 여행」에 이르면 어머니를 애도하는 이야기가 인상적으로 전개된다. 타국에서 어머니의 부음을 듣고 급거 귀국하는 비행기 안에서의 열 시간 동안 주인공은 "사람들이 엄마의 부음을 접하는 방식을 어둠 속에서"(p. 94) 되새긴다. 이청준의 『축제』나 카뮈의 『이방인』, 아니 에르노의 『어떤 여자』 같은 소설에서 읽은 것들을 떠올린다. 나는 앞에서 문화 형성 소설에 대해서 언급했지만, 사실 이 대목에서는 적잖이 놀라지 않을 수 없었다. 어머니를 여읜 자식이 그럴 수도 있구나? 사실 난 그러지 못했다. 캐나다 빅토리아에서 모친의 부음을 듣고 귀국하는 비행기 안에서, 그 어둠 속에서 나는 옆 사람에게 들키지 않으려 애쓰며 속으로 오열했다. 내 엄마의 일생이 너무 안쓰러웠기 때문이다. 그리고 생전 제대로 못해드린 못난 자식의 회한 탓이었다. 그런데 「스페인 여행」의 주인공은 달랐다. 『이방인』의 뫼르소의 문화적 DNA의 영향이 혹 있었을까. 그건 아니었다. 다름 아닌 사전 애도(준비) 작업이 그 열쇠였다. 이 소설에서 주인공은 부음을 듣기 전 보름 동안 뜬눈으로 대기한 밤을 보냈다고 했다. 아니 그 보름만이 아니었다. 훨씬 오래 전부터 엄마와의 이별을 준비하며 막막하고도 망극한 사별 연습을 했던 것이다.

> ① 사람이 무엇을 기다릴 때, 내용은 대개 희망 쪽이다. 그러나 오동나무 꽃이 필 때 나에게 찾아온 기다림은 희망과는 거리가 멀었다. 일상에서 가장 잔인한 것은, 그것이 누구의 것이든, 죽음을 기다리는 상태에 놓여 있는 것이다. 엄마가 위중해졌다는 기별과 동시에 나는 대기 상태에 놓였다. (p. 108)

> ② 기다림으로 패닉 상태에 이르면 언덕을 내려와 식물원으로 내달렸다. 레바논 삼나무에게 가는 것이었다. 나무는 두 팔로 안을 수 없을 만큼 거대했다. 그 자리에서 사백 년 이상을 살아온 고목이었다. 사백 년이라는 시간을 나는 헤아릴 수 없었다. 헤아릴 수 없다는 사실이 나를 편안하게 했다. 나는 레바논 삼나무의 삶에서 추억할 아무것도 가지고 있지 않았다. 나는 고목에 등을 기대고 앉아 흘러가는 구름을 바라보았다. 엄마에 대한 어떤 생각도 하지 않

왔다. 좋은 추억도 나쁜 기억도 감쪽같이 삭제된 듯 아무것도 떠오르지 않았다. 그사이 식물원의 봄꽃들이 꽃망울을 터트렸고, 급기야 오동나무 보라색 꽃이 활짝 피었다. (pp. 108~109)

③ 생각해보면, 나는 지난 몇 년간 매일 엄마의 부음을 생각했다. 최초로 엄마의 부음을 생각해야 했을 때, 눈물의 둑이 터진 듯 시도 때도 없이 눈물이 흘렀다. 그날 이후, 엄마의 부음을 생각하는 것은 사랑하는 사람의 생일이나 기념일을 생각하는 것처럼 특별한 일상이 되었다. 엄마의 부음을 생각하며 엄마와 눈을 맞추고, 손을 잡고, 뺨에 입을 맞추고, 편안히 잠드시라 귀에 노래를 속삭여주었다. 몇 번은 진짜 부음을 준비해야 하는 긴박한 순간까지 갔었다. 헤아릴 수 없이 많은 엄마의 부음이 내 가슴을 지나갔고, 나는 어느 경우에도 눈물 따위 흘리지 않게 되었다. (p. 109)

①에서 누군가의 죽음을 기다리는 것은 가장 잔인한 기다림이라는 성찰이 어지간하다. 그 잔인한 기다림의 시간들에 주인공은 4백 년 넘게 살아온 레바논 삼나무에게 간다. 거대한 자연과 유한한 인간 삶 사이의 대조를 통해 위안을 얻을 수 있었겠지만, 그럼에도 ②에서 "엄마에 대한 어떤 생각도 하지 않았다"는 진술은 영락없는 아이러니에 가까울 것이다. ③에서 우리는 최초로 엄마의 부음을 생각해야 할 때 이후 몇 년간 어떻게 사별과 애도를 준비해왔는지 그 실감을 얻을 수 있게 된다. 「스페인 여행」은 세상의 하고많은 사모곡이 아니고, 단지 애도의 이야기에서 그치지 않는다. '가장 잔인한 기다림'이라는 정서를 새롭게 발견하고 전경화한 것이 인상적인 작품이다. 일찍이 『동행』시절 절절한 애도 작업을 해왔고, 또 산문집 『함정임 유럽 예술 묘지 기행: 그리고 나는 베네치아로 갔다』를 통해 예술적 애도 작업을 수행했

으며, 무엇보다도 여로에서 만나 수많은 작은 사람들의 사연을 통해 이런저런 애도 작업을 이어온 작가만이 보일 수 있는 발견이고 환기라 할 것이다.

「해운대」는 부끄러움과 환대의 주제와 관련하여 많은 생각할 거리를 제공하는 좋은 작품이다. '해운대'라는 장소를 거점으로 하여 베트남에서 온 호아라는 소녀의 시점과 G라는 한국인 사진작가의 시점이 교차하며 이야기가 진행된다. "새처럼 작고 단단한 상체에 비해 학처럼 긴 다리, 쫓기듯 겁먹은 검은 눈동자" "맨발과 불안정하게 흔들리는 눈빛"(p. 128)으로 인해 이질적인 느낌을 주는 호아는 필경 베트남전쟁 때 파병되었던 한국 군인의 손녀로 보인다. 이 소수자의, 이 타자의 목소리를, H는 좋은 귀로 잘 듣고 우리에게 전해준다.

> 할머니는 한국을 사랑했어. 할아버지의 나라 한국을 평생 가슴에 품고 살았어. 할아버지가 한국으로 돌아간 뒤 다시는 만나지 못했지만, 텔레비전에서 한국 이야기만 나오면 마치 할아버지를 만나기라도 할 것처럼 두 눈을 반짝였어. 어머니 아버지가 돌림병으로 돌아가시자 할머니는 나와 동생들을 돌보았어. 할머니에게 한국은 꿈속에서 그리는 나라, 세상에서 가장 아름다운 나라였어. 할머니는 밤이면 자장가로 한국 노래를 들려주었어. *나의 살던 고향은 꽃 피는 산골.* 호아, 네 핏속에는 한국인의 피가 흐르고 있단다. *복숭아꽃 살구꽃 아기진달래.* 호아, 네 핏속에는 한국인의 피가 흐르고 있어. *울긋불긋 꽃대궐 차리인 동네.* 나는 꿈을 꾸었어. 언젠가는 내 할아버지의 나라로 꼭 가고야 말겠다고. (p. 138)

호아도, 호아의 말로 전해지는 할머니도 그 어떤 원망도 없는 것 같다. 원망 없는 그리움으로 할아버지의 나라 한국을 찾아온 호아, 그러나 그녀의 "쫓기듯 겁먹은 검은 눈동자"는 "불안정하게 흔들"릴 수밖에 없는 처지다. 이 순진무구한 영혼의 현재 처지에 각인된 한국과 베트남의 역사가, 호아나 호아 할머니의 표면적 태도와는 달리 한국인에게는 부끄러움을 먼저 느끼게 한다. 이런 호아의 타자적 입장을 G가 남다른 눈으로 바라볼 수 있게 된 것도, 그 자신이 타자적인 체험을 했기 때문이다. 이전 산문집에서 "강도들의 총격으로 숨진 형의 죽음을 수습하기 위해 페루 땅을 처음 밟게 된"(『소설가의 여행법』, p. 193) N씨의 삽화가 있었거니와, 「해운대」의 G는 그 에피소드를 전유하여 새로운 해운대의 상상력을 펼친다. 형의 죽음에 대한 실무적 처리를 마치고 난 후에 바로 귀국하지 않고 페루에 남아 남태평양의 파도치는 해안가 절벽 위에 거처 겸 스튜디오를 마련하여 3년 동안을 버티며 애도 작업과 예술 작업을 함께 했던 그였다. 귀국 후에도 서울로 돌아가지 않고 페루의 스튜디오와 비슷한 분위기를 찾아 해운대에서 카페 겸 작업실을 운영한다. 유럽과의 관계에서 역사적으로 타자적일 수밖에 없었던 페루, 거기서 또 다른 타자 혹은 소수자로 지내면서 존재의 근원성을 응시할 수 있었기에 G는 피해자 의식을 거두고 귀국할 수 있었는지도 모른다. 그런데 호아를 보면 자신과는 직접 관련이 없다 하더라도 역사적인 그리고 도의적인 가해자 의식에 젖게 되고 반성적인 성찰을 하게 된다. 이런 부끄러움이 선행되어야 호아라는 타자를 진심으로 환대할 수 있다는 것, 이것이 작가 H가 형상화한 해운대의 상상력의 요체다. 그런 부끄러움, 반성성과 교감할 수 있었기에, 호아도 자기 이름을 말할 수 있게 되고, 자기 말을 할 수 있게 된 것이다.

그렇다. 오래전부터 해운대는 한 세계가 끝나는 곳이자 새로운 세계가 부단히 열리는 역동적인 장소였다. 어제의 물이 나가고 오늘의 물이 새롭게 들어왔다. 떠남과 돌아옴, 원심력과 구심력이 소용돌이쳤다. 거기에 고여 있는 것은 없었다. 내 것, 네 것을 구별하기도 어려웠다.

지난 것의 회한과 다가올 기대들이 끊임없이 뒤섞이고 이런저런 욕망들이 출렁거렸다. 늘 가득 찬 바다이면서 언제나 뚫린 동공들로 서늘했다. 텅 빈 충만. 해운대 달맞이 언덕에 달이 뜨면 텅 빈 충만의 세계로 입사하지 않을 도리가 없었다. 새로운 생명의 기운들이 지펴졌다. 사물들은 새로운 관계를 알게 되었고, 새로운 언어의 지도를 마련할 수 있었다. 작가 H가 달맞이 언덕에서 빚어낸 소설들은 그런 해운대의 기운을 닮았다. 그 구체적인 증거가 바로「해운대」다. 아마도 소설「해운대」는 트랜스내셔널한 윤리와 역사 감각을 중시하는 우리 시대의 핵심적 산문정신을 돌올하게 부각한 작품으로 오래 기억될 것이다.

3. 사랑을 사랑하기 위한 글쓰기의 영도

이제「영도」로 가보자. "바닷가 절벽 위에 한 여인이 앉아 있었다. 멀리에서 실루엣만으로 보아 여인은 흡사 인어 소녀 같았다. 두 손을 무릎에 얹고, 고개를 숙이고 있었다. 여인은 해질녘이면 그 자리에 앉아 수평선을 바라보았다. 그리고 하늘도 바다도 어둠으로 수평선이 분간이 안 될 때까지 앉아 있다가 고개를 떨구었다"(p. 216). 재인의 꿈 장면인데, 이 대목에서 나는 얼핏 작가 H의 모습을 떠올리기도 했다. 누군가는 말할지도 모른다. 거기서 실제 작가를 떠올리다니, 평론가 맞아? 실제로 나는 H의 달맞이 언덕을 잘 알지 못한다. 그저 유추할 따름이다. 적어도 내겐 H가 바닷가 절벽 위에서 "하늘도 바다도 어둠으로 수평선이 분간이 안" 되는 심연을 응시하는 모습이 자연스럽게 떠오른다. 시드니나 드브로브니크의 바닷가에서 본 H의 뒷모습을 불러내 해운대 달맞이 언덕으로 치환해보면 되니까 말이다. 어쨌거나 이 해운대의 관찰자 혹은 몽상가는 세계를 보기 위해서 그 심연을 응시하는 것이기도 하지만 그에 못지않게 자기를 보기 위해서 H의 말법대로라면 '내 안의 샤먼'을 만나기 위해서이기도 하다. 그러니까 『당신의 물고기』였을 것이다. "내가 불러내고, 짓고, 말을 붙인 사람들의 훼손된 마음들이 정화되기를, 해소되기를. 그럼으로써 나 역시 구원되기를. 그때보다 더 누군가와 함께 호흡한다는 것, 글로써 함께 살아간다는 것이 절실해지는 때가 없다. 그 속에서 나 자신이 고양되는 것을, 내 안의 샤먼과 만나고 있는 것을 느낀다"(『당신의 물고기』, 민음사, 2000, p. 275). 영매자(靈媒者)로서 샤먼 시인의 현현을 떠올리게 하는 대목이다. 순간과 영원, 이승과 저승, 육지와 바다, 나와 남, 작가와 독자를 연결해주며 상처를 어루만져 치유의 지평에 이르게 하는 샤먼 시인. 어쩌면 H는 그런 샤먼 시인이었을까? 이 샤먼 시인은 때때로 푸른빛에 들린 채 소설을 쓰기도 한다. 소설 「영도」는 어처구니없는 사정으로 자살한 영도 출신의 아버지를 애도하느라 속수무책인 기주와 그의 친구 재인, 그리고 그 둘을 매개하는 포르투갈 파두 아티스트 조아나의 관계와 속사정에 관한 이야기이기도 하지만, 재인에 의해 소개되는 소설가 H의 지난 '작가의 말'들이 엮여지며, H의 소설적 삶에 대한 간략한 성찰의 소설이기도 하다. 즉 자기 안의 샤먼의 여정을 돌아보는 작품이기도 하다는 것이다. 『네 마음의 푸른 눈』을 낼 때 '2004. 12. 작품 노트' 중에서 일부를 옮겨놓은 '작가의 말'이 있었는데, 「영도」에서는 이를 다시 축약하여 다음과 같이 인용한다.

> 홀린 듯 썼다. 쓰고 나니 무엇을 썼는지, 누가 썼는지 아득했다. 소설이 씌어지는 동안 푸른빛 속에 있었다. 어디까지가 소설이고 어디까지가 현실인지 무엇이 환각이고 무엇이 실체인지 경계를 찾을 필요는 없다. 다만, 느낄 뿐이다. (p. 209)

푸른빛에 홀린 듯 썼다는 이 환각 고백. 2006년판에는 있었지만 여기서는 생략된 부분 중에는 이런 대목이 있다. "신비로운 빛이었다. 어쩌면 나를 영원히 구원해줄 운명의 빛일지도 모른다는 환각에 사로잡혔다"(『네 마음의 푸른 눈』, p. 299). 운명의 빛으로서 푸른빛을 쫓아 H는 끊임없이 발길을 움직였고 세속적인 것과 신비로운 것, 현실적인 것과 비현실적인 것 사이에서 거듭 갈라지는 길들을 모험하듯 탐문했다. 그 길 위에서 '환영(幻影)' '신기루(蜃氣樓)' 같은 '곡두' 체험을 하기도 하고, 그것을 화두 삼아 소설집 『곡두』(2009)를 상자하기도 했다. 그러는 과정에서 키츠가 강조했던 예술가의 허심탄회한 수용 능력 그 negative capcbility의 내공은 더욱 깊어진 것으로 보인다. "살다보면, 또는 쓰다보면, 길이 아닌 것 같은 곳에서 우연히 한 길이 나타나고, 한동안 그 길이 필연인양, 그래서 운명인 양 그 길로 흘러간다"(「영도」, p. 210)는 문장만 하더라도 그렇지 않은가. 호모 비아토르 작가의 상당한 경지가 느껴지지 않는가. 내 안의 샤먼이, 그 샤먼 시인이, 그 샤먼 이야기꾼이, 이제 영혼이 움직이는 대로 길을 가고, 풍경 따라 글 길을 내게 된 것이다. 「영도」의 끝부분을 장식하는 이런 문장에 오래 눈길을 머무는 것은 샤먼 시인에 대한 자연스러운 경의이자 이끌림에 해당할 터이다.

> 때로 엉뚱한 곳에 뜻밖의 삶이 깃들기도 했다. 어쩌다 사람을, 아니 사랑을 사랑하는 것처럼. (p. 216)

이 대목에서 우리는 자연스럽게 "주체가 사랑하는 것은 사랑 그 자체이지 대상이 아니다"[4]라고 했던 롤랑 바르트의 전언을 떠올리게 된

4   롤랑 바르트, 『사랑의 단상』, 김희영 옮김, 동문선, 2004, p. 55.

다. 계속해서 그는 설명했다. "내가 원하는 것은 바로 내 욕망이며, 사랑의 대상은 단지 그 도구에 불과하다. [……] 어느 날인가 그 사람을 정말로 단념해야 하는 날이 오면, 그때 나를 사로잡는 격렬한 장례는 바로 상상계의 장례이다. 그것은 하나의 소중한 구조였으며, 나는 그이/그녀를 잃어버려서 우는 것이 아니라 사랑을 잃어버렸기 때문에 우는 것이다"(pp. 55~56). 바르트가 착목했던 사랑에 대한 순수 욕망처럼, H는 삶을, 소설을 사랑하는 것을 사랑하는 작가이다. 앞에서 말한 여행과 소설 중독 현상 또한 사랑을 사랑하는 맥락에서 성찰해보면 더욱 자연스럽게 이해된다. H에게 삶은 곧 여행이고, 여행이 삶이기 때문이다. 사랑을 사랑하는 것처럼, 삶/여행과 소설을 사랑하는 것을 사랑하는 H의 글쓰기는 한없이 낮은 심연으로 강림한다는 점에서 '영도(零度)'의 글쓰기를 지향한다. 또 샤먼 이야기꾼에 의한 들린 곡두 풀이이자 영매의 교감을 중시하는 풍경첩을 닮았다는 점에서 '영도(靈圖)'의 글쓰기이기도 하다. 아울러 예전에는 절영도(絶影島)로 불렸던 부산 영도(影島)에서 깊은 곳에 그물을 드리운 채 생의 근원적인 그림자를 낚으려 한다는 점에서 '영도(影島)'의 글쓰기다. 소설 「영도」는 그런 세 겹의 영도의 글쓰기를 인상적으로 브여준 작품이다.

그토록 삶을, 소설을 사랑하는 것을 사랑하며 30년의 세월을 홀린 듯 살아온 작가 H의 산문 한 대목을 인용하는 것으로 이 글을 마치고자 한다. "공간성이 뛰어난 소설들은 독자로 하여금 직접 그곳으로 가도록 유혹한다. 나는 구효서에 홀려 강화도를 수없이 찾았고, 제임스 조이스에 빠져 더블린으로 향했고, 로맹 가리에 반해 페루의 바닷가로 떠났다. 발자크의 『고리오 영감』의 하숙집을 찾아 파리의 팡테옹 언덕의 좁은 골목들을 돌아다녔는가 하면, 르 클레지오의 『조서』의 무대를 좇아 밤이나 낮이나 니스 해변의 영국인 산책로를 오갔다"(『소설가의 여행법』, p. 317). 이제 혹은 머잖아 부산의 영도며 해운대가 지금보다 더 붐비게 될지도 모르겠다는 생각을 해볼 수도 있지 않을까? H의 소설을 사랑하는 독자들이 소설 「해운대」에 반해 그곳으로 가고, 「영도」의 묘한 분위기에 이끌려 그곳으로 갈 수도 있을 터이니 말이다. 혹 해운대 달맞이 언덕으로 가시거든 눈여겨보시라. 바닷가 절벽 위에서 "하늘도 바다도 어둠으로 수평선이 분간이 안" 되는 심연을 응시하는 어떤 사람이 있는지 말이다.

고통의 법열(法悅)과 깊은 주문(呪文)
― 한강

1. '고통하는 인간'의 문학

"학살 이전, 고문 이전의 세계로 돌아갈 방법은 없다."[1]

이것은 아우슈비츠 생존 작가 프리모 레비Primo Levi의 문장이 아니다. 『소년이 온다』에 나오는 한강의 문장이다. 그 단호함이 너무 고통스럽고 너무나 처절하여 차라리 숭고하다. 또 "증언. 의미. 기억. 미래를 위해"(p. 166) 기록하거나 증언해야 한다고들 하지만 그럴 수 없는 이가 있다고 말한다. 어떻게 증언할 수 있느냐고 통절하게 절규한다. "삼십 센티 나무 자가 자궁 끝까지 수십번 후벼들어왔다고 증언할 수 있는가? 소총 개머리판이 자궁 입구를 찢고 짓이겼다고 증언할 수 있는가? 하혈이 멈추지 않아 쇼크를 일으킨 당신을 그들이 통합병원으로 데려가 수혈받게 했다고 증언할 수 있는가? 이년 동안 그 하혈이 계속되었다고, 혈전이 나팔관을 막아 영구히 아이를 가질 수 없게 되었다고 증언할 수 있는가?"(pp. 166~67). 이렇게 증언할 수 없는 것을 증언하기, 그렇지만 끝내 증언할 수 없으므로 증언할 수 없는 고통까지 겹쳐서 역설적으로 극화하기, 한강의 고통스러운 숭고미는 필경 거기서

1 한강, 『소년이 온다』, 창비, 2014, p. 174.

비롯되는 것이리라. 물론 그것은 2024년 노벨문학상 수상 작가인 한강의 경우에만 특화된 수사학은 아니다. 많은 이가 아프니까, 고통스러우니까 쓴다고 한다. 고통스러운 현실을 상상력으로 넘어서기 위해, 상상력으로 고안한 대안 세계로 고통스러운 현실을 치유하기 위해 쓴다고 토로한다. 고통의 눈과 교감하며 역설적으로 고통의 향유를 수행하면서 문학은 고통스러운 현실과 맞씨름한다. "학살 이전, 고문 이전의 세계로 돌아갈 방법"이 전혀 없기에, 그 고통의 현장을 단호하게 추문화하며, 독자와 더불어 정녕 인간적인 심연의 질문을 열어나간다. 한강 문학의 바탕 의식 또한 그러하다.

한강의 여러 작품에서 우리는 독특한 스타일로 형상화된 '고통하는 인간'의 초상을 읽어낼 수 있다.[2] 작가가 20세기 후반기에 직간접으로 경험한 고통의 총량과 그 심연의 상처로 인해 21세기를 활기차게 출발할 에너지를 많이 소진한 작은 인간의 모습이 다채롭게 펼쳐진다. 작가 스스로 고통 3부작이라고 불렀던 『채식주의자』 연작뿐 아니라, 『소년이 온다』『작별하지 않는다』는 물론 초기작 『여수의 사랑』 시절부터 한강의 인물들은 고통을 피동적으로 겪지 않는다. 스스로 고통을 수행하며, 고통의 리듬으로 살고, 고통의 주름 속에서 삶과 죽음의 다른 맥락을 탐사하며 탈존의 계기를 마련하며 서사의 긴장감을 더한다. '고통하는 인간'은 고통의 터에 처해 있다. 때로는 고통의 둥근 적막 속에서, 때로는 고통의 격한 파동 속에서, 주름진 상상력의 심연은 깊어진다.

2　『작별하지 않는다』의 이런 부분을 보자. "마치 두 세계를 사는 사람 같았어요. 한 눈으로는 나를 보고 다른 한 눈으론 내 몸 너머 다른 빛을 보는 것같이, 어두운 방인데도 부신 듯이 눈을 가늘게 뜨고 나를 올려다봤어요"(한강, 『작별하지 않는다』, 문학동네, 2021, p. 165). 이렇게 두 세계를 사는 사람인 샤먼 작가이기에, 한강의 경우 두 세계에 걸쳐 고통을 수행하는 독특한 수사학을 전개한다. '고통을 당하다'와 '고통을 가하다', '고통을 경험하다'와 '고통을 감각하다', 그리고 '고통을 재현하다' 등등 모두를 포괄하는 수행적 언어가 바로 '고통하다'이다. 적어도 한강 문학에서는 그렇다.

한강은 그런 시인이요, 그런 작가다.

2. 영매(靈媒) 작가와 고통의 법열(法悅)

고통은 세계 도처에 두루 편재한다. 그중에도 참혹한 전장이나 홀로 코스트 현장이야말로 가장 비극적이지 싶다. 트로이전쟁을 핵심 배경으로 한 호메로스의 『일리아드』 때부터 그렇지 않았던가. 그러기에 많은 작가, 예술가들이 반전사상이나 반폭력에의 연대를 열정적으로 펼쳤던 것도 차라리 자연스럽다. 파블로 피카소도 그렇다. 다른 자리(「고통의 심연을 비추는 노근리 북극성」)에서도 다루었지만, 이른바 피카소의 3대 반전 작품, 그러니까 「게르니카」(1937), 「시체구덩이」(1946), 「한국에서의 학살」(1951) 등만을 떠올려도 그렇지 않은가. 큐비즘의 방식으로 고통을 입체적으로 형상화했던 피카소처럼, 한강 역시 고통의 서사가 선형적으로 재현되기보다 입체적으로 포개어지며 고통의 심연으로 한없이 내려간다. 그러면서 매우 인상적인 장면을 전경화한다. 피카소가 여러 방향에서 본 이미지를 한 화면에 구성했듯이, 한강도 상호 시점이거나 복합 시점으로 깊은 고통을 응시하면서, 곡진한 시적 문체로 장면화한다.

어떻게 그것이 가능한가? 서둘러 답하자면 한없이 그윽한 영매(靈媒) 작가이기에 가능하다. 사람과 사람, 산 자와 죽은 이, 인간과 동물, 인간과 식물 사이에서 하염없이 고통받으며, 끊어진 영혼의 길을 이어 주려는 감수성과 상상력을 보인다는 점에서 그렇다.[3] 한강은 있는 이

---

3 한강은 노벨문학상 수상 연설인 「빛과 실」에서 『소년이 온다』를 준비하던 무렵 골몰했던 두 질 문에 대해 언급한 바 있다. "현재가 과거를 도울 수 있는가?/산 자가 죽은 자를 구할 수 있는 가?"(한강, 『빛과 실』, 문학과지성사, 2025, p. 18)라는 질문을 놓고 고민하다가 결국 그 질문

야기, 있었던 과거를 단지 그대로 재현하는 작가가 아니다. 있었던 사건에서 고통받은 이들의 차가운 손을 어루만지고, 이미 식어버린 영혼 안으로 스며들어 시리면서도 뜨거운 감각의 실존을 수행한다. 스며든 순간에 몰입하여 시나브로 엑스타시의 절정으로 치닫는다. 그 법열(法悅)의 에너지와 감수성으로 말미암아, 한강이 스며든 어떤 인간이나 사물도 단지 홀로인 존재의 차원을 넘어선다.[4] 다른 존재와 관계를 맺게 되는, 더 나아가 존재하는 모든 것들과 더불어 의미심장한 질문을 던지는 새로운 생명을 얻게 된다. 죽은 이도 새롭게 시선과 목소리를 지니게 되며, 가장 고통스럽고 속절없는 서발턴subaltern 혹은 벌거벗은 호모 사케르들의 눈물 속에서도 청량한 생명의 메시지를 얻게 된다.

무엇보다 고통의 심연을 길어 올리는 한강의 시적 문체는 중층적 가역반응의 결과이자 원인이다. 자아와 세계가 충돌하면서도 그 충돌한 세계를 엄청난 에너지로 끌어안는 자아의 감수성으로 인해, 그토록 이상한 가역반응의 결과로 빚어질 수 있었던 게 한강의 시적 문체이다. 다시 말해 문학적 정의의 이름으로 심판해야 마땅할 역사적 트라우마를 다루면서도 그 고통의 만화경을 모두 자기 안에서 끌어안고 '고통하기'에 너무나 고통스러워서 역설적으로 아름다운 문체로 빛난다. 그런 시적 문체를 독자들이 읽으면, 독자 또한 새로운 가역반응을 일으킨다. 아름다운 문체에 이끌려 한강의 세계로 들어간 독자는 그 안에 들어 있는 엄청난 고통의 항아리에서 슬픔의 숨결과 교감하면서 함께 고통

을 뒤집지 않으면 안 되었다고 고백한다. *"과거가 현재를 도울 수 있는가?/죽은 자가 산 자를 구할 수 있는가?"*(p. 19). 영매 작가로서 한강의 핵심 특성을 가늠하게 하는 질문이 아닐 수 없다.

4   예컨대 『소년이 온다』의 이런 대목을 보자. *"어쩌면 한사람씩 오는 게 아닌지도 몰라. 수많은 사람들이 희미하게 번지고 서로 스며들어서, 가볍디가벼운 한 몸이 돼서 오는 건지도 몰라"*(한강, 『소년이 온다』, p. 174). 이렇게 한 몸이 된 여럿의 영혼들을 맞아들이는 장면에서 영매 작가의 인상적인 특징의 단면을 확인하게 된다.

을 나누려는 진실한 인문적 인간으로 거듭나는 가역반응의 대열에 동참하게 된다. 이것은 단순한 것일 수 없다. 서로의 외로운 영혼을 이어주는 현묘한 영매 작가의 창작과 소통 과정에서 매우 복합적으로 빚어지는 것이기 때문이다.

한강은 1994년 『서울신문』 신춘문예에 소설 「붉은 닻」(필명: 한강현)으로 당선되기 한 해 전인 1993년 계간 『문학과사회』 겨울호에 시 「서울의 겨울」 외 4편을 발표하면서 등단했다. 그 전에 연세대 4학년 때인 1992년 시 「편지」로 연세대 신문인 『연세춘추』가 주관한 연세문화상-윤동주문학상을 수상했다 이때 심사위원은 정현종 시인과 김사인 시인/평론가였다. 애도의 정념과 밀도가 어지간한 이 시에 대한 심사평도 인상적이다. 한강 시의 능숙함을 칭찬하는 과정에서 "굿판의 무당의 춤과 같은 휘몰이의 내적 열기를 발산하고 있는 모습"이 참으로 독특하며, "그러한 불과 같은 열정의 덩어리"에 들어 있는 풍부한 에너지에 주목하고 있기 때문이다. 문청 시절부터 이미 한강은 샤먼 시인, 영매 작가로서 에너지가 넉넉했던 것으로 보인다. 여러 면에서 심사위원들의 안목은 탁월했다.

샤먼 시인 한강의 곁에 있는 '나무'는 대개 "하늘과/나를 이어주"(「새벽에 들은 노래 2」)[5]는 우주목(宇宙木, cosmic tree)이다. 『채식주의자』 『작별하지 않는다』 등 여러 작품의 꿈 장면에서 그런 우주 나무들이 모여 있는 신비로운 숲의 정경이 자못 긴장감을 형성한다. 그런 우주 숲에서 서사 속 캐릭터는 종종 엑스터시의 순간으로 입사한다. 가령 『작별하지 않는다』에서도 수천 그루의 검은 통나무 숲에서 밀물에 떠밀려갔을 것으로 추정되는 죽음들의 풍경을 떠올리던 주인공은 갑자기 몸이 떨리기 시작했다고 서술한다. "마치 울음을 터뜨리는 순간

5   한강, 『서랍에 저녁을 넣어 두었다』, 문학과지성사, 2013, p. 24.

과 같은 떨림"이었지만, 공포, 불안, 전율, 혹은 "돌연한 고통"이라고 부를 수 있는 그 어떤 것에 휩싸인다. 그런 전율과도 같은 떨림의 순간을 고통스럽게 침례한 다음 "이가 부딪히도록 차가운 각성"[6]에 이른다. 이런 떨림과 고통, 전율과 공포, 불안과 각성의 과정에 몰입하는 영매 작가의 에너지는 엄청나다. 마치 작두를 타는 무당의 열기를 방불케 한다. 그 순간 끊어졌던 여러 관계가 이어지고, 안 보였던 상처의 얼룩들이 보이고, 들리지 않았던 목소리가 들린다.

가령 「거울 저편의 겨울 6─중력의 선」이라는 시는 아르헨티나를 방문한 샤먼 시인이 중력의 선을 따라 지구 반대편 한국의 풍경을 보는 이야기로 이루어진다. 남미 대륙 남부에 원래 살던 인디오들을 거의 절멸시키고 아르헨티나를 건설한 군인 "로카의 동상을 올려다보다가" "반대편의 학살을 생각"하는 "나"의 초상을 전경화한다. 그렇게 "난자하는/죽음의 직선들을 생각하는 나는" 거기에 몰입하여 1980년 5월 광주에서 죽어간 어리고 여린 영혼 '동호'의 눈이 되고 입이 되어 준다. '80년 5월 광주'를 애도한 『소년이 온다』는 그렇게 우리에게 전해지고 세계문학사를 수놓게 된다.

1970년 광주에서 태어난 한강은, 불과 몇 달 전인 1980년 1월 서울로 이사했다고 한다. 만약 이사하지 않았더라면 작중 동호의 처지가 되지 않았다는 보장이 없었던 상황이었기에, 한강은 더욱 고통스러워했던 것 같다. 그리하여 동호를 비롯해 가장 고통스럽게 죽어간 비통한 유령들을 애도하는 영매자가 되려 했던 것이 아닐까. 국가 폭력으로 인한 트라우마 이전에 가족사의 비애도 고려해볼 수 있다. 『흰』에서 드러나는 너무나도 일찍 죽은 언니 이야기, 어머니가 스물세 살에 낳은 첫딸의 이야기, 엄마가 "죽지 마. 죽지 마라 제발"[7]이라며 간절히

---

6   한강, 『작별하지 않는다』, pp. 11~12.

발원했음에도 불구하고 허망하게 먼저 간 언니 이야기 말이다. 이 가족사는 들을 수 없었던 아이를 대신해 들어야 하고, 말할 수 없었던 아기를 대신해 말해야 하고, 눈도 뜰 수조차 없었던 아기를 대신해 보아야 하는 고통스러운 영매 작가의 가족사적 배경을 성찰하게 하는 요인이다.

3. 여수(旅愁)의 심연에 갇힌 여수(女囚)

한강의 노벨문학상 수상이 공표되던 2024년 10월 10일 저녁 나는 남도 여수에 있었다. 오래된 어깨 통증을 치료하기 위해 그쪽 병원에 입원한 상태였다. 한강의 첫 소설집이 『여수의 사랑』(문학과지성사, 1995)이었는데, 여수에서 첫 노벨문학상 소식을 들으니 참 공교로운 느낌이었다. 퇴원하고 귀경하면서 우연히 여수세계박람회장에 들러 「잠들지 않는 남도의 세월展—여순 10·19와 제주 4·3 미술 교류전」을 관람했다. 여수와 순천, 제주에서 무자(戊子)년(1948년)에 무슨 일이 있었던가 증거하려는 고통의 붓질이 인상적이었다. 1948년 제주 풍경을 담은 작품들을 고통스럽게 보면서, 본문보다 제목이 더 긴 한강의 시 한 편을 떠올렸다. 「이천오년 오월 삼십일, 제주의 봄바다는 햇빛이 반, 물고기 비늘 같은 바람은 소금기를 힘차게 내 몸에 끼얹으며, 이제부터 네 삶은 덤이라고」라는 긴 제목의 시였다. 그날 본 화가 김영하의 그림 「바다 위 희망의 빛」이 절규하는 것처럼, 한강 작가 역시 그 핏빛 바다의 고통을 애도하기를 멈추지 않아야 한다는 생각을 한 게 아닐까, 그래서 그 긴 제목의 시에서 "아직 눈물이 마르지 않았다"라고 한

---

7   한강, 『흰』, 문학동네, 2016/2018, p. 36.

398

게 아닐까, 여수와 순천, 광주와 제주의 트라우마를 함께 앓기 위해 늘 "텅 빈 항아리가 되"는 자기 몸을 응시하고 그 안에서 울리는 "검은 물소리" "깊은 물소리"(「눈물이 찾아올 때 내 몸은 텅 빈 항아리가 되지」)에 귀 기울인 게 아닐까, 그러면서 샤먼 시인이자 영매 작가로 고통스러운 글쓰기를 수행한 게 아닐까…… 그런 상념들을 이어갔다.

"거리 한가운데에서 얼굴을 가리고 울어보았지"라는 시행으로 시작되는 「눈물이 찾아올 때 내 몸은 텅 빈 항아리가 되지」는 온몸으로 타인의 고통을 깊이 받아들이고 넉넉하게 공감하는 시인의 정동이 차오르는 시편이다. 반복이 되겠지만, "눈물이 찾아올 때 내 몸은 텅 빈 항아리가" 된다고 했다. 눈물을, 그 하염없는 눈물을 담기 위해 내부를 비워 '텅 빈 항아리'가 된다는 상상력은 퍽 웅숭깊다. 깊은 슬픔을 위한 곡진한 서정이 아닐 수 없다. 그러니 그 항아리 안에서는 "검은 물소리" "깊은 물소리"가 울려 퍼질 수밖에 없다. 둥글게 파문으로 번지는, 그 깊은 검은 물소리 안에서 무슨 일이 일어나는가? 어떤 생명이 "영원히 죽"기도 하고 "다시 깨어"나기도 한다. 텅 빈 항아리는 그렇게 죽음과 부활의 서사로 붐비는 가운데 고통의 심연을 헤아리게 한다.

매우 개성적인 숨결로 이채로운 말결을 파동처럼 빚어, 그윽하고 깊은 감동을 독자들에게 선사하는 영매 작가 한강이 초기부터 다룬 인물들은 대체로 세상의 온갖 허물을 모아 앓는 자, 상처 깊은 자의 형상을 하고 있다. 상처의 심연으로 내려가서, 왜 현존재는 이토록 탈나지 않으면 안 되었던가, 왜 세상은 그토록 고통스럽지 않으면 안 되었던가, 질문한다. 그 탐문은 대체로 여로에서 이루어지고, 여로의 현존은 깊은 여수(旅愁)의 심연에 갇힌 여수(女囚)의 형상을 한 경우가 많다. 첫 소설집 『여수의 사랑』 시절부터 그러했다.

일찍이 대학 4학년 때 쓴 「편지」에서 "잃을 사랑조차 없었던 날들을 지나 여기까지, 눈물도 눈물겨움도 없는 날들 파도와 함께 쓸려가지 못한 목숨, 목숨들 뻘밭에 뒹굴고"라고 토로했던 한강은 『여수의 사랑』에서 희망이 소진된 상황을 견디는 고통의 흔적을 시리도록 아프게 점묘한다. 대부분 이십대의 주인공들인데도 불구하고, 한강의 소설적 프리즘 안에서 그들은 이미 청춘이 아니다. 발랄하고 경쾌한 젊음의 풍속이나 세태와는 아랑곳없다. 그들은 고아처럼 버려졌거나 버려졌다고 생각한다. 그래서 정처 없는 떠돌이 삶을 살며, 신체적 통증과 정신적 질환에 시달린다. 때때로 살기도 전에 죽어간다. 또 고독하고 우울하며 피로에 지쳐 있다. 그들에게 세계는 매우 혹독하기만 하다. 가령 「여수의 사랑」에서 바람은 "내 어깨를 혹독하게 후려"치고 "무겁게 가라앉은 잿빛 하늘은 눈부신 얼음 조각 같은 빗발들을 내 악문 입술을 향해 내리꽂았다"[8]라는 부분만 보더라도 그렇지 않은가. 그 같은 "잿빛 하늘" 아래 드리워진 길고 짙은 어둠의 그림자 속에서 그들은 "얼음 조각"에 피격당한 듯한 현존을 부정하고 신생을 낭만적으로 동경하고 열망한다. 영혼의 숨결을 잃어버린 존재의 고통스러운 초상이다.

잃어버린 세대의 현실을 성찰하는 한강이 탐색한 신화소의 하나는 '버려진 아이'라는 의미에서 기아(棄兒) 의식이다. 모태로부터 분리되는 순간의 고통, 부모로부터 버려졌을 때의 아픔, 사회와 현실로부터 철저하게 소외당했다고 느낄 때의 우수 등이 피투성이같이 던져진 피투성(被投性)의 존재로서의 인간 초상을 떠올리게 하지만, 신화적인 맥락에서는 역시 기아 의식이라는 다발 안에 포괄되는 것들이다. 원초적 고향으로부터 분리를 경험할 때 모든 존재는 자기동일성을 상실한 채 고통스러운 방황을 거듭하게 마련이다. 이때 단원 신화는 입사식이라는 통과제의를 거쳐 귀환하는 과정을 보여줌으로써 상실했던 자기동일성을 회복하는 이야기로 마무리되지만, 현대에 이르러 그것은 해체

---

8   한강, 『여수의 사랑』, 문학과지성사, 1995, p. 58.

되었고, 신화는 좀처럼 완성될 줄 모른다. 신화의 해체 이후 인간의 삶은 고통의 흔적으로 점철된다. 그럴 때 인간의 여로는 곧 여수(旅愁)의 길이 된다. 귀환을 보장해주는 통과제의적인 성격을 상실했기 때문이다. 상실한 자기동일성의 회복은 그야말로 난망이다.

「여수의 사랑」은 이렇듯 희망이 봉인된 상황에서 펼쳐지는 현대의 소외된 신화 속에서의 기아 의식을 웅숭깊게 형상화한 소설이다. 버림받은 아이는 육체적, 심리적으로 늘 허기에 시달리게 마련이다. 기아(棄兒)와 기아(飢餓)는 가깝다. 여수가 고향인 주인공 정선은 다섯 살에 어머니를, 일곱 살에 아버지를 차례로 잃었다. 스물다섯 살의 나이로 세상을 등진 어머니의 죽음도 그렇지만 아버지의 죽음이 더 문제적이다. 아버지는 술에 젖은 역한 숨결로 여수 앞바다에서 동반 자살을 시도했다. 아버지와 동생이 죽은 그 사건에서 정선만 살아남았다. 아니 홀로 버려졌다. 이 고통은 트라우마의 극치에 값한다. 그로부터 참담한 여수(旅愁)의 나날은 계속된다. 위경련과 결벽증으로 시달리고 있는 그녀가 특히 후각 공포증 혹은 냄새 강박증에서 벗어나지 못하는 것은 바로 이 때문이다.

이런 정선에게 자흔의 출현은 고통스럽다. 왜냐하면 비슷한 운명의 그림자를 안고 떠돌며 사는 인물이기 때문이다. 두 살 무렵 강보에 싸인 채 여수발 서울행 열차에 버려졌던 자흔은 이 버려짐의 트라우마 때문에 자기 길을 제대로 찾지 못한다. 아니 자기 길이 있을 수 있다는 희망마저 제대로 지녀 갖지 못한다. "어느 곳 하나 고향이 아니었어요. 모든 도시가 곧 떠나야 할 낯선 곳이었어요. 매일 아침 눈을 뜰 때마다 길을 잃은 기분이었죠"(『여수의 사랑』, p. 40). 이와 같은 여수(旅愁)의 어두운 그림자 속에서 속절없이 살아가는 자흔이고 보니, 주인공의 존재의 거울일 수밖에. 거울을 통해 자신의 상실한 모습을 확인하는 심정은 처연하다. 주인공 정선의 고통이 가중되는 것은 그 때문이다. 그러던 중 자흔이 또다시 여수(女水)인지 여수(旅愁)인지 모를 길을 떠난다. 그래서 정선도 여수(旅愁)의 여수(女水) 여로를 택한다. 하지만 그 여로는 고통의 흔적 찾기 이상의 어떤 은총도 허락지 않는 것처럼 보인다. 그 고통의 흔적들은 탈 난 후각이나 위장 등 여러 육체적, 심리적 증상으로 소설 속에 아프게 새겨진다. 그것들은 해체되거나 유폐된 현대 신화의 파편들이다. 한강이 점묘하는 누추하고 비루한 현대의 신화들은 차라리 예전의 신화들을 추문화하면서 동시대적 고통의 심연을 비추고 생경하게 드러내는 탈신화적인 어떤 것인지도 모른다.[9] 그런 탈신화의 전략은 디아스포라 주제와 관련한 존재론적 성찰과 함께, 문학의 기본 역할 중의 하나가 버림받은 디아스포라의 운명과 고통에 대한 깊은 응시와 관련된다는 생각을 저작하게 한다. 이 또한 한강 문학의 주제가 지닌 세계적 보편성과 관련된다.

여수(旅愁)의 심연에 갇힌 여수(女囚)는 종종 영혼의 주파수를 맞출 수 없게 된다. "영혼의 주파수에 맞출/내 영혼이 부서졌다는 걸 깨달았던 순간" "허락된다면 고통에 대해서 말하고 싶어"(「피 흐르는 눈 3」)라고 되뇌는 것은 차라리 자연스럽다. 영혼이 부서진, '고통하는 인간'의 초상은 한강 시집 전편에 만연해 있다. "부서진 입술" "어둠 속의 혀" "캄캄하게 부푼 허파"로 인해 '고통하는 인간'은, "혀가 없는 말이어서/지워지지도 않을 그 말을"(「해부극장 2」) 하거나, "피 흐르는 눈"(「피 흐르는 눈」)으로 세상의 비애를 응시한다. "내가 가진 모든 생생한 건/부스러질 것들//부스러질 혀와 입술,/따뜻한 두 주먹//부스러질 맑은 두 눈"(「저녁의 소묘 4」) 같은 소멸의 미학이거나, "빛

---

9 「여수의 사랑」 관련 논의는 졸고, 「진실의 숨결과 서사의 파동」(『애도의 심연』, 문학과지성사, 2018)의 일부를 수정한 부분을 포함하고 있다. 아울러 이 글은 노벨문학상 수상 직후 웹진 〈더 라이브러리〉에 부분적으로 발표한 원고들과 「고통의 법열(法悅)과 깊은 주문(呪文): 한강」(《현대비평》 2024년 겨울호), 그리고 「검은 나무에 손 내미는 '고통의 빛'」(《장흥문학》 8호, 2025년)을 통합하여 개정한 것임을 밝힌다.

이라곤/들어와 갇힌 빛뿐//슬픔이라곤/이미 흘러나간 자국뿐//조용한 내 눈에는/찔린 자국뿐//피의 그림자뿐//흐르는 족족//재가 되는/검은"(「피 흐르는 눈 4」)과 같은 비애극이 묘출된다. "어떤 저녁은 피투성이/(어떤 새벽이 그런 것처럼)"(「저녁의 소묘」)와 같이 '피투성이'처럼 내동댕이쳐진 피투성(被投性)의 존재 또한 영락없는 '고통하는 인간'이다. 인디언식으로 "반짝이는 숲"이라는 이름을 지닌 "여덟 살이 된 아이"가 지어준 이름이 "펄펄 내리는 눈의 슬픔"(「피 흐르는 눈 2」)이라는 점도 인상적이다.

4. "왜 그래"와 "괜찮아" 사이에서, 혹은 깊은 고통의 시학

한강은 "모든 가혹함은 오래 지속되기 때문에 가혹해"(「몇 개의 이야기 6」)라고 말한다. 순간의 경험이 그대로 휘발된다면 그리 문제 될 게 없다. 한강의 문제의식에 따르면 지속이 문제다. 특히 고통의 지속, 혹은 지속되는 고통은 순간의 시간성을 영원성에 가깝게 한다. 「거울 저편의 겨울」에서 거울 속의 겨울을 묘사하면서 시인은 "추운 곳//몹시 추운 곳"과 "추운 곳//오래 추운 곳"을 병치한다. 추위의 강도와 지속을 포개어 고통의 심연을 감각하게 한 것이다. 이처럼 강도와 지속이 중첩되면서 변형 생성되는 고통의 풍경이 바로 한강 문학의 핵심적 특징이다.

고통의 심연으로 한없이 자맥질하는 한강의 '여수의 미학'은 되풀이 변형 생성된다. 두 번째 소설집인 『내 여자의 열매』(2000)는 물론 장편 『검은 사슴』(1998), 『그대의 차가운 손』(2002)을 거쳐, 연작소설 『채식주의자』(2007), 장편 『바람이 분다, 가라』(2010), 『희랍어 시간』(2011) 등 한강의 소설들은 대체로 비루한 현대의 탈/신화와 관련된다. 많은 인물이 여전히 누추하게 태어나고, 출생보다 더 비참하게 버려지거나 버림받았다고 느끼며 여수(旅愁)의 심연으로 젖어든다. 그와 같은 인간 실존의 고통은 국가 폭력의 문제와 연계되면서 더욱 극적으로 형상화되는데, 바로 『소년이 온다』(2014)와 『작별하지 않는다』(2021)의 세계가 그러하다.

존재의 근거를 박탈당한 채, 이 세상 어디에도 속할 곳이나 속할 집이 없고, "찾아갈 곳도 없었고 행복할 곳도" 없을 뿐만 아니라 "긴장 어린 탐색의 시선을 접고 안도할 곳도 없"[10]는 한강의 인물들은 사느라고 안간힘을 쓰다가 자주 '구토' 증세를 보인다. 『여수의 사랑』에서 정선이나 자흔을 비롯한 여러 인물이 그랬거니와 『내 여자의 열매』에서 아내, 『그대의 차가운 손』의 L, 『바람이 분다, 가라』에서 이정희나 서인주 등 많은 인물이 고통스러운 구토의 박물지를 형성한다.

가령 「내 여자의 열매」에서 아내는 어릴 적부터 자유롭게 살다가 자유롭게 죽기를 꿈꾸었던 인물이다. 그런데 소망과는 달리 "보이지 않는 사슬과 묵직한 철구(鐵球)가 발과 다리를 움쭉달싹하지 못하"[11]게 하는 일상의 억압에 가위눌려 살다가 심한 구토 증세를 보인다. 매일 몇 번씩 토할 때마다 "머리가…… 오른쪽 눈이 후벼파는 것같이" 아프고 "어깨가 나무토막처럼 딱딱해지고, 입에 단물이"(pp. 15~16) 고인다고 그녀가 토로할 때, 우리는 그 고통의 심연으로 함께 내려가게 된다. 단지 바람이나 햇빛, 물 같은 자연적인 것만으로 살 수 있기를 꿈꾸던 그녀는, 마침내 고통스러운 실존을 넘어 식물화의 경계로 나아간다. 출장을 갔다가 오랜만에 귀가한 남편은 식물로 변신하는 그녀를 목도한다. 베란다 쇠창살 쪽으로 무릎 꿇은 채 만세 부르듯 두 팔을 치

---

10 한강, 『그대의 차가운 손』, 문학과지성사, 2002, p. 51.

11 한강, 『내 여자의 열매』, 문학과지성사, 2018, p. 18.

켜올린 아내의 진초록빛 몸과 푸른 얼굴이 마치 상록활엽수의 잎처럼 반들반들했고, 머리카락 또한 싱그러운 들풀 줄기처럼 윤기가 흘렀다는 것이다. 동물적 육체를 넘어 식물화하려는 아내의 요구에 따라 남편은 물을 뿌려주는데, 그 순간, 아내의 몸은 "거대한 식물의 잎사귀처럼 파들거리며"(p. 30) 살아난다. 「내 여자의 열매」의 식물 변신담은 연작 『채식주의자』에서 좀 더 면밀한 실감을 얻게 된다.

『채식주의자』에서 영혜는 맹수의 눈에 시달리는 악몽을 꾼 다음에 전격적으로 채식주의를 선언한다. 짐승의 눈은 피의 형상으로 범벅이 된 채 파헤쳐진 두개골을 비추기도 하면서 그로테스크한 분위기를 연출한다. 동물적인 공격성과 폭력성, 죽음을 몰고 오는 세계 파국의 공포와 불안 같은 것들 때문에 잠도 못 자고 먹지도 못하다가 내린 결단이었다. 동물적 공격성으로 넘쳐나는 세상에서 그녀가 원하는 것은 식물적 평화였다. 그녀가 유일하게 옹호하는 젖가슴의 상징이 그런 면에서 주목된다. 젖가슴으로는 아무것도 해치거나 죽일 수 없으니 괜찮다고 했다.

한강의 언어 중에 '괜찮아'라는 말은 은근한 마력의 매력을 느끼게 한다.[12] 「괜찮아」라는 시를 참조해보자. 난 지 두 달 된 아이가 저녁마다 울자 시적 자아는 "왜 그래"라는 말을 안타깝게 반복하면서 애태웠다. 그러다 문득 "괜찮아"라는 말로 바꾸어 위무했더니 며칠 뒤부터 아이의 저녁 울음이 그쳤다는 이야기다. "왜 그래"는 따지듯 걱정하는 목

---

12 한강은 말을 통해 잃어버린 혼을 되살리려는 주문(呪文) 같은 시적 언어로 대상을 위무하려는 글쓰기를 수행한 작가이다. 「저녁의 소묘 5」에서 시인은 "죽은 나무라고 의심했던/검은 나무가 무성해지는 걸 지켜보"는데 그게 범상치 않다. "연둣빛 눈들에서 피가 흐르고/어둠에 혀가 잠기고" 있기 때문이다. 더욱 놀라운 것은 "(살아 있으므로)/그 밑동에 손을 뻗었다"라는 진술이다. 이렇게 겨우 살아 있거나, 죽어가는 존재들에 손을 뻗어 내미는 언어가 한강의 시적 언어이다. 그런 언어로 가까스로 존재하는 여린 타자들을 위로하려 한다. 한강의 시어 중에 '괜찮아'라는 말이 주목되는 것도 그런 맥락과 관련된다.

소리다. 반면 "괜찮아"는 공감하며 끌어안는 마음의 소리다. 진심으로 위로하며 치유를 기도하는 말이다. "짜디짠 거품 같은 눈물을" 흘리며 "울부짖는 아이의 얼굴"[13]을 들여다보며 "괜찮아"라며 달래줄 수 있는 마음, 그것이 바로 둥근 젖가슴의 마음이다. 그러나 세상은 사실 괜찮지 않다. 괜찮지 않기에 "괜찮아"라는 말이 괜찮게 다가오는 게 아닐까.

「내 여자의 열매」에서도 그랬듯이, 『채식주의자』에서 영혜 역시 자신에게 "괜찮아"라고 말해줄 사람이 없다. 그런 눈과 목소리가 없다. 그녀가 어떤 사람인지, 무엇을 원하는지 헤아려줄 마음의 눈을 구하기 어렵다. 연작의 첫 작품인 「채식주의자」의 도입부터 그렇다. 서술자 남편은 아내가 특별하지도 않거니와 끌리는 매력도 없는 사람이었다고 적는다. 평범하고 무난한 성격이어서 그다지 신경 쓰지 않아도 될 것 같아 결혼했다고 말한다. 남성 중심주의적인 생각을 드러낸 경우가 아닐 수 없다. 그녀의 아버지는 전형적인 가부장권을 행사하려는 인물이다. 육식하지 않겠다는 딸의 입을 강제로 벌리고 탕수육을 집어넣는 아버지의 폭력으로 인해 딸은 결국 칼로 손목을 긋는 자해를 하고 만다. 그런 아버지이니 딸의 꿈속에서 개를 오토바이 뒤에 매달아 동네를 끌고 다니다가 잡는 악몽의 주체로 등장하는 것은 자연스럽다. 아버지만이 아니라 어머니도, 언니도, 다른 가족들도 대개 "괜찮아" 대신 "왜 그래" 쪽에 가까운 인물로 제시된다. 사정이 그러하다 보니 영혜의 악몽은 계속되고 섭생은 어려워지고 마음은 불안하고 몸은 야위어 간다. 몸도 마음도 상하고 다친 상태가 되자 둥근 젖가슴도 야위어 날카로워지는 형국이 된다. 무엇보다 숨쉬기조차 힘들 지경이 되고 만다.

물과 바람과 공기와 더불어 숨 쉬며 초록빛 나무가 되려 했던 그녀

---

13 한강, 『서랍에 저녁을 넣어 두었다』, p. 76.

의 소망은, 그 진정성에도 불구하고 현실에서는 계속 미끄러질 수밖에 없다. 그녀의 둥근 가슴이 날카로워지는 것은 충분히 일리 있는 몸의 항의로 받아들여진다.

한강의 여성 인물들은 고통스러운 상처와 트라우마를 지닌 채 살지만, 타인이나 세상을 향한 동물적 공격성이나 이렇다 할 적의를 보이지는 않는다. 그 대신 식물로 변신하는 과정을 통해 평화의 바람을 일으키기를, 아니 평화의 바람을 일으키지는 못하더라도 최소한 평화로운 숨결 속에서 자유롭게 살아갈 수 있기를 바란다. 최소한 편하게 숨쉬며 살 수 있기를 소망한다. 그럼에도 동물적 공격성으로 점철된 현실이나 사람살이의 상황은 그런 소망을 지닌 여성들로 하여금 제대로 숨도 쉬지 못하게 혹은 질식하게 하는 경우가 많다. 만약 세상이 생태학적 진실에 따라 조금이라도 평화로운 식물성의 기미를 보여주었더라면 『채식주의자』에서 영혜는 그토록 가혹한 악몽에 시달리지 않아도 좋았을 것이다. 그녀가 간절하게 안간힘을 다해 숨을 쉬면서 세상을 쏘아보는 것은 그런 사정 때문이다.

이 연작에서 영혜는 세상의 변두리로 밀리다 못해 그 존재를 위한 최소한의 공간조차 혹은 뿌리내릴 한 뼘의 자리조차 마련하기 어려운 처지다. 그녀는 식물적 젖가슴으로 세상의 동물적 공격성에 대응했지만, 턱없이 유약할 따름이었다. 수동적일 수밖에 없었다. 세상이 광기의 영역으로 금줄 쳐놓은 정신병원에 갇히게 되는 운명 역시 그녀의 존재를 제한적이게 한다. 물론 그녀는 행하지 않고 말하지 않는 곳에서 존재한다. 보이지 않는 곳에서 부재하듯 존재하면서 성찰적 메시지를 제공하는 그늘의 존재이다. 그늘에서 제발 편하게 숨 쉬고 악몽 없이 잘 수 있는 삶이었으면 좋겠다는 간절한 소망을 드러낸다. 여러모로 에코페미니즘의 관점에서 해석의 가능성을 풍부하게 열고 있는 연작이다.

책방을 운영하기도 하는 한강은 아버지 한승원 작가에게 종종 책을 보내며 편지를 전했다고 한다. 그중 헨리 데이비드 소로의『월든』이나 로빈 월 키머러의『이끼와 함께』, 메리 올리버의『긴 호흡』같은 책들이 눈길을 끈다. 한강 소설에서 왜 여성들이 동물성에 저항하며 식물이 되고자 하는지, 식물과 더불어 숨 쉬며 불안한 실존을 넘어 편안한 평화의 바람을 맞이하려 하는지 이해하는 데 도움을 줄 수 있는 책들이다. 아버지나 남편과는 달리, 이끼는 "괜찮아"라고 말해준다. 그런 이끼의 토닥거림이나 속삭임과 더불어 숨 쉴 수 있다면 시나브로 편안해지고 괜찮아지겠다.

5. 깊은 고통으로 지은 주문(呪文), 그 고통의 빛

깊은 고통 속에서 한강의 인물들은 제대로 먹지도 못하고 자주 구토를 일으킨다. 편안하게 숨을 쉬지 못한 채 밤낮으로 악몽에 시달리는 경우가 많다. 펄펄 내리는 눈의 슬픔과 반짝이는 숲의 고통 속에서 깊은 밤의 고통은 한없이 깊어지기만 한다. 어떻게 하면 개인적이고 가족적이며 역사적인 트라우마를 넘어, 편하게 숨 쉴 수 있는 지극한 사랑과 평화의 세계로 나아갈 수 있을 것인가? 어떻게 하면 인간에 대한 근본적인 신뢰를 회복할 수 있을 것인가? 과연 어떻게 하면 나날의 장례식을 넘어 즐거운 축제의 마당으로 건너갈 수 있을까?『소년이 온다』의 인상적인 대목을 우리는 기억한다. "당신이 죽은 뒤 장례식을 치르지 못해,/내 삶이 장례식이 되었습니다"(p. 99).

남은 자들의 한없는 슬픔을 달래기 위해서라도 당신을 위한 진정한 장례식은 매우 요긴하다. 당신과 나의 공동 애도를 위한 장례식을 위한 제문(祭文)은 때로 주문(呪文)처럼 통절하다. 한강 소설에서 고통스러운 악몽은 대개 그런 주문의 상형문자일 가능성이 높다. 그런 주문을 통해 먼저 간 당신의 눈이 되고 입이 되어준다. 『소년이 온다』의 에필로그 부분을 보자.

> 그 도시의 열흘을 생각하면, 죽음에 가까운 린치를 당하던 사람이 힘을 다해 눈을 뜨는 순간이 떠오른다. 입안에 가득 찬 피와 이빨 조각들을 뱉으며, 떠지지 않는 눈꺼풀을 밀어올려 상대를 마주보는 순간. 자신의 얼굴과 목소리를, 전생의 것 같은 존엄을 기억해내는 순간. *그 순간을 짓부수며 학살이 온다, 고문이 온다, 강제진압이 온다. 밀어붙인다, 짓이긴다, 쓸어버린다. 하지만 지금, 눈을 뜨고 있는 한, 응시하고 있는 한 끝끝내 우리는……* (p. 213)

주문은 떠지지 않는 눈을 뜨게 하고, 깊은 고통의 순간을 대면하게 한다. 응어리진 것들을 명징하게 드러낸다. 그 응어리의 상처들과 "전생의 것 같은 존엄"을 소환하는 "자신의 얼굴과 목소리"의 대조가 비애극의 심연을 깊게 한다. 주문은 이렇듯 깊은 슬픔의 호곡을 불러낸다. 그런 다음 당신을 위로하며 청원한다. "이제 당신이 나를 이끌고 가기를 바랍니다. 당신이 나를 밝은 쪽으로, 빛이 비치는 쪽으로, 꽃이 핀 쪽으로 끌고 가기를 바랍니다"(p. 213). 깊은 고통으로 지은 주문은 이런 애도 작업으로 깊어지며 승화의 가능성을 암시한다.

앞에서 논의한 것처럼 한강은 여리고 취약한 존재들, 정처 없이 방황하며 상처받은 사람들, 고통 속에서 속절없이 절명한 사람들을 위한 영혼의 비가(悲歌)를 시적인 문체로 가만가만 불러온 작가이다. 제 할 말을 제대로 하지 못하는 서발턴의 입이 되어주고 제 몫을 보장받지 못한 채 벌거벗은 호모 사케르들의 눈물을 씻어주려는 영혼의 매개자가 되려 했던 영매 작가이다. 역사적 사실이나 진실을 넘어 고통의 심연에서 지극한 인간적 진실을 고통스럽게 탐문한 작가이다. 한마디로 숨 쉴 수 없는 존재들, 그 숨 막힌 존재들이 나름대로 숨 쉴 수 있도록 위로와 생명의 음표를 감각적 리듬에 실어 소통하고자 한 작가이다.

『신곡』의 '지옥' 편에서 단테가 그랬고, 참혹한 아우슈비츠 홀로코스트의 현장에서 프리모 레비Primo Levi가 "이것이 인간인가"라며 깊게 탄식했던 것처럼, 한강의 여러 작품 또한 그토록 한숨짓게 하는 한탄에서 비롯된다. 그 서사적 대상이 된 가부장적 질서로 인해 일그러진 여성 문제나 4·3이나 5·18 같은 역사적 트라우마의 이야기는 한강보다 한 세대 혹은 두 세대 선배 작가들의 문학적 축적으로 인해 심연으로 깊어져 새로운 감각적 실존을 할 수 있는 계기를 얻을 수 있었다.

노벨문학상 수상 시점까지 한강은 역사적 트라우마에 몰입하는 감각의 밀도를 통해 문학적 치유의 새로운 스타일을 감각적으로 발견한 작가, 서사의 전개를 초월하여 서정의 몰입으로 심리적 사건을 웅숭깊게 다룬 작가, 그리고 기존의 서정적 소설과도 또 다르게, 『흰』과 같은 작품에서 짐작할 수 있듯이, 서정과 서사가 잘 어우러지는 새로운 문학 장르의 가능성을 보여준 작가로 문학사에 기록될 것이다. 한강 문학의 핵심 정동은 고통과 사랑이다. 한강이 그토록 '고통하는' 이유는 어렵더라도, 불가능하더라도, '생명의 빛'을 구하고 거기에 가까이 가기 위함이다. 그러나 폭력적 현실에서 생명의 빛은 멀다. 그리하여 한강은 검은 고통의 나무에서 역설의 빛을 탐문하려 한다. 그런 측면에서 '고통의 빛'은 한강 문학의 심연을 비추는 프리즘이다. 그와 같은 역설적 빛을 위해서는 서로 다르고 이질적인 것을 연결하는 실이 필요하다. 노벨문학상 수상 연설인 「빛과 실」에서 한강은 그 연결이 사랑의 심장으로 가능하다고 했다. 요컨대 폭력적이고 고통스러운 현실을 살아가는 인간은, 그럼에도 불구하고 사랑의 실을 심연에 내장하고 있기에

410

역설적인 고통의 빛을 밝히려 노력하며 견디고 또 '고통하며' 사랑하는 존재라는 사실을 한강의 문학은 웅숭깊게 보여준다. 고통과 애도의 주제, 장면의 감각화와 횡단 미학의 밀도, 연결과 순환, 반성적 질문의 심화 과정 등 한강 문학의 특징은 대부분 이렇게 고통의 빛과 사랑의 실로 꿰어질 수 있겠다.

수록 평론 발표 지면

1부 횡단의 상상력

횡단의 상상력과 상상력의 횡단, 『더라이브러리』 '미술관 옆 도서관' 2024

말라가는 희망의 물방울, 마르지 않는 고통의 샘, 『시결』 2024 여름호.

고통의 심연을 비추는 노근리 북극성, 노근리국제평화재단 심포지엄(2024. 11. 08.)

부재하는 현존, 현존하는 부재, 그 5월의 횡단, 김형중·이광호 엮음, 『무한 텍스트로서의 5·18』, 문학과지성사, 2020. 5. 18.

2부 숭고의 주름

숭고의 주름, 미발표.

11시 59분의 허세, 혹은 희망?, 『현대비평』 2025년 여름호.

물의 눈으로 듣는 바람의 노래, 『현대비평』 2025년 겨울호.

별거 아닌 별거, 『현대비평』 2025년 가을호.

'질풍로또' 시대의 교환 은유, 『시인수첩』 2012년 겨울호.

3부 횡단하는 소리풍경

'시·시·비·비'를 넘어서—정현종의 『어디선가 눈물은 발원하여』, 『문학과사회』 2022년 겨울호.

'무적'의 심연으로 내려가는 바람의 노래, 최하림, 『우리들을 위하여』, 문학과지성사, 2025.

강원도 파우스트, 김주연, 『강원도의 눈』, 문학과지성사, 2025.

정겨운 유목민, 혹은 낙타의 소리풍경, 이재무, 『정다운 무관심』, 천년의시작, 2025.

'사람 사막'에서 비를 비는 시혼, 이승하, 『사람 사막』, 더푸른출판사, 2023.

사람-풍경의 고현학, 곽효환, 『소리 없이 울다 간 사람』, 문학과지성사, 2023.

함께 횡단하는 아트라베시아모의 서정, 한경옥, 『바람은 홀로 걷지 않는다』, 천년의시작, 2025.

4부 디아스포라 횡단

분단 상황의 초극을 위한 '문화형' 문학의 발명, 『문학과사회』 2018년 가을호.

내 생각대로 살 수 있을까?, 홍성원, 『주말여행』, 문학과지성사, 2020.

연처럼, 새처럼―김원일의 소설 시대와 분단 문학의 매트릭스, 문학과지성사, 2021.

권력의 바깥, 상상의 비상, 이승우, 『미궁에 대한 추측』, 문학과지성사, 2018.

해운대의 상상력, 혹은 영도의 글쓰기, 함정임, 『사랑을 사랑하는 것』, 문학동네, 2020.

고통의 법열(法悅)과 깊은 주문(呪文)―한강, 『현대비평』 2024년 겨울호/ 검은 나무에 손 내미는 '고통의 빛', 『장흥문학』 8호, 2025.

우찬제 비평집

숭고의 주름

펴낸날   2026년 5월 1일

지은이   우찬제
펴낸이   이광호
주간   이근혜
편집   윤소진
펴낸곳   ㈜문학과지성사
등록번호   제1993-000098호
주소   04034 서울 마포구 잔다리로7길 18(서교동 377-20)
전화   02) 338-7224
팩스   02) 323-4180(편집) 02) 338-7221(영업)
전자우편   moonji@moonji.com
홈페이지   www.moonji.com

이 도서는 문화체육관광부, 한국문화예술위원회의
2025년 문학 비평담론 활성화 사업에 선정되어 발간되었습니다.